EL PUNTO CIEGO DE CASSANDRA

Proyecto Casa de África

O'sírima Mota Ripeu

El punto ciego de Cassandra

PRÓLOGO DE JUSTO BOLEKIA BOLEKÁ

Casa de África, 65
SIAL ediciones

Índice

En honor y memoria a Robert Vincent Mathelus a quien dedico este libro.

Tú, que nos honraste a todos con tu presencia y tu alegría a pesar de la adversidad. Tú, que has dejado un vacío en nuestros corazones. Tú, que conseguiste lo imposible, reunirnos a todos hasta el final. Tú, que de ti no hay enemigo reconocido, mereces ese paraíso que te estaba esperando.

DEP: 18/05/1987 - 05/02/2017

Prólogo

Los adultos nos esforzamos en intuir lo que hacen los jóvenes cuando no se encuentran en nuestro foco visual. Y muchas veces nos invade el miedo a imaginar en ellos conductas reprobables según nuestra represiva moral convencional. Ellos (los jóvenes) tienen su mundo, incrustado en este espacio común de abuelos, padres, vecinos, parientes, etc. Pero es su mundo y quieren aprender a desenvolverse en él sin la tiránica enculturación de las generaciones adultas.

En esta novela de Osírima (Mari-Carmen) Mota Ripeu, la vida se define como una permanente iniciación comunitarista donde los protagonistas son los jóvenes que buscan configurar sus identidades sociocognitivas, sin que sus padres se erijan en guardianes y garantes de los modelos de aquellas conductas que deberían supuestamente salvaguardar a través de sus descendientes o las generaciones del presente (en la novela, claro). Hablo de las conductas estáticas en las que no existe la transformación ni la evolución del joven, como si quisiéramos evitar inconscientemente su desarrollo, olvidando que el ciclo de la vida debe garantizarse: creced y multiplicaos. Aquí entra todo, incluso lo que la moral religiosa católica condena como pecado capital. Al término de la lectura esta novela, debería yo decir: «padres, madres, esto no es para nosotros». Pero prefiero decir, «madres, padres, esto es para nosotros, porque se trata de la vida de nuestros hijos, una vida que ignoramos y que debemos necesariamente conocer, no como jueces, sino más bien como guías y aliados».

El contexto demográfico de *El punto ciego de Cassandra* es un escenario donde se refleja la España diversa y multiétnica de hoy, sin adjetivos excluyentes, con una interrelación intragneneracional sincera, aunque no exenta de conflictos, y propia de las personas que comparten un fondo cultural común (la que todos los personajes han recibido durante su período iniciático o formativo), un modelo de conducta enriquecido con aquellas improntas recibidas de cada uno de los espacios particulares. Me refiero a los espacios chileno, caboverdiano, portugués, dominicano, guineoecuatoriano, español, brasileño, etc. Son espacios en los que se va definiendo la nueva España multicultural y tolerante, en la que las personas se definirán por su voluntad de «ser» y «pertenecer», sin miedo a la exclusión absurda promovida muchas veces desde el desconocimiento del otro.

Estamos ante una sociedad de los nuevos jóvenes españoles en la que destaca la influencia de la imagen, con descripciones directas y sinceras, sin la censura mental e indirecta de la sociedad de los adultos. En este *punto ciego de Cassandra*, los jóvenes comparten prácticamente todo, hasta sus experiencias más íntimas, con el propósito de estrechar vínculos profundos que les hagan garantizar su cohesión como grupo o su inclusión en esta nueva comunidad. La palabra y la imagen se convierten en los instrumentos que Osírima Mota Ripeu utiliza para mostrar las marcas identitarias en el mundo de sus colegas, donde no hay nada que esconder, y donde no existe el rubor ni los tabúes culturales, donde los adultos estamos invitados a aguantar hasta el final de esta proyección sociofílmica.

JUSTO BOLEKIA BOLEKÁ

PRESENTACIÓN

«Si no recuerdas la más ligera locura en que el amor te hizo caer, no has amado», dijo William Shakespeare.

Sabias palabras aquellas. La gente al enamorarse hace locuras, por lo que automáticamente se convierten en locos. Cuando amas, te arriesgas sin importar el lastimarte.

La primera vez que me enamoré cometí algunas locuras, pero por mínimas que fuesen seguían siéndolo. Como el hecho de confiar en alguien más que en ti mismo, automáticamente anulas esa idea de que la persona a la que amas pueda hacerte daño y al final sucumbimos y sufrimos de dolor... pero repetimos. Por tanto, esta historia se la dedico a mi primer amor. Uno no sabe lo que tiene hasta que lo pierde. El dolor que me causó el primero fue amortiguado por el amor del segundo. Siempre volvemos a caer en las redes del amor, como aquél que llama a tu puerta en el momento menos esperado que es cuando ya has perdido toda esperanza... El ser humano está loco y el amor agiliza el proceso.

Me presentaré, mi nombre es Cassandra y tengo diecisiete años. Físicamente soy de complexión atlética y mido metro cincuenta y siete más o menos. Morena de pelo y negra de piel, aunque dicen que parezco mulata; mi pelo es alborotadamente rizado, llegándome más o menos por la mitad de la espalda, tengo los ojos de color miel, nariz respingona y labios carnosos.

Nací y vivo actualmente en Cádiz, mi madre es de Cabo Verde y mi padre de Guinea Ecuatorial, aunque este último vivía con su padre en Brasil. ¿Cómo se conocieron? Pues mis abuelas paterna y materna eran amigas. Ambas vivían aquí en España, en un viaje de visita a su madre mi padre la vio en su casa y… yo creo que fue amor a primera vista (y un poco de ayuda de mi abuela). A pesar de la distancia seguían juntos, puesto que mi padre terminó sus estudios de odontología en Brasil y mi madre consiguió una beca para estudiar psicología y especializarse en sexología. Se casaron en Portugal, pero tras el nacimiento de mi hermana mayor decidieron quedarse a vivir aquí, Cádiz concretamente (mis abuelas viven en Madrid).

De ese feliz matrimonio nacimos tres hijos: mi hermana mayor Brandy de veintiún años que ya he mencionado, estudia 2.º de enfermería en la Universidad Complutense de Madrid, antes se había hecho un módulo de grado superior de auxiliar de enfermera y parece ser que le gustó; luego estoy yo, que soy la segunda y, finalmente, mi hermano Alex, de quince años… fue una noche de pasión no planeada este último.

Los tres nos parecemos bastante, sobre todo en la cara, las diferencias son mínimas, por ejemplo, Brandy y yo somos prácticamente iguales, solo que ella es más alta y tiene los ojos más oscuros. Alex… bueno, ya la diferencia es mayor, puesto que él es rubio, negro pero rubio, este tipo de gente destaca por tener la piel anaranjada igual que el pelo, pero bueno, la cuestión es que somos hermanos y nos queremos.

Capítulo 1

El principio

Comenzaré mi historia, que como he dicho antes va de amor, de mi primer amor. Tal flechazo sucedió el día antes del comienzo de clases en un macrobotellón en el barrio, una especie de fiesta de bienvenida por el nuevo curso. Me cambié al instituto de las gemelas, mis amigas de toda la vida, su madre era la mejor amiga de la mía. Ellas eran de color chocolate con unos ojos bastante destacados, verde menta, enormes pechos pero delgadas y pelo afro, demasiado liberales, ¿sus nombres? Andrea y Teresa, tenían la misma edad que yo.

El motivo por el cual me cambié fueron las notas; los profes que tenía en ese instituto eran unos payasos, me miraban… no sé, como con desprecio, y no era cosa mía, mi madre también se dio cuenta de ello, por eso el cambio. Además, por una causa de no sé qué de conducta me hicieron repetir, pero bueno, al final aprobé y me cambié para hacer bachiller en este instituto.

En fin, estábamos en ese macrobotellón, sentadas en el césped un poco apartadas de los demás. Me despisté un momento y reparé en que hablaba sola, habían desaparecido ¡genial! Las busqué con la mirada y… le vi, ¡madre mía! ¡Qué pedazo de moreno!, me quedé boquiabierta, estaba con tres amigos más, los tres rubios. Por lo que pude ver del chico no estaba mal, tenía un bronceado perfecto (hasta parecía que la piel le brillaba), alto, un cuerpazo tremendo…, llevaba un bañador de pantalón negro con olas azul eléctrico dibujadas en él, con una camiseta blanca de tirantes. Al girarse me vio mirándole, yo inmediatamente aparté la vista de él, casi tapándome la cara. Sin darme cuenta aquel chico ya estaba a mi lado y mi corazón comenzó a latir violentamente, me temblaban las manos de lo nerviosa que estaba e intenté disimularlo cruzándome de brazos.

—Hola, ¿eres nueva verdad? –preguntó con las manos sobre sus caderas, llevaba unas gafas de sol de media luna estilo Ray Ban.

—¿Eeh?, s...s...sí –contesté titubeante.

Miré a mi alrededor y estaba rodeada de bolsas de hielo, dos cubatas y el mini delante de mí.

—Me llamo Iván, ¿tú cómo te llamas?

—¿Yo?, eh… me, m-me llamo…

No me salían las palabras agaché la cabeza y no le contesté, de repente oí una voz a mí espalda que decía:

—Cassandra, pero la puedes llamar al 639...

Al darme la vuelta vi quién era:

—¡Andrea, cállate! –grité.

—Wow wow wooow, ¡si tienes voz y todo! –dijo él sonriendo, ¡qué sonrisa más perfecta y brillante tenía!, me quedé prendada de él.

—¿Qué pasa gemelas, es vuestra amiga o qué? –puso cara de interés señalándome.

—Claro –contestaron a la vez con obviedad.

Yo me sentía incómoda y me fui a buscar un rincón para hacer pis, las gemelas me siguieron diciendo:

—Cass, ¿qué haces? ¿Por qué te vas? –me preguntó Teresa con las palmas de las manos mirando hacia arriba.

—No sé, es que me pone nerviosa, eh… ¿Cómo se llama? –pregunté entornando los ojos mientras me agachaba con los pantalones bajados para hacer pis en una esquina que… olía a pis.

—Iván –dijeron al unísono.

—No me lo puedo creer, ¡Iván se ha fijado en ti! –dijo Andrea con el dorso de la mano en la frente.

—¿Y qué hay de malo? –preguntó su hermana volviéndose hacia ella con mi mini de tinto de verano en mano.

—¿Hola? Estamos hablando de Iván, el pivón-empollón de segundo de bachiller –contestó su gemela arrebatándoselo y bebiendo ella.

—¿Encima estudia? ¡Es perfecto!, pero no puedo hablar con él porque me altera, me bloqueo, es que es tan, tan… ¡¡¡guapo!!! –suspiré levantándome tras subirme las bragas y los pantalones. Espiando desde la esquina en la que me encontraba, estaba con sus amigos jugando al fútbol y riendo a carcajada limpia, luego me dirigió una fugaz mirada sonriendo, me quedé embobada.

—Vale, vale, baja aquí a la tierra de nuevo –me dijo Andrea golpeándome el hombro con el dorso de la mano señalando al suelo con el dedo índice y el pulgar en perpendicular al anterior–. Solo te digo que tengas cuidadito, y si quieres estar con él, muéstrate indiferente pero sin pasar de él, sé graciosa pero no ansiosa, y tranquila, que solo es un chico. ¿Ok?

—Vale, vale pero no sé cómo reaccionar ante él… ¡está como un queso brie! Tierno y cremoso –dije mordiéndome el labio, y mis amigas rieron ante mi comentario.

—Sí, pero este no es franchute… es producto nacional ¡hija puta! –rapeó Teresa.

Por vergüenza estuve toda la tarde evitándole, hasta dejé de beber para no hacer tonterías. Lo que me dijeron las gemelas era muy complicado, ¿cómo iba a tranquilizarme con lo nerviosa que me ponía a su lado? ¿Y cómo iba a mostrarme indiferente si no podía dejar de mirarle?…

—Cass, sé lo que estás pensando… ya lo superarás –dijo Andrea posando su mano sobre mi hombro.

Al caer la noche fui como una bala a mi casa para contárselo a mi madre, no sabía por qué pero tenía la necesidad de hacerlo y mira que yo no era de contar cosas como esas.

—Ah, muy bien cariño, y ¿cuándo has quedado con él? –me preguntó mientras estaba lavando los platos y yo sentada en una butaca a dos patas y el antebrazo apoyado en la pequeña mesa de madera blanca de la cocina pegada a la pared.

—Esto… mamá, no he quedado con él, ¡no puedo! Me bloqueo en su presencia, me cuesta muchísimo –dije frunciendo el ceño como si sufriese por ello, y moviendo la cabeza expresivamente al igual que las manos. Mis movimientos eran lentos debido a mi estado de embriaguez, supongo que por ese motivo se lo había contado a mi madre.

—Cass, nena, tienes que acostumbrarte, ya tienes diecisiete años. Te acuerdas de tu mejor amigo de la infancia, ¿cómo se llamaba? ¿Giroldo? –preguntó frunciendo el ceño, me daba la espalda.

—¿Quién, el brasileño?, se llamaba João, mamá, pero ese era diferente, éramos muy amigos de niños y no me gustaba –abrí los ojos horrorizada dándome un golpe contra la pared.

—¡Te lo mereces por beber! –mientras veía cómo me frotaba el cogote siguió aconsejándome–. Pues lo que deberías hacer es que cada vez que Iván se te acerque pensar en João, es decir, en un amigo, un chico cualquiera que te tiene que aceptar por cómo eres y no ser como él quiere que seas ¿entiendes? Y si eso no te funciona piensa en cosas que te tranquilicen y punto –terminó de lavar los platos, se sacudió las manos, se las secó y acercándose a mí me dijo–. Haz un esfuerzo, inténtalo.

Me dio un golpe en la frente con la palma de la mano yéndose a la cama.

—¡Y no bebas más! –cerró la puerta tras de sí.

A veces para esas cosas mi madre era muy radical; en el tema de las relaciones lo veía todo muy sencillo, se notaba que era sexóloga. Me quedé pensándolo en la cocina, tenía que encontrar una manera de evitarlo, él me gustaba, quizás pensar en João me ayudaría…; qué bien lo pasábamos juntos, molestando a Lola la abuelita gruñona del bajo, escondiendo las cosas de nuestras hermanas mayores…; encima entre nosotros solo hablábamos portugués, me hacía gracia su acento pues parecía estar cantando. Una pena que tuviese que marcharse a Brasil a los once años.

¡Intento fallido! Al día siguiente, el primer día, yo estaba buscando la clase de lengua y vi a Iván en los pasillos, justo en ese momento apareció la profesora de educación física a quien llamaban *la yonki*, y pronto descubrí por qué, a pesar del chándal ancho, típico de yonki de calle (morado, amarillo, negro), tenía la cara chupada, pómulos notablemente salientes, ojos hundidos, pelo graso totalmente liso cogido en una coleta, con las fosas nasales exageradamente abiertas, sus uñas estaban amarillentas y desgastadas pero sus dientes eran como perlas. Típica profesora que lleva toda la vida en la enseñanza consumida por sus alumnos. Entonces me acerqué a ella y la pregunté:

—Profe, ¿cuándo empezaremos con malabarismos? —mientras, vigilaba a Iván por el rabillo del ojo que se estaba acercando progresivamente.

—Pue sichilla no sé, ar final de curso supongo –dijo ladeando la cabeza y levantando las cejas, se estaba yendo con paso lento.

Al ver a Iván tan cerca la cogí del brazo diciendo:

—¿Pero hasta final de curso? ¡Qué tarde! –dije arrugando el entrecejo y dándole la espalda a Iván.

—Así está programado es lo que hay –y se marchó.

Así que, nada más darme la vuelta me choqué con él:

—¿Te gustaría quedar conmigo el viernes por la tarde?

¡Qué directo!, no me había fijado en los ojos tan bonitos que tenía (lógico, llevaba gafas), totalmente verdes, por lo que me volví a quedar sin habla mirándolos.

—Eeeeee ¿eh? ¿Qué, qué decías? –dije frunciendo el ceño, él comenzó a reír sonoramente.

—¡Qué graciosa eres!, me gusta. Decía que si querías salir conmigo el viernes.

—Eh, pues supongo que… ¿me perdonas un momento? Voy al servicio.

Fui al baño sin mirar atrás. A todo esto las gemelas me habían visto desde la puerta de clase y, al rato de haber entrado yo, aparecieron ellas, no me dijeron nada simplemente que entrase a clase y que ya hablaríamos.

A la salida del instituto intenté contarles la historia pero me pararon, dijeron que no hacía falta y que ya le habían dado mi número a Iván en cuanto entré al baño.

—¿Que le disteis qué? –dije poniendo cara de cromo.

—Tu número, porque si no, ¡madre mía! Hasta que tuvieseis la primera cita, ¡puff! –dijo Teresa poniendo los ojos en blanco.

A lo lejos vi a Iván haciendo signos de que me iba a llamar y yo le lancé una sonrisa nerviosa.

Esa misma tarde, cuando estaba haciendo los deberes de química, puesto que ya el primer día la profesora esa, Eva se llamaba, nos mandó demasiados, sonó mi móvil y vi que era un número oculto, supuse que era Iván aunque podría ser cualquiera:

—¿Sí? —contesté.

—¿*Hola, eres Cassandra?* —no era Iván porque él tenía una voz melosa y esta voz era más grave pero, ¿quién sería?

—Sí, y tú… ¿quién eres?

—*Soy un amigo de Iván, me llamo Ángel pero me llaman Cano por mi apellido.*

—Ah, entiendo, y ¿por qué me llamas tú? —pregunté extrañada.

—*Porque se te hace difícil hablar con él y quiere una respuesta a la propuesta que te hizo esta mañana en clase* —se oían risas de fondo.

Esa voz me resultaba familiar, parecía la de Iván, pero no podía ser…

—Pues dile a tu amigo que sí me encantaría salir con él este viernes. ¿Cómo le iba a rechazar? —dije levantando los hombros mientras daba golpes nerviosamente con el boli sobre mi cuaderno.

—*¿Y por qué te resulta tan difícil hablar con él? No tiene nada de especial, solo es amigo de sus amigos y muy hablador, eso sí, no se calla ni pa' Dios* —sonreí sonoramente—. *Y bueno, ¿cuántos años tienes?* —me preguntó.

—Diecisiete, me cambié de insti porque en el que estaba era una mierda y me hicieron repetir, así que preferí estar con mis amigas las gemelas —¡uh! Qué habladora estaba.

—*¿Tienes hermanos?* —preguntó, pero esta vez la voz era diferente.

—Sí, ¿por qué tantas preguntas?, por cierto me suena mucho tu voz, no serás… ¡Ostias pero si eres Iván! —me salió así de espontáneo.

—*Sí, soy Iván, ¿ves como no es tan difícil hablar conmigo?*

—Bueno… por teléfono no tanto ¿sabes?

Nos quedamos un ratito más hablando y luego quedamos ya para el viernes.

La semana fue pasando hasta llegar al día C, el día de la cita con Iván. Me vestí de una manera muy sencilla, mi madre me ayudó a elegir la ropa: unos vaqueros cortos con una C bordada en el bolsillo trasero, una camiseta a conjunto con las chanclas y bolso azules, los tres, y mi pelo suelto. Al terminar no estaba mal, unos cuantos complementos como pendientes de aro, pulseras y cadena, un poco de rímel y punto. Mi madre llamó a mi padre para enseñarle qué tal estaba el resultado del experimento.

—Sí, sí, muy guapa –y se fue a ver el partido con mi hermano. Mi madre me dijo:

—Ignórale –¡bua!, yo ya lo tenía asumido, no me importaba; lo que importa es que ¡había quedado con Iván!

Salí de casa y me esperaba abajo, no quería presentarles a mis padres, de momento.

¡No estuvo mal!, el chico tenía imaginación, montó una especie de picnic en la playa, solo que con comida china, iba bien para la ocasión. Estuvimos hablando largo y tendido de nuestras vidas.

—¿Y sabes hablar portugués? –me preguntó.

—Pues… bueno, entiendo más de lo que hablo –¡claro que sabía! Además de hablar con Jõao, como mencioné antes, nuestros padres nos enseñaron, pero me daba vergüenza hablar delante de él. Bastante que estaba comiendo delante suya, aunque me sentía a gusto.

Me contó que sus padres estaban divorciados por lo mismo de siempre, ¡infidelidades! La madre le toleró tres cuernos seguidos al padre, uno en la oficina en que se encontró a su socia Maribel debajo de la mesa limpiándose la boca, el segundo en el coche y el tercero en la cama matrimonial. Así que se divorciaron, la madre se quedó con todo (por despecho, porque no lo necesitaba al ser banquera) incluidos sus dos hijos, porque se me ha olvidado contaros que Iván tiene un hermano, Adrián, pero no le gusta hablar de él porque se siente eclipsado de lo guapo que es, y ahora mismo esta estudiando en el extranjero, ¡habría que verle!

—Y ¿qué opinas de tu padre? –le pregunté cogiendo la ternera para comérmela.

—Puezz, zpera –tragó lo que estaba comiendo–. Sinceramente no sé en qué estaba pensando porque tiene una familia que somos nosotros y no entiendo ¡qué necesidad tiene de buscar sexo por ahí! Eso es un problema, mi madre no me quería decir nada, siempre encubriéndolo todo, pero no se da cuenta de que tengo diecisiete años y que tonto no soy, me entero de las cosas más de lo que se imagina —estaba medio enfadado así que decidí no tocar más el tema.

Terminamos de comer y recogimos las cosas.

—Cass, eres la única a la que le contado esto... de chicas digo —añadió al ver mi ceja arqueada—. Bueno... no es que hable con tantas, pero... ya me entiendes —¡se estaba poniendo nervioso! ¡Qué mono!—. Es que me siento a gusto hablando contigo de estas cosas —se acercó a mí queriendo darme un beso, me asusté.

—Entonces, amigos, ¿no? —le corté. Yo no quería eso, quería estar con él pero me aterraba besarle, nunca lo había hecho antes y no estaba preparada.

Él se apartó y dijo:

—Eh... sí, vale —parecía decepcionado.

—¿Qué te pasa? —pregunté a sabiendas de la situación.

—Nada, nada, no es nada —no ocultaba para nada su molestia—. Vamos que te acompaño a casa —dijo aún fastidiado.

—Oye, Iván.

—¿Sí? —contestó mirándome con esos ojos llenos de esperanza—. ¿Es por lo de ser amigos?

Borró esa sonrisa poniendo cara serena y comenzó a balbucear:

—No, bueno sí... eh ¡no! Bueno en parte sí, esta muy bien eso de ser amigos, pero me gustaría acercarme a ti y probar... esos labios de chocolate —se acercó a mí de nuevo cogiéndome de la cintura y mirando atentamente mis labios, parecía estar saboreándolos mentalmente.

—Oye, oye Iván, espérate a la segunda cita. Es que no me gusta ser tan lanzada en la primera —dije apartándole suavemente.

—Vale —continuó andando como si tal cosa, pero en silencio.

—Primo ¿qué tal?, oye, escucha, que tenemos que hablar.

Apareció un gitano cogiéndole a Iván y rascándose la nariz, tenía el pelo corto por delante y una coletilla por detrás, era bastante guapo, aunque con la oscuridad no podía vérsele muy bien. Llevaba una camiseta blanca de tirantes y unos vaqueros con unas sandalias de piel marrón y ¡cómo no!, ese cordón de oro que bien podía pesar lo mismo que un recién nacido.

—Luego, Rafa, luego —decía nervioso y echándole una mirada de complicidad.

—Vale, te espero aquí —dijo doblando la esquina, preferí no preguntar.

Justo en ese momento llegamos a mi portal y nos despedimos con dos besos en las mejillas.

Cuando subí a casa me dirigí directamente a mi habitación fantaseando sobre nosotros dos hasta quedarme dormida.

Al día siguiente me disculpé con él, ya que me sentía muy mal después de haberle dejado sin beso. Él dijo que no pasaba nada, pero ambos sabíamos que sí, se notaba. No me habló durante toda la jornada del instituto, así que se lo conté a mi madre al llegar a casa:

—¡Oh meu deus! (¡oh Dios mío!). En parte haces bien, así le dejas con la duda y querrá más, pero no esperes mucho —fue lo único que me aconsejó.

Me fui a mi habitación para llamar a las gemelas por teléfono.

—*¿Estás loca?, pero ¿qué te pasa tía?* –preguntó Teresa.

—*¿Qué ha pasado?* –preguntó una voz que estaba claro que era Andrea.

—*Que esta nena no le quiso dar el beso de buenas noches al principito* –dijo Teresa en un tono irónico rozando la burla, cosa que me ofendió un poco.

—*Pues déjala, ella sabrá cuándo llegará su momento, pero que no espere tanto porque él no estará ahí para siempre esperándola, hay más chicas y más sueltas, ¡que Iván no es feo!*

—*Mi hermana tiene razón Cassandra, tú sabrás lo que haces pero espero que no le hagas esperar tanto, que solo es un beso no una petición de matrimonio, en el sexo… bueno ya te quejarás, todavía no opinemos* –dijo Teresa con tranquilidad.

—¡Joder!, tendré que hacer caso a la mayoría absoluta, mi madre… vosotras… gracias de todos modos, un beso, nos veremos mañana chao.

—*Chao.*

—¡Por cierto! –espeté-. ¿Sabéis que de la nada, mientras me acompañaba a casa, apareció un gitano?

—¿*El Rafa?* –Teresa frunció el ceño.

—Sí. ¿Cómo lo sabías? –me extrañé ante su conocimiento.

—*Es... un buen amigo suyo* –titubeó.

—¿Hay algo que no me quieres contar? –arqueé una ceja.

—*No, está todo bien... bueno Cass, te tenemos que dejar, que mamá ha llegado. Chao kiss.*

Tras colgar me quedé pensando como siempre, ensimismada en mis cosas. La verdad es que era un poco estrecha pero, entendedme, iba a ser mi primer beso y me aterraba hacerlo mal, encima con un chico tan guapo y popular, ¿para qué? Para que luego todo el mundo supiese lo mal que lo hacía ¡noo! Tenía que estar a la altura.

Al día siguiente, como conclusión a mis pensamientos, le pedí ayuda a las gemelas, bueno, consejos básicamente. Ellas dijeron que no sabían cómo explicarlo exactamente así que quedamos a la salida del instituto en su casa, y así fue, no estaba muy lejos, aproximadamente a unos ocho minutos. Su casa estaba tan bien decorada y los muebles tan bien distribuidos que parecía más grande de lo que era, sus hermanos eran ya mayores y se habían emancipado, no necesitaban nada más. Llegamos a su habitación compartida (y eso que les sobraba una habitación), era la típica con la gemela ordenada (Andrea) y la desordenada (Teresa), no es que Teresa fuese desordenada, sino que lo dejaba todo para el final, quiero decir que cuando ya no se veía claramente el suelo tocaba limpiar, al contrario que Andrea. Bueno el caso es que me dijeron que no era difícil aprender a besar y, si quería impresionar a Iván, lo tenía que hacer bien, es decir, un beso acompañado de caricias, abrazos, etc. Andrea se acercó a mí lentamente y mientras lo hacía decía:

—Para empezar, inclina la ligeramente cabeza hacia un lado para que vuestras narices no choquen. Luego obsérvale, si ves que te está mirando a los ojos y a los labios alternativamente mientras se muerde los suyos es que tiene intenciones de besarte, así que lo único que tienes que hacer es inclinar la cabeza como te he dicho.

Se acercó definitivamente hasta que nuestros labios tomaron contacto, me asusté un poco porque pensaba que me iba a meter la lengua pero no lo hizo, por lo demás, éramos amigas y había confianza, al separarse de mi persona me miró a los ojos con pasión, yo me estremecí un poco.

—¡Ay que yuyu! No me mires así, parece que me quieras violar —y comencé a reír.

—Cass ¡concéntrate! –dijo dándome un manotazo en el hombro.

—Vale –volvió a acercarse a mí con cara de deseo y me reí.

—¡Cass!

—Vale ya me pongo seria –dije con los labios metidos dentro conteniendo la risa.

—¿Piensas reírte cada vez que Iván se te acerque? –preguntó Teresa sentada en la cama observando.

—No. Pienso desmayarme –continué riendo tirándome a la cama con la mano en el pecho.

—Vale, tú lo has querido.

Me cogió de los brazos acercándome a ella y me besó de golpe pillándome desprevenida, jugamos con nuestras lenguas describiendo círculos y las entrelazamos, luego me chupó el labio superior, lo que me obligaba a hacerlo con su labio inferior, ¡tampoco era tan difícil!

Cuando se separó pregunté:

—¿Qué tal?

—No está mal.

—¡Me has robado mi primer beso! –exclamé indignada. Me quedé… impresionada ¡nunca me habían besado! ¿Y mi primer beso ha sido con una chica?

—No, te he robado tu primer beso con una chica, Iván te robará el suyo.

El miércoles me escabullí de clase de lengua para ir a la biblioteca. No creo que ese profesor que parecía estar loco y hablaba con una emoción como si fuese a descubrir algo nuevo se diese cuenta, era también el profesor de geografía e historia, así que imagínate, realmente no sé qué narices les pasaba a los profesores de este instituto, pero a pesar de todo hacían bien su trabajo, eran bastante buenos.

Por los pasillos me topé con Iván, le dije que si quería salir conmigo el sábado, curiosamente aceptó mi propuesta y me dijo:

—Quedamos en el lago. ¿Ok?

—Ahí estaré –me acerqué a él y le di un piquito poniéndole cara de inocente, le sonreí y me fui.

Presentación de Miriam

Marché a la biblioteca. Parece ser que le gustó mi insinuación porque se quedó sin habla, ahí plantado, mirando cómo me alejaba de él. Cuando llegué, ahí me esperaba Miriam una chica estudiosa ensimismada en sus libros, poco sociable y muy tímida. Aún así, fue una de las pocas que me dio la bienvenida y no por ello iba a dejarla de lado. Era morena de pelo rizado, largo hasta la cintura y una piel tan oscura que parecía que éramos del mismo color, sus oscuros ojos se escondían tras unas gafas cuyas patillas eran de color morado (¡ay que ver qué bonitas hacen las gafas ahora!, no como antes), siempre vestía tapada, aunque no sé qué escondía puesto que tenía buen cuerpo, lo vi en los vestuarios después de gimnasia (por cierto la profesora de educación física, la yonki, tenía mucha movilidad). A Miriam le encantaba la asignatura de lengua y literatura, se le daba bien la química e intentaba sacar buenas notas en historia. Como yo siempre tenía dudas, pues me ayudaba, pero ese día no nos apetecía ir a clase, yo la convencí para que me ayudase con ciertas dudas y no asistiese, no sé por qué la gente no se hablaba con ella, quizás porque la consideraban una *rara*, pero no se puede juzgar un libro por su tapa, las gemelas pronto lo comprobaron. El problema era que Miriam no sabía hablar de otras cosas que no fuesen relacionadas con los estudios, pero al tener una persona con la que hablar como yo, verborreica, sus temas de conversación fueron siendo más amplios.

El viernes veintitrés de septiembre disfruté bastante del cumpleaños de mi padre, cumplía cuarenta y ocho años… lo sé, no era tan mayor; Brandy le llamó y se puso muy contento, le regalamos una corbata de seda. Ahí estaba todo el mundo, las gemelas, su madre Neuza, las dos hermanas de mi padre, etc. No invité a Iván porque no hacía mucho que salíamos, entonces en estos casos se necesita tiempo y ya le vería al día siguiente.

Segunda cita

El sábado me arreglé un poco más. Era un día caluroso, aunque por la noche refrescaría, por lo que me llevé un bolso lo suficientemente grande como para que cupiese una chaqueta de punto. Me puse un vestido de cuello de barco color miel, a juego con mis ojos, con una chica dibujada que estaba cabizbaja pero mirando hacia el frente, con un ojo tapado por el flequillo y sonrisa provocadora a la vez que inocente y unas bailarinas de color blanco igual que el bolso.

El lago no estaba muy lejos de casa, era una zona muy tranquilita, en cuanto llegué vi a Iván de espaldas y al girarse quedó impresionado:

—¡Qué guapa estás Cassandra! –abrió notablemente los ojos.

—No será para tanto, ¡anda tonto! –sonreí.

El lago era un buen lugar para relajarse y hablar, le dije de nuevo que me perdonara pero ya se le había pasado. Nos sentamos en un balancín de madera con vistas al horizonte, precioso. De pronto comenzó a atardecer, las nubes de apariencia esponjosa tomaban formas inverosímiles, parecían los algodones de azúcar de la feria, incluso del mismo color rosáceo. Iván y yo hablábamos del bonito paisaje. Al rato, el sol se escondía de entre esos verdes prados y la cálida brisa comenzó a pronunciarse acariciando nuestros cuerpos, por lo que saqué la chaqueta del bolso para ponérmela y aún así me aproximé a él para sentir su caluroso cuerpo, cosa que él no negó, me abrió sus brazos rodeándome:

—Cass –yo giré la cabeza hacia él, ¡qué cerca estaba!

—¿Qué? –dije mirándole a los ojos, él también me miraba a los míos y luego a los labios.

¡Dios había llegado el momento! Se acercó a mí inclinando la cabeza ligeramente hacia su derecha y me besó. Automáticamente cerré los ojos, era como si supiese lo que tenía que hacer aunque también hice un poco de lo que me enseñaron las gemelas. En mi interior sucedían mil cosas, no podía apartarme de él, le cogí de la nuca y le atraje hacia mí mientras poco a poco él me tocaba la pierna lenta, pero no pausadamente, hasta que metió la mano bajo mi vestido.

—¡Quieto Iván, no! –espeté apartándole.

—Vale, nena –la quitó suavemente, las yemas de sus dedos me hacían cosquillas.

—Es que no estoy preparada para esto todavía –dije mirando a mis rodillas–. No quiero que te enfades conmigo.

Con el puño cerrado bajo mi mentón me giró la cabeza y mirándome a los ojos me hizo esta pregunta desconcertado:

—¿Eres virgen? –yo asentí. Su rostro se tensó aún más y añadió–. Entonces, iremos despacio, ¿vale?, siempre y cuando me dejes besarte, me encantan tus labios –me los acarició con el pulgar y se acercó para besarme de nuevo.

Cuando se separó de mí solté una risita tonta y le dije:

—Vale, pero no te emociones ¡eh! –me puse roja.

CAPÍTULO 2

La apuesta

Más tarde me acompañó a casa; en el portal nos despedimos en condiciones, no como la última vez. Subí corriendo, saludé a mis padres y fui directa a mi habitación para llamar por teléfono a las gemelas. Ellas se alegraron y se extrañaron a la vez, a ver, se alegraron por el beso y se extrañaron por el sexo.

—*¡Qué bien se lo ha tomado! ¿No?* –dijo Andrea pensativa.

—*Yo creo que te desvirgará pronto* –opinó su gemela con toda la tranquilidad del mundo.

—No –dije tajante desvistiéndome sentada sobre la cama y con el manos libres hasta que pude coger el teléfono de nuevo.

—*Ya verás, ¿cuánto te apuestas, cinco, diez euros?* –persuadió Teresa.

—Me apuesto cinco a que tardo más de tres meses.

Las gemelas rieron.

—*Yo te veo cabalgando sobre él dentro de un mes como mucho y apuesto diez euros* –dijo Andrea.

—*¡Uy! Esto se pone interesante, yo apuesto diez a que lo hace en Nochevieja* –decía Ariadna, una chica de clase que me presentaron las gemelas, parecía ser que estaba en su casa al igual que Belén y Maca (otras dos del instituto). Belén era mi vecina, vivía en el portal de enfrente.

—*Yo apuesto diez por el veinticinco y Maca apuesta diez por Reyes* –se le oía decir a Belén.

—*¡Ah, guay!* –dijo Teresa como si lo estuviese apuntando.

[31]

—¿Ellas también? –pregunté asombrada.

—*Eh... nooo ¡qué va!* –dijo Andrea y se oyó un susurro.

El veintisiete de octubre mi madre cumplía cuarenta y cinco años. Se dice rápido, pero siempre era muy reacia a celebrarlo, por lo que simplemente la felicitamos y le llevamos el desayuno hecho por Alex y por mí a la cama.

Pasaron aproximadamente dos meses y de momento estábamos ganando la apuesta Ariadna, Belén, Maca y yo, a las gemelas no les importaba, todavía quedaba Nochevieja, pero se preocuparon más por la paciencia de Iván respecto a mi virginidad.

—Mientras no me lo pida, yo estoy bien –me dejé caer en el sofá del salón de las gemelas.

—Ya, a saber cuánto va a durar esto –dijo Andrea poniendo cara de asco, ya que había perdido.

Yo realmente estaba asustada, había oído hablar de los métodos anticonceptivos y eso, pero que no fuesen seguros al cien por cien... la cosa cambiaba. Aparte de hacerme a la idea de que algo entrase por mi todavía estrecha vagina... eso tenía que ser doloroso más que placentero.

Llegaron las vacaciones de Navidad y cada vez le daba más vueltas; yo estaba bien con Iván pero sentía que si no le concedía lo que él más quería (si era eso) le perdería. Quedaba con él algunos días, pero solo nos enrollábamos, y no me mencionaba nada relacionado con el sexo, ni siquiera se propasaba como en nuestras dos primeras citas.

Un fin de semana antes de Navidad quedamos en mi casa para hacer una fiesta de pijamas: las gemelas, Ariadna la pija, Macarena la basta, Belén la vecina y por supuesto yo, Miriam no pudo porque tenía que cuidar a sus hermanos pequeños.

Presentación de cada una

Ariadna, o Ary como la llamábamos, era rubia de ojos marrones tan rasgados que parecía polinesia o vietnamita y su piel era morena, sin embargo, realmente era de Chile. Tenía un cuerpazo increíble, aunque delgado y con poco pecho. Vino a España cuando era muy pequeñita y no se relacionaba con los suyos. Era y es una *fashion victim*, le gustaba tocarse la larga melena y andaba como una modelo.

Belén tenía el pelo corto con flequillo largo, su peinado creó moda. Para darle un toque personal se tiñó un mechón de su flequillo azul eléctrico que pegaba con sus gafas y sus ojos azules oscuros. Nació aquí en Cádiz, sin embargo, sus padres y su hermano Luis (novio de Ariadna) son portugueses. No le preocupaba ir a la moda pero siempre vestía bien para cada ocasión, a pesar de ser rellenita era muy atractiva, la conocí en el instituto pero luego nos dimos cuenta de que vivíamos una frente a la otra.

Macarena, o Maca, era la alegría de la huerta, tenía una larga melena marrón chocolate recogida siempre por un asombroso moño que nunca recordaba cómo se lo hacía. Asombroso era porque se lo recogía todo ¡con una horquilla!, ¡una sola!... increíble. Sus ojos eran de un color pardo con una mirada tan profunda que parecía que te podía ver hasta el alma.

Tanto a las gemelas como a estas tres chicas les encantaba hablar de sexo a todas horas; hubo un momento en que yo ya me hacía la loca, pasaba de escuchar aunque lo hacía por curiosidad.

—Vamos a ver –dijo Maca dando un aplauso–. ¿Qué os gusta hacer cuando estáis en el tema?

—Pues… Agarrarle de la espalda hasta arañarle pero sin hacerle daño, vamos clavarle los dedos –añadió Belén al ver nuestras caras de asombro y luego de alivio.

—A mí me gusta azotarle el trasero y agarrárselo con fuerza –informó Teresa mordiéndose el labio y poniendo las palmas como si agarrase una pelota. Todas rieron y yo estaba alucinando.

—A mí lamerle… –todas echaron el tronco hacia delante esperando a que la gemela dijese algo fantástico–. El lóbulo de la oreja, ¿qué pensabais, guarronas? ¿Cómo me agacho ahí mientras está dentro? ¿Me quito las costillas? –preguntó frunciendo el ceño mientras levantaba los hombros, todas incluso yo reímos.

—Pues a mí me gusta que oiga mis gemidos, es lo mejor, se ponen a cien y te dan más caña –dijo Ary.

[33]

—Es cierto. ¡Ahí le has dao! –murmuró Maca.

—¡Qué razón tienes! –añadieron las gemelas.

—Vale, quedo yo –dijo Maca agarrando mi cojín de fresa–. Pues a mí me gusta decirle lo que quiero que me haga pero sin parecer autoritaria.

—¡Maca! –exclamaron las gemelas quedándose boquiabiertas.

—¿Qué? ¿Cómo quieres que progresen si no les dices lo que te gusta? –dijo con lógica–. Además si se lo dices con voz sensual...

—O de GPS en plan, gira a la derecha, como te vayas al centro te piñas... ¡no es por ahí! A ver espera... y se la coges para guiarle –dijo Belén haciéndonos un croquis y todas reímos.

—Cierto –se me escapó, y todas se me quedaron mirando.

—¡Buenísimo! –dijo Andrea chocando su puño contra el de Maca. Tras eso se me quedaron todas mirando, me inquietó un poco.

—Oye, Cass –dijo Belén–. ¿Ya has pensado cómo te vas a vestir en Nochevieja para tu príncipe?

—¿Disculpa? –cuestioné sorprendida.

—¡Venga no te hagas la tonta!, todas hemos hecho apuestas, Belén sigue apostando para dentro de dos días, yo para Reyes, Ariadna para Nochevieja... ahora que lo pienso ¡Teresa no ha apostado! –exclamó Macarena

—Ya. Yo guardo el dinero para la ganadora –dijo tranquilamente.

—La verdad es que Iván es bueno en la cama, es como si se metiese en tu cabeza, sabe lo que te gusta... y utiliza la lengua como nadie –dijo Ary llevándose las manos a la boca, y todas gritaron emocionadas y reían chocando los puños unas con otras.

Yo no sabía si alegrarme por lo bueno que pudiese ser mi novio o enfadarme por ese comentario de mi novio y finalmente reí. Son cosas del pasado, ahora Ary estaba con el hermano de Belén, Luis, sin embargo, Dani el chino, que iba a nuestra clase de química, se enamoró de ella y a su vez, Alba estaba enamorada de Dani, y para darle celos por despecho se lió con Palomares, su amigo... En fin, una locura.

Se pasaron toda la noche planeando la ropa que me iba a poner, era un misterio...

El veinticuatro por la noche no salí, me quedé con la familia. El día de Navidad Iván me felicitó proponiéndome ir a su casa; Belén iba a ganar la apuesta, sin embargo, vino mi familia con los hermanos de las gemelas y no pude salir de ahí, o quizás fuera una buena excusa para escabullirme por cobardía más que por la apuesta, por lo que Belén también perdió.

La Nochevieja

El día treinta y uno fue estresante, estuve paseando por todas las calles buscando un conjunto rojo, no sé por qué, pero sentía que esta iba a ser la noche. Iván me lo insinuaba *«ponte guapa»* me decía. Ya tenía todo menos mi ropa interior, me paseé con Miriam durante casi toda la mañana. Como las tiendas cerraban pronto (a las ocho de la tarde) llegamos pronto a casa. En Nochevieja, por lo que me he dado cuenta, no solemos comer mucho, desayunamos, damos vueltas por los centros comerciales para las compras de última hora... picamos de lo que se prepara en la cena (que suele ser suculenta) y esperamos hasta aproximadamente las nueve o diez de la noche para cenar.

Cuando Alex llegó:

—¡Qué bien lo vamos a pasar en casa de Cano! –comentó abiertamente.

—¿Perdona? ¿Tú vienes? –pregunté atónita.

—Claro, me han invitado –dijo con naturalidad.

—Mamaá, ¿me vais a dejar con Alex? –grité.

—Claro, nosotros tenemos que hacer... nuestras cosas –dijo mamá entre risas.

—Aarg, no quiero saber nada, no habléis –dije con asco.

—Vale.

La fiesta era en casa de Cano, el mejor amigo de Iván, con su cresta de malote, ojos marrones y labios superfinos..., vamos que parecía una raya dibujada en la cara, comparado con los nuestros... En fin, a las gemelas las volvía locas, ¿sería por sus musculitos? O ¿por su dinero? Porque, madrecita, ese chico ¡sí que tenía pasta!, era un buen partido. Tenía unos cinco o seis hermanos, no sabía con exactitud, yo solo conocía a su hermano pequeño Ricky, mejor amigo de mi hermano Alex. Y porque van a la misma clase, que si no...

Cuando nos dispusimos a cenar yo todavía estaba sin vestir, Alex igual y mis padres ya se habían arreglado y todo. Papá, con un buen traje negro, junto con su bigote y pelo corto, parecía un sicario (así le llamábamos Alex y yo cuando se dejaba el bigote), y mamá con un vestido palabra de honor, cualquiera piensa que es mi madre...

Terminamos de cenar y ya eran las once y media, ufff... ¡Media hora para las campanadas!, pusimos la Primera, en la que salía Ramón García en un balcón frente a la Puerta del Sol, ya que en Tele Circo (como yo lo llamaba) salía «la Esteban» y a mi madre no le gustaba nada, decía que representaba el catetismo de España y que había temas más importantes de los que hablar en vez de estirar tanto la misma noticia de *el pollo de la Andreíta*.

Comenzamos a preparar las uvas y demás, recoger la mesa, guardar los platos en el lavavajillas.

Doce menos cuarto... yo por lo menos, quitándole las pepitas a las uvas para no atragantarme, ya estaba todo listo.

Doce menos diez... ¡Dios! ¡Qué despacio va el tiempo cuando tienes prisa!; comenzamos a hacer zapping todos sentados en el sofá en familia, excepto mi hermana que ya nos había llamado antes para felicitarnos y evitar el colapso de llamadas de nuevo año.

Doce menos cinco... ¡Venga, que ya queda poco! Dejamos el canal de Televisión Española, Ramón García explicaba bien claro lo que había que hacer, *«Familias de casa, primero sonarán los cuartos y luego las doce campanadas...»*. Y aún así algunos comíamos (me incluyo) al comienzo de los cuartos...

Doce en punto... los cuartos, no se come todavía, Ramón dice: *«y ahí vienen las campanadas»* tuuuunn, tuuun..., comiendo las uvas una por campanada, por cada mes del año y así hasta doce. Tras eso se oye un tremendo bullicio y los petardos haciendo ruidos sordos por la calle, nosotros nos abrazamos y besamos felicitando el año dos mil nueve, los teléfonos se colapsan, brindamos con champán y un anillo de oro en el fondo de la copa, señal de un comienzo de año con suerte; miramos desde la terraza los fuegos artificiales...

Con la tontería ya era la una menos cuarto, ¡Dios, y yo sin vestir!

—Vamos Alex, que hemos quedado a la una y cuarto –dije con prisa, ya que me tenía que maquillar.

—¡Vamos ya! –dijo dando un aplauso con ánimo.

A esta fiesta sí que iba a ir radiante, con un moño italiano muy bien hecho. Menos mal que tenía ya el pelo alisado desde la mañana (me tuvo que ayudar mi madre), ropa interior roja encontrada finalmente (sujetador de encaje rojo y cullot), y un vestido dorado espalda al aire. Todos sabíamos que había llegado el momento de perderla, ya lo tenía asumido. Mi hermano iba con traje y corbata y tan orgulloso el chaval con su afro rubio que decía que *a las nenas les gustaba*. Parecíamos pareja, ya que mi hermano mide aproximadamente lo mismo que yo, pero la verdad es que con el parecido que teníamos no colaba mucho. Llamaron al telefonillo de casa, era Miriam que también se venía. El día anterior entre las gemelas y yo nos lo curramos en cuanto a su vestimenta, llevaba un abrigo de color crema largo, un moño súper apretado, sin gafas, o sea, que llevaba lentillas, sus zapatos eran de color verde oscuro, y el vestido corto.

Cuando nos encontramos con las gemelas las dos iban con trenzas recogidas en un moño, mismo vestido pero diferente color de zapatos y bolso. Había una cosa que no entendía, hacía frío la verdad, pero ambas llevaban una torera, ¡una simple torera para abrigarse! Los vestidos eran de color negro, de palabra de honor, con un lacito por debajo del pecho, y al verlas mi hermano me abandonó y se fue con ellas cogiéndolas de la cintura y diciendo:

—No os preocupéis nenas, papi Alex os guiará, así que no os separéis de mí –las gemelas sonrieron y yo me reía para mis adentros, si él supiese...

Antes de llegar a casa de Cano, por el camino reconocimos ciertas voces chillonas, la primera Macarena (cómo no) diciendo:

—Joder estas tetas chiquilla, no las consigo yo amoldar ni con silicoña.

—Se dice silicona, ¡paleta! –añadió Ariadna mientras se arreglaba el corpiño del vestido rojo palabra de honor hasta los tobillos, dejando ver sus zapatos de supertacón para levantar sus pronunciados pechos intentando evitar chinarlo con el cigarro. Llevaba un abrigo torera de pelos blancos, su bolso de mano iba a juego con el vestido, parecía que iba a pasar por la alfombra roja con esa melena rubia suelta y bien lisa a un lado.

—Joder, pareces un putón, feliz año –dijo Teresa mirando a Ariadna.

—Porque molo mogollón, gracias igualmente –rió sonoramente dándole dos besos.

—Date una vuelta anda y no vuelvas hasta que no hayas pensado bien lo que has dicho –decía Teresa empujándola.

—Te perdono porque no eres tú la que habla, sino la envidia –dijo tocándole el hombro.

Todas gritamos en plan: «*¡qué mal te ha dejado!*». Primero nos dedicó una peineta a todos con su dedo corazón y luego nos dio dos besos a las demás felicitándonos por el año nuevo.

—Por cierto, ¿por qué vais igual? –preguntó echando el humo del cigarro a un lado.

—Es que esta noche Cano es nuestro objetivo –dijeron mirándose y haciendo caso omiso a lo que había dicho antes.

—O sea, que ¿me habéis utilizado? –dijo mi hermano falsamente indignado con la mano en el pecho–. Joé, macho. Adiós, me voy con esta belleza, os he entregado mi cuerpo y me habéis dado la patada –esos dramas los aprendió de mí.

Se acercó a Macarena, que llevaba un abrigo largo (bastante tapada iba), y en vez de llevar su largo flequillo y su moño como siempre, se hizo un ingenioso tupé con un mechón azul como el de Belén; la diferencia radicaba en que Maca tenía el pelo más largo y estaba suelto, peinado hacia atrás, con los ojos pintados de negro con apariencia de tigresa resaltando el color pardo de su iris. ¡Sí que tenía el pelo largo! Le llegaba hasta la cintura.

—¿Vienes conmigo *beleza*? (belleza en portugués) –la aludida rió tontamente y le agarró del brazo, parecían pareja, aunque en tacones, Maca era más alta, claro.

[38]

—¿Y tu novio? –le pregunté a Ariadna.

—Ya vendrá –contestó tirando el cigarro al suelo y pisándolo mientras soltaba el humo que le quedaba.

—Joder, habéis hecho un buen trabajo –dijo Ary mirando a Miriam.

—¿A que está guapa? –Andrea se puso a su lado haciéndola girar sobre sí misma.

—Sí –contestó la rubia mirándola, Ariadna no tenía mucho trato con Miriam, pero esa noche era digna de ser aclamada.

—Bueno, esta noche triunfaremos, ¿a que sí? –le preguntó Maca.

—Pues supongo… –dijo Miriam mirando hacia abajo insegura, esta chica era más vergonzosa que yo.

Cuando llegamos a su casa, bueno, al chalet de tres pisos de Cano, abrió la puerta Ricky, ese niño rubito de ojos marrones oscuros igual que su hermano, y a su lado su amigo negro Matías, otro inseparable. Me consoló su presencia, así no tendría que estar de canguro todo el rato, aunque ya tenía quince años a punto de cumplir los dieciséis, pero lo temía por lo chulo que era.

—Qué, ¿os mola? –dijo Alex mostrando a Maca.

—Pues la verdad es que… tío, te respeto –le dijo su amigo chocándole la mano.

—Bueno, nos dejas pasar ¿o qué?, que mis bombones se están congelando.

—Cuáles, ¿los de abajo o los que te rodean? –mi hermano comenzó a reír pero sin contestarle–. Vale pasad –abrió la puerta echándose a un lado. Entramos todas. Alex se desprendió de su acompañante perdiéndose por ahí.

Había bastante gente, pero sobre todo guarrillas, solo había que verlas vestidas a esas golfas. Ariadna las miraba por encima del hombro perdiéndose entre la multitud mientras se desprendía del abrigo, entré yo y finalmente me siguieron las demás. Miriam y Maca se quitaron el abrigo, era la hora, eso causó un gran impacto entre los chiquillos que había ahí. Maca llevaba un vestido negro por los tobillos, con un acabado desigual como los pañuelos, las tiras eran anchas y, lo mejor, un pedazo de escote hasta casi por encima del ombligo, pero debajo del pecho llevaba una cinta muy fina atada a la espalda que también estaba al aire hasta bien entrado el coxis, ¡con razón llevaba ese abrigo tan largo! Miriam iba con un vestido ajustado hasta las rodillas, de espalda al aire, pudiéndose ver sus curvas. Era del mismo verde que la seda de sus zapatos de tacón, el escote era redondo con un canalillo perfectamente visible del cual colgaba una cadena con un delfín de plata que nunca se quitaba.

Pronto dejaron de ser vistas por el corrillo de muchachos que las rodearon. Miré hacia una esquina del salón y vi a Cano en una mesa de mezclas, y un portátil (fíjate si tiene pasta el niño como para permitirse eso) estaba hablando con algunas chicas ignorando a Maca y a Miriam, cosa que a las gemelas no les gustó, y fueron a atacar, pero me di cuenta de que sus caminos se bifurcaron, luego vi a Iván entre la multitud, se quedó atónito al verme:

—¡La madre que me parió!, ¡qué buena estás! No me pienso separar de ti en toda la noche –y en efecto, no lo hizo.

La cosa fue bien, nos emborrachamos, pusieron buena música y luego música lenta, en plan «*Alex Ubago, aunque no te pueda ver*» nos tocó bailar pegados, Iván me cantaba al oído, lo que provocó que casi llorase pero, por el rabillo del ojo vi algo que me dejó flipada, Ariadna se... ¡no! no era ella... ¿o sí? ¡Se estaba liando con un chico! Porque que yo sepa, el hermano de Belén, Luis, era moreno y no rubio platino, pero ese tío era de la misma altura, se besaban con pasión y cuando ya se iban a separar para poder ver la cara del chico misterioso noté algo duro a la altura de mi pelvis, del susto me separé y luego miré a Iván, él se encogió de hombros y dijo:

—¿Qué quieres? Es que estás para cogerte y echarte un par de polvos, nena –yo no sabía si enfadarme o reírme, pero me quedé con él, aun así no quería marcharme.

Cuando acabó la música Iván me dijo:

—Espera, ahora vuelvo –se dirigía hacia donde se encontraba Cano, quien le señaló la planta de arriba y sonriéndole le dio un puño amistoso en el hombro.

Pronto comencé a escudriñar el panorama con las manos en jarra, lo primero que vi fue a mi hermano haciendo planes para buscar chicas, aunque había una morena que le estaba devorando con la mirada y él no se estaba dando cuenta hasta después de un rato, luego giré la vista a la derecha y vi a las gemelas haciéndole el lío a Cano, Macarena, más a la derecha con Miriam rodeadas de chicos, Macarena se fijaba mucho en un par de gemelos que estaban mirándolas hablando entre ellos y con los que acabaron manteniendo una conversación bastante interesante, ambas con su copa de champaña en la mano. A cierta distancia había un negro bastante fuerte que miraba a Miriam, pero esta no se percataba de su presencia. La que más me interesaba era la que menos encontraba: Ariadna y el chico misterioso, parecía el título de uno de los libros de Harry Potter. Al fin la encontré, estaba de camino a las escaleras con aquel chico de espaldas de nuevo, ¿era o no era Luis? Pero si lo fuese ¿Luis de rubio? Además, ese chico estaba fortachón y Luis era… normalito, bueno, en realidad estaba esmirriado y ese chico tenía sus músculos, pero sin pasarse como Iván, y cuando ya iba a verle la cara ¡plaf! Me cogen de la mano tirándome de ella.

—¡Mierda Iván! –dije fastidiada.

—¿Qué pasa? Bueno, acompáñame, tengo una sorpresa para ti –sin escucharle, yo estaba buscando a Ary, pero la vi de espaldas con aquel chico perdiéndose por los pasillos de la planta de arriba. ¡Mierda los perdí! Pensé. Dejé a mi hermano con sus amigos diciéndole que me iba un rato a dormir.

—Ya, ya veo que no vas sola –dijo mirándome de arriba abajo y mirando a Iván que iba cogido de mi mano.

—Calla enano, que no voy a hacer nada malo –y me fui.

—No, si malo no es –chilló entre la multitud.

Capítulo 3

Mi primera vez

Subimos a la planta de arriba y llegamos a una habitación que podría ser la de Cano, era amplia, pero como estaba oscuro no me pude fijar bien. Al cerrar la puerta tras de sí Iván se acercó a mí diciéndome:

—Ven aquí preciosa.

Yo vacilé un poco, pero al final me acerqué tropezando con una butaca que tenía delante y precipité al suelo, reí tontamente y me levanté con la ayuda de Iván. Al incorporarme nos pusimos cara a cara mirándonos a los ojos e Iván luego me miró a los labios mientras se mordía los suyos denotando deseo por besarlos, y eso hizo agarrándome del moño con fuerza. En ese momento todas mis dudas se extinguieron, fue el beso más cariñoso que había experimentado y una oleada de calor invadió mi cuerpo entero. Le abracé y él siguió besándome el cuello tiernamente y, succionando con los labios, exploraba mi cuerpo palmo a palmo sobre el vestido, luego se detuvo en mis pechos, que acunó con la mano masajeándolos suavemente, yo me puse nerviosa y le aparté un poco, pero él no pareció percatarse, por lo que continuó.

Se quitó la chaqueta, a mi parecer estaba buenísimo con la camisa y la corbata puesta pero no duró mucho con ella, se desnudaba de una manera tan sexy que provocó una sensación en mí que nunca había experimentado… atracción supongo que sería. Me cogió del muslo y lo atrajo hacia él de forma que se me levantó el vestido acelerando mi pulso, me lo quitaba lentamente, acariciándome de forma ascendente mientras seguía besándome el cuello, succionándolo con sus labios. Parecía que estábamos bailando un tango. Yo levanté la cabeza y, en un abrir y cerrar de ojos, ya estábamos los dos en ropa interior. Noté el bulto oprimido por los boxers, aunque no miraba directamente por vergüenza, entonces Iván me tumbó con ternura en la cama quitándome el sujetador. *¡Qué maña tiene el tío!* Pensé. Se agachó para posar su lengua sobre mis erectos y oscurecidos pezones, describiendo círculos y luego daba lametones, me retorcí de placer (mi madre me explicó que los pezones eran muy sensibles, cosa que ignoraba pero por lo que vi, no era digno de ello).

Después de un rato se incorporó pero seguía masajeándomelos y con la otra mano buscaba el condón en la mesilla de noche, en cuanto lo encontró, antes de ponérselo, me quitó las bragas y acarició el tesoro escondido en ellas, mi clítoris asomó la cabeza como un caracol y lo frotó hasta producirme pequeños espasmos. ¡Dios qué placer! Sin darme cuenta estaba totalmente mojada, así que hundió el dedo corazón en el interior de mi vagina metiéndolo y sacándolo periódicamente, susurrándome todo tipo de cosas al oído. Sentir sus labios en mi oreja me tranquilizaba y me ponía cachonda a partes iguales. Luego se quitó los boxers quedándose totalmente desnudo ante mí, yo no quería mirarle pero, tumbándose sobre mí sin apoyar todo su peso, me susurró al oído:

—Tranquila nena. Confía en mí, déjate llevar.

Era un momento crítico, yo estaba un poco asustada pero no tan nerviosa, puesto que supo estimularme y estaba lo bastante húmeda como para amortiguar el dolor… o eso creía.

Se cogió de la base del pene restregando la punta en la entrada de mi humedad para lubricarse y luego se puso el condón. Al intentar hundir su tallo en mí, me puse tan nerviosa que se me contrajeron los músculos de la vagina, él me daba besos:

—Tranquilízate nena –repitió mientras me acariciaba el pelo.

No sé cómo ni por qué su cálido aliento me tranquilizó de nuevo, relajé los músculos. Me dolía un poco pero pude soportarlo, hasta que la hundió por completo, solté un grito ahogado por sus besos y ahí comenzó todo. Empezó a meterla y sacarla, era un dolor soportable, la verdad. Supongo que serían los efectos del alcohol, después de un rato simplemente notaba algo que entraba y salía, no me podía creer que yo en ese momento estuviese compartiendo la misma cama que ese pedazo de moreno penetrándome, solo la idea me produjo una sensación que me causó placer, entonces vi la cara de Iván, el estómago y el corazón me dieron un vuelco. ¿Qué me estaba pasando?, ¿estaba sintiendo algo más fuerte por él? No lo sé, la cuestión es que me gustaba abrazarle en esa postura. Pasado un rato, no sabría medir el tiempo, Iván dio un intenso gemido y noté como el condón estaba más caliente y se llenaba, eyaculó. Yo la verdad es que estaba más atenta a mis sentimientos que al hecho de que estuviese practicando sexo con él, quien cayó rendido a mi lado respirando fuerte y sonoramente, como si hubiera corrido la maratón. Se sacó el condón, fue al baño, y cuando volvió yo ya me había puesto la ropa interior y estaba a punto de ponerme el vestido cuando me dijo:

—Eeeee, no, para, vamos a dormir un ratito que quiero notar tu cuerpo medio desnudo.

Él estaba tal y como Dios le trajo al mundo, yo procuré no mirarle, aunque no pude evitar ver cómo se ponía los bóxers. Se tumbó boca arriba en la cama abrazándome, y yo sobre su torso desnudo, no tardamos mucho en quedarnos dormidos.

Año Nuevo, historias nuevas

Aproximadamente a las tres o cuatro horas nos despertamos y vestimos. Al intentar salir de la habitación sin hacer ruido nos topamos con las gemelas saliendo de la habitación de enfrente con Cano, ¡menuda cara de felicidad llevaba puesta!, nos miramos los unos a los otros. Las gemelas me miraron diciendo: «*sabía que la perderías*», y Cano a Iván le decía con la mirada «*joder tío, de puta madre*», por lo tanto Ariadna ganaba la apuesta. Se hizo un silencio hasta que bajamos al salón y nos encontramos a Matías, Ricky y Alex, durmiendo los tres con tres chicas, una rubia, otra negra y otra morena respectivamente, encima dormían con la camiseta interior y las corbatas aflojadas, a saber lo que habría pasado... Intenté despertar a mi hermano y nada, cinco minutos después bajó por las escaleras Ariadna con el pelo revuelto, sin pintalabios y de la mano del ru... ¡no me lo puedo creer! Me quedé con la boca abierta pero si es... es ¿Luis? No puede ser.

—Tía, ¡es Luis! –le susurré a Teresa señalándole y dándole golpes en el brazo con el dorso de mi mano.

—Sí tía, ¿no sabías que se había teñido? –dijo como si no me acordase.

—Tere, que yo solo le vi el día ese que fuimos a casa de Belén para los apuntes y era moreno, más delgadito... ¡tía! ¿Cómo que se ha teñido? –pregunté entre susurros.

—Cass, es Ariadna –dijo mirándome fijamente.

—Cierto –y continué mirando de frente dándole la razón.

—Cierto ¿qué? –preguntó Ary acercándose a nosotras.

—¡Hombre, cuánto tiempo Cassandra!, era Cassandra ¿verdad? –me señaló arrugando la frente con algún deje portugués.

—Sí, cuánto tiempo, ¿no? Has cambiado un rato –dije dejándolo caer.

—Ya ves, el gimnasio, el pelo, normal que no se me reconozca –dijo sonriente señalándose el pelo pincho rubio platino.

—¿Por qué tu hermana no ha venido?

—Mis padres la han hecho ir a casa de mi tía, aunque tampoco es que la desagrade tanto con mi primo Diego –explicó.

—Mmm... entiendo –luego me giré hacia donde estaba mi hermano–, Alex despierta, joé.

—¡Al carajo piva! –giró la cabeza para darme la espalda.

—Oyes, ¿alguien sabe dónde está Maca? –preguntó Andrea.

—¡Es verdad! ¿Dónde está? –Ariadna abrió los ojos de golpe.

—¿Y Miriam? –cuestioné.

—¡Ostias! –las gemelas se llevaron las manos a la cabeza.

Cano soltó una risita:

—¡Tú lo sabes! –le acusó Teresa.

—¡Cano! –grité, seguía igual, mirando a Iván con complicidad.

—¡No! –Iván no daba crédito a lo que se supone que se cocía por ahí.

—Sí, tío, los dos –dijo sonriendo con una mano en el bolsillo del bañador y con la otra alzando los dedos índice y corazón.

—¡No! –repitió Iván llevándose las manos a la cabeza, abriendo mucho los ojos y describiendo una O con la boca–. ¿Y la otra?

—Aaa, eso ya no lo sé –Cano levantó los hombros mostrando las palmas de las manos; Iván seguía asombrado ante lo que le decía su amigo ignorando nuestra presencia (Dios sabe lo que sería).

—¿Que dónde está, joder? –preguntó Ariadna cogiéndole de la camiseta de tirantes a Cano; este aun así no borró la sonrisa de su cara.

—Vale fiera, arriba primera planta, segunda puerta a la derecha –dijo a la vez que lo señalaba, parecía el botones de un hotel… pero ¡si era la habitación de al lado! Iván y yo estábamos al lado y no nos dimos cuenta… bueno, ¿y quién se daría cuenta de lo que está pasando en otro lado?

Subimos las cuatro dirigiéndonos a la habitación donde se encontraba Maca, al entrar ahí estaba tirada en la cama con los dos castaños que parecían modelos de Calvin Klein con los que hablaba la noche anterior, ella y Miriam. Tenían una barba de cinco días bien recortada, les quedaba genial, por lo que recuerdo vestían camisas blancas desabotonadas y pantalones chinos de color negro, uno de ellos hablaba con una copa en la mano y la otra en el bolsillo, gesto seguro pero no demasiado creído para la apariencia que tenía; el otro hermano adoptaba la misma postura que el anterior, la diferencia radicaba en que este se la estaba bebiendo sin quitarle ojo a mi amiga. Estaban tapados por una fina sábana, eran gemelos y ambos la abrazaban (guapísimos), Ary se quedó boquiabierta y las gemelas sonrieron ampliamente:

—¡Por Dios, qué es esto! –grité. Los dos gemelos parecieron no inmutarse pero Macarena se sobresaltó incorporándose totalmente desnuda.

—¡No chilles que me duele la cabeza! –susurró llevándose la mano a la misma y entornando los ojos.

Las gemelas reían y le hacían reverencias:

—Te has superado, ¡cómo están estos dos! –dijo una terminando la frase de la otra.

—¿Por qué? –pero obtuvo la respuesta poco después al ver a los Adonis que la abrazaban–. ¡Ay mi madre! Sí que me he superado, sí –levantó la sábana que les cubría a los tres, al principio parecía asustada pero al verles... abrió los ojos y la boca de la impresión. Las gemelas y Ary se asomaron y todas abrieron mucho los ojos, Maca fruncía los labios y asentía aprobando lo que veía–. ¿Cómo me ha podido entrar eso ahí?

—Con cariño y con paciencia, todo entra –dijo Andrea, y todas rieron; los chicos seguían sin inmutarse.

—Bueno vestiros ya, vamos –comencé a andar y la única que me siguió fue Ariadna, las gemelas seguían en su sitio–. Vosotras, ¿qué hacéis ahí todavía? –pregunté poniendo las manos en jarra.

—Ayudar a Maca a vestirse, que le duele el cuerpo –se justificaron, decidí ignorarlas y me dirigí al salón con Ary.

—¡Tú lo sabías! –señalé a Cano acusándole.

—Oye que yo solo la vi, muy arrimada a ellos subiendo las escaleras.

—¿Y qué son modelos o qué? –preguntó Ariadna, todos se quedaron mirándola–. ¿Qué? Es por el bronceado del cuerpo y la cara –dijo para justificarse.

—Ea –respondió Cano a la pregunta–. Son guapos porque son de mi familia ¡y yo que creía que eran maricas...! –dijo pensativo con los dedos bajo el mentón.

—No seas homófobo –le escupió Ariadna.

Se le notaba que Cano le caía mal y este no le contestó al estar delante Luis, le dio la vuelta al cigarro que mi amiga pretendía encenderse al revés.

—¡Que ya tienes experiencia, no seas novata chinita! –le dijo guiñándole un ojo.

—Ya no te permito que me llames así –la rubia le miró tan mal que parecía que en cualquier momento le daría un bofetón.

Para cortar esa tensión me dispuse a hablar:

—Bueno, ahora nos falta encontrar a... –de pronto la vimos, no pude continuar puesto que la respuesta estaba ahí, el maromo negro de la noche anterior bajaba las escaleras cogiendo en brazos a Miriam, que era como una muñequita para él:

—Imposible –dijeron Cano e Iván.

—¡Miriam! ¿No los había más grandes? –gritó Ary despertando por fin a mi hermano.

El negro, del mismo color que las gemelas, era un pedazo de armario increíble, pero por su mirada se le veía inofensivo, llevaba trenzas pegadas y sus labios eran finos, miró a Miriam a los ojos y sonrió, tenía los dientes bien alineados, perfectos como los de Iván, me quedé boquiabierta mirando al negro sin poder evitar apartarle de mi campo de visión, hasta que Iván me sacudió. Me recordaba a Yotuel, el cantante de Orishas. Cuando bajaron las escaleras el negro la bajó con cuidado diciéndole:

—¿Todo bien mami? –Miriam asintió, le llegaba por lo menos por el pecho, joé, encima dominicano, de lo que me gustaba a mí, pero bueno ahora Iván era mi novio y estando como estaba… no necesitaba nada más.

Pronto se percataron de nuestra presencia:

—*Carlitos* –dijo Iván con la boca abierta.

—¿Quién es esa? –preguntó Cano.

—Es Miriam, atontado ¿Es que no me has oído llamarla? –contestó Ariadna.

—Sí, pero ¿qué Miriam? –seguía atónito.

—Tío, Miriam, la de los libros la… rara –susurró Iván, yo le miré mal.

—Ah… ¡Venga coño! ¡No me jodas!, ¿con *Carlitos*?, o sea que por eso no te encontraba, estabas muy ocupado –dijo señalando a Miriam, quien se acercó a nosotros de la mano de *Carlitos*.

—¿*Carlitos*? ¿*Carlitos* por qué? Si es enorme, ¡ay! –susurré, Ariadna me dio un codazo en las costillas.

—Me llaman así porque conozco a estos dos manes desde que éramos chicos –dijo cogiendo de la cabeza a Iván y a Cano que eran muy bajitos para él.

—Era más enano que nosotros –informó Cano dándole un puño suave en el estómago.

—¡Quién lo diría, eh! –dijo Iván sonriendo.

—Ah, Ok –dije.

Poco después, bajaron las gemelas con Maca, las tres sonrientes, *¿qué habrían hecho?* Me pregunté, Cano parecía celoso.

Al ver las tres a *Carlitos* de la mano de Miriam no salían de su asombro, pero no dijeron nada.

—Vamos Alex –le dije a mi hermano que estaba ya vestido.

—Espera –fue a darle un beso a la morena de pelo corto con la que había dormido.

—Venga vale, iros ya que tengo que limpiar –dijo Cano sarcásticamente molesto–. Chinita, ¿no te quedas conmigo?

Le tendió la mano a Ariadna, nos dimos cuenta de que le encantaba hacerla rabiar, le producía un placer que ninguno entendíamos. Luis le fulminó con la mirada, pero no por ello Cano borró la sonrisa de su cara. Al ver que Ary golpeó la mano que acababa de ofrecerle se fue con Iván sin parar de reír dejándola en paz.

Miriam se despidió de *Carlitos* con un besazo, puesto que este también se quedaba, las gemelas le dieron a Cano uno en cada mejilla y otro en la boca, me despedí de Iván y, finalmente, nos fuimos.

Nada más cerrar la puerta nos miramos los unos a los otros sin mediar palabra, cuando nos alejamos del chalet empezamos a pedir explicaciones, así que achacamos primero a mi hermano por ser el más pequeño.

—Oye enano, ¿qué has hecho con esa morena? –le di un suave golpe en el hombro, este giró la cabeza y mirándome con los ojos entornados me dijo:

—¿Y tú que has hecho con el guaperas moreno ese?

—Eso no es apto para ti –le dije moviendo el cuello despectivamente y describiendo círculos en el índice muy cerca de su cara–. Pero me interesa saber qué es lo que le has hecho a esa pobre chica.

—Eso, eso, ¿qué has hecho? –preguntaron las gemelas con la misma sonrisa empujándole suavemente para captar su atención.

—A ver, a ver curiosas –dijo arreglándose el cuello de la camisa, luego frotó las manos lentamente mientras sonreía pícaramente–. Para empezar, no le he hecho nada a esa chica, simplemente se ha rendido a mis encantos…

—¿Encantos? –exclamamos todas riéndonos a carcajadas excepto Maca, que observaba en silencio.

—¡Vale, pues no lo cuento!

—Vale nene, cuenta, cuenta que queremos saber –dijo Teresa.

—Bueno, pues tras tu desaparición –dijo señalándome a mí–, vi cómo esa chica, Bea creo que se llamaba… mmm sí, se acercó a mí –miraba hacia arriba como pensativo o quizás parecía no querer contarlo.

—Vale, para que cojas confianza empiezo yo a contar: me he despertado esta mañana con dos gemelos a mi lado –Maca puso cara de complicidad a las gemelas tras estas palabras–, con un tamaño bastante considerable –dijo mirando a Ariadna quien alejó la mirada al estar Luis delante.

—¿Qué? ¡Yo no he visto nada! –se justificó Ariadna encendiéndose otro cigarro con los hombros levantados.

—Y creo que tuvo que estar bien porque, quillo, tengo el cuerpo como si me hubiesen dado por todos…

—Bueno vale, ya está bien Maca –interrumpí–. No ves que es solo un chaval, ¿cómo vas a contarle esas cosas? –sabía que a mi hermano le picaría.

—Un chaval ¿dices? Pues a ver si a un chaval corriente le pasa esto –se arregló los puños de la camisa.

—Vale, pues cuenta –dijo Andrea con ansia. Y ahí comenzó.

Historias de la noche anterior: Alex

—Bien, pues cuando terminamos de bailar y te fuiste con tu principito –dijo enfatizando la palabra *principito*, ¿qué le pasaba a todo el mundo con el rollo del principito?–, vi que me miraba detenidamente y yo, si os digo la verdad, me estaba poniendo de los nervios, no me resulta cómodo que alguien me mire de esa manera pero por tener ese cuerpo del pecado la perdono –se puso el dedo en la lengua y luego en su trasero como si le quemase, todas le mirábamos tan atentas que hasta aminoramos el paso.

—Y bueno, se acercó a mí con cara de viciosilla: «*Hola guapo, ¿estás solo?*». ¡Menuda carita de inocentona! Me ponía a cien y encima con labios carnosos, ojos oscuros tras esas gafitas negras, que parecía actriz porno, y lo que más me gustaba, un culito de negra…

Se mordía el labio mientras azotaba al aire y continuó:

—«Eh, estoy con mis amigos y...». «¿Tienes novia?», me soltó interrumpiéndome, su escote me despistaba ¡vaya peras más redondas!, luego la miré a la cara y la dije: «¿Eh? No, ¿y tú?... quiero decir que si tienes novio, no novia je je», dije rascándome la nuca en el fondo de mi afro. «No, estoy sola aunque...», se acercó a mí y susurrándome al oído me dijo: «Ahora estoy contigo», y me lamió suavemente el lóbulo de la oreja, entrándome tal escalofrío que me encogí de hombros poniéndome tontorrón –comenzó a reír al recordarlo–. «Nena, este papi se va a ocupar de ti y no te vas a sentir sola ni un momento. ¿Ok?», le puse el brazo por encima del hombro para tocarle una teta intencionadamente. «Vale papito», deslizaba su dedo índice por mi torso con esa voz tan sexy que me puso de cero a cien en un segundo, giré la cabeza un momento para buscar a mis amigos y, a la que me vuelvo para mirarla, la nena me planta un beso en todos los morros –enfatizó sus palabras tirando un papel de chicle al suelo acompañando el movimiento de la mano con la cabeza.

—¡Joder con el hermanito! –hablaban las gemelas al unísono, yo estaba alucinando, o sea, mi hermano, mi hermanito de quince años, ¡hay que joderse!

—Ya, ya pero tú hiciste algo más con esa chica porque el estado en el que os encontré dormidos... –dije acusándole con el índice.

—Eso, ¿qué pasó? –tanto Andrea como Teresa se estaban divirtiendo con la historia de mi hermano.

—Pues... mirad, vamos a hacer una cosa, yo os lo cuento y luego vosotras me contáis vuestras historias, ¿estamos? –se apoyó sobre el hombro de Maca.

—Por mí vale –dijo Andrea.

—Y por mí también –añadió Teresa.

—Yo ya estoy libre de pecado –dijo Maca tocándose el pecho y enseñando las palmas mostrando su inocencia.

—Tú tienes cosas que explicar todavía y las gemelas también, ¿por qué habéis tardado tanto en bajar? ¿Qué estabais haciendo en la habitación? –me crucé de brazos.

—Pues nada, nos quitamos la ropa, bueno yo no porque no llevaba, y les despertamos para que nos viesen. Alucinaron, nos liamos, parece ser que se despertaron bien contentos, un poquito de sexo oral por aquí y otro poco de tu pierna molesta, ¡uy! que he acabado en medio, ¡uy! que me habéis acorralado entre los dos, ¡uy! que me he caído «encima tuya»... pero nada más, no me apetece explicar –dijo Maca con indiferencia, las gemelas en cambio se partían de risa y Ariadna miraba a Luis con cara de (no te lo creas que eso no ha pasado), sin embargo, Luis lo dejó pasar.

—Vale, tú ya has contado –dijo Alex, y de repente todos se quedaron mirándome esperando mi respuesta.

—¿Qué? –dije encogiéndome de hombros.

—¡Anda hermanita! ¿Te crees que no sé qué te has tirado al soplagaitas ese de ojos verdes y que llevas saliendo con él unos cuantos meses?

Me quedé perpleja pero me serené y dije:

—Vale, vale os lo contaré, pero sigue con tu historia.

—Vale, continúo –encima ponía cara de tío importante, pero ¡qué chulo era mi hermano!–. Bueno, la verdad es que nos estuvimos liando un buen rato y la tía se puso tanto que me metió la mano en los pantalones haciéndome pajas, esa quería sexo, se notaba a la legua –miraba a Luis con cara de complicidad y este sonrió, *¿qué fue eso?*

—Le dije: «Nena, paciencia». «No, lo quiero ahora, vamos», me agarró de la corbata y me llevó al baño, cuando llegamos nada más entrar me empotró contra la puerta cerrándola de golpe, amortiguado por la música, y me besó los labios, bajando hacia el cuello, me abrió la camisa y me desabrochó el cinturón bajándome la cremallera y... ya os lo imagináis –nos dio la espalda.

—Pues no, aclárnoslo, lo queremos saber con todo lujo de detalles –dijo Andrea.

—Vale, pues te cuento –dijo volviéndose, yo es que estaba que no cabía en mí, pero bueno, la curiosidad era la curiosidad–. Esa chica la chupa que te cagas, me hizo unos masajes ¡madre mía!, solo de recordarlo es que... ¡Dios! Bueno se la metía entera en la boca y contraía la garganta haciéndome maravillas en la punta y luego lamía el tallo como si fuese un perro y...

—Vale, vale ya está bien no quiero saber nada más, demasiada información. Alex calla –dije poniendo cara de asco.

—Es verdad, mi hermanita tiene razón –le dijo a las gemelas mientras me ponía la mano en el hombro–. Gemelas por favor, no puedo contar estas cosas delante de mi hermana mayor, ¿qué imagen le estaré dando?

Yo me ruboricé.

—La de un tío con suerte –soltó Luis chocándole la palma.

—Exacto –dijeron a la vez arqueando la ceja.

—Son cosas de la vida, así de promiscuos somos los adolescentes –dijo Maca.

—Aro, aro, hermanita, son cosas de la vida.

—Y bueno, ¿te la tiraste o algo? –preguntó Andrea.

—¡Ay mi Alex, que está hecho un hombre! –decía Teresa con ilusión, como si hubiese estado esperando este momento.

—¡Qué va!, es que me trabajó tan bien que se me escapó y me corrí en su boca, yo pensando: «madre mía la he cagado, seguro que se ha ofendido», pero me equivoqué, ¡le encantó! –dijo sonriendo de lado y arqueando una ceja.

—Dioooosssssss –gritaron las gemelas con las manos en la cabeza, yo la verdad es que no sabía dónde meterme, ¿escuchar o no escuchar? He ahí la cuestión, escuchar, escuchar claro:

—Hombre, también le hice unos dedos, sabes, para que disfrutase un poco, luego cuando salimos la gente ya casi se había ido y mis colegas estaban dormidos con sus respectivas chicas, que ya veré quiénes son y qué hicieron. Así que nos dormimos, pero vamos, me gustaría catar ese… a esa chica –al mirarme se puso rígido, se rascó la oreja y carraspeó–. Me ha dado su número de teléfono así que… ya quedaremos –al sacar su móvil besó sus dedos y luego los posó en el aparato, que guardó rápidamente mirando a todos lados.

—O sea, ¿que ya no eres virgen? –arrugué las cejas abrumada.

—¡Qué va hermanita!, desde los trece años con la prima de Canarias, es decir, hace dos veranos, desde entonces no he parado.

—¿Qué prima? –pregunté frunciendo el ceño, me dio un vuelco el corazón y me paré en seco en medio de la calle.

—Mayra –decía en tono soñador y con una amplia sonrisa.

—¡Es tu prima! –dije abriendo los ojos como platos.

—¡Es lejana! –me imitó en tono de burla.

—Cuanto más prima más te arrimas ¿no? –soltó Luis chocando la palma con mi hermano de nuevo, no hablaba mucho pero cuando lo hacía era para alabar a Alex.

Bueno, la verdad es que tenía razón, era una prima lejana pero daba igual es de nuestra familia:

—Miriam –dijo Teresa.

—¿Quién era ese armario?

—Eh... –dijo Miriam distraída.

—¡*Carlitos*! –dijimos todos.

—Y ¿por qué le llaman Carlitos?, ¡si es enorme! –volvió a preguntar Teresa.

—He ahí la ironía –solté levantando las cejas y entornando los ojos con evidencia.

—Será porque de pequeño era un enano, yo que sé, para más información consulte a Cano e Iván que para eso es su amigo de la infancia –Miriam parecía molesta al decirlo.

—Vale –se acercó a Miriam para preguntarla–. ¿Y qué has hecho con él?, bueno sé lo que has hecho, pero a lo que me refiero es… bueno tú lo sabes ya, cuenta.

—Ya os lo contaré otro día, que me tengo que ir ya a mi casa, ¿vale?

—Bueno pues vale, ya contarás; próxima fiesta de pijamas, en nuestra casa, chao –dijo Andrea.

—Chao –dije dándola dos besos.

—Que descanses –dijeron Ariadna y Luis.

—Chao –dijeron finalmente mi hermano y Teresa.

CAPÍTULO 4

Historias de la noche anterior: las gemelas

—**B**ueno, pues nos quedamos con la intriga –dijo cabizbajo.

—Y vosotras nenitas de chocolate, ¿qué habéis hecho con Cano? –el disgusto se le pasó enseguida, simplemente por saber qué había pasado (mi hermano es un marujo, se entera de todo).

—Trabajarle –contestaron al unísono.

—Me lo imaginaba –juntó las yemas de los dedos y sacando los morros–. Contad hermanas, contadle a papi Alex vuestra experiencia para que tome nota.

Yo bufé:

—Para empezar le estuvimos poniendo a punto en la fiesta y él todo el rato se pensaba que era Teresa porque le dijimos que yo no pude ir. Cuando mi hermana le llevó a la habitación te vi hablando con la morena, por lo que no pude pedirte el favor que quería por no interrumpir tu charla y enganché por banda a Ricky que estaba solo y pasaba por ahí. Le conté el trato y le di cinco euros. Cuando llegamos a la puerta de la habitación donde estaban le dije a Ricky: «Ya sabes lo que tienes que hacer ¿no?». «Sí, entretenerle un ratito lo he entendido», justo en ese momento pasó una chica negra con el pelo liso, Ricky se quedó mirándola como si le estuviese haciendo una radiografía y se fue detrás de ella. Tendría aproximadamente su edad o un poco más mayor: «Perdona, perdona, belleza, ¿tienes una moneda?, le prometí a mi madre que la llamaría en cuanto me enamorase», y pensé, esa frase la he oído en algún sitio y no sé por qué de repente me acordé de que fue en la película de *Salón de belleza*, esa en la que salía Queen Latifa, ¿os acordáis?

—¡Ah sí!, es verdad, ¡qué estilo tiene tu amigo! –solté dirigiéndome a Alex con las manos en jarra.

—¡Buah! Fue justo lo que escuchó cuando estabais viendo esa peli y le gustó, por eso se quedó con esa frase. Es cosa suya –contestó indiferente aunque sonriendo.

—Continúo: «Ja, ja, ¡qué gracioso eres!», dijo la chica. «¿Cómo te llamas preciosa?», preguntó poniendo cara de seductor apoyando la mano derecha en la pared, «Rita, y tú eres el hermano de Ángel si no me equivoco», dijo señalándole con el dedo y entornando un ojo. «Pues no te equivocas nena», esbozó una sonrisa. «Ah, ya decía yo os parecéis un poco». «Pero yo soy más guapo», se aproximó un poco más a ella y esta rió. Al rato me acerqué a ellos y le dije a la chica: «Lo siento chica, ahora os dejo hablar a solas, ¿vale? Es que este chaval me debe un favor, ¡vamos, vamos!», dije agarrándole del cuello de la camisa para dirigirle de nuevo a la habitación. Ricky golpeó y yo me escondí en la habitación contigua, Cano abrió la puerta salvajemente con enfado, «¿Qué quieres niñato?». «Esto… Ángel que ha pasado algo con la mesa de mezclas y dos tíos se quieren pelear por subir ahí», decía rascándose la nuca, algo apurado. Era buen actor, «¿Qué?, nadie toca esa mesa», fue como un rayo hacia el salón para ver lo que pasaba mientras yo me metí en la habitación y me desnudé quedándome en ropa interior. Poniéndome sobre la cama al otro lado, Ricky decía: «Puff, parece que la cosa se ha calmado aún así gracias», y no se oyó ninguna palabra de Cano quien entró en la habitación dando un portazo en la cara de su hermano. Al volverse se quedó alucinando, «¡Sorpresa!», dijimos mi hermana y yo. No daba crédito a lo que veía y se frotó unas cuantas veces los ojos para comprobar que era real. Nos acercamos a él para quitarle la ropa hasta dejarle en boxers, le dimos besos por todo el cuerpo y cuando llegamos a la altura de la cintura vimos cómo esa protuberancia comenzaba a notarse. Quitándole la ropa interior comenzamos a lamerle el pene. ¡No estaba mal el tamaño!, no como para ser actor porno, pero sorprendía. Pusimos tanta pasión en lo nuestro que se fallaron las rodillas, así que le tumbamos en la cama: «¿Quieres ver un espectáculo?», él asintió con la cabeza, Teresa me cogió de la cabeza...

—¡Chicas! La información de su tamaño os la podíais haber ahorrado –dijo Alex con cara de asco, ellas le ignoraron y Teresa continuó con la historia.

—Bien, pues nos besamos con lengua y comenzamos a hacer *petting*, cosa que a Cano parecía gustarle porque resoplaba fuertemente; Andrea me quitó el sujetador y comenzó a lamerme los pezones mientras me cogía de los pechos, yo en cambio le quité las bragas y le hice dedos, gemíamos para ponerle. Al ver su cara nos acercamos cada una a un lado suyo, primero me besó a mí y luego a ella, que le hacía pajas mientras yo le lamía el lóbulo de la oreja y acariciaba su torso desnudo. Estaba tan cachondo que nos hacía dedos con ímpetu. Tras eso él se levantó poniendo a Andrea a cuatro patas, penetrándola bruscamente mientras me besaba y acariciaba mi clítoris; yo, en cambio, le tocaba el trabajoso pene que entraba y salía de la vagina de mi hermana, unos minutos más tarde cambiamos, me puso boca arriba sobre la cama, esta se puso sobre mí al revés, es decir, a lo sesenta y nueve a la vez que Cano me la metía...

—Espera, espera –todos me miraron–. ¿No os está pareciendo demasiado fuerte esta historia? –tenía la boca abierta y me incliné hacia delante mostrando las palmas de las manos.

—Calla que es interesante este momento –dijo Maca con cara de interés, estaba ya cojeando de lo agotador que era ir a esas horas con tacones.

—Cass, hay confianza, tú tampoco te quejaste cuando te besé –dijo Andrea.

—¿Que qué? ¿Os besasteis? –preguntó mi hermano con el puño en la boca como si fuese un micrófono.

—Sí, pero eso no fue nada, solo un besito y sin lengua –justifiqué.

—¿Cómo que sin lengua? –replicó la gemela con el ceño fruncido.

—¡Joder, Cass!, tú y yo tenemos mucho que contarnos, ¡eh! –dijo mi hermano sonriendo y dándome codazos.

—Sigamos, que esto no acaba aquí –añadió Andrea.

—¿Cuándo quedamos para que me hagáis a mí lo mismo?, es que no sé besar –interrumpió Alex poniendo cara de pena; yo le di un codazo en las costillas y me miró con dolor.

—Nene, vete a por las de tu edad, además, tú ya estás bien enseñado. Bueno sigo… –dijo Teresa.

—A ver, me gustan maduritas, con experiencia y… –enumeró como si estuviese escribiendo la carta a los reyes.

—Calla. Calla que si no, no os lo cuento –gritó Teresa.

—Vale, me callo –dijo Alex asustado.

—Los tres estábamos disfrutando, luego paré en seco y me aparté para que Cano no se corriese, nos puso boca arriba a ambas haciéndonos cunilingus mientras se hacía una gallorda (paja) hasta que vimos que estaba a punto de eyacular. Nos pusimos de rodillas delante de él, una a cada lado y se la chupamos como si nos estuviésemos besando hasta que soltó todos sus jugos, gimió como ninguno. Nos fuimos al baño para lavarnos un poco y sin ponernos la ropa nos dormimos los tres, una a cada lado suyo. Al despertar nos confesó que era la primera vez que hacía un trío.

—Joé, ¡pues menos mal! –susurró mi hermano.

Teresa le miró con el ojo entornado y continuó:

—Unas cuantas horas después nos vestimos y salimos de la habitación donde justamente os vimos a Iván y a ti salir –me señaló.

—Sí, sí, ya he tomado nota –dijo Alex como si estuviese apuntándolo mentalmente.

—Pues sinceramente yo no me creo que sea su primera vez, pero… en fin –bufó Maca incrédula y finalmente abatida, sin ganas de discutir.

—Bueno hermanita, te toca.

Les conté mi historia, que ni comparación con las suyas, pero bueno al menos ya me había estrenado, me sentía como en un nivel inferior al descubrir que mi hermano ya no era virgen y la naturalidad que tenía para contar cosas como esas. Ahora le tocaba el turno a Ariadna y a Luis, lo que pasa es que preferimos que no nos lo contasen puesto que Luis nos lo demostraba físicamente, haciéndonos croquis, y como que no queríamos ver esas cosas.

—Bueno, nosotras nos vamos –dijeron las gemelas.

—Por cierto, he ganado la apuesta, ya me daréis mi recompensa –dijo Ariadna.

—Una polla en la boca te vamos a dar.

—¡Teresa! –le espetó su hermana.

—Por eso no os preocupéis –dijo Luis pasándole el brazo por los hombros, su novia le miró con reproche pero él no borró la sonrisa.

Las gemelas se despidieron de todos, Andrea, al darme dos besos, me dijo al oído:

—Esta noche te llamo, ¿vale amor? –yo asentí–. Ariadna, cuando seas mayor te daré lo que te debo. Y muy buena Luis –y se fueron riendo, quedándonos la parejita, mi hermano, Maca y yo.

—Entonces, bien con Iván, ¿no? –preguntó Ary para romper el silencio.

—Esperemos que sí –dije pensativa.

—Ojalá, que duréis –dijo Luis.

—A ver, a ver qué pasa –dijo mi hermano con desconfianza–. Si no, se las verá conmigo –dijo haciéndose sonar los nudillos.

—¡No exageres que no será para tanto! –le separé las manos.

—Bueno Cass, nosotros nos vamos –Ariadna y Luis se quedaron parados frente al portal. Maca se fue por otro camino, su casa no estaba muy lejos de la nuestra, por lo que tampoco tenía que andar mucho.

—Venga, luego nos vemos –nos despedimos con dos besos y se fueron.

Al abrir la puerta parecía que no había nadie, entramos en la habitación de papá y mamá y estaban durmiendo ¡desnudos!

—¡Dios que trauma! –dijimos mi hermano y yo a la vez tapándonos los ojos con las manos y cerrando la puerta de su habitación.

—¿Pero qué dices? ¡Vaya nochecita más interesante pasaron ellos también! –dijo Alex.

—Sí.

¡Ya eran casi las diez! Estábamos reventados, así que nos fuimos a dormir un rato más, sin hacer ruido mientras nos cambiábamos me asomé a la habitación de mi hermano que estaba al lado y le dije:

—Alex, no le cuentes nada a mamá de lo de anoche, ¿vale?

—Vale, aunque lo descubrirá, sabes cómo es mamá para esas cosas, tiene un radar, ¿te acuerdas con Brandy? –preguntó mientras se quitaba la camisa dejando ver su torso desnudo, pensaba que mi hermano estaba más delgado pero parece ser que se está poniendo fuerte.

—Tienes razón –dije subiéndome los pantalones.

—Bueno hasta… no sé, que descanses hermanito –y me fui.

—Chao –contestó y cerramos nuestras puertas.

Aproximadamente a las seis de la tarde sonó el teléfono. Lo cogí, era Iván.

—¿Sí? –contesté con voz ronca.

—*Hola, ¿te he despertado?* –su tono denotaba cariño.

—Bueno, sí pero no pasa nada –contesté quitándome las legañas.

—*¿Qué tal estás hoy?*

—Pues estoy bien, ¿y tú?

—*Bien, princesita.*

Como consecuencia solté una risita tonta.

—Me gustó mucho lo de anoche, me trataste muy bien.

—*Es que a mi reina hay que tratarla como tal, lo que quiero lo consigo. Yo quería hacerte sentir bien y lo hice* –estaba inspirado, se notaba… Aunque sonó un tanto chulo.

—Por cierto, una curiosidad, ¿qué pasó con Ricky y Matías? Porque por lo que vi estaban muy felices durmiendo al lado de esas chicas.

Iván comenzó a reírse y añadió:

—*Nada importante, Cano me comentó que su hermano andaba detrás de una chica negra…*

—¡Ah ya!, Andrea me dijo que la estaba tirando los tejos –apoyé los codos en la cama medio incorporándome.

—*…sí, según tengo entendido se enrolló con ella al final, pero no mucho más, al menos por lo que sé, esperemos que no le haya hecho nada malo porque es la hermana de* Carlitos, *¿lo sabías no?*

[62]

—¡No, jo...! Digo ¡no fastidies! ¿En serio? ¿Y Matías? –pregunté.

—*Pues nada, más de lo mismo. Ricky me dijo que no tuvo mucho tiempo para atenderle pero sí que le vio liándose con una rubia, solo ellos lo saben..., por cierto, y tu hermano, ¿qué hizo?* –cuestionó con interés.

—¡Pues no hizo cosas el muy cabrón! Vaya tela –dije irónica agitando la mano que tenía libre.

—*La chica de Matías es prima de los hermanos Cano.*

—O sea, ¡que era verdad! Por Dios, ¿qué fue eso?, ¿una reunión familiar? –asombrada estaba, él rió.

—*Eso parece, bueno cambiando de tema, ¿quedamos hoy?*

Pensé en lo que me dijeron las gemelas de no hacer todo cuanto me pidiese y que no cayese a sus pies, quiero decir, que no pareciese desesperada por él.

—No cariño, lo siento, es que estoy un poco cansada y hoy vamos a estar en plan familiar, hablamos mañana ¿vale? –dije con voz exhausta.

—No pasa nada nena, ya si eso mañana hablamos, besos te quiero –no pude contestarle, me dejó en estado de shock. Era la primera vez que me lo decía y colgó rápidamente sin esperar respuesta alguna.

Me sentía satisfecha por no dejarme llevar y a la vez un poco mal al mostrar tal rigidez. Me levanté de la cama y salí de mi habitación. Vi a mis padres en la cocina cantando a dueto una canción de Nelson Freitas mientras preparaban cachupa, que se basa en carne de cerdo con maíz y judías, y luego una olla de arroz aparte, aunque los ingredientes varían según el país africano de habla portuguesa. En mi casa comemos mucho arroz, alimento básico para todos los africanos y sudamericanos; mis padres nos introducen mucho en la gastronomía africana aunque también en la española comiendo cosas como el cocido madrileño, pringá (segundo plato de puchero machacando patatas, zanahoria, tocino y carne) pescaito frito, berzas, papas con choco, etc.

—Boa tarde! Feliz ano novo –que quiere decir: «*¡Buenas tardes! Feliz año nuevo*» en portugués, no sé... me apetecía hablarles así, pocas veces lo hacía.

—Boa tarde filha, tudo bem? –me preguntó mi padre.

—Agora sim –le contesté (ahora sí)–. ¿Y Alex?

—¿Ya te has cansado no? –dijo mi padre a espaldas de mi madre sonriéndome mientras la agarraba de la cintura–. Ha salido con sus amigos, el rubito y el negro.

—Am vale, bueno me voy a ver la tele un rato, que os lo paséis bien –cogí mi vaso de leche con Nesquik.

—¿No bajas hoy? –preguntaron asombrados, me giré y dije echando hacia atrás el tronco y arqueando una ceja:

—¿Perrdona? ¿Me estáis echando?

—No, no cariño haz lo que quieras –mi madre sacudió la mano como una reina le hace a su sirvienta mientras abrazaba a mi padre y yo le di la espalda marchándome a mi habitación.

—Tss salidos –susurré.

—Vienen los abuelos –anunció mi madre antes de irme.

—¿Van a venir? –pregunté con ilusión, pues hacía tiempo que no les veía.

—Sí.

—Vale, entonces me quedaré aquí para verles.

Llamé a las gemelas y decían estar muy cansadas, hablamos un rato y las colgué. Me acordé de Miriam. Llamé a su casa pero su madre me dijo que no estaba, que le había ido a recoger a casa un amigo negro bastante grande y su primera impresión de él no fue muy buena, yo, en cambio, no sabía qué decir. Cuando las madres te cuentan sus frustraciones respecto a su vida y sobre todo la de sus hijas que son tus amigas, prefieres no opinar sobre ello, puesto que sabes por qué actúan así aunque luego comprendes ciertos comportamientos. Así que tras escucharla dije:

—Bueno, pues nada, gracias –y colgué.

Esperemos que ese dominicano sea de fiar, porque son mucho de palabrería sobre el amor y luego te dejan tirada a la primera de cambio, pero son tan guapos… A ver, centrémonos, siempre hay excepciones y esperemos que *Carlitos* sea una, ¡con lo cortadilla que es ella! No entiendo cómo se pudo soltar tanto en la fiesta, aunque el alcohol hace mucho en esos casos, porque por lo que me di cuenta, esa noche tenía una copa en la mano todo el rato, a saber lo que sería… y se supone que era virgen, como yo, o eso es lo que quería que pensásemos... ya resolveré mis dudas cuando hable con ella. Pensé.

Tras llamar a Miriam aparecieron mis abuelos con los que estuve un rato. Por la tarde, después de comer marqué el número de casa de Ariadna, me cogió el teléfono ella misma:

—¿*Sí?* –contestó jadeante.

—Vale, veo que estás ocupada, te llamaré luego –de fondo se oían unas risitas de un tío, debía de ser Luis, aunque la voz sonaba más grave, mucho más grave–. Estás con Luis ¿no?

Hubo un silencio:

—*Eh... sí, ¿con quién iba a estar si no?* –contestó poniéndose a la defensiva.

—Vale tía, pasároslo bien –dije un poco cortada.

—*Oye nena, y ¿cuándo viene este?* –se oyó la voz de fondo y a continuación un prolongado silencio.

—¿Qué pasa, no vas a contestar? –le dije.

Ahora sí que dudaba que fuese Luis, tenía una voz que ni se le parecía pero pasaba de preguntar.

—*Ya lo he hecho con señas* –dijo más tranquila.

—Ah, ok, bueno pues nada...

—*Arychu, ven a la ducha* –se oía de nuevo la voz.

—Bueno, que hasta luego Ary.

—*Vale Cass, chao* –al colgarla pensé: «tiene que ser Luis», porque es el único que la llama Arychu, así que tenía que tranquilizarme en cuanto a paranoias, sería Luis con la voz ronca.

Marqué el número de Maca, pero estaba en casa de su tía con la familia y Belén, en casa tirada así que quedé con ella un rato, como vivimos cerca nos sentamos en un banco hablando de Nochevieja. Me contó que estuvo con sus padres en casa de Curro, su primo mayor, su casa era enorme, así que tenía que ir representando a la familia.

—No estuvo mal, ¿sabes? Pero faltaba algo, me encontré con algunos primos a quienes hacía mucho que no veía... por cierto, tenemos casa de veraneo en Portugal por parte de mi prima Sheila y otra en Barcelona de Vanesa, parece ser que se pegan buenas fiestas.

—Pero, ¿qué edad tienen? Me dijo tu hermano que ibas donde tu primo Diego, del que estabas enamoradita.

—¡Luis es tonto!, sí, estaba ahí, viven juntos. Sheila tiene unos veintidós y Vane veinte –contestó.

—Ah, bueno, entonces vale.

—Por cierto, y ¿qué tal Iván? ¿Te trató bien? –preguntó con gesto curioso apoyando el antebrazo en el respaldo del banco y cruzándose de piernas.

—Muy bien, muy cariñoso –dije mirando hacia arriba como fantaseando.

—Iván es así de... dicen –se justificó al verme mirándola con una ceja arqueada.

—¡No me jodas! ¿También tú? –le acusé.

—Solo me lié con él hace unos años, al principio era un cielo, pero luego cambiaba de parecer por eso apenas me hablo con él, bueno por eso y otras cosas –nos quedamos en silencio unos instantes mirando cada una a nuestro alrededor y, a punto de hablar, me interrumpió–. Bueno, nena, me voy a casa que ya empieza a levantarse el viento.

—Pues, vale –dije boquiabierta.

Nos dimos dos besos y se fue rapidito, puesto que ambas íbamos en pijama y el abrigo. ¿Qué habría pasado entre Belén e Iván que no quería contarme?, hoy no sé qué narices está pasando, todas están muy raras. Primero Miriam, que desaparece del mapa con *Carlitos*, luego Ary y mis paranoias con Luis, pero sé que algo tiene que pasar ahí porque si no, no entiendo el motivo de su silencio y, por último, el pasado de Belén e Iván.

Conociendo a los suegros

Al día siguiente a mediodía, a punto de sentarnos a comer, Iván me llamó:

—¡Que te iba a llamar yo! ¿Qué tal amor? –dije de buen humor.

—¿*Te hace un cine?* –fue directo.

—No sé... –titubeé.

—*Vamos Cass, tenemos que vernos, ¿me estás evitando o cómo va esto?*

—No, no, ¿por qué iba a hacerlo? –och.

—*Es que te echo de menos* –puso voz de niño mimoso.

—Vale, ¿a qué hora? –logró convencerme haciéndome sonreír tontamente.

—*Pues... te recojo a las siete y media, ¿vale? Que ya he comprado las entradas, la peli empieza a las ocho y así me presentas a tus padres.*

Oí las risas de mi madre desde la cocina y mi padre susurrándole cosas, ¡que Dios me ayude!, miré a Alex preocupada y dije.

—Vale, si te empeñas. El piso es cuarto B, ¿de acuerdo? Bueno me voy a comer, chao.

Iba a colgar pero...

—*Te quiero* –me volvió a paralizar.

—Eh... Yo también.

Esta vez sí que pude responder aunque entre titubeos. Alex me miró arqueando una ceja justo como lo hacía yo, se notaba que éramos hermanos.

—Te ha dicho que te quiere, ¿verdad?

—¿Cómo lo sabes? –pregunté atónita.

—Cass, ¡por favor! «amor», le dices nuestro piso y se oye un «yo también». ¡Soy un tío! A la hora de desvirgar a una chica hay tres opciones: tras haberlo hecho, pasar de ella para que no te moleste, tratarla bien para engancharla y hacer con ella lo que se quiera, o la tercera opción –hizo una pausa– tratarla bien porque se la quiere –dijo poniéndose las manos en la nuca apoyando la cabeza sobre ellas mirando al techo.

—Am, y ¿cuál crees que es mi opción?

—Prefiero no hablar, eso ya se verá –contestó indiferente apoyando la silla sobre sus patas traseras y mirándome fijamente–. Solo espero que ese boca-chancla se porte bien.

—Pues vale –fue lo único que le dije, mientras me levantaba de golpe de la silla para poner la mesa. Me molestó un poco pero no iba a permitir que me aguase la fiesta.

A las siete y media como un reloj sonó el telefonillo y lo cogió mi madre, le hizo subir, cuando llegó arriba yo estaba todavía en mi habitación y se oyó un:

—Buenas tardes –fui corriendo a la entrada por si acaso mi madre le decía algo raro. Por las prisas me di con el canto de la puerta de mi habitación pero conseguí llegar.

—Mamá, este es Iván… mi novio, Iván, mi madre –susurré la palabra novio para que mi padre no se enterase mientras me frotaba la frente ¡qué golpe! ¡Qué dolor!, se dieron dos besos.

—Encantada señora, esto… –dijo un poco cortado.

—Llámame Paola, ¡qué guapo eres corazón!, con razón mi hija se quedaba muda contigo, aunque... Tu cara me resulta familiar –dijo pensativa acariciándole la tez y arreglándole la capucha.

—Mamá, esta bem! –grité, Iván me miró como diciendo *cabrona, sabes portugués*.

—Cass, no pasa nada. Bueno pasa, pasa –le invitó a entrar en el salón donde se encontraba mi padre sentado en el sofá agarrando el mando con fuerza viendo la Premier League… o haciendo que lo veía porque estaba roncando.

Mi madre le quitó el mando para apagar la tele, le costó bastante pero mi padre se despertó de golpe agarrándola de la muñeca diciendo:

—¡Déjalo mujer, que lo estoy viendo! –lo dijo súper indignado.

—¡Pero si estabas dormido! ¡No fastidies Adán! –le reprochó mi madre. Iván y yo reímos por lo bajo pero contuvimos la risa en cuanto mi madre nos vio, ya estando más serios le presenté:

—Papá, este es Iván… un amigo –e inmediatamente le lancé una mirada a mi madre, mi padre se puso serio y le dio la mano a Iván.

—¿Cómo está usted? –preguntó con una sonrisa.

—¿Y a ti qué te importa? –le contestó sin mirarle. Iván y yo pusimos cara de susto abriendo mucho los ojos, menos mi madre, que estaba sonriendo–. ¡Era broma chaval! –reía mientras le daba golpes en la espalda, Iván soltó un suspiro de alivio y sonrió, mi padre, como buen dentista, no pudo pasarlo por alto–. Hum, tienes los dientes muy bien alineados, parece una funda de porcelana aunque se puede ver… –le abrió la boca–. Sí, sí, el número treinta y dos parece estar un poco desviado, pero por lo demás está bien.

—Bueno, nos vamos ya, chao –yo estaba apurada, así que le cogí del brazo.

—Pásate por mi consulta y te examino mejor chaval, si te importa tu salud bucodental –decía dándole una tarjeta.

—¡Ay mi padre! –susurré tapándome la cara y ladeando la cabeza de izquierda a derecha.

—Chao, pasároslo bien y con precaución –dijo mi madre sonriendo e ignorando las palabras de mi padre.

—Vale, encantado de conocerles –dijo Iván despidiéndose mientras le tiraba del brazo para salir de ahí cuanto antes.

Cuando llegamos a la calle:

—Me encanta tu familia es muy divertida –dijo entre risas y mirando la tarjeta que le había dado mi padre.

—¡De verdad! –estaba asombrada–. ¡Qué puta vergüenza!

—Sí, por cierto, estás muy guapa con tu camiseta y la minifalda, has triunfado pero yo que tú subiría otra vez, no sé si te has dado cuenta de que hace un poco de frío y esos zapatos no son aptos para ir por la calle –anunció.

—¡Es verdad tío! Tienes razón –olvidé cogerla tras el numerito que montaron mis padres y también de ponerme las botas, como mis zapatos de casa también eran unas botas pero más acolchadas, no me di cuenta. Subí de nuevo a mi casa para coger el abrigo y me largué–. Hasta luego papis –cerré la puerta y me fui con Iván al cine.

CAPÍTULO 5

El... encuentro en el cine

Cuando llegamos fuimos a la sala correspondiente. Íbamos a ver la película de *Sherlock Holmes*, duradera pero interesante.

A lo largo de la película Iván me estaba metiendo mano. Al principio me tocaba la parte interna del muslo ascendiendo hasta llegar al borde de mi falda, no llevaba medias porque no me gustaba, pero si unas botas altas. Le aparté la mano pero fue en vano, me besó el cuello y la piel se me puso de gallina, intenté resistir la tentación pero no podía, no sabía... no sabía lo que me estaba pasando, siseaba con cada roce, cada beso, cada caricia... Iván acariciaba mis pezones por encima de la camiseta y pronto se pusieron erectos aunque no se notase. Metió la mano bajo mi sujetador sacándome un pecho para saborearlo con la lengua y luego succionándolo con los labios como un bebé mamando del pecho de mamá. Suplicándole que parara entre susurros porque era un sitio público y alguien podría vernos, él hacía oídos sordos.

—¡Qué más da! Si no hay nadie sentado ni detrás ni al lado nuestro, además me ponen los sitios públicos –continuó besándome el cuello sabiendo él que esa zona era mi punto débil y lo aprovechaba bastante bien.

—Me tengo que ir al baño ahora vuelvo –dije apurada.

¡No fue listo ni nada! Se cogió exactamente unos sitios en los que nadie nos pudiese ver.

—Vale –su actitud era desinteresada, colocándose tan normal en su asiento.

Entonces fui al baño. Cuando terminé de hacer pis y abrí la puerta ahí estaba, dándole la espalda a los espejos, mirándome de abajo a arriba igual que yo, me encantaba cómo iba vestido, llevaba unas Converse All Star de color verde, vaqueros oscuros caídos y una sudadera del mismo color que sus Converse. Al llegar a la cara vi esos ojos verdes penetrantes escudriñando mis pensamientos…

—¿Qué haces aquí? –no hubo respuesta.

Llevaba mi bolso en las manos, sacó dos condones de ahí y dijo:

—¿Tú qué crees? –yo me quedé alucinando, ¿cómo habían llegado esos preservativos a mi bolso? ¡Ah, ya! Mamá… segurísimo «*con precaución*», recordé visualizando su sonrisa.

Iván me levantó sentándome en la encimera de los lavabos (bien limpios por cierto) abriéndome las piernas de forma que se podían ver mis braguitas azules. Posó sus labios sobre mi cuello y luego me besó apasionadamente en la boca, pude notar su pene erecto sobre mis labios inferiores. Temía que nos pillasen, pero éramos los únicos en el baño. Lo tenía todo planeado, pero en ese momento era lo que menos me preocupaba. Seguíamos besándonos, le cogí de la cabeza para hacerlo más intenso pero de pronto paró. Mirándome a los ojos con esos labios carnosos se puso de rodillas, me apartó las braguitas a un lado dando un lametazo a aquellas aletas oscuras que albergaban en su interior un camino al placer, me temblaron las piernas al notar su cálido aliento.

Me daba vergüenza tenerlo de rodillas mirándolo directamente hasta que empezó a jugar con la lengua y moverla rápidamente de arriba a abajo estimulando mi clítoris que, a consecuencia de ello, asomó la cabeza, nunca había sentido tanto placer, yo pensaba que eso solo se conseguía con la penetración. Me estaba retorciendo e instintivamente le presioné la cabeza contra mi vulva, mojada por su saliva y mis jugos, hasta que, justo en el momento culminante del éxtasis paró en seco, no entendía por qué, ¡quería más!, quería que acabase dándome lo que deseaba, así que se incorporó y abrió el condón con los dientes sacándose el miembro fálico sin bajarse los pantalones, se lo colocó rápidamente (parecía fácil poner un condón viéndole a él) y me penetró.

Sentía cómo entraba a la primera, sin forcejeos, y eso me gustó, tomé aire y lo solté. Cuando la sacó iba a paso lento, la metía y sacaba suavemente. Me miraba a la cara para ver cómo estaba experimentando esa sensación.

—¿Te gusta que te dé así de suave? –decía moviendo las caderas.

Sus ojos ardían de pasión, su voz me excitó hasta límites insospechados y sus caderas se movían expertamente para que su pene tocase esos puntos de placer que tanto podían desatarme. Incrementó el ritmo, dándome golpes más fuertes, se podía oír el choque de sus testículos contra mis labios y oler la humedad en el ambiente. Le agarré fuertemente de la sudadera y comencé a gemir, luego él se separó de mí abriéndome totalmente las piernas mientras continuaba penetrando, por lo que podía ver cómo se echaba hacia delante y hacia atrás, me ponía a tono ver su cara con la boca entreabierta y sus verdes ojos fijos en nuestros sexos unidos. En esa postura podía tocar mi punto G, que mi madre me explicó su situación en su día (en la cara interior de la vagina, a medio camino del hueso del pubis y el cuello del útero), como es sexóloga me da las típicas explicaciones que no vienen a cuento y que aunque no quieras lo escuchas.

La respiración de Iván iba siendo más sonora y sus golpes contra mi sexo cada vez más bruscos, a pesar de estar haciéndome daño con el borde del lavabo, apoyé las manos para no caerme agarrándome más fuerte cuando me hizo alcanzar el punto más alto de mi placer sintiendo la profundidad de su pene en mi interior. Las paredes de mi vagina lo abrazaban contrayéndose y segregando flujos. Hasta mis bragas se mojaron un poco, me enganché a él abrazándole y él me agarró de las piernas fuertemente eyaculando. Fue una sensación de bienestar, como si nos hubiésemos quitado un gran peso de encima (o sea, que esto era un orgasmo, ¡me gusta! ¿Qué digo? ¡Me encanta!). Notaba su palpitante pene en mi interior por un momento pero lo sacó sujetando el condón quitándoselo delante de mí, yo todavía no me acostumbraba a mirársela.

[73]

Me metí al baño porque de repente me habían entrado ganas de hacer pis y al salir Iván estaba un poco más decente, así que, volvimos a la sala de cine a terminar de ver la película.

Una cosa de la que me di cuenta (porque volví a entrar al haberme olvidado de mi bolso), era el calor que hacía. Olía a contacto humano, ambientador de gardenias, colonia… no sé, una mezcla de todo, se notaba que en ese lugar, dos personas acababan de practicar sexo.

En la puerta del baño por fuera, estaba el cono amarillo de recién fregado para evitar que entrase nadie. Muy listo, pensé.

Cuando llegué a casa, a las doce más o menos, entré al salón y me encontré con mi madre viendo la tele.

—Hola, mamá, ya he llegado –dejé las llaves sobre la mesa y me desprendí de la chaqueta, mi madre al girar la cabeza me escudriñaba.

—Hola cariño –sonrió.

—¿Qué? –pregunté levantando los hombros.

—¡Nada! ¿Qué tal te ha ido el revolcón del cine? ¿Lo habéis pasado bien? –volví al salón, me quedé pálida mientras mi madre se reía.

—Sabía que habías sido tú la de los condones ¡mamá! –dije acusándola, dejando los brazos caer a los lados de mi cuerpo.

—O sea ¡que los has utilizado! –corroboró aún más sonriente señalándome–. Muy bien –se inclinó para recoger su taza y tomó un sorbo de descafeinado.

—Te lo ha dicho Alex –dije totalmente segura.

—¿Alex? ¡No!, además ni siquiera está en casa, ¡por favor! Hasta un ciego lo vería, tienes el pelo revuelto –empecé a arreglármelo un poco con cara de ¡pillada!–. La ropa arrugada –me alisé un poco la falda–. Y estás contenta… más de lo normal, tus mejillas están sonrosadas. Además de que a mí no se me escapa ni una, lo sabéis –dijo tomando otro sorbo.

—Vale, lo confieso la perdí en la fiesta en Nochevieja –me desplomé en el sofá a su lado y le conté la historia.

—Bueno, no está mal, y recuerda, si quieres condones pídemelos, que no quiero nietos, todavía soy muy joven –dijo arreglándose la oscura cabellera hasta los hombros totalmente lisa.

—¡Mamá por Dios! –dije con cara de asco alzando un brazo.

—Bueno me voy a la cama ta bem?, no cierres la puerta con llave que todavía tiene que venir tu hermano –se levantó dejando la taza de café en la pila de la cocina y me dio un beso.

—Vale, pero… mamá, no le digas nada a papá por favor –supliqué.

—Sí, no te preocupes nena, entre tú y yo. Buenas noches –besó mi frente y se fue a dormir.

Marché a mi habitación cerrando la puerta del pasillo e inmediatamente marqué el número de las gemelas, quienes permanecieron en silencio unos minutos (me sentí mal después de lo que me dijeron) y luego soltaron un berrido ensordecedor:

—*¡Oh! qué bonito, ¡sexo en el cine!* –rió Teresa.

—En realidad fue en el baño. Pero, ¿no dijisteis que fuese más dura con él? –estaba asombrada ante su reacción.

—*Sí, pero si el chico te da lo que quieres y encima está como un queso… pues ¡a follar se dijo!* –la naturalidad de las palabras de Teresa me daban corte.

—¡Ala! lo que ha dicho la guarra esta –dije–. Dice que me quiere –se volvió a hacer un silencio.

—*Perdona ¿qué?* –preguntó Teresa.

—*¿Qué ha dicho?* –se oyó a Andrea de fondo.

—*Que dice que la quiere* –repitió Teresa.

Hubo un silencio y después:

—*Eh, ¿qué?* –exclamó Andrea.

—Pues eso –dije con evidencia.

—*Eso sí que ya no es normal en él, aquí hay algo* –dijo Teresa, yo me enfadé.

—¿Por qué tiene que haber algo, es que no puede quererme? –cuestioné enfurecida.

—*Mira, Cass* –esta vez era Andrea la que había cogido el teléfono–. *Es Iván, le conocemos y no es el típico chico que se enamora* –sus palabras eran serenas.

—Alguna vez se tiene que enamorar digo yo. Y ¿por qué no de mí? –pregunté posando la yema de los dedos sobre mi pecho.

—*Cass, entiende…*

—Adiós –colgué el teléfono y me puse a llorar desconsoladamente pero en silencio para que no me oyesen, ¿por qué no me podía querer?

De repente vi a mi hermano en la puerta.

—Ah, hola, ¿qué pasa? –dije tratando de disimular bajando la mirada para secarme las lágrimas, sonó el teléfono de nuevo, sabía que eran ellas, por lo que lo descolgué, mis padres también tenían teléfono en su habitación y hacía mucho ruido–. No llaméis, dejadme que es tarde –y volví a colgarlas.

No volvieron a llamar.

—¿Qué dices hermana? –preguntó entrando en mi habitación y sentándose a los pies de mi cama, era su manera de saludar–. ¿Te puedo ayudar en algo?

Las lágrimas recorrieron mi rostro de nuevo, en mis ojos se reflejaba la rabia contenida de mi interior.

—¿No habrá sido el moreno ese no? ¿Qué te ha hecho? –dijo apretando los puños a punto de crujirse los nudillos.

—Nada, no tiene nada que ver con Iván… o sí, o no… No sé, es por una cosa que me han dicho las gemelas –le conté lo que acababa de hablar con ellas.

—Bueno, no pienso juzgar, pero si ese tío era así… yo te lo digo desde el corazón, tíos así difícilmente cambian. Que no te estoy diciendo que no pueda quererte, pero ándate con ojo hermanita, tiene que estar pilladísimo para que cambie, te lo he dicho esta mañana. Solo espero que sea la tercera opción –sus palabras no fueron de gran consuelo, pero en parte tenía razón, ellas conocen a Iván mejor que yo y ya me lo avisó esta mañana, pero las palabras de Iván parecen tan sinceras…

Mi hermanito, tras su discurso, me secó las lágrimas, ya estaba menos enfadada.

—Ha venido a casa –anuncié.

—¿Quién? –preguntó desorientado.

—Iván, bueno si ves el show que han montado papá y mamá… –dije agitando la mano derecha mientras me limpiaba las lágrimas con la izquierda.

—No me lo quiero ni imaginar –dijo mi hermano.

—¿Sabes lo que le hicieron?

—No me lo digas… hum ¿hacer manitas delante de él demostrándose lo mucho que se quieren?

—No. ¿Qué dices? No jodas.

—La trece, catorce –era nuestro código para decir que marearon al pobre chico.

—No, aunque bueno en parte sí –le conté lo de los dientes.

—Me suena eso… ¡ah ya! Papá le hizo eso al novio de Brandy, bueno a uno de ellos, creo que fue el último, el castaño ese de ojos azules, ¿cómo se llamaba? –preguntó pensativo.

—Es verdad, pero no me acuerdo de su nombre, sé que empezaba por A –empezamos a pensarlo pero nada–. ¡Buah!, ya nos saldrá, estabas colada por él, te dejaba sin palabras –dijo riéndose de mí mientras me señalaba.

—Como Iván –sonreí.

Otras historias de Año Nuevo

—Por cierto, ¿qué pasó al final con tus amigos? –pregunté con curiosidad y cambiando de tema.

—Pues nada –se fue a su habitación mientras se quitaba la camiseta para cambiarse de ropa.

—¿Nada? –fruncí el ceño.

—No hicieron mucho. No quiero presumir pero, creo que fui el que mejor se lo pasó porque Ricky… –terminó de cambiarse y se quedó en boxers sentado sobre mi cama–, no tuvo mucho tiempo, la saludó, Andrea le enganchó para que cumpliese con su parte del trato y estuvo una hora de reloj buscándola hasta que la encontró, le explicó el favor que le pidió Andrea en ese momento. Matías… bueno, como estuvo buscando chicas todo el rato y no encontraba ninguna que le gustase desistió y ahí apareció ella. «Está libre este sitio». Matías levantó la cabeza y quedó prendado ante sus encantos; la chica era rubia con el pelo rizado, llevaba unas gafas rectangulares de color verde oscuro a través de las cuales resaltaban sus largas pestañas y sus ojos de color oliva, que era lo que más llamaba la atención, tenía una boquita de fresa preciosa que cuando sonreía mostraba sus perfectos y bien alineados dientes. Matías quedó prendado, «eh, eh, eh sí, sí, sí puedes sentarte», y ahí comenzó todo, ella hablaba y Matías escuchaba, o hacía que la escuchaba, la miraba a los ojos y luego bajaba la mirada hacia esa blusa blanca de escote. Cuando ella se dio cuenta cambió la cara y dijo: «¿Qué estás mirando?». Mi colega tuvo que improvisar: «Esto… la, la cadena esa de mariquita ¡qué bonita es! ¿No?», dijo cogiéndola con timidez, ya que estaba justo en su escote. «Ah», rió tontamente haciendo botar sus grandes pechos mientras se apartaba la melena, «¿te gusta?». Matías estaba hipnotizado ante esos abultados pechos, «sí, es bonita la-la mariquita», dijo para no estropearlo más. «No guapo, hablaba de estas dos», le cogió de la mano posándola sobre su pecho izquierdo y recorriendo el escote con el dedo índice y luego se lo metió en la boca mientras le miraba a través de esas gafas, el chico estaba alucinando e inmediatamente se empalmó.

—¿Y qué pasó?

—A saber, porque tenía buena cara cuando dormía, además que hubo un momento en el que se perdieron.

—Solo él lo sabe… Y ella.

—Pero, ¿tú no decías que el único que había disfrutado eras tú?

—Sí, más que nada porque yo tengo a esa chica cuando quiera… tengo su número, pero estos no han vuelto a verlas.

—Pero a Matías le da igual, es la prima de Ricky, así que. ¿Y Ricky sabe que su chica es la hermana de *Carlitos*? –cuestioné.

—No lo sabe aún porque si no… y si lo sabe le costara verla, no creo que el grandote se lo ponga fácil.

—¡Como le pille ese armario!, más le vale cuidarla, aunque Miriam le podrá calmar ya que ahora es su mujer.

—¡No! –abrió los ojos como platos.

—Sí –dije tan tranquila.

—¡Si no! –volvió a asombrarse.

—Ya te digo hermano –asentí con la cabeza.

—Bueno, y ¿has llamado a Bea? –interrogué.

—Sí, bueno, esa chica es una cachonda, el otro día la llamé y no veas cómo me puse por teléfono, me decía unas cosas que me daban ganas de buscarla y ¡puff!, no quiero hablar. En realidad, no estoy interesado en tenerla como novia y ella parece que tampoco, por eso me gusta.

—Entiendo.

—Bueno hermanita, me voy a dormir, ¿vale? –me dio un beso en la frente y en la puerta, antes de irse a su habitación, me dijo–. No te enfades con las bombones, tienen experiencia en esto y si lo dicen es por algo.

Se fue cerrando la puerta de su habitación. Razón no le faltaba, pero de momento no quería hablar con ellas.

El día de Reyes

La tarde anterior a la noche de reyes fuimos todas a la cabalgata (aún sin hablarme con las gemelas), estaba lleno de niños y tiraron un montón de caramelos que nosotras, a nuestra edad, nos seguía divirtiendo recogerlos, aunque ya no con la misma agilidad que los niños, que nos empujaban para cogerlos, o incluso los de la cabalgata los tiraban a matar, nos reímos un montón porque uno de ellos le dio en la cara a Andrea; muchos padres se llevaban los paraguas y los ponían al revés para coger más, ¡eso es trampa! Por supuesto también hacían el arrastre de latas por el suelo para que, según la tradición los Reyes Magos, encuentren mejor las casas de los niños.

El día seis por la mañana nos despertamos todos ilusionados por nuestros regalos. A mi hermano le regalaron una PSP y algunos juegos:

—Esto ya es por tu cumple también, ¡eh! –comentó mi madre.

—¡Genial! Ya puedo chulearme delante de todo el barrio –y se fue con la consola entre las manos.

A mí me regalaron un portátil pequeño, estaba ilusionada, me lo podía llevar a todas partes, encima era rosita.

A mediodía o así Iván se presentó en mi casa:

—Feliz día de Reyes a todos –dijo contento y con los brazos abiertos.

Se me hizo raro que actuase con tanta naturalidad en mi casa, sin embargo, mis padres no le pusieron trabas a su comportamiento, les cayó bien. Me dio un beso justo en el momento en que mi padre desapareció de la cocina.

—¡Oh, qué monada! –mi madre se llevó la mano al pecho.

—Pero, ¡mamá! ¿Todavía estás aquí? ¡No seas cotilla! –sacudí la mano en señal de que se fuera.

—No, espera –dijo Iván extendiéndole un paquetito envuelto a mi madre–. Es para usted.

—Oh, pero tutéame mi niño –estaba realmente ilusionada, al abrirla se le iluminaron los ojos–. ¡Por Dios!, hijo mío, es un detalle pero… soy diabética.

Me quedé perpleja, eso era mentira, Iván le había regalado una caja de bombones de las grandes, muy variada:

—Ah… no, no lo… Cass no me…

Iba a quitarle el paquete pero mi madre lo abrazó con fuerza.

—Es broma, no lo soy, me encantan, además de mis preferidos –fue a abrazarle, el pobrecito de Iván suspiró aliviado al haber acertado con su regalo y respondió al abrazo de mi madre.

A mi padre le dio dos entradas para ver el Sevilla-Numancia en el Sánchez Pizjuán (mi padre es sevillista).

—¿Y el mío? –pregunté, estaba celosa por los regalos que habían recibido mis padres, y en ese momento sonó el timbre.

—Abro yo –dije, fue la mejor sorpresa.

—¿Cassandra Fernandes Sabana? –preguntó el hombre que iba con un gran ramo de rosas blancas, me quedé en estado de shock, por lo que no pude responder, mi novio lo hizo por mí cogiendo el ramo y entregándomelo en mano, fue muy emotivo, a consecuencia de ello me puse a llorar, nunca me habían regalado un ramo de rosas más una tarjeta que decía «*pase lo que pase, te querré*», no entendí bien lo que quería decir, pero le abracé emocionada y le besé sin importarme si estaba mi padre o no delante.

Mi madre en cuanto lo vio cubrió la cara de Iván a besos, ahora sí que estaban encantadísimos con él al igual que yo. Hicimos que se quedase todo el día en casa, comimos roscón de Reyes con nata (no fue el primero que comimos, ya que este lo había comprado Alex).

[80]

—¡Ah! ¡Te ha tocado! Tienes que comprar el siguiente –me acusó mi novio al ver que me saqué el haba de la boca.

—¡No! ¡Ya no más! –dijo mi madre.

Fue el día de Reyes más feliz de toda mi vida.

Al día siguiente Iván y yo, tras la celebración del decimosexto cumpleaños de Alex (que fue una simple comida familiar por ser miércoles), nos fuimos un ratito a la playa a dar un paseo, ya que faltaba un día para que empezasen las clases de nuevo (menuda tontería empezar un jueves, la verdad) y con los exámenes pasaríamos menos tiempo en pareja.

Hacía un día gris, el viento soplaba fuerte, se oían las olas del mar agitadas, pero su sonido era igual de reconfortante; estábamos en silencio, puesto que yo seguía pensando en lo que hablé con las gemelas aún después de lo bien que se comportó con mis padres el día de Reyes. Iván me miró preguntándome:

—Cass, ¿te pasa algo? –Levanté la mirada.

—Iván, ¿realmente me quieres? –Él tenía la vista fijada en la arena que pateaba con sus zapatillas.

—Pues claro que te quiero nena –dijo levantando los hombros.

—No Iván, quiero que me mires a la cara y me lo digas –fruncí el ceño, él se paró en seco, me cogió de la mano suavemente y mirándome a los ojos me dijo.

—Te quiero y te lo diría mil veces. Te quiero –se acercó a mí sin apartar la mirada y gradualmente fuimos cerrando los ojos, noté la humedad de sus labios en los míos, fue un beso apasionado como a mí me gustaba.

—¿Qué te hizo dudarlo? ¿No te gustó el ramo? –Cuestionó frunciendo el ceño sin comprender nada.

—Nada –dije sonriendo de felicidad–. Me encantó.

Comienzo de las clases

Volvimos a la rutina de las clases. Por los pasillos, con mi libro de historia en mano, apareció Andrea a mi lado, nos miramos fijamente a los ojos inexpresivamente y de repente se oyó un mutuo «lo siento», ambas sonreímos y nos abrazamos.

—Siento haberos colgado, es que para una vez que estoy con alguien no quiero inseguridades, pero vosotras le conocéis mejor que yo, aunque…

—¡No, Cass! Nosotras tenemos parte de la culpa, sabemos cómo es Iván, pero también puede cambiar y eso lo tuvimos que tener en cuenta.

Nos volvimos a abrazar y le pregunté:

—¿Y tu hermana?

—¡Esa! Está con Cano, ahora están saliendo juntos, se ha pillado por él, parecen dos tortolitos llamándose a todas horas tía –dijo poniendo los ojos en blanco como si le pesase el simple hecho de contarlo.

—¿Qué?, ¡que Tesa está con Cano! Increíble.

—Pues créetelo nena –dijo apretando los labios.

Seguimos hablando mientras nos dirigíamos a clase.

A la siguiente hora tocaba el recreo y enganché por banda a Miriam, el único sitio en el que se la podía ver sin su inseparable *Carlitos*, ya que él trabajaba instalando aparatos de aire acondicionado, y le dije:

—Oye, desaparecida, *ven aquí pa acá*, he estado llamándote estos días y todavía no me has contado lo de Nochevieja, así que cuenta.

Todas estábamos expectantes por saber lo que diría.

—Pues… la verdad es que fue muy cariñoso y todo eso –le daba vergüenza contarlo–. Apareció de repente, es de lo único que me acuerdo –decía extrañada como si no lo recordase.

—Me dijo: «Hola mami, ¿cómo tú ta?». Yo tontamente le respondí con un hilo de voz: «Bien», no podía dejar de mirar esos ojos oscuros, entonces me agarró suavemente de la cintura y ¡qué casualidad! Que en ese momento pusiesen música lenta y todo a mi alrededor había desaparecido, solo estábamos él y yo. Cuando acabó la música me besó, saboreé esos carnosos labios. Después estuvimos hablando durante un ratito y me estuvo contando ciertas batallitas con Cano e Iván.

—¿Cómo cuál? –preguntó Teresa con interés.

—Como la que cuando eran pequeños en el colegio se conocieron porque un día Carlitos se fue al baño después de comer y se encontró con Cano y dos niñas desnudas abrazándole, y yo creo que tendría unos seis o siete años, no mucho más –dijo entre risas.

—¿Qué? –dijeron las gemelas a la vez, y ante esto Miriam asintió con la cabeza.

—A ese chico le falta un hervor –dije.

—No si ya –apoyó Ariadna soltando el humo con desprecio del cigarro que sujetaban sus dedos índice y corazón de la mano izquierda, parece ser que no le caía muy bien y todavía no sabía por qué.

—Bueno, y después de hablar y hablar nos fuimos a la piscina climatizada y... eso –dijo Miriam levantando los hombros.

—¿Eso?, ¿qué es eso? –preguntaron las gemelas, pero justamente sonó la campana.

—Te has librado, pero de mí no lo harás, ja, ja, ja –reí mientras volvíamos a clase.

Me contó que lo hacía con toda la delicadeza del mundo, la tenía bastante grande y le dolía, no estaba acostumbrada a tales tamaños, pero según ella su cuerpo le excitaba demasiado.

Capítulo 6

¿Cornuda yo?

Las semanas iban pasando y los exámenes cada vez estaban más cerca, pero eso no me preocupaba tanto como la actitud de Cano hacia mí. Un día iba yo con Miriam por los pasillos y Cano al verme se empezó a reír, yo pasé de él porque pensaba que lo hacía por ella, pero me di cuenta de que no era cosa de Miriam, puesto que otras veces en las que iba sola me miraba seguía riendose, hasta que me harté y acercándome a él le pregunté:

—¿Se puede saber qué coño te pasa conmigo? –él miró a otro lado poniendo cara de chulo y silbando una canción de Huecco titulada *Mirando al cielo*–. ¿Estás sordo? Te estoy hablando *pisha* –le empujé, estaba cabreada, la sangre me hervía por momentos, y él ahí con los brazos cruzados.

—¡Ah! ¿Qué quieres? –dijo como si acabase de llegar.

—¿Que me digas por qué te ríes? –ahora sí que se me había hinchado la vena del cuello.

—Nada, porque tienes unos cuernos que no sé cómo no notas los trozos de techo que vas rayando –y dicho esto se fue, yo me quedé atónita sin saber cómo reaccionar.

¿Tendrían razón las gemelas? En ese momento mi confianza hacia Iván se iba esfumando, tenía que verle y hablar con él seriamente, ¡claro! Con razón todavía ni me ha presentado a su madre ni nada, pero ¿por qué querría conocer a mis padres? Estaba plantada ahí, en medio de los pasillos, con la mitad de posibilidades a favor de Iván y la otra mitad en contra, no sabía qué hacer, estaba confundida, y justo el susodicho salió del baño de chicos con sus apuntes en mano mientras se dirigía a su clase, avancé con paso firme hacia él, parece ser que lo que leía debía ser muy importante porque en ningún momento levantó la vista hasta que me planté ante él.

—¡Hombre nena! ¿Qué tal? –sonrió, cosa que me hizo derrumbarme.

Agaché los hombros, pero aún así reaccioné diciéndole:

—Eso, ¿qué tal estás? Porque por lo que puedes ver yo estoy un poco cabreada –dije poniendo las manos en jarra.

—¿Qué ha pasado? –preguntó tenso, cerrando su cuaderno de apuntes de tecnología.

Enarqué una ceja diciendo:

—Yo te diré lo que ha pasado, tu amigo Cano… ¡o vive para fastidiarme o es que realmente no es tu amigo y cuenta tus secretos!

—¿Qué quieres decir? –se puso aún más nervioso y eso no defendía mucho su postura.

—Quiero decir que tu amigo me acaba de llamar cornuda –al decir esto suspiró aliviado.

—¡Ah, bueno! Creía que era algo importante –resopló y volvió a fijar la vista a sus apuntes girando sobre sus talones para irse.

—¿Y esto no lo es? –le seguí elevando el tono de voz.

—Sí, pero lo hace para fastidiarte, yo solo te quiero a ti, mi vida –me acarició la cara con la mano que le quedaba libre, sus ojos parecían tan sinceros…

—¿De verdad? –abrí los ojos como platos y con una amplia sonrisa.

—¡Pues claro! Como ya te dije para qué buscar por ahí, si todo lo que quiero lo tengo aquí –posó un dedo sobre mi pecho.

Se me pasó el enfado y le di un tierno beso.

—¿Y por qué lo dice?

—No sé, hace mucho que no hablo con él. Me voy cariño –entró rápidamente a clase y yo me apresuré a hacer lo mismo.

La clase de química

A la hora siguiente tocaba química con Eva, que así se llamaba la profesora. En la clase había tres grupos de pupitres de cuatro filas con mesas anchas, dispuestas de tal forma que la gente se sentaba por parejas, yo me sentaba con Miriam en la tercera fila y las gemelas en la cuarta.

Química se me da mal, no voy a mentir, y por mucho que lo intento no la entiendo, así que llegó un momento en que ya la abandoné y la profesora hizo lo mismo conmigo, bueno con nosotros, porque en toda la clase, desde la tercera fila para atrás, no existíamos, ¡y ellos preocupados! Había dos chicos, Chema y Javi, sentados en la cuarta fila a nuestra izquierda, al no interesarles la clase imitaban el sonido del motor de Fernando Alonso y Hamilton perturbando a una chica morena de pelo largo, liso como una tabla, que se sentaba delante, Irene creo que se llamaba, y a su compañera, rubia Alba, movían sus sillas como si fuesen coches de Fórmula 1 o si no imitaban a Forrest Gump, una película cuyo protagonista era Tom Hanks con la manía de: *gambas con gambas, sopa de gambas, gambas con tomate...*, y así sucesivamente. Como consecuencia, cambiaron a Chema y a Javi a la derecha del todo de la clase, en la segunda fila, al principio estaban abandonados pero luego se acoplaron dos repetidores sentados juntos en la tercera y cuarta filas. No hacían ruido, simplemente se dedicaban a dibujar graffitis, a uno le llamaban Palomares por su apellido pero se llamaba Fernando, y a su lado Álvaro Quirós, también le llamaban por su apellido, hacía como que le tiraba los tejos a la profesora llamándola chorba e invitándola a no sé qué, parece ser que le conocía desde hace años, porque esta le ignoraba y no se quejaba. En la cuarta fila de la derecha, o sea, detrás de Álvaro y Palomares, estaba el Chino, pero se llamaba Dani; en medio en la segunda fila, delante nuestra, estaba sentado un chico estudioso llamado Alex, pero le llamábamos Salinas, por su apellido también, y a su lado Alberto, lo que nos flipaba de esa pareja (Salinas y Alberto) era que en clase no hacían nada prácticamente, ni siquiera escuchaban, a veces incluso Salinas, con su cara de inocente, insultaba por lo bajini a la profesora, pero ella le hacía caso omiso, de ahí que le llamásemos Stewie (personaje de *Padre de Familia*, el bebé que siempre insultaba y nadie le hacía caso), a la hora de las notas de los exámenes veías que él había sacado un nueve, mientras que los demás marginados de la tercera y cuarta fila no superábamos el tres, menos Irene, que llegaba al seis por lo menos. Miriam, Chema y Javi, a pesar de ello, también sacaban buenas notas, los repetidores... raspaban el cinco. Por cierto, no sé si esa Irene era masoquista o algo, porque se cambió a la primera fila de la derecha delante de Chema y Javi. Decía que no se enteraba de nada y que no veía la pizarra, ellos le hicieron la química imposible con la dichosa película, ponerse ahí fue su perdición, aunque aprobaba.

Durante esa clase les estuve contando a las gemelas lo que me había pasado en los pasillos con Iván, y Teresa me dijo:

—Tía, ¿sabes lo que pasa?, que Cano se siente abandonado por su amigo porque ve que ahora está contigo, y vale, estará conmigo, pero hay cosas que prefiere hacer con él, y yo no le culpo por ello, ¿sabes? –le defendió Teresa susurrándome.

—Pero Tere, no siempre estoy con Iván –justifiqué.

—¿Ah, no? –dijo describiendo una O con la boca.

—No tía, ya te lo dije –replicó su hermana.

—Sssh, ¿queréis que os eche de mi clase? –amenazó la profe.

—Mi mamá dice que la vida es como una caja de bombones... –susurró Chema. Era casi inaudible para la profesora, por lo que no lo escuchó, pero todos reímos por lo bajo y Eva, quien nos ignoró, siguió con la materia.

—¿Alguna duda?

—Chorba, ven aquí –sonó la campana, las gemelas se dieron prisa, tenían que irse a ayudar a su madre con un mueble nuevo para el salón y como vivían solo con ella precisaba de su ayuda. Se fueron pitando y me tuve que ir a mi casa acompañada de Miriam.

Por el camino:

—Joder ¡qué complicado es esto! –repliqué.

—¿A qué te refieres? La química si le coges el tranquillo no es tan difícil –repuso.

[88]

—A esto del amor digo. Ya puedes estar todo lo bien que quieras que basta con que uno te diga algo de tu pareja como para que, por mucho que le ignores y confíes en tu novio, se merezca el beneficio de la duda.

Ella permaneció en silencio.

—No sé qué pensar de Iván, ¿me quiere? ¿No me quiere? ¿Tú qué crees? –me dirigí a ella mirándola a la cara.

—La verdad es que no lo sé, no he estado con muchos chicos en plan novios y con los que he estado nunca fue nada serio, parece ser que no me querían por cómo era –dijo cabizbaja.

Entonces me di cuenta de una cosa, en la vida siempre habrá alguien en una situación mejor o peor a la tuya, por lo que es mejor sentirse afortunado de no ser esa persona que lo está pasando mal.

—Ya monina, tú ahora tienes a tu *Carlitos* –le dije.

—Sí, estaba hablando de mi pasado. Mi *Carlitos* me trata muy bien, no hace más que llamarme *mi amol* o *mami,* incluso el otro día me presentó a su madre y sus cuatro hermanos, dos chicas y un chico, aunque a Rita ya la conocéis, me invitaron a comer, ¡qué comida más buena! Hicieron un sancocho con arroz… –dijo degustando mentalmente la comida.

—Ya, ya veo, ¿no es un poco pronto para presentaciones? –pregunté poniendo cara de asco sin darme cuenta.

—Bueno, pero no importa, si me presenta a su familia es porque está preparado.

—Vale, si eres feliz –le dije poniéndole el brazo sobre sus hombros.

Al verme sonreír sonrió ella también y nos fuimos cada una a casa. Por mucho que hubiese hablado con Miriam yo seguía con mis pensamientos, ¿por qué Cano diría eso de su amigo? Aunque Tere me dijese que era porque estaba solo ahí tenía que haber algo más, y no me iba a quedar sentada mirando cómo suceden las cosas que me conciernen. Puede que las gemelas tuviesen razón después de todo. En verdad, Iván estaba un poco distante, ensimismado en sus cosas, pero sus ojos me mostraban lo mucho que le importaba, le di tantas vueltas al asunto que al final no llegué a ninguna conclusión y me fui a cenar tras terminar el trabajo de anatomía que nos mandaron y contaba para nota en biología.

Al cabo de un mes, en febrero, con los exámenes pendientes recuperados de la evaluación anterior, excepto química, decidí pedirle ayuda a Javi que se le daba bien la química y encima era gracioso, me reía muchísimo con él... tal era el cachondeo que una vez en clase de matemáticas, como se sentaba delante de mí, se giró al ver que estaba trasteando con el móvil y soltó:

—Foto –nada más oírlo se la saqué mientras la profe estaba dando clase. Esa foto, según me contó Javi, tuvo muchos comentarios en Tuenti. Red social la cual ignoraba.

San Valentín

En San Valentín Iván me invitó a un restaurante un tanto pintoresco para celebrar su cumple, me emocioné de tal manera que ni me lo creía. Después de cenar cogimos un taxi.

—¿A dónde vamos ahora?

—Espérate y lo verás –acarició mi cara con ternura mirándome a los labios.

En cuanto llegamos al hotel yo no me lo creía, ¡era de cuatro estrellas!, ¡pero, si se suponía que era su cumple! ¿Por qué me hacía el regalo a mí? Nada más entrar me dijo:

—Puedes ir a darte un baño si quieres –se desprendió del abrigo encendiendo la televisión mientras se quitaba las zapatillas, dando patadas para lanzarlas, y se acomodaba en la cama, yo estaba un poco nerviosa, pero le hice caso.

El baño era de un color marfil y estaba muy bien iluminado, tenía una bañera bastante grande rectangular en la que perfectamente podríamos caber los dos. Corrí la traslúcida mampara y abrí el grifo dejando que el agua mojase mi pelo, estaba un poco nerviosa y ansiosa a partes iguales, obviamente íbamos a tener sexo, pero con Iván me ponía en guardia debido a su gran experiencia que, comparada con la mía, era un suspiro y quería estar a la altura de las circunstancias para que no me diese la patada.

Mis mojados rizos goteaban sobre la toalla del suelo al salir. Antes de coger el albornoz ahí estaba Iván, apoyado en el marco de la puerta observándome de brazos cruzados con deseo. Me tapé corriendo.

—En serio nena, debes acostumbrarte –sonrió tranquilamente cerrándome la puerta tras haberme echado un ojo.

Salí del baño con una toalla en la cabeza y el albornoz blanco de algodón, suave como una caricia. Observaba su ancha espalda, al oír los pasos de mis pies descalzos vino directo a mí para besarme, sin perder el tiempo posó su nariz sobre mi hombro.

—Mmm ¡qué bien hueles! –me quitó la toalla dejando mi salvaje melena libre, se separó un poco y deshizo el nudo del albornoz en el cual se veía una pequeña franja de mi cuerpo.

Me señaló un sofá de cuero color beige curvado parecido a un diván, uno de los lados era más elevado que el otro (luego descubrí que era un tantra chair, especial para cualquier postura sexual), que estaba en frente de la cama, cogió de la mesa un botecito que ponía durex. ¡Oh, Dios, no estaría pensando en meterme eso! Pero cuando lo acercó leí lo que ponía «Lubricante fruta de la pasión», se puso de rodillas separándome las piernas, yo me resistí, entonces bajó la intensidad de la luz y dijo:

—Vamos cariño, suéltate un poco, déjame tocarte el cuerpo como regalo de cumple –lo decía con voz de súplica, acompañada de esa mirada cautivadora. Relajé los músculos y me recosté en ese particular sofá.

Mordiéndose el labio inferior con una sonrisa abrió el albornoz, dejando mi cuerpo desnudo visible, lentamente inclinó el bote para poner una pequeña cantidad de esa especie de gel transparente sobre la palma de su mano (temía que estuviese frío), se frotó las manos y lo primero que tocó fue mi vientre plano provocándome un escalofrío que no se debía a la temperatura, sino al contacto de sus manos que tan delicadamente tocaban mi cuerpo. A medida que lo extendía yo sentía más calor, descendió hasta la zona púbica provocando que mi corazón bombease a más velocidad.

—¡Qué bien depilada estás! Venías preparada, ¿eh?

Exactamente, esa mañana me depilé entera porque me imaginaba a todas las chicas que ha tenido mi novio, ¡espectaculares debían ser! Por lo que yo no iba a ser la peor de todas, tenía que estar perfecta.

—Tranquila, no te va a afectar, es especial para esta zona –me masajeó los labios provocándome un agradable placer, pasaba el pulgar por las ingles, noté su aliento cerca, alcé la vista y ahí estaba, mirando mi sexo, teniéndolo tan cerca, y comenzó a catar ese lubricante que ¿de verdad sabría a esa fruta? Bueno, oler sí que olía.

Sin darme cuenta cada vez me notaba más mojada, mucho más. Meneaba las caderas retorciéndome de placer; entonces Iván se incorporó desnudándose, no sin antes sacar del bolsillo el condón, lanzándolo sobre la cama que estaba a unos pocos metros. Primero se quitó la camiseta cogiéndola de los extremos y pasándosela por encima de la cabeza; al quedarse semidesnudo me dedicó una sonrisa seductora mientras con las manos sobre la cintura se desabrochaba el cinturón, bajándose los pantalones y calzoncillos a la vez. Era como un dios para mí; tan guapo, tan bello, con esa piel lisa y morena, esos ojos verde bosque y esa musculatura… Se acercó poco a poco a mí saboreando mi cuerpo, entreteniéndose en mis pechos, con uno de sus brazos rodeando mi cintura, no se demoró mucho y entró sin el más mínimo impedimento, exhalé aire. Comenzó despacito, yo miraba a sus entornados ojos, él hacía lo mismo con la boca entreabierta, se detuvo para besarme, no podía hacer las dos cosas a la vez. Se le veía dispuesto a parar con tal de catar mis labios, fue un momento durante el cual resultaba difícil pensar, estaba la mar de relajada (sería por el ambiente), el corazón me latía con intensidad cada vez que nuestros labios tomaban contacto, le abrazaba fuerte del cuello.

Descubrí la comodidad de ese sofá, tenía una pierna a cada lado e Iván podía penetrarme perfectamente, sin impedimento alguno. Lo hizo suave de principio a fin, hasta que, finalmente… eyaculó con esa cara de placer que ponía. Nos tumbamos en aquella grandiosa cama y no tardamos en quedarnos dormidos sin siquiera vestirnos.

Carnavales

Se acercaban los carnavales, en los cuales, cerca del teatro Falla, me encontré con mi prima Laura, hacía tiempo que no la veía; ahora llevaba trenzas hechas un moño, sus labios eran carnosos, su nariz ancha pero sin pasarse y sus ojos totalmente oscuros, delgadita por los deportes que practicaba, sobre todo atletismo, y de piel más oscura que la mía, al vernos:

—Prima, ¿qué tal? —dije con entusiasmo saltando a abrazarla.

—Bien, mazo tiempo sin vernos —contestó con una sonrisa.

—¿Eing? —puse cara de extraña.

—Que... ¿cuánto tiempo sin vernos, eh? —aclaró.

—Ya ves. ¿Cuándo llegaste?

—Pues hace poco. Por cierto te presento a mi amiga Ross, Ross mi prima Cass —dijo presentándonos, nos dimos dos besos, yo le presenté a mis amigas—. A ver cuándo te vienes pa Madrid, que te sigo esperando.

—No te preocupes, iré, ¿en qué parte vives? —estaba casi gritando debido al ruido del gentío que se concentraba ahí.

—En Alcorcón. Pero bueno, luego me paso por tu casa y te doy la dirección —decía yéndose, ya que su amiga Ross tiraba de su brazo.

—Vale, chao —me despedí de ella con la mano.

La madre de Laura era la hermana mayor de mi madre, que vivía en Madrid. Mi tía era grande y corpulenta mientras que Laura, como he mencionado antes, era delgaducha y no mucho más alta que yo.

Después de ver varias chirigotas y reírnos por lo que representaba, la sátira de la situación española en la actualidad, vino por la noche Laura a mi casa. Mi madre se puso muy contenta y mi prima nos invitó a ir a Madrid en verano, eso me venía muy bien porque para esas fechas ya sería mayor de edad. Nos intercambiamos teléfonos, direcciones de correo y tuenti, aunque yo no tenía, mi hermano sí y estaba enganchado. Era una red social en la cual colgabas fotos y vídeos, comentarios en el tablón, etiquetar a la gente que quisieras o que salía en las fotos (siempre y cuando la tuvieses agregada), aparte de mandar mensajes privados, hablar por chat... yo es que eso todavía no me apetecía tenerlo.

En marzo y abril hubo más de lo mismo, aparte del cumpleaños de Maca y Ariadna, que no quisieron celebrarlo, simplemente hicieron una comida juntas con todos nosotros. No pude disfrutar de la Semana Santa porque tenía que estudiar y no hacer lo que Ariadna; dejar todo para el último momento en plan levantarse y decir venga estudio, se pone a estudiar, al rato se va a comer, luego le llaman por teléfono, sale y lo deja para la noche, llega la noche y dice «bueno mañana» y así hasta casi dos o tres días antes del examen. No. Tenía que estudiar todo lo posible para aprobar y no tener que estar el verano entero estudiando. Aunque lo que más me preocupaba era el por qué Iván no me llamaba, parecía haberse olvidado de mí, sin embargo, le quité importancia porque siempre se justificaba con los estudios, al parecer se lo tomaba muy en serio. Cano seguía jodiendo con lo mismo y Teresa seguía parándole los pies, pero aún así tenía a Javi que me ayudaba con lo que más me costaba, la química.

Iban llegando los exámenes finales de mayo para los de segundo de bachiller, los nuestros eran en junio pero aún así teníamos parciales, así que no tuve mucho tiempo para averiguar qué era lo que pasaba con Iván, apenas me llamaba, por los pasillos me saludaba a veces, otras veces estaba inmerso en sus libros o en la biblioteca y cuando estaba conmigo su cabeza viajaba a otro universo. Tampoco me podía quejar porque estaba estresado, tenía que aprobar sí o sí. Pero mis malos pensamientos acabaron nublándome. Lógicamente aprobó todas sus asignaturas, después de tanto tiempo de estudio y a dos semanas de selectividad lo único que tenía que hacer era repasar un poco. Cano todavía seguía con la tontería de los cuernos y eso ya era excesivo, me estresaba solo de pensarlo.

—Ángel, para ya, ¿no? –le decía Teresa dándole con el dorso de la mano en el pecho y arrugando la frente, entonces él obedecía mirando hacia abajo como un niño pequeño al que su padre le regaña por contestar mal a su madre.

—Lo siento –puso cara de bueno, ¡le tenía dominado!

Mi agonía fue tal que incluso llegué a hablar con mi hermano del asunto.

—¿Quieres que le pegue? —decía crujiéndose los nudillos.

—¡No!, está bien así; por cierto, ¿has quedado con Bea? —pregunté cambiando de tema.

—Eh, sí, la llamé el viernes para quedar e ir al cine y me dijo que no —dijo poniendo cara serena.

—¿Cómo que no? —cuestioné extrañada.

—Me dijo que en su casa estaba sola y que fuese *pa ya*, me dio su dirección y fui.

—¡Vaya chica, macho!, está más caliente que el pico de una plancha —susurré y Alex rió—. Y ¿qué tal fue la cosa?

—¡Puff!, bastante bien, esa chica es una fiera —dijo mostrándome los arañazos de su espalda.

—Joé, ¡sí que es salvaje! —grité espontáneamente de la impresión que me causó siguiendo con los dedos la trayectoria de los mismos en su espalda.

—Mira, se puso un trajecito de esos de cuero ceñidos al cuerpo y justamente abierto por donde más interesaba, tú ya me entiendes —sonriendo me guiñó un ojo acomodándose en mi cama, cruzó las piernas poniéndose frente a mí.

—¡Dios! No me cuentes más detalles, que no quiero verte empalmado, ¡qué asco! —le puse la palma de mi mano en su cara arrugando el labio.

—¿Qué te pasa?, ¿todavía no puedes mirarlas directamente?, ¿te hace daño a los ojos? —rió a carcajada limpia mientras se bajaba los pantalones.

—¡Tú eres tonto! —le dije medio sonriendo, tirándole un cojín pues se estaba acercando a mí—. Estate quieto, guarro, y lárgate de aquí pervertido.

—Vale, vale, me voy aunque, ¿quieres jugar al PES un rato? —dijo en son de paz.

—Sí, así veras que soy mejor que tú —me levanté como un resorte y marché a su habitación.

Iván, ¿quién es esa?

El viernes por la tarde llamé a Iván para quedar con él, no tendría excusa puesto que algún día libre me podría dedicar. Al llamarle me dijo que esa noche no podía:

—¿Por qué?

—*Es que... me voy a visitar a mi padre* –soltó apurado.

—Ah, vale, entonces no te molesto más –mi voz denotaba desilusión.

—*Si quieres quedamos mañana.*

—Vale, está bien –y colgué.

Una hora después de llamarle sonó mi móvil, era Andrea diciéndome que había visto a Iván en la plaza, un poco lejos de su casa, le expliqué lo de su padre.

—*Ya, pero si queda con su padre es para ir a su casa no para esperar en la plaza, ¿no?*

—Sí tía pero a lo mejor irán a algún lugar.

—*Ya pero para eso que le venga a recoger a casa, ¿no crees?*

—¿Y si la madre no le quiere ver? –cuestioné.

—*Pues le espera en el portal* –eso tenía su lógica, en un momento Andrea había mermado mi confianza hacia Iván pero aún quedaba una prueba para verificarlo.

—Espera –le dije, dejé mi móvil sobre la cama y cogí el teléfono fijo, llamé a la casa de Iván. Contestó un hombre–. Hola, ¿está Iván?

—*¿Quién es cariño?* –parecía ser la voz de la madre, ¿cariño? Iván no me dijo nada de que su madre tuviese novio... ¡a ver si este no iba a ser el padre! Me enfurecí.

—*Es una amiga de Iván* –le contestó a la madre.

—*Ah, vale, dile que no, que ha quedado.*

—*Lo siento, no. Iván no está, ha salido hace poco, creo que había quedado.*

Estaba cabreada.

—Vale muchas gracias; entonces, chao –y colgué. Cogí el móvil de nuevo, confirmado estaba–. Andrea, estaré ahí en diez minutos –me calcé las zapatillas negras, el chándal de malla y sudadera ajustada de Nike y fui para allá.

Llegando casi a la plaza vi a Iván a lo lejos. En ese momento noté cómo mi cuerpo ardía de rabia, de pies a cabeza. Al intentar acelerar el paso una mano me atrajo hacia la derecha, era Andrea escondida tras los setos, buen sitio había escogido, podíamos ver perfectamente sin ser vistas, aparte de que ambas íbamos vestidas de negro y lo éramos.

Iván estaba sentado sobre el respaldo del banco, constantemente miraba la hora y se frotaba las manos nerviosamente. ¿Con quién habría quedado a las ocho de la tarde si su amigo Cano estaba con Teresa y a mí por teléfono me contestó un hombre que parecía ser su padre o quizás su padrastro? Aquí había algo que no encajaba, aunque Cano tampoco era el único amigo que tenía, estaban los hermanos Alcover, Julio y Pedrito, aquellos chicos de pelo castaño claro con los que hablaba cuando me conoció, luego también estaba Óscar, que iba a su casa a jugar a la Play casi siempre, y por último *Carlitos*, que este no podía ser porque estaba con Miriam a todas horas, sin embargo, si hubiese quedado con algún amigo no me habría mentido, por lo tanto tenía que ser una chica.

Y entonces llegó ella. Mis sospechas eran ciertas, nunca la había visto, era rubia platino tirando a blanco, sus cabellos ondeaban cayendo sobre las caderas, al girarse pude ver su rostro pálido. Llevaba un vestido blanco sobre el que se le transparentaba el bikini negro. Me quedé helada, notaba cómo la vena del cuello me palpitaba de rabia.

—Am, vale, on y va? –dijo, ¡no sabía que supiese hablar francés!, esto era nuevo para mí, bueno yo le dije que no sabía portugués...

—Attend (espera) –dijo la gabacha con una voz sensual como queriendo comerse a MI chico.

Yo no sabía si llorar o ir a decirle mis cuatro cosas a esa zorra ladrona; a mi derecha Andrea decía:

—Calma, calma –mientras grababa un vídeo con el móvil.

La rubita se acercó a MI chico poniéndole la mano sobre el hombro y dándole un tierno beso en la mejilla, le susurraba al oído ciertas cosas en francés que no entendí mucho, pero por la expresión corporal deduje que estaba coqueteando con él... ¡uy, pobre de Iván como se le ocurra...! En fin, me acababa de acordar de que no había puesto mi móvil en silencio, al bajar la mirada para buscarlo tenía un mensaje, era de Belén, ponía que tenía que contarme un bombazo sobre Maca, y ¿por qué no me había mandando el mensaje Maca? Andrea se despistó mirando mi móvil, entonces, cuando levantamos la mirada, ellos ya no estaban.

—Chocho, ¿por qué no estabas mirando? –pregunté enfadada.

—Lo siento, solo ha sido un momento, no te preocupes que desde aquí se ve todo. Era cierto, desde la plaza se podía ver todo, solo teníamos que ir con cuidado de que no nos viesen. Les localizamos, se dirigían hacia la playa y les seguimos desde un lugar seguro.

—Andrea, ¿sigues grabando?

—Sí, pero se me está acabando la batería, dame tu móvil que tiene más memoria que el mío.

Esa chica flirteaba demasiado con Iván, tenía ganas de presentarme ante ellos pero me contuve.

Se fueron hacia el casco antiguo, anduvimos tras ellos y justo cuando nos estábamos acercando lo suficiente para oírles llamó mi madre. ¡Gracias a Dios, lo tenía en silencio! Nuestros pasos iban siendo cada vez más lentos y poco a poco perdimos de vista a Iván y la francesilla.

—Sí, mama –susurré con enfado.

—*¿Dónde estás? Ya son las diez, te estamos esperando para cenar* –dijo preocupada.

—¿Ya? Espera… pero ¡si nunca me esperáis para cenar! –miré la hora.

—Hoy sí –su voz era firme, daba miedo.

—Vale, ya voy, estoy cerca de casa –al colgar–. ¡Mierda! Les hemos perdido Andrea –solté al ver que no estaban ya.

Mi amiga me miró con ojos entornados.

—¿No estabas al tanto? –pregunté clavando el puño derecho sobre la palma de mi mano izquierda.

—Ya tía, pero es que estoy cansada y tengo hambre, además tenemos ya suficientes pruebas para acribillarle a preguntas mañana, ¿no? Me vas a decir que no –dijo cansinamente.

—Tienes razón, nena, volvamos a casa, mañana por la mañana nos vemos, y a ver la cara que se le queda a Ivancillo cuando le enseñemos esto. ¿Ok? –dije señalando el móvil.

—Bien, cuídate tía –chocamos las palmas, juntamos hombro con hombro como si nos abrazásemos y después cada una marchó a su casa.

Capítulo 7

Paranoias

Por el camino no dejaba de pensar en lo que estaba pasando, no sabía si llamar o no a Iván, no sé cómo ni de dónde saqué las fuerzas para no hacerlo. Llevaba tal rabia encima que cuando llegué a mi casa le dije a mi madre que no tenía hambre, que estaba muy cansada y que quería irme a la cama, no me arriesgaría a contarle nada todavía al no saber con certeza lo que estaba pasando. No pretendía darle una idea equivocada de Iván, ¿y si todo era un malentendido? Pero aún así, había cosas que no encajaban.

En mi habitación el ordenador seguía encendido descargando música en el Ares, miré quién había en el Messenger. Al no apetecerme hablar con nadie cerré sesión, apagué el ordenador y me metí en la cama para pensar en lo mismo.

Después de darle tantas vueltas al asunto me quedé dormida y tuve un sueño, en él estábamos Andrea y yo siguiendo a Iván, este se dio la vuelta pillándonos *in fraganti*, cogió de la mano a la rubia y dijo: «tía, ya no te necesito, vete de aquí», la rubia soltó una sonora carcajada, de repente, Andrea desapareció de mi lado. Me encontraba en la calle de Iván mirando hacia su ventana y ahí estaba él, sin camiseta, con la rubia tocándole el torso desnudo mientras tiraba mi ropa… ¿mi ropa? No recuerdo haber dejado ropa mía en su casa, más que nada porque nunca llegué a subir. Mientras la tiraba, yo estaba llorando, sentía el desprecio revelado por su acción y sus duras palabras «vete de aquí, adiós, coge tus cosas, márchate no quiero saber nada más, me he cansado de ti», me hablaba como si no entendiese su idioma o como si fuese tonta, me puse de rodillas llorando desconsoladamente y la rubia reía. Iván la besaba con lengua cogiéndola del mentón, sentía un dolor tan profundo en el pecho que pensaba que me habían atravesado con una espada y la hubiesen sacado para dejarme morir desangrada, se me erizaron los pelos de la nuca y, de pronto, noté que estaba tumbada, con la almohada húmeda. Abrí los ojos bruscamente ¡Dios! Vaya pesadilla, me toqué la cara y estaba llorando. Miré la hora en el reloj, aquellos números rojos marcaban ¡las cuatro de la mañana! Sentía un gran malestar en mi interior, preveía que algo malo iba a suceder, pero aún no sabía qué.

Me desperté como a las doce o a la una ya que la noche anterior no pude pegar ojo, fui a desayunar y mi hermano me preguntó si había dormido bien.

—Claro, ¿por qué no iba a hacerlo? –mentí, se aproximó y me hizo señas para que me acercara.

—Te oí gritar: «noo, Iván, ¿por qué?» –susurró, ya que mi madre estaba al lado preparando la comida, ¡mm, paella, qué rico!

—No, lo que pasa es que… tengo dudas después de lo de ayer –no quería contarle lo que pasó la noche anterior pero algo me impulsaba a hacerlo. Los chicos no piensan, directamente actúan. Quería informarme del asunto antes de sacar conclusiones.

—¿Qué dudas? –preguntó achinando los ojos.

—Nada, tonterías mías, enano –le dije poniéndole la mano en su cara a sabiendas de que no le gustaba, este la apartó girando la cabeza mirándome mal.

Terminé de desayunar, recogí las cosas para irme rápido a mi habitación. Me conecté al Messenger y vi a Iván, quien me saludó inmediatamente.

—*Hola nena* –abrió la ventana del Chat con esas palabras.

—¿Qué quieres? –le contesté.

—*¿Por qué me hablas así?*

—Iván, ¿dónde estuviste ayer? –mis impacientes dedos temblaban de la rabia, tardó un rato en responderme.

—*Con mi padre* –contestó.

—*¿Por qué me mientes? Te vi ayer con una chica rubia, y antes de eso llamé a tu casa, que por cierto me contestó un hombre al cual tu madre llamó cariño y me dijo que habías quedado* –no me contestó y al rato sonó el teléfono.

—Cassandra es para ti –gritó mi hermano.

Cogí el teléfono de mi habitación pensando que eran las gemelas.

—¿Hola?

—*Amor escucha tenemos que quedar* –dijo la voz.

—Ah… eres tú –dije desilusionada, ¿y ahora qué?

—*Te voy a recoger a tu casa dentro de media hora y te lo explicaré todo, ¿vale?* –dijo Iván convincente.

—Como quieras, me voy a duchar y vestir, espero que tengas una buena explicación para hacer lo que hiciste ayer, chao.

Tras soltarme el apretado moño para ducharme llamé a las gemelas y le pregunté a Teresa que qué le pareció el vídeo, y ella me dijo que se quedó alucinada, pero no añadió nada más.

—*¿Estás loca nena?* –le preguntó su gemela desde el fondo.

—*Iván pasa de ella, le está haciendo el SE1P* –añadió Andrea.

—¿Qué es el SE4 o como se diga?

—*No Cass, SE1P, significa Solo Eres Un Polvo* –dijo Teresa.

—¿Creéis que me tiene así? –pregunté preocupada.

—*Eso no lo sabemos la verdad, lo averiguarás en cuanto llegue a tu casa* –contestó.

—¡Es verdad!, bueno me voy a duchar, chao y besitos.

A la media hora yo ya me había preparado, solo me faltaba peinarme, y de repente Iván entró en mi habitación,

—¡Coño que susto! –solté al verle a través del espejo, abracé mi afropeine con el que me tocaba el acelerado corazón. ¿Cuándo había llamado? Normal que no lo oyese, estaba escuchando música.

—¿Qué hay? –preguntó sonriendo de brazos cruzados apoyado en la pared.

—Hola –y continué peinándome sin mirarle, porque si lo hacía, si me encontraba con esos ojos verdes, le perdonaría todo sin siquiera escucharle.

—Oye Cass, te lo tengo que explicar, la chica de ayer… es mi prima.

—Ya, y yo soy blanca –dije con sarcasmo, me hice un moño y en cuanto terminé le encaré con las manos en jarra, pero sin mirarle a los ojos.

—Te lo puedo demostrar, ven a mi casa –suplicaba acercándose a mí cautelosamente.

—¿Y el hombre al que tu madre llamó cariño ayer? –me crucé de brazos.

—Ese era… el novio de mi madre, lo que pasa es que casi nunca se pasa por mi casa ya que llevan saliendo poco –justificó.

—Vale ahora vamos –salimos de mi habitación, en el pasillo mi hermano me miró entornando los ojos pero sin decir nada, no se fiaba de él y grité–. Mamá, me voy a casa de Iván.

—Vale. Iván, un saludo a tu madre, dila que ya iré a verla –yo me quedé a cuadros.

—Ok, ya te llamará esta tarde, chao.

Buena explicación, Iván

Por el camino no me quiso explicar nada, simplemente que la chica esa que supuestamente era su prima hacía mucho que no le veía y reconoció que cuando eran pequeños ella iba detrás de él, pero que ya no.

—Sí, pues lo que vi ayer no alegaba eso –y le enseñé el video, Iván se quedó atónito.

—Eso son tonterías, sabes que solo estoy contigo –dijo medio ofendido apartando el móvil para mirarme a la cara, me hizo sentir un poco mal.

—Iván, hijo, ¡es que tienes una fama!… además hasta Belén me contó que estuviste saliendo con ella, Ariadna también.

—Ya, pero ese es mi pasado –se enfadó tanto que no volvió a dirigirme la palabra durante el camino.

Cuando llegamos a su casa estaba avergonzada, con la cabeza gacha y los hombros hacia delante. Entramos en el salón modernamente amueblado y bien iluminado; las paredes eran de un color gris, pero no de un gris triste, sino purpúreo y los muebles plateados colocados de manera ingeniosa, típico salón de revista de IKEA. Era más amplio que el mío ya que tenía terraza, de forma rectangular. A la derecha había un sofá rinconera de unas tres o cuatro plazas, color blanco, con una alfombra bastante gruesa del mismo color y con rayas negras sobre la que se apoya una mesita auxiliar de cristal muy sencilla de patas gruesas de metal con la misma forma que las columnas de estilo románico, sobre ella había un cisne decorado con flores secas y, claro, no estaba directamente en el cristal si no encima de un tapete. Frente a esto la televisión de plasma de unas cuarenta y dos pulgadas sobre un pequeño armario de puertas de cristal que supongo que en su interior estaría el DVD y TDT (Televisión Digital Terrestre) ya que sin el TDT no se podría ver la tele normal. Encima de la tele numerosos estantes plateados que dibujaban en la pared un laberinto, y más a la derecha, cerca de la puerta que se dirigía al pasillo para ir a las habitaciones, había una vitrina de cristal larga en cuyo interior estaban los vasos de cristal de diferentes formas y la vajilla buena como quien dice. ¡Ah! Y sin olvidarme de que a mi izquierda, es decir, al otro lado de la puerta que se dirigía a las habitaciones, estaba la mesa donde se comía, que también era de cristal, pero con los bordes reforzados (de aluminio supongo que sería) para no desentonar al igual que las sillas.

Iván me llevó a la cocina donde estaba su madre y ¡cómo no!, la primita. La cocina no era tan grande como la mía y los muebles eran de color verde botella, muy bonita, solo cabía la típica mesa, que es una simple tabla plegable (como en mi casa, ¿casualidad? No hombre, cualquiera puede hacerlo, solo que su cocina me recordaba a la mía, igual distribuida). La madre de Iván estaba de espaldas y, a pesar de todo, tenía buena figura, cabello oscuro hasta los hombros.

—Mamá –inmediatamente su madre se volvió hacia nosotros.

—Hola guapa, soy María de los Ángeles, me puedes llamar María, Ángeles, Ángela... –se quedó sin palabras al verme y luego volvió a hablar–. O sea, que tú eres Cassandra, ¿me equivoco? –preguntó asombrada. ¡Qué mujer más guapa!, los ojos los tenía igual que Iván, verdes, facciones finas de aspecto juvenil, nariz puntiaguda pero no aguileña, labios finos pero no desdibujados, ojos achinados y la piel morena.

—Sí, soy yo, encantada –le sonreí y nos dimos dos besos.

—Uu, lo siento, te presento a mi sobrina, que viene desde Francia, Anne Laure –la hizo señas para que me saludase, yo a regañadientes la di dos besos, o sea, que ¡era verdad lo de la prima!

—¿Cómo estás? –preguntó en un español afrancesado estudiándome.

—Bien –contesté secamente un tanto incómoda.

—Bueno entonces te quedas a comer, ¿no? Que estoy preparando una paella valenciana que te vas a chupar los dedos –decía besándose el índice y pulgar a la vez.

¿Ella también?, ¿qué pasa, había hablado con mi madre?

—Pues… tendré que llamar a mi madre –dije dubitativa.

—No te preocupes he hablado con ella mientras Iván te fue a buscar.

—Vale entonces –concluí asombrada por la comunicación existente entre nuestras madres.

—Mamá, le voy a enseñar la casa, ¿vale? –apoyó su mano sobre mi hombro, de repente me fallaron las piernas, desde que vino a mi casa no tuve contacto físico con él, ni un beso nos dimos siquiera.

Me enseñó la casa, de cuatro habitaciones, la primera puerta a la derecha era uno de los baños, el grande, con bidé, el retrete y bañera con mamparas traslúcidas; la segunda puerta a la derecha era el cuarto de invitados, una habitación cuadrada pintada de color crema que simplemente tenía un armario, la mesita de noche y una cama de noventa. En frente de esta estaba la habitación de Iván, muy espaciosa, tenía los típicos pósters de chicas de la revista FHM, Playboy y de videojuegos como el *Resident Evil*, el sofá cama a la izquierda, la ventana frente a la puerta y a la derecha, pegado a la puerta, el armario empotrado, debajo de la ventana una mesa de estudiar amplia que llegaba desde los pies de la cama hasta el otro extremo de la habitación, con lo cual tenía espacio para el ordenador. En el centro de la habitación y sin estorbar había un mueblecito pequeño con una tele sobre ella y debajo numerosos cables que supongo que serían de la Play Station, mandos, vídeos, DVD's, vamos había de todo, y un puf justo delante. Al cerrar la puerta de su habitación Iván se acercó a mis espaldas, podía sentir la calidez de su cuerpo, el contacto de sus labios recorriendo mi cuello y su respiración lenta y profunda en mis oídos, entonces me di la vuelta buscando sus labios. Echaba de menos esos besos de película, volví en mí.

—Lo siento, pero tu prima no me inspira confianza, antes en la cocina te estaba devorando con la mirada y mordiéndose el labio.

—¿Ah, sí? Pues no me había dado cuenta –dijo tranquilamente acercándose peligrosamente sensual hacia a mí–. ¿No ves que solo tengo ojos para ti?

—¿De verdad? –pregunté esperanzada. Este asintió.

—Te quiero, así de simple son las palabras, y así de grande su significado –me volvió a dar otro beso pero esta vez era diferente, nunca había notado tanta… ternura ni tanto amor en un beso suyo, un cosquilleo entero recorrió todo mi cuerpo y entonces llegué a la conclusión de que yo también le quería.

Al cabo de un rato estábamos en ropa interior en el suelo, ¿cómo habíamos llegado a esto? Aún así continuamos, no tenía tiempo de investigarlo, me estaba dando besos por todo el cuerpo, lo acariciaba, lo admiraba y cuando iba a quitarme ya el sujetador nos llamó su madre para que fuésemos a comer, cortándonos el rollo, pero podíamos seguir luego…

Fuimos al comedor, la mesa ya estaba puesta y la comida servida.

—Tengo más hambre que el perro de un ciego –dijo Iván frotándose las manos, sentándose a la derecha de su madre que estaba a la cabeza de la mesa y la prima a la izquierda.

—Siéntate aquí cari –dijo mientras señalaba la silla que estaba a su lado. Me dio un poco de vergüenza por la forma en la que me había llamado. La madre con la mano en el pecho dijo:

—Oh, ¡qué monos!

La comida tenía buena pinta, estaba en ese pedazo de paellera. Tenía de todo, era de marisco y pollo, no entendía el por qué esa cantidad, pero cuando nos pusimos a comer, lo entendí, ¡Dios! ¿Dónde mete Iván tal cantidad de comida? Pero si el chiquillo está como un queso con esos abdominales, ese bronceado, esos bíceps...

Prefería reservarme para cuando estuviéramos a solas en la habitación, porque inconscientemente estaba apretando los muslos intentando sentir la zona más íntima de mi cuerpo.

Debajo de la mesa noté los suaves pies de la primita, supongo que pensaría que eran los de Iván. Su cara la delataba, sus ojos reflejaban deseo, aunque, lo que me parecía más raro de todo es... ¡que no miraba a Iván, sino a mí!, carraspeé moviéndome en la silla y decidí centrarme en mi plato y nada más, ignorando aquello.

Cuando terminamos recogimos la mesa, la madre de Iván estaba impresionada ante la actitud de su hijo. Al llevar ya la cesta de pan a la cocina y el último plato, Iván me dijo que me esperaba en la habitación, dobló el mantel y se fue, la madre de Iván se fue a su habitación a echar la siesta. Fui a la cocina a dejar aquello, a mis espaldas oí la voz de la prima con un acento francés.

—Eges muy guapa –se acercó a mí a una distancia peligrosamente cerca mientras me cogía un mechón de pelo que se me había salido del moño.

—Eh... ¿gracias? –contesté a su halago intentando apartarme.

—Me gusta mucho tu camiseta, ¿dónde te la compraste? –su dedo recorría mi pecho a través de la camiseta, se aproximaba a mí al mismo ritmo que yo me alejaba hasta que me choqué con la encimera, Anne Laure metió la mano debajo de mi falda acariciándome los labios e inmediatamente le aparté la mano (aunque lo hacía bien) y le dije:

—Me tengo que ir, no puedo dejar a Iván solo –fui tan rápido como pude. Cuando llegué a la habitación.

—¿Algún problema? –cuestionó enarcando una ceja, tumbado en la cama de lado sujetándose la cabeza.

—No, no pasa nada –me veía sofocada, pero en mi fuero interno estaba desconcertada, no quería que me tratase como una loca, por lo que decidí callármelo.

—Venga, vamos a echarnos una siesta –dijo golpeando la cama a su lado con la palma de la mano.

—Vale –dije, y a punto de meterme en la cama.

—¡Oye!

—¿Qué pasa?

—Aquí la siesta se echa sin ropa para estar más a gusto.

Mientras lo decía se desprendió de la camiseta, me quedé atontada admirando su cuerpo, supongo que nunca me cansaría de ello. ¿Por qué no podía desviar la mirada? Me di cuenta de que me estaba mordiendo el labio, él se acercó a mí, quitándome la mía lentamente, cuando me quedé en ropa interior su cara estaba tan cerca que podía notar su aliento, miró mis labios, sonrió y me besó. Acariciaba suavemente mi pelo atrapado por un apretado moño que acabó soltándome.

—Me gustas más así –atusó mis rizos y buscó mis labios para besarme de nuevo–. Espera y observa.

Saltó de la cama y dirigiéndose a su armario empotrado, se metió en él, no entendía por qué lo estaba haciendo, pero desapareció, pasmada abrí la boca, su voz se oyó lejana:

—¡Ven, Cass!

Supuse que era por la ropa, me acerqué al armario y entré la ropa, encontré una pequeña puerta entreabierta (pensé: ¿esto qué es? ¿El armario que te lleva a Narnia o qué? Y me reí para mis adentros al surgirme tal idea), una débil luz que asomaba conducía a un lóbrego túnel.

—Acércate –se oía decir al eco de Iván. Le hice caso, la estancia tenía apariencia de cueva, el techo era justo de mi altura, rozando mis alborotados rizos aprecié una luz de fondo y ahí estaba mi novio, en una salita que parecía un gimnasio rural con una cama o camilla de fondo.

—Acércate cariño –repitió con esa sonrisa que hacía que me derritiese. Al hacerle caso mis rodillas volvieron a traicionarme, pero hice todo lo posible por luchar contra esa debilidad. Una vez cerca le estudié, concluyendo en que era la chica más feliz del mundo. Una tenue luz de la cual no podría definir su procedencia bañaba nuestros cuerpos semidesnudos y sin demorar ni un segundo volvimos a besarnos. Caímos al frío suelo de baldosas marrones en ropa interior acariciándonos mutuamente.

—¡Hostia que frío! –dijo Iván levantándose como un resorte sin soltar mi cintura en ningún momento, teníamos la piel de gallina. Vio mi cara impresionada observando su erección en sus boxers e inmediatamente aparté la mirada avergonzada–. No tengas miedo, es toda tuya –guió mi mano a su entrepierna, acariciándola podía notar la dureza y los espasmos al tomar contacto con mis manos.

Iván, sin apartar la vista de mí, mordiéndose el labio se quitó los calzoncillos, yo respondí cerrando los ojos

—Nena, no pasa nada si la miras, acostúmbrate –volvió a cogerme de la mano llevándola de nuevo hacia su pene, pero esta vez desnudo, mis ojos permanecían cerrados pero podía sentir el calor de su cuerpo acercándose para darme un beso en la mejilla, entonces abrí los ojos y él sonrió. Con su mano libre me quitó el sujetador liberándome de esa opresión, me acarició un pecho acunándolo y comenzó a lamerlo como en el cine–. Estás tan rica –me soltó entre lametazo y lametazo.

Observaba cómo lo hacía mientras le acariciaba el pelo y me miraba a la cara para ver mi reacción, un remolino de satisfacción recorrió mi columna y, sin darme cuenta, me retorcía, este aprovechó, con las manos en mi cintura, a levantarme en vilo, continuó lamiendo ese oscuro pezón erecto pero no tardó mucho en volver a poner mis pies en el suelo para bajarme las braguitas, y lo hizo de nuevo, cargó con una de mis piernas sobre su hombro y posó su lengua sobre mi clítoris, lentamente sintiendo su cálido aliento comenzó a moverla rápidamente, pero paró en seco y dijo:

—¿Quieres probar a hacer un sesenta y nueve? –al ver mi cara de susto–. No te preocupes, yo te enseño en un momento cómo lo tienes que hacer.

Se sentó en la cama.

—Ponte de rodillas delante de mí –vacilé pero le hice caso, alguna idea tenía de cómo era gracias a las películas X que me ponían siempre las gemelas cuando me quedaba a dormir con ellas–. Cógela con una mano.

Le hice caso pero:

—Iván, hasta ahí llego –bufé, y dicho esto me la metí en la boca. Fue una sensación nueva… extraña, subí y bajé la cabeza imitando a aquella actriz, Celia Blanco, Iván se empezó a retorcer y a gemir en silencio–. ¿Qué pasa te hago daño? –pregunté asustada tras sacármela rápidamente de la boca.

—¡Que si me haces daño! ¡Que si me duele! ¿Dónde has aprendido? ¿No lo habrás hecho antes no? –soltó aquel torbellino de preguntas mientras yo negaba con la cabeza–. ¡Dios, lo haces de puta madre!, entonces ya estás preparada para el sesenta y nueve.

Se tumbó boca arriba en la cama agarrándome del codo para que me colocase sobre él boca abajo, le cogí del tallo y me lo metí en la boca de nuevo sacándomelo suavemente, y así repetidas veces; también le lamía la punta con delicadeza, mientras la agarraba podía saber si le gustaba viendo el movimiento de sus pies, si los estiraba mucho le gustaba, si no le excitaba tanto se relajaban mientras él movía ingeniosamente la lengua sobre mi clítoris. Unos minutos más tarde paró susurrando:

—No sigas que al final acabo antes de metértela –me excitó oír eso, así que me levanté.

Corrió a por un condón y se lo puso, como el techo en esa parte era más alto me dijo de agarrarme a la barra. Mis pies quedaban a varios centímetros del suelo, estaba asustada por si acaso se rompía por el peso y me precipitaba contra el suelo. Me abrió totalmente de piernas y entró sin la mayor resistencia en mi vagina debido a la lubricación natural que me había provocado su cunilingus. Comenzó a darme golpes bruscos mientras veía su cara de pasión, yo me balanceaba hacia delante y hacia atrás, Iván estaba con los pies en el suelo, al ser más alto yo estaba a la altura perfecta para él, le abrazaba la cintura con mis piernas. Lamía mis pezones y yo cada vez iba perdiendo la fuerza, por lo que cuando me solté, asustada, le cogí fuerte y él no pareció notar mi peso, tras un rato estando yo enganchada a su nuca viendo cómo su pene entraba y salía de mí, me lanzó a la cama que había ahí. No gemí por miedo a que nos oyesen.

—Ponte aquí, en el suelo a cuatro patas –le hice caso, era tan autoritario en el sexo; pero me gustaba, él se puso de rodillas a mis espaldas haciendo la postura del perro mientras me cogía de la cintura y en un golpe púbico me dijo–. ¿Te gusta, eh?

Yo sinceramente no sabía… no podía responder, esto era demasiado para mí, así que gemí un sonoro:

—Sí –finalmente, sentía tanto placer que no sabía qué hacer con las manos, intenté apartarme los pelos de la cara, tenía los ojos cerrados porque aun teniéndolos abiertos se me entornaban–. ¡Oh, por Dios, qué placer! –Iván no pudo resistirse a mis palabras, respiró sonoramente, comenzó a metérmela más bruscamente, me encantaba oírle gemir, eso era señal de que le gustaba y, por lo tanto, me gustaba a mí también. Al eyacular se desplomó sobre mi espalda, notaba cómo su pene palpitaba en mi interior hasta que tuvo las fuerzas suficientes como para incorporarse, se separó de mí sujetándose el condón, echándose boca arriba en la cama, yo mientras me senté en la cama alcanzando mi ropa interior, Iván me cogió de la mano con fuerza.

—¿Dónde has aprendido a chuparla así? –su tono era celoso y acusador.

—¡Madre mía qué susto! –me sobresalté–. Pues viendo pelis.

Me hizo tumbarme con él y me acarició la cabeza.

—Pues yo me ofrezco para que sigas practicando –dijo con una sonrisa.

En mi fuero interno no sabía si eso era bueno o malo, ¿es bueno saber chuparla bien para que un chico te promocione? En plan: *«ey colega, esa chica tiene una boca que… ¡Mano de santo chupándola! Os la recomiendo»*, o sería en plan: *«¡Oh Dios! ¡Qué bien la chupa esta chica! No la pienso soltar, no miraré a otras»*. Salí de mi ensimismamiento al notar el frescor de la estancia, se me puso la piel de gallina.

—¿Tienes frío? –asentí con la cabeza–. Volvamos.

—¿Tu madre sabe que tienes esto en la habitación?

—Pues claro, si no me ve en mi habitación sabe que estoy aquí estudiando. Llegamos de nuevo al caluroso cuarto.

—Voy al baño –informó.

En cuanto se oyó cerrar la puerta del mismo apareció la prima de nuevo en el umbral de la puerta, ¿qué hacía ahí?

—Tu es très belle comme ça –que quería decir: *estas muy guapa así* (supongo que se referiría a la postura que adoptaba en ropa interior sobre la cama).

Me asusté un poco, pero ¿qué me iba a hacer? Me miró con cara de deseo acercándose a mí, volvió a tocarme uno de los senos, cada vez estaba más cerca y yo, de lo atónita que estaba, permanecía inmóvil, sentada en la cama. Cuando nuestros labios estaban a punto de tocarse, se separó despacio levantándose y anduvo hasta la puerta, supongo que habría oído el ruido de la puerta. Salió de la habitación y se encontró con Iván.

—*Qu'est-ce que tu fais ici?* –preguntó atónito al ver la cara de su prima enrojecida (¿qué haces aquí?).

—Rien (nada) –contestó rápido y se fue corriendo.

—¿Qué estaba haciendo? –puso los ojos como platos.

—No te lo creerás, pero creo que tu prima va detrás de mí, antes en la cocina me ha metido mano.

—¡Venga, Cass!

—Entonces, ¿qué iba a hacer aquí en la habitación conmigo en ropa interior?

—Pues no sé, preguntarte qué tal soy en la cama... ¡yo qué sé! –dijo con cara de chulito cerrando la puerta de su cuarto tras de sí.

—Lo que tú digas –me tumbé en la cama y le di la espalda decidiendo echarme una siesta, pero él dijo:

—Bueno vale, no será eso, esta noche hablaré con ella, ¿vale?

—Haz lo que quieras –dije indiferente.

—Uy, uy, mi nena, que se me ha enfadado porque mi prima está enamorada de ella –nos empezamos a reír, porque el tono de voz con el que lo dijo me hizo gracia y al final echamos la siesta abrazados.

Aproximadamente a las seis de la tarde me desperté oyendo una voz que me resultaba familiar, no podía ser... ¡mamá! Me vestí corriendo y desperté a Iván, ¡qué guapo estaba durmiendo!

—Iván, corre, despiértate, que mi madre está aquí.

—Mmm, ya lo sé, me lo dijo cuando estuvimos hablando en el salón –dijo medio dormido.

—¡Es verdad! Vale, despierta –y se levantó cansinamente–. Anda despierta, te reto a una partida al PES –le desafié.

—Soy más de FIFA, espera, ¿sabes jugar al Pro Evolution Soccer? –preguntó abriendo los ojos de golpe.

—Pues claro, y te voy a dejar canino, ¿apostamos?

—Anda, ¿tú qué vas a poder? –dijo con desprecio, o quizá sería su cara de recién levantado.

—Muy bien deja de hablar y enciende la Play –antes de eso fui al salón, a ver a mi madre, su mirada me incomodó puesto que sabía lo que había hecho y a ella parecía divertirle, así que me volví a la habitación.

—Cuando nos tengamos que ir, avísame mamá.

—Vale –contestó.

Así que estuvimos jugando al FIFA, me costó al principio, me ganaba pero le gané unas cuantas veces, era bastante bueno jugando eso no lo pude negar, nos divertimos mucho, a la que intentaba marcar o algo, me hacía cosquillas o me metía mano, tenía muy mal perder.

De repente me llamó mi madre:

—Cass, venga nos vamos –chilló.

—Vale –miré la hora y ¿ya eran las nueve?–. Bueno nene, ya la repetiremos.

—Aquí estaré esperándote y volveremos a jugar para que sepas quién es el jefe –y me dio un beso.

—Chao, amor –ignoré sus palabras.

—Chao.

Luego fui a despedirme de la madre de Iván, de la prima no porque había salido, ¡menos mal!

Capítulo 8

¿Qué Maca, qué?

Por el camino mi madre me preguntó qué había hecho, con sonrisa maliciosa. No la contesté.

—Quien calla otorga –dijo con voz cantarina.

—¡Qué te voy a decir que no sepas ya! –atisbé sonriéndola.

En cuanto llegué a casa me conecté al Messenger y le conté a Teresa lo sucedido mientras hablaba por teléfono con Belén, ya que me tenía que decir lo de Maca.

—¿Qué? No puede ser, ¿de cuánto? –agarré bien el teléfono para que no se me cayese. Atónita, así es como estaba.

Cuando se lo escribí a Teresa por el Messenger me dijo que ya lo sabía, así que decidí llamar a Maca directamente para preguntárselo.

—Hola buenas noches, ¿está Macarena?

—*Sí, un momentito que ahora se pone* –dijo su madre–. *Macaaa, el teléfono* –chilló mientras se oían los perezosos pasos de Maca.

—*Vooy* –gritó Maca

—*¡Qué gorda estás, deberías ponerte a dieta hija!* –comentó su madre, eso hizo que abriese los ojos de la impresión confirmando lo que podía ser.

—*¿Sí?*

—Maca, dime que no es verdad –hice una pausa–, dime que no estás embarazada –recé para que no fuese cierto.

—*Ahí le has dao, de cuatro meses* –dijo en voz baja.

Yo comencé a hacer cuentas:

—¡No!, ¿de uno de los gemelos? –tenía que ser uno de ellos, estábamos en mayo y eso ocurrió en enero.

—*Sí, pero no sé cuál, desde Año Nuevo no volví a estar con nadie más* –rompió a llorar.

—¡Me estás diciendo que desde los gemelos no te has vuelto a tirar a nadie! –me levanté lentamente de la cama de la impresión.

—*Así es* –contestó.

—¿Y antes?

—*Solo con uno en noviembre* –decía entre sollozos.

—Maca tranquila, escucha, vamos a quedar ahora en los bancos, venga –le dije.

—*Vale, ahora nos vemos* –y colgó.

A los cinco minutos estábamos ya ahí, la abracé en cuanto la vi.

—¿Cómo es que no te has dado cuenta hasta ahora? –pregunté tomando asiento.

—Pues porque me venía la regla y me despreocupé, pero hace poco noté que mis sujetadores no me cabían, que este último mes tenía un retraso y cada vez me estaba creciendo más la tripa, así que me fui a la farmacia a comprarme un predictor, dio positivo, ¡me hice la prueba tres veces! –continuó llorando desconsoladamente sobre el hombro que le tendí.

—¿Y qué vas a hacer? –pregunté abrazándola.

—No me queda otra, me lo tengo que quedar, son cuatro meses ya Cass.

—Pero Maca, piénsalo bien, que te va a truncar la vida. No lo sabe tu madre, ¿verdad? –al ver su expresión lo deduje.

—Tengo que hacerlo –dijo decidida, aunque con la mirada gacha–. Mira qué barriga –decía mostrándome ese abdomen abultado bajo la holgada camiseta.

—¡Qué bien disimulado está! –dije impresionada–. Pero, ¡te va a matar!

Alcé la mano para tocársela, estaba dura y lisa. Tenía los pechos enormes y eso que Macarena no era una chica que destacase por su gran busto.

—Ya lo sé, pero antes tengo que hablar con los gemelos, uno de ellos tendrá que ser, así que se lo diré a los dos –sus ojos rojos hartos de llorar reflejaban esa decisión irrevocable que iba a tomar, llevaba un moño mal hecho del cual los mechones de la patilla caían sobre sus orejas. Sorbió los mocos mientras sacaba el teléfono móvil de su bolsillo trasero.

—Vale Maca, mañana quedamos tú y yo por la mañana, esta noche le pediré a Teresa que nos dé el número de su novio.

—O... nos lo podemos ahorrar ya que lo tengo yo –dijo mostrándome el número en su móvil.

—Bueno, pues ¿a qué estamos esperando? Vamos a llamarles para quedar mañana, como te digan que no es que les mato –mientras yo agarraba del pescuezo al aire apretando los dientes, mi amiga se quedó mirando pensativa la pantalla del móvil.

—No sé si llamar a Julián o a Berto –vacilaba.

—¿Y eso qué importa ahora? Llama al que tengas antes, ¡pero venga, coño! –le aplaudí la cara, estaba ansiosa.

Inmediatamente le dio al botón verde de llamada y se lo puso en la oreja, esperando nerviosa, mordiéndose las uñas y agitando las piernas nerviosamente.

—Hola, ¿qué tal? ¿Te acuerdas de mí? –pausa–. Veo que sí después de lo de Nochevieja –reía nerviosamente.

Yo atendía a sus caras para saber la reacción de la respuesta del mismo, se mordía el labio, miraba hacia arriba se echaba los cuatro pelos rebeldes del flequillo hacia atrás, se volvía a morder las uñas...

—Oye, ¿mañana tenéis un hueco libre?, tengo que hablaros de una cosa muy importante –estaba preocupada, pero le cambió la cara–. Vale, entonces mañana a las siete nos vemos, un besito chao –y colgó.

—Bueno, dime, ¿qué? –pregunté con los brazos extendidos hacia delante.

—Están ahora mismo en Barcelona, cogerán un avión mañana por la mañana.

Cuando le he dicho a Berto que tenemos que hablar parecía emocionado –ya estaba más animada.

—Bueno, entonces ya me contarás, ¿no?

—Sí, y espero decírselo a mi madre en cuanto sepa quién es el padre –dijo mirando hacia arriba pensativa.

—Bueno Maca –la abracé–. Nos vemos mañana si eso, chao.

Estaba hambrienta. Cuando llegué a casa menos mal que había comida, me serví el pollo con arroz. Durante la cena tuve que aguantar las miraditas y sonrisas de mi madre que decía:

—Te veo muy hambrienta, ¡eh! Más que el perro de un ciego, ¡ni que hubieses hecho ejercicio! –y siguió como si nada hubiese dicho, por lo que le devolví la sonrisa y me fui a la cama al terminar.

El domingo, es decir, el día siguiente, me tocaba localizar a Miriam para quedar todas esa tarde, procuré llamarla a mediodía, y por fin la pillé:

—¿Dónde has estado estos días? Ah, bueno a eso no hace falta que contestes, todas lo sabemos –ella guardó silencio–. A ver, te llamaba porque tienes que apoyar a tu amiga Maca que está embarazada y parece ser que quiere tenerlo –le solté de golpe.

—¿*Qué? ¡No puede ser!* –exclamó incrédula.

—Pues sí, créetelo, por eso tenemos que estar a su lado, que lo necesita.

—*¡Ay mi madre! ¿A qué hora quedamos, yo también tengo que contaros algo importante?* –preguntó con interés, y yo hasta me asusté.

—Vamos a quedar sobre las seis o siete, no sé. Te llamaré alrededor de las cinco, ¿vale?

—*Vale, esperaré tu llamada.*

—Por cierto ¿hoy no quedas con *Carlitos?* –pregunté extrañada.

—*No, nos hemos cabreado, ya te contaré* –contestó apenada.

—Vale, pues si eso te llamo esta tarde, chao.

Encendí el ordenador para ver quién estaba conectado, ¡bien! Estaban todas. Abrí una ventana de chat en grupo con Ary, Teresa, Belén y Maca quedando esta tarde, cuando Maca ya tuviese claro su asunto. Llamé a Iván, estaba estudiando, hablé un rato con él y colgué rápido para no molestarle.

Comencé a limpiar un poco mi habitación, para hacer tiempo. Por la tarde nos encontramos todas en una zona en la que no nos pillaba lejos a ninguna. Ariadna se mostraba tan linda como siempre, Belén en su mundo, pero preocupada, flanqueaban a Macarena, y las gemelas a mi lado, luego apareció Miriam medio llorando.

[118]

—¿Qué te pasa? –le cuestionó Andrea mientras nos sentábamos todas en el banco del parque.

—Tengo que contaros algo –se frotaba las manos nerviosa–. Para empezar, siento haber desaparecido tanto tiempo.

—No te preocupes, aquí cada una ha estado... a su bola –dijo Teresa.

—He sido muy tonta –sollozó tapándose la cara.

—Dinos, ¿qué pasa? –preguntó Ary pasándole el brazo por los hombros.

—Yo también estoy embarazada, pero de dos meses –se puso a llorar más, todas nos llevamos las manos a la cabeza y nos levantamos a abrazarla.

—¿Qué te ha pasado con *Carlitos*?

—Me ha dejado cuando lo ha descubierto, con la excusa de que se tiene que ir en unos meses a su país.

—¿¿¿Qué??? –gritamos todas.

—¿Y no había una excusa más mala? –preguntó Maca.

—Pero eso fue ¿antes o después de saberlo? –indagué.

—Yo creo que se lo olía porque me oyó vomitar en su casa un día, me preguntó que qué tal estaba pero tenía cara de susto, como si supiese la respuesta; a los dos días seguía igual y me dijo: «*Oye, mami, te tengo que dar una mala notisia*» poniendo cara muy seria. «*¿Cuál?*» Yo ya me asustaba. «*El mes que viene me voy pa mi país. Puede que no vuelva, aquí veo que no voy a avansar y quiero haser más cosas con mi vida, ya tú sabe*». «*¿Qué? ¡No me puedes dejar así! Estoy embarazada, no te lo quería decir por miedo... pero*». «*Yo no puedo haser nada, mami. ¿me entiende?, yo me tengo que ir, tendrá que quitáltelo, mi hijo allá en Barahona me eta eperando, se llama Jonathan y tiene cuatro añitos. Yo vine aquí para buscar una vida mejor con mi mamá, pero veo que no, mami lo siento...*». Y así acabó.

—¡Pedazo de cabrón! ¿Que no puede hacer nada? ¿Es retrasado?

—Lo que tienes que hacer es abortar, ¿para qué vas a tener un hijo de un chaval que a la primera de cambio te abandona? –hablaba Belén esta vez.

—Tenéis razón, pero no quiero ir sola –estaba asustada, llorando todavía.

—No te preocupes, nosotras te acompañaremos –dijeron las gemelas. Ya eran las siete, Maca había quedado con los gemelos que la estaban esperando, suspiró y dijo:

—Deseadme suerte, después de esto o soy madre soltera o madre de un bebé de dos...

—¡Ah, corta el royo y vete ya! –dijo Ariadna empujándola, la intriga le mataba.

La aludida sonrió y se fue con ellos. Por lo que vimos a lo lejos los dos chicos, tenían dibujado en sus caras el asombro personificado, ambos la abrazaron pero con cuidado y Maca nos hizo señas para que nos acercásemos mientras oíamos un «*Somos papás*». Uno de ellos estaba emocionado y el otro fastidiado. Nuestro asombro fue épico.

—Madre con dos padres –concluyó Belén mirando a Ary, Miriam se puso aún más triste al no albergar la misma suerte que su amiga. Nos acercamos y lo celebramos.

—Ahora te toca decírselo a tu madre –le recordé.

—Es verdad –su rostro estaba marcado por el pánico, pero fue lo bastante valiente como para ir a su casa a contarlo acompañada de uno de los gemelos para que no se escandalizase.

—En cuanto se lo dije: «*Bien, y ¿cómo lo vas a mantener?*» preguntó ella con enfado. «*No se preocupe señora, tenemos medios económicos para cuidar a nuestro bebé*», contestó Julián abrazándome. «*Eso ya lo veremos, ¿cómo se os ocurre? ¡Es una niña!*», decía mi madre dirigiéndose al guapo de Julián con su barba de tres días que no me soltaba en ningún momento, y eso lo agradecía. «*Mamá ¡ya tengo dieciocho años! Creo poder tomar mis propias decisiones y el embarazo está muy adelantado como para interrumpirlo, lo siento*», le dije firmemente cruzándome de brazos con aspecto serio, hasta Julián estaba asombrado ante mi carácter. «*Me duele porque ni siquiera te conozco, lo siento chiquillo*». «*Mamá está todo el rato de aquí para allá, no hemos tenido mucho tiempo para vernos, además yo me enteré hace poco de que estaba embarazada*», comencé a llorar, mi madre se ablandó y me abrazó... y así fue –concluyó Maca al día siguiente en clase, todas la mirábamos asombradas.

Algunos le pedían tocarle la tripa a pesar de no ser tan grande, pero la cuestión es que llamaba la atención del instituto. Fue criticada y admirada a la vez. Teníamos un gran dilema, la felicidad de Maca y la tristeza de Miriam, prometimos estar con ambas hasta el final, pero aún teníamos una duda, ¿cuál de los dos gemelos era el padre del hijo de Macarena? Nos íbamos a quedar con la duda porque a ninguno de los dos le interesaba averiguarlo.

Transcurridos dos o tres días aproximadamente acompañamos a Miriam a la clínica para abortar, gracias a que fue lista y le sacó el dinero a *Carlitos,* el problema era que no era mayor de edad y no los cumpliría hasta agosto del año que viene, así que le pedimos el DNI a la hermana de Belén que se parecía enormemente a Miriam. Le hicieron una ecografía, estaba de ocho semanas y media, por lo tanto tendrían que intervenirla por aspiradora, prefirió que la durmiesen aunque fuese más caro.

Estuvimos varias horas esperando.

—No me gusta este sitio –dijo Macarena tocándose la tripa–. Y a mi bebé tampoco.

Un buen rato después salió Miriam ayudada por una enfermera, su moreno rostro tomó un color amarillento, y era normal, había estado en ayunas. La ayudamos entre todas, cogimos el amarillo (autobús) desplazándonos hasta la casa de las gemelas porque no había nadie. La dimos de comer y se tumbó un rato hasta que se recuperó un poco, lo suficiente como para que se fuese a su casa.

—¡Qué dolor! No pienso volver a hacerlo en mi vida, ¡qué mala pasada! –gruñó.

—Lo sé, es un dolor insoportable que no te deja ni andar –añadió Andrea.

—Ea –dijo Miriam.

—¿Tú también has abortado alguna vez? –pregunté extrañada.

—Sí, me tuvo que acompañar mi prima haciéndose pasar por mi madre, fue el año pasado. Después de aquello, píldora y condones forever.

—Increíble. ¿Tanto duele?

—Me estoy quedando arrecía –se abrazó a sí misma frotándose los brazos.

—Es normal, toma una chaqueta –Teresa le acercó una de punto. Aproximadamente dos horas después, la acompañamos a casa.

—Te vendremos a visitar estos días, ¿vale? –aseguró Ariadna.

—Vale, muchas gracias por estar a mi lado. –Y se marchó.

—Bueno, entonces ¿me acompañaréis a mí también que tengo cita después de las notas para la ecografía? –pidió Maca.

—Eso sí que no me lo pierdo –aplaudió Ariadna emocionada.

—Nosotras tampoco –dijimos las gemelas y yo.

Llegó el mes de junio y con él los exámenes de selectividad y los de recuperación, todo el mundo estaba estresado: Ariadna, Cano e Iván por la selectividad y nosotras con los exámenes de fin de curso. Miriam no tenía ninguna dificultad porque habían aprobado todo, sin embargo, a Andrea le quedó matemáticas, a Teresa lenguaje y química, como a mí esta última asignatura, yo por lo menos tenía la ayuda de Javi, con quien, repito, me reía y a la vez aprendía. Me encantaba ese chico como persona, le llamaban Oliver Aton puesto que se parecía enormemente al jugador de esos dibujos de *Campeones*, aunque todo se reducía al peinado y a su forma de jugar al fútbol (por supuesto), teníamos cierta química, y nunca mejor dicho, aunque mi Iván era mi Iván.

Fuimos a recoger las notas justo el día de mi cumpleaños y me llevé un grato regalo, ¡¡¡aprobé química!!! Se lo tenía que ir a agradecer a Javi, corrí a su clase a buscarle y le di un abrazo.

—Gracias, gracias por ayudarme –él se quedó como paralizado.

—El mérito es sobre todo tuyo –decía sonriente señalándome con el índice.

Le invité a mi cumpleaños ya que hice una fiesta en mi casa, bueno una cenita, las demás también aprobaron. Ariadna, Belén, Cano e Iván seguían al acecho puesto que hasta principios de julio no sabrían nada, Maca ni siquiera quiso presentarse a selectividad, pero aprobó bachiller.

En mi casa (donde celebré mi cumpleaños) mi madre no dejaba de tocarle la tripa a Maca y mirarme como diciendo: *como te quedes tú, te mato.* Hubo tres cosas que me sorprendieron, una: ¡Teresa seguía con Cano! Al no verles estas semanas juntos pensaba que ya lo habrían dejado o algo, pero no, parecía ser que se querían; la segunda fue que Ary estaba con el hermano de Belén, Luis por supuesto, no sé si eran imaginaciones mías pero estaba también con una chica rubia que la tenía agarrada por debajo de la cintura... ¡qué va! Me lo estoy imaginando y miré a otro lado, no quería hacerme las paranoias de siempre, y al girarme hayé otra cosa increíble, una tercera, ¡mi hermano con Bea! ¿Pero ya eran novios o qué? La chica cada vez que la gente no les miraba le metía mano a mi hermano y este, pendiente de que mamá no le viese, hasta nuestras miradas se encontraron y rápidamente él la apartó, parecía avergonzado.

De nuevo dirigí la mirada hacia donde se encontraba Ariadna con la supuesta chica, pero al parecer ya no estaba agarrada a ella, sino a Luis, me estaba volviendo loca este asunto. Iván no se separaba de mí, todo el rato besándome mientras Javi le miraba con mala cara, ¿por qué lo haría? ¿Sabía algo? Las gemelas traían y llevaban la comida, Belén observaba la rivalidad entre Javi e Iván... Miriam no tardó mucho en irse y la comprendía; no tenía muy buen aspecto. Mi novio me regaló un osito de peluche con una foto nuestra en la tripita, Javi me regaló una pulsera muy fina con unas serpientes, me quedé atónita.

—Son víboras, uno de los orígenes de Cassandra en la mitología griega fue que sus padres hicieron una fiesta en honor a su nacimiento junto con el de su gemelo Heleno y se olvidaron de ellos en el templo. A la mañana siguiente sus padres...

—Los encontraron dormidos y con dos víboras que les estaban lamiendo los órganos de los sentidos, los padres gritaron y las víboras se fueron, así obtuvieron sus poderes –terminé la historia quedándose él perplejo–. ¡Me encantan las víboras! Nunca se lo había dicho a nadie, muchas gracias Javi –corrí a abrazarle.

La gente se quedó atónita ante esto, e Iván molesto ante el acierto de mi amigo. Fue sencillo y familiar, pero me gustó mi dieciocho cumpleaños. Ya que no era de mucho espectáculo y no me iba eso de hacer una fiesta por todo lo alto.

Unos días después acompañamos a Maca para hacerse la ecografía y yo, si os digo la verdad, no veía la forma hasta que no se movió un poco. Le sacaron una foto, los gemelos no estaban pero querían una copia de aquello, ¡no entiendo cómo estaban tan emocionados! Lo bueno es que ya tenían casa en Barcelona y aquí en Cádiz, pero ella se quedaría aquí hasta dar a luz, luego ya veríamos. Su madre estaba contenta, ya que por lo menos no se tendría que ocupar mucho del asunto.

O sea, ¿qué? ¡Una apuesta! Genial...

Llegó el mes de julio, ya estaban colgadas las notas de selectividad en Internet, Ary, Iván y Belén aprobaron, sin embargo Cano... ¡buah! ¿Y a quién se le hacía extraño ese resultado si no hacía nada?, se pasaba la vida con su novia. Así que igualmente lo festejaron en la playa, había mucha gente, Iván estaba emocionado a la vez que tenso, miraba a todos los lados y a su reloj.

—¿Qué te pasa?

—¿Recuerdas la nota de Reyes? –preguntó cogiéndome de la cara medio ansioso, medio tierno.

—Pase lo que pase...

—Te quiero –me besó y luego me abrazó.

—¿Pero qué pasa? ¿Hay algo que se me escapa?

—No, nada –dijo posando sus labios en mi frente con ansiedad.

De repente vino Cano con los hermanos Alcover diciendo:

—Vamos, es la hora –estaba muy emocionado, cosa que a mí me pareció sospechosa.

Con solo una mirada las gemelas lo pillaron, así que en cuanto se alejaron un poco les seguimos. Iban los cuatro como cuando le conocí, llegaron a esa plaza donde Iván esperaba a su prima.

—Fin del experimento, se ha cumplido –dijo Cano.

¿De qué experimento estarían hablando? Intrigada estaba al verle tan emocionado

—Por fin te vas a librar de esa pesada –dijo tocando a Iván.

Este mirando hacia abajo dijo:

—Sí, bueno, parece ser que sí era fácil de aguantar –yo empecé a asustarme.

—Venga, venga, pagad que Iván ha ganado la apuesta, ha durado más de seis meses con la nueva, bueno la nueva, Cassandra –concluyó Cano diciendo mi nombre como si estuviese invocando al diablo y le diese repelús. Entregó la mitad de las ganancias a Iván, fue como una daga en el corazón.

No podía creer lo que estaba oyendo ¡era una apuesta! Con razón se interesó tanto en mí.

—Entonces el que ganaba se cepilla a... redoble por favor –pidió Cano frotándose las manos, los hermanos pusieron cara de derrota.

—Vale, ahora voy a por ella –dijo José, el hermano mayor, mientras marchaba dirección playa de nuevo, ¿ella? ¿Es que encima el premio era una chica? No me lo podía creer, sentía el mismo dolor que en aquel sueño, solo que en vez de estar triste la ira comenzó a invadirme naciendo así un odio hacia Iván. Temblaba, estaba temblando de rabia y notaba cómo la vena del cuello me palpitaba, cerré los puños para contenerla, mi cuerpo se intentaba despegar de mí para ir corriendo a por él. ¡Por esa razón decía lo de pasara lo que pasara! Pero, ¿cómo iba a creerle ahora? Estaba escondida en el mismo sitio que la última vez. Al querer impulsarme, las gemelas me agarraron por los brazos y grité:

—¡Soltadme! –a consecuencia de ello me taparon la boca y me apartaron de la zona.

—Escucha Cass, en verdad ese tío es un cabrón, se ha pasado ¡sí! Lo sabemos, pero no por eso tienes que ir a atacarle, no hagas el ridículo –dijo Teresa mientras me secaba las lágrimas ya concienciada de que mis sospechas eran ciertas.

Aunque estuviese llorando atisbé una figura borrosa; cuando se me cayeron las lágrimas pude ver claramente que era José con una chica morena que parecía modelo, tenía el pelo rizado como yo, unos pechos tan grandes como las gemelas, con un moreno de piel bien trabajado con rayos uva. Aun teniendo ganas de ir a por ella quería ver hasta dónde iba a llegar este asunto. Regresé a mi escondite y ahí estaba Iván, mirando a todos los lados mientras hablaba con Cano; de repente apareció ella.

—Es Canela y es toda para ti, pa' tu body –dijo Adán dándole golpes en el pecho con el dorso de la mano a mi futuro exnovio.

Cano se llevó las manos a la boca, y por lo que vi de reojo a Teresa no le gustó mucho ese gesto.

—Me suena tu cara, yo a ti te he visto por ahí, ¿no lo recuerdas? –preguntó Iván.

—Ah, sí, hace cinco meses, ¿tú eras aquel chico? Un polvo así no se olvida –dijo la tal Canela, y se acercó a él para darle un beso muy cerca de los labios, este al principio no sabía si tocarla o no, pero pasado un rato la agarró del culo, eso me cabreó.

—Entonces el trato no es válido si ya te la has tirado –se quejó Adán.

—¡Claro que se la ha tirado! A mi amigo no se le escapa ni una. Por una vez más no pasa nada, ¿a que sí nena? –decía Cano dirigiéndose a ella, quien le sonrió, ella apoyó su cabeza sobre el hombro de Iván.

—Ya no puedo más. Voy a matar a esa hija de puta, me «cagun toa» su puta madre que le parió y la parió a ella y a todos –sentía un calor infernal, corrí hacia ellos, pero Teresa se me adelanto para ir a por Cano. ¿Cómo podían existir chicas tan fáciles?

—Eres un hijo de puta, ¡maldito bastardo, gilipollas!... Bueno no, la gilipollas soy yo –concluyó con un bofetón, y Cano no dijo nada.

Yo me dirigí al mío y en cuanto tuve a Iván de frente le propiné tal puñetazo en el ojo que cayó redondo al suelo:

—Hijo de la gran puta, ahora te vas a reír de tu puta madre –ahora me tocaba ir a por Canela, mientras todos iban a socorrer a Iván–. Ven aquí zorra de mierda –la cogí de los pelos llevaba tal furia dentro que era capaz de matarla ahí mismo. Ella me agarró de los pelos también, se me nubló la vista y mi cabeza se movía de un lado para otro, lo que aproveché a soltarme de los suyos para darle un puñetazo en el estómago. Solté hostias a diestro y siniestro, alguna le caería, porque finalmente me soltó y como estaba agachada aproveché para darle una bofetada, impulsé mi brazo hacia atrás se pudo oír hasta la velocidad a la que iba y ¡tremenda bofetada recibió! Ella me lo devolvió, girándome la cara hacia la derecha, sintiendo no dolor, pero sí calor. La di un manotazo de frente en la nariz, comenzó a sangrar sujetándose la misma y ya cuando iba a ir a por mí, Adán la enganchó de la cintura, buen momento para aprovechar, pero me agarró alguien por la espalda, mis brazos estaban cruzados, no podía moverme.

—Quieta leona, calma –era Cano.

[126]

—¡Suéltame gilipollas! –forcejeé, me giró hacia donde se encontraba Iván que estaba en el suelo, sentado, tapándose un ojo y mirando hacia abajo, no era capaz ni de levantar la vista–. Escúchame y mírame a la cara si puedes hijo de puta, ¡te odio!, me has mentido en todo, seguro que ese hombre era tu padre, ¿a que sí?

Levantó la cabeza, asintió y volvió a bajarla, el ojo se le estaba empezando a hinchar:

—Sí, te he mentido, era mi padre. Pero aún mantengo lo dicho, que te quiero.

—¿Cómo tienes la cara de decírmelo si te acabo de oír decir, con toda tu cara, que me has puesto los cuernos? Olvídate de mí, ¿me oyes? Para ti no existo –no me podía creer cómo podía tener tanta fuerza, le di un cabezazo a Cano con la nuca, quien me soltó de golpe para cogerse la nariz, inmediatamente me acerqué a Iván y le di una patada no sé dónde exactamente y le escupí, sentía tal desprecio por ese chico que quería eliminarle, se levantó rápidamente, pensaba que iba a pegarme e inmediatamente sentí que me ahogaban.

—¡Maldita puta! Me has hecho daño –decía Cano. Le arañé los brazos con todas mis fuerzas, Iván estaba enfrente y a pesar de ello cogió a su amigo para que parase de ahogarme, Teresa le soltó una patada a Cano en la espalda haciéndole caer encima de mí y consiguiendo deshacerme esa presa.

—¡Eres imbécil o qué! Puto maltratador, ¡qué asco me dan! –comenzó a patearle con rabia en el suelo, Cano se protegía pero en ningún momento le reprochaba nada, solo se protegía e intentaba levantarse. Andrea trató de agarrarla para que se controlase y a todo esto Canela ya se había ido.

Al igual que quería hacer yo... Desaparecer, ya estaba un poco calmada comparada con Teresa, nunca la había visto tan cabreada.

—Hijo de puta, ¿quieres convertirte en mi padre o qué? –decía mientras lloraba y forcejeaba para que su hermana la soltase, y lo consiguió, fue hacia Cano y le abofeteó, varias veces este se retorció de dolor pero no se defendió, solo la agarraba de las muñecas para que no le diese más (cosa muy rara en él después de su acción hacía unos segundos), la miraba apenado, intentó abrazarla para calmarla, pero Teresa no se dejó y su hermana volvió a agarrarla separándola de él. Todos los allí presentes nos quedamos de piedra, y eso que éramos amigas de toda la vida, pero nunca se atrevió a admitir lo que pasó con su padre. Yo le conocía pero no sabía que se dedicaba a maltratarlas… o ¿sí? ¡Es cierto! Ahora me explico muchas cosas, por ejemplo, las veces que la madre llegaba a mi casa tapándose la cara cuando era pequeña y oía llantos mientras mi madre la consolaba, aunque pusiese música para que no lo escuchásemos yo seguía oyéndolo pero pensaba que era música, había veces en las que no veía durante meses ni a Andrea ni a Teresa… pero en esa época no te das cuenta, no percibes el tiempo, luego cuando las veía estaban poco receptivas, ausentes, se ponían agresivas si las tocabas o algo, pero se les pasaba y, finalmente, ese comportamiento se extinguió, con la marcha del padre.

CAPÍTULO 9

Menudo revés

Cuando salí de mi subconsciencia miraba lo que sucedía, pero no lo veía. Estaba inmersa en la conclusión que había sacado, y entendiendo la reacción de Teresa corrí a calmarla. Mientras la abrazaba:

—Cálmate, Tere, vamos anda –aún seguía forcejeando hasta que se derrumbó y simplemente rompió a llorar de rodillas. Todos ellos permanecían inmóviles ante su reacción, Cano, con cara de pena, vacilaba, no sabía si acercarse o no, pero decidió no hacerlo y nos fuimos.

Volviendo a la playa sentí un escozor en los brazos y la cara, al tocarme noté el relieve de los arañazos, me dolía el cuello debido al estrangulamiento de Cano y tenía las manos llenas de rasguños, aparte de los pelos de loca. Nos acercamos donde estaban Maca, Belén, Miriam y Ariadna, quienes se quedaron con la boca abierta al ver mi cara y a Teresa llorando.

Tras darle agua fresca les contamos lo sucedido, Maca comenzó a llorar consolando a Teresa, era normal, tenía los nervios a flor de piel, mientras que Ariadna, fumándose un cigarro, simplemente arrugó la nariz poniendo cara de asco.

—Tendrías que verles a ambos, Cano está para que le lleven al hospital e Iván con un ojo morado –concluyó Andrea fascinada.

Miriam y Belén no decían nada. Tras este panorama, fuimos a casa de Ariadna, su madre, como de costumbre, no estaba. Por el camino me di cuenta de que Maca llevaba un gracioso bikini, enseñando la tripa, que ya era considerablemente grande, estaba de seis meses y claro eso no se podía ocultar. A mí ya no me salían las lágrimas después de lo sucedido, tenía la mente en otro lugar, después fui consciente de cómo Belén me escudriñaba, en su mirada veía que se sentía culpable por algún motivo que desconocía y como no me apetecía hablar, no se lo pregunté.

—Sabía que ese capullo de Cano no era trigo limpio –soltó Ariadna fumando nerviosa en la terraza.

—Desde que te dijo lo de los cuernos era para sospechar algo, ¿no? –me dijo Maca.

—Y yo como tonta defendiéndole –a Teresa se le quebró la voz volviendo a llorar.

—Yo no sé ni cómo pude liarme con él –dijo Ary medio susurrando, pero nos dimos cuenta todas y la miramos–. ¡Qué! Solo fueron unos besitos, pero me quería meter mano, yo todavía era virgen y comenzó a hacerlo por la fuerza, de ahí que le tenga tanto asco, le di una patada en los huevos. Desde que estoy con tu hermano... –señaló a Belén y soltando el humo de ese cigarrillo– no ha vuelto a molestarme.

—Chicas, ¿por qué estáis tan calladas? –se dirigió Maca a Belén y a Miriam. Miriam no contestó, yo creo que no sabía qué decir, y no la culpaba, seguramente estaría reviviendo lo que *Carlitos* le hizo pasar rechazándola de esa manera al igual que a mí. De repente empecé a pensar en las cosas que había pasado con Iván, cuando fuimos a su casa, cómo me acariciaba y me besaba el cuerpo tan lentamente que parecía que no se movía de lugar, cuando me hacía el amor, cuando me decía que me quería mirándome a los ojos y me cogía de la cara... Una silenciosa lágrima recorrió mi mejilla, sentía un dolor profundo en este corazón roto, ni mis brazos, que sujetaban mi cabeza, ni mis piernas me respondían, no tenía ni ganas de enjugármelas, oía en la lejanía las voces de mis amigas, pensé en la última imagen que tenía de Iván que era levantándose de golpe como si me fuese a pegar tras la patada, recordé cuando le estaba besando Canela y él la respondía agarrando su nalga izquierda, de repente sentí una caricia y un beso en mi mejilla.

—No llores Cassandra, no merece la pena —dijo Maca abrazándome.

Me tapé la cara para llorar a mis anchas y sentí el cálido abrazo de todas ellas, incluida Miriam.

—Es que… con todo lo que habíamos pasado juntos hay una cosa que no entiendo, ¿por qué me presentó a su madre entonces? —a esa pregunta ninguna supo responder.

—No lo sé, pero una cosa te digo, ahora tienes que tirar *palante*, hay más peces en el mar, y habrá chicos peores o mejores que Iván que pueden estar esperando a que les conozcas, pero si te centras solo en él perderás todo lo que te presta tu entorno, intenta olvidarle, y eso lo digo por todas vosotras —dijo Andrea mirándonos a todas abrazándonos a mí y a su hermana.

—Tú, Belén, ¿por qué no dices nada? —preguntó Ariadna.

—Es que… —titubeó mirando hacia sus chanclas—. Yo sabía que a Iván le gustaban las apuestas pero nunca pensé que Cass fuese una de ellas, apostaba siempre por cualquier cosa.

—¿Y por qué no me lo dijiste? —me levanté como un resorte.

—Porque no me habrías creído, yo estuve con Iván hace unos cuantos años y pensé que había cambiado —añadió.

—¿Cómo coño va a cambiar? Eso es un problema del que es difícil despegarse, ¿no lo sabías? —le gritó Ariadna.

La cogí del brazo y dije:

—Déjalo, ya no importa, hay que mirar por el lado bueno, yo también le he probado, así que no me quedo atrás. Y tienes razón Belén, supongo que difícilmente te habría creído —dije sonriendo aunque en realidad no lo sentía así.

—¡Tú di que sí! —dijo Teresa—. Al final te vuelves como nosotras, ya verás cómo vas a coger vicio —rió, pero la alegría tampoco irradió a sus ojos aun habiendo recuperado la compostura.

Mientras hablaban de Iván yo estaba inmersa en mis pensamientos, las gemelas se habían ido a la habitación a hablar, sentí cierta pena por ellas pero lo mejor era tratarlas como si nada de eso hubiera pasado.

Al rato el teléfono de Ariadna sonó.

—¿Sí? ¡Ah! Eres tú —nos miró de reojo y se retiró a hablar a la cocina.

—Bueno yo me voy ya —anunció Maca cogiéndose de la tripa para levantarse.

—Te acompañaremos —dijeron las gemelas.

—Yo también me voy ya que tengo que hacer... unas cosas —dijo Belén, no nos dio ni tiempo a preguntar pues ya se había marchado.

—Vale cariño, pero ponte guapa, ¿vale? —dijo Ariadna justo en el momento en que todas nos quedamos calladas, nos miró con una cara que se empezó a poner roja, pero inmediatamente dijo—: Digo guapo, es que se me va la cabeza ya —arregló dándose un golpe en la frente como cuando alguien se olvida de algo y decidimos seguir con lo nuestro.

Acompañamos a Maca, ya que no queríamos que se fuese sola, al despedirnos me dio un abrazo diciéndome:

—Te llamaré esta noche, ¿vale?

—Vale, muchas gracias —concluí dándola un beso, luego Ary dijo que volvía a casa para recoger, nos despedimos de ella y prometió llamarme al día siguiente, las gemelas y Miriam me acompañaron hasta el portal de mi casa donde nuestros caminos se bifurcaron.

Mientras subía las escaleras estaba pensando en qué decirle a mi madre... y a mi hermano, no podía contarles toda la historia. Ahora mismo no me apetecía hablar con nadie, simplemente quería estar sola y no sé cómo me las iba a arreglar. En cuanto llegué a mi puerta vacilé un poco al meter la llave en la cerradura, pero al final me armé de valor y lo hice; estaba sola ¡qué raro! ¿No hay nadie a las once de la noche? Ante esto me sentí aliviada e inmediatamente me fui a duchar. Al caer la primera gota sobre mi cabeza imaginé, o más bien sentí la presencia de Iván a mis espaldas, miré asustada pero allí no había nadie, cerré los ojos. Recordaba el contacto de su cuerpo con el mío como si estuviese ahí en ese momento: su respiración, su mano recorriendo todo mi cuerpo, sus labios rozando mi cuello, miré hacia atrás de nuevo... ¡ya no podía más! Rompí a llorar sonoramente al asegurarme de mi soledad, sabía que no volvería a sentir lo que acababa de sentir, quería estar con él pero después de lo que me hizo tenía que tener un poco de amor propio. Me deslicé de espaldas por los azulejos sentándome sobre el plato de ducha con los puños sobre las sienes, *¿y ahora quién me va a querer? Esa chica es mucho más guapa, más alta que yo y ¿yo qué soy? Eres tonta, una imbécil e ingenua por creer que un chico como él podría cambiar o te pudiese querer, las gemelas tenían razón.* No dejaban de venirme imágenes de momentos pasados con él, aunque no fueron muchos, se repetían constantemente como mi primer beso, las caras de impresión que ponía cuando me arreglaba, el día de San Valentín en el hotel... ¿cómo podía mostrar tal sinceridad mintiendo? La respuesta era sencilla, *porque soy tonta y no me daba cuenta de esas cosas,* me dije dándome golpes con los puños en las sienes y metiendo la cabeza entre mis rodillas. De repente, sonó el teléfono, me sobresalté y salí rápido de la ducha cerrando el grifo. Me puse albornoz y corrí a cogerlo:

—¿Sí? –temía que fuese Iván, aunque lo deseaba. Me derrumbaría y volvería con él porque no me podía creer lo que acababa de pasar y tenía la esperanza de que todo eso fuese mentira, me echaría a sus brazos de nuevo con tal de tenerle.

—*Hola nena, ¿qué tal estás?* –me dio un vuelco el corazón, ¡no!

—¿Iván? –pregunté con voz temblorosa.

—*No, soy yo, Javi* –suspiré aliviada.

—¿Javi, cómo es que me llamas? –me extrañé a pesar de mi alivio.

—*Es que me he enterado de lo de Iván y solo quería saber qué tal estabas... aunque supongo que mal... ¡qué pregunta más tonta la verdad!* –se dijo a sí mismo.

—Hombre, la verdad es que sí, mal estoy –y sonreí ante su elocuencia–. No puedo quitármelo de la cabeza, no sé si lo superaré –dije sentándome sobre la cama.

—*Es normal, todavía tienes el shock de esta tarde y no ha pasado ni un día, pero tú no te preocupes que yo estaré aquí para lo que necesites, o ¡me vas a decir que te aburres con tu Javito!, porque te lo pasas bien, ¿eh, o no, eh?* –dijo para animarme provocándome una sonrisa.

—Eh, eh. Contigo me río mucho, pero, ¿por qué haces esto? –pregunté sin comprender.

—*Porque me caes muy bien y siempre estás alegre, no quiero que le hagan daño a una persona tan buena como tú, no te mereces esto, así que ya sabes, para lo que quieras, ¿estamos?*

Sentí un nudo en el estómago inexplicable.

—Sí, de acuerdo, muchas gracias, chao –dije.

—*Venga Cassy, un beso, hasta luego.*

Inmediatamente después de colgar me llamó Maca.

—*Tía, no me lo puedo creer. ¿Javi te ha llamado y te ha dicho eso?* –preguntó impresionada.

—Sí, ahora mismito –contesté un poco más contenta.

—*Le tienes loquillo, yo te voy a dar un consejo, apóyate en él, un clavo quita el otro y te olvidarás de Iván pronto.*

—No sé yo, todavía es muy pronto.

—*Cass, yo te he visto con Javi, os lo pasáis bien juntos, os complementáis y no es el típico que vaya por ahí ligando, ¿o es que quizás sea gay?* –rió.

—Maca, ¡no seas tonta! –reí yo también.

—*Anda, ya lo averiguaremos, pero sigue mi consejo, además está bueno, ¿eh?, o no, ¿eh?*

—Hombre… tiene su punto.

—*Pues ya está, bueno nena que me tengo que ir a dormir, mañana tengo médico, ¿vale?* –dijo con voz de cansada.

—Bueno venga, te dejo dormir y que sueñes con tu bebé, ya mañana te dirán el sexo, ¿no?

—*Desde los cuatro o cinco meses se sabe, pero les dije que no me lo dijesen. Julián y Berto conocen ese dato* –dijo en tono misterioso.

—Bueno pues nos quedaremos con la duda no pasa nada, venga un besito, hasta luego.

—*Hasta luego* –y colgó.

Después llamé a las gemelas, también les conté lo de Javi y mi charla con Maca.

—Me siento muy sola, podríais venir aquí. Es que no hay nadie –dije con voz de pena.

—*Ya sabemos que no hay nadie, tus padres están aquí hablando con mi madre y creo que van a salir esta noche* –informó Andrea.

—Madre mía, ¡menudas fiestas se dan!

—*Ya ves, bueno, ahora se lo digo y vamos* –dijo riendo.

—Oye, mi madre no sabe lo de Iván, ¿no?

—*Eh… pues un poco sí, pero ya te contaremos porque no le hemos dicho nada, eso es cosa tuya, alguna idea se hace* –dijo con miedo.

—Es normal, viniendo de mi madre, no se le escapa ni una, en fin; os espero, un besito, hasta ahora.

—*Hasta ahora* –y colgué.

Me puse a ver fotos de Iván y mías en el ordenador, a la media hora llegaron las gemelas, antes de dejar que entrasen les dije:

—Aclaradme lo de mi madre.

—Bien, pues tu madre ha estado hablando esta tarde con la madre de Iván –y paró de contar, Teresa miró a su gemela parecía que no querían decirme nada.

—¿Qué? ¿Qué ha pasado?

—Nada Cass, es mejor que no lo sepas –dijo Teresa.

—Por favor, ¡qué tontería! Decidme –imperé.

—Nada, que le ha dicho que Iván se ha pegado con un chico.

—Já –solté.

—Y que estaba en su habitación sin hablar con nadie –dijo Andrea.

Pobrecito mío pensé, pero luego recapacité, ¡que le den! Se ha ido riendo de mí y morreándose con otra chica, en ese momento lo mejor era recordar los malos ratos para distanciarme de él… pero aún así no podía, ¡le quería!

—Luego dice que al ver que su madre hacía muchas preguntas Iván cogió sus cosas y se fue –añadió Andrea.

—¡Qué! –exclamé.

—Así es, entonces tu madre nos ha preguntado si te había pasado algo con él –informó Teresa.

—¿Y qué le habéis contado? –pregunté con interés.

—Le hemos dicho que ya no estás con él pero que sería mejor que tú se lo explicases, también nos preguntó que qué tal estabas, le hemos dicho que no tan mal como esperábamos para que no se preocupase, pero sabes que una madre es una madre.

—No si ya lo sé; me ha mandado un mensaje al móvil diciéndome que ya hablaríamos, qué cosas de esas siempre pasan y que no era el único hombre de la tierra, había más y más guapos, que esto solo era el principio.

—Oye, ¿y qué es eso de que te ha llamado Javi, eh? –Teresa reía tontamente mientras agarraba un cojín con forma de fresa, parecía mentira que hacía unas horas se pusiese como una fiera y cortase con Cano. Pero es que Teresa era una especialista en maquillar la realidad, había sufrido muchísimo, pero eso nunca se podía saber puesto que lo disimulaba siempre con una sonrisa suya o intentaba quitarle importancia haciendo otras cosas.

—Eso, eso –dijo Andrea golpeándome con otro cojín.

—Pues nada, que dice que está ahí para lo que sea y que no quiere verme mal.

—Uyuyui, ese tío está loco por ti, te lo digo yo, apóyate en él, es lo mejor –recitaron a la vez.

—Es exactamente lo que me ha dicho Maca –dije impresionada.

—Es la verdad, no hay nada mejor para recuperarte de una relación que un amigo, encima con lo mono que es, y sobre todo gracioso –dijo Teresa.

—Cierto –añadió su hermana.

—Bueno, ¿qué pasa?, ¿os habéis confabulado todas para decir eso o qué? –levanté los hombros abatida.

—No, pero es la verdad, el chavalito tiene unos morritos, un culo y un cuerpo... que si no te lo tiras tú me lo tiro yo, aunque es muy metrosexual, tirando a gay –dijo Andrea pensativa.

—Por cierto Cass, tenemos una noticia para ti –dijo Teresa.

—¿Cual? –pregunté ansiosa.

—Tu hermana, va a venir a finales de mes, creo que el veinticinco, un día después de nuestro cumple.

—¿Sí? ¡Eso es dentro de dos semanas! Dios como la echo de menos... ¡ah, ya me acuerdo! –chasqueé los dedos.

—¿El qué? –preguntaron a la vez.

—Ya me acuerdo como se llamaba, pero... no, no creo –me dije a mí misma.

—¿Se puede saber de qué hablas? –Andrea se puso nerviosa.

—El novio de mi hermana se llamaba Adri, como el hermano de Iván. No tengo ni idea de si sigue con él o no y tiene más o menos la misma edad que Brandy... ¿o es más mayor?, me acuerdo que mis padres le hicieron lo mismo que a Iván cuando les presenté, pero... no creo que sea él, aunque de los vagos recuerdos que tengo, se parecía un poco –dije pensativa.

—Pero en casa de Iván, ¿no viste ninguna foto de su hermano? Negué con la cabeza.

—No me dio tiempo, solo vi las fotos de cuando eran pequeños, pero bueno tendría que ser demasiada casualidad, ¡por qué no se me ocurrió fijarme más en él! Pero bueno, hay más Adrianes que panes... por cierto, ¿dónde estará mi hermano?

Las gemelas se volvieron a mirar.

—En casa de Cano con Ricky –dijo Teresa agachando la cabeza al pronunciar su nombre, ella nunca le llamaba así.

—Esperemos que no se entere, pero es inevitable –estaba un poco preocupada, la verdad.

A rey muerto rey puesto

Al día siguiente mi madre se puso a hablar conmigo para preguntarme qué es lo que me había pasado con Iván, las gemelas seguían durmiendo, por lo que podía hablar con ella sin problemas. Le dije que no tenía importancia ya y que estaba bien, ella me escudriñó, ¡era mi madre!

—Tus ojos rojos reflejan que has estado llorando toda la noche, pero no solo eso, hay tristeza en tu interior, se te nota, hombros agachados... –y procuré erguirme–. Tienes la cara seca y llena de rasguños, ¿te has pegado con una chica?

—Sip.

—¿Cuernos? –preguntó con los ojos abiertos.

—Podría ser –dije despreocupada.

—No intentes demostrar nada delante de mí, no te engañes a ti misma, tampoco te digo que llores por las esquinas, pero sé sincera contigo misma y con tus sentimientos –entonces, se acercó a mí–. Mira no te voy a soltar el sermón de siempre, pero sabes que vales, y apóyate en tus amigas –me di cuenta de que aunque quisiese no podía engañarla tan fácilmente, comencé a llorar y la abracé.

[137]

Quería contárselo, pero mi secreto, lo que realmente pasó, quedaría ahí, no quería ni mucho menos que se llevase mal con la madre de Iván y tampoco quería que lo supiese Alex, porque es un chico demasiado impulsivo... ¡cierto! Recordé, tenía que averiguar si Alex lo sabía, corrí a su habitación pero luego me acordé de que estaba durmiendo en casa de Cano. Espero que no se haya enterado y haya ido a pegar a Iván, si viene con rasguños es que se ha pegado; si viene intacto con cara de enfadado es que se ha enterado y no ha visto a Iván, pero le estará buscando, y si viene contento es que no se ha enterado y ojalá sea la tercera opción, como no lo fui yo para Iván la vez que mi hermano me lo expuso.

Me fui a mi habitación a chatear un rato (a Iván le tenía sin admisión, no quería saber nada de él... de momento) y me encontré con Javi, me propuso quedar hoy, le dije que no me apetecía mucho, se ofreció a venir a mi casa y le dije que no estaba segura, quería estar sola; no insistió más, pero estuvimos un buen rato hablando. Al cabo de una hora, llegó mi hermano, fui corriendo a la puerta para ver su estado de ánimo. No tenía cara de mala leche, así que no sabía nada. Quizás Cano no suele contarle las cosas a su hermano, seguramente sea eso pensé, al levantar la vista mi hermano preguntó:

—¿Qué te ha pasado?

—Nada que me pegué con una chica –dije rascándome la nariz, aunque luego me di cuenta por el dolor de que tenía una costra.

Mi hermano comenzó a escudriñarme igual que mi madre.

—¿Qué pasa? –le pregunté arqueando la ceja.

—¿Algún problema con ese julandrón? –y entornó un ojo. Siempre tenía un mote para él.

—Ya no estoy con él –dije derrotada.

—¿Y eso? –seguía poniendo esa cara.

—Segunda opción –él me entendió–. Y porque le vi liándose con otra y... esto no sé si te lo vas a creer –dije con una sonrisa.

—Sí me lo voy a creer –comenzó a reírse a carcajada limpia con los brazos cruzados–. ¡Le has pegado!

—¿Y tú como lo sabes? –me quedé atónita.

—Cass, ¡por Dios!, que estaba en casa de su mejor amigo, ¿cómo no me voy a enterar? Les oímos hablar Ricky y yo, que por cierto no me gustó ni un poco cómo se dirigía a mi nena de bombón ni a ti. Parece ser que te cabreaste mucho porque le diste hasta a él –estaba un poco de mal humor, pero se le pasó al confirmar la teoría.

—No te preocupes, no pasa nada –dije.

—Dejándole como le dejaste se me quitan las ganas de pegar al guaperas tonto de los cojones ese –los dos reímos.

—Es que se lo merecía –concluí.

Fui a despertar a las gemelas, no sé qué harían anoche, pero ¡¡sí que duermen las jodías!! Hice lo que más me gustaba, taparles la nariz.

Les conté lo de Javi.

—¡Eres tonta! Queda con él, parece preocupado por ti realmente –dijo Teresa con voz soñolienta.

—Yo sigo pensando que es gay –señaló Andrea frotándose los ojos llenos de legañas y soltándose los moños para liberar ese afro. Sonó el teléfono, lo cogí inmediatamente ya que lo tenía al lado.

—¿Sí? –se oyó un silencio–. ¿Quién es? –pregunté impaciente.

—*Eh, ¿Cassandra?* –era Iván.

—¿Qué quieres? –de repente me cambió la voz, pasé de un estado de buen humor al mal humor en todo su esplendor.

—*Solo quería disculparme contigo* –dijo con voz quebrada.

—Disculpas no aceptadas –y colgué.

—¿Quién era? –preguntó Andrea.

—¡Quién va a ser! –contestó su hermana.

—El idiota de Iván. Que me estaba pidiendo perdón –agaché la cabeza.

—Has hecho bien en colgarle –dijo Teresa acariciándome el brazo.

—Le echo tanto de menos –rompí a llorar.

—No, ahora no, Cass, tienes que ser fuerte, no decaigas, piensa en las cosas malas que ha hecho, eso te ayudará a aborrecerle –dijo Teresa.

—Eso pensé, pero es que solo ha sido eso –dije con voz temblorosa.

—Y a saber qué más ha hecho, ¿le vas a perdonar porque fuiste una apuesta y se enrolló con esta tal Canela? –preguntó y me abofeteó con el dorso de la mano–. No Cass, ten más dignidad, por Dios.

—Auu –me froté la cara–. Tía no te pases.

—Cass, tienes que hacerte valer, si ahora mismo perdonases a Iván te tomaría por tonta, y seguro que volvería a ponerte los cuernos y estarías todos los días sin dormir preguntándote si esta vez es la buena, o qué estará haciendo, si está con otra o no... Piensa eso –dijo Teresa aun sin disculparse por la bofetada y sin intenciones de hacerlo. La verdad es que tenía razón, sería un poco tonta si volviese con Iván. Me engañó, pensé que había cambiado... pero no lo hizo, inmediatamente me senté frente al ordenador buscando a Javi, por suerte estaba conectado.

—¿Qué haces Cass? –preguntaron al unísono.

—Quedar con Javi para desahogarme.

—¿Te lo vas a tirar? –volvieron a preguntar a la vez.

—No. Y pídeme perdón –contesté horrorizada mientras abría la ventana para hablar con él; ante mi petición, Javi aceptó.

—¡Jamás! –Teresa se cruzó de brazos y cerró los ojos girando la cabeza a otro lado.

Primera cita con Javi... No está mal

Por la tarde, pero bien entrada la tarde, porque hacía más calor que asfaltando el Sáhara, acompañé a las gemelas a casa. En cuanto me separé de ellas sonó mi móvil, era Javi preguntándome dónde estaba. Al decírselo se ofreció venir a recogerme para llevarme a su casa.

—Bueno, vale te espero –no pasaron ni cinco minutos cuando llegó.

—¿Qué tal estás? –su voz y su pose me hicieron darme cuenta de que tenía un poco de pluma, pero lo ignoré, me daba igual.

—Mal, hoy me ha llamado, he estado a punto de caer, pero le colgué rápido –dije mirándome las manos y de repente el dedo de Javi me tocó el mentón levantándome la cabeza para mirarle a los ojos.

[140]

—Ni se te pase por la cabeza volver, ese chico no merece estar contigo, no sé cómo ha podido desaprovecharte de esa manera, con lo guapa y buena persona que eres.

—¿En serio? –le pregunté incrédula pero sonriente.

—¡Cómo molo!, siempre te hago sonreír –amplié aun más mi sonrisa.

—¡No seas tonto! –dije dándole un manotazo en el hombro.

—Bueno vente a mi casa que te voy a enseñar unos juegos muy entretenidos –dijo cogiéndome de la mano.

—Eso suena muy guarro –enarqué una ceja.

—Pues cuando lo descubras verás que no es nada guarro, vamos –me empecé a cuestionar si Javi era gay o no, por una parte sus gestos parecían delatarle, pero la forma en la que me miraba era un poco hetero.

Fuimos a su casa, era más grande que la mía. Al entrar en su habitación la vi ¡ordenada! Incluso más que la mía, vaya. Nos sentamos en el pequeño sofá que estaba entre los pies de la cama y la tele, cogió los mandos de la Play Station situados debajo del mueble en todo el centro de la habitación (como la de Iván) enseñándome el juego del FIFA'09 en la que salía en portada Ronaldinho Gaúcho y Gonzalo (el pipa) Higuaín, y Pro Evolution Soccer del mismo año con Messi en la portada.

—¿Te hace una partidilla? –propuso.

—¿Cómo sabes que yo juego a esto? –cuestioné asombrada cogiendo la carátula.

—Me lo dijiste cuando estaba ayudándote con química, ¿o es que no te acuerdas? –lo recordé.

—¡Es verdad! Pensaba que no me escuchabas –me senté a su lado.

—Yo siempre te escucho –sonreí y me dio un beso en la mejilla–. Bueno, ¿cuál de los dos?

—FIFA, que ya que aprendí, pues sigo practicando –dije un tanto apenada pero con ganas de averiguar cómo jugaba él.

Nos tiramos tanto rato que no me di cuenta ni de la hora.

—¡Uy, mira qué tarde es! –le enseñé mi muñeca izquierda donde llevaba el Casio de plata.

—Bueno, solo son las once, ven vamos a la cocina, que te preparo algo de cenar –dijo mientras miraba el suyo, el negro de plástico de toda la vida.

—¿Sabes cocinar? –pregunté.

—Bueno, lo justo y lo necesario –sacó dos papas bien grandes, comenzó a pelarlas.

—Espera, dame una que te ayudo –dije–. Por cierto, ¿y tu madre cuando llega?

—Mis padres están de vacaciones, no vuelven hasta la semana que viene, y mis hermanas en casa de sus amigas ahora; así que me quedo esta noche solo –dijo.

—¡Qué suerte! Aunque yo últimamente también estoy sola en casa y no es que me guste mucho la idea –dije un tanto apenada, no sabía si lo que me había dicho era una proposición o simplemente informativo.

—Bueno, cuando quieras, esta es tu casa –dijo en el tono más inocente que uno se pueda imaginar, es decir, sin segundas intenciones.

Cuando terminamos de cortar las papas, a modo de papas fritas, las echó sobre el fuego encendido comenzando a freírse.

—Sácame por favor dos huevos de la nevera –le hice caso y se los di–. ¿Has probado los huevos estrellados? –sonrió y me preguntó con ellos en mano.

—Pues la verdad es que no –dije apartándome por si acaso le daba por estrellármelos en la cabeza.

—No voy a estampártelos si es lo que piensas –suspiré aliviada–. Son unos huevos rotos de toda la vida, pero hechos a mí manera.

—Vale, eso sí sé lo que es… ¡yo qué sé Javi! –dije medio sonriendo, más relajada.

—¡Anda qué! –puso las manos en jarra–. Tú pon la mesa y siéntate, ahora te lo sirvo.

Al rato puso los platos en la mesa, eran como unas salchi-papas con huevo frito a modo de red, ¡qué hambre! Al probarlo vi el cielo.

—¿Te gusta, eh? –dijo con una sonrisa pícara.

—¿Sabes lo que le falta? –le miré hablando con la boca llena y resoplando por lo caliente que estaba.

—¿El qué?

—Ketchup —dije, e inmediatamente me levanté hacia la nevera para sacarlo.

—Bueno, por lo menos te he levantado el ánimo; mañana ¿qué haces? —preguntó mientras iba pinchando con el tenedor las papas.

—Pues… ¿tienes algo interesante que ofrecerme?

—Tengo una sorpresa para ti —dijo.

—¡En serio! —asintió—. Y ¿qué es? ¿Qué es? —pregunté intrigada agitando el bote de ketchup.

—Aaa, ya lo verás, bueno tampoco es tan interesante pero sí entretenido —contestó.

Cuando terminamos de cenar me acompañó a casa.

—Bueno, gracias por animarme, tú sí que sabes cómo hacerlo —y le di un abrazo.

—Para eso están los amigos —me dio un fuerte y sonoro beso en la mejilla, la verdad es… que le apreciaba mucho.

Subí a mi casa y me encontré con que no había nadie… de nuevo, ¿qué pasaba últimamente aquí? ¿Es que nadie trabaja al día siguiente? Pensé; contacté con las gemelas y Maca en una llamada a tres.

—¡Holaaaa!

—*¿Qué contenta estás no?* —se percató Maca.

—*Fijo que se ha tirado ya a Javi* —dijo Teresa.

—*¿Qué?* —gritó Maca.

—No las escuches, he estado en casa de Javi, pero no he hecho nada malo, solo jugar a la Play, y me ha preparado la cena —informé.

—*Ooo* —dijeron todas.

—*Pero, ¿a la Play?* —se extrañó Maca.

—Sí, ¿qué pasa con eso? A mí me gusta jugar a la Play, me anima mucho.

—*Eso no lo sabía yo* —dijo Maca.

—Pues Javi sí —aclaré.

—*¿Y no intentó liarse contigo?* —preguntó Andrea intrigada.

—¡Qué va!, pero le estoy cogiendo cariño, dice que mañana tiene una sorpresa para mí.

—*Uy, ¿qué opináis?* —incitó Andrea a una nueva apuesta.

[143]

—*Que no sé si este chico es gay o no, me estoy confundiendo* –contestó Maca.

—Y cambiando de tema, ¿es niña o niño? –corté tajantemente.

—*Ya te he dicho que no lo quiero saber.*

—*Anda Maca* –pidió Teresa.

—*Mañana os enseño la ecografía, ¿okay?* –prometió.

—Vale, en fin. Yo me voy a la cama que tengo sueño, mañana por la mañana vamos a casa de Maca, ¿no? Sí, sí, no me lo agradezcáis, he tenido una buena idea –dije.

—*Eh... sí, avisaremos a las demás, un beso a todas, que durmáis bien.*

—Buenas noches.

Capítulo 10

No Iván, no lo hagas

Llamé a Ariadna quien me contestó con un gemido de placer (siempre igual):

—¿Te molesto?

—*Aaa, no* –a la vez se oían gemidos de un chico.

—En serio, te dejo con... –de repente oí un gemido de chica–. Ary, ¿estás con una tía? –grité escandalizada.

Paró de golpe.

—*Yo, yo, yo, no, es-es-estoy aquí c-c-con Luis* –su elocuencia la delataba.

—*Cuelga el teléfono y vamos a seguir* –dijo la chica.

—*Eso que, no me podéis dejar así* –dijo un chico, no daba crédito a mis oídos.

—Ary, explícame lo que acabo de oír, porque llevo desde navidades pensando que estaba alucinando, ¿estás con Luis y con otra chica? ¿O solo con otra chica y un extraño? Dime la verdad –estaba ansiosa.

—*Sí* –abrí la boca de la impresión.

—Sí, ¿qué? –pregunté.

—*Estoy con ambos, una chica y Luis* –admitió avergonzada.

—¡Lo sabía!, sabía que no estaba loca pero, ¿por qué no nos lo has dicho?

—*Escucha, es... complicado, Cass* –decía mientras se oían las sábanas moverse.

—Oye, pues cuando termines de hacer tus cosas –dije sonriendo–. Podrías venir a mi casa que estoy sola.

—*¿Me estás insinuando algo?*

—No tía, no te lo estoy diciendo con segundas intenciones, solo te digo que estoy sola y necesito compañía para no rayarme con el tema de Iván y ya de paso me aclaras lo tuyo.

—*Ahh, vale, pos habla más clarito, que creía que querías que fuese a tu casa a fo... digo a hacerte travesuras* –rió nerviosamente–. *Voy en dos horas, pero por favor, no se lo digas a nadie.*

—Juer, ¿dos horas? Tranquila, tu secreto está a salvo conmigo –y colgué.

¡No me lo podía creer! Ariadna ¿bisexual? Aunque a mí eso no me afectaba, es mi amiga, las gemelas se lían entre ellas cuando hacen tríos, me besaron... tampoco se hace muy extraño, pero con lo pija que es ella... Resultaba increíble la noticia. Llamé a mi madre por el móvil para comunicarla que Ary iba a quedarse a dormir en casa y me dijo que le parecía bien.

Cuando llegó se notaba que estaba recién duchada por su olor a perfume y el frescor de su piel. Llevaba una minifalda vaquera y una camiseta blanca espalda al aire, con un dibujo de nenúfares. Agachaba la vista avergonzada, no sabía si darme dos besos o no.

—Ven aquí y dame dos besos, ¿qué te pasa? No tengo la peste –dije.

—Lo siento Cass, es que ¡me muero de vergüenza! –estaba totalmente roja y se tapaba la cara.

—Dime, a ver, ¿desde cuándo eres bisexual?

—Cass, no... No soy bisexual, solo me acuesto con una mujer... de vez en cuando.

—Claro, así se define –contesté sarcásticamente.

—En ocasiones no soporto a los tíos, por lo que aborrezco a Luis y llamo a Rocío (que así se llama) y luego otro día me siento cariñosa y solo pienso en Luis, echando de menos su forma de ser y su afán de protección. Para mí no hay nada como un chico para que te proteja –decía ignorando mi alusión.

No podía evitar abrir los ojos y la boca a la vez.

—¿Y Luis? P-p-pe-pero, ¿lo acepta así?

[146]

—A ver, te explico, te acuerdas de la Nochevieja en casa de Cano, ¿verdad? Cada vez que pronunciaba su nombre ambas sentíamos escalofríos.

—Sí, ¡cómo olvidarlo! –miré hacia arriba suspirando.

—Pues estaba con Luis, tenía unas ganas de agarrarle y hacerle de todo con ese pelo rubio platino. Así que me lo llevé a una habitación…

—Que fue cuando os vi yo subir las escaleras.

—Sí, pues Luis me dijo que quería hacer un trío, ya llevaba tiempo pidiéndomelo, le dije que no quería pero, nada más entrar en la habitación había ya una chica de pelo castaño muy morena desnuda en la cama, me enfadé con él porque lo hizo sin consultarme. *«¿Cómo se te ocurre pedirme estas cosas?»*, él no decía nada, solo me observaba con gesto anímico. *«¿Quieres ver un espectáculo? ¿Lo quieres ver de verdad?»*, fui y le di un morreo a la chica, parece ser que como era una viciosa me empezó a meter mano, le cogí el gustillo porque me agradaba cómo lo hacía, me quité la ropa y cuando me di cuenta Luis ya estaba desnudo en medio de nosotras…

—Desde entonces estáis así, ¿no? –le interrumpí.

—Más o menos, pero la verdad es que nunca me habían besado de esa manera, se notaba tal pasión que creo que ningún tío puede llegar a conseguirlo, pero a la vez de tierno era… salvaje a su manera, ella tenía la piel tan suave, era tocarla y… encenderme en pocos segundos –lo decía mirándome fascinada.

—No es por nada, te voy a decir una cosa que nunca le he dicho a nadie por vergüenza, pero antes pensaba en que estaría bien saber lo que se siente cuando te besa una chica, pero simplemente por curiosidad –le solté de golpe como si me costase la vida.

—Y qué pasa, ¿quieres probarlo? –cuestionó arqueando una ceja.

—Lo siento, no podemos –bromeé.

—Aún así, no eres mi tipo –dijo riéndose.

—Ya, pero somos amigas, ahora que lo pienso ¿cuántos tríos se hicieron en Nochevieja? –me pregunté a mí misma.

—Bastantes, creo que todas, excepto Miriam y tú… oye, pero, ¿tú no habías besado a una de las gemelas?

—Sí, a Andrea, pero eso fue para que me enseñasen un poco a besar –me justifiqué.

Ary apretó los labios y dijo:

—Ya.

Al rato sonó mi móvil, ¡era Iván! No me lo podía creer.

—¿Sí? ¡Qué! ¿Qué? ¿Qué? –dije con enfado.

—*Cass, necesito hablar contigo.*

—¿De qué? Si ya está todo dicho, era una apuesta y punto pelota. –Sonó el timbre, tras hablarle con brusquedad, abrí la puerta y ¡era él!–. ¿Qué haces aquí? –pregunté aún con el teléfono en la mano.

—Escucha Cass, tenemos que hablar –decía mientras entraba a mi casa sin ser invitado, llevaba gafas de sol y algunos arañazos en el cuello.

—Sí, sí, pasa no te preocupes estás en tu casa –dije irónicamente. Ary vino al salón al oír la voz de Iván.

—Hola –saludó Iván tímidamente.

—Hola –le contestó secamente.

—¿De qué quieres hablar? –me crucé de brazos.

—Es privado –dijo mirando a Ariadna, ella se iba a ir pero le dije:

—No, si ella lo sabe... ¡Ah, no! Es verdad. ¡Todo el mundo lo sabe! –grité–. A ver, di lo que tengas que decir y lárgate –dije más calmada pero no menos cabreada al ver la cara de serio de Iván, se había quitado las gafas, tenía la cuenca del ojo totalmente morado, parecía tener un derrame, porque se veía el rojo del globo ocular. La verdad es que daba pena y resultaba un poco impactante la imagen que daba.

—Pues... ¿me puedo sentar? –dijo con la misma timidez de antes.

—Ya has entrado sin permiso, total, siéntate si quieres –dije con indiferencia–. Y date prisa que no tengo toda la noche.

—Oye, ¡no te pongas chula porque esté tu amiga delante! –espetó un tanto enfadado.

—Tú me has humillado delante de más gente y ¿encima estás en condiciones de enfadarte? ¡Que te den! –dije arrugando la frente, la ira comenzó a invadirme, sentía calor por todo el cuerpo notando cómo la vena del cuello me estaba palpitando y aún así me moría por echarme a sus brazos. Relajé los músculos.

—Vale, lo siento, no debí apostar por estar contigo... –dijo cabizbajo.

—Ya, pero lo hiciste –susurró Ary atenta a sus uñas, yo la miré para que se callase.

—...No sabía nada del premio...

—¿Premio? Pero, ¿tú qué te crees que somos las mujeres? Además ya la conocías según tú, *te sonaba su cara, la habías visto en algún sitio,* ¿no es así? Lárgate de mi casa, no quiero saber nada más de ti –dije empujándole–. Vete.

Comencé a llorar, no quería oír más sus mentiras porque cada una de ellas era como una puñalada a mi corazón roto.

—Pero Cass –rechistó.

—¡Que te vayas! –grité dándole con la yema de los dedos en la frente, parece ser que eso le cabreó, porque suspiró fuerte y me dijo:

—No vuelvas a hacerme eso.

—Pues vete, no quiero saber nada más de ti, no quiero más humillaciones fuera de aquí –se me quebró la voz.

Parecía ser que no me oía porque permanecía inmóvil en el salón, del cabreo fui corriendo a empujarle, pero cuando ya estaba cerca de él puso las manos sobre mis hombros y me lanzó a un lado, me di un golpe en la espalda con el mueble-bar. Pensaba que se iba a disculpar o algo pero me dijo:

—No lo intentes maldita zorra, ya me contuve una vez y no pienso aguantar tus tonterías.

Cuando se iba a acercar a mí, Ary corrió y se subió a su espalda. Sentía miedo, el cuerpo me temblaba y la espalda me dolía. ¡No podía creer lo que Iván me acababa de hacer!, procuré levantarme para socorrer a Ariadna, dándole un puñetazo en el estómago a Iván, pero se deshizo de ella en cuestión de segundos lanzándola detrás del sofá oyéndose un golpe seco que seguramente sería su cabeza. En ese momento me miró a los ojos, nunca me habían provocado tanto miedo, siempre había apreciado en ellos la sinceridad pero en ese momento solo veía ira y odio, tenía cara de sádico, me temía que en cualquier momento se abalanzaría a por mí cual depredador ataca a su víctima para descuartizarla y comérsela.

Intenté escapar por un lado pero Iván estaba agachado con las piernas abiertas y las rodillas semiflexionadas, el tronco inclinado hacia delante y brazos abiertos como un portero de fútbol defendiendo su portería, corrí a su derecha ya que había un hueco para huir, pero recibí un golpe en la nariz de su antebrazo al intentar escapar. Me había hecho un placaje bestial, caí boca arriba y comencé a llorar aún más fuerte.

—¿Por qué me haces esto?

—¿Por qué? Vamos a ver… ¿has visto mi ojo? Pues para mí que me hayas pegado delante de mis amigos es motivo suficiente, además, te voy a decir una cosa. Canela es mucho mejor que tú en la cama, ella me da lo que tú nunca me habrías podido dar –dijo escupiéndome en la cara (como yo hice con él), me dolía el tabique, al tocarme la nariz noté cómo la sangre brotaba de los orificios nasales, pero mucho más me dolía el corazón al oír sus palabras de desprecio.

—Sabes que ella no te habría querido como yo –dije, aún llorando y con más miedo del que había sentido en toda mi vida.

—Eso a mí me la suda. Bueno, ahora ¿qué voy a hacer contigo? Ya sé, vamos a dar una vuelta –dijo cogiéndome del pelo y arrastrándome hacia la cocina tras chasquear los dedos. Comencé a gritar y patalear histéricamente.

El pánico se acrecentó, no sabía de lo que podía ser capaz.

Si vamos a la cocina puede que me clave un cuchillo, o que intente quemarme… ¡Oh Dios! No quiero morir ahora, que venga alguien, pensé mientras íbamos de camino a ella, y comencé a chillar como una condenada.

—¡Calla! –me abofeteó la cara–. Como grites acabo contigo.

Lloré y no sabéis cuánto, no quería morir así. De repente mis súplicas fueron respondidas. En ese preciso momento mi hermano abrió la puerta y entró con Ricky y Matías, al ver el panorama se le hinchó la vena, se crujió los nudillos, entornó los ojos y apretó el labio.

—Hijo de puta, ¿qué haces? –corrió hacia Iván como alma que lleva el diablo, nunca le había visto tan cabreado. Le dio un puñetazo en toda la nariz dejándole noqueado en el suelo, por lo que automáticamente me soltó el pelo, me escapé lo más rápido que pude. Alex le pateó en el suelo, era más bajito que Iván, pero eso no le impidió descargar toda su ira en él, Matías le acompañó en cuanto a patearle e insultarle y Ricky estaba conmigo abrazándome, con afán protector.

—Ary, Ary está detrás del sofá –lloraba aterrorizada.

Corrimos hacia el salón a por ella, había perdido el conocimiento, tenía un chichón en la cabeza y la clavícula salida por la mala caída, intenté despertarla dándola feroces bofetones, pero no lo conseguía.

—Ariadna despierta, ¡despierta, despiértate ya! ¡Despierta joder Ary!, tienes que despertarte vamos Ariadna –estaba nerviosa y aterrorizada.

—No te preocupes, está viva –dijo Ricky palpándole el cuello–. Llamemos a la ambulancia.

Al girar la cabeza vimos a Iván intentando golpear a mi hermano y a Matías, le echaron literalmente a patadas de mi casa.

—No quiero volver a verte por aquí –gritó Alex propinándole un puñetazo, cerró la puerta de golpe y llamamos a la ambulancia.

Me lavé la cara cubierta de sangre, por suerte no tenía la nariz rota pero me dolía bastante al igual que la espalda y no quise decir nada para no cabrear más a mi hermano. Cuando se llevaron a Ariadna al hospital fuimos con ella. Estuvo un par de horas en observación, hasta que vino el médico con ella.

—Se ha fracturado la clavícula, lo de la cabeza es solamente un chichón, le hemos hecho un TAC y de momento está bien, no hay derrame. Reposo y que se tome esto cada ocho horas –dijo entregándonos la receta. Llevaba como una especie de chaleco que echaba los hombros atrás y se cruzaba en la espalda, lo que se llamaba guarismo en ocho.

—¿Qué tal estás? –pregunté muy preocupada.

—Pues la verdad es que me duele el hombro y no sé cómo he llegado aquí –dijo desconcertada.

—Ya te lo contaré.

—Vamos a casa, anda –dijo mi hermano.

Matías y Ricky nos acompañaron en cuanto salimos del hospital. Estaba inquieta, como si en cualquier momento Iván fuese a salir de algún lugar entre la oscuridad para abalanzarse sobre mí, a pesar de la presencia de todos, le pedí a mi hermano que durmiese con nosotras. No llamamos a la madre de Ary porque nos contó que estaba con su padrastro en Murcia.

No sé cómo pude hacerlo, pero inmediatamente después me quedé dormida.

Tuve otro sueño en el cual Iván me perseguía con un machete diciendo: «*Maldita zorra, te mataré, no te dejaré dormir tranquila*», me levanté bruscamente, sudores fríos recorrieron mi cuerpo, levanté la cabeza y ahí estaba mi hermano, entre Ary y yo. Mi amiga dormía incómodamente por los calmantes que se había tomado, ¡menos mal que estaba Alex para protegernos!, pero luego pensé por Dios, Cass, ¿cómo vas a tenerle miedo si le pudiste poner el ojo morado? Así que ahí mismo me prometí una cosa: nunca me dejaré pisotear por un hombre, nunca me encogeré como un ovillo de lana ante la presencia de Iván ni ningún otro, no se puede ir con miedo por la vida, pero… me engañaba a mí misma, estaba acojonada. Una no sabe lo que le puede pasar… Y cuando me quise dar cuenta volví a quedarme dormida.

A la mañana siguiente acompañamos a Ariadna a su casa, yo estaba distraída, absorta en mis pensamientos y en la promesa que me hice la noche anterior, aunque sería un poco difícil ser valiente ya que estaba mirando a mis alrededores por si acaso aparecía. Una vez en casa:

Le explicamos a mi madre lo de Ary, que se cayó del sofá malamente porque la vio, pero le restamos importancia.

—Mamá, ¿me prestas tu móvil un momento? –me miró extrañada y me lo dio. Inmediatamente comencé a marcar el número.

—Hola, Javi, ¿podemos quedar esta tarde o ahora a mediodía? Te tengo que contar la última.

—*¿Qué ha pasado?* –preguntó un tanto preocupado.

—Luego te cuento –susurré al ver la mirada acosadora de mi madre.

—*Bueno, pues en una hora o así estaré por tu barrio.*

—Vale, muchas gracias, te espero a las tres en mi casa, un beso –y colgué.

Tres en punto, como un clavo, llegó a mi casa. Bajé al portal y me abrazó, me sobresalté un poco y se separó. No sé por qué pero con Javi todo era distinto, no tenía miedo, a su lado me sentía segura. Por el camino le conté el suceso de la noche anterior con Iván.

—¡No te creo! –dijo abriendo mucho los ojos–. ¡Ay mi niña!, por eso estás con la nariz un poco hinchada, ¿no? –posó su mano sobre la mía, era como si me hubiese quitado un peso de encima, comencé a llorar. Tenía que expresar mi dolor y no entiendo por qué pero con Javi era muy fácil abrirse, hasta le conté mi dolor de espalda.

—No te preocupes por eso.

Cuando llegamos a su casa, me metí en su habitación y me dijo:

—Espera que te voy a preparar una tila.

—Vale –contesté, cuando me la trajo se sentó a mi lado, él también se había preparado otra. Intenté apoyarme en el respaldo del sofá y volví a saltar recordando el dolor.

—Ese tío es un cabrón, Cass, deberías denunciarle –su gesto era serio.

—No, porque si no mi madre se enterará y no quiero eso, de verdad –tenía miedo en realidad.

—Bueno vale, pero, ¿prefieres que un tío loco ande suelto por ahí? –dijo dándole un sorbo a su tila que luego depositó sobre la mesa–. Me imagino que no, cuando termines quítate la ropa… que te voy a dar un masaje –añadió al ver mi cara de susto–. No te preocupes, no es mi estilo aprovecharme de este tipo de situaciones.

A pesar de estar asustada por lo que pasó con Iván, Javi me inspiraba confianza, supongo que será porque ya era amable conmigo antes de que me pasase… aquello. Al ponerme el albornoz me dijo:

—Cuando quieras vienes, corazón.

—¿Dónde estás? –le pregunté.

—Aquí, en la habitación de al lado –contestó.

—Voy entonces –fui para allá, y ¡no me lo podía creer! La habitación estaba con velas y en el centro había una camilla de masajes–. ¿Y esto? –pregunté atónita.

—Es que mi madre es masajista y claro… Todo se pega menos la hermosura.

—No sé qué decir, eres… eres como perfecto, ¿con qué más cosas me vas a sorprender?

—Tengo champán –dijo seriamente.

—¿En serio? ¡Venga coño!

—No, es coña –ambos reímos a carcajadas–. Aunque si quieres tienes ahí en la nevera.

Le miré una vez tumbada en la camilla con un ojo pipa y me dijo:

—¡Ostia, Cass! Tienes un moratón enorme en el costado –decía tapándose la boca impresionado–. Te voy a hacer un masaje normal porque todavía no he aprendido a hacer el shiatsu, pero no te voy a tocar esa parte –hablaba con profesionalidad tocándome entre los dos omóplatos, por lo que exprese mi dolor con una mueca.

—Y ¿cuál es el shiatsu? –pregunté interesada.

—Pues, a ver, el shiatsu es un masaje terapéutico parecido a la acupuntura en la cual presionas con el pulgar, la mano y los dedos puntos específicos del cuerpo, pero claro, para eso tienes que saber…

—¡Joder!, contigo se aprende de todo –intenté aguantar el dolor cada vez que tocaba cerca del moratón.

Comenzó a hacerme el masaje, no sé cuánto tiempo se tiró pero me relajé tanto que me quedé dormida. Cuando me di cuenta Javi no estaba y me desorienté un poco al no saber dónde me encontraba, hasta que me acordé viéndole entrar de nuevo.

—¿Qué hora es?

—Las ocho de la tarde –dijo con calma.

—Me has dejado como nueva, muchas gracias, pero ¿por qué no me has despertado? –me incorporé.

—Lo necesitabas –dijo mirándome a los ojos con las manos en los bolsillos.

—Eres un cielo –corrí a darle un abrazo, pero me di cuenta de que la toalla dejó de tapar mi torso y me quedé ahí, en bragas, con las manos abiertas dispuesto a abrazarle, él estaba atónito mirándomelas. Fue una fracción de segundo, hasta que reaccionó y apartó la vista, yo como consecuencia miré hacia abajo y me tapé los pechos, ¡si es que lo que no me pase a mí! Javi se puso rojo como un tomate y me dio la espalda.

—No pasa nada, además, me he quedado dormida y seguro que has aprovechado a asomarte –dije justificándome a mí misma.

—Podría. Pero no lo he hecho, yo te respeto –seguía de espaldas haciendo el amago de mirar por encima del hombro sin mirar directamente–. Espera, que voy a por tu ropa.

Y se marchó a la otra habitación.

—Vale, me puedo quedar un ratito más, ¿no?

—¡Pues claro! Nadie te ha echado de aquí, puedes quedarte el tiempo que quieras –contestó aún tenso.

Terminé de vestirme y me preguntó que si tenía hambre, la verdad era que sí, así que preparó una tortilla francesa con champiñones… este chico era alucinante, nos la comimos mientras veíamos una película. Sin darnos cuenta ya eran las once y media.

—¡Ostias! Mira qué hora es, me tengo que ir a casa –dije mirando el reloj de la pared.

—Me imagino… Espera que te acompaño, me cambio y vamos.

—Vale –dije, *¿qué amable es? ¿Cómo sería liarse con él? No, no, por favor, no creo que llegue a pasar eso, nos llevamos muy bien…* tales pensamientos se cruzaron en mi cabeza.

Cuando llegamos al portal le dije:

—Muchas gracias por estar a mi lado cuando te necesito, me has hecho olvidar esto, aunque ahora en mi casa volveré a pensarlo… pero gracias de todos modos, eres un cielo.

—¡Buah!, no es nada, lo único que quiero es que estés bien –me dijo elevándome la cabeza con su dedo índice, estábamos a escasos centímetros el uno del otro. Parecía que nos fuésemos a besar, él miraba atentamente a mis labios con la boca entreabierta, los suyos parecían apetitosos y… le abracé, quedó impresionado, pero me rodeó con sus brazos, mira que me he dado abrazos en mi vida pero ninguno que definiese tanto los sentimientos de una persona, se notaba el cariño y la ternura, pronto comenzaron mis dudas y mi dolor. ¿Qué sentía por mí? ¿Por qué me trataba tan bien? ¿Por qué se preocupaba por mí? Tampoco tenía intenciones de aprovecharse de mi persona, se le notaba por la manera en que me miró cuando se me cayó la toalla, ¿sería gay? No lo sé, tras el abrazo le di un beso muy gordo en la mejilla y él hizo lo mismo.

—Cuídate cariño, mañana hablamos, o mejor cuando llegue a mi casa.

—De acuerdo, chao –abrí la puerta del portal, estaba súper contenta y no podía pensar en otra cosa que no fuese lo sucedido aquel día.

Javi y yo normalmente las veces que quedábamos era para estudiar y sí, pasaba momentos agradables, desde un principio aun estando con Iván saliendo me sentía muy cómoda con él e incluso mal al estar mejor que con mi propio novio. De todas maneras, estaba muy feliz de tenerle en estos momentos tan malos.

—Hola ¿qué tal?

Mis padres ni me miraron, estaban absortos en la televisión.

—Hola filha –dijeron al unísono, entré en mi habitación y llamé a Ary quien estaba un tanto preocupada por la reacción de Luis.

—*En serio, no sé para qué se lo he dicho, está hecho una furia y dice que va a buscarle* –dijo preocupada.

—Es normal que se ponga así, es tu novio, tía, y no puedes disimular una fractura. Pues dile que Iván se ha ido una temporada a Galicia o ¡yo que sé! Y por lo demás, ¿tú que tal estás?

—*Bueno me sigue doliendo la clavícula y mi madre no deja de dar por culo todo el rato, pero bien.*

Le conté mi día con Javi.

—*Guay, ¿no?*

—Sí, supongo, pero Ary no entiendo cómo es tan bueno conmigo.

—*No le busques las cinco patas al elefante mujer, ¿estás bien? Pues bien* –sus palabras rebosaban de alegría.

—Creo que no era así la expresión, necesitas ayuda léxica, pero te he entendido, por cierto, ¿sabes algo de estas?

—*De Belén, que está en Barcelona, donde su prima Vanesa.*

—Ah ya, yo llamaré a Miriam para ver qué tal está porque de las gemelas sé demasiado.

—*Y yo de Macarena.*

[156]

—¿Qué tal está? –pregunté curiosa.

—*Ahí anda, casi yéndose de casa.*

—Y será verdad.

—Sip. Bueno nena, me voy a tomar la pastilla y a dormir que estoy más jodida que Bob Esponja en el Patagónico.

—¿Cómo? –pregunté sin entenderla.

—Es un desierto que se encuentra entre Chile y Argentina. Tiene un clima de templado a frío y es muy seco, así que... Bob esponja estaría jodido y congelado.

Intenté contener la risa pero no pude.

—Bueno cuídate que no tienes ni puta idea de expresiones pero sí de esto, gracias por la clase de geografía, chao –y colgué. Mi hermano estaba apoyado en el umbral de la puerta–. ¿Alex acabas de llegar? Porque no he oído la puerta.

—¡Qué va! Llevo un rato aquí –dijo seriamente de brazos cruzados, sus penetrantes ojos color miel me escudriñaban.

—¿Por qué cojones me miras así? –pregunté intimidada.

—Por nada, simplemente te observaba –se acercó a mi cama.

—Venga, ¡no digas tonterías!

—¡Que sí fea! Te veo diferente, tudo bem? –preguntó entre preocupado y desorientado.

—¡Claro que sí!, estoy contenta, he estado un rato con Javi, que hace unos masajes increíbles... –al pensar lo que dije me detuve.

—¿Sí?, pues dile que me haga uno –seguía serio.

—Vale.

—Es coña –sonrió dándome golpes en la espalda, me quejé y se detuvo–. Ten cuidado, que ya has visto cómo fue ese capullo de Iván, te lo avisé en su día.

—Ya, pero Javi desde que le conozco es bueno, no hay quejas de ninguna chica, a decir verdad de ninguna... ¡a ver si no es gay! –exclamé con los ojos bien abiertos.

—A ver si es verdad –dijo mi hermano esperanzado–. Por cierto, te llamó tu amiga Miriam –descruzó los brazos y se fue a su habitación.

—Hablando de la reina de Roma, justo me llama ahora –susurré mientras miraba la pantalla–. ¿Miriam? ¿Qué tal? Cuánto tiempo.

—*Cass* –estaba llorando.

—¿Qué te pasa?

—*Tengo que contarte algo.*

—Dime, ¿qué pasa? –me preocupó e hizo incorporarme dispuesta a ir a su casa.

—*Ha vuelto, Carlitos ha vuelto.*

—¿Y qué tiene que ver contigo? ¿No habrás?... o Dios, no me digas que has vuelto con él.

—*Técnicamente no he vuelto con él, yo ya estaba tranquila y de repente aparece él para confundirme y yo, como tonta, me dejé. Cuando me llevó a su casa estaba la madre de su hijo y su hijo* –sollozaba cada vez más.

—¿Qué me estas contando, Miriam?, anda no llores que si no no te puedo entender, cálmate, tómate un vaso de agua.

Al parecer me hizo caso, porque la oía beber. Al cabo de un rato volvió.

—*Bueno sigo. Se le veía asombrado, aunque a lo mejor lo estaba fingiendo, de ese chico me espero cualquier cosa. El niño corrió hacia él gritando «papi, papi», «mijo», respondió Carlitos cargándole, y la mujer preguntó: «¿Quién e esa pendeja?», me señalaba directamente, y él le dijo: «Nadie, mami, no e nadie solo una compañera de trabajo» cuando antes admitió que había sido malo conmigo y que a partir de ahora iba a cambiar. Tras oír sus palabras, quise irme pero la mujer no me dejó. «¿A dónde tú va mamagüeva?», gritó cogiéndome de los pelos, y mientras me daba golpes en la cabeza me decía: «¿Te cree que no sé que te lo folla cuerón?», inmediatamente me di la vuelta para empujarla, no sé qué le pasaba a Carlitos pero no intervenía, la arañé la cara mientras ella seguía tirándome del pelo, pero al darme cuenta de los gritos del niño paré. Esto no podía ser, era una familia y yo no pintaba nada ahí, así que empujé a la madre y me fui corriendo de ahí.*

—¡Joer! –no sabía qué decir.

—*Ya ves. Nunca había pasado tanta vergüenza en mi vida* –se la oía destrozada ¿y quién no? Quise atacarla por lo insensata que fue al volver con él después de haberla dejado tirada estando embarazada, buen ejemplo para no volver con Iván, para no confiar en esos ojos verdes tan mentirosos. Pero no debía ser tan dura, pues a pesar de todo si Iván me dijese algo con ternura se me caerían las bragas como el primer día.

—Pues siéntete afortunada y escucha lo que te voy a contar –le conté lo del incidente con Iván.

—*¿Qué? ¿Y qué tal está Ariadna? ¿Y tú?* –preguntó preocupada, aunque se notaba que se sentía mal por no haber estado ahí.

—Estamos bien –dije tranquila.

—*¿Y le has denunciado?*

—No quiero que mi madre se entere, no quiero que nadie se entere de esto, bueno excepto los que ya lo saben. Y con Javi al lado me siento más segura, aunque siempre se tiene un poco de miedo, podría salir de cualquier esquina y abalanzarse sobre mí, sin embargo, cuando lo dejamos conseguí pegarle, así que intentaría defenderme.

—*Se te ve muy segura, ojalá yo tuviese un Javi conmigo... aunque, sin ser gay* –rió.

—¡Y dale con lo de gay!

Capítulo 11

El cumpleaños de las gemelas

Las semanas fueron pasando y yo seguía quedando con Javi, viviendo un día tras otro numerosas situaciones tensas.

Veíamos películas y, a medida que la trama se desarrollaba, este acariciaba alguna parte de mi cuerpo provocándome un escalofrío placentero y embriagador que no podía evitar y tenía que disimular. Le miraba mientras me observaba lamiéndose el labio superior, entonces al darme cuenta de la situación carraspeaba, estableciendo cierta distancia, dejándoselo claro, porque en realidad me aterraba dejarme llevar; algún que otro día de esos en su casa como acababa tarde, me quedaba a dormir por no andar hasta mi casa, pero dormíamos en camas distintas; cuando cocinaba le miraba repasando su cuerpo, me mordía el labio inconscientemente, hasta que un día me pilló. «*¿Qué pasa?*», preguntaba. «*Eh… nada, es que es increíble cómo te desenvuelves en la cocina*», me justificaba sentada en un taburete notando el calor en mis mejillas sin atreverme a mirarle a los ojos, este me devolvía la mirada con una sonrisa de medio lado; jugábamos a la consola chinchándonos y, en ocasiones, acabando tan próximos el uno del otro…; salíamos por ahí y como siempre él tenía la manía de darme la mano aunque fuese un gesto inocente y puro porque se veía en sus ojos… pero, ¿qué podía yo decir de la sinceridad de unos ojos cuando los que me hipnotizaban eran producto de una ilusión y no distinguía lo que era real y lo que no? Hablando de aquellos ojos, hacía tiempo que ya no veía a Iván. Oí rumores… bueno en realidad mi hermano me dijo que Ricky le comentó que se había enterado que Iván le contó a Cano que se iba de Cádiz hasta que empezase la universidad.

Se acercaba el cumpleaños de las gemelas. Maca estaba cada vez más grande, es decir, su embarazo resultaba más notable.Ya le quedaban pocos meses, nos enseñaba las ecografías y el sexo del bebé era un gran misterio… así no la podíamos regalar nada. Estaba muy graciosa con sus conjuntos premamá de verano que le compraban los dos padres de su bebé o ¿bebés? Porque a decir verdad, no veía bien la figura, yo veía dos formas, pero prefería no preguntar por si quedaba por tonta.

El día del cumple de las gemelas invité a Javi. Al principio no quería venir por vergüenza y por no tener mucho trato con mis amigas, sin embargo, yo insistí porque quería que estuviese conmigo. Miriam también apareció, tarde pero apareció. Las sacamos al bar para entretenerlas porque su madre, Neuza, estaba preparando una gran cena para la familia y los más allegados. Ariadna se encontraba mucho mejor pero de muy mal humor por el dolor y la forzada postura que tenía que adoptar, la flanqueaban Luis y la chica con la que mantenía… sus relaciones espontáneas, solo yo sabía ese secretillo. Belén no apareció en el cumple. Estuve al lado de Miriam en todo momento, pero sin pasar de Javi, porque sabía que se sentía sola aunque estuviese acostumbrada. Miriam necesitaba a alguien a su lado, un Javi personal como el que tenía yo, pero sin ser el mío, porque estaba ocupado… pero, ¿qué estaba diciendo? Ni que tuviese algo más con él, por supuesto, solo amigos, pero es que era tan atento, tan bueno, tan imaginativo que hizo de estas últimas semanas las mejores de mi vida y eso hacía que solo lo quisiese para mí. Nunca había estado con alguien así, siempre a mi lado desde que me pasó… lo que me pasó, sin excluir a mis amigas claro. Las gemelas, al ver así a Miriam, la presentaron a un primo suyo con apariencia de chico tímido, caminaba cabizbajo, con hombros echados hacia delante, espalda encorvada como si quisiese ocultar algo y las manos entrelazadas. Parecía un chico guapo pero no se podía ver mucho, escondido tras unas gafas bastante grandes y de montura que ya (que yo sepa) no se llevaban, iba con el pelo desordenadamente afro, como si fuesen rastas, pero menos voluminoso que el de las gemelas. Se le veía corpulento (no tanto como *Carlitos*) y más sencillo.

—Es un soso, pero... bueno, tú habla con él –le dijo Teresa empujándola hacia su dirección.

—Ho-hol-hola –dijo Miriam saludando con la mano como si él no le viese ajustándose las gafas y él en realidad no la estaba mirando, hasta que levantó la cabeza al oír su voz y quedó pasmado.

—Ho-ho-ho quiero decir... hola, ¿qué tal? –contestó elocuente colocándose las gafas al igual que ella.

—Duelo de gafas –susurró Teresa riendo, yo la di un codazo.

—¡Tía, no te pases! –sin embargo, no pude evitar contener la risa. Y ahí se quedaron toda la tarde hablando.

Yo al ver el panorama me volví a Javi y le dije:

—Bueno, ya puedo atenderte a jornada completa... ¡es broma hombre!, pero esta noche te vienes, ¿no?

—¡Pues claro que sí!, solo para ti –dijo entre risas y abrazos, dándome un beso en el cuello. Mi corazón se volvió loco, no me esperaba esa respuesta y mucho menos ese gesto-. Si me invitan tus amigas voy –decía dirigiendo su mirada hacia ellas.

—¡Cómo no te van a invitar! Insensato.

—Ah, por cierto, se me ha olvidado darles su regalo –ignoró mis palabras, me soltó y se dirigió a ellas.

—¿Regalo? ¿Qué regalo? –estaba estupefacta, tenía los ojos completamente abiertos, ¿se ha molestado en comprarlas un regalo y no me lo había dicho?-. ¿Qué regalo, eh? ¿Qué regalo?

—Pues ya lo sabrás –no me había dado cuenta de que tenía en la mano una bolsa pequeña en la cual llevaba varios paquetes envueltos con papel de regalo, uno alargado, otro... mediano y otro más o menos pequeño, las llamó en privado para dárselo y vi cómo hablaban, luego se acercó a mí.

—¿Qué les has dicho?

—Nada, que lo abran en privado, ya te dirán lo que es –dijo tranquilamente.

Me fui un momento a casa porque no me gustaba lo que llevaba puesto, no me sentía cómoda con esa minifalda que se me subía a cada rato. En media hora teníamos que irnos a casa de las gemelas para darles la sorpresa. Habían preparado mucha comida. Ary no se encontraba bien por lo que Luis se fue con ella a casa, después de lo sucedido no quería dejarla sola. Maca las dijo que quería irse a descansar, lo necesitaba y Miriam… ¡qué voy a decir de Miriam!, no se separó del primo de las gemelas, con quien mantenía una conversación que parecía ser muy amena. La necesitábamos con las gemelas para seguir entreteniéndolas hasta que me diese tiempo de llegar a su casa.

Javi me acompañó hasta mi casa esperando en el salón a que me cambiase. Me puse un vestido de tirantes azul con vuelo que me cubría hasta la mitad del muslo, con unas sandalias romanas negras, la cartera a juego… ya solo me faltaba hacerme el moño. Javi llamó impaciente.

—¿Se puede?

—Pasa, pasa –le dije con los brazos en alto intentando abarcar con una mano todo ese pelo que tenía.

—¡Joder, qué guapa estás! –expresó realmente impresionado, eso me descolocó ya que no me esperaba que lo dijese de una manera tan… gay.

—Gracias, tú también estás muy guapo –le confesé poniéndome boca abajo para amarrarme todos y cada uno de esos rizos.

Me fijé bien en cómo iba, tenía el pelo con sus pinchos descolocados y otros lados peinados. Llevaba puesto unos pantalones piratas de color negro un poco anchos para que entrase el aire, porque esa noche era realmente calurosa, una camiseta manga corta de color marfil de cuello de pico y chanclas a juego, ¡este chico tiene estilo propio! Mientras le examinaba, y tras dejarme los ojos achinados de lo que me lo había apretado, sonó mi teléfono.

—¿Quién? –al otro lado oí un grito bastante desagradable para mis oídos, pero sabía quién era–. ¿Se puede saber qué coño te pasa? –le pregunté a Teresa frotándome el lóbulo de la oreja.

—¡*Tu amigo Javi es la hostia!* –no supe cómo encajar eso, ¿era bueno o malo?

—Javi, ven aquí ¿Qué has hecho? –le grité avergonzada y orgullosa a partes iguales.

—¿Yo? ¡Nada! –dijo sonriendo, eso ya me desconcertó, ahora sí que no entendía nada.

—*Dile que me ha encantado su regalo* –dijo Teresa, ahora lo entendía todo.

—Ha dado en el clavo, ¿no? ¿Qué os ha regalado? –pregunté mirándole, esperando a que me diese alguna pista.

—*Unas bolas chinas, incienso y unas cartas eróticas, ¡nos encanta!* –dijo con entusiasmo, estaba pasmada, ¿cómo podían gustarles esas cosas? Parece ser que lo leyó en mi rostro porque se acercó cada vez más y me dijo:

—Ya te enseñaré por qué.

Teresa lo oyó y dijo:

—*Uu, aquí hay lío, oye escucha creo que tienes… muchas cosas que compartir con Javi, como liarte con él…*

—¿Eres tonta o peinas calvos? ¿Cómo me voy a li… eso? –Javi estaba jugueteando con mis pulseras colgadas de una mano azul de plástico y empezó a reírse al oír mis palabras sin quitar ojo a lo que hacía.

—*Pues eso, liándote con él, ¿quieres que te volvamos a enseñar?* –me dijo en tono de burla y haciendo el sonido de un beso lanzado.

—Bueno, Teresa, mmm, que vale, chao –y colgué ignorándola. Miré a Javi–. Eres increíble, eres increíble, eres…

—¿Increíble? –concluyó él levantando una ceja mirándome a los ojos y sonriendo de medio lado–. Nah, no fue para tanto –decía distraídamente con las manos en el bolsillo.

—¿Cómo que no? ¿Cómo lo haces? Aciertas en todo –dije recordando el mío.

—Simplemente, observo y escucho –poco a poco se empezó a acercar a mí con ojos entornados y yo, inconscientemente, caminé hacia él.

—No tengo palabras para expresarlo –en un abrir y cerrar de ojos le tenía tan cerca que podía oír su respiración y notar su cálido aliento. Él me miró mordiéndose los labios y yo observaba cómo lo hacía. Levantó la vista hacia mi cabeza alisándome el moño.

—Te lo has apretado bastante –me dedicó esa sonrisa que tanto me cautivaba. Reí tontamente, aunque con lo apretada que estaba no pude.

—Tienes razón, pero no pienso aflojármela, está perfecta –aseguré intentando alejarme nerviosa al pensar que nos íbamos a besar.

—Como tú.

Me miraba a los ojos sin titubear, cogiéndome de la mano para que no me alejase más. Una corriente eléctrica hormigueó por mi columna vertebral quedándome ahí inmovilizada mientras veía cómo lentamente ladeaba la cabeza hacia su derecha acariciando mi cara. Yo le imité hasta que nuestros labios tomaron contacto, haciéndome sentir esa suave descarga en el estómago. Nuestra respiración se hizo intensa y sonora, aumentando mis ganas de besarle, tantos días tensos, tantas semanas intentando resistir la tentación. Recordé cuándo me regaló la pulsera y el cuadro pintado por él en el cual representaba a Cassandra anunciando la caída de Troya por culpa de Paris. (Iba a arder Troya entre nosotros y nunca mejor dicho) en el cuadro se apreciaba la indiferencia en los rostros del pueblo ante su predicción, Javi dibujó a Cassandra con cierto parecido a mí, el cuadro era perfecto al igual que mi moño, él lo era y yo para él también.

Me agarró de la cintura aproximándome a él, era agresivo a la vez que tierno, su respiración entrecortada daba a entender que se había estado reprimiendo durante mucho tiempo, y yo gemía entre beso y beso con ganas de algo más, cosa que no me imaginaba que pudiese suceder precisamente con él.

¡Ay, Dios! Estaba tirada en la cama con el vestido remangado y Javi acariciándome la cintura sin dejar de besarme, ¡qué tierno! Pero teníamos que parar.

—¡Javi espera!

—¿Qué? –él también pareció darse cuenta de la situación, de pronto hubo un incómodo silencio en la habitación–. Eh, ¿nos vamos?

—Sí, eh…, espera cojo el bolso y… eso –dije arreglándome el vestido.

Estuvimos todo el camino en silencio por lo que acababa de ocurrir.

—Eh… escucha Cass, yo creo que es mejor que olvidemos esto.

Me sentí algo decepcionada, pero tenía razón.

—Sí, es mejor que no rompamos esta amistad, estamos bien como estamos –dije mirando al suelo.

Llegamos a casa de las gemelas y cambiamos el rostro mostrando normalidad, Andrea abrió la puerta y lo primero que dijo fue:

—¡Ay, Dios! ¡Os habéis liado!

—Ssshh, cállate que te van a oír –le tapé la boca con el dedo índice, Javi se limitó a no hacer nada, eso no ayudaba.

Al parecer nos entretuvimos tanto que nos perdimos la sorpresa, eso pudo ser también uno de los motivos por los cuales Andrea dedujese que nos habíamos liado.

—¿O sea, que sí? –y comenzó a dar saltitos de alegría.

—Vale, vale sí, pero ¡basta ya! ¿Nos dejas pasar?

—Por supuesto parejita –y se apartó para dejarnos entrar llevándome una sorpresa.

—¡Brandy! –corrí a abrazarla dejando a mi acompañante de lado.

—¿Qué tal estás?

—Aquí voy, tirando –de repente Javi apareció a mi lado–. Ah, este es Javi –dije presentándole.

—Hola, yo soy su hermana mayor, Brandy –dijo dándole dos besos sonriente.

—Encantado.

—¿Es tu novio?

—No, no, no somos… novios –dijimos a la vez matizando la palabra *novios,* ella arqueó una ceja incrédula.

—Ya, bueno… pues el mío no llega hasta mañana, o quizá esta noche, ya os lo presentaré, con una sorpresita –dijo con cara de pícara.

A saber… Seguía siendo la misma, aunque con algo diferente, no sabría decir qué, pero sí algo, aparte del pelo suelto que nunca llevaba, había cogido peso, tenía la cara más redonda o quizá fuese su acento madrileño mezclado con el gaditano… quizá.

—¿Tanto se nos nota? –le pregunté una vez que mi hermana desapareció de entre la multitud.

—Bueno en realidad a mí no se me nota, pero tú tienes una cara de *joé, macho, me han besado y ya no soy inocente* –rió haciendo una vaga imitación de mí, comencé a reír y le di un codazo suave en las costillas.

—¡Oye!, yo no hago eso –menos mal que la tensión se esfumó... Por el momento. Disfrutamos de esa fiesta en la que había bastante comida, estaban algunos primos, tíos de las gemelas y mi familia también claro, hasta mi hermano y sus amigos. Las gemelas se pavoneaban con sus vestidos blancos y coronas sujetas por un moño hecho con trenzas.

¡Por fin hallé a Miriam! Aunque, claro, no se iba a hacer extraño con quién me la encontraría. Seguía con el primo, se les veía muy cariñosos a los dos… Luego vi a Maca, ¡ay Maca! Qué guapa estaba con su vestido morado, palabra de honor, premamá, al lado de Berto, quien llevaba una camisa de manga corta blanca, unos piratas chinos marrón oscuro y unas Vans marrones y azul marino, con su barba de cinco días más su pelo castaño, y como siempre atendiendo al móvil de la mano de la futura mamá, ¡pero qué guapo era ese chico! ¿Dónde estaría su gemelo? ¿No iban a descansar? ¿Qué hacían aquí? En fin, tampoco iban a estar todos juntos siempre, se notaba el cariño que le transmitía Berto… o el de su hermano, no se sabe, pero la cuestión es que ambos querían mucho a Maca y eso era raro. Verle la tripa me daba miedo, parecía que en cualquier momento iba a parir a dos semanas de hacer siete meses de embarazo, parecían más. Alex no dejaba de vigilarme después de lo de Iván, se mostraba muy protector, como si fuese mi hermano mayor, me acerqué a él y le dije:

—Calma, no va a pasar nada, estamos todos aquí y Javi es buena gente.

—Ya sé que es buen chaval, pero desde lo que pasó… no me fío –suspiró con agresividad mirando a Javi–. Se le ve diferente, es digno de confianza, pero… estaré vigilando, ya hablaré con él –dijo poniéndose los dedos índice y corazón en cada ojo y señalando a Javi.

—Oye, ¿qué hace Cano aquí? –pregunté para cambiar un poco de tema.

—Nada, su primo Berto le ha invitado, si te digo la verdad hermana ese tío no pinta absolutamente nada aquí, será el hermano mayor de mi mejor amigo pero no me gusta sabiendo que es amigo de... ese cabrón de Iván –dijo con rabia.

Cano estaba con su primo ignorando a Maca, la actitud de esta era recíproca.

—Y después de lo que le hizo a Teresa ¡¡¡cómo se atreve!!! En fin, hablando de tus amigos, ¿dónde están?

—¿Te acuerdas de la negra esa de pelo liso, no?

—Sí, claro, la hermana de *Carlitos*.

—Pues Ricky está con ella, se han escabullido aprovechando que todo el mundo está aquí –dijo mirando por sus alrededores.

—¿No hay nadie en su casa?

—Sí hay.

—¿Entonces? –no lo entendía.

—Está en nuestra casa –me miró con un poquito de miedo–. Tranquila Cass, vendrán de un momento a otro, le acabo de llamar, porque Brandy ha desaparecido y creo que está volviendo a casa.

—Y ¿por qué iba a ir Brandy a casa habiendo fiesta aquí? –cuestioné, ya que a mi hermana le gustaban mucho las fiestas.

—No sé, estará cansada del viaje supongo, aun así está bien prevenir.

—¡Ahí le has dao!

Justo en ese momento tocaron el timbre, era Ricky. ¡Hablando del rey de Roma! Por supuesto abrimos nosotros ya que estábamos al lado de la puerta, Ricky tenía la cara colorada de felicidad, con el pelo revuelto, miraba al cielo como dándole gracias a Dios, y la hermana de *Carlitos* con una cara que la delataba aun pareciendo serena, ¡madre mía, tanto se notaban estas cosas! Entonces pensé en cuando entramos Javi y yo.

—Ricky se estrenaba hoy –me susurró mi hermano al oído.

—¿Habrá dejado todo recogido no?

—Más le vale, ahora vamos tú y yo a casa a verlo antes de que mamá vaya –yo con lo preocupada que estaba prefería acompañarle.

—Vale, avisaré a Javi y a mis amigas –fui a despedirme de las gemelas contándole el asunto.

—Uuu, ¡qué fuerte!

—Ya ves, ahora voy con Javi y…

—Oye, si te quieres ir con Javi para estar a solas no hace falta que te inventes historias –dijo Teresa con falsa indignación.

—¡Eh! –espeté falsamente ofendida–. Mi hermano también viene y no voy a dejar a Javi aquí solo.

—Estamos nosotras, le podemos hacer compañía, pero claro… Lo quieres para ti. Sinvergüenza, con tu hermano ahí. Entonces… no hagáis ruido –dijo Andrea entre risas.

—Si quieres, entretenemos a tu madre un rato más –propuso Teresa.

—Vale, gracias, eso me vendría bien, aunque el problema es Brandy no mi madre.

—A quien sea.

Fui a buscar a Miriam pero me di cuenta de que había desaparecido. ¿Qué estaría haciendo? Y ahora me estaba dando cuenta. ¡*Carlitos* se enteraría!, ya que su hermana está aquí para contárselo, aunque a *Carlitos* no debe importarle lo que haga o deje de hacer. Procuré que mi madre no me viese irme, cogí a Javi y le dije que nos íbamos a mi casa, quedó impresionado arqueando las cejas.

—Mi hermano también viene –y poco a poco sus facciones fueron relajándose, ¡por Dios! Todo el mundo tenía la mente muy sucia hoy, ¿tanto miedo le daba hacerlo conmigo? Sacudí la cabeza ante ese pensamiento repentino y nos fuimos de la fiesta.

Durante el camino veía a Alex escudriñando a Javi de reojo, sin embargo atisbé algo diferente en su mirada, en ella albergaba algo de… esperanza, ¿por qué sería? Llegamos a casa y comprobamos que todo estaba en orden.

—Por cierto y tu… ¿novia? –cuestioné.

—¿Hablas de Bea, no? –preguntó un tanto distraído.

—¡Pues claro que hablo de Bea!, no conozco a otra.

Justo en ese momento sonó el telefonillo:

—¿Sí? Vale –mientras abría la puerta dijo–: Cass ahora subo –cerró antes de que pudiese preguntar nada, volví a abrirla pero ya estaba en el ascensor, ¡vaya prisa!

—Yo creo que tu hermano se ha ido para dejarnos solos –dijo Javi con una media sonrisa.

—No creo, ahora volverá... claro que, los ahora vengo de mi hermano son un nos veremos dentro de unas horas... Bueno, vamos a ver cómo está esto y volvemos, ¿vale? –aseguré mientras arreglaba un poco el sofá del salón.

—Oye, Cass... –sonó el teléfono.

—¿Dígame? –en cuanto oí esa voz me cambió la cara–. ¿Qué quieres? –dije horrorizada a la vez que llena de ira.

—Es él, ¿verdad? –su cara tornó de la risa al enfado.

—Por favor, no me llames, déjame en paz –y colgué. Me puse a llorar desconsoladamente reviviendo la última vez que le vi en ese mismo lugar, en mi salón, cuando me agarraba de los pelos tras pegarme.

—Hijo de la gran... ven aquí –me abrazó para consolarme tras morderse el puño de la rabia–. Tranquila, mientras yo esté aquí él no te puede hacer nada.

Entonces se me pasó por la cabeza algo que temía.

—Javi, tengo miedo, ¿y si...?

—Shh, calla, él no va a venir aquí... ven a mi casa si quieres.

—¿En serio? No creo que mi madre me deje –de pronto el teléfono volvió a sonar, pero esta vez lo cogió Javi.

—¿Quién es? –preguntó con voz fría, al rato sus facciones se relajaron tras oír la voz, me pasó el teléfono, diciendo–. Es para ti.

Yo pensaba que era Iván de nuevo pero, claro, ¿cómo iba Javi a pasarme el teléfono sabiendo que era él?

—Diga.

—*Cass, ¿qué tal te va con tu amiguito?* –preguntó Andrea.

—Me ha llamado Iván –sollocé.

—*¿Qué?* –chilló con esa voz tan perforadora que ponía cuando se asombraba–. *¿Qué te ha dicho?*

—Que quiere verme. Que siente haberme hecho eso.

—*¿Y tú qué le has dicho?* –preguntó con intriga.

—Pues que me deje en paz, y luego le colgué.

—*Entonces, ¿por qué lloras?*

[171]

—Es que... ¿no te lo conté? ¿No te conté que Iván me pegó cuando estaba con Ariadna y que fue él quien hizo que se rompiese la clavícula?

—*No, ese detalle se te olvidó* –dijo con resquemor.

—Lo siento mucho, es que necesitaba estar con Javi para olvidarme, perdonadme –supliqué.

—*No pasa nada, nosotras estábamos absortas pensando en nuestro cumpleaños, entonces, ¡por eso Ary no quería decir cómo se lo había roto!* –concluyó.

Le conté la historia, permaneció un buen rato en silencio y dijo:

—*Increíble, yo sabía que era un cabrón, pero es... increíble* –sonó mi móvil, pero yo no tenía ganas de hablar con nadie por lo que Javi contestó, se oyó una pausa y después.

—Escucha, gilipollas, como vuelvas a llamarla te vas a enterar –y colgó tan fuerte que pensaba que me había roto el móvil.

—*¡Qué desgraciado, por Dios!, mi primo ha echado a Cano, ¿te puedes creer que ni sabíamos que estaba aquí? No sé cómo ha tenido la cara de aparecer* –dijo Andrea.

—Justamente eso le decía a mi hermano, pero pensaba que lo sabíais.

De pronto me entró el pánico reviviendo ese mal trago, ya sé que me prometí no vivir con miedo pero no podía evitarlo, y parece ser que Javi lo notó, corrió a abrazarme, me besó la frente y dijo:

—Avisa a tu madre de que te vienes conmigo –dijo con voz fría, Andrea permaneció en silencio, había escuchado las palabras de Javi, pero no hizo comentario alguno.

—Vale, ¿sigue ahí mi madre?

—*Sí, no te preocupes, yo se lo digo, le diré que Javi es gay y no te pondrá pegas* –dijo entre risas, yo sé que era para animarme.

—*Vale, como se entere de que no es así te dará de capones hasta que te saques el bachiller con matrícula.*

Reía con las lágrimas secas incrustadas en mi piel, era una imagen extraña.

—Gracias, un beso y feliz cumpleaños –dije sonriente.

—*Y tú que eches muchos polvos con tu amigo... si no es gay* –rió.

—Tonta –colgué y me dirigí a Javi–. Entonces, ¿puedo quedarme? –pregunté esperanzada, su rostro se relajó.

—¡Qué va!, mis padres están en casa, así que estaré aquí hasta que llegue tu hermano y... –al ver mi cara de tristeza añadió–. ¡Que es broma tonta! Mis padres están en Cuba de segunda luna de miel –mi sonrisa se ensanchó en su máxima expresión, volvió a abrazarme.

—¿Cómo te voy a dejar sola? –decía secándome las lágrimas a besos. Nos miramos a los ojos ante tal momento tan tenso y carraspeé.

—Vale, entonces tengo que meter ropa, esto... y esto –dije mientras metía en una mochila mi pijama, la ropa interior y la ropa del día después.

—Vete a por tu neceser al baño –dijo como si no hubiese pasado nada.

—¡Ah sí!, casi se me olvida –fui a cogerlo, lo metí en la mochila cerrándola–. Bueno, podemos irnos, mi hermano al final nos ha liado para quedarnos a solas, ¡qué inocente soy todavía! –dije cerrando la puerta de casa.

Capítulo 12

Primera noche con mi mejor amigo

Por no hacerles el feo a mis amigas fuimos un ratito más a su cumpleaños. A pesar de las horas seguía habiendo gente, Alex había desaparecido, y cuando Maca se marchó:

—Vámonos yendo Javi, que estoy cansada –le susurré al oído.

—Vale –este pasó la mano por mi hombro y descendió hasta mi cintura dirigiéndome a mis amigas para despedirme de ellas.

—Gracias por venir, eres un tío muy majo –decía Teresa abrazándole.

—Cuídala, ¡eh! –le advirtió Andrea.

—Como un tesoro –dijo Javi abrazándome, mis amigas ampliaron la sonrisa al oír esto.

De camino a su casa:

—Bueno, y ¿qué vamos a hacer? Que tú siempre tienes alguna idea –pregunté ansiosa.

—Darnos un baño en la playa, ¿te vienes?

—No, me quedo. Da un poco de miedo ahora, ¿no crees?

—Tienes razón, pero es tranquilo, aunque... Si quieres... –se quedó dubitativo, agachó la cabeza con las mejillas sonrosadas.

—¿Qué? ¿Dilo? –demandé impaciente.

—Es que no sé, creo que es muy atrevido preguntártelo, no quiero que pienses mal de mí, que te enfades y... –sus palabras brotaban atropelladamente de su boca–. Mejor no, déjalo.

—Hay confianza, dime de qué se trata, cualquier cosa que me propongas dudo que me moleste. Pregunta, además sueles tener buenas ideas.

—Vale –miraba sus manos juguetonas–. Me preguntaba si... te gustaría que nos diésemos un baño, tú y yo, juntos... con ropa, por supuesto... O sea, no... Es decir, no con ropa... pero tampoco desnudos, es con... –desistió y el rubor de sus mejillas aumentó aún más.

—¿Con bañador dices? –le dije tranquila, aunque en mi fuero interno estaba totalmente sorprendida.

Él me miró a los ojos, pareció haberse percatado de mi reacción y añadió:

—Si no quieres no pasa nada... ha sido mala idea preguntártelo –nunca había visto a Javi tan avergonzado e inseguro, resultaba conmovedor, le hacía parecer más humano, menos perfecto.

—Javi, no pasa nada, has tenido muchas oportunidades, bueno, hemos tenido y no me he enfadado, entonces, ¿por qué no? Así, estando más cerca de ti, me sentiré más segura –era una buena excusa para tocarle, tras ese beso algo en mi cabeza hizo «clic» de tal manera que estar cerca de él hacía que pareciese un volcán en erupción.

—Vale –justo en ese momento llegamos a su portal, al entrar en casa corrió al baño de sus padres para llenar la bañera. Este se encontraba en una puerta dentro de la habitación. Una vez dentro me llamó mucho la atención todos los espejos: en la pared situada al cabecero de la cama, en el armario empotrado en forma de L que no por ello quitaba espacio en la habitación, ¡incluso en el techo!... a los pies de la cama había un baúl, a la derecha cerca de la puerta del baño un tocador con perfumes y demás cosas de mujer, enfrente un pequeño balcón en el que no cabía más que una silla, tapado por cortinas de seda (o algo parecido a la seda) del mismo color verde que las sábanas de la cama.

—Fascinante –susurré.

Le seguí hasta el baño, que era muy amplio para pertenecer a la habitación de sus padres, la bañera era lo suficientemente larga como para que cupiésemos los dos. Mientras se llenaba de agua

Javi sacó del armario, que estaba encima del lavabo, unos frascos de colores cálidos, desenroscó la tapa de un bote y me la acercó:

—Toma, huele.

—Mmm, melocotón, pero mezclado con algo… dulce, no sé como explicártelo, pero ¡me encanta!

—Es miel –informó–. Ahora huele esto –me acercó otro, olía como a limón con…

—¿Es limón con frambuesa? –pregunté con el ceño fruncido.

—Sip –dijo sorprendido–. ¡Buen olfato!

—Gracias, me gusta más el de melocotón –lo señalé.

—Vale, entonces este. Puedes ir a ponerte el bikini –dijo tranquilamente vertiendo parte del contenido a la bañera para hacer espuma.

—Creo que se me ha olvidado –recordé poniéndome la palma de la mano en la frente.

—No, te he metido un bikini en el bolso.

—¿Cuándo?

—En la única oportunidad que tuve de hacerlo… por si acaso –volvió a agachar la cabeza, estaba avergonzado de su confesión.

Miré en mi mochila y… ¡qué buen gusto tenía este chico!, metió mi bikini preferido, el azul, ¡qué casualidad…! Inmediatamente me lo puse y fui hacia la habitación de matrimonio.

—Ya estoy –no me contestó nadie–. ¿Javi? –empujé la puerta del baño que estaba entornada, el grifo goteaba como en las películas de miedo. Entré. Había poca iluminación debido a la fila de velas aromáticas, alguien me tocó el hombro–. Aaaa, joder –pegué un grito increíble, al darme la vuelta sabía que me iba a encontrar a Javi, pero como mi imaginación iba más allá, me puse en posición de defensa, podría ser alguien de su familia o algún ladrón o peor... Iván. Pero, ¿cómo iba a entrar Iván sin esfuerzo alguno?

Javi reía.

—¡Mierda!, por poco te doy un bofetón –dije con la mano en el pecho y el corazón latiéndome a mil por hora.

—Lo siento, es que no te oía.

—¡No, si ya me he dado cuenta!, será que no he gritado lo suficiente.

—Bueno, entremos.

Me fijé bien en él, llevaba un bañador de calzón de estos que ningún tío se pone porque piensa que es de *maricas* y me gustó que él lo llevase sin complejos, estaba incluso más depilado que yo, tenía la espalda ancha con vello rubio en la parte más baja, apenas se apreciaba, pero me acerqué lo suficiente como para verlo, su piel era más clara que la de Iván aunque seguía siendo moreno, Iván parecía casi negro, pero se notaba que no, por ello resaltaban sus verdes ojos (aquellos que me mintieron una y otra vez). En ese momento un sentimiento de añoranza nublo mi mente:

—¿Estás bien? –preguntó sacándome de mi ensimismamiento, asentí tristemente con la cabeza, entonces se me acercó, me abrazó y rompí a llorar–. Oh, no llores preciosa, no vale la pena –enjugó mis lágrimas y me miró a la cara–. Puedes tener a quien quieras, lo sabes, eres preciosa, lista y con capacidad para enamorar a quien sea. No llores por ese pobre desgraciado –le abracé aun más fuerte.

El cuerpo de Javi era extraño, pero me gustaba, poseía lo que yo llamaba fibrosa delgadez; constitución delgada con los músculos marcados.

—Vamos a meternos, ¡anímate! te relajará –me dio la espalda aproximándose a la bañera; sus piernas eran de atleta y tenía el culo bien puesto, quedé embobada unos minutos mirándole, provocando la subida de mi temperatura corporal, y me abanicaba sin dejar de mirarlo hasta que se giró y me pilló in fraganti–. Toca el agua a ver si está bien –me habló como si no se hubiese dado cuenta.

—Sí, claro –dije con voz nerviosa, palpé la espumosa y cálida agua–. Perfecta –me limpié la cara y le sonreí.

Aunque nos hubiésemos besado hacía unas horas yo aún tenía dudas de su orientación sexual por la manera en la que se vestía, se arreglaba, se depilaba, me miraba como igual, sin embargo, se quedaba atónito ante mi desnudez, a pesar de haberme aclarado ciertas cualidades de mi persona, pero ¡imposible!, no existe un hetero así... o ¿sí? No lo sé, ¡por Dios! ¡Que el bikini me quedaba súper pequeño y él ni siquiera se había fijado!, cualquier chico se habría quedado embobado mirando, no es que me crea una diosa, si no que... ¡se me salían las tetas! Estaba indignada.

Se metió él primero en la bañera, yo vacilé, no sabía cómo ponerme:

—¿De frente o de espaldas? –pregunté con señas.

—Ponte dándome la espalda –dijo con normalidad, aunque no sé si fue por el caldeado ambiente o es que de verdad estaba ruborizado por la vergüenza una vez más.

Me coloqué como él me dijo, para mí era una situación extraña, ya que nunca me había bañado con ningún chico... ni siquiera con Iván.

—¿No es la primera vez que te bañas con una chica verdad? –le pregunté al verle tan relajado. Una vez dentro, me recosté en su torso mientras los vapores del agua flotaban en el aire.

—Sí, eres la primera –dijo tranquilamente.

—Ah –fue lo único que se me ocurrió decir, pero me provocó un acelerón de pálpitos momentáneo–. ¿Te molesta mi moño? –pregunté tensa.

—Un poco, ¿lo puedo soltar? –asentí, y me quitó la goma dejándome los rizos sueltos, ¡vaya pelos que tenía!

—Me resulta raro estar tan... cerca de ti –dije sonriendo y pretendiendo mirarle.

—Si te digo la verdad a mí también, pero estamos aquí para relajarnos –de repente empezó a acariciarme la cabeza introduciendo sus dedos entre mis enredados y voluminosos rizos, no me lo esperaba pero, ¿qué me iba a hacer de malo? Y si hacía algo, no creo que me molestase viniendo de él, de hecho en mi interior una vocecilla decía: *¿Crees que lo haremos?* Y otra respondía: *Me gustaría, tengo ganas de que me toque, ganas de que empiece por el pelo y siga por la clavícula suavemente hasta mis pechos...* ¡Estaría guay! Cerré los ojos y bajó hasta el cuello, me alteré al plantearme la posibilidad de que fuese cierto aquello que acababa de imaginarme.

—¿Cómo consigues relajarme tan rápido? –mientras, deshice el nudo del corpiño anudándolo a mi espalda pretendiendo provocarle a ver si conseguía algo, hubo un silencio sepulcral, noté el acelerado latir de su corazón, pero continuó al verme actuar con normalidad. Me masajeaba el pecho sin tocarme los senos, *vamos tócalas,* pensé–. ¿Cómo lo haces? –pregunté de nuevo.

—Pues con las palmas de las manos –contestó a carcajadas.

—¡Javi!

—¿Qué? –preguntó un poco más serio.

—Pues, que siempre aciertas en todo, recuerdo el regalo que me hiciste por mi cumpleaños, el regalo que le has hecho a las gemelas… no sé, es como si supieses lo que quiere todo el mundo para estar contento –le acaricié la mejilla levantando mi brazo para alcanzarle.

—Observo y escucho mucho –fue lo único que dijo.

—Por cierto, ¿por qué Iván y tú os mirabais tan mal? –el pronunciar su nombre me producía malestar.

—Porque sabía que a Iván le gustaban los jueguecitos, le conozco desde el colegio, pero algo en mi interior tenía la esperanza de que hubiese cambiado porque cuando estaba contigo era diferente, más atento, aunque me llevase mal con él, no sé, le concedí el beneficio de la duda, hasta que le vi un día hablando con Cano sobre una de sus apuestas, no quise poner el oído mucho porque tampoco me interesaba y lo que menos me imaginé era que estuviese relacionado contigo –la voz se le quebró, parecía sentirse culpable.

Me giré cogiendo su cara con ambas manos:

—No ha sido culpa tuya Javi, es culpa mía… Hasta las gemelas sin saberlo me avisaron de ello, estaba ciega. No tenías por qué escuchar si no te interesaba porque no sé si te habría creído, como me pasó con ellas. Pero, ahora estoy contigo y estoy bien, lo estás consiguiendo –sonreí feliz y me volví a apoyar en él dándole la espalda, pareció llegarle al alma mis palabras ya que sentí sus brazos sobre los míos y su mentón sobre mi cabeza.

—Gracias –besó mi coronilla provocándome tal estremecimiento que imaginaba el siguiente paso… un pasional beso en la boca.

—En fin, después de eso dejó de gustarme la manera en la que te trataba, él me miraba como diciendo: mira, yo estoy con ella y tú no tienes a ninguna *chica* –enfatizó la palabra chica.

—¿Y eso? –sentía curiosidad por su respuesta.

—Porque… déjalo, no importa –ya era la tercera vez que estaba viendo a Javi ruborizado por algo que no quería decir, me puse el nudo en el cuello, me giré con gran dificultad para mirarle a la cara de nuevo y, en efecto, tenía la cabeza gacha, totalmente colorado.

—Javi, estamos aquí, los dos, en una bañera, me… has visto medio desnuda, llevamos varias semanas yendo a todos lados juntos, ¿con eso me vas a decir que no me lo puedes contar? –le arranqué una sonrisa amplia y sincera, le puse las manos sobre los hombros–. ¿Ves? Yo también te puedo hacer reír. Cuenta.

—Pues porque… porque Iván un día me… me vio con un tío y yo… –se puso más rojo todavía.

—¿Y qué? Te pilló besándole, ¿o qué? –pregunté de pura chiripa, y así fue, resultó asombroso y desconcertante a la vez, asintió con la cabeza dejándome helada. Las gemelas tenían razón, era gay, pero ¿por qué me habría besado entonces? Estaba confundida, mis posibilidades de lograr una noche de sexo se iban mermando, ¡qué decepción! Pero aún le tenía ahí en la bañera, dispuesto a abrirme su corazón.

—Ah, entonces, ¿eres gay?

—No, no sé, no… es largo de contar…

—Pues cuéntamelo –dije a la espera.

—Vale, antes salgamos de aquí que nos vamos a quedar como pasas –salimos y nos pusimos el albornoz, quitó el tapón de la bañera para vaciarla, sopló todas las velas y encendió la luz del baño.

—Cass, el nudo –dijo señalando mi corpiño.

—¿Qué nudo? –yo ya lo había olvidado completamente ¡PAM! El nudo se deshizo y se me cayó la parte de arriba del bikini dejando mis senos a la intemperie–. Vaya –susurré, tampoco me di mucha prisa en arreglarlo esperando su reacción. Si Javi realmente era gay no se impresionaría, pero en cuanto miré a su cara… se quedó embobado de nuevo como cualquier otro chico, con la mandíbula desencajada. Ante esto le di la espalda y le dije–. Bueno, ¿me lo vas a contar o no?

Él salió de su ensimismamiento y dijo:

—Eh, sí, eso es... verdad, la, la historia –se rascó la cabeza dándome la espalda, como cuando nos habíamos besado, carraspeó–. Ven a la-la habitación, nos vestimos y te cuento –le seguí hasta la habitación–. Toma, la crema –le temblaban las manos.

—Gracias –me la unté de manera sensual esperando alguna reacción por su parte–. Venga, suéltalo ya.

—Vale –dijo un poco avergonzado, intentando no mirarme, sonreí satisfecha... ¡le ponía nervioso porque le gustaba!

La historia que logró acercarme más a Javi

—Bien, sabes que como siempre a Iván le gustan las apuestas. Al principio yo era como él, pero menos cruel, por supuesto, no recuerdo bien de qué iba la apuesta pero la perdí y mi «castigo», por así decirlo, fue darle un beso a un chico que era gay. Ya se ha cambiado de instituto, así que tampoco intentes averiguar quién es.

—Y si ese era el trato, entonces, ¿cuál es el problema? –extrañada enarqué una ceja.

—Bueno, para empezar no es lo mismo esto para un chico que para una chica, y segundo, cuando le besé me... gustó, era menos tierno que besar a una chica pero más... pasional, como si nos complementásemos –se paró un rato, parecía ser que su confesión le costaba la vida contarla, se sentó en la cama frente a mí.

—¿Y qué pasó entonces? –pregunté intrigada.

—Pues, por curiosidad volví a por él, necesitaba comprobar si realmente me gustaba o era un mero capricho, justamente en ese momento Iván nos vio y sabes cómo es. Él y Cano comenzaron a difundir la noticia, yo lo negué en rotundo y me liaba compulsivamente con chicas sin sentir nada, solo para que me dejasen en paz. La verdad es que no me siento muy orgulloso de lo que le hice a Elías (que así se llamaba) ni a todas esas chicas a las que utilicé de tapadera. Desde entonces intenté no volver a hacerlo, dejé de irme con ellos. Tú me podrás ver así, bien arreglado y repeinado, combinando siempre, podrías pensar que soy gay, lo sé, tus amigas lo piensan.

Yo me sonrojé al descubrir que tenía razón en las acusaciones de mis amigas.

—Lo pensé, luego no... no sé. Lo que sé es lo buena persona que eres.

—Yo no me considero así. Algunos chicos me atraían, pero no tanto como las chicas, y no sabía si era gay o no hasta que... nos hemos besado en tu casa hace un momento. Me he dejado llevar por la pasión y te aseguro, desde mi punto de vista y respetando las opiniones, que me parece más tierno besar unos labios cálidos y jugosos, una piel tan suave y un cuerpo estilizado con esas curvas como las tuyas –mientras hablaba me miraba y se mordía el labio. Yo me sonrojé, ¡qué cosas tan bonitas decía! La esperanza de finalizar la noche con sexo me encendió de nuevo–. Sin embargo, a lo mejor, si se me presentase la oportunidad de besar a otro chico... no sé lo que haría.

Me decepcioné un poco al oír eso, escucharle hablar era como subir a la montaña rusa, el subidón era sexo seguro, el bajón la posibilidad de que fuese gay, ¡vaya desperdicio!

—Seas de la orientación que seas a mí me da igual, yo te quiero, eres mi mejor amigo –él se quedó perplejo, me abrazó tan fuerte que pensaba que me metería dentro de él, me dio un vuelco el corazón, todos los músculos de mi cuerpo me pedían lo mismo, devolverle el abrazo con semejante ímpetu, y nos dejamos caer en la cama estando él encima. Reímos, nos miramos a los ojos y, poco a poco, nos acercamos. Fue un beso fugaz, de película, me separé de él y le pregunté–. Entonces, ¿cuál es tu orientación, gay o lesbiano?

—¿Tú qué crees? Espera un momento –salió de su habitación, guardé silencio, ¡bien! Pensé, *me desea*. Me sentí como una diosa al saber que era capaz de atraerle. Volvió con dos antifaces uno rosa y el otro azul.

—Toma –me lo dio poniéndose el suyo en el cuello

—¿Y esto? –pregunté sin comprender, *¡excitante!*

—Ahora lo comprobaremos... si quieres –parecía tenso, él no sabía cuántas ganas tenía yo de oír eso de su boca. Esa boca tan sexy...

[183]

—Bueno, todo sea por tu bien —dije cogiéndolo—. ¿Y para qué los antifaces?

—Ahora lo verás —en cuanto se puso el suyo me dijo—. Póntelo.

Le hice caso. Estaba totalmente oscuro y la habitación en silencio. Solo se oía el tic-tac del reloj de pared y la respiración de Javi que estaba cada vez más cerca de la mía, este beso no fue menos que el anterior, se acercó a mi oído y me susurró:

—¿Alguna vez has probado a practicar sexo a ciegas? —su voz era tan sensual que me desplomé, provocando que mi corazón bombease a una velocidad extrema.

—¿Vamos a hacerlo? —le pregunté con la misma voz sensual y un toque de inocencia.

—Solo si tú quieres —contestó mordiendo suavemente el lóbulo de mi oreja, *¡vamos que si quiero! Llevo esperándolo toda la noche*, mi cabeza se volvió loca.

Sus labios se amoldaban perfectamente a las curvas de mi cuerpo mientras yo le acariciaba la espalda, notando cada uno de sus músculos con los suaves movimientos que realizaba. Se dispuso a masajear mis muslos, me sentía tan a gusto que mis hormonas se dispararon. Hacía tiempo que no lo practicaba y Javi… más todavía, sin embargo, él se controlaba mejor que yo. Tardó bastante en tocarme… zonas prohibidas, ya que su mano se entretuvo lo suficiente como para impacientarme, hasta que se acercó a la ingle (muy próximo a mi sexo), mientras me besaba la clavícula, ascendía a la barbilla y de nuevo a mis labios. Me estaba poniendo tanto que le agarré del pelo con cierta agresividad, resultaba vergonzoso admitir que estaba lo bastante cachonda como para ponerme encima de él y bailarle, así que procuré controlarme. Era una situación extraña el estar en la cama con mi mejor amigo. En mi mente seguía rondando esa idea hasta que lo hice, me puse encima, le chupé el dedo índice como si de su pene se tratase, pero claro, esta primera vez no iba a hacer eso, y él se estremeció, le deslicé el mío por su torso entreteniéndome por debajo del ombligo, su respiración se aceleró, hasta que por fin rocé ese miembro empaquetado en el bañador. Se lo agarré sin hacerle daño y le besé en la boca de nuevo haciendo ligeros movimientos con la mano en sus genitales, él me cogió de la cintura, me quitó el nudo del bikini dejándome sin la parte de arriba, ya no me avergonzaba, no me podía ver, y si pudiese no me importaría, ya lo había hecho. Sin embargo, a pesar de la situación, me sentía rara estando así con mi mejor amigo.

Localicé con el tacto sus manos y las cogí poniéndoselas sobre mis pechos desnudos, él ni corto ni perezoso los moldeó a su gusto y pude sentir su cálido aliento cerca de mi cuello, al igual los golpes de su miembro moviéndose en su cárcel. Posé la mano sobre su torso desnudo empujándole para que se tumbase, me acerqué a sus pezones dándole un lametazo en el izquierdo (por curiosidad) y noté su agitación, cómo se retorcía tensando los músculos. Con la lengua realicé el mismo recorrido descrito anteriormente con el dedo deteniéndome en el ombligo como antes, jugueteé con la gomilla del bañador y, sin más miramientos, se lo quité, todavía no estaba muy familiarizada con... los penes, así que simplemente lo acaricié, haciendo un ligero masaje por si le hacía daño, pero por la notable erección comprobé que no. Me la estaba imaginando y también la cara de Javi disfrutando. Me quité el bañador, él al oírlo cogió mi cintura tumbándome boca arriba en la cama, nuestros cuerpos tomaron el máximo contacto, desde nuestros labios, pasando por el tronco, la pelvis, las rodillas, hasta la punta de los pies. Su cuerpo era cálido y al notarlo me agité, *¡qué suave!*, pensé.

—He perdido un poco la práctica, procuraré no hacerte daño –decía al oír el rápido latir de mi corazón.

—Mmm –fue el único sonido que pude emitir. Se incorporó, y noté cómo se inclinaba hacia su mesa para coger un plastiquito que sonaba, y yo ¿cómo no me di cuenta de que había un condón encima de la mesa? Levanté las manos para tocarle la cara.

—Tranquila, no me lo he quitado, si no quieres que te vea lo respeto.

—Ya, pero si es para ponerte el con...

—Ya está.

Espera, espera. ¿Se había puesto el condón sin mirar? ¡Sí que tenía maña! Me puse un poco nerviosa recordando el momento de mi pérdida de virginidad, Javi me besó el cuello, la boca, me acarició el pelo, ¡olía genial! Aspiré su fragancia, provocándome aquello un hormigueo en el estómago.

—Espero que te guste –soltó.

Me cortó el rollo.

—¿Me vas a dar un regalo o qué?

Ambos reímos.

—¡Ay, que estoy muy nervioso! –pero pronto se le pasó porque siguió besándome el cuello, ¡mi punto débil! Mientras agarraba mis rizos.

—Uff, no me hagas eso –le dije con voz de excitación.

—¿Por qué? ¿Es malo? –cuestionó soltando la presa que había hecho con mi pelo.

—Al contrario, me gusta que me hagas cosas de… ¡oh, Dios! –respondí con el mismo tono de voz, entre dientes.

Mientras le hablaba me la estaba metiendo suavemente. Recordé la vez que lo hice con Iván en el cine, pero esta vez era mejor, ya que no me tenía que preocupar de que me viese o no el cuerpo. Comenzó suave, con movimientos lentos, sentía cierto hormigueo en el estómago y eso afectaba a mi manera de disfrutar, es como si me sintiese más atraída, como si quisiese meterme en su cuerpo, sentirle mientras acariciaba mis pechos.

Finalmente me quité el antifaz, quería verle la cara. Quería verle disfrutar. La habitación estaba totalmente a oscuras, pero atisbé su silueta en movimiento, inevitablemente estaba gimiendo, sentía placer, pero era como si faltase algo… supongo que sería ese toque de agresividad en un macho. Le quité el antifaz a él también y tardó en darse cuenta de ello:

—Quiero verte –dije entre jadeos mientras le agarraba de la espalda.

—Vale, de acuerdo, tendrás una vista agradable –me dijo con esa voz que tanto me ponía.

Se incorporó y me abrió las piernas (dentro de mis posibilidades de apertura) sujetándomelas por detrás de las rodillas, como el aparato del ginecólogo donde se apoyan los talones, cada vez iba más deprisa, su zona púbica bien depilada chocaba contra mi clítoris, solamente pensaba en que él lo disfrutase.

—¿Te gusta, no? –me preguntó. –se puso a gemir pero más en silencio tras mi afirmación. Me gustaba, pero estaba un poco nerviosa y pensaba en otras cosas–. Me gusta que te guste –en cuanto me dijo eso llegó al clímax, yo todavía no había llegado, me faltaba poco. En cuanto paró noté los movimientos de su pene en mi interior, pero eso no era lo que me hizo llegar, sino Javi estimulando mi clítoris con los dedos. El abdomen se me contrajo, esa sensación de bienestar se multiplicó y gemí inconscientemente, tomé aire con fuerza y lo expulsé con la misma intensidad, aunque lo hubiese pasado bien, no era mucho mejor que Iván.

CAPÍTULO 13

Más que amigos, pero menos que novios

¡No me lo podía creer! Giré la cabeza y vi a Javi resoplando igual que si hubiese recorrido los cien metros lisos, ambos estábamos sudando, pero aún así me sentía relajada, tranquila, aunque también cansada. Apoyé mi cabeza en su torso desnudo con una sonrisa puesta en los labios, satisfecha por haber conseguido mi objetivo, creo que era predecible desde el momento en que propuso que nos bañásemos juntos, aparte de la tensión sexual contenida.

Su respuesta fue acariciarme suavemente el hombro. Sin darme cuenta ya estaba dormida.

El sonido estruendoso del butanero sacando la bombona, más el del móvil de Javi, hicieron sobresaltarme, al incorporarse para cogerlo noté que algo me tiraba y caí en la cuenta de que estábamos tapados por una fina sábana. Le di el teléfono tras esta curiosa observación.

—¿Diga? ¿Quién es? –hubo un silencio.

—¿Quién es? –pregunté con voz ronca.

—No sé, pone número privado y encima no contestan –cerró el móvil y lo depositó sobre su mesa, abrí levemente los ojos y vi que la sábana era amarilla con dibujos de los Simpson.

—¿Qué hora es? –bostezando me desperecé, pero sin levantarme de la cama.

—Muy pronto, las diez de la mañana –contestó y le contagié el bostezo, volvió a taparse con la sábana poniendo su cabeza a la altura de la mía.

—Vale –nos miramos en relativo silencio, porque esas bombonas–. ¡Joder, hermano! Estos no pueden hacer menos ruido, ¿no?

Me sonrió con cara de verdadera felicidad. Tenía mucha hambre y pensaba en lo que podría desayunar: *tostadas, cereales, galletas, tortitas...*

—Javi –dije con voz mimosa al ver que las tripas me rugían como un león.

—Qué –me contestó con la misma voz.

—Tengo hambre.

—Me parece genial –dijo dándose la vuelta para darme la espalda. Me indigné cruzándome de brazos pero se giró sonriendo–. ¿Quieres que te prepare el desayuno?

No me apetecía levantarme, pero preferí que lo hiciese él.

—Pues... –le puse cara de pena.

—¡Anda vaga! Levántate y prepáratelo –me quedé paralizada al oír sus palabras–. Es broma guapa, nada de lo que me pidas me molestará –me besó la frente y se levantó de un salto procurando no destaparme, no me acordaba de que estaba desnudo, me quedé mirándole hasta que se puso el bañador. Era inevitable no apartar los ojos de él, le seguí con la mirada.

—Javi, ¿quieres...?

—No, no hace falta que te levantes –me tiró el mando de la tele–. Toma, entretente un poco o duerme si quieres –abrió la puerta de la habitación y marchó a la cocina.

Su tele de plasma había cambiado de lugar, estaba en la pared a ras del techo, justo enfrente de la cama, la encendí e inmediatamente busqué el Disney Channel, ya que, a pesar de mi edad, seguían gustándome los dibujos. Al mirar a mi alrededor me di cuenta de que la habitación de Javi era tan grande como la de mis padres, concluyendo en lo poco que me había fijado en ella. A la izquierda de la tele había un armario empotrado de puertas correderas del mismo tipo de madera que la cama. A la derecha estaba la puerta y en la pared de mi derecha había tres cuadros, dos más o menos medianos y uno grande. Supongo que pintados por él mismo, ya que Javi dibujaba muy bien. En el primero había una mujer con unas manos ajenas tapándola los ojos, el fondo era azul y ponía: *no mires, no veas, ciego, no observes, oscuridad...* Todo lo relacionado con la ausencia de visión; en el segundo había un hombre con las orejas tapadas, pero no por él mismo, por supuesto, fondo verde con letras amarillas: *sordo, silencio, no oyes, no oigas, sin sonido, vacío.* Y por último el tercero, que su tamaño se debía a que había dos personas en él, un hombre y una mujer tapándose la boca mutuamente sobre un fondo amarillo, y ponía: *calla, no hables, silencio, callando, callado...* ¡Este chico nunca dejaba de sorprenderme!

Javi hacía mucho ruido en la cocina, como si se estuviese peleando con el mobiliario, así que subí el volumen porque no podía escuchar lo que decían mis dibujos preferidos: Phineas y Ferb.

Finalmente vino con una bandeja, yo me incorporé olvidando que estaba desnuda e inmediatamente me tapé.

—No sé porqué te tapas, si ya te he visto, anoche querías que lo hiciese, ¿recuerdas? –sonrió de medio lado–. Además, no es la primera vez... con tus descuidos.

Rió sonoramente, yo también reí.

—Es que es la costumbre, además no quiero que se me quemen –dije tocándome el pecho, ambos volvimos a reír y me puso la típica bandeja americana con patas sobre mi regazo en la cual había cereales (Golden Grahams) bañados en un tazón, dos vasos de zumo de naranja, dos servilletas, tostadas...

—¿Qué prefieres, cereales o tostadas?

—Pues la verdad es que no lo sé, tengo demasiada hambre –dije–. ¿Tienes galletas María?

—Claro –fue a buscarlas e inmediatamente volvió con el paquete dorado que ponía *oro,* cogí el tazón de cereales.

—Es que me gusta comerme los cereales con galletas –me justifiqué.

—Pues nada –dijo sentándose a mi lado y cogiendo uno de los vasos de zumo de naranja.

Disfrutamos bastante del desayuno en la cama, después llamé a mi madre, pero estaba durmiendo y no me hizo mucho caso. Ayudé a Javi a arreglar la casa y le obligué a que nos duchásemos juntos, quería acostumbrarme al cuerpo de un hombre desnudo, pero él parecía avergonzado, así que le dije que se metiese primero.

—Seguro que no te sentirías cómoda –me dijo con seguridad.

—Vale –le contesté con una sonrisa.

Cuando estaba en la ducha me desnudé y me colé, tremendo grito soltó, pero entre el yo te enjabono, tú me enjabonas, nos miramos y… me besó, es decir, yo le besé, bueno... la verdad es que fue cosa de dos. El agua caía sobre nuestros cuerpos desnudos, me giró, apartó mis rizos besándome el cuello suavemente, continuó por la espalda inclinándome hacia delante por lo que me apoyé en esos azulejos blancos. Con una mano tocaba mi tripa ascendiendo a los pechos que agarraba con delicadeza, con la otra buscaba algo, seguramente sería su miembro porque yo estaba chorreando y no precisamente por el agua. Estaba ansiosa porque me la metiese. No se demoró mucho en ello, agarró firmemente mi cintura con ambas manos y sentí los golpes pélvicos. Poco a poco el vaho se propagó por el baño, sentía cierto masaje al notar cómo el agua caía sobre mí por cada movimiento que hacía Javi, y sonaba como las olas al chocar en la orilla. Era una sensación increíblemente placentera y relajante a la vez, está claro que lo volvería a repetir, me puse a gemir de tal manera que Javi eyaculó en seguida, me dio un pequeño empujón para sacarla y se dio la vuelta, yo me quedé con ganas de más, pero con lo que había tenido me conformaba... un poco.

—Lo siento Cass, es que me has puesto… he intentado resistirme y…, claro, yo… soy un chico y… –se sentía culpable al ver mi cara.

—Tranquilo, no te preocupes, no creo que sea nada, además no te has corrido dentro –sonreí. *Marcha atrás*, ¡no me lo podía creer! (de nuevo), hemos hecho la marcha atrás, ya no me conocía–. He de admitir que me gusta cómo lo haces, es… diferente –justo después de acabar esa frase me arrepentí de decirlo, por lo que agaché la cabeza.

—Eso me halaga, a mí también me gusta, con ese cuerpazo que tienes –dijo mirándome de arriba a abajo mordiéndose el labio inferior.

—Oye, Javi –cerró el grifo y se giró para mirarme.

—Dime.

—Amigos, ¿no? –aunque realmente me dolía decir eso, era la mejor opción. Me sonrió y dijo:

—Claro, por supuesto, me gusta tenerte como amiga, lo sabes, y si de vez en cuando podemos pasar un buen ratito juntos… –me cogió de la cintura besándome en la boca, yo sonreí (no podía evitarlo, me atraía demasiado, sobre todo cuando me besaba de esa manera), me sentí un poco aliviada al ver que no se decepcionaba con ello–. Además, sé que no estarías en condiciones de tener otra relación tan pronto.

Inmediatamente le di un abrazo:

—Muchas gracias Javi, eres como perfecto.

Una vez vestidos me acompañó a casa, quedamos en vernos al día siguiente. Cuando subí, a pesar de ser la una de la tarde, todos estaban durmiendo, fui directa a mi habitación para ponerme algo más cómodo y luego irrumpí en la habitación de mi hermano, que todavía estaba dormido, no se le veía la cara por su afro, llevaba una camiseta de tirantes blanca y unos calzones de baloncesto (durmiendo en esa posición parecía el logotipo de las zapatillas Air Jordan) ¡con calcetines! ¡Madre mía, si por lo menos estábamos a cuarenta grados! Le aparté el pelo para poder verle la cara e hice el amago de meterle el dedo por la nariz (ya sé que es asqueroso, pero eran cosas de hermanos), al ver que solo me apartaba la mano y giraba la cabeza a otro lado le tapé la cara con la palma de mi mano y se despertó de un grito:

—¿Qué, que, qué?

—Shh, calla, que el papa y la mama están durmiendo todavía, idiota. Volvió a apoyar la cabeza en la almohada.

—Con que «*ahora vuelvo*», ¿no? –le reproché cruzándome de brazos.

—¿Cómo? –preguntó bostezando. Se frotó los ojos incorporándose en la cama.

—Me hiciste el lío para que me quedase sola con Javi –dije acusándole.

—Eh… no. No fue una excusa, fue un imprevisto.

—¡Ya, claro! Ahora me lo creo, ¿vale? –dije acomodándome en su cama, él en cambio se levantó para lavarse la cara y cepillarse los dientes, volvió a la habitación y se sentó bruscamente en la cama.

—Cuando llamaron al telefonillo creía que era Bea, pero en realidad era Matías, pensaba que ibais a estar un rato para comprobar que todo estaba bien y que volveríais a la fiesta, porque necesitaba tener la casa sola para...

—Hacer guarradas –terminé la frase con una sonrisa.

—¿Por qué sonríes? –cuestionó extrañado.

—Eh... por nada, por nada –estaba pensando en el fugaz beso. Mi hermano entornó los ojos pero continuó:

—Bajé al portal para encontrarme con Matías y su novia, la niña esa de Nochevieja, Carmen se llamaba. La cuestión es que quería hacer lo mismo que yo en casa, no hacía mucho que se había estrenado y quería poner sus dotes en práctica.

Miré a otro lado un tanto enfadada, no me esperaba que sucediese aquello, ¿acaso se pensaban sus amigos que esto era un picadero?

—Bueno, ¿y qué pasó entonces? Porque después de eso podrías haber vuelto –intenté serenar la voz y lo conseguí un poco.

—Eh –balbuceó agachando la cabeza.

—¡Qué! –imperé.

—Apareció... Iván –y apretó la mandíbula. Al oír ese nombre me dio un vuelco el corazón.

—¿Qué hacía por aquí? –me tembló la voz.

—Eso mismo quería saber yo, entonces nos acercamos a su dirección: «¿*Qué haces aquí? ¿No te dije que no aparecieras por mi barrio?*», pregunté enfurecido, miré a Matías y este agarraba fuertemente a su chica poniéndose delante de ella con afán protector. «*Necesito hablar con tu hermana sobre...*». «*Pues no está, y ¿de qué quieres hablar con ella?*», inquirí secamente. «*Ese tío no la conviene*». «*Ah, ¿y tú sí?*», preguntó Matías enfurecido. «*Ya sé que no soy la persona más indicada para hablar, pero él la va a hacer daño, es peor persona*», le mirabas a la cara y era como si nunca hubiese roto un plato, había inocencia, pero falsa inocencia Cass. «*Y eso a ti, ¿qué te importa?, tuviste tu oportunidad y la jodiste, pero bien jodida, ahora tú no tienes ni voz ni voto en esta zona, así que lárgate antes de que te eche yo a patadas*», me estaba crujiendo los nudillos (cuando mi hermano se cruje los nudillos es que está realmente enfadado), comencé a empujarle y él permanecía impasible e incluso sonrió. *«No te molestes mucho en echarme que nos vamos a ver más a menudo... familia»*, y marchó riendo a carcajadas, no entendí absolutamente nada, por lo tanto supuse que la locura le había invadido los sentidos y continué como si no hubiera pasado nada. *«Cálmate, te está provocando, es eso, ¡madre mía! Cualquiera diría que ha hecho lo que ha hecho»*. Matías estaba tan anonadado como yo. Al final conseguí calmarme y pensé que iba a ser una buena noche teniendo a Bea un buen rato conmigo, y me acordé de algo. *«Perdona illa, ¿puedo robarte a tu chorbo un rato?»*, ella asintió mirándome fijamente con una sonrisa, yo ya había traído a Matías a mi terreno. *«¿Tienes condones?»*, le pregunté. *«Solo uno»*. *«¿Ibas a estar con ella y gastar un solo condón? ¿Un solo polvo? ¿Un triste polvo?»*, me indigné. *«He gastado los demás y este último iba a ser rápido»*, se justificó. *«Eso no dice mucho a tu favor. Vale, no pasa nada, ahora iré a la farmacia, que tiene una maquinita de estas pegada a la pared disponible las veinticuatro horas del día y... hola nena»*, de repente Bea apareció delante de mí, le dije que me acompañase y Matías se fue a casa de Carmen. Cuando volvimos la casa estaba vacía y supuse que tú estarías en la fiesta de las gemelas.

—Entiendo —estaba aturdida con la historia de Iván—. ¡Claro, con razón me llamó ayer! —susurré.

—Qué ¿qué? —sus ojos se llenaron de odio.

—Nada, le colgué. Oye, y ¿Bea es tu novia?

—No —contestó secamente.

—¿Dónde está Brandy? —pregunté levantándome de su cama pretendiendo desviar la atención a otro asunto.

—Supongo que en su habitación.

—Vamos.

Eh, ¿hola cuñado?

Fuimos a su habitación y abrimos la puerta sin golpear y allí la vimos, besándose con un chico clavado a Iván. Por un momento pensé que era él, y Alex también porque se crujió los nudillos de nuevo dispuesto a pegarle, pero cuando le miré a los ojos supe que no era él, tenía una perilla bajo el labio. Era como un ángel de piel morena y delicada, musculoso, no llevaba más que un bañador negro y azul, me acordé de la primera vez que vi a Iván, y ya me imaginaba quién era:

—¿Y este quién es? –Alex le señaló con desprecio.

—¿Mamá no os enseñó a llamar a la puerta? –Brandy estaba un tanto enfadada.

—Perdona –dijo Alex, y en vez de irse entró en la habitación, se sentó en la cama y dijo–: ¿Tú quién eres? Me resultas familiar –entornó los ojos.

—¿Tú eres Adri, no? –fruncí el ceño señalándole y todos se quedaron mirándome.

—Sí –dijo un tanto avergonzado.

—¿Cómo lo sabes? –preguntó Brandy.

—Porque tu hermana estuvo saliendo con mi hermano. De repente mi hermana esbozó una sonrisa.

—¡Claro! Con razón el muy cabrón vino ayer para impedir lo de Javi y me llamó familia, ¡qué asco de hombre! –Alex hablaba para sí mismo.

—Me avergüenza, pensé que había cambiado por cómo hablaba de ella o cómo le cambiaba la cara si oía algo de ti –decía señalándome, el corazón se me ablandó al oír sus palabras, ¿por qué todo el mundo pensaba lo mismo?–. Pero creo que sigue igual el imbécil –dilucidaba.

Agachó la cabeza de nuevo y poniéndose serio dijo:

—Lo siento si te ha hecho daño, lo siento mucho –Alex bajó la guardia.

—No te disculpes por él, después de lo que hizo no tiene perdón –ponía cara de desprecio.

—¿Y qué es lo que hizo? –preguntó Brandy curiosa.

Le contamos desde que empecé a salir con él hasta que vino a mi casa, solo que adornándolo un poco, les dijimos que me dio un bofetón.

—¡Qué fuerte, Cass!, y encima fue tu primero, ¿qué le pasa a tu hermano? Que no me entere yo de que te vuelve a tocar, eh –dijo Brandy con los brazos en jarra.

—Ni yo –dijo Alex cruzándose de brazos.

—Bueno, en realidad, cariño, tú no eres el culpable –corrigió con voz mimosa acariciándole el pelo y sentándose encima de él.

—Ya, pero yo tampoco permitiré que toque a ninguna mujer, ese niño está loco, un día se cabreó y quiso pegarle a mi madre, pero se interpuso mi padre y… en fin, le dieron lo que se merecía.

Nos quedamos todos sin palabras hasta que Brandy formuló la pregunta del millón:

—Entonces, tu amigo Javi. ¿Qué?

—¿Qué, de qué?

—¿Qué de qué, de qué? ¿Ayer dónde estuviste? Calla, calla, no me lo digas… ¿dándoos besitos? –preguntó esbozando una sonrisa. Tenía la cara rellena y vestía un camisón ancho.

—¡Eso! Que todavía no me lo has contado –se giró mi hermano hacia mí aún con los brazos cruzados.

—Nada, anoche estuve con él y nos dimos un baño y luego a dormir.

—¿Desnudos? –preguntaron los tres con los ojos como platos.

—No, nos dimos un baño relajante en bañador.

—¿Tú con bañador? –bufó Alex incrédulo.

—No, él en bikini –contesté sarcásticamente.

—O sea, ¡que tú ibas desnuda! –afirmó Brandy.

—No.

—Esto… entonces, ¿quién estaba desnudo? –preguntó Adri frunciendo el ceño con una sonrisa.

—Yo bikini, él bañador –dije como si fuesen tontos.

—Aah –dijeron los tres, aun sabiendo de qué iba la cosa.

—Y, bueno, acabasteis sin ello, ¿no? –Alex me sonrió.

—¿Por qué no le cuentas a Brandy lo de Bea?

—Porque ya lo sé –dijo riendo.

—¿Qué? –estaba perpleja.

—Les vi ayer haciendo cosillas, encima no es la primera vez, que no aprendes enano, pes-ti-llo –dijo dándole un puño en el hombro con una sonrisa.

—¡Joé, macho! Es que es un poco… fogosa y no es mi novia, pero la chupa…

—Alex, ¡por Dios!, no tienes vergüenza alguna, ¿cómo que no es la primera vez? –miré a mis hermanos.

—Es que Cass, como te alarmas por todo –dijo poniendo los ojos en blanco con una sonrisa.

—Pues vale, entonces nos os cuento lo que pasó ayer con Javi realmente –y me crucé de brazos dándoles la espalda, me entró la risa pero me mordí los labios conteniéndome.

—Si lo sabemos, te dio lo que necesitabas hace tiempo –dijo Alex moviendo las caderas y Adri rió.

—¡Cómo mola vuestra relación! –decía divertido.

—Mamá dijo que a pesar de todo éramos hermanos y teníamos que llevarnos bien, sí o sí, aunque hubiese novios y novias de por medio –dijo Brandy.

—Y la habéis hecho caso.

—Claro, aquí nos trata a todos por igual –le dije.

—Ya veo –dijo apenado.

—Y también nos pega a todos por igual –rió Brandy.

—¿Entonces es tu novio? –preguntó Alex para cambiar de tema.

—No, solo amigos, me inspira tanta confianza que con él me sale de cada… –me ruboricé y dejé de hablar.

—¡Qué pillina! Le está cogiendo el gustillo –Brandy entornaba los ojos y agudizaba la voz mientras decía esto, todos rieron y yo me ruboricé aún más.

—Oye, otra pregunta, ¿cuánto lleváis juntos? –se miraron y dijeron:

—Unos dos años y algo –contestó Adri.

—¿¿Tanto?? –dijimos al unísono Alex y yo.

—Nos conocimos en el centro de Madrid –dijo Brandy.

—En Moncloa –aclaró Adri mirando a mi hermana como si no hubiese otra más en el mundo.

—¿Cuándo fue eso? –pregunté.

—En mayo –ambos contestaron.

—Pero si… Iván me dijo que estudiabas en el extranjero –estaba turbada.

—No, estudiaba fisioterapia en la Universidad Complutense de Madrid, en mi último año fue cuando tu hermana entró en enfermería, y no lo sabíamos. En la parada de Moncloa nos vimos por primera vez y por Ciudad Universitaria unas cuantas, hasta que decidimos hablarnos en San Cemento, ¿te acuerdas?

—¡Oooh!, qué tierno.

—¿Bueno, desayunamos? –propuso Alex.

—Yo ya estoy servida, así que voy a llamar a mis amigas.

Capítulo 14

Reunión y actualidades

Llamé a todas (menos a Belén, que no estaba), para reunirnos esa misma tarde. Papá y mamá se despertaron poco después y marché a la playa para verlas.

—Hacía mucho tiempo que no nos reuníamos todas, ¿eh? –señaló Andrea.

Estábamos sentadas en círculo, Miriam y Maca me flanqueaban, al lado de Maca las gemelas y cerrando el círculo Ariadna.

—Ya ves, y todas sabemos que ha sido por los chicos –dijo Miriam jugueteando con su oscura melena y sonriendo.

—Hablando de chicos –me acomodé en la arena. Al tener en diagonal a Andrea podía ver su pícara sonrisa, esperando a que lo dijese, eché un vistazo a su hermana que ponía la misma cara, Maca me miraba atentamente, sentada con las piernas estiradas y los brazos apoyados hacia atrás–. Ayer pasé la noche con Javi.

Todas se callaron y ninguna parpadeó.

—¿Y qué hicisteis? –preguntó Andrea con voz de júbilo, aunque ya se lo imaginaba.

Les conté la historia. Quedaron boquiabiertas.

—Tú pervirtiendo a un pobre chico, ¡eso sí que no me lo esperaba! –dijo Maca impresionada.

—¡Me cago en diez! De pobre chico nada, que bien que le gustó, porque me dijo que estaría dispuesto a pasar un buen rato conmigo, con este cuerpo –dije señalándome.

—Ya, pero, ¿no se enrolló con un chico? –preguntó Miriam.

—¡Hostia, me acuerdo de eso! Belén se conoce la historia entera –dijo Andrea.

—Es verdad, fue cuando estaba con Iván… –giré la cabeza hacia Ary un poco molesta–. Pero es verdad, si lo piensas bien puede tener tendencia a enrollarse con otro de su mismo sexo como yo… –todas la miramos–. Como yo pensaba.

Estaba totalmente roja.

—¡Venga, coño, Ary no cuela! –Teresa alzó la mano con incredulidad ante sus excusas, yo me quedé tan atónita como Ariadna.

—¿Nos ocultas algo? –le preguntó su gemela escudriñándola.

—Pues la verdad es que… –tragó saliva y me miró-. Sí. Que como quien no quiere la cosa, soy bisexual –lo dijo del tirón y cerró los ojos, supongo que estaría avergonzada.

—¿Era eso? Ah, bueno –Andrea arqueó las cejas.

—¿Ya lo tienes claro? –pregunté.

—¿Ella lo sabía? –cuestionó Teresa frunciendo el ceño mientras me señalaba.

—¿No os importa? –preguntó Ary de nuevo.

—Contéstame –bramó Teresa.

—Sí, le pedí que no dijese nada.

—No, no nos importa, ¿acaso pasas por alto lo que hacemos nosotras? Confía más, mujer. Además se te veía el plumero –dijo Andrea dejando caer los brazos sobre la arena.

—Sí, ya lo tengo claro –me dijo Ary.

—Y bueno, ¿te ha gustado lo que es besar a una chica, no? –preguntó Andrea.

—Me lo preguntas como si te hubieses enrollado con más de una.

—Es que lo he hecho… con Cass –me miró lamiéndose los labios-. Y con otras que no quiero mencionar.

—Entonces, ¿para qué lo mencionas? Ahora habla –exigió Ary.

Maca estaba mirándonos a unas y a otras como si de un partido de tenis se tratase:

—¡Toma ya! –era lo único que decía.

—No afirmaré ni negaré nada –contestó la gemela.

—Pero también hablamos de palabras mayores, no solo besar —aclaró Ary en un momento que me dio por escuchar, después observé a Miriam, estaba pensando en sus cosas porque ni se inmutó, hasta que la di un codazo.

—Sí, si me parece muy bien —nada más.

—¿Tú qué hiciste con mi primo ayer? —le preguntó Andrea zanjando finalmente el tema.

—Pues intentar tirármelo, que llevo unas semanas a dos velas, pero era virgen y, claro, estaba esperando su momento —dijo como intentando echarle algo en cara a Andrea.

—Es que les pillamos ahí en la cama intentando hacer algo, porque mi primo estaba sin camiseta, por cierto ¡está fuerte, eh! —le informó Teresa a su hermana.

—Pero tú lo has dicho, era virgen, ¿qué hicisteis? —preguntó la gemela con interés.

—No hicimos nada (al menos en tu casa). Nos fuimos a dar una vuelta, me había puesto burra al verle sin camiseta y, claro, le llevé a un callejón, me levanté la falda, le puse las manos sobre mis pechos e intenté quitarle la camiseta, pero me soltó ese rollo, así que… nada —y siguió jugando con su pelo.

—¡Joder! ¿Y esta era la más cortada de todas? ¡Qué salidas os habéis vuelto! —dijo Teresa.

—¿Os fuisteis cada uno a casa o qué? Porque yo no le vi volver —se dirigía a Miriam.

—La verdad es que le llevé a mi casa, mi madre no estaba, así que aproveché, y para ser su primera vez no estaba muy nervioso porque en cuanto me vio desnudándome se montó una tienda de campaña en sus pantalones. Me agarró de la cintura y me puso boca arriba en la cama, besó todo mi cuerpo, rápidamente se quitó toda la ropa, al intentar ponerse el condón le costó un poco, pero luego… ¡madre mía! Me abrió las piernas, se puso encima colocándose como si estuviese haciendo flexiones, se le marcaban todos los músculos, ¡no veáis cuánto aguanta!, cada vez que lo recuerdo… me pone —suspiró mordiéndose el labio—. Por cierto, ¡me timó de una manera! No era virgen y… —se empezó a poner roja, todas nos estábamos quedando muertas con lo que contaba.

[203]

—¿Y qué? –preguntó ansiosamente Andrea.

—Me dio por…

—¿Detrás? –se alarmó Teresa apretando el puño y sacando el codo mientras le guiñaba un ojo, Andrea le dio un codazo.

—Te dolió, ¿verdad? –le preguntó Andrea comprensiva.

—¡Puff!, demasiado, no sé si lo querré repetir, con ese tamaño –se quejó–. Pero me gustó el que fuese así y yo pensando que era virgen, ¡vaya diablo!, también quería que le chupase… eso.

—Eso, ¿qué? Dilo –exigió Andrea sonriendo.

—Su… eso –decía señalando los genitales.

Las gemelas sabían ser cabronas cuando la querían hacer pasar un mal rato.

—Ah, ¿y cómo se llama eso? –preguntó haciendo el mismo gesto que Miriam.

—Su gurrina, lo sabes, ¿por qué pinchas? –frunció el ceño y sus mejillas se sonrojaron.

—Quería oírtelo decir –dijo Andrea, y ambas rieron.

—¿Y lo hiciste al final? –preguntó Maca, a quien Miriam contestó negándolo con la cabeza.

—Y creo que se enfadó un poco.

—¡Qué fuerte. De lo que me estoy enterando y yo sin poder hacerlo a gusto! Solo que a mí por detrás no me han dado, no creo que me deje –replicó Maca.

—No mientas Maca, que te la metieron por todos lados en Año Nuevo, aunque no te acuerdes –le acusó Andrea y, a consecuencia, ella se quedó callada dándole la razón.

—¿Tú cómo lo haces? –preguntó Ary.

—Sentándome sobre Julián o Berto (quien esté) en una silla y arriba-abajo, arriba-abajo –todas reímos, yo estaba pensando todo el rato en Javi.

—¡Hay que ver lo que hemos cambiado! –exclamó Ary.

—Desde Año Nuevo –dije.

—Cass la pierde con Iván.

Me estremecí al oír aquel nombre después de que Adri me dijese lo que significaba yo para Iván, cabía la posibilidad de que me hubiese querido.

—Miriam se tira a dos negros… antes que yo –dijo Teresa impresionada.

—Teresa tuvo novio formal –dijo Miriam, y esta miró hacia abajo pero se recompuso rápido.

—Ary descubre su bisexualidad –dijo Andrea, la aludida se puso roja.

—Y Maca va a ser mamá –dije yo, y esta se tocó la tripa.

—Por cierto, ¿y Belén? –preguntó Andrea.

—Vendrá el mes que viene o en unas semanas, no lo sé –contestó Ary.

—Pues Andrea tiene una novedad –se chivó su gemela.

—¡Teresa! –espetó Andrea avergonzada.

—¿Sí? ¿Y cuál es esa novedad? –mi curiosidad me hizo aproximarme hacia el centro del círculo.

Todas me imitaron para escuchar mejor lo que tenía que decir Andrea.

—La verdad es… que estoy con alguien –dijo.

—Pero… ¿de estar saliendo, saliendo? –preguntó Ary.

—¿En plan relación seria? –Maca abrió los ojos y Teresa asintió con la cabeza.

—¿Y por qué no nos lo has dicho antes? –pregunté.

—¿Desde cuándo estáis saliendo? –indagó Miriam.

—Bueno, basta de preguntas, os lo contaré –cruzándose de piernas procuró contar la historia más cómodamente. En el fondo Andrea era como yo de vergonzosa, al contrario que Teresa, que era más abierta; entonces, por estar a la altura y no dejar tirada a su hermana (por así decirlo), hacía lo que hacía aunque no le gustaba mucho ir provocando a los chicos, pero a veces perdía la cabeza metiéndose en su papel. Por lo que a mí, el hecho de que tuviese novio, no me extrañó nada–. En verdad fue hace tres meses, lo he mantenido en secreto porque quería estar segura de ello antes de tomar una decisión precipitada.

—¡Ni que fueses a vivir con él! –le dijo Ary.

Miré a Andrea, quien enarcó una ceja como si hubiese dicho algo que venía al caso.

—¡Ahí le ha dao!, simplemente nos lo ibas a presentar –le apoyó Maca–. ¿Es que vas a hacerlo?

Teresa parecía molesta, ¿qué estaba pasando?

—Tiene todo lo que puedo desear, se llama David, es de Ciudad Real. Le conozco desde hace tiempo y a principios de año vino aquí para trabajar, quedábamos casi todas las noches y hablábamos por teléfono.

—¿Ya lo habéis hecho? –Miriam fue a lo importante, a lo que queríamos saber todas.

—La verdad es que solo una, pero vamos, no es lo más importante.

Todas se quedaron anonadadas ante su comentario.

—Oye, ¿qué pasa? Se pueden hacer muchas cosas con un chico y sí, me ha propuesto irme a vivir con él –eso ya fue el colmo.

Teresa parecía sorprendida, no se lo esperaba, y todas estábamos con la boca abierta.

—Inconsciente, que solo tienes dieciocho años. ¿Qué vas a hacer con un tío de hace unos pocos meses? –dijo Maca.

—Ya lo sé, tengo muchas dudas; todavía quiero seguir estudiando, aunque sé que no valgo para ello, pero es que me gusta muchísimo. ¡Y tú no hables, anda! –le acusó frunciendo el ceño.

—¡Ahí le has dao! Pero a mí me la han clavao y en casa de mi madre no puedo estar… es muy pesada –se justificó Maca gesticulando mucho.

—Deberías tomarte tu tiempo, mira qué chasco nos hemos llevado todas con cada uno de los chicos con los que hemos estado –comenté ignorando a Maca.

—Es verdad hermanita, cuando estés segura de que quieres vivir con él, hazlo, pero no lo hagas solo porque él te lo esté pidiendo con ilusión, eso no suele salir bien, hazme caso, mira lo que le pasó a la tía Claudia –le puso la mano en el hombro.

Su tía Claudia, era una mujer poderosa y de provecho, todo lo que tenía lo consiguió a base de esfuerzo, sudor y lágrimas. Entonces llego él, su futuro exmarido; un vago sin aspiraciones ni expectativas que le juraba amor eterno y acabó sacándole hasta el último cuarto, dejándola en la calle, ¿cómo? Aún no me lo explico.

[206]

Andrea lo sabía y tenía claro que no iba a abandonar a su gemela y dijo:

—Sé que no es momento de vivir juntos, es solo que es diferente, no estoy preparada para vivir con él, ¡qué decís, locas!

—O si no, vete a un hotel o de vacaciones un fin de semana, así como quien no quiere la cosa, y prueba a ver, es una opción, ¿no? –propuso Ary mirándonos a todas con los hombros encogidos.

—Eso es una gilipollez –soltó Maca con desprecio alzando la mano.

A lo largo de la semana quedé algunos días con Javi, ya no lo hacíamos mucho pero ganas no nos faltaban, preferíamos quedar con más gente para no perder la cabeza, aunque muchas veces… era inevitable. Como dijo Iván, nos veríamos más a menudo, teníamos que disimular nuestra hostilidad hacia él cuando venía con su madre a mi casa (que tampoco pintaba nada), a veces le miraba y recordaba episodios juntos, ¿y si realmente significaba algo para él? Pero claro, entonces no me habría pegado… Pero todo el mundo creía haberle visto cambiar cuando estaba conmigo. Un día vino a comer su familia a mi casa, él no dejaba de cautivarme con esa sonrisa, Álex pareció darse cuenta ya que estaba sentado a mi lado y le propinó una patada bajo la mesa, por lo que él se sobresaltó.

—Iván, ¿qué pasa? –le preguntó su madre.

—Nada, que me he dado un golpe en la rodilla –dijo con cara de dolor, empezaba a soportarle más bien poco o nada porque venía a mi casa a no dejarme vivir, me perseguía hasta mi habitación, a veces me daba un beso en la mejilla, me dejaba notas diciéndome que me quería…

—¡Ya no aguanto más Javi!, no sé qué mosca le ha picado –le tiré un post-it en el que me ponía lo mucho que me quería.

—Increíble, nunca le había visto así con ninguna chica –se quedó un rato mirándolo y lo lanzó tras arrugarlo–? ¡Puto acosador! –exclamó tumbado sobre mi cama.

—No entiendo ¡qué cojones! hace tanto tiempo en mi casa –me tumbé de golpe a su lado.

—Tu perdición, eso es lo que busca.

Mejor no haber abierto la boca

Esa misma noche del jueves, acompañando a Javi, me encontré con mi hermano y sus amigos con sus respectivas novias, aunque Alex estaba sin Bea, ya que no la considera novia…

—¿Qué hacéis?

—Nada, aquí hablando un ratillo –me contestó Matías mientras agarraba a su novia.

—¿Puedo quedarme un rato con vosotros? Es que no me apetece volver a casa tan pronto –me acomodé en el banco.

—Claro –respondió Matías.

—¿Cómo lleváis la presencia del tonto del culo ese en vuestra casa? –preguntó Ricky con verdadero asco.

—Mira, es que macho… ¡buah! No le soporto, ¡me tiene hasta el chichi! Yo creo que me está acosando y no entiendo qué hace tanto tiempo por aquí.

—No sé, pero a mí esto no me huele muy bien, el otro día oí a mamá y a Brandy discutiendo sobre lo que podía y no podía hacer y de que quería irse a vivir con Adri –informó mi hermano.

—Bueno, pero eso es normal, es una pareja, Si ya viven juntos en Madrid, no entiendo ¿por qué tanto barullo para eso?

—No sé, pero yo creo que hay algo más ahí, no es normal que aparezca tanto su madre como Iván –dijo Alex con cara de sospecha, es decir, achinando los ojos.

—Aunque lo mejor que podríamos hacer es preguntarle a Brandy y ya.

—Podríamos pero casi nunca está en casa, se pasa la vida con Adri o de mal humor.

—Mejor cambiemos de tema, ¿qué tal estáis? Porque veo que aquí, desde Nochevieja, a todo el mundo le ha cambiado la vida –dije.

—Bueno, no nos podemos quejar… ¿niño estás tonto o qué? –dijo Ricky dándole a Matías, quien le molestaba metiendo el dedo en su oído.

Lo ignoré mientras su amigo reía por lo bajo.

—Por cierto, ¿cómo acabasteis vosotros dos juntos? –pregunté con curiosidad al ver a Ricky muy acaramelado con Rita.

—Pues… –dijo Rita mirándole con una sonrisa tonta.

—La verdad es que nosotros no empezamos en Nochevieja, fue mucho después –concluyó su chico.

—Puedo escuchar vuestra historia, tenemos tiempo –me acomodé en el banco junto a mi hermano, desde que me defendieron con el… altercado con Iván les cogí más respeto y confianza a esos chavales.

Empezó contándome lo que yo ya sabía, el trato con Andrea.

—¿Y qué pensaste cuando Andrea se llevó a Ricky? –parecía una periodista preguntándole a Rita que se encontraba de pie en frente de mí apoyada en un muro.

—Pues la verdad es que desde un principio me gustó. Luego cuando se lo llevó la gemela pensé que era un mujeriego y decidí pasar de él, pero como fue muy persistente cambié de idea, pero sin confiarme mucho: *«Por favor, te puedo explicar lo que ha pasado»*, decía Ricky. *«No, gracias, no me gustan los mujeriegos, ¿a cuántas chicas les has dicho eso?»*.

Imitaba o pretendía imitar la voz de Ricky, él rió y continuó la historia.

—Cuando creía que ella pasaba de mí definitivamente se me acercó y me dijo: *«Lo siento, la gemela ya me lo ha explicado, el moño que tenía con las trenzas estaba suelto, así que ya me imaginé lo que había hecho y con quien. Pero es que, me cuesta confiar…»*. *«No pasa nada, si quieres, podemos simplemente… hablar»*, dije con sinceridad. *«Vale»*. Estuvimos hablando de nuestra vida. En ese momento no me dijo quién era su hermano hasta que fui a recogerla un día a su casa abrió él la puerta y dije: *«Creo que me he equivocado»*, la llamé por teléfono y me dio la misma dirección a la que había llamado y esta vez abrió ella la puerta, su hermano era enorme y me daba un poquito de miedo a pesar de conocerle de toda la vida –todos nos reímos.

—Y, ¿cómo empezasteis realmente a salir? –pregunté curiosa.

—Pues, fue un día en el que habíamos quedado todos para ir a la bolera –dijo Rita.

—Yo era malísima jugando a los bolos y Ricky me enseñó que con un movimiento de muñeca podía mejorar, y así fue. Cuando terminamos de jugar nos fuimos a cenar al Burger King. Tras unos meses como amigos, entre Ricky y yo había una gran amistad, estábamos sentados uno en frente del otro, a mi lado estaba Carmen y a su lado Matías, nos mirábamos haciendo carantoñas como si nos tirásemos los tejos, a pesar de estar cerca no se dieron cuenta, pero Alex sí que nos vio preguntando y reprochando extrañado: *«¿Pero qué decís? ¿Qué hacéis?»*. *«Nada»*, dijimos al unísono con una sonrisa picarona. *«Oye guapa, ¿tienes novio?»* me preguntó Ricky para hacer la gracia, yo le seguí el juego. *«No, qué va, ¿quieres serlo tú?»*. *«Pues…»*, a todo esto yo me levanté y me senté en su regazo, al mirarle esos ojos marrones verdosos me quedé embobada, ignorando la presencia de nuestros amigos. Solo deseaba besarle, le miré a los labios y por un impulso me acerqué lentamente, él hizo lo mismo.

Cuando mi hermano suelta el: *¿Pero, qué decís? ¿Qué dices?* Lo utiliza como una forma de saludar u otra manera de preguntar: *¿Pero, qué hacéis?*

—Y le besaste —afirmé asintiendo con la cabeza mientras decía esto.

—Eh... no —Rita achinó los ojos mirando a mi hermano.

—¿Cómo que no? ¿Por qué? Si era el mejor momento, ¡os ibais a besar! —me indigné al oír esto.

—Fue por culpa de tu hermano que en ese momento digo: *«Eh, se acabó la bromita ya, vamos a comer»*, tanto Ricky como yo nos pusimos colorados y nos aguantamos las ganas como si hubiese sido parte del juego. *«Tienes razón, hay hambre»*. No nos dirigimos la palabra durante la cena hasta que me acompañó a casa y hablamos sobre ello: *«Uff, qué poco nos ha faltado para besarnos, ¿verdad?»* dijo Ricky apurado. *«Pues, qué quieres que te diga, a mí me habría gustado que pasase»*. *«¿En serio?»*, preguntó con ilusión. *«Nah, es broma»*, dije despreocupada. *«Ah»*, estaba decepcionado y agachó la cabeza. *«Mentira, me moría de ganas»*, le agarré de la camiseta e inmediatamente nuestros labios se encontraron, todavía no lo he podido olvidar, le subestimaba, ya que él es más pequeño que yo. Mi concepto de él era el de un niño chulo que se le iba la fuerza por la boca, pero me equivoqué. Es muy gracioso y tierno —dijo acariciándole el ondulado cabello de la coronilla.

—¡Oh, qué bonito! —exclamé emocionada, como si estuviese viendo las típicas novelas que echan en Nova y la primera–. Y tú, ¿para qué rompes un momento así? –le di un manotazo a mi hermano en el hombro.

—¡Ay!, pensaba que estaban jugando, hasta que al día siguiente se liaron delante de nosotros –se justificó.

—Y vosotros dos, ¿qué tal vais? –pregunté a Matías y a Carmen.

—Ahí andamos –dijeron desganados.

—¿Qué os pasa?

—Nada, que en realidad no hacemos nada en pareja y eso me está empezando a cabrear –Carmen había estallado.

—No es el momento, chichi –dijo Matías un tanto avergonzado.

—¡Me la suda! No voy a seguir con esta farsa, ya no te aguanto, pareces un puto crío, siempre te tengo que seguir a donde vayas, ir a los sitios que a ti te gustan y ¿qué pasa conmigo? –expresaba a punto de llorar, por una parte la estaba entendiendo porque con Iván me pasaba lo mismo.

—Carmen, que están estos delante –Matías ya estaba enfureciéndose.

—Me toca los cojones. ¡Estoy harta! ¡Hasta los huevos! ¡No-te-aguan-to! Siempre tú, tú y tú, no puedo más –se notaba su enfado por los gestos de su mano derecha, que movía de arriba abajo con agresividad, con los dedos pulgar e índice unidos describiendo un círculo.

—Pero, ¡Carmen! –Matías ya estaba más calmado, su tono era de súplica.

—¡No!, lo siento Matías, es mejor que lo dejemos, yo quiero estar bien y tú por lo que veo no quieres nada serio –se marchó no sin antes hacerle un guiño a mi hermano, o ¿era mi imaginación? Yo me quedé pensando, mejor no haber abierto la bocaza.

—Lo siento –dije.

—Déjalo, no importa, tenía que pasar algún día –no parecía afectado, pero sí avergonzado–. Ahora, a vivir la vida –decía frotándose las manos y con una sonrisa, la cual no llevó la alegría a sus ojos.

—Mucho cuidadito con lo que dices Matías, esa chica que se acaba de ir es mi prima –dijo Ricky un tanto enfadado.

—Tienes razón, lo siento tío –le puso la mano en el hombro.

—No os entiendo –dije asombrada.

—Oye, ¿qué os traéis Javi y tú? –la pregunta de Ricky me pilló desprevenida.

—Nada, ¿por qué? –cuestioné nerviosa.

—¡Venga, coño!, ¡que la policía no es tonta! –dijo Matías abriendo los brazos.

—Pues nada, como vosotros dos, entre tontería y tontería al final la cosa acabó en… sexo –señalé a Ricky y a Rita.

—¡Y mi hermano decía que era gay! –dijo Ricky, poniendo gesto de burla.

—Para tu hermano todos son gays, mira tus primos, ¡van a ser padres! Y respeto a Javi, que yo sepa no soy un hombre. Porque antes se cortaba, pero ahora me come con la mirada cuando se supone que yo no me doy cuenta –le expliqué.

—¡Mi hermano es gilipollas! –aclaró Ricky.

Yo aún fantaseaba con mis cosas a pesar de estar escuchándoles, pero me quedé mirando un punto fijo.

—Eh, oye, que estamos aquí –me dijo mi hermano chasqueando los dedos muy próximo a mi cara, ¡qué bueno era rompiendo los buenos momentos!

—¿Y tu novia? –le pregunté con cierto enfado.

—No es mi novia, ¿vale? Y está dejando de gustarme, ya tengo otros objetivos, hay que explorar otros campos –dijo sonriente.

—Bueno, entiendo, vamos a casa que se hace tarde.

Capítulo 15

Carmen

—¿Otros objetivos? —enarqué una ceja mirándola.

—Ninguno importante —contestó desinteresado.

—Ya me lo estás contando —supongo que hablaba de la mirada de Carmen.

—No... no es nada —dijo con cara de nerviosismo frotándose las manos.

—Entonces, ¿por qué la novia de Matías te miraba de esa manera...? ¡Oh, no! No, no, no, ¿no estarás liado con ella? ¿Pero tú estás...? —en ese momento asintió—. ¡Pero, es tu amigo! —estaba perpleja.

—Él ya lo sabe, fue idea suya —en su rostro no había ni un ápice de alteración.

—Sinceramente, no os entiendo —la cabeza me daba vueltas.

—A Matías no le gustaba esa chica y me dijo que se la quería quitar de encima. Entonces me propuso tirarle los tejos. Yo, como me estaba cansando de Bea, le dije que a cambio él se los tirase a ella porque estaba harto de quedar solo para fornicar, cosa que a mí no es que no me guste pero es que también se tiraba a otros aparte de mí. Eso de comerme las babas y jugos de otros, ¡aarrg! —se encogió de hombros poniendo cara de asco—. Y lo de Matías era una buena oportunidad, por eso acepté, no fue difícil porque Carmen tampoco quería nada con su novio, pero le estaba costando dejarle. Le eché una de mis miradas sexys –puse los ojos en blanco al oír el último comentario y ver su sonrisa de medio lado en plan seductor–. No le decía nada, simplemente la miraba de arriba a abajo mordiéndome el labio, y claro, ella no pudo resistirse. Un día me vino a llamar a casa y yo bajé rápidamente, en cuanto la vi me quedé alucinado, iba con una falda vaquera lo bastante corta como para ver el inicio del triángulo de las bragas, con sus grandes tetas casi al descubierto por el escote y, por supuesto, el colgante de mariquita colocado en su sitio estratégico. Y claro, esas oportunidades no se desaprovechan: *«¿Qué haces aquí? ¿Y Matías?»*. *«¡Que le den a Matías!, me gustas más tú, con ese pelo, esos ojos ¡oh, cómo me pones!»*. Con cada palabra que soltaba daba un paso hacia mí tocándome el afro. La tenía tan cerca que pensaba que me iba a besar y, a punto de hacerlo, sintiendo su respiración en mis labios… *«Ven, vamos, te voy a enseñar un sitio»*, me cogió del brazo para llevarme a ese misterioso sitio, nunca pensé que fuera tan fácil esa especie de intercambio. En ese momento Matías seguramente se lo estaba montando con Bea, y yo iba por el mismo camino. No fue tan difícil conseguirlo, simplemente le dije que Matías quería probarla y accedió sin rodeos, sin preguntar si me molestaría o no, y eso me dio que pensar.

—Suele pasar cuando a un tío no le interesa solo el sexo... Bueno, cuéntame, ¿dónde te llevó Carmen? –le pregunté con verdadero interés, ¿por qué ahora tenía tanta curiosidad por la vida sexual de mi hermano mientras que antes no quería ni escucharla? ¿Tendría algo que ver Javi en esto?

—En el ático de su portal, no sé cómo, pero ella consiguió las llaves. Era espacioso y oscuro en ese momento bajo el cielo estrellado, con buenas vistas. Parecía ser que lo tenía preparado, porque ahí había una manta y una caja de condones de doce unidades: *«¿Te gusta?»* me preguntó. *«Eh, sí, está bonito»*, dije elocuente, es que me había dejado flipao. *«¿Qué quieres que hagamos?»*, se la hice en plan seductor, al oír esto ella rió con esas suaves carcajadas que me cautivaron y sonreí, me acarició la cara y dije aun nervioso: *«Era broma, era por ser un caballero»*. *«¿Y qué crees que vamos a hacer?»*, encendió una pequeña vela que apenas iluminaba, pero eso era suficiente con tal de verla cómo se desnudaba y se movía rítmica pero sensualmente: primero se quitó las gafas y se soltó el pelo dejando que sus rizos acariciasen ese cuerpo del pecado, luego se desprendió de la camiseta quedándose en sujetador (rojo con lunares negros) y bragas (a juego). Me encanta que vayan conjuntadas. Me puse a tono enseguida y no tardé nada en quitarme la camiseta, nos acercamos lentamente el uno al otro. Por una parte me resultaba un poco raro al ser la novia de Matías, sin embargo, al verla así se me olvidaba hasta cómo me llamaba. Le aparté el pelo lentamente, ella acortó distancias y nos besamos. Fue indescriptible, húmedo, suave… ¡Increíble! –contaba la historia con emoción–. La tumbé suavemente sobre la manta sin dejar de besarnos, en ese momento me pregunté: ¿por qué Matías querría desprenderse de semejante bombón? Después de lo de Bea apreciaba más los intereses de las chicas, no solo que fuesen guapas y supiesen follar, sino que también, como Carmen, tuviesen imaginación, creatividad, iniciativa, pero sin ser mandonas, me imponía y eso daba mucho más morbo. No tardé en meterle mano, ella no se quejó, por lo que continué quitándome los pantalones con los boxers y…

—Cassandra, Alex, Brandy, a cenar –gritó mamá.

—Bueno, y el resto ya te lo imaginas –dijo.

—No, no lo sé.

—Joer, Cass, ¡qué morbosa te has vuelto!, parece ser que Javi te da como quieres –dijo sin el menor atisbo de enfado tirándome del pelo mientras nos dirigíamos a la cocina.

Al terminar, papá y mamá se fueron a la cama, Alex y yo seguíamos hablando:

—Bueno, ¿me vas a dar los detalles? –le pedí con el codo apoyado en la mesa sujetándome la cabeza.

—Sí, entró a la primera porque ella estaba muy mojadita, no quieras saber más.

—¿Quién te gusta más haciéndolo, Bea o Carmen? –interesada estaba por saber la respuesta.

—Bea es más experimentada, pero Carmen es más pasional, lo hace todo tan tierno que hasta el lugar más cutre te parecería un palacio –contestó sonriendo tontamente.

—¿Te gusta, eh? Entonces, no entiendo por qué todo este paripé dejándole ahora.

—Carmen no sabía nada, teníamos que hacer que le dejase, nos ha costado dos semanas.

—O sea, que en el cumpleaños de las gemelas ya estabais…

—Exacto, Carmen ya no le soportaba, y todavía no entiendo por qué no le dejó antes si Matías ya se estaba tirando a Bea, el intercambio ya había empezado, sin embargo, yo quedaba con Carmen para hacer más cosas: el fútbol le gustaba tanto jugarlo como verlo, ir a la playa a comer… Cada día comíamos algo diferente que traíamos de casa o iba yo a la suya, patinábamos, íbamos en bici por ahí, nadábamos… –sonreía recordándolo–. Conocimos a unos amigos de Madrid que dormían en el coche, también comíamos del Burger, McDonalds, con y sin ellos, buscábamos otros sitios donde hacerlo, etc. Son cosas que no podía hacer con Bea –decía con tristeza.

—O sea, que te gusta –afirmé.

—Desde que la besé por primera vez, pero hasta que no vea a Matías con otras chicas que no sean Bea no me voy a sentir bien, quieras o no, era su novia –seguía apenado.

—Hermanito, te voy a decir una cosa, Matías hace semanas que renunció a Carmen y te ha dado pie a que la persigas empujándote a hacerlo, y ha surgido, te ha acabado gustando, chico pues así son las cosas y así se las hemos contado, como dice Matías Prats. Él ya no puede hacer nada, se está beneficiando a tu supuesta novia, así que peca de lo mismo y a saber a cuántas más, tú no haces nada malo, solo intentar que una chica esté a gusto, ¿cuál es el problema?

—Pues…

—Ninguno, ¿verdad?

—La verdad es que no, gracias Cass –me dio un abrazo, raro en él.

—Por cierto, ¿Ricky sabe los planes que habéis hecho? Porque no creo que le haga mucha gracia que juguéis así con su prima –pregunté.

—No, solo sabe lo que ha pasado hoy y no creo que Carmen le haya contado nada a Rita… o eso creo.

—Somos chicas, nos lo contamos todo.

—Ya, pero Rita se lo cuenta todo a su novio.

—Bueno, a saber entonces –me fui a la habitación a ponerme el pijama y me despedí–. Buenas noches.

—Buenas noches –me contestó.

Por la mañana llamé a Javi para quedar con él un rato, apareció en mi casa a mediodía antes de comer, venía hablando con Adri. No es que no me gustase mi cuñado, el problema es que me recordaba tanto a Iván... Pasé buenos momentos con él y todo el mundo pensaba que había cambiado por mí, cosa que me confundía mucho, ¿y si realmente me llegó a querer? Es la pregunta que siempre me hago, ¿por qué me sigue acosando? Aunque también le tenía miedo después de lo sucedido en mi casa hacía unas semanas. Se lo conté a Javi:

—Estaba pensando en hablar con él.

—¿Estás loca? ¡Después de lo que te ha hecho! Mira Cass, yo en eso no me quiero meter, pero no quiero que te vuelva a hacer daño –cogió mi cara con ambas manos.

En ese momento me sentí protegida, refugiada en la calidez de su piel.

—Pero tengo que hacerlo, tengo que saber por qué me ronda tanto –supliqué poniéndole cara de cordero degollado y cogiéndole de la muñeca.

—Pues... allá tú Cassandra, si quieres ir corriendo a sus brazos ve, yo miraré a otro lado –y se marchó cuan rayo impacta sobre un árbol una noche de tormenta. Me sentí un poco mal por ello, pero tenía derecho a saberlo, en realidad ahora con los acosos no le soportaba, pero si todavía pululaba a mi alrededor era por algo.

Brandy... ¿tú también?

Alex interrumpió mis pensamientos tras la marcha de Javi.

—Cass, ven a oír esto –parecía excitado.

—Voy –la curiosidad en esos momentos era crucial y superaba cualquier sospecha. Pegó la oreja en la puerta de la habitación de Brandy, yo le imité–. ¡Pero si no oigo nada!

—Shhh –señaló poniéndose el dedo índice sobre sus labios–. Había oído algo sobre una boda –susurró, no pude evitar reírme y en ese momento Brandy abrió la puerta sorprendida, nosotros caímos hacia delante por habernos apoyado en ella.

—¿Qué hacéis aquí? ¿Es que no podéis dejar de espiarme? Mamaaa –gritó.

—Vale nos vamos, pero, ¿por qué no nos has dicho que te casas tonta? –dijo mi hermano con tranquilidad.

—Y no lo haré, hay boda, pero no la mía, cotilla –cerró la puerta de golpe.

—Cass, te juro que lo he oído.

—Sí, en tu imaginación. Te habrás equivocado –me levanté y marché a mi habitación, sonó el teléfono. ¡Andrea!

—*Cass, vente esta tarde a la bolera, os voy a presentar a David para ver qué os parece.*

—Vale, ¿a qué hora?

—*Pues, más o menos… a las siete ahí, ¿vale?*

—Vale, un besito, chao –y colgué para irme a comer.

La tensión podía cortarse con hilo. Yo estaba al lado de Alex, enfrente de nosotros teníamos a la pareja, y mamá a la cabeza porque papá estaba trabajando. Adri y Brandy se hacían señas mientras vigilaban a mi madre por si les veía. Era como si quisiesen decirle algo importante, mamá les miraba con gesto hostil, Alex no pareció percatarse porque tenía hambre, devoraba su plato de arroz, al igual que Adri, que alternaba su escucha con su hambre. Ya estaría acostumbrado a la comida típica del país de mi madre ya que Brandy la cocinaba muy bien. Cuando terminamos mamá se fue a trabajar, la parejita *echaba la siesta* y Alex se dispuso a ver la tele mientras yo recogía la mesa. Al pasar por la habitación de Brandy para ir a la mía, una vez terminadas mis labores, oí a alguien llorar y pegué el oído:

—*Ya no puedo más Adri, no soy tan fuerte como tú* –dijo entre sollozos.

—*No te preocupes, al menos nuestras madres están de acuerdo en algo, no quieren respetar nuestra decisión. Pero escúchame. Esto… ¿qué te iba a decir? ¡Ah! No pueden impedir nada, ya vivimos juntos en Madrid, somos bastante mayorcitos amor* –hablaban con un acento bastante madrileño.

—*Calla, ¿y si es una locura? Lo que tengo claro es que quiero estar contigo, y tenemos a este bebé de camino. Todavía no has terminado lo de medicina deportiva y yo tampoco he acabado la carrera, pero... no sé, no sé nada* –siguió sollozando.

—*Mira, lo único que tienes que hacer es estar al cien por cien en los estudios y darles con un canto en los dientes. Sé fuerte, nos irá bien, yo te quiero y quiero estar contigo... y nuestro bebé.*

—*Todavía estoy a tiempo de abortar* –dijo mi hermana.

—*¡Cállate! Eso no lo digas ni en broma, recuerda que a mí me queda poco para terminar, el verano que viene trabajaremos, hay que demostrarlas que somos responsables, además ayer pillé a mi madre viendo un catálogo de cunas...*

Me tapé la boca para no hacer ruido alguno ante mi asombro. ¡Estaba embarazada! Increíble, supongo que por eso nos lo ocultaban, porque no estaban de acuerdo con el asunto y no querían darnos mal ejemplo por la posibilidad de que pudiera irles bien, pero un embarazo es algo que difícilmente se puede ocultar. Fui rápidamente al salón:

—Alex, esto es muy gordo, gordísimo –dije sacudiendo las manos y saltando como si me estuviese quemando.

—Qué dices tú –dijo sin desviar la mirada de la televisión.

—No es su boda, no hay boda, hay bebé, está embarazada –le susurré señalándome la barriga y la puerta que daba a la habitación de nuestra hermana.

—Emb... –el abrió los ojos, y antes de terminar la palabra, Brandy salió de su habitación pasando por el salón a la cocina, tenía los ojos hinchados y se preparó un vaso de leche, Alex carraspeó y continuó haciendo zapping y yo me senté a su lado, ambos mirábamos a nuestra hermana.

—Brandy...

—Ahora no Alex, ahora no.

Decidimos no molestarla, pero susurrábamos sobre el asunto, le conté lo que oí.

—Increíble.

—Eso es lo que pensé yo.

—¡Están locos!, por eso mamá está con esa actitud y habla tanto con la madre de Adri, intentarán convencerla de que aborte –dijo Alex.

—Brandy lo duda.

—Pero Adri está seguro –dijo–. Es capaz de convencerla de que lo tenga.

—Eso es verdad, pero parece tan seguro de querer tenerlo que no se le ve que se vaya a fugar, además no puede, ¿qué chico se lo diría a su madre y luego se escaquearía?

—Paso de hablar –concluyó Alex.

David, el novio de Andrea

Alrededor de las seis de la tarde llamé a Javi, al principio se mostró muy reacio, pero cuando descubrió que no había hablado ni visto a Iván accedió inmediatamente. A los quince minutos ya estaba en mi casa y nos fuimos a la bolera donde nos encontramos con Maca, Berto, Teresa, Miriam, Ary, Luis y Belén. ¿Belén?

—¿Dónde se encuentra la susodicha? –pregunté.

—Pues, ahora vendrá –contestó su gemela.

—Hola, Belén –parecía extrañada por ser saludada y por verme con Javi tan contenta.

—Eh, hola Cass… esto, escucha, yo…

—Déjalo, no pasa nada –le atajé.

Al momento aparecieron Andrea y el de al lado debía ser David, el chico llamaba bastante la atención, era muy… cuco, tenía una cara agradablemente redonda, sin mofletes, moreno con el pelo corto y la piel broncífera, tenía unos labios perfectos, ni muy carnosos ni muy finos, bien definidos, se preveía que su sonrisa iluminaría toda la bolera de lo deslumbrante que podría ser. Tenía los ojos verdosos, pero no tan intensos como Iván, ya que no llamaba tanto la atención; sin embargo, la forma era bonita y achinada, pero bien abiertos. Ahora lo comprendo, Andrea estaba sometida al hechizo de los mismos. No era mucho más alto que ella y se notaba que jugaba al fútbol por sus musculosas piernas, mientras que en la parte de la camiseta estaba indefinido (indefinido para mí es que no sé si está fuerte, delgado o gordo simplemente).

—Hola, sentimos llegar tarde –se disculpó, miré a Maca y a Miriam, tenían la misma cara que yo, anonadadas, aunque el chico iba sencillo, vestido de rojo y blanco, todo Nike: bañador rojo, camiseta roja… hasta las zapatillas llevaban ambos colores.

—Os presento a David –fue dándonos dos besos una a una, excepto a Javi y a Luis que les dio la mano, estaba un poco tenso porque éramos muchos y, no me equivocaba, cuando sonrió nos iluminó a todos como predije, Javi me dio unos golpes en el costado y volví en mí.

Comenzamos a jugar a los bolos, David se integró inmediatamente, al igual que Javi, un motivo más por el cual Iván no me convenía, no se llevaba bien con mis amigas (aparte de que se había tirado a la mayoría), sin embargo, Javi era diferente, le quería con locura pero con censura. No me permitía quererle como a un novio, pero sí como a un amigo, por miedo a que algún día se cansase de mí y desapareciese quedándome sola y entonces, ¿quién me querría? De repente me entró un inoportuno calentón, unas ganas perras de tener sexo me dieron al mirar a Javi, solo me podía imaginar mil maneras en las que podría poseerme, le necesitaba ahora. Me senté a su lado, él inconscientemente me puso la mano sobre el muslo mirando la pantalla y empezó a acariciarlo de un modo inocente. Mi temperatura corporal aumentó y parece ser que Javi lo notó poniéndose un poco nervioso. Suspiré sonoramente atrayendo la atención de todos, pero les dije que era porque quería estornudar y no me salía. Pasé el brazo por encima de su hombro, me acerqué a su oído y a punto de susurrarle lo que quería:

—Javi, te toca –dijo Teresa. ¡Mierda! Pensé, y luego me toca a mí.

Después de eso se lo solté de golpe, pero entre susurros claro, sin que nadie se enterase.

—¡Uy!, me voy al baño –comenzó a toser mientras se levantaba y se iba, yo le seguí inmediatamente, ¿y si había sido muy brusca? Simplemente le dije que estaba caliente y que quería que me rociase con su manguera. Bajé las escaleras y le vi entrando en el baño de las chicas, seguramente se habría equivocado. Cuando entré, él estaba confuso pero sonriente, e inmediatamente sonreí–. Ven aquí –me dijo, yo sin dudarlo lo hice, corrí a besarle salvajemente, parecía estar más pendiente por si venía alguien que por lo nuestro, a mí no me importaba en estos momentos, y le metí en uno de los WC's. Una vez dentro, sobre los pantalones le masajeaba el miembro, pero las ganas de obtener placer me urgían, así que le bajé los pantalones con boxers incluidos liberando ese miembro oscilante, quería ponerme a prueba; la agarré con la mano y sin más miramientos me la metí en la boca. Cerré los ojos para sentirla mejor, acercaba y alejaba la cabeza lentamente mientras con la lengua le lamía la punta, fui yendo cada vez más rápido y luego cambié de método, clavé los labios, que no los dientes, deslizándolos por toda la longitud de su pene. De la emoción Javi me cogió de la cabeza y comenzó a retorcerse, quería hacerlo bien (los libros de mi madre eran muy instructivos, en ellos ponía que la parte en la que más sensibilidad tenía era el glande, se debía acariciar y mimar esa zona con la lengua… esta última anotación era mía). A punto de llegar al clímax me aparté.

—Ven aquí –imperó. En una fracción de segundo, me dio la vuelta bajándome los pantalones junto con las bragas, apoyé las palmas de las manos en la puerta e, inmediatamente, me la introdujo en la vagina, exhalé aire sonoramente y él suspiró aliviado. Al principio iba despacito, pero había muchas ganas y mucho morbo en ese baño, por lo que separó las piernas aumentando la base de sustentación, me agarró las caderas con ambas manos y su choque de pelvis fue siendo más agresivo, me daba tan duro que el sonido retumbaba en ese baño. Gemí sin importarme si había alguien o no, al tener los ojos cerrados no me sentía estar en el baño, sino en un lugar gobernado por la lujuria y placer sin prejuicios, del cual no quería salir. Arañé esa puerta con fuerza mientras me mordía el labio al ser consciente aún así de que estábamos en un lugar público.

—Javi, que me voy a correr –siseé con cierta agresividad.

—No… me digas… eso, porque… el que… se… va a… correr… soy yooo –justo en ese momento lo hizo, pero fue más rápido que yo, porque se apartó, entonces recordé que no se había puesto el condón y se oían las gotitas de esa sustancia blanquecina, medio líquida medio viscosa.

—¡Oh, no! –lo miraba asustada.

—Madre, ¡qué a gusto me he quedao! –transpiraba con la mano en su miembro. En cuanto se agachó y lo vio, me miró–. No te preocupes mañana mismito te acompaño a planificación familiar para que te den la del día después –inmediatamente nos vestimos y cuando salimos recordé que estábamos en el servicio de las chicas, Javi se limpió con papel y tiró de la cadena, mientras yo me subía las bragas y pantalones, agarrados a mi tobillo izquierdo.

Cuando abrimos había una chica castaña clara con mechas rubias y el pelo a la altura de los hombros, tenía la piel morena, llevaba una camiseta de tirantes blanca que hacía un gran contraste con la piel metida dentro de unos shorts vaqueros. Se estaba arreglando el pelo y en cuanto salimos nos miró a través del espejo y sonreía, pero estaba a punto de estallar a carcajadas, ¿y si nos ha oído? Estaba muy avergonzada, me arreglé un poco la ropa y el pelo.

—Vámonos, anda, hasta luego –dijo Javi con una sonrisa de oreja a oreja posando su brazo sobre mi hombro.

—Adiós –le contestó la chica sin borrar la sonrisa de la cara.

Cuando salimos del baño:

—¿Crees que nos oyó?

—Seguramente, y si no lo ha hecho se lo ha imaginado, alguna de tus amigas habrá bajado y, viendo lo visto, se habrá subido de nuevo.

Al llegar, en vez de ver a nuestros amigos preocupados, todos sonreían.

—Sí, nos han oído –susurré y noté cómo mis mejillas se ruborizaron.

—¿Qué tal parejita? ¡Os lo habéis pasado bien, eh! –típico de Teresa.

—Por supuesto, ¿lo dudabas? –le contestó Javi aún sonriente.

Todos, incluida yo, nos quedamos boquiabiertos mirándole, David rompió el silencio carraspeando con el puño sobre los labios.

—Eh… vamos a tomar algo, que yo invito.

—No te molestes, pagamos entre todos, tío –Javi lo decía en plan «somos muchos para que te gastes tanto».

—Ea. ¡Ahí le has dado, Javi! –le apoyó Maca.

—No, que os tengo que dar una noticia –dijo.

—Vale, no insistas más –dije. Todos me miraron ante mi pasotismo–. Oye, que si tiene que decirnos algo lo dirá –gesticulé con las manos y los hombros encogidos.

—Anda vamos –dijo Miriam.

Fuimos todos distribuidos en los coches de David y Berto, no estaba muy lejos, por lo que Javi y yo fuimos andando. Llegamos a un bar restaurante, apareciendo también Julián. Comimos de todo: una tabla de papas con cuatro salsas, calamares, boquerones en vinagre, huevos rotos… en fin, que acabamos reventados.

—Bueno, ¿qué era eso que nos tenías que decir? –preguntó Maca, más llena todavía, flanqueada por Julián acariciándole la tripa y Berto cogiéndola de la mano, fue una imagen extraña para nuestro huésped, pero tendría que acostumbrarse.

David se levantó y dijo algo avergonzado:

—Bueno, deciros que me habéis caído de puta madre, he decidido quedarme a vivir aquí con tal de que Andrea esté a mi lado –todos aplaudimos y dirigiéndose a ella–. Andrea, ya sé que llevamos poco tiempo, pero te gustaría venir conmigo a…

—No, todavía no podemos vivir juntos, me cuesta separarme de mi hermana y no estoy preparada para ello, quiero seguir estudiando y…

—Andrea, cariño, cálmate, solo quería que te vinieses conmigo de vacaciones a Italia en agosto, soy consciente de lo pronto que sería vivir juntos –todos suspiramos aliviados, creo que Andrea también–. Sin embargo –sacó algo del bolsillo tamaño caja de anillo de compromiso, a todos se nos cortó la respiración–, Andrea, esto es todo lo que puedo darte como prueba de que te quiero de verdad, para que me lleves a todos lados –Andrea estaba que no se lo creía, David abrió la caja y vimos la cara de decepción de la interpelada.

—Ah, que… mono –cuando lo sacó vimos un chupete de la suerte.

—No, eso no era –dijo David alterado, buscó en su bolsa y sacó otra cajita pequeña, la cual contenía lo que quería darle–. Aquí lo tienes.

Era una cadena con un anillo demasiado grande para los deditos de su novia, al alzar la mano para cogerlo se adelantó su gemela.

—Oh, ¡qué bonito! Es un sello de oro con una D grabada –dijo con la mano en el pecho y mirándonos a nosotras.

—¡Qué mono! –exclamamos las demás excluyendo a los chicos, David se puso rojo, Teresa le dio a su gemela la cadena y automáticamente Andrea besó a David. Maca aplaudió y rompió a llorar, todos la acompañamos en sus aplausos que no llantos, Teresa parecía triste, los demás todavía estaban conmocionados y Javi y yo atónitos.

—Bueno chicos, yo me tengo que ir ya –dije levantándome de la silla.

—Vamos, que os llevamos –nos dijo Julián a Javi y a mí.

Capítulo 16

¡Qué tonta! Voy y caigo

Durante el camino de vuelta:

—Pobre Teresa, se va a sentir muy sola –dijo Maca.

—Ya ves, tendré que estar con ella más a menudo, dos semanas es mucho para ellas, nunca las he visto separadas.

Llegamos a mi portal y Javi me acompañó al mismo mientras los gemelos y Maca esperaban fuera.

—¿A qué vino esa actitud? –me detuve antes de sacar las llaves para formularle la pregunta.

—¿Cuál?

—La que adoptaste cuando saliste del baño, era como si todo te diese igual.

—Es que lo hiciste tan bien que ni me importó dónde estaba –dijo emocionado.

—¿En serio? –parpadeé dos veces, y él asintió.

—Bueno, me voy que mi madre ya me está llamando –me besó apasionadamente mientras le sonaba el móvil, luego giró sobre sus talones contestando a la llamada.

Me quedé un rato mirando cómo se subía al deportivo y desaparecía en la oscuridad de la noche. En cuanto me di la vuelta para sacar las llaves oí pasos, los ignoré y al abrir la puerta:

—Cassandra –asustada me giré aun sabiendo quién era.

—¿Qué quieres? –le pregunté con odio y miedo.

—Nada, solo quería hablar contigo y pedirte perdón por todo lo que te he hecho, ahora que vamos a ser familia tenemos que aprender a convivir juntos todos.

—Para empezar, no sé si aceptaré tus disculpas, segundo es un poco tarde, tercero no vamos a ser familia, y cuarta no vivimos juntos.

Me envalentoné arriesgándome a una bofetada, pero en lugar de eso dijo:

—Vale, corrijo, seremos familia, pero no conviviremos. Lo siento mucho, más vale tarde que nunca. No debí escuchar a Cano porque fuiste muy importante para mí, era fácil quererte, me concienciaba que no te quería pero en realidad... me engañé, eras diferente a las demás y, aunque me gustaba todo de ti, tu inocencia fue el punto fuerte. Cuando me echó tu hermano de tu casa me quedé en un banco pensando en lo que había hecho. Me odié, quería darme de cabezazos contra la pared, pero antes de poder hacerlo apareció Rafa a mi lado. *«Primo, ¿qué pasa?»*, me preguntó sentándose en el banco. Al contarle la historia *«Hay que ser duro con las mujeres, pero tú te has pasado tres pueblos, chacho»*, se hizo un porro. *«Venga anda, dale unos tiros, hoy invito yo compadre»*, me acercó ese porro de marihuana que me hizo olvidar por un instante qué hacía ahí. Después pasé por casa durante un rato, me vio mi madre, pero como hacía muchas preguntas le dije que me había pegado y desaparecí durante un día entero, pensando y pensando llegando a la conclusión de que desapareciendo una temporada podía ser bueno para los dos. Cuando volví para hablar contigo y pedirte perdón de corazón, tú ya eras feliz, no me necesitabas. Ideé la manera de poder tenerte de nuevo. Entonces me enteré del embarazo de tu hermana, así tuve un motivo para acercarme a ti sin que tu hermano me hiciese nada, tratando de hablar contigo por todos los medios, y ahora he comprendido que estás bien con Javi, aunque no me gusta nada, sé que te mereces algo mejor, yo solo me conformo con estar bien contigo, nada más –me extendió sus manos entregándome una rosa roja fresca y una nota con dos ositos abrazándose, uno marrón claro y otro marrón oscuro, que rezaba *eres muy importante para mí.*

No pude resistirlo, me emocioné, era muy débil, este aprovechó la ocasión para abrazarme con ternura, llené de lágrimas su camiseta.

—Tú lo has dicho, no puedo volver contigo, desde que me dejaste no he podido levantar cabeza, lloré lo que nunca había llorado en mi vida, te he querido como a nadie..., te he odiado, te he temido, pero, por encima de todo, al ser mi primero *te he adorado*. No me has sabido apreciar, ha sido muy maduro por tu parte al no pedirme volver y quizá así puede que te perdone –iba a agachar la mirada pero de repente le miré a los ojos llenos de inocencia, curándose el moratón vi esos músculos bajo una camiseta blanca de tirantes y unas bermudas a conjunto con sus chanclas y su pulsera de pie, me quedé sin habla. Recordé su desnudez, aunque en la penumbra, esa noche de hotel tan romántica, me mordí el labio observándole de arriba a abajo, luego miré a un lado y a otro. Un impulso me llevó a cogerle de la camiseta llevándole detrás de mi portal, que era un callejón muy estrecho donde no pasaba nadie, los vecinos ya habían metido las sillas en casa, por lo tanto ya debían estar durmiendo.

Le besé. Hice que se sentase en el suelo, pero me apartó suavemente diciéndome:

—No, Cass...

—Ssshh –le puse el índice sobre sus labios.

Al día siguiente Javi me acompañó a planificación familiar para tomar la píldora del día después, no le conté nada de lo de Iván por miedo a su reacción.

En mi casa las cosas con Iván (las veces que venía) eran diferentes, ya no le gritaba, le contestaba o le ignoraba porque no hacía más que criticar a Javi. Cuando este venía a visitarme, Iván no hacía más que interrumpir diciéndome: *¿Puedo pasar?* O, *sal un momento*, o *¿quieres que hable?* Me amenazaba con contárselo a Javi. Ante esto si quería que guardase el secreto no me quedaba más remedio que hacerle caso ante mi amigo que se cuestionaba constantemente qué es lo que pasaba ahí, tenía mucha paciencia porque faltaba el canto de un folio para que le diese una paliza. Al final decidí contárselo.

—...Subí a mi casa y aún así seguía pensando que no podía ser, no podríamos llegar a ninguna parte estando juntos, en realidad fue un error, pero he llegado a la conclusión de que lo mío con Iván es solo físico, me atrae mucho, por eso caí, porque realmente no le aguanto, pero tiene un cuerpo… –me mordía el labio cada vez que recordaba ese dulce y bronceado cuerpo, luego volví en mí y miré a Javi seriamente para ver su reacción, se quedó estupefacto, aunque decepcionado; finalmente pudo articular palabra.

—Pues… no me parece bien, pero haz lo que quieras –estaba notablemente molesto.

—Javi…

—¡Que no!, que no, déjalo, no estamos saliendo y tú puedes hacer lo que quieras, eso sí, mientras no vuelvas con él, pero creo que me encargaré de agotarte para que no tengas esa necesidad –decía tomando mi cintura.

—Mmm, ¡eso suena bien! –dije entrelazando mis dedos en su nuca y dándole un piquito–. Por cierto, ¿no te he contado lo de mi hermana?

—No.

Comencé a contárselo en voz baja para que no nos oyeran.

—Yo sé que Adri se quedaría con él, no es como Iván –dijo.

—¡Por fin alguien que me apoya en la causa!

Los siguientes días, al ver a Teresa tan sola y tan triste, decidí quedar con ella en su casa. Le actualicé en cuanto al tema de mi hermana y lo de Iván.

—No me lo puedo creer. ¿Cómo fue lo de Iván? –preguntó con interés tumbándose en su cama con las piernas en alto.

—Te cuento: cuando le metí en el callejón me lance a sus morritos gruesos, él al principio se apartó diciendo: «*No, Cass*». «*Shh*», le planté el índice en los labios. «*Esto no puede ser bueno*». ¡Me apartaba, tía! Pero yo estaba demasiado desfogada, le volví a besar y le acaricié la polla, él se quedó de piedra; luego le bajé los pantalones, me levantó la camiseta con sujetador incluido y comenzó a lamerme los pezones, me retorcí del gustito y le senté poniéndome yo encima, cabalgándole hasta el final… bueno, la verdad es que no duramos tanto, porque le puse demasiado, ¿sabes? Cuando estaba con él no tenía mucha experiencia, pero con Javi he aprendido mucho, me estoy volviendo una viciosa, ¿tú qué crees?

—Que, la verdad es… que jamás pensé que te oiría pronunciar en alto la palabra polla —estaba totalmente asombrada, con sus ojos bien abiertos tras incorporarse–, y que si quieres hacer algo hazlo, pero como dice Javi, no te recomiendo salir con Iván –reflexioné levemente sobre eso.

—Iván dijo que el día que se supone que quería volver conmigo Cano le dio unos consejos.

—Entonces no me extraña que la cosa acabase así contigo y con Ary. Poco después de dejarle me enteré de que Cano maltrataba a la mayoría de las chicas con las que había estado –lo dijo con tanto odio que pensaba que iba a ir a buscarle para darle una buena paliza… aunque también había pena y añoranza.

—Oye, y la verdad es que hace mucho que no les veo juntos –achiné los ojos como intentando recordar algún momento juntos en este verano.

—Normal, porque cuando paso lo que pasó, Iván dejó de hablarle.

—Y tú, ¿cómo sabes eso?

—Hablo con Ricky, siempre nos hemos llevado bien, no puedo decir lo mismo de la relación con su hermano.

—Ya te digo, se llevan fatal.

Se levantó para dirigirse a la cocina.

—¿Nos hacemos unos bocatas? Que tengo hambre.

—Ahora que lo mencionas, yo también tengo hambre, vale. ¿Qué tienes?

—Mortadela, salchichón, chorizo, pavo, ¿chopped? —me decía mientras sacaba los embutidos de esa pequeña nevera.

—Tía, apártame esa mierda de mortadela de la cara –la empujé volviéndola a meter en el cajón del frigorífico. Vi que tenía lomo y lo saqué junto con unos tranchetes.

—Es verdad que no te gusta, bueno yo me lo haré de jamón York –abrió un armario para sacar la sandwichera y otro para sacar el pan bimbo–. También le di consejos para conquistar de buena manera a la hermana del grandote este.

—*Carlitos* –le recordé.

—En cuanto Miriam lo supo dijo: «*Dios, Carlos, le mata, verás*», pero al final la cosa ha ido bien –imitaba la forma de hablar de Miriam agudizando la voz y poniendo gesto torturado.

—Por cierto, ¿qué tal Miriam?

—Igual que yo, se siente sola, pero no quiere admitirlo, no hace mucho pasó de mi primo.

—Deberíamos irnos de vacaciones a Madrid para visitar a mi prima.

—Pues la verdad es que sí, buena idea, pero, ¿quiénes iríamos?

—Miriam, tú, yo, Ary y Belén, sabes que Maca no puede, está a punto de soltar a ese bebé.

—Parece buena idea –esbozó una sonrisa.

¡Uy! Menuda confusión más sexy

Planeamos nuestro viaje y nos enrollamos tanto hablando que cuando llegué a mi casa todos estaban durmiendo, me tumbé sobre mi cama pensando en el viaje, y en Iván, *le importaba de verdad, su actitud fue cosa de Cano, me quería, cambió por mí, o al menos lo intentó. Pero es tarde, ahora estás bien con Javi,* me decía la otra voz de la conciencia, y era verdad, pero no estaba saliendo con él, tanto darle vueltas a las cosas caí en un sueño muy raro: estaba tras un biombo poniéndome un corsé rojo y negro que formaba parte de un vestido de cabaretera con las medias de redecilla y los tacones rojos. Me miré al espejo, ya estaba maquillada, como nunca me había visto, sobre todo por el pintalabios Burdeos que marcaban mis labios y esa sombra de ojos que realzaba mi color de ojos. Solo que me faltaba un poco más de colorete, llevaba el pelo alisado recogido por un moño tan complejo, agarrado a unas plumas, que no sabría cómo describirlo, me coloqué bien el corsé y la liga. Justo cuando estaba dando color a mis mejillas Iván entró diciendo:

—¿Hola cariño, estás lista?

—Sí, me queda poco –me fijé en él a través del espejo; llevaba un chaleco de color crema sobre una camisa blanca y los pantalones perfectamente planchados con la raya y pelo engominado hacia atrás.

Se acercó a mí, yo miraba su reflejo, y cuando sentí su aliento en mi nuca me giró de tal manera que se notaba que era bailarina, me acarició la cara y, justo cuando nuestros labios estaban a punto de fusionarse, se oyó un:

—Déjala, es mía –ambos giramos la cabeza, era Javi vestido casi igual que Iván, solo que de un color grisáceo.

—Nunca lo será y lo sabes, ella quiere estar conmigo –dijo Iván aproximándose a él poniéndose delante de mí, y comenzaron a pelear.

De pronto oí mi voz por el micrófono y susurré:

—Me toca –les rodee tranquilamente para que no me alcanzase ningún golpe y salí al escenario con las demás chicas para actuar.

Después sucedió un salto en el tiempo, estaba en brazos de Iván que decía:

—Tranquila, amor mío, ya estás a salvo conmigo –me sostenía, rodeando mi cintura con una mano, acariciando mi muslo con la otra, nos fundimos en un fugaz beso. Fue tan real que hasta pensaba que Iván estaba ahí, le agarré con más fuerza y… de repente, oí un ruido que parecía ser mi móvil, me desperté y vi que no estaba sola, mi móvil no había sonado porque si no se habría encendido la luz. En la oscuridad estaba agarrando un musculoso cuerpo que me besaba con esos labios tan carnosos, seguí palpando, todavía no estaba muy espabilada hasta que me di cuenta de que se suponía que estaba en mi casa y *mi* cama debía estar vacía, ¡no sería Iván!

—¡Ah! –grité.

—Tranquila cariño, soy yo –susurró besándome el cuello, me derretí en seguida agarrándole del pelo para aproximarle más a mi cuerpo.

—Iván, ¿qué haces en mi casa? –no hubo respuesta por su parte, despegó sus labios de mi cuello, encendí la luz y vi quién era–. ¡Oh, no! ¡Hay que joderse! Lo que faltaba –dije.

—¡Me cachen diez! –dijo él.

—¿Qué haces aquí?

—Lo siento, pensaba que estaba en la habitación que me, que me… corresponde estar –decía Adri apurado.

Tenía en su semblante dibujado la confusión.

—¡Fuera!, vete, no quiero problemas –susurré a gritos, le empujé tirándole al suelo por lo que se oyó un golpe seco. Pero algo cambió, cuando se levantó para colocarse los pantalones, vi su espalda desnuda con ese moreno y esos cachetes bien puestos e instintivamente me mordí el labio. Lo único que pensaba era en volver a meterle en la cama y continuar con lo dejado.

—De esto ni una palabra –decía hablando por encima de su hombro, por lo que salí de mi ensimismamiento.

—Descuida, no voy a decir nada –fruncí el ceño mientras me colocaba el escotado pijama tapándome con la sábana y eso que hacía un calor desértico.

—Decir nada de ¿qué? –preguntó Brandy en el umbral de mi puerta con una ceja arqueada.

—Esto... ¿qué te iba a decir? –Adri se quedó en blanco tocándose la cabeza y poniendo las manos en jarra. Brandy arqueó una ceja de brazos cruzados, ya que no entendía nada.

—...Que me aconsejaba sobre algunas cosas de su hermano, porque me ha visto un poco tristona –mi cuñado suspiró sin que su novia se diese cuenta.

—Cass, amplía tus horizontes, pasa de Iván, perdón cari, pero es que es así –dijo mirando a Adri.

—Sí, si tienes razón cari –decía aún nervioso.

—Quizá aparezca otro cuando y donde menos te lo esperes.

—Y tanto –susurré.

—¿Qué dices?

—Nada, buenas noches, que estoy un poco cansada, largaos –dije arropándome y ¡mira que estaba sudando! Pero era para tapar la vergüenza que sentía por lo que acababa de pensar y hacer.

—Hasta mañana, que duermas bien –me dijeron a la vez.

Cuando Brandy salió de mi habitación, Adri se puso el dedo índice delante del labio en señal de guardar silencio.

* * *

Le conté a mi madre el planning de Madrid. Llamamos a mi prima, quien acordó recibirnos por esas fechas, no estaríamos mucho ya que no queríamos dejar a Maca sola tanto tiempo por si acaso, aunque se estaba empeñando en venir con nosotras. Era una salida sin chicos, Belén nos iba a llevar en coche, por lo que teníamos que reunir dinero para pagarle la gasolina y comprar comida para el viaje. Quedamos a mediodía para comer juntas y luego comprar las cosas, en uno de esos momentos enganché a Teresa y le conté lo de Adri porque ya no podía más, me sentía mal conmigo misma por haberle deseado y Tere era la persona perfecta para ello, se quedó boquiabierta.

—¡Madre mía!, madre mía –se llevó las manos a la cabeza, pero luego preguntó–. ¿Y besa bien?

—Teresa, ¡que es mi cuñado!, y ahora, ¿qué hago?

—Callarte como una ramera.

—Encima apareció Brandy.

—¿Perdón? ¿Tú hermana Brandy? ¿Y qué dijo? –preguntó con interés.

—Estuve rápida. Le dije que estábamos hablando de Iván –afirmé orgullosa de mí misma.

—Uff, menos mal que te controlaste. Yo me habría mofado de ti malamente –rió y la di un suave golpe.

—Pero aun así no dejo de sentirme mal por haberle ansiado, ¡por Dios que va a tener un hijo con mi hermana! –mientras decía esto vigilaba para ver si Belén, Miriam y Ariadna no nos escuchaban.

—Pues chiquilla, lo que tienes que hacer es ir a por Iván que es su semejante y así te desfogas con él, no te queda otra –dijo distraídamente mirando el móvil y sonriendo, pero me lo escondía, no quería que viese quién o qué era–. Y no se te ocurra la genial idea de volver con él.

—Últimamente tengo ese problema, aunque Javi me ha dicho que para evitarlo va a hacer todo lo posible por agotarme –arqueé la ceja derecha sonriendo.

—¿Cuál es tu problema entonces? –me preguntó guardando su teléfono en el bolsillo de sus shorts, no acostumbraba a llevar vestido como yo.

—Veo un cuerpo masculino bien esculpido y se me caen las bragas, por lo que me tengo que lanzar a por él –dije fantaseando con el cuerpo de mi cuñado.

—Pues ve. Ve a desfogarte, pero no con los que ya están cogidos.

Un nuevo amigo

Unas horas más tarde decidí pasear sola por la playa antes de ir a casa de Javi, lo necesitaba. Me senté en la orilla a escuchar el mar. Para ser la hora que era había mucha gente, sí, pero sabía aislarme del resto del mundo. Cerré los ojos recordando el sueño. ¿Iván o Javi? La verdad era que echaba mucho de menos a Iván, pero Javi había hecho mucho por mí y no quería perderle, ¿entonces?, ¿me convenía estar con los dos? No, no creo. Estaba tan sumida en lo mío que no me di cuenta de que tenía a alguien a mi derecha hasta que no giré la cabeza:

—¡Ah! –grité.

—Perdona, es que te veía tan sosegada y en tu mundo que pensaba que al sentarme a tu lado se me pegaría algo. Necesitaba despejarme y he visto que este es el sitio más tranquilo.

—¿Perdona? –miré a mi alrededor viéndome rodeada de gente. Al verle bien se me cayó la mandíbula. Sucedió lo típico de las películas cuando aparece el chico o la chica guapa, a cámara lenta, y el/la susodicho/a está en un primer plano mientras un suave viento mueve su pelo. Ese chico parecía un modelo de calendario, *yo le pondría en el mes de agosto para verle con menos ropa...* Tenía lo mejor de los chicos que había conocido hasta ahora: la cara ovalada de Javi, los verdes ojos de David, la piel morena y los labios carnosos de Iván y estaba tan o más fuerte que Adri, sus cejas estaban perfectamente perfiladas, llevaba el pelo corto con el flequillo hacia arriba, sin gomina, sin camiseta... ¡Era perfecto!

—Perdonada, me llamo Pepe –se acercó a mí y nos dimos dos besos.

—Cassandra.

—Siento haberte entrado así –dijo mirando a la arena. Al estar abrazando sus rodillas se balanceaba de delante hacia atrás.

[236]

—No... No, no pasa nada, yo también estoy un poco liada con mi vida –tartamudeé.

—Por tu novio, supongo –dijo buscando aquella mirada que yo desvié.

—¡Qué va! O sí... no sé, no tengo novio, pero... –le conté el origen de mis males, Iván.

—Menudo capullo, pero al menos estaba bueno, ¿no? –ahí estaba el problema. Demasiado bueno para ser cierto *gay*.

—Yo más o menos estoy igual que tú –dijo mirando cómo las olas morían en la orilla.

—Ah, ¿sí? ¿Con tu novio o... novia? –él arqueó una ceja.

—Con mi novia, buen rollo. ¿Qué te ha hecho pensar que era gay? –preguntó desconcertado.

—El hecho de decir que un chico estaba bueno –admití avergonzada.

—Ya. No es muy corriente que un chico lo diga, lo sé –miró a otro lado con los ojos entornados para que no le diese el sol, suspiré aliviada al ver que no lo era.

—En fin, ¿y qué te pasa con tu rollo? –pregunté yo también con los ojos achinados aún sin mirarle.

—Se llama Alba, llevábamos un año o así –se puso las *Carrera* para protegerse los ojos del sol.

—Y... ¿qué pasó? –extrañamente me interesaba o admiraba su belleza, lo mismo daba.

—Había otra chica, Rebe, quedábamos y eso..., siendo sinceros me la follaba. En fin, empezó a gustarme, pero me sentí más, no sé cómo explicarlo... como que las cosas que hago con Rebe me gustaría hacerlas con Alba, pero Rebe se me adelantó, quería algo serio conmigo y la rechacé ya que Alba era mi puerto seguro... o eso creía yo.

—¿Te rechazó? –me asombré mientras él asentía–. ¿Cómo pudo hacerlo? Yo no te habría dejado escapar, ¡ups! –las palabras me salían sin siquiera pensarlo, demasiada sinceridad, me tapé la boca, él me miró sonriendo.

—La verdad, es que me dijo que no quería nada serio y que necesitaba vivir la vida, no quería agobiarse. (*Traducción:* Quiero tirarme a otros sin ataduras) –todavía tenía mis dudas de que no fuese gay en cuanto dijo esas palabras, a lo mejor su novia no le veía lo bastante hombre… Eso podíamos solucionarlo, lo primero que haría sería lanzarme sobre él para probar esos labios tan sexys.

—¿Y con Rebeca qué? –pregunté para que supiese que le estaba escuchando, aunque era difícil concentrarse.

—Ya habían pasado dos semanas y justo cuando iba a proponérselo a Rebe… ¡pam!, vuelve a aparecer Alba.

¡Este chico está peor que yo!

—¡No! –abrí los ojos como platos mientras él asentía con los labios apretados.

—Me llama y me dice de volver ya en serio, decía que le gustaba estar conmigo y que se había dado cuenta de que no se sentía completa… no sé qué hacer, sinceramente, ella es mi debilidad, pero no quiero que juegue así conmigo –sacó de su cartera una foto de una chica–. Esta es Alba –señaló.

Era rubia, de ojos marrones, muy delgada, al menos lo que se veía en su cara con la piel pálida y pecosa. Tenía la boca muy grande, ¿qué hacía una chica así con un chico como ese? Vi su cara y me dio bastante pena, me aproximé más a él.

—Vaya dos piezas estamos hechos, ¿no? –dije dándole un suave golpe en la rodilla con la mía.

Me miró y sonrió diciendo:

—Pues sí, pero estamos solteros y podemos hacer lo que queramos –ambos sonreímos.

Al rato estaba en su cama a cuatro patas gozándolo. Pues ¡sí que estaba hecho un hombre!, me había dicho que su hermano se encontraba con su novia en la playa y que no volverían hasta tarde. Al terminar ambos quedamos tirados en la cama sin taparnos por el calor que hacía, aunque yo procuraba que no me viese el cuerpo. Pero, ¿qué me pasaba? Acababa de conocer a este chico y ya estaba en su cama… no sabía nada de él, solo veía lo guapo que era, me sentía tranquila al verle dormir tan plácidamente y mis problemas pasaron a un segundo plano.

Después de un rato desperté pensando que estaba en mi habitación, me estiré y toqué el musculoso brazo de Pepe, me giré para mirar cómo dormía ese Adonis a mi lado, entonces me levanté de golpe dándome cuenta de que estaba todavía en su casa. No me había fijado en su brazo tatuado. Él se despertó asustado con mi mano aún sobre su brazo, le pregunté por la hora y me dijo bostezando:

—Eh, humm, no sé, ahora lo miro –cogió su Lotus posado sobre la mesita, encendió la luz y dijo–. Son las doce.

Tenía la sensación de estar olvidandome de algo, pero no sabía el qué.

—Gracias y ¿dónde está mi ropa?

—¿Para qué te quieres vestir? ¿Tienes prisa? –me preguntó impidiéndome moverme apoyando su brazo sobre mi cintura, la verdad es que me sentía a gusto con él y estaba a diez o quince minutos de mi casa.

—Bueno, la verdad es que…

—Venga, quédate un ratito más –me puso tal cara de niño bueno que consiguió persuadirme.

—Vale, ¿de qué quieres que hablemos madrileño?

Se recostó en la cama mirando en mi dirección y dijo:

—¿Tanto se me nota?

Le imité adoptando la misma postura para ponerme frente a su cara y asentí:

—Tengo una prima que vive ahí y habla como tú, ¡ni que fueseis del mismo barrio!

—Entonces, tu prima, ¿en qué parte vive?

—En Alcorcón creo que se llama, voy a ir a verla dentro de poco –abrió mucho los ojos, por lo que me asusté–. ¿Qué pasa?

—¡Qué fuerte! Yo vivo en Leganés. Entonces es de la zona sur de Madrid.

—¿Y eso está cerca? –pregunté frunciendo el ceño.

—Pues, la verdad es que muy lejos no está, son unas cuantas paradas de metro –le vi contándolas mentalmente–. Unas cuatro, pero vamos que no dista mucho.

—¿Me estás diciendo que quieres que nos veamos cuando vaya para allá? –él asintió con la cabeza–. Yo me voy en dos días.

—Pues yo mañana –me dio pena el no verle al día siguiente, ¡qué decepción!

—Bueno, te doy mi número ¿vale? –me lo dio, pero la cosa es que no me pidió el mío, ¡menuda geta!, pero era guapo, también me facilito su dirección, ya le preguntaría a mi prima cómo ir.

—Por cierto, ¿cuál es tu nombre?, Pepe, José ¿algo? José a secas...

—José... Luis, José Luis.

—Amm, bonito nombre, bueno, al menos vamos a sacarnos una foto por si se me olvida tu cara –mentira, jamás se me podría olvidar un rostro tan bello y ya le enseñaría a mis amigas el pedazo monumento al que me acababa de tirar.

—Vale, pero, ¿así, medio desnudos? –ponía cara de falsa inocencia para que le dijese algo sobre su bonito cuerpo, me mordí el labio.

—Medio no, desnudos, pero vamos, yo me tapo con la sábana y tú si quieres te pones una camiseta.

—No, puedo sobrevivir sin ella –nos sacamos la foto, él brillaba con luz propia–. Bueno, pues entonces quedamos en eso, ¿no?

—Sí, oye, por cierto, ¿con quién vives ahí en Leganés?. Con tu madre –él sonrió y dijo:

—No, vivo con mi hermano y un amigo.

—Am, y tu hermano ¿es más mayor o más pequeño que tú?

—Más pequeño, no tardará en llegar.

—¿Es tan guapo como tú? –las palabras fluían de mi boca sin pensar.

—Nah, mi hermano es más guapo que yo.

¡Qué humilde!, pensé, y eso que siempre decimos que los gatos son chulos. Justo cuando iba a buscar en su I-phone una foto de su hermano se oyó la puerta y una voz femenina que decía:

—*Ja, ¡qué tonto eres!*

Me asusté y comencé a buscar mi ropa.

—Tranquila, solo son la parejita –refiriéndose a su hermano y novia.

—Ya, pero no quiero que me vean así –encontré con la mirada mi ropa interior, salté de la cama y me la puse tan rápido como pude, al girarme vi a Pepe comerme con la vista sonriente, ¡no se le borraba la sonrisa a este chico!

—Me gusta mucho tu color.

—¿Gracias?

—Ya me había tirado a una mulata antes pero... era muy blanca para serlo.

Me ruboricé y le dije:

—Yo no soy mulata, soy negra –le corregí en tono burlón, pero de risa.

—Pues lo pareces –me dijo en el mismo tono–. Mejor me lo pones, nunca me había tirado a una negra y... me gusta, sabes disfrutar bien cuando hay que hacerlo. Además de que tienes unos ojos preciosos, nunca le había visto a nadie de piel oscura con unos ojos tan claros.

Me ruboricé aún más al saber que le había gustado, pero con ese chico, ¿quién no disfrutaría?

La voz del hermano se oía cada vez más cerca de la puerta, di un salto a la cama, Pepe rió haciéndome cosquillas hasta que, con dificultad, me pude tapar y justo en ese momento su hermano entró sin llamar diciendo:

—¿Qué pasa aquí?... Ah, perdón.

—¿No sabes llamar o qué? –preguntó medio enfadado y me giré para ver la reacción del hermano, ¡la virgen! Tampoco se quedaba corto, era tan guapo como Pepe, no sabría decir si más o menos que él ya que se parecían mucho, pero Mario, que así se llamaba, tenía su encanto personal, sus ojos eran achinados, ni muy grandes ni muy pequeños, al principio pensaba que los tenía pintados pero cuando Pepe encendió la luz me di cuenta de que eran sus pestañas, no llevaba el pelo pincho porque seguro que se lo había mojado bañándose en la playa, era casi igual de musculoso que su hermano mayor pero, con más cara de niño y no por ello era menos irresistible, su novia era rubia con el pelo corto... creo... sinceramente, con estos dos adonis, ni me fijé en ella.

Capítulo 17

Después de un buen polvo con un desconocido una bronca es la que me espera

Al llegar a casa estaba mi madre en el salón viendo la tele, siempre que llegaba tarde sin dar señales de vida se quedaba esperando hasta que yo llegase.

—¿Qué tal? –me preguntó preocupada y muy seria.

—Bien, ¿y tú?

—Bien, pero no tan contenta como tú por lo que veo –sin apartar la mirada de mí, se cruzó de brazos recostándose en el sofá mientras me escudriñaba–. ¿De dónde vienes? Porque sé que con Javi no has estado –entrelazó los dedos sobre su regazo, me quedé de piedra, ¡me había olvidado de Javi!

—¡Ay, madre! –dije tapándome los ojos con la palma de la mano.

—Eso, ¡ay!, yo. ¿Dónde estabas? –su tono comenzó a elevarse.

—Esto… estaba con un chico madrileño… muy guapo en la playa, estuvimos hablando y… eso –me puse colorada y, poco a poco, su rostro me iba dando más miedo.

Mi madre me estudió como siempre y dijo:

—¿Cómo se te ocurre irte a casa de un chico al que acabas de conocer? –preguntó retóricamente, molesta claro–. ¿Estás tonta o qué?

—No sé, me ha cautivado, mira –le enseñé la foto que nos acabábamos de sacar.

—¡Pero, qué monada!.. ehmm –me miró poniéndose lo más seria que pudo tras darme una pella. Le conté cómo surgió–. ¿Y cómo se te ocurre meterte en la cama de un extraño? Yo no te he criado así.

—Mamá, fue con protección, además, ¿cómo voy a rechazar a este bombón? –le acerqué mi móvil cada vez más a la cara para que le viese bien de cerca.

—Ya, pero, ¿y si fuese un secuestrador?

—Sí, claro, ahora son tan guapos, ¿no? Y si lo fuese le seduciría y le espantaría luego –frunció el ceño, medio enfadada–. Es broma, tienes razón, pero con esa conversación tan larga que hemos tenido, ¿crees que un secuestrador daría tantos datos?

Le enseñé la dirección y el teléfono que me dio.

—Tú verás, si te secuestran no te pago el rescate –y dirigió su mirada a la televisión de nuevo–. Que no tengo dinero, si llaman les diré que se queden contigo, que a mí no me manden nada, que bastante tengo con lo mío.

Y esa fue su última palabra. Fui a mi habitación a ver una peli, había oído hablar de la de Sin City. Al final, no llamé ni a Javi ni a Iván, esa noche iba a dedicársela a Pepe.

Una nueva experiencia con Javi

Al despertar llamé a Javi.

—Hola.

—*¿Dónde estabas?* –preguntó preocupado y con un tono un tanto posesivo.

—Lo siento Javi, es que me había ido a la playa para despejarme y… me entretuve –no sabía si contárselo.

—*Con tus amigas está claro que no estuviste porque llamé a Teresa y me dijo que te habías ido a casa, llamé a tu casa y no estabas, te llamé al móvil y estaba apagado, ¿no estarías con Iván?* –parecía un novio acosador controlador en vez de mi amigo.

—Ya… lo siento. No, no estuve con Iván –me disculpé, este suspiró aliviado.

—*¿Dónde estuviste para entretenerte tanto? Estaba preocupado, todo el día esperándote y sin saber de ti, pensé que Iván te había hecho algo…* –estaba hiperventilando, parecía que le iba a dar un ataque.

[244]

—Javi, no te preocupes, ¿vale? Lo siento mucho, de verdad, se me olvidó por completo. Estaba tan tranquila en la playa y conocí a un chico con el que estuve hablando largo y tendido. La verdad es que, no fui consciente del tiempo, pero bueno, ¿quieres que nos veamos o no? ¡Que me voy mañana, dime!

—*¡Pues claro que te quiero ver!* –exclamó más calmado, pero decepcionado, abatido, ¿quizás celoso?

—Vale, pues quedamos después de comer.

—*No, que después de comer te echarás la siesta y no vendrás. Vente a comer a mi casa.*

—Pero me tengo que duchar y peinarme y... Vale –me excusé al escuchar el silencio.

—*Bueno, pues te espero* –dijo con voz dura antes de colgar dejándome con la palabra en la boca.

Tras ducharme no me compliqué, para la ropa escogí un vestido rosa y unas sandalias blancas con mi pequeño bolso blanco de Blanco, ¡válgame la redundancia! Y me dirigí a casa de Javi. Esta vez estaba su madre, era la primera vez que la veía y me impresionó. Tenía el pelo recogido en una coleta alta, de un color rubio ceniza, sus ojos reflejaban vitalidad y sus dientes perfectamente colocados pero oscurecidos por el tabaco; cuando se puso de frente, ¡Dios! Llevaba una camiseta muy escotada que dejaba asomar aquellos pechos operados, al menos de una talla ciento y pico.

—Cass, te presento a mi madre Maite, mama esta es mi… Cassandra –nos dimos dos besos tras mirar a Javi confusas.

Era muy graciosa, me cayó muy bien, pero Javi no me dejó hablar mucho con ella, tiró de mi brazo y me dirigió corriendo a su habitación.

—En breves estará lista la comida –gritó su madre.

—Vale –Javi parecía muy nervioso, estaba rebuscando entre sus cosas.

—¿Qué te pasa?

—Sshh –me puso el dedo índice sobre los labios y siguió con su labor hasta que encontró una bolsita transparente entre su ropa que meneaba en alto con triunfo. Cerró la puerta con llave.

—¿Qué haces con eso? –señalé la bolsita.

—Sshh, no grites, que mi madre es muy cotilla –cogió un cogollo pequeño de marihuana, un cigarro que tenía en un cajón de la mesilla, papel escondido en sus zapatos y comenzó a hacerse el porro expertamente, yo estaba perpleja–. No te preocupes, no es la primera vez que la fumo.

—Ya me doy cuenta, es que… –se notaba por la rapidez con que lo liaba.

—Tú no te preocupes, no te puede pasar nada malo –extrañamente, confié en su palabra porque Javi nunca había hecho nada que me perjudicase. Abrió la ventana de par en par, puso música para que no nos oyesen… ¡ideal! Bob Marley– *One love*, se lo encendió y empezó a fumar. Tenía un olor embriagador, inusual, pero no desagradable–. Prueba –me dijo con voz nasal pasándomelo y expulsando el humo.

—Yo… no… no sé –no me atrevía a cogerlo, me daba respeto.

—Por una vez que lo hagas no te vas a enganchar, hazme caso. ¿Cuántas veces me has visto fumando?

—Bueno y ¿cómo…? –pregunté cogiéndolo.

—Aspira y deja que te entre en los pulmones como si estuvieses cogiendo aire, ya verás cómo te gustará –hice lo que me dijo y aspiré tanto que me faltó el aire y al echarlo lo hice de golpe por lo que comencé a toser, no podía parar–. ¡Pero no tanto bruta! Suave, venga, otra vez –decía mientras me daba suaves palmadas en la espalda sujetando el porro con los dedos en forma de pinza mientras me miraba tranquilamente.

Cuando se me pasó (después de un buen rato) le di otra calada, esta vez más suave, me creó tanta curiosidad que no paré hasta que noté cómo se me relajaban los músculos de la cabeza a los pies, pasando por mis brazos, hasta la punta de mis dedos, notaba cómo mis ojos se entornaban pero permanecían abiertos, la lengua me pesaba, dirigí la mirada a Javi y vi que estaba igual que yo, con una sonrisa dibujada. Al verle de esa manera comencé a reírme como si me pesase hacerlo, de hecho me caí hacia delante, ¡menos mal que puse el brazo!, en el suelo reí, reí y no pude parar, lo único que dijo Javi fue:

—¡Qué! –riéndose él también sin saber por qué y decía–. Sshh, Cass, no hagas ruido.

Sin embargo, él hacía más ruido que yo, porque en ese momento se precipitó al suelo llevándose un montón de juegos y ropa apilada por delante. Yo le ayudé a levantarse, de repente se fueron las risas. Nuestras miradas se encontraron. Él me acarició la cara y sentí un estremecimiento que me contrajo los músculos de la vagina, le atraje hacia mí besándole con tanta efusividad que quería fusionarme con él en todos los sentidos. Le agarraba de la camiseta con la mano libre que me quedaba y se la quité. A partir de ahí fue tan rápido que, en un abrir y cerrar de ojos, ya estábamos casi desnudos, cubriendo nuestros cuerpos con caricias. Javi admiraba mis curvas y se mordía el labio, besaba cada palmo, cada centímetro, cada rincón del mismo y yo le acariciaba el suyo.

—Túmbate –me susurró al oído con voz ronca, le hice caso.

Me besó el contorno de la mandíbula y fue descendiendo a la clavícula, el pecho… deteniéndose en mi pezón. Yo, inconscientemente, me retorcía de placer gimiendo en silencio, no separó su mano de mi cuerpo en ningún momento, la cabeza me daba vueltas. Las sensaciones que percibía sucedían a cámara lenta pero de manera intensa, sintiéndome más flexible y, al igual que él, ambos nos movíamos en perfecta armonía. Siguió descendiendo hasta llegar a la zona púbica, con los dedos pulgares masajeaba mis labios vaginales mirándolos con deseo, con ganas… Observé cómo se lamía el labio superior, respiraba intensamente, se retorcía de impaciencia; hasta que se agachó para lamerme el clítoris. ¡Joder! ¡Qué momento! Alcé la pelvis guiando sus movimientos, yendo al mismo ritmo que su lengua, la cual movía lentamente de arriba a abajo alcanzando todos los rincones, haciéndome agarrar las sábanas con fuerza y encoger los dedos de los pies. Se podía oír cómo absorbía aquellos fluidos que emanaban sin cesar. Tanto placer concentrado no era normal y continuó hasta que llegué al clímax. Pero esto no había terminado… solo era el comienzo.

Me levanté mansamente, mirándole a los ojos con ganas de besarle y no reparé en hacerlo, la persiana estaba totalmente subida por lo que la luz dejaba ver nuestros cuerpos desnudos con gran nitidez. Me acerqué a su oído susurrándole con voz sensual:

—Siéntate en la silla.

Al hacerlo me puse de rodillas, no creo que pudiese adivinar mis intenciones, pero realmente tenía ganas, cogí su miembro con una mano y empecé a masturbarle mientras le miraba y me mordía el labio. Estaba circuncidado, por lo que no tenía una funda que le cubriese entero, la punta tenía forma de seta roja debido a la sangre concentrada. Tras verle alzar la cabeza y tensar los músculos, le lamí la punta. A él parecía gustarle y estaba ansioso de querer más, se lo hice expertamente, con tal fluidez que resultaba fácil, es más, me gustaba sentir esa textura rugosa en mi boca, esa punta tan suave que acariciaba con mi lengua y se endurecía al tomar contacto con ella... ya no me daba vergüenza ni siquiera admitirlo, me la metía y sacaba o lo alternaba dándole un lametón a lo largo de su longitud finalizando en una mirada sensual para verle la cara y comprobar que le gustaba. De repente paré y me puse sobre él en la silla, le agarré de la base, que entró tan dura en mi interior sin objeción alguna provocándonos a ambos ese hormigueo que hacía que se me contrajesen las paredes de la vagina, abrazando su pene y haciéndole sisear. Por suerte mis pies llegaban al suelo, le metí la cabeza entre mis pechos y comencé a brincar sobre él. Los golpes eran sonoros, húmedos... subimos la música porque poco nos faltaba para gritar.

—Espera, espera.

—¿Qué? –me sobresalté.

—No quiero estar pendiente –dijo mostrándome el condón.

—Vale, pero rápido ¡eh! –se lo puso mientras nos besábamos y retomamos otra vez la actividad.

—Espera, espera.

—¡Qué! –espeté molesta.

—Esto mola –sonrió de medio lado, volvió a meter la cabeza donde estaba agarrándome fuerte de la cintura.

Después de un rato me tiró a la cama salvajemente separándome las piernas y continuó la labor, daba golpes duros mientras me miraba con cara de fiera (cosa que me encantaba), las gotas de sudor caían de su frente haciendo que le brillase todo el cuerpo a causa del calor del ambiente. Después de un rato él no pudo más, al verme disfrutar tanto se dejó caer encima de mí, yo le agarré la espalda. Estaba alcanzando el punto de máximo placer y él lo sabía porque le estaba clavando las uñas, y llegó. Deslicé mis dedos sobre su espalda creándole unos arañazos similares al ataque de un puma; Javi se excitó tanto que acabó eyaculando con un suspiro sonoro como nunca había oído.

Mi corazón estaba súper acelerado, tanto que lo sentía golpear mis costillas para liberarse. Javi cayó a un lado transpirando.

—Madre mía, ¡qué intensidad! –suspiré entre jadeos.

—Y que lo digas.

De repente fuimos conscientes del bochorno, Javi puso el ventilador y salió de la habitación no sin antes asegurarse de que estábamos solos. Me sentía sucia, estaba espatarrada, con los pelos de loca y desnuda sobre su cama, asomó la cabeza por la puerta diciendo:

—¿Quieres ducharte?

—Sí, por favor, lo necesito –supliqué levantándome de la cama.

Nos duchamos los dos juntos, fue refrescante. Intenté evitar mojarme el pelo porque no sabía a qué hora se me secaría. Salimos del baño y entramos a la habitación. Se notaba cierto olor a sexo, hierba, humanidad... a pesar de estar la ventana abierta el calor era... Indescriptible.

—Javi...

—No me lo digas, tienes hambre, ¿no?

—¿Cómo lo sabes? –pregunté fascinada.

—Primero, porque te suenan las tripas –me sonrojé–. Segundo... porque a mí también –ambos reímos con ganas–. Y tercero... ¿Qué era? ¡Ah!, que la marihuana da hambre.

Dicho esto se dirigió a la cocina. Mientras esperaba me tumbé en el suelo, que estaba fresco, seguía con esa sensación de hormigueo por todo el cuerpo, era una sensación de extraña relajación que no producía sueño, sin embargo, mi corazón estaba más despierto que nunca, tenía la boca seca, tragué saliva varias veces pero no sirvió de nada.

Después entró Javi con una bandeja, la depositó sobre su escritorio y se volvió a marchar, me acerqué a la mesa para ver qué había traído: un cuenco de ensalada de pasta para dos, un plato de papas fritas con un filete de tamaño considerable, más servilletas y dos tenedores con sus respectivos cuchillos. Antes de levantar la vista trajo dos vasos vacíos con hielo y dio el tercer paseo para traer otra bandeja con otro plato de filete y papas y media barra de pan, se quedó de pie un buen rato pensativo.

—Javi, ¿qué te pasa?

—Falta algo. ¡Ah!, la bebida –se fue a la cocina y vi que tardaba un poco.

—Javi, yo ya tengo hambre y no puedo esperarte –dije comiéndome una papa, me giré y le vi ahí, a mis espaldas de pie con las manos vacías–. Pero, ¿no ibas a por la bebida?

Se tronchó de risa contagiándomela a mí.

—Es verdad –se marchó de nuevo volviendo esta vez con la botella de dos litros de Coca-Cola.

No comimos, deboramos, sin dejarnos nada. Al terminar estábamos llenísimos, Javi cambió las sábanas poniendo otras limpias debido al olor a sudor y sexo mientras yo encendía el portátil, miré el reloj:

—¡Alá!, ¡pensé que era más tarde, solo son las cuatro!

—Claro –dijo, mientras recogía las bandejas, escogí la primera película que vi, tenía un montón de DVD's, me llamó la atención «El orfanato», a ver de qué iba, sin embargo no me enteré mucho, porque me quedé dormida enseguida.

Al despertar ya eran las ocho de la tarde, y el exterior permanecía tan alumbrado como el mediodía, Javi seguía durmiendo y yo me moría de calor, además de hacerme pis.

Cuando salí del baño me topé de frente con su madre.

—¿Qué tal habéis dormido? –preguntó con una sonrisa.

—Eh, bien –respondí sonrojándome.

—Javi duerme como un lirón, no le costará nada volver a dormirse por la noche, podrías despertarle.

—Lo haré dentro de un rato para despedirme de él, que en unas horas me voy a Madrid de vacaciones –le informé.

—¿Ah, sí? –dijo con verdadera curiosidad, y en ese momento dudé de si debía darle más información o no, ya que viendo la reacción de Javi cuando su madre estaba con nosotros no sé si debía... pero.

—Es un viaje de solo chicas.

—Ya, si algo me dijo. –¿Perdón? ¿Javi le hablaba de mí a su madre?–. Te va a echar mucho de menos –se dirigió al salón.

—Bueno, solo me voy unos días, tampoco creo que sea para tanto, Javi tendrá otras cosas que hacer –la seguí para averiguar qué respuesta me daría sobre los pensamientos de Javi.

—¡Qué modesta eres! Javi te tiene en un pedestal, nunca le había oído hablar así de ninguna de sus novias.

—Novia –susurré.

—¿Es que no sois novios? –pero justo cuando le iba a contestar la madre levantó la mirada y ahí estaba él, apoyado en la pared con las manos en la espalda y los ojos entornados, su madre carraspeó diciendo–. Bueno, yo me tengo que ir a hacer unas… cosas –marchó con la cabeza gacha, miré a Javi y tenía la cara colorada.

—¿Lo has escuchado?

—Algo he oído, pero no hagas caso a mi madre, dice muchas tonterías.

No hice ningún comentario más sobre ello.

—Bueno, ya que en Madrid no hay playa, ¿por qué no disfrutamos un ratito más de ella?

—Me gusta, para algo que propones tú –dijo pinchándome.

—Oye, suelo tener buenas ideas, pero tú con las tuyas arrinconas las mías –dije dándole un manotazo en el brazo.

Nos fuimos a la playa a bañarnos, el sol de las nueve y media que eran se escondía, oscureciendo poco a poco las aguas del mar, cada vez había menos gente por lo que no nos costó encontrar un sitio íntimo. Me sumergí sin dificultad hasta cubrirme el cuerpo, el agua estaba calentita. Mirando el horizonte noté sus brazos firmes y cálidos alrededor de mi cintura, *Javi te tiene en un pedestal*, aquellas palabras resonaban en mi cabeza como un eco. Si dio a entender a su madre que éramos novios, ¿por qué no quería que lo fuésemos? Aunque, pensándolo mejor, yo no quería una relación estable, necesitaba experimentar ahora que Pepe había aparecido en mi vida, y Javi también lo necesitaba o puede que lo hubiese hecho ya sin decirme nada por miedo a herirme. Noté sus labios apoyados en mi nuca provocándome la piel de gallina como respuesta a su estímulo, me di la vuelta y le rodeé el cuello con los brazos.

—Desde que tenemos esta historia, ¿has estado con alguna otra chica? –su reacción fue levantar las cejas, le había pillado con la guardia baja.

—Bueno, la verdad es que hubo una que hace poco se me lanzó, pero la rechacé.

—¿Por qué?

—Ahora mismo no me interesa estar con ninguna chica, solo lo hago contigo, me gusta que experimentemos juntos, aunque… me gustó cómo besaba –confesó pensativo frunciendo los labios.

En ese momento sentí una punzada de culpabilidad y celos a la vez, ¡celos! ¿Por qué? Si yo me había acostado con Pepe, ahí estaba mi parte de culpabilidad y él solo se había dado un simple beso, me dolía preguntar esto pero:

—Y ¿por qué no aprovechaste la oportunidad? Hay más chicas aparte de mí.

—Sssh. Si tanto te empeñas, puedo intentarlo, pero ahora hablemos de nosotros –me besó con sentimiento, lentamente. Me mostraba su cariño acariciándome la cara, cogiéndome la nuca cuidadosamente y aferrándose a mí.

Cuando nos separamos dijo:

—Te voy a echar de menos.

—Javi, no seas exagerado, solo voy a estar una semana o dos.

Camino a Madrid

Durante el camino, de madrugada, Belén nos contó lo que hizo en sus vacaciones, y la verdad es que no me interesaba mucho, por lo que desconecté. Ya tenía bastante con lo mío, cuando pensaba que todo estaba claro las cosas iban y se complicaban, no sabía lo que hacer. Pepe me atraía mucho, pero no más que Iván, y a este no le quería tanto como a Javi, pero tampoco quería que Javi fuese mi novio… ¿o sí? Pensando en Pepe mi conclusión momentánea, fue que no, y así funcionaba ese constante bucle de indecisión.

Después de siete horas, con un intervalo de descanso de media hora, llegamos finalmente a Madrid, teníamos el cuerpo agarrotado y no te digo yo del estado de Belén. Mi prima vivía sola, aunque en ocasiones iba a visitarla Ross, su amiga.

—¿Habéis tenido un buen viaje? –preguntó mi prima una vez llegado al portal.

—¡Puff!, prima, míranos la cara y juzga –resoplé, pero aun así sonriente.

Nos abrazamos y subimos las maletas a un tercer piso sin ascensor. La casa era acogedora, de tres habitaciones y un baño, lo justo para ella, era perfecta.

—Bueno Belén, escoge cualquiera de las dos habitaciones, eres la que más cansada está, por lo tanto…

—Sí, no me lo digas dos veces, me voy a dormir a la que esté más cerca –se dirigió a la habitación que estaba al fondo, donde había una litera, una mesa de estudiar con el ordenador, el armario y para de contar. Se tiró literalmente a la cama de abajo y no tardó en empezar a roncar.

—Yo me pondré arriba –dijo Miriam acomodándose para dormir.

—¿No tenéis hambre? –preguntó mi prima, Teresa y Ary lo negaron a la vez.

—Vale, pues Teresa, te toca en la otra habitación, hay dos camas igualmente.

Entramos en la habitación y estaba pintada de rosa con una cenefa de Mickey Mouse y sus amigos, un estilo muy infantil, la cama no era muy grande pero tampoco es que seamos muy altas todas, lo justo con otra cama debajo. Había un armario empotrado cuyo interior estaba forrado de madera color salmón.

—Vosotras dos podéis dormir o bien dos en una cama y otra en la de abajo o bien que una se venga a dormir conmigo y así dormís cada una en una cama.

—Nosotras también dormiremos ya –dijeron Ariadna y Teresa.

—Bueno prima, está clara la cosa, ¿no? Me voy a dormir contigo.

—Vale –nos dirigimos a la cocina.

—Yo sí que tengo hambre, ¿qué has preparado? –pregunté descaradamente abriendo los armarios y la nevera.

—He hecho varias cosas –la cocina era pequeña, pero lo suficiente como para que cupiesen dos personas o quizá tres, estaba
bien amueblada, con los armarios de color verde y los azulejos de
un azul oscuro, de textura rugosa–. Tengo macarrones, ensaladilla
rusa, ensalada…

—Joer prima, ¡tienes de todo! –cogí los macarrones.

—Os había preparado unos filetes de pollo empanados –dijo
abriendo el microondas.

—Me vale –le arrebaté el plato de las manos y engullí. Mientras
comía le conté mi historia con Pepe.

—Por eso le quiero ver, me dijo que era de aquí de Madrid, concretamente de Leganés.

—¿De Leganés? ¿Eso te dijo? –estaba atónita.

—¿Qué pasa, que le conoces?

Se quedó pensativa unos minutos, con el dedo índice bajo el
mentón.

—Tiene un hermano que se llama Mario, ¿verdad?

—¡Sí!, entonces le conoces, mira esta es su dirección –le enseñé
el papel ilusionada, pero la cara de mi prima cambió la mía–.
¿Algún problema?

—Sí, que le odio –dijo tajante.

—¿A Pepe?

—A Mario.

—¿Por qué?

—Nada, es una larga historia, pero Pepe es un cielo, cocina,
cose, limpia, hace de todo, encima es guapo, además que, aunque
parezca mentira, es muy cortado, pero luego le va el rollo –sonreía mientras me lo contaba.

—Ya ves… –recordé, pero volví en mí en seguida–. Y ¿por qué
odias a su hermano?

—Nah, tonterías, tuve una historia con él hace un tiempo.

—Entonces, la que vi yo en la playa era la novia de Mario.

—Ah, sí, esa tía –dijo con asco.

—¿La conoces?

—No –ambas reímos.

—Bueno, cambiando de tema, aunque no tanto, son las fiestas de Leganés y aunque sea miércoles os toca venir –dijo.

—Nos tendremos que sacrificar, a ver si vemos a Pepe.

—¡Por Deus! Cass –dijo poniendo los ojos en blanco y haciéndose un moño con las trenzas.

—Oye, y tú ahora ¿qué?

—¿Qué de qué? –arqueó una ceja sin comprender.

—¿Qué de que de qué? Qué va a ser, ¿qué tal de hombres? –pregunté más claramente.

—Bueno, ahora mismo estoy sola, el único hombre de mi vida es mi mejor amigo, Nacho, que siempre me hace reír cuando lo necesito.

—¿Y no te has liado con él ni nada?

—No le veo de esa manera, para mí es como un gran hermano, le tengo mucho aprecio, además siempre le da un giro a todo llevándolo a lo sexual, esta noche le conocerás y lo entenderás.

—Vale –dije dudosa de mí misma.

Por la noche, cuando llegamos a la Cubierta de Leganés, salimos del metro, que por cierto la gente era muy mal educada y encima estaba súper lleno, te daba un golpe y ni te pedían perdón, *tss, por favor*, susurraba indignada. Nada más salir lo primero que encontramos eran los puestos de siempre, que vendían de todo, desde ropa hasta comida, luego andando un poco más hacia delante estaba la plaza de toros, eso sí, ¡llenísima de gente!, mi prima no dejaba de saludar y de presentarme a gente. De repente, un chico se acercó a nuestra dirección, era guapo la verdad, llamaba la atención, rubio con el pelo pincho, pensaba que iba a saludar a mi prima y se fue directo a Ary pegándole un tremendo abrazo, nos quedamos todas de piedra pómez, incluida Laura.

—¿Qué haces aquí? –le preguntó Ary.

—Vivo aquí ahora, ¡mucho tiempo sin vernos, eh! –dijo el chico con acento andaluz medio extinguido–. Estás muy guapa –con toda confianza la cogió de las manos y separándose de ella para mirarla bien de arriba abajo… como con deseo, miré de reojo a Belén, quien puso mala cara al instante, y yo a punto de decirle algo al oído a Ariadna giró la cabeza y nos presentó.

—Estas son mis amigas, chicas, este es Jorge, un amigo del colegio.

—Hola –dijimos todas.

—Son Miriam, a Teresa ya la conoces, Cass, Belén…

—Su cuñada –acentuó Belén, pero creo que el chico no la oyó bien porque parecía estar coqueteando con Ary.

—Hacía que no te veía por lo menos cinco años, ¿cuánto hace que vives aquí?

—Pues, casi los cinco años que hace que no me ves. Estoy aquí trabajando de fontanero.

—Bien, ¡apuntando alto! –comentó Belén de tal manera que solo nosotras lo oímos.

—Y ¿qué te dio por venir aquí a trabajar?

—Tuve problemas con mi padrastro y preferí irme de casa, así que vine con mi hermana y, desde entonces, estoy con mi cuñado trabajando.

—Interesante –dijo Ary.

¡Mal rollo! Cuando Ary decía «interesante» era signo de que algo iba a pasar, porque me contó una vez que le encantaban los chicos que trabajaban con las manos, es decir, artes y oficios, o sea, fontaneros, electricistas, bomberos, albañiles, obreros… le ponían a cien, pero ahora que está con Luis no creo que pase nada… creo.

—Tere, ¿que tal tu gemela? –preguntó dirigiéndose a ella.

—Ahí anda, con el novio en Italia.

—¿En serio? ¡Ay, Andreíta con novio, quién lo diría!

—Ya ves –dijo Teresa como con resquemor.

Capítulo 18

Fiestas de Leganés, visitas culturales... ¡Me gusta Madrid!

Laura me presentó a un montón de personas, ¡tenía un cacao de nombres impresionante!, estaba más liada que en una pelea de pulpos. Hubo un chico que especialmente me llamó la atención, era del mismo color que yo, muy guapo, y sin dejar de mirarle pregunté a Laura quién era señalándole disimuladamente.

—Christian, es el primo de Robert en Negro, un chico no muy alto que está por ahí, es relaciones públicas por su cuenta de algunas discotecas de Madrid a las que con suerte iremos.

—Am, ¿y no te has fijado en cómo te mira?

Se giró para comprobarlo y dijo:

—¡Qué va! No me está mirando a mí, te está mirando a ti –en cuanto se fue se me acercó aquel chico.

—Hola, ¿qué tal? Me llamo Christian.

—Yo Cassandra –nos dimos dos besos.

—Encantado, bueno, ¿tienes algo que ver con Laura?, porque os parecéis mucho –preguntó mirándome atentamente, algo que me ponía nerviosa.

—Es mi prima.

—¿Eres andaluza? –asentí.

—¿Tanto se me nota? –pregunté con sarcasmo, cosa que le hizo gracia, y así pude ver sus perlados y perfectamente alineados dientes–. Oye, una pregunta.

—Dime.

—¿Te gusta mi prima? Siento ser tan directa, pero es que la miras con una cara… –el rió.

—No la estaba mirando a ella, te estaba mirando a ti, eres muy guapa –poco a poco comenzó a acercarse a mí lamiéndose el labio.

—Amm, ¡qué bien!… Eh, gracias hombre, ¿y con quien has venido? –le pregunté cambiando de tema mientras me alejaba.

—Con mi primo y unos amigos, ¿y tú, preciosa? –lo captó pero le dio igual.

—Con mis amigas, aparte de mi prima –miré a mí alrededor y a la primera que vi fue a Miriam–. Mira, esta es mi amiga Miriam, Miriam te presento a Christian, ¡uy, que me llaman al móvil!

Mentía, pero eso me ayudó a escabullirme. Choqué con mi prima que en ese momento se estaba abrazando a un chico blanco con gafas y el pelo a la altura de la nuca (largo para un chico), moreno.

—Nacheteeee –dijo abrazándole con tal fuerza que parecía que se iban a romper los huesos–. Mira Cass, este es Nacho, Nacho, mi prima.

Nos dimos dos besos.

—¿Qué tal?

—No tan bien como tú, parece que lo lleváis en la sangre –dijo a media sonrisa, y añadió–. Entonces no creo que tengas ningún inconveniente en unirte a la fiesta, ¿no? Todo queda en familia –se echó a reír a carcajada limpia.

Le miré entre sorprendida y divertida, puesto que el tal Nacho no estaba tan mal, en mi interior sentí un estremecimiento al imaginar un posible encuentro con él; sí, probablemente aceptaría una aventura de buen grado, aunque mis pensamientos solo veía a Pepe, me cegaba su cuerpo.

—Mm, quizás otro día –dije.

—Ya verás cómo sí –y se fue seguro de sí mismo.

—Pero, ¿qué le pasa a ese tío? –le pregunté a mi prima.

—No subestimes a Nacho, consigue todo lo que se propone, hazme caso, se lo ha llegado a montar con tres chicas, si él quiere te tiene, ¿por qué te crees que se habla con tantas chicas? Lo que pasa es que conmigo no es así, es la primera impresión que quiere dar, pero luego es un cielo.

—O sea, que te lo has tirado –dije con seguridad.

—¡No seas pesada! –dijo entre risas–. Yo solo tenía ojos para mi Sergi, pero ya nada, está en la cárcel.

—¿Y eso?

—Tráfico de drogas, y en ese tiempo el único que estuvo conmigo fue Nacho, le debo mucho.

Durante la noche no hacía más que oír frases tipo: «*chuco di man*» (chico tío), «*congosá*» (cotilleo), porque estaba lleno de ecuato-guineanos, mis paisanos, me hacía la tonta, como que no les entendía, y a veces se me escapaba una sonrisa cuando se metían los unos con los otros porque, ¡chico! Eso entre negros estaba a la orden del día… Y aún así, no vi a Pepe.

Al día siguiente, jueves, nos despertamos como a las dos de la tarde. Por fin vimos a Ross, la mejor amiga de mi prima, un poco más baja que ella, más oscura, pero eso sí, con la coleta siempre puesta.

—¿Dónde estuviste ayer? –preguntó Laura sentada en el sofá agarrándose los tobillos.

—Con este, nena, con este –y se fue directamente al baño, Laura la siguió.

—Mm, vale –tras pronunciar esas palabras se quedó parada en el pasillo, se giró hacia la habitación donde estaba cogiendo una chaqueta en el armario y volvió a su cómodo sofá.

—Oye, Laura, hoy sí que puedo ir a ver a Pepe, ¿no?

—Llámale, a mí no me pidas permiso, que aunque sea más mayor que tú no soy tu mamá. Eso sí, si quedas con él que sea por la noche que esta tarde vamos a dar una vuelta por el centro, ¿qué haces poniéndote una chaqueta, zumbada? –se encogió como un ovillo mientras veía la tele.

—Hace un poco de frío. Vale, ahora le llamo.

—Pe… qu… ¡qué cojones! –decía desconcertada mirando a la ventana y luego a mí con el ceño fruncido–. En fin, sois unos flojos los del sur.

Llamé a Pepe pero no contestaba, por lo que decidí hacerlo más tarde. Entré al baño después de Ross, que se había duchado aquí, me quité la ropa y justo en el momento en el que iba a entrar en la ducha golpearon.

—Ocupado –grité.

—Cass –dijo Ariadna abriendo la puerta obligándome a coger la toalla. Automáticamente me miró de arriba abajo con una mezcla de asombro y deseo mordiéndose el labio. Atisbé cómo los músculos de su cuerpo se relajaban provocándome esa incertidumbre, *¿qué me pasa,* me pregunté. Desconocía por completo lo que iba o podía suceder, de repente mil cosas rondaron por mi cabeza, aunque mis pies caminaron hacia ella y no entendía por qué, pero quería hacerlo, Ary me siguió el rollo, comenzó a quitarse la ropa sin motivo aparente, tocándose los pechos oprimidos por el sujetador, y justo cuando nuestros labios se rozaban y ya nos habíamos acariciado algunas partes salimos de aquel sopor.

—Oye, ¿por qué has venido? –salí de mi estupor de repente.

—¡Ay va, es verdad, lo siento! –se puso roja, yo, supongo que también.

—¿Qué ha pasado? –me pregunté más a mí que a ella.

—¡Mierda! Yo venía a decirte algo importante, pero bueno, luego te lo cuento –se vistió y salió pitando del baño.

Me quedé sin saber lo que pensar: pero, ¿qué me pasa? He estado a punto de besar a mi amiga, ¿qué me querría decir? Llena de dudas me metí en la ducha y aún así no podía quitármelo de la cabeza recordando sus pechos turgentes, sus ojos deseosos, sus labios insinuantes esperando aquel beso que no llegó a formarse. La verdad es que nunca nos habíamos visto desnudas completamente y teniendo en cuenta que es bisexual… pero ese era un detalle irrelevante.

Terminé de ducharme y justo cuando salí me la volví a encontrar, no fue difícil porque la casa era pequeña, intentó huir pero la agarré del brazo:

—Oye, ¿qué me querías decir?

—Nada, luego te lo digo –no se atrevía a mirarme a la cara, se quiso meter al baño–. Cass, por favor, déjame pasar.

La dejé, pero me colé yo también. Al cerrar la puerta:

—Venga, dímelo –rogué, ella suspiró.

—¿Te acuerdas de mi amigo de ayer?

—Sí… Noo, ¿qué has hecho? –no hicieron falta más palabras para saber lo que pasó–. Pero, ¿cuándo lo hiciste? ¡Y sin que Belén se diese cuenta!

—Le dije a Teresa que se la llevase a algún sitio, porque cuando estaba hablando con Jorge me sentía muy observada por ella, nos intercambiamos los números de teléfono para quedar algún día de estos y en cuanto nos separamos él me llamó, tenía a Belén al lado, pero no se dio cuenta.

—Y ¿qué te decía? –me senté en la taza del váter para escucharla más cómodamente, se ve que iba para largo. Ariadna se quitaba el camisón por segunda vez, esta vez no iba a mirar por si había un segundo capítulo de esta historia sin sentido.

—Que quería verme, porque lo nuestro, tras varios años de colegio y dos de instituto, fue un amor platónico. Es como… ese asunto que tienes pendiente y que si no lo zanjas te arrepientes de por vida.

—Creo que sé lo que estás diciendo.

—Quería volver a verme, ya sabes, sabiendo que es fontanero y demás –le excitaba el simple hecho de recordar su oficio e imaginárselo trabajando con la típica camiseta de tirantes blanca limpiándose el sudor, marcando sus musculosos brazos...

—Ya –se metió a la ducha, pero no quería hablar, ya que tendría que subir el tono de voz. Yo me quedé pensando… si es que tiene razón, dejas pasar esas oportunidades y luego te arrepientes preguntándote cómo habría sido, ¿habría cambiado algo? No se sabe.

Volví a llamar a Pepe y esta vez me cogió el teléfono.

—¿*Sí*?

—Oye, que soy Cassandra, la chica de la playa…

—*Hombre, ¿qué tal estas? ¿Estás aquí en Madrid ya, no? Según me ha dicho tu prima.*

—¿Perdona? ¿Estuviste en las fiestas de Leganés? –abrí los ojos como platos.

—*¡Claro que sí!, lo que pasa es que iba con Rebe y no era plan de saludarte así con lo celosa que se pone* –yo pensé que si ella supiese que en la playa me pusiste a cuatro patas.

—Ah, ¿ahora estás saliendo con ella? –pregunté con resquemor.

—*La verdad es que no, bueno. ¿Cuándo vienes a mi casa?*

¿Cómo cambiaba de tema tan rápido? ¿Hará eso con todas?

—Eso mismo te iba a decir yo, por eso te llamaba, para ir hoy –la ilusión volvía a mí.

—*Pues ven cuando quieras, te espero, Laura sabe dónde vivo.*

—Vale, pues nos vemos esta noche.

Nos dimos una vuelta por Gran Vía, visitamos la tienda Telefónica y, cómo no, compramos ropa. La calle, que estaba a rebosar, ¡era agobiante!, todo el mundo tenía prisa. Acabamos sentadas en Sol, que se notaba que era el centro por los turistas, Teresa se puso a mi lado.

—Tía, ¿ya sabes lo de Ary? –decía mirando al Mickey Mouse disfrazado que teníamos enfrente saludando a todo el mundo.

—Shhh, que no se entere Belén –nos separamos un poco de ellas.

—No te preocupes, ayer me la tuve que llevar por ahí, conocimos a unos cuantos chicos, amigos de Laura, y la hice beber hasta ponerse borracha.

—¡Claro!, por eso la veía yo tan contenta y parlanchina –ambas reímos–. Ary tiene razón, si se le presenta esta oportunidad que no la deje pasar, mientras que lo sepamos las justas.

—Yo ayer estuve tonteando con uno, pero ya quedaré con él –dijo.

—Ah, ¿sí? ¿Cómo se llama? –pregunté curiosa.

—Y ¿a quién le importa? Solo sé que es mulato y que tiene los ojos claros, parecidos a los tuyos, ¡hay que procrear! –exclamó Teresa. Enarqué una ceja asombrada–. No pienses mal, yo no quiero bebés ahora, solo quiero disfrutar del sexo al máximo. Le di mi número para que me llamase y todavía no lo ha hecho –*all the single ladies* sonaba el móvil de Teresa, ella contestó y desapareció, entonces me acerqué a Miriam, porque desde que llegamos a Madrid no había hablado con ella.

—¿Qué tal? –le pregunté.

—La verdad es que no muy bien, he sido la única tonta que no ligó ayer.

—¿Ni siquiera con el Christian ese? –ella negó con la cabeza.

—Me pidió el número, pero no creo que esté interesado, yo insistí en dárselo.

—Si lo cogió es por algo, además era muy mono. Bueno no te comas la cabeza, que vinimos ayer, todavía nos queda tiempo. No tienes que deprimirte, yo tampoco ligué ayer.

—Ya, pero mojarás hoy –concluyó. Ahí tenía razón y lo estaba esperando con impaciencia.

—Si no, tienes a Nacho, el amigo de mi prima, está loco, pero yo me lo tiraría... por curiosidad –ella abrió los ojos como platos.

—¿Me lo estás diciendo en serio? A mí me parece un salido ¡Está tarado! –dijo haciendo una mueca de desagrado.

—Ya, pero ponte que luego, a la hora de la verdad, es un cortado, mejor para ti, ¿no?

—Sí, bueno, si tú lo dices... –de repente a ella también le sonó el teléfono. ¿Qué pasaba aquí? Me estaba asustando, a ver si nos habían puesto micrófonos los chicos estos...

Desde Gran Vía anduvimos hasta Banco de España, vimos la Cibeles, en la cual mi prima nos comentó que a unos treinta y cinco metros de profundidad se encontraba la cámara acorazada del Banco de España.

—Hay más de noventa toneladas de oro en lingotes y otros objetos de gran valor, pero, ¡atrévete a robar! Si lo intentas la diosa te ahogara, pues con el agua de su fuente inundaría la zona, ya que comunica con un río subterráneo.

—¿En serio? –preguntó Miriam, a quien le fascinaba la historia, mi prima asintió.

—Parece sacada de una leyenda urbana –comentó Ariadna.

—Ya, pero es que estamos hablando de mucho dinero, bueno dinero... oro –le dijo Laura cruzándose de brazos mientras todas observábamos la estatua en la fuente–. Por aquí cerca está el Retiro, a ver si venimos uno de estos días y comemos en plan picnic.

De ahí anduvimos hasta llegar a la estación de Atocha, pasando por los museos Naval, el Thyssen y el del Prado. También vimos la fuente de Neptuno, del que me percaté que estaba sobre una concha. Al llegar a la estación de Atocha me quedé impresionada al verla, dentro había ¡un jardín tropical! Curioso, estaba a una temperatura estable de veinticuatro grados, observamos que había un montón de tortugas.

—¿Sabéis que la gente, cuando sus tortugas ya son grandes, las dejan aquí? Por eso hay tantas –informó.

En esa estación se comunicaban todas las líneas de cercanías, vimos el monumento de cristal situado frente a la entrada del AVE.

—La escultura está formada por una cúpula cilíndrica de vidrio de once metros de altura, construido con unas piezas especiales, recordando a las víctimas del once de Marzo –Laura era una buena guía, dotada de información valiosa.

—No me lo recuerdes, fue el día de mi cumple –comentó Ariadna triste.

—¿Tu cumple es ese día? Tuvo que ser poco agradable ¿Cuántos cumplías? –preguntó Laura.

—Trece –contestó mirando hacia arriba aquel edificio cilíndrico de color blanco escrito.

—¡Joder!

Fue impactante, al ver por dentro lo que había escrito, yo no pude soportarlo, por lo que nos fuimos rápido. Finalmente nos quedamos en Príncipe Pío, tomamos un helado y regresamos a casa cargadas de bolsas y súper agotadas.

Ya eran las diez de la noche y volví a llamar a Pepe.

—Oyes, en breves voy para allá, ¿vale?

—*Vale, te esperamos* –colgó.

—¿Te esperamos?

—¿Con quién estaba?

—Siempre mete a algún amigo cuando lleva a una chica a su terreno –informó Laura recogiendo un poco la casa.

—Tú, negra, ¿por qué no me dijiste que le viste ayer? –estaba enfadada.

—Ah, pues… porque no tuve tiempo, estaba ocupada.

—Ya, claro –miraba a todos lados, pero decidí pasar del asunto. solo pensaba en Pepe, me hacía ilusión volver a tocar ese musculoso y bronceado cuerpo, esos labios medio carnosos y esa…

—Tengo ganas de quedar –le dije a Teresa-. Últimamente no sé qué me pasa, me fijo mucho en los tamaños y formas, curiosidad nada más o porque estoy acostumbrándome a vérsela a Javi.

—Es normal, Cano, la tenía muy gorda, no muy larga, pero estaba bien así, y no es que fuese muy bueno en la cama pero, me gustaba como la tenía –dijo Teresa encogiéndose de hombros y mirando hacia abajo levantando las cejas.

—Iván la tenía inclinada hacia la derecha, no muy ancha, pero larga; Pepe ancha, larga, morena y recta; Javi…

—¡Joderse! ¡Menos mal que no te gustaba mirarlas! –me puso la mano sobre el hombro.

—La de Iván la tuve que ver muy de cerca, tú me entiendes –le guiñé un ojo con complicidad.

—Mmm, ¿se la…? –yo asentí–. Uuu, no me esperaba eso de ti.

—Teresa, aparte de que él me lo propuso, tengo que probar de todo, ¿no? Además a Javi también se la he comido… ¿qué? –levanté los hombros y sonreí.

—¿Quién eres y qué has hecho de ti Cass? –me sacudió.

—Nada, es solo que… Javi me saca la guarra que llevo dentro.

—Sí, bueno. Y entonces, ¿cómo la tiene Javi? –preguntó curiosa apoyándose en la encimera de la cocina.

—Gorda, así en plan seta, con el capullo más grande que el cuerpo.

Laura me llevó a casa de Pepe que vivía en Zarzaquemada (Leganés), en una urbanización cerca de la estación. Su portal estaba escondido y eso parecía un laberinto. Laura se conocía a la perfección el camino, ¿habría venido varias veces? Subimos a su casa, ella y Pepe se saludaron como si se conociesen de toda la vida, este llevaba un bañador y una camiseta de tirantes, en cuanto le vi las bragas se me cayeron.

—¿Y tu hermano? –le preguntó. ¡Realmente el mundo es un pañuelo! Y el destino es caprichoso.

—Está en el baño, ahora sale a saludarte –le dijo sonriéndole, entonces dirigió su mirada hacia mí, me puse más nerviosa todavía, le devolví la sonrisa acompañado de un tímido:

—Hola –se me acercó e instintivamente me eché para atrás.

—Oye, ¿por qué te escapas? ¿Tan feo soy? –dijo sin borrar la sonrisa de su cara.

—Feo precisamente no eres –le dije acercándome más a él, le iba a dar dos besos pero giró la cara y me dio un beso en toda regla; perdí la noción del tiempo y espacio porque en cuanto nos separamos no hubo ni rastro de mi prima, ni de Mario, ni si realmente este último había aparecido–. ¿Dónde está mi prima? –pregunté preocupada.

—Creo que se ha ido, ven conmigo –me dijo despreocupado, algo sabía, y en ese momento se oyeron ruidos, gemidos concretamente.

—¿Y eso? –pregunté arqueando la ceja, Pepe me tomó de la mano apresurándome a entrar en la habitación. Era muy acogedora y bien ordenada, en medio estaba esa cama de matrimonio. Empecé a ponerme más nerviosa aún, sabía que era la segunda vez que lo haría con él, sin embargo, quería que fuese perfecto, sin el más mínimo error, para que no se olvidase de mí… era estúpido, pero lo pensaba así.

Algo bastante inesperado: ménage à trois

—Bonita cama –le dije nerviosa.

—Lo sé, además es cómoda, ¿quieres probarla? –me giró y no me dio tiempo a mirarle porque ya me estaba besando. Nos recostamos en la cama dándome cuenta del ritmo al que nos desnudábamos, todo sucedía a cámara lenta. Fantaseé con los ojos cerrados disfrutando de sus labios carnosos, pero en cuanto los abrí no me arrepentí de haberlo hecho. Me miraba sudoroso por el calor, observaba mis labios con ojos entornados que demandaban algo, era tan perfecto que asustaba. Deslizó sus labios llegando a mis pechos, me quité el sujetador, lo que le dio más libertad para tocarlas, acariciarlas, pellizcarme los pezones, ¡uy! Qué sensación tan placentera y dolorosa a la vez para la situación.

Noté un bulto a la altura de mis rodillas y yo con lo excitada que estaba le dije entre gemidos:

—Quítatelo todo, déjame ver ese cuerpazo –a consecuencia, sin decir nada me hizo caso, se lo quitó sensualmente lo que le quedaba, es decir los boxers. Al verle completamente desnudo me quedé perpleja, vi otro tatuaje más en el costado pero no tenía tiempo para averiguar qué era.

—Ahora te toca a ti —me quité las bragas.

No cesaba de mantener el contacto con mi piel dándome a entender que le gustaba, me tomó de la cintura e hizo un giro poniéndose él debajo de mí, ¡mierda! Yo no suelo ponerme encima (normalmente), pero me excité tanto admirando su cuerpo que no me preocupaba, cuando fui a besarle... tuve un escape, nunca había chorreando tanto y me avergoncé por ello, pero a Pepe pareció gustarle.

—Mmm, estás a tono, eh, ¡me gusta! —se mordió el labio.

Estando a punto de metérmela le pregunté:

—¿Tienes condones?

Se paró a pensar y dijo:

—¡Hostia, no!, espera —buscó entre los cajones y sus pantalones, hasta fue a la habitación de su hermano—. Mario, ¿tienes condones?

—No tengo, ya te lo he dicho, no uso de eso porque esta se toma la píldora. ¡Qué listo el Pepe que quería metérmela así! A pelo... y ahora que caía, ¡no estaría Mario con mi prima! Porque Laura también se la tomaba, pero no tenía novio, ¿y por qué la tomaba entonces? Y la pregunta más curiosa, ¿dónde estaba? ¿Por qué no se ha despedido al irse? ¡Si se ha ido claro! Porque si no, podría ser esa chica encerrada en la habitación de Mario o podría ser la chica que vi en Cádiz, su novia.

Pepe volvió a la habitación diciendo:

—Tenemos dos opciones, que baje a comprar o marcha atrás.

—Nada de marcha atrás, te espero aquí —dije con voz firme, no quería sustos. Su parsimonia me asombraba—. Compra, por fi, anda —le rogué poniendo cara de penita.

—Vale, ahora subo. Joer, a ver dónde encuentro una máquina a estas horas —dijo mirando su reloj. Le estuve esperando durante prácticamente media hora.

Cuando oí la puerta abrirse pensaba que era él, unos pasos se acercaron a la habitación, vi asomándose una cabeza que decía:

—Oye, Pepe —al verme—. Ups, lo siento.

Era un chico rubio, de constitución delgada pero de un gran atractivo, me puse a cien en seguida, encima ni me había vestido del todo pues iba en ropa interior, preparada para la acción.

—Nada, yo también quiero saber dónde se ha metido. Llevo media hora esperándole.

—Y ¿cómo ha podido dejarte así media hora? Yo aprovecharía al máximo a estar contigo en vez de irme por ahí –sé que lo decía para engatusarme y lo consiguió, yo sonreí.

—¿En serio?

—De verdad –dijo con la mano en el corazón–. Por cierto, yo soy Dani y tú eres…

–Cassandra.

—Cassandra, bonito nombre –nos dimos dos besos.

—Mm, ¡qué bien hueles! –olía a aquel perfume que tanto me gustaba *One million*.

—¿Te gusta? Me la he comprado hoy, tú también hueles muy bien, es ¿vainilla? –se acercó a mi cuello y su olor me embriagó de nuevo, aspiré sensualmente al igual que él.

—Sí, es vainilla. Huele por aquí que está más concentrado –le cogí de la cabeza y se la puse sobre mi pecho, él no se opuso, me siguió el juego y pronto me di cuenta de lo que había hecho–. ¡Uy!, lo siento, yo no quería…

—No pasa nada, me gustan las chicas como tú –se lanzó a mis labios y no se lo impedí, su perfume me atontaba, luego me besó la clavícula cogiéndome de la nuca, le quité la ropa tan rápido como pude, tenía un cuerpo excepcional, pero claro, delgado para mi gusto. Su piel era suave, exenta de pelo por todos lados, antes de quitarle los pantalones cogió un condón y lo posó sobre la mesa, seguimos de rodillas sobre la cama. Bajó la persiana para crear un buen ambiente y continuamos besándonos, de repente noté otro cuerpo cálido a mis espaldas y su aliento en mi nuca a punto de ser besada tras apartarme el pelo. Sabía quién era porque, una vez catada esa esencia, nunca se me olvidaría, permanecería guardada en mi memoria, Pepe me cogió de un pecho mientras que Dani, un chico que acababa de conocer haría escasos minutos, me besaba hundiendo sus dedos en mí y dirigía la otra mano a su miembro, de repente Pepe se tumbó y se puso el condón, me coloqué encima de él, Dani se puso a un lado, seguía de rodillas y tocándose.

—Chupa –una orden clara y directa al igual que fría, yo vacilé, me quedé de piedra, nunca me lo habían pedido, o mejor dicho ordenado así, pero le hice caso simplemente por tener a aquel modelo debajo de mí. La tenía un poco más pequeña que Pepe, me trabajé a los dos aún sin tener experiencia y era difícil coordinarse teniendo a uno debajo y al otro al lado, pero pronto se puso detrás de mí para entrar por donde nadie lo había echo nunca, me dolió bastante, pero estaba lo suficientemente lubricada e intenté no quejarme. Me movía de delante hacia atrás, extrañamente estábamos coordinados todos, me sentía rara, no es que no me gustase, pero dolía, y en ese sentido Dani era un poco agresivo para mi gusto, luego ambos la sacaron y me hicieron hacerles un trabajito a los dos, les obedecí hasta que Pepe remató la faena tumbándome, él estaba erguido y el otro a mi izquierda masturbándose sobre mí hasta eyacular para echármelo encima. Cuando acabó, Pepe seguía, culminando un rato después, me gustaba tirármelo pero solo a él.

Me sentía sucia y agotada.

—Me quiero duchar –me quejé en alto.

—Eso, vamos a ducharnos –dijo Dani tan alegre como antes de hacerlo, parecía que cuando estaba en el momento de excitación sacaba una agresividad que no tenía nada que ver con lo poco que he visto de su persona.

—Tú, no –dijo Pepe bruscamente.

—¡Anda y que te peten! –saltó de la cama sin mirarme y se metió al baño.

—¿Por qué le hablas así? –pregunté.

—Porque para eso no quiero compartirte, no es la primera vez que lo hacemos.

—Ya lo he notado –dije un tanto enfadada.

—Vamos a ver si ha salido ya del baño –me limpió restos del semen de Dani que tenía sobre el pecho y quitó las sábanas con las que nos envolvimos, llamamos a la puerta pero no quiso salir, Pepe se cabreó un poco pero no nos tocó otra cosa que esperar.

—¿Tienes hambre? –me preguntó después de un rato.

—Pues ahora que lo dices... no mucha.

—Vale, te haré un sándwich. Vamos a la cocina.

—Eh..., vale –oyó lo que quiso, le seguí y al final me preparé un sándwich mixto.

Cuando nos lo terminamos, salió Dani del baño recién duchado, olía a limpio y Dios sabe cómo le envidiaba en ese momento. Íbamos a meternos ya, pero se nos adelantó Mario, que según él le había entrado un apretón, mala suerte, sí.

—Teníamos que haberle adelantado, menuda cagada –dijo Pepe ya enfadado.

—Y nunca mejor dicho –reí.

Capítulo 19

La pequeña Laura

Finalmente, después de cuarenta y cinco minutos de reloj, Mario salió del baño y por fin nos pudimos duchar, sentía los chorros del hidromasaje en mi espalda y los besos de Pepe en los labios. Tras eso, Pepe puso la película de *Gigoló europeo*. A pesar de la hora que era cabe señalar la actividad en esa casa.

A mitad de la película me estaba tocando la pierna ascendiendo lentamente hasta llegar al límite y volver a bajar hacia la rodilla, me miró acercándose lentamente, yo en cambio mantenía la mirada fija en la pantalla sintiendo el contacto de sus labios en mi cuello. No sabía si estábamos solos por el silencio que nos envolvía, se lo pregunté:

—No lo sé, pero me da igual –se puso encima de mí, me apartó las bragas introdujo su dedo corazón moviéndolo de manera experta mirándome a los ojos y mordiéndose los labios. Era un ángel encarnado en hombre y yo me sentía en el cielo. Se estaba poniendo el condón, era el gran momento, tenía ganas de repetir, estaba a punto de entrar… y entró, pero… *tírala tra, tírala tra, tírala tra tra tra tra tra*, sonaba don Chezina en mi móvil.

—¿Qué pasa ahora? –Pepe estaba enfadado.

En la pantalla vi el número de mi hermano.

—¿Qué quieres enano? –contesté un tanto enfadada.

—*Oye no te pongas así, ¿no me echas de menos?*

—Sí, pero ahora no es un buen momento –Pepe me estaba besando el cuello–. Mm, ja, ja, ja –reí tontamente.

—¿*Qué haces?* –preguntó mi hermano curioso.

—¿*Qué la pasa? ¿Está bien?* –se oyó una voz de fondo.

—¿Estás con Javi? –cuestioné alarmada y apartando a Pepe que no dejaba de meterme mano.

—*Sí, te quería saludar, espera que te lo paso.*

—¡No! –justo lo cogió él–. Hola –dije con una falsa sonrisa a pesar de saber que no me veía.

—*Hola, nena* –corrí al baño para que mi agradable compañía no me molestase.

—¿*Qué tal todo? ¿Cómo te lo estás pasando?*

—Bien, la verdad, aunque ahora no es un buen momento para que hablemos, ¿y tú qué tal?

—*Pues la verdad es que ocupado, tu hermano y yo tenemos mucho que hacer y..., por supuesto, echándote de menos.*

—¿Qué pasa que ahora sois amigos del alma o qué? ¿Y ocupados con qué?

Pepe golpeó la puerta.

—*Nos llevamos bastante bien y estamos aliados en ciertos... negocios.*

—Mm, a saber qué estáis haciendo.

—*Cosas, bueno, te paso con tu hermano que tenemos que hacer algo.*

Justo cuando me lo pasa:

—Te pillé –decía Pepe, y me subió al hombro como una damisela en apuros.

—¿*Te pasa algo?*

—¡Ahora eres mía! –se podían oír las cachetadas que me daba Pepe mientras yo reía.

—*Ah, vale, ya entiendo, él...* –me dijo mi hermano.

—Alex, te dije que no era un buen momento, ya hablaremos luego, o mañana o... no sé, venga, adiós –y colgué tirando mi teléfono al sofá–. ¡Cómo te gusta jugar, eh!

—Me encanta –sin más se puso a hacerme cosquillas, nos besamos de nuevo y no tardó en meterme mano.

A punto de ponerse el condón por segunda vez nos interrumpió la novia de Mario.

—Oh, perdón, pero, ¿qué hacéis? –preguntó arrugando la nariz, tenía el pelo oscuro con un corte bob en V invertida. Y nos miraba con cara de desaprobación.

—¿A ti que te parece? ¡Es que nadie va a dejarnos tranquilos hoy! –Pepe estaba ya desesperado, no sabía qué hacer para pasar un buen rato conmigo.

Me pareció ver una sonrisa maligna en la cara de su cuñada ante su reacción.

—No pasa nada, vamos a tu habitación –le dije tranquila. Y ahí por fin lo hicimos de nuevo. Fue intenso, Pepe sabía cómo manejarse con una mujer, hacía ciertos movimientos que me volvían loca e incluso lo hicimos de pie contra la pared, le daba igual el ruido. Terminamos y nos quedamos dormidos totalmente desnudos.

Cuando me desperté estaba desorientada, ni me acordaba de dónde me encontraba, y me asusté, hasta incorporarme y ver la musculosa y morena espalda de un ángel caído sentado en la cama desperezándose.

—¿Qué tal? –preguntó mirando por encima de su hombro al oírme.

—¿Cuándo te has despertado?

—Hace unos minutos. Ven, anda vamos a desayunar, que tu prima me ha llamado, ya te reclaman –decía incorporándose.

—¿Está ella aquí?

—¿Por las mañanas haces tantas preguntas?

—No –me sonrojé.

—Viene en una hora.

En el desayuno.

—¿Tú también haces eso? –preguntó con una sonrisa.

—¿El qué?

—Leer los ingredientes en portugués de la caja de cereales mientras desayunas –yo reí.

—No me he dado cuenta, solo lo hago si no los conozco, estoy nerviosa o desayuno sola y ¿cómo sabes que los estoy leyendo en portugués?

—Todos hemos hecho eso con la esperanza de aprenderlo –reí aún más.

—La diferencia radica en que yo sé portugués –informé.

—Bueno, entonces veo que es porque no los conoces, sola no estás… a no ser que te siga poniendo nerviosa –no sabía él cuánto, comenzó a acercárseme para darme un beso y me empezaron a temblar las piernas, pero a la vez lo deseaba, olía tan bien–. Você e muito carinhosa comigo! (Eres muy cariñosa conmigo), me soltó de repente dejándome con la boca abierta al oírle, *como me bese me lo follo* aquí mismo, pensé.

Ya muy próximo a mí, rozando nuestros labios, se echó para atrás y yo cada vez me acercaba más a él con los ojos entornados para besarle y este se volvió a sentar.

—Bueno, termina antes de que tu prima nos pille así –decía tan tranquilo, como si no hubiese pasado nada. ¡Qué hijo puta! Pensé–. Tu prima me enseña –sonrió y continuó desayunando.

En menos de una hora, tanto yo como mi Adonis, estábamos listos. Laura llamó con urgencia.

—Venga, vamos –dijo Pepe extendiendo su mano para que se la diese, ¿a dónde iba? ¿A por su Rebe ahora que ya había zanjado sus asuntos conmigo?

—¿Tú también vienes? –pregunté arrugando la frente.

—Sí cariño, yo os llevo –¿cariño? Me quedé de piedra pómez.

Cuando bajamos al portal mi prima hablaba con Mario dándole la espalda a su novia, quien miraba a distancia como si Laura oliese mal.

—Bien, quedamos en eso, el próximo fin de semana me toca a mí –dijo Mario tenso, como hablando en clave.

—Vale entonces –dijo Laura relajada, pero su actitud hacia Ana era recíproca. En cuanto nos vio Mario se fue con su novia.

—¿Bueno y el coche?

—En el garaje, ¡pareces nueva colega! –le contestó Pepe–. Hoy estáis espesas tanto tú como tu prima. Su coche me encantó, era un BMW 520 negro.

Llegamos a casa de mi prima y él se quedó un rato, en cuanto entré la primera que me secuestró fue Teresa, iba a contárselo cuando vino Ary diciendo que necesitaba una coartada para quedar con Jorge.

—¡Qué mono! Le encanta que le dé besitos en el cuello, se pone a cien, encima hace unos masajes increíbles, ¡qué manos por Dios, qué manos! —nos impresionaba oír cómo, con tal naturalidad, nos contaba cómo le ponía los cuernos a su novio.

Entró Pepe a la habitación.

—Oye, ahora venimos, ¿vale? —fruncí el ceño.

—¿A dónde vais?

—A casa de mi madre —pero no me dio tiempo, porque ya habían salido por la puerta.

—¿Ha dicho a casa de su madre? —me giré para preguntarlas, todas asintieron—. ¿Para qué? ¿Dónde están Belén y Miriam?

—Creo que se han ido con Laura —dijo Ary.

Tras eso les conté la serie de adversidades que me sucedieron con Pepe el día anterior, temía contarles lo del trío aunque finalmente...

—...fue con los dos, no sé, fue... inesperado —en ese momento atisbé el rotundo asombro de sus caras.

—Es que la primera vez duele —aclaró Teresa.

—Un poco bastante, sí —admití avergonzada.

—La próxima vez llévame —sugirió la gemela con sus pícaros ojos verdes.

—Tengo una corazonada con Belén —dijo Ariadna

—¿Sobre qué? —preguntamos al unísono Teresa y yo.

—Creo que tiene a alguien por ahí, a mí eso me viene bien porque tengo libertad para quedar con Jorge, como ahora, pero, ¿quién será?

—¿Estás loca? ¿Y si vuelve antes de tiempo? —pregunté.

—Tranquila.

—Oye, ¿no te ha llamado Luis?

—Sí, una vez que me estaba duchando con Jorge, pero no me pilló.

—Estás jugando con fuego —dije.

—Me gusta el calor, vivo al límite.

Sonó el telefonillo, era Jorge, cuando subió me quedé impresionada.

—Bueno, ya conoces a Cassandra —dijo Ariadna, me dio dos besos y me dijo:

—Ahora, a la luz, eres más guapa de lo que pensaba –sonreí tontamente, se me cayeron las bragas al oírle. ¡Dios! Lo primero que se me pasó por la cabeza era montármelo con él encima de la mesa del comedor, pero noté el repentino codazo de Ariadna.

Tere y yo les dejamos solos, y en cuanto llegamos al portal vimos cómo se acercaban Belén y Miriam. Subimos corriendo de nuevo, Ariadna nos abrió la puerta totalmente desnuda.

—Calabazas –dijo Teresa; comenzó a desvestirse para darle la ropa a Ariadna y se fue corriendo a la habitación con Jorge.

—¿Qué hacéis? –pregunté.

—La jugada perfecta –dijo Ariadna.

En ese momento entraron nuestras amigas.

—¿Dónde está Teresa? –preguntó Belén con curiosidad.

—Ocupada, ¿por qué?

—Ah, no nada, me ha parecido verla antes. Tengo un problema.

—Vale, vamos a la habitación a debatir –le dirigió a la habitación donde se encontraba Teresa con Jorge–. Ups, lo siento.

Supongo que lo había hecho para dejar claro que ella no estaba con él, sino Teresa.

—Pero, ¿ese no es tu amigo? –Belén obtuvo la reacción que Ariadna quería.

—¿Sabes? Mejor vamos al salón, si total no es ningún secreto –nos sentamos todas en el sofá.

—¿Quién es él? –indagué.

—Un chico que conocí cuando me fui de vacaciones, es alemán.

—Me recuerda a Carlitos –dijo Miriam con melancolía mirando al techo, como solía hacer siempre que lo recordaba mientras se tocaba los rizos.

—Desde que le vi en Leganés me lo encuentro por todas partes.

—Am, vale, ¿y cuál es el problema? –Ary cogió un cigarro del paquete que tenía en el bolsillo y lo encendió.

En ese momento Miriam me tiró de la camiseta susurrándome:

—¿Te has enterado de lo de Teresa, el chico ese y ésta? –señaló a Ariadna con la barbilla.

—Shh.

Nos fuimos a la cocina, Belén se detuvo.

—Vamos a... por agua –les informé y continuaron sin contestarme–. ¿Qué sabes tú? –pregunté entornando los ojos.

—Mmm, veo que sí lo sabes –Miriam me imitó.

—Se lo monta con las dos –dije.

—Sí, bueno –me contestó, pero como estaban al lado decidí cambiar de tema.

—Oye, ¿sabes por qué están tan raros Pepe y mi prima? –parecía saberlo pero no dijo nada, la presioné un poco.

—Ella te lo explicará luego.

Finalmente, abatida le dije:

—Vale.

Marché a la habitación de mi prima y cogí ropa para ducharme, divisé en un rincón una bolsa de juguetes y pensé: *bueno Laura suele guardar cosas de su infancia* y le quité importancia, a punto de entrar al baño oí a mi prima entrar, suspiraba como si cargase un gran peso, me asomé para ayudarla, iba con el típico bolso que se lleva en el carro de un bebé y bolsas de compra.

—¿Y eso?

—Hoy toca –me contestó.

¿Toca qué? Me pregunté. Pepe entró con un carro y una niña en él, tendría aproximadamente unos dos años, era mulata, con dos coletas que parecía Minnie Mouse, sonreía y jugaba con su chupete, llevaba puesto un vestido rosa de tirantes a juego con sus diminutos pendientes y sandalias blancas, ojos rasgados muy parecidos a los del hermano de Pepe. Me empecé a asustar.

—¿No será... tuya? –señalé a Pepe.

—Es mía, Cass –admitió Laura.

—Hombre, un poco lógico lo veo.

—Pero también es de mi familia –sonrió Pepe.

—¿Tu hermano es el padre?

—Exacto, ¿cómo lo sabes?

—Ja, já. Aparte de que si es de tu familia el único que conozco es tu hermano, tiene sus ojos.

—Eso es verdad –indicó Pepe.

—Tito, bogeme –decía la niña alzando los brazos abriendo y cerrando las manos para que Pepe le cogiese.

—¡Ay qué mona! –dijo Miriam.

—¿Cuántos años tiene? –pregunté.

—Dentro de una semanita cumplirá tres años –decía Pepe colmando a su sobrina de besos, apareció Laura con bolsas del DIA.

—Mami –todavía seguía perpleja Laura, la cogió y se la llevó a la cocina, yo la seguí.

—Pepe, por fa, móntame la cuna que está ahí arriba, anda –dijo señalando el falso techo del pasillo.

—Vale –cogió una escalerilla pequeña que estaba en el mismo pasillo para sacarla, volví a la cocina no sin antes mirarle el culo mientras subía la escalera… mmm, tremendo.

Historia de Laura

—En cuanto mi madre se enteró de que estaba embarazada dejó de hablarme. La tuve en este mes de agosto, hace tres años, menos mal que las clases empezaban en octubre, me ha costado mucho, no, lo siguiente. Sin la ayuda de mi madre, pero aquí estoy; he conseguido sacarme la carrera con una hija y, claro, también gracias a la ayuda de Pepe, mis hermanos, Mario y Brandy, pero lo mejor de todo es que mis esfuerzos no han resultado en vano. Me han ofrecido una oferta de trabajo en septiembre en un hospital psiquiátrico –puse los ojos como platos.

—¿Pero tú qué estas estudiando?

—Terapia ocupacional, mientras esté trabajando en eso buscaré tiempo para hacer cursos; estuve en una ortopedia de prácticas y me gustó, esto no acaba aquí, quiero darle a mi nena una vida mejor que las que tienen las niñas de este barrio –dijo besándole la frente, la niña a cambio la agarró de una trenza y la abrazó dándole un beso en la boca, ¡qué imagen más enternecedora! La bajó al suelo tras haberle dado unas aceitunas que apenas cabían dos en su manita y se fue corriendo hacia donde estaba Pepe, por lo que mi prima pudo guardar la compra, yo la ayudé.

—¿Titooooooo, none tasss?

—Aquí –gritó Pepe.

[278]

—¿Cómo es que la niña está tan apegada a su tío?

—Porque no hace más que darle caprichos, mimos, cariño… sobre todo esto último. Se la lleva a todos lados, parece su hija, aunque sé que a veces se hace pasar por su padre para ligar –y se puso a reír.

—Ahora entiendo tu buena relación con él, ¿y entonces Mario que aporta?

—Lo justo, da dinero a fin de mes (y no todos los meses), saluda a la niña un rato y ya, ni siquiera su novia sabe que es su hija, se piensa que es de Pepe, la niña le llama a Mario papá, porque yo la obligo, si no estaría llamándole así a su tío.

—¡Qué raro es todo! ¿Por qué no quiere decírselo a la novia?

—Porque, según él, solo lleva seis meses con ella.

—¿Y?

—¡Yo que sé! Hazme caso, que ya me da igual lo que haga ese tarao –realmente estaba dolida.

—¿Por qué lo dejasteis? –abrí la nevera para colocar los huevos en su sitio.

—No lo dejamos, porque nunca hubo un comienzo. Mario fue un polvo de una noche, fíjate la mala suerte que tuve, con condón y con píldora, se rompió el condón, pero no nos preocupamos por ese motivo, así que lo dejé pasar y hasta que empecé a vomitar, había olores tan buenos que me olían mal y volvía al baño a vomitar, estaba siempre cansada y encima seguía tomándome la píldora, que me provocaba unos dolores tan profundos que fui al médico, me dejó caer el posible embarazo, lo negué rotundamente, ¿cómo iba a estarlo?... Hasta que me hice la prueba; ya estaba de dos meses y medio. No iba a abortar, lo tenía claro, y como ya te dije mi madre dejó de hablarme, lo veía como una vergüenza, al contrario que mi hermano, que me dio la cuna, la cama, ropa… No sé lo que habría hecho sin su ayuda, la verdad, y sin la de Pepe.

—¿Y Mario?

—Me daba miedo decírselo, no lo hice hasta el mes siguiente de enterarme yo. No se lo quería decir, sabiendo que no me ayudaría, ya que siempre decía que no le gustaban los bebés. Pepe fue la primera persona a la que se lo conté nada más saberlo y estuvo conmigo para anunciarle la noticia a Mario, quien empezaba a sospechar el por qué estábamos juntos tanto tiempo.Tuvo una reacción opuesta a la esperada, me tocaba la tripa a todas horas, hablaba con la niña, me compraba cosas; yo esperaba que volviésemos, hasta que me di cuenta de que lo que le interesaba era la niña, no yo –se puso un poco triste al recordar el dolor del momento, yo la miré apenada.

—Y claro, los problemas nunca vienen solos, ¿te acuerdas de mi ex, ese que acabó en la cárcel?

—Sí, Sergi, ¿no?

—¡Vaya memoria! Si ese, la cuestión. Conocí a Sergi un año antes de tener a la niña, nunca tuvimos nada serio, pero me enamoré de él, no sé cómo lo hizo. Poco a poco empezó a volverse posesivo y a mí eso no me gustaba, yo soy un espíritu libre –sonrió.

—Y ¿qué pasó?

—Me amenazó para que no hablase con nadie porque si no me mataba. Al principio lo tomaba a cachondeo, luego se transformó en miedo por la forma en la que me lo decía y, al final, me enfrenté a él. Estábamos en plena calle, me dio un bofetón, yo se lo devolví, se acercó a mi furioso y a punto de darme llamé a Nacho sin que él se diese cuenta describiendo mi paradero, apareció tan rápido como pudo mientras yo me escapaba de él.

—Continúa –estaba intrigada.

—Se dieron unos cuantos empujones, pero no podían hacer mucho estando en la calle, Nacho me llevó a su casa.

¡Y yo me quejaba de Iván!

—La segunda vez que me lo encontré Cris tenía nueve meses e iba con Nacho, que estaba dentro del Mercadona, me dijo: *«Puta, ¿ya te han preñao?»*. *«¿Qué pasa, que querías hacerlo tú?»*, le desafié. *«No, gracias, no quiero hijos de locos»*, no le tenía ningún miedo, había aprendido defensa personal, pero temía por mi niña, se acercó a mí diciendo: *«¿Vas a llamar a tu perrito faldero?»*. *«No, voy a llamar al padre de mi hija»*, cogí el teléfono inmediatamente. *«Nacho está a…»*, cogió mi móvil y lo lanzó lejos, destrozándolo por completo, ahí sí que me acojoné, tenía que enfrentarme a él pero no podía dejar a mi niña desatendida. En menos de dos minutos Nacho ya estaba ahí. «*¿Otra vez tú? ¿No te dije que desaparecieses y la dejases en paz?*». «*¡Que te den!*». Extrañamente se fue sin decir nada más. Corrí a abrazarle llorando, le agradecía mil veces a Nacho que estuviese ahí... por segunda vez. A la semana siguiente me enteré de que entró en la cárcel por tráfico, llevaba un kilo de cocaína encima, ¿a quién se le ocurre? Desde entonces no sé nada de él, y menos mal.

—¡Qué vida más intensa!, creo que me vendré pa acá, pa Madrid.

—Ya está montada –irrumpió Pepe en la cocina con la niña en brazos.

—Oh, gracias –y le dio un beso en la mejilla.

—¡Qué guapo estás con tu sobrina! –dije, y me dió un beso en la boca, la nena se puso celosa y le abrazó aún más mirándome mal, entonces Pepe la dijo sacando los morros.

—Besito –y Cristina se lo dio en la boca, acto seguido volvió a reposar su cabecita sobre el musculoso pecho de su tío. La quise coger, la niña vaciló y al final acabamos jugando los tres.

Teresa y Jorge salieron de la habitación con cara de recién levantados.

—Hola... ¡ay! ¿Esta es Cris?

—¿Lo sabías? –pregunté perpleja.

—En verdad... Tu prima nos habló de ella, pero es la primera vez que la veo.

—O sea, que te dijo que tenía una hija antes que a mí –pero se me pasó en cuanto vi su cara.

—¿Es su hija? A mí me dijo que era hija de Mario.

—Y lo es –dijo Pepe.

—Increíble –cargó a la niña y esta no opuso resistencia, se fue inmediatamente con ella para tocarle el afro–. ¡Que tiene una nena Jorge! –exclamó dirigiéndose a él.

—Ya veo, ya –dijo distraído sin siquiera mirarla, a Pepe eso pareció molestarle un poco.

—¡Alaaa, qué ojos! –decía Cris pretendiendo cogérselos, Teresa sonrió y se apartó precavida, pero comenzó a agarrarla del pelo.

El viernes por la tarde, un día después del cumple de Miriam, parecía estar un poco disgustada, me contó sus frustraciones yendo al parque de la Hispanidad con Cris.

[281]

—Tú no te preocupes, el hecho de que todas tengamos a alguien no quiere decir que no puedas conseguirte a uno, no eres fea.

—Eso lo dices porque tú ya tienes a Pepe aquí y a Javi en Cádiz –tenía razón.

—Bueno, Pepe hace días que no le veo y si viene es para ver a su sobrina, tiene a sus otras chicas –dije despreocupada mientras bajábamos de la chorraea a Cris que gritaba de júbilo.

Después corrió hacia un chico de pelo corto, pendientes brillantes, camiseta de tirantes roja y pantalones anchos acompañado de unas Vans rojas a juego. Este la cargó.

—Hola –saludó emocionada.

—Hola, guapa.

—Christian –le saludé con la mano, nos acercamos dándonos dos besos.

—¿Qué tal? –Miriam agachó la cabeza un poco cortada.

—No tan bien como tú –la miró de arriba abajo con una sonrisa.

—¿None ta Yame? –preguntó Cris, Christian la bajó y señaló a los columpios.

—Allí –ella fue corriendo, se cayó y volvió a levantarse, miramos en esa dirección y vimos a una niña que era como mi hermano, del mismo color, pelo rubio con cuatro trenzas y aproximadamente un año más que Cris.

—¿Es tu hija? –preguntó Miriam.

El concentró toda su atención en ella, mirándola con deseo, mordiéndose el labio, y la respondió:

—Sí.

¿Qué le pasaba a la gente aquí? ¿Por qué tanta prisa en tener hijos? Miriam se decepcionó y preguntó:

—¿Y la madre?

—Su madre murió al tenerla… –hizo una pausa agachando la cabeza.

—¡Oh, Dios! –me tapé la boca horrorizada.

—Ya, es un poco duro... –hizo una pausa–. No es mi hija, en realidad es mi sobrina, pero es verdad que su madre murió –vaya humor tenía el chico.

Miriam se sintió más aliviada.

—Pobre, ¡qué golpe más duro! –dije mirando a aquella niña que jugaba con mi Cris.

—Sí, claro, pero bueno la vida sigue, solo nos preocupa que la niña esté bien, le pusimos Yamelie en honor a su madre… en fin –aplaudió–. No quiero hablar de cosas tristes, ¿qué vais a hacer esta noche? –mientras formulaba esa pregunta se frotaba las manos, ambas nos encogimos de hombros.

—Depende de lo que nos diga Laura, porque ayer fue el cumple de Miriam y lo único que hicimos fue comprar una tarta –solté.

—¡Ostia!, feliz cumpleaños, preciosa –le dio un suave beso en la mano, ella rió tontamente.

—Gracias.

—Pues ya tenéis algo que hacer –dijo dándonos a cada una un flyer de KIARA, y cuatro más para las demás que se sacó del bolsillo del pantalón color caqui–. Venid esta noche y pasaros por la lista de mi primo Robert el Negro, luego os llamo para que me digáis cuántas sois.

—Vale, porque primero hay que consultárselo a Laura.

Cuando llegamos a casa se lo dijimos a mi prima, pero ya lo sabía.

—Esta noche le dejo la niña a Pepe –decía mientras ayudaba a Ariadna en la cocina–. Ahora vendrá a recogerla.

—Bueno, iros de la cocina que hoy estoy cocinando yo –Ary nos empujó hasta echarnos, llevaba la melena recogida en un moño improvisado con un delantal para evitar mancharse.

—Y, ¿qué estás preparando? –pregunté aspirando y asomándome, olía bien.

—¡Aah! es una sorpresa –seguía empujándonos.

En ese momento sonó el telefonillo, era Nacho, y cuando subió.

—Tú, Laura, vas a flipar con lo que te cuente –decía llevándose las manos a la cabeza.

—¿Qué ha pasado? –preguntó asustada.

—¿Te acuerdas de la piva esta, Lili?

—¿Qué Lili? –preguntó frunciendo el ceño.

—Liliana, la que tiene tres hijos.

—¿La de los tres padres distintos: la niña mulata, el niño rubio y el medio chino? –enumeró mi prima.

—¡Joder! –se nos oyó decir a una de nosotras.

—Sí, esa, pues no sabes la última, tú. ¡Que está preñá! –le dio un suave golpe en el hombro con el dorso de la mano mientras le contaba el correspondiente cotilleo.

—Eeee, tú flipas, ¡si no tiene dónde caerse muerta! –dijo sentándose en el sofá con la niña a su lado.

—Y ahora menos, porque sabes que vivía con el padre de su hija, ¿no?

—¿Qué dices, tú? Si ese vivía con su madre –dijo abriendo los ojos, nosotras estábamos atónitas enterándonos de la mitad por lo rápido que hablaban.

—Pues ahí lo tienes –dijo asintiendo y mordiéndose el labio inferior.

—Si la abandonó y se fue con otra, ¿cómo es posible que viviese con él?

—Tía, Laura, ¿no sabes que su madre la echó de casa? Cuando tuvo al segundo, le hicieron cesárea, ¿te acuerdas? –mi prima asintió–. Pues a la semana ya se iba de fiesta.

—¡Qué cojones me estás contando! –tras sobresaltarse, se tapó la boca al estar su hija delante.

—Mmmm, no se dise mama –le reprochó Cris con las manos en la cintura.

—Perdón, bebé.

—Su madre se cansó y le dijo: «*Que se encargue el padre o cualquiera de los padres de estos niños*», y la echó. Entonces dio la casualidad de que, supuestamente, lo estaba arreglando con este, pero parece ser que por una movida a él se le escapó un bofetón, la empezó a dar de ostias por la calle hasta que vinieron unos chavales a defenderla, ¿te puedes creer? La gente miraba y no hacía nada –estaba un tanto cabreado.

—Calma Nacho, que te conozco. Espera… ¿y tú cómo sabes esta historia?

—Me la acabo de encontrar viniendo hacia aquí, te lo he dicho.

—No, no me lo has dicho –dijo seria.

—Pues ya te lo he dicho. Estaba llena de moretones por el cuerpo. Por la cara nada, iba con el segundo niño, que ya tiene uno o dos años más que Cris.

—¿Y el otro chiquitín? –preguntó Laura.

—Con su padre en la tienda no quiere que ella esté con el niño.

—Lo veo lógico, yo tampoco querría, ¿y la mayor?

—Con su abuela paterna Lau, después de eso a ver quién deja a los niños con ella. Me ha dicho que está de unas pocas semanas.

—Hazme caso, que esa chica debería abortar, y ¿quién es el padre?

—Esa es la causa por la que la ha pegado, no es suyo, creo que es de un ñaño, pero no lo sé, de verdad, no me he atrevido a preguntárselo.

—Pero ¡esta chica tiene un serio problema, eh! Un ñaño, tío, ya tiene de un dominicano, un español y un chino, ahora lo que le quedaba, ¿ecuatoriano, colombiano, perucho? ¡Qué! –indicó Laura quitándole el vaso de cristal vacío de las manos a Cris que estuvo a punto de lanzarlo.

—Ah, ¿a mí qué me cuentas? –decía Nacho levantando los hombros–. Le pica el coño cosa mala. Dice que no va a abortar, que se va a casa de su madre, porque también ha descubierto que este chico con el que estaba está en busca y captura, ¿qué habrá hecho? No lo sé.

—¡Pero si su madre la ha echado! –replicó Laura.

—¡Yo qué sé! Está tarada, dice que la acogerá, y si no se irá a otro lado, creo que me insinuaba que la metiese en mi casa, ¡se le ha pirado!

—Cass, ¿ahora entiendes por qué quiero darle una vida mejor a mi hija, no? –asentí.

De nuevo sonó el telefonillo.

—Ese debe de ser Pepe –aseguró mi prima. Salté del sofá y corrí a abrir.

—Titooo –dijo Cris nada más oír la puerta.

—Hola mi niña –dijo con una amplia sonrisa y con la misma ilusión que su sobrina.

—Muchas gracias Pepe por hacerme el favor –dijo mi prima.

—Bah, no pasa nada, ya ha pasado una semana, por un día, además estás con tu prima y hay cosas que no ha visto –dijo con resquemor–. Y no puedo rechazar el estar con mi niña, ¿a que no?

–agudizó la voz para dirigirse a su sobrina, esta rió abrazándole más fuerte, era increíble el amor que le tenía.

—Bueno, aquí tienes las cosas –le dio la bolsa con el carro, este lo cogió todo con la niña en un brazo, sin soltarla, parecía más el padre que el tío.

—Nos vamos.

—Yo también, espérame –dijo Nacho, ambos se despidieron de todas y Pepe me dio un beso en la frente sin mirarme siquiera.

—¿Qué le pasa? –pregunté en cuanto se fueron.

—Está celoso por si ligas esta noche –dijo mi prima riendo.

—Ya está lista –dijo Ary aún con el delantal.

Olía a gloria, inmediatamente todas pusimos la mesa, Ary llevó un plato típico de Chile, llamado Chorillana, hecho a base de papas, cebolla cortada muy fina, longaniza, bistec y de coronación uno o dos huevos fritos. Estaba buenísimo y nos llenamos en seguida.

Capítulo 20

Salida a Kiara

A las once de la noche nos empezamos a arreglar.

—No sé qué ponerme –dijo Teresa en ropa interior, nunca me cansaba de impresionarme por sus grandes pechos, sus curvas y vientre plano.

—Lo mismo digo –dijo Ariadna saliendo en el mismo estado que Teresa, solo que con mucho menos pecho y los brazos en jarra.

—Hay que ir guapas demostrando la belleza del sur, pero claro, hay chicas que van hasta en zapatillas sin ningún problema –decía Laura con la toalla anudada encima del pecho recién salida de la ducha. Llevaba un moño hecho con las trenzas para no mojarse el pelo–. Eso sí, las que aguanten mucho tiempo en tacones si quieren ponérselos bien, porque apenas hay sitio para sentarse.

Una vez en la habitación se quedó totalmente desnuda para echarse crema, mientras las tres, en la misma habitación, escuchábamos lo que decía.

—Pues entonces no me arreglo tanto –concluyó Teresa, no sabía qué ponerme yo tampoco.

—Yo ya estoy –irrumpió Miriam en la habitación de mi prima, estaba deslumbrante–. Solo tengo que maquillarme.

—Y yo también –añadió Belén.

—Tú que llevas, ¿un estilista en el bolsillo o qué? –Laura la miró de arriba abajo impresionada por el cambio tan drástico de Miriam, quien llevaba unos pantalones cortos de cintura alta con una camiseta de rayas blancas y rosas, de cuello de barco dejando al aire un hombro, la rizada melena suelta. No llevaba gafas, sino lentillas, y unos taconazos a juego de color rosa.

—Me gustaría hacerme trenzas de esas pegadas en un lado de la cabeza. Cass, ¿sabes hacerlas?

—Eh…

—Te las hago yo ahora en un momento –se ofreció Laura al ver que no tenía ni idea de ello.

—Vale, gracias, me voy a maquillar –cuando se hizo el moño para maquillarse me di cuenta de que llevaba una uña de cada color en diferentes tonos de rosa y morado.

Belén llevaba un corsé azul, con unos pantalones vaqueros también cortos, de cintura baja, y para no ser menos, unas sandalias de cuña en un tono azul eléctrico, a conjunto con su mechón de pelo.

—Esta noche vais a por todas, ¡eh! –señaló mi prima.

—Es que queremos demostrar la belleza andaluza –contestó Belén. En ese momento subió Ross, la amiga de mi prima a casa.

—¡Uy!, vais guapas, eh –dijo mirando a Belén y a Miriam de abajo a arriba mientras nosotras buscábamos qué ponernos, pero Ariadna y Teresa al ver la vestimenta de Ross dijeron.

—Ya sabemos cómo vestirnos –esta llevaba un vestido sencillo de espalda al aire y su mítica coleta con unos tacones de cuña, cuando salieron Ary y Teresa iban casi igual, solo que con vestidos de palabra de honor estampados y ajustados, una rosa y la otra verde, respectivamente.

—Y creo que ni me voy a poner tacones –anunció Teresa cogiendo unas sandalias romanas. Le dio por peinarse el afro, no sin antes echarse crema (porque en seco es como arrancárselo a trozos) y nos quedamos impresionadas. Le había crecido a tal nivel que, como le diese por alisárselo, llegaría por debajo del pecho… O quizás un poco más largo. Finalmente mi prima se puso un vestido de tirantes ajustado y corto, de color plateado para llamar la atención, encima le quedaba bien, y yo me puse una camiseta de tirantes amarilla con una falda a la altura de la cintura por encima de la camiseta y con sandalias, los tacones… en el bolso.

Salimos todas con zapatos planos para cambiarnos en la puerta, excepto Teresa, que no se quería complicar la vida. Cogimos el tren hasta Embajadores y luego el metro hasta Sol. Al subir por las escaleras mecánicas hubo un grupo de chicos que nos miraba atentamente, uno de ellos comenzó a subir las escaleras. Ariadna, que era muy cotilla, le daba la espalda a la subida de las escaleras con tal mala suerte, o buena fortuna, que el chico que subía pasó tan cerca de ella que le dio un piquito, se quedó tan ancho y se fue. La rubia no supo cómo reaccionar porque había que reconocer que el chico era guapo.

—Guapa –le sonrió y se fue caminando como si no hubiese pasado nada.

—¡Vaya tela! ¿Esto pasa siempre? –preguntó Belén, conteniendo la risa, mientras su cuñada soltaba improperios al chico que ya estaba lejos.

—Yo es la primera vez que lo veo –admitió Laura desconcertada. No pude evitar la risa.

Una vez fuera ya, en la calle Montera (famosa por las señoritas de calle ofreciendo servicios), subimos una pequeña cuesta y en el primer callejón a la derecha vimos una larga fila de gente. Era la una en punto, gratis para las chicas hasta la una y media, todas estábamos preocupadas, sin embargo, Laura, con tranquilidad, cogió el móvil y llamó a Robert para decirle que ya estábamos ahí, nos pidieron el DNI, y como Miriam era menor aún así, porque cumplía diecisiete años, le conseguimos el de otra chica que se parecía a ella en la fila, como Robert podía entrar y salir se lo pudo devolver sin problemas. Una vez dentro. Ya nos lo presentó oficialmente, pero la gente le hablaba y se tuvo que ir.

—¿Os habéis dado cuenta de que es la primera vez que salimos todas? –anunció Miriam. Asentimos.

—Y nos vamos a poner to moco –nos miramos unas a otras–. Borrachas –aclaró Laura poniendo los ojos en blanco.

Bajamos las escaleras que había e inmediatamente a la derecha estaba el ropero, nos cambiamos las sandalias por tacones subiendo de nivel y junto con ellas los bolsos, para no estar pendientes de ellos durante la noche. Ocurrió algo que me impresionó. Mientras dejábamos todo en el ropero había una chica muy guapa con un vestido negro, bien maquillada y con el pelo suelto, las escaleras eran un obstáculo para ella pues iba en silla de ruedas, todos los porteros la ayudaron a bajar. Me impresionó el hecho de que una chica en su situación saliese haciendo vida normal, disfrutase como joven que era a pesar de esas barreras arquitectónicas que le impedían desarrollar una vida normal.

—Si es que hay que poner rampas, hombre, un poco de integración –decía Laura, parece ser que como terapeuta ocupacional le afectaba. La chica le sonrió avanzando por un pasillito lleno de espejos a la izquierda y a la derecha unas tablillas que se giraban dejando ver sofás individuales y mesas con una barra al final en la que había un portón, entramos fascinadas. Había una pista, las luces por el techo y pantallas planas mostrando video clips estadounidenses. Nada más entrar, a la derecha, había otro reservado escondido y oscuro. A dos pasos otro que parecía de lujo, iluminado con espejos, un escalón para su acceso, a la izquierda del todo la cabina del Dj, pero antes de ello estaba la pista de baile. Detrás de la cabina había más sofás de color rojo y otra barra.

—Vamos al baño –dijo Laura; estaba al fondo a la derecha.

Había unas cuantas chicas ya. Me estaba arreglando un poco el pelo en el espejo cuando una chica negra me señaló diciéndome:

—¿Tú no eres Sandra, la prima de Bendita? ¿Vives en Loranca, no? –tenía acento ecuatoguineano como mi padre, solo que a él se le había mezclado con el portugués. Su pelo estaba un poco mal alisado, con los labios gruesos y brillantes por el color rosa que se había puesto a juego con un vestido tan apretado y tan corto que parecía que iba a reventar de un momento a otro, sobre todo en la zona del pecho.

—No, lo siento, te has confundido –contesté amablemente.

—¿Seguro que no eres Sandra? –me volví hacia ella y le dije un tanto molesta.

—Hombre, ¡sabré yo si me llamo Sandra! ¿No? –le dije con un notable acento andaluz moviendo el cuello despectivamente.

—Bueno, pues lo siento –dijo indignada y con un tono borde ¡encima! Se iba susurrando–. Aunque sigo creyendo que eres tú

—me giré para mirarla asombrada mientras se iba del baño con su amiga, quien llevaba el pelo mejor alisado en una coleta, recordándome a Ross, sus tacones eran de escándalo y llevaba puesto unos pitillos blancos con una camiseta palabra de honor aguamarina. La que me habló salió andando con los tacones torcidos.

Al salir del baño Robert nos hizo ir al reservado luminoso con vistas a la pista (al que yo llamaba el de lujo), dándonos una copa de champán a cada una.

—Por la cumpleañera –dijeron tanto él como Christian a Miriam, apareció Laura con una tarta de nata y chocolate. La cantamos cumpleaños feliz, brindamos, bebimos, le manchamos la cara con la tarta y nos la comimos, por supuesto. Miriam se puso lo más contento que se pudo imaginar.

Las horas transcurrieron y todas estábamos ya con el puntillo, me fijé en la gente y realmente me recordaba a la típica discoteca que ves en las películas americanas de negros, la gente bailando dentro de esos círculos en los que les animan, es decir, montando corrillo. Chicos guapísimos vestidos con ropa de diseño, chicas de todo tipo de color y vestidas de mil maneras, con mil peinados… En ese momento pensé: ¡nunca me he liado con un negro! Estaba tan absorta en mis pensamientos que no me di cuenta de que un chico guapísimo de color chocolate me miraba mientras bailaba, tenía unos labios muy sensuales que se lamía con cada movimiento que hacía, llevaba una camiseta ajustada de mangas con el dibujo de una chica con afro escuchando música en los cascos *Save the music* ponía, unos pantalones pitillo, pero no muy ajustados, caídos, sujetados por un cinturón visible donde rezaba su nombre, el cuál no podía leer. El chico tenía cresta y llevaba unas gafas de esas a rallas de color rosa a lo Lady Gaga. Teresa me empujó a la pista y sonó una canción llamada *Kiss me thru the phone de Soulja Boy*, el chico me envió un beso y luego hizo señas como para que le llamase por teléfono, pensaba que me lo estaba haciendo a mí, pero luego miré a mi alrededor y me di cuenta de que toda la disco lo estaba haciendo, así que para disimular les imité, al rato sonó otra canción, retaron a una chica de pelo suelto alborotadamente rizado como el mío que bailaba break dance, era increíble, todos estábamos animando en el corrillo que se formó. Mientras lo hacía me pareció ver al chico de antes, solo se le veía la cara, pero... creo que no era él, da igual, *estaba bueno también* pensé, jugamos con las miradas y desapareció. Le busqué, pero de repente apareció el chico del cinturón, al tenerle cerca me di cuenta de que me sacaba una cabeza aún estando yo en tacones. Comenzó a bailar insinuándome seguirle el rollo y yo lo hice bailando una canción de *Mariah Carey y Busta Rymes – I know what you want* con movimientos lentos, me puse delante de él dándole la espalda, él me cogió de la cintura, un mínimo contacto suyo me provocaba descargas por todo el cuerpo, luego me giró mirándome a la cara y atrayéndome hacia él, con la pelvis seguía realizando movimientos lentos acorde a la música mientras la cantaba a mi oído con un perfecto inglés. Cuando acabó la canción le pregunté señalando el cinturón:

—¿Ese es tu nombre?

—Yes, PJ, that's my name (sí, PJ, ese es mi nombre).

¡Encima era...! ¿Inglés, estadounidense? Y yo que no sabía hablar muy bien le pregunté:

—Do you speak spanish? (¿Hablas español?).

—A lil bit (un poco) –me contestó enfrentando el pulgar y el índice para demostrar la cantidad–. ¿Cómo te llamas? –me preguntó con escaso acento español.

—Cassandra.

—Eres muy guapa ¿sabes? –se lamió el labio acariciándome la mejilla y... caí en sus redes.

—¿De dónde eres? –pregunté, pero no pareció comprenderme, entre el ruido de la música y lo poco que entendía español me obligó a chapurrear mi inglés–. Where're you from? –le repetí.

—Houston –yo asentí–. You wanna drink someting? –decía haciendo el gesto de beber, en ese momento apareció Teresa detrás de mí, les presenté. No hacía más que sonreírme, de nuevo repitió que si quería beber algo.

Supongo que dijo Houston, porque yo entendí algo como «*Jaston*».

—No... ¡ay! –miré a mi amiga, me había pellizcado el brazo, ¡qué dolor! Y sin mirarla comprendí que lo que quería era que dijese que sí para bebérselo ella.

—You ok? –preguntaba un tanto preocupado con el ceño fruncido.

—Sí, estoy ok –dije con el pulgar hacia arriba–. ¿Qué quieres beber? –le susurré a Teresa una vez que PJ se dio la vuelta.

—Yo que sé, un San Francisco.

—¿Qué coño es eso? –PJ se giró y yo le sonreí–. San Francisco.

—What? –frunció el ceño sin comprender.

—I want to drink a San Francisco –vocalicé.

—Aww, ok –se lo pidió al camarero y, de repente, se puso a hacer una mezcla de zumos de piña, naranja, limón y granadina, se lo dio a PJ y este pagó–. Toma princesa.

Sonreí tontamente y lo cogí, ya que lo había pedido decidí probarlo, ¡estaba buenísimo! Con el sabor dulzón de la granadina más el agrio de los cítricos... la piña no la noté. Le di un poco a Teresa.

—¡Tía, está buenísimo!

—You want another one? (¿quieres otra?) –se dirigió a Teresa, quien asintió y obtuvo su cóctel.

La música volvió a cambiar y pusieron dancehall.

—Lets dance (bailemos) –me extendió la mano, yo acepté de buen grado. Bailaba tan bien y tan sensualmente que me enamoró, ya me lo estaba imaginando en la cama. Cuando acabó la canción me miró fijamente a los ojos y acariciando mi mandíbula dijo–: You're so beautiful babe (eres preciosa nena) –y me besó. Fue de película, sus cariñosos labios eran suaves, todo sucedía a cámara lenta, incluida la música, pero mi burbuja se rompió cuando alguien tiró de mí.

—¡Qué! –contesté bruscamente a Teresa que me señalaba cierta dirección, al seguirla vi a Mario, abrí los ojos como platos, cogí a PJ y me lo llevé a fuera, él estaba desconcertado, pero con ello supongo que daría por hecho que querría estar a solas con él.

En cuanto salimos a la calle me puso contra la pared, apoyando su mano en mi cintura y tocándome la cara volvió a besarme, ¡tenía estilo hasta para eso! Nos calentamos tanto que tuvo que culminar en algo.

Tras una hora y algo volvimos a entrar, Teresa estaba histérica.

—Te estaba buscando, he salido fuera, ¿dónde...? –sonrió al verme de la mano de PJ y con el pelo un poco revuelto–. ¡Ah, es verdad!

Excuse me boy, we have to talk –se dirigió a PJ llevándome (perdona chico necesitamos hablar).

—I'll be back (ahora vuelvo) –le dije, él asintió.

—Cuéntame –decía con esos ojos verdes iluminados.

—No, mañana –dije perezosa.

—Vale, solo dime una cosa. Tamaño.

—Enorme, e-nor-me –enfaticé.

Cuando volvimos al reservado Mario ya no estaba, Ary desapareció también, Miriam y Christian se daban la espalda.

—Ahora vuelvo, que ese guapo me está invitando a bailar –dijo Teresa señalando a un chico en la pista el cuál le hacía señas.

Me estaba acercando a Miriam para preguntarla qué le pasaba cuando me cuestioné el paradero de Belén, la busqué con la mirada hasta que la encontré bailando con un negro que me recordaba a Carlitos de lo grande que era, volví la mirada hacia donde estaba Miriam, dirigiéndome hacia ella, y en cuanto me puse a su lado Belén desapareció del mapa.

—¿Qué os pasa a Christian y a ti?

—Nada, que está ocupado atendiendo a su gente –dijo cruzándose de brazos un tanto molesta.

No contesté, simplemente fui a por Christian y le dije:

—Ven aquí –amarrándole del brazo, le llevé a donde estaba Miriam, parecía que era la primera vez que la veía (y eso que no era así), le empujé para que la agarrase y se abrazaron, yo me fui sacudiéndome las manos, miré el reloj, ¡Dios, ya son las cuatro y media! En ese momento apareció PJ en mi campo de visión.

—Hey shortie! –esbocé una sonrisa, le agarré de la nuca y le besé, fuimos a la pista y justo a mi lado estaba Mario, ¿¿con Laura?? Pero eso no era lo peor, ¡¡¡estaban besándose!!! No… no podía ser, eran los efectos del alcohol, sí… era eso, por lo tanto miré a otro lado y descansé la cabeza sobre el hombro de mi negrito, ¡me hacía sentir tan protegida! Al rato noté un golpe en mi hombro, me giré en su dirección y vi a la misma negra del baño con otra.

—Bendita, ¿esta no es tu prima? –me agarró del brazo separándome de mi americano.

—Pero, ahora ¿qué quieres? –cuestioné malhumorada.

—¡Tú eres tonta! Mi prima tiene los ojos más oscuros y no es tan clara… pero sí se parece, la verdad –decía cruzándose de brazos y observándome de arriba abajo–. Lo siento mucho chica –me dijo.

La tal Bendita era una chica alta, con el pelo a lo afro como Teresa, solo que se había puesto un pañuelo como diadema. Vestía un vestido de tirantes corto con unas sandalias de plataforma que parecía estar subida en un primer piso.

—Ah, pues me habré equivocado, sigue bailando con tu boys –se fue indignada de nuevo.

La amiga Bendita me dijo:

—No te preocupes es que es muy envidiosa, lo siento de verdad por molestarte.

—Agradezco que te hayas disculpado por ella –Bendita asintió y marchó.

—What happened babe? (¿qué ha pasado nena?) –me hablaba como si ya fuese mi novio.

—They'd mistaken (se han equivocado) –giré la cabeza para volverla a apoyar en su hombro y la pareja Laura-Mario seguían ahí, por lo que no era del todo imaginación mía. Miriam y Christian se estaban dando el lote, por lo tanto hice una buena acción esa noche… bueno, dos.

—Vamos, fuera –me ordenó, yo le seguí sin rechistar volviendo a donde estábamos antes, nos besamos y abrazamos, hablamos un rato, aunque él en su escaso español y yo en mi escaso inglés, algo nos entendimos. Sabía que no volvería a verle o ¿quizás sí?

Regresamos poco antes de que cerrase la discoteca, entramos a coger nuestras posesiones y nos quedamos ahí fuera esperando a que saliesen todas.

En el metro nos pusimos a cantar y a hablar con todo el mundo, PJ se bajó en Embajadores y nos despedimos con un buen beso tras intercambiarnos los teléfonos.

—Call me, ok? (Llámame, ¿vale?).

Al llegar a casa nos desvestimos, desmaquillamos y todos los des que se pueden imaginar y después... A dormir.

* * *

Desperté con la voz de Pepe.

—Qué, ¿te lo pasaste bien ayer, eh? –me gritó al oído, yo me sobresalté.

—Eh –estaba medio atontada y con dolor de cabeza. Cuando me incorporé, Pepe se fue con la niña en brazos.

—¿Qué hora es? –pregunté con la boca pastosa.

—Las cuatro y media –dijo Laura con mala cara y el pijama puesto, supongo que se habría despertado no hace mucho.

—¿Y qué hace Pepe aquí? ¿Por qué se ha metido así en la habitación? –me toqué el nido, porque eso ya no era pelo.

—No sé, se habrá puesto celoso –justo sonó mi teléfono, abrí un ojo y contesté volviendo a cerrarlo.

—Diga –dije con voz afónica.

—*Hola morena, siento no haberte llamado estos días, ando un poco liado, ¿qué tal estás?* –era Javi.

—Bien, recién levantada y resacosa, ¿y tú? –pregunté intentando desenredarme el pelo metiendo los dedos tumbada en la cama.

—*Aquí con tu hermano en casa de unos amigos* –abrí los ojos de golpe.

—¿Con mi hermano? ¿Qué haces con él?

—*Cosas… bueno, ¿cuándo vuelves?*

—Pues…

—*Eh… Cass, tengo que colgar, ¿vale? Un beso, hasta luego.*

Me dejó con la palabra en la boca. Al depositar, o más bien tirar, mi teléfono a la mesita de noche me di cuenta de que estaba hecha un asco, ¡menos mal que me desmaquillé en cuanto llegué!, sin embargo, con la boca pastosa, sudada, dolor de cabeza y ese nido de pelo precisaba de una ducha ipso facto. Además de que olía como un obrero al final de la jornada que ha estado trabajando al sol.

—¿Y las demás?

—Durmiendo –decía mi prima tirada en la cama.

—¿Cómo ha entrado Pepe?

—Tiene llave, me ha despertado la voz de mi hija –se acomodó y volvió a roncar en cuestión de segundos, yo fui directa al baño y me encontré con Ary ya duchándose.

—¿Vas a tardar mucho?

—No, pero si quieres te puedes meter, que yo ya estoy terminando –vacilé un poco, pero al final me metí; no me sentía cómoda así, aparte de que no me apetecía estar a solas con Pepe, por lo que me desnudé y me metí en la ducha con ella.

—Ary, me acaban de pasar mil cosas a la vez.

—Sorpréndeme –me dijo mientras se lavaba la larga cabellera rubia, observé su esbelto cuerpo… me ¡gustaba lo que veía! ¿Por qué?, ella me miró y bajó las manos para acercarse de nuevo como la primera vez. La diferencia radicaba en que Ary alzó la mano para acariciarme los pechos, eso me excitó tanto que, finalmente nos besamos, la acaricié la nuca para intensificar la pasión, no podría describir el motivo por el cual la pasión nos hizo llegar a ese punto, pero era lo que yo quería.

Se oyó la puerta.

—¿Se puede? –era Pepe.

—¡No! –grité, pero entró de todas maneras, como había cortinas no nos vio, inmediatamente nos separamos.

—¡Oh, por Dios! ¿Os estáis duchando juntas? –nos señaló con los dedos índice y corazón acompañado de unos ojos bien abiertos.

—Pepe, ¡vete de aquí!, que me está ayudando a desenredarme el pelo.

—¿Desnudas? ¿Me invitáis? –parecía acercarse, pero me asomé a pesar de mis pintas.

—Vete –pareció asustarse, pero se fue con una sonrisa al ver que Ariadna también se había asomado.

—Solo quería veros a las dos aquí restregándoos –decía mientras se sobaba el cuerpo.

—Fuera –rugió Ary. Finalmente, salió del baño.

—¡Dios, Ary! ¿Qué nos ha pasado?

—Lo siento mucho Cass, en serio –dijo avergonzada.

—Dos no se besan así si una no quiere… ¡por poco nos pilla! –dije con la mano en el pecho hiperventilando.

—Lo sé, pero bueno, se piensa que ha pasado lo que realmente ha sido, así que... Por cierto, ¿cómo ha entrado? –preguntó para cambiar ya de tema.

—Tiene llaves de esta casa, me ha despertado enfadado –me miró desconcertada.

—¿Tú sabías que su hermano estuvo ayer no?

—Poco me acuerdo de lo que pasó ayer, la verdad, pero sé que estuvo, ¿por qué cabreado? –se dio la vuelta y continuó lavándose los largos cabellos aún enjabonados.

—Los celos, ¡yo qué sé! Me ha llamado Javi nada más salir Pepe de la habitación y lo mejor de todo es que ayer lo hice con el chico con el que estuve todo el rato.

—¡El negrito ese que era tan mono!

—Pues… –le sonreí asintiendo, no hizo falta nada más.

—¿En serio? –estaba asombrada, por lo que bajó las manos de la cabeza.

—Dos veces, tía.

—¿Cómo? ¿Tú con un negro? ¡Por Dios! Ya lo he oído todo en esta vida.

—No es tan raro –dije comenzando a enjabonarme.

—Un poco sí.

—Ya…

—Bueno y con Javi, ¿qué pasa?

—Antes de venir aquí su madre me dijo que me tenía en un pedestal, que siempre hablaba de mí y tal. Estoy súper indecisa, me he tirado a dos chicos… no, a tres, desde que estoy aquí.

—¿Y cuál es el problema? Javi no es tu novio, y él sabía lo de Pepe, no es tonto, sabe que si vienes aquí, aparte de para estar con tu prima, es para tirártelo otra vez, lo tendrá asumido –se aclaró el pelo haciendo una pausa, cuando terminó cerró el grifo, pero antes de salir dijo–. Cuando vuelvas Pepe seguirá su vida, tu negrito de ayer se quedará también aquí.

—Es de Houston… creo. Así que se irá a Estados Unidos.

—Mejor me lo pones, lo que pasa en Madrid se queda en Madrid –dijo señalando el suelo.

—Esto no es Las Vegas –ambas reímos–. Estarás pensando que soy una promiscua porque también me he llegado a tirar a Iván y no hace mucho de esto.

Se tapó la boca con la mano horrorizada.

—¡A ese capullo! Bueno, por lo menos pasaste de él, ¿no?... ¿no? –preguntaba acusándome con la mirada.

—Sí, pasé de él.

—¡Si yo te contase sobre promiscuas!, mírame a mí.

—Tienes razón, eres una cerda –ambas reímos.

Al verme sufrir por desenredarme el pelo dijo:

—Espera que te ayudo –agaché la cabeza para facilitarle la acción, me impresionó la naturalidad con la que nos comportábamos después de esto. Por lo menos me había ayudado, ya podía lavármelo a gusto.

—Gracias –le dije.

—De nada... Oye, Cass, ni una palabra de esto, ¿vale?

—¿De qué?

—Eres buena –y sonreí.

Cuando salí de la ducha supuse que Pepe se había cerciorado de que estaba sola, puesto que sin llamar se coló en el baño.

—¡Me habéis puesto a cien! –me llevó en volandas a la habitación de mi prima, que ni estaba ahí ya. Me tiró literalmente a la cama, reboté y se puso encima de mí dándome besos, haciéndome dedos... ¡y qué dedos! Pero nos interrumpió la voz de Cris acercándose.

—¡Etas aquí!, mamos –decía con voz mandona, al girarse pude apreciar su media cabeza trenzada.

—¡Joder, qué susto! –susurré.

—No digas esas palabras delante de mi niña –y se fue con ella dejándome con el calentón, ¡menudo mal humor que se me puso!

Mientras me vestía entraron Ary, Miriam y Teresa.

—Bien, ya puedes contar –exigió Teresa mientras se sentaban en la cama aún en pijama, estaba muy graciosa porque se había hecho unos moños, ya que tener afro suponía cuidárselo y mucho.

—¿Eh?

—El chico de ayer, boba –dijo Ary.

—Ah, ¿y Pepe? –pregunté asomándome al pasillo.

—Ya se ha ido –informó Teresa.

—¿Cómo lo hace? Cuenta –preguntó Miriam realmente intrigada.

—Buah, fueron dos maravillosos polvos. Me empotraba contra la pared y me besaba con esos labios carnosos cogiéndome de la cara. A pesar del calor de dentro olía muy bien y eso era un punto a su favor, no hacía más que clavármela a la altura de mi pelvis. Llegaba a asustarme tal tamaño, hacía movimientos circulares de cadera sin separarse de mi cuerpo, me ponía demasiado –me estremecí al recordarlo–. Dudo mucho que alguien pudiera superarle en cuanto a las dimensiones de su pene.

—¡Madre mía! –dijo Ariadna.

—Si te digo la verdad nunca he llegado a tirarme a un negro propiamente dicho, un negro de mi color, así –dijo señalándose a sí misma–. Como mucho, mulatos. Los blancos son más tiernos y agresivos a la vez, aunque claro, depende…

—Pues cuando estaba con Carlos me lo hacía despacio y me decía: *humm qué rico mami, házmelo más fuerte o más suave*, cosas de esas –se puso roja, porque acompañado de eso realizaba movimientos lentos de cadera y girando la cabeza con los ojos cerrados.

—¿Y a ti? –le pregunté a Ary.

—Hombre, Jorge es… bueno, no va muy allá, un poco de petting, pero eso sí, besar besa como los ángeles, y hace unos movimientos con la lengua cuando está… buceando, ya me entendéis –los susurraba por si Belén acechaba, todas nos sonreímos.

—¡Qué guarrona eres! –le dijo Teresa.

—Bueno, sigue con tu historia, especifica –pidió Ariadna.

—Bien. Ahí va.

Capítulo 21

Sexo en negro

—Bueno, pues PJ me llevó a un portal –atisbé sus atentas caras llenas de interés, no me quitaban ojo y continué–. No hacía más que acariciarme de arriba a abajo mientras decía que le gustaba mi cuerpo, levantó mi falda con suavidad sin desviar la mirada de mis ojos, mordiéndose el labio... ¡qué sexy por Dios! Hizo que me recostase en las escaleras separándome las piernas. Me apartó las bragas para explorar mi punto G, que encontró con facilidad, luego lo sacaba para describir círculos sobre mi clítoris. Me puso tanto que hasta el sonido de mis fluidos vaginales resonaban en el portal. Sacó de nuevo el dedo, se lo chupó y...

—¿Lo hizo? ¿Te lo comió? –preguntó Ary excitada, con los ojos muy abiertos.

—No, ¡por Dios! Si no le conocía de nada.

—Hay tíos que lo hacen porque les gusta simplemente –comentó la gemela con tranquilidad.

—Ya, pero no me conocía de nada y... bueno, sí que me lo hizo. Me corrí como dos veces, solo deseaba que me... –me daba vergüenza decirlo en voz alta.

—Te la metiese –concluyó Teresa.

—¿Nos lo pretendías ocultar? –Miriam sonreía.

—¿Y tú qué? ¿Se la chupaste? –curioseó Ary inclinando el tronco hacia delante ignorando lo que acababa de decir Miriam, pasaba de lo fino a lo morboso en nada.

—Ni lo pensaba ni me apetecía romperme la mandíbula. En un abrir y cerrar de ojos ya se había puesto el condón y me la había metido, menudo largo y ancho, ¡mi madre!, nunca había jugado con algo así –dije mostrando con las dos manos las dimensiones de la misma, ellas estaban expectantes ante mi historia–. Se movía lento, cada entrada y salida me hacía suspirar, además de que le oía a él hacer un sonido como *¡¡uff!!* ¡To sexy! ¿Habéis visto a Chris Brown cuando baila y se muerde el labio?

Ellas asintieron con los ojos bien abiertos.

—Sí, y cuando mueve la cintura así tan sexy –decía Teresa moviendo las caderas lentamente de delante hacia atrás, exactamente como en el vídeo de *Excuse me miss*.

—¡Así mismo! –exclamé señalándola–. Como estaba sentada y él frente a mí pude tocar su torso desnudo, duro y firme, cuando se levantó la camiseta sujetándosela con los dientes mostrando esa tableta de chocolate en movimiento. ¡Tías! En ningún momento cerré los ojos porque no quería perderme nada. De repente incrementó el ritmo hasta que... por tercera vez me corrí.

—Amazing!, pero has dicho que fueron dos –dijo Teresa.

—Sí. En el segundo me hizo ponerme a cuatro patas en la escalera, doggy style, como lo llamaba él –dije sonriendo al recordarlo–, fue la segunda vez que salimos, quería gemir pero me puso el dedo en la boca y la otra mano acariciándome la cintura, las caderas, el culo. ¡Dios!, en el portal solo se oía el choque que realizaba su pelvis contra mí. Nada desagradable, pero tuve que decirle en una ocasión *«take it easy»* para que fuese más despacio, me dolía al no estar acostumbrada a esas... dimensiones.

—El mejor polvo donde los haya, vamos, bueno, los mejores –corrigió Teresa, yo asentí, pensar en ello aceleraba mi pulso.

—¿Y tú con Christian? –Ary se dirigió a Miriam.

—Pues el señorito no tenía mucho tiempo para dedicármelo, así que no hicimos mucho.

—¿Dónde está Ross? –pregunté.

—Se quedó a dormir en casa de su novio –irrumpió en la habitación Laura con su hija en brazos.

—Oye, aclárame una duda, que no sé si es realidad o ficción, ¿besaste a Mario? Todas estábamos expectantes a su respuesta.

—Bueno, voy a poner la mesa –dejó a su hija en el suelo, se estaba dando la vuelta para marcharse cuando le cogí del brazo.

—¡Eh!

—Mi mamá ha dicho que no –salió el instinto protector de Cris hacia su madre.

—No he dicho nada –aclaró Laura tranquilamente aún yéndose.

—Entonces no lo niegas, habla –exigí.

—Me invitó a bailar y eso hicimos.

—Y, ¿cómo es que acabasteis besándoos? Así como quien no quiere la cosa –preguntó Ariadna intrigada.

—Por la niña.

—Venga Laura. No nos pongas excusas –dijo Miriam.

—¡En serio! Por hablar de la niña. Decía que no se arrepentía de tenerla: «*Pero claro el problema es la madre*», le reproché. «*Laura, realmente te admiro, has echao para adelante y yo no he estado ahí al cien por cien, no he tenido en cuenta el infierno que has sufrido para llegar hasta aquí*», me quedé sin palabras. «*Mi hermano Pepe tiene razón, soy un idiota, desde que soy padre no he cambiado nada, sigo tirándome chicas sin sentido teniendo novias a las que ni cuento que tengo una hija…*». «*Ya, bueno, yo como comprenderás es algo que no puedo ocultar, así que para mis rollos he tenido pequeñas dificultades*», lo dije con resquemor y este agachó la cabeza. «*Mira, sé que solo fui un polvo de una noche. Lo siento*». «*¿Qué sientes?*», preguntó frunciendo el ceño. «*Haberte causa…*». «*Shh, calla*», dijo posando el dedo sobre mis labios, prestando toda la atención en ellos, poco a poco se fue acercando, no me creía lo que estaba a punto de suceder y simplemente… nos besamos, supongo que sería porque estaba borracho –dijo divagando.

—Los borrachos y los niños siempre dicen la verdad –aclaró Miriam.

—Sí y realizan actos no planeados de los que luego se arrepienten. Paso de hacerme ilusiones, sé cómo me mira y sé que es por pena –admitió con tristeza.

—Mami, tito dise que papá quie a mamá, pero que papá es tonto –abría esos ojos achinados para contar la historia, resultaba muy graciosa y tierna al ver que mientras relataba su historia acariciaba la mejilla de su madre.

—¡Cris!, ¿Dónde has oído eso? –preguntó Laura.

—Tito –dijo levantando los hombros con las palmas arriba, ¡qué rica era!

—¿Ves?, los niños nunca mienten, ¡te lo dije! –le apuntó Miriam con el dedo acusador.

—Sigo pensando que le doy pena –seguía en sus trece.

—Yo creo que Mario te mira de la misma manera en la que Pepe mira a Cass –levanté la vista al oír mi nombre.

—Oye, Teresa, ¿por qué me metes a mí ahora?

—¡Anda! ¿Te crees que no he oído esta mañana cómo te despertó? Y encima manda a su hermano para vigilarte.

—¡Si se lió con Laura!, rubia –le dije a Ary.

—Pepe le mandó espiarte, otra cosa es lo que acabase haciendo él –concluyó Teresa.

Salida a Sixty-nine

Por la tarde fuimos a dar una vuelta y volvimos a ver a Nacho, esta vez iba con una chica.

—Os presento a mi hermana Eva –la dimos dos besos, Eva era una chica alta, se la veía un poco más mayor que Nacho aunque realmente no lo sabíamos, tenía el pelo a la altura de los hombros y los ojos medio achinados, sin alterar en ningún momento la sonrisa de su cara.

—¿A dónde vais? –preguntó Laura.

—Al Lefties del Tres Aguas, que quiere cambiar un vestido que se compró antes de ayer, ahora dice que *no le gusta el color* –dijo haciéndole burla a su hermana, quien le dio un manotazo.

Tres Aguas era un centro comercial situado en Alcorcón, aproximadamente a unos quince minutos andando desde el cercanías RENFE de Alcorcón Central.

—Pensaba que era fucsia y es *coral*, ¡menuda mierda! *Color coral, tss* –a pesar de decirlo con mala uva, sonreía.

Dimos una vuelta por todo Alcorcón. Al caer la noche acabamos en una discoteca de Móstoles que se llamaba Sixty-nine. En la cual ponían música africana, funky y demás, no se parecía ni de lejos a Kiara (aunque sí por la música), la sala se llamaba Chilloutetería, parecía ser todo de piedra. Entrando a la izquierda estaba el baño de las chicas, de espaldas en un hueco un pasillo que llevaba al de los chicos; avanzando unos pasos más, el ropero, escaleras abajo estaba la discoteca, a la izquierda había un reservado con una barra, las paredes estaban decoradas al estilo cebra, el techo era muy bajo. A la derecha estaba la entrada propiamente dicha de la discoteca, había como una especie de piedra donde se sentaba la gente y en la pared de la derecha una pantalla donde ponían video clips de la MTV. Un poco más adelante la barra, una columna y donde se encontraba la cabina del DJ y la pista que, comparada con la de Kiara, era muy pequeña. A la izquierda había otra barra con más reservados. Laura saludó a tres personas, una de ellas era un negro bajito y rapado, nos lo presentó, se llamaba Seve, como ponía en todos los carteles, su socio era DJ Tripi, supongo que serían ellos los que manejaban el cotarro. Abrazó a un chico blanco de aspecto menudo y callado.

—Os presento a Mini-mini, uno de los DJ's y buen amigo mío, el que está pinchando ahora mismo... –y señaló en cabina un negro robusto con trenzas– ...es el DJ Yako, y ya os presentaré al DJ Coleman, que está en la otra sala subiendo estas escaleras escondidas al fondo del pasillo, él pincha bases para las batallas de gallos y break-dance.

Al dar dos besos al tal Mini-mini recordé esa fragancia que me embriagó que también usaba Dani.

No estaba mal, era pequeñita la sala, llena de africanos más parecidos a la chica que vi en Kiara que, por cierto, me la volví a encontrar en el baño y no me saludó (preocupada estaba). Sixty-nine era un ambiente muy familiar. Miriam se quedó en casa con Christian, no quería salir. Para el sitio que era, las chicas se arreglaban mucho, *no os preocupéis por arreglaros*, decía Laura. Las cuatro íbamos en sandalias, de pronto, a medida que la noche pasaba, se agradecía debido al gran número de gente que entraba en un espacio tan

[305]

reducido y el ambiente comenzó a cargarse oliendo a concentración de gente debido a la carencia de ventilación. Mini-mini pinchó, tanto las gemelas como yo pensamos lo mismo: «*este blanquito pincha bien para estar en una discoteca de negros*», nos miramos y asentimos sonriéndonos. Al micrófono estaba Robert el Negro (primo de Christian) que animaba a la gente.

Le vimos en Kiara cómo no podía estar en un solo sitio sin estar rodeado de gente:

—¡Qué pasa gemelo! –saludó a Laura.

—Eh, motivao con dos T, nuestra línea de ropa –se pusieron a bailar ambos de una manera ridícula, luego rieron y al final se abrazaron.

Al salir fuera para respirar aire puro vimos gente de Kiara y, para mi sorpresa, a PJ.

—What are you doing here? (¿qué haces aquí?) –le pregunté sorprendida.

—Con mi primo –contestó señalando a otro chico un poco más oscuro que él, pero con el mismo estilo, fumándose un cigarro.

—¿Tienes un cigarro? –le pidió Ary avanzando hacia él sin cortarse, este se lo dejó mirándola lascivamente y se lo encendió–. Gracias.

Nos quedamos fuera. Volvimos a entrar después de un rato, prácticamente estuve toda la noche con él, sus carnosos labios hacían de sus besos una gran tentación que no pude resistir y volvimos a hacer una escapadita fuera, solo que no hubo sexo, no encontramos ningún sitio habilitado para el caso.

Al día siguiente nos pasamos la tarde entera viendo pelis, me llamó mi madre por teléfono, le conté lo de la hija de mi prima, cosa que ella ya sabía, ¡qué tendencia a ocultarme las cosas tenía la gente!

—¿Dónde está mi hermano?

—*Aquí con Javi.*

—Joer, macho, siempre está con Alex, ¿están saliendo juntos o qué?

—*Cuida ese lenguaje, ¡eh! Casi, pero bueno, él no deja de preguntar por ti, te echa muchísimo de menos, ¿no te ha llamado?*

—Hoy no, ayer sí –contesté y se me hizo un nudo en el estómago rememorando las palabras de su madre.

—*Javi* –gritaba mi madre oyéndose el eco del pasillo.

—*Queee* –contestó, y se oía cómo le entregaba el teléfono-. *¿Sí?*

—Hola, ¿qué tal?

—*Pues nada, aquí echándote de menos.*

—Eso he oído, ¿por qué pasas tanto tiempo con mi hermano? –pregunté.

—*Ya te explicaré, que no puedo hacerlo ahora por teléfono, bueno nos tenemos que ir Cass, un besito, chaoo* –y colgó, ¡pero qué raro estaba! Busqué en la agenda otro número.

—Hola, dale a tu cuerpo alegría.

—*Hey, hola. ¿Qué tal?* –preguntó Macarena.

—Bien, ¿y tú?

—*Pues hasta los cojones, con un dolor de pies increíble, se me han hinchado, me quiero quitar esta cosa de dentro ya.*

—Oye, ¡no hables así de tu parásito!, Que ya te queda poco.

—*Bueno, es verdad, me queda menos de lo que parece y ¿qué tal por ahí?*

—Bien, en unos días volvemos –se oyó un silencio, después un grito–. Maca, Maca, Macarena –grité.

—¿Qué pasa? –preguntó Ariadna.

—Tía, creo que Macarena se está poniendo de parto.

—¿Cómo? –se quedó atónita e inmediatamente llamó a su madre diciéndoselo. Comenzamos a empaquetar las cosas para volver a Cádiz, pero al cabo de una hora su madre nos llamó diciéndonos que era una falsa alarma, luego nos volvió a llamar Berto diciéndonos lo mismo, que no nos preocupásemos que todo iba bien y que iba a estar a su lado, ya nos avisaría en caso de que hubiese algún cambio.

—¿Cómo es posible que a estas alturas la dejen sola?

—Berto había bajado a por pan, además le queda aún –contestó Ariadna.

Mi teléfono volvió a sonar, pensaba que sería alguno dándome nuevas noticias, pero era Pepe.

—¿Hola?

—*¿Tienes algo que hacer mañana?*

—Ir a comprar un regalo al futuro bebé de mi amiga.

—*¿Quieres que te acompañe?*

—¿En serio? –pregunté asombrada.

—*Sí, claro, no es molestia, además te puedo llevar a algún sitio para que compres, soy yo el que se conoce Madrid, ¿no?*

—Me parece genial.

—*Bueno, un besito, mañana te voy a buscar, hasta luego.*

—¿Ves como está colado por ti? –me acusó Teresa sin levantar la vista de la revista *Cuore* que tenía en mano.

—Ya se le olvidará cuando me vaya –dije segura de mí misma.

—Puede ser, Pepe es muy caprichoso –concluyó Laura tirada a su lado, asomándose para leer lo que tenía Teresa con sus oscuros ojos.

Al día siguiente, lunes, mi prima se fue a hacer un trabajo de sustitución de tres días durante la semana en una Residencia en Getafe, tenía turno partido, pero prefería quedarse ahí a comer. Belén, que estaba desaparecida porque se pasaba la vida con su negro, vino a decirnos que vendría el miércoles para comer con él y volvió a marcharse.

—¿Y para qué viene? ¿No existen los teléfonos? –se preguntó Ary con resquemor, ya que había quedado con Jorge, quien llamó minutos después al telefonillo, ella se apresuró a bajar no sin antes mirarse al espejo para ver si tenía la melena bien peinada.

Yo estaba preparando a Cris para salir.

—Y tú, ¿qué vas a hacer? –le pregunté a Miriam que estaba en el ordenador, enfrascada en una interesante conversación, deducido por su tardanza en contestarme.

—¿Eh?, ¡ah!, ahora viene Christian –dijo con una sonrisa.

—Genial. Chao, Teresa –grité.

Pepe me llevó a Primark, donde compré infinidad de cosas para el futuro bebé de Macarena y para Cris también. Luego fuimos a dar una vuelta y finalizamos en el Burger King. Cuando volvimos Miriam y Christian se estaban dando el lote en el salón y Pepe carraspeó sonoramente, con lo que se separaron.

—¡Hombre, hola! –dijo Miriam arreglándose el pelo y la ropa, Christian estaba tranquilo.

—Hola, Tistian –Cris bajó de los brazos de su tío para abalanzarse sobre el susodicho.

—¡Hola, guapetona! —la cargó un rato para darla un beso y cuando volvió a los brazos de Pepe dijo—. Parecéis una familia.

—Es que somos una familia —acreditó Pepe rodeándome la cintura con su musculoso brazo, yo me sonrojé.

—Me refiero a que parecéis los padres de la niña.

—¡Es verdad! —exclamó Miriam dándole una palmada suave con el dorso de la mano a Christian.

—¿Y Teresa? —pregunté intentando parecer indiferente, pero la realidad era que se me caían las bragas por ese chico.

—Creo que se ha ido con su amigo Sergio —contestó Miriam mirándome con el ceño fruncido tras esas gafas rectangulares de patillas moradas.

—Mm, interesante, ¿y qué? ¿Se fue corriendo o qué?

—Yo solo sé que la llamaron por teléfono; se emocionó, habló, colgó, luego volvió a sonar, lo cogió y se fue. Creo que le había llamado Andrea una de las veces.

—¡Dios, Andrea! Ni me acordaba de ella, seguramente estará en Italia con David gozándola —me llevé las manos a la cabeza llena de envidia.

—¿Todavía no han llegado Ary y Belén? —ambos negaron con la cabeza—. Bueno, entonces voy a preparar la cena.

—¿Sabes cocinar? —preguntó Pepe conteniendo la risa.

—Ja, ja, ¡muy gracioso! Algo sé —me defendí.

—Vale, pues yo prepararé la de mi cosita —dijo agudizando la voz y dirigiéndose a su sobrina.

Laura llegó más tarde con un hambre de caballo, se comió los macarrones que preparé, dejando, claro está, para Ariadna, Belén y Teresa que todavía no habían llegado. Pepe y Christian se marcharon en cuanto mi prima terminó de cenar, luego esta se fue a la cama y justo llegaron las hijas pródigas, excepto Belén.

—¿Está mi cuñá? —preguntó Ariadna.

—No.

—¡He hablado con mi padre! —Teresa estaba impresionada más que emocionada.

—Pero tu padre no… —no me atrevía a terminar la frase.

—Sí, eso decían, pero al parecer no, porque me ha llamado él.

—No lo entiendo, ¿y por qué ahora? ¿Dónde ha estado desde entonces? –pregunté desconcertada por la buena nueva.

—Pues en la cárcel de su país, Nigeria.

—Lo siento Teresa, pero los muertos no… ¿Nigeria? ¿Tu padre es nigeriano? –ella asintió.

—Está aquí en España, concretamente en Madrid. Mi padre estuvo mucho tiempo en Cabo Verde, por eso se le pegó el acento, pero también habla inglés… de Nigeria, claro –dijo poniendo los ojos en blanco.

—¡Qué fuerte! Pensaba que tu padre era de Cabo Verde, como mi madre y la tuya –negó con la cabeza–. Vale, ¿y quién es Sergio?

—Nadie, un amigo –dijo desinteresadamente.

—¿Un amigo con el que desquitarte? –preguntó Ariadna.

—No, solo hablamos –y zanjó el asunto–. Mañana viene mi padre a comer y por la noche se va a Cádiz para buscar a mi madre. Ella, poco después de largarse mi padre, decía que había muerto y realmente quiero saber por qué hacía todo eso. Pero no niego que hubiese deseado que su muerte fuese real. Dice que tiene una hija y que me la quiere presentar –no pudimos articular palabra–. Y no me lo he tirado porque quiero conocerle más.

—Uu, ¡se nos está enamorando! –dijo Ary abrazándola, Teresa sonrió.

Comida con el padre de las gemelas

El martes por la mañana llamé a Maca para ver qué tal estaba.

—*Asustada, ¡qué agonía, qué dolor, qué de todo, quiero que acabe!*

—*Ya te queda poco cariño* –decía una voz masculina.

—*¿Con quién estás ahora?*

—*Con Berto, Julián está en Alemania en una sesión de fotos, no sabe lo de la falsa alarma.*

—Tienes que decírselo para que esté cerca, eres una bomba de relojería ahora mismo.

—*Me han dicho que eran gases. Además, dentro de poco estaré de ocho meses.*

Le conté lo del padre de las gemelas y, al cabo de unos minutos, tras colgar a Maca, apareció Belén.

—Hombre, ¿a quién tenemos aquí? –volvió a sonar mi móvil, era Javi.

—*¿Qué tal estas?*

—Tita Ca, vamos a jubar –decía Cris saltando delante de mí mientras aplaudía, sus graciosos rizos revoloteaban por su cabecita.

—Vale, trae los juguetes –le dije, se oyó a Javi sonreír–. Muy bien, ¿y tú? –observé a Belén que parecía agitada.

—*Yo estoy aquí con Adri. Tu hermana ha decidido seguir adelante con el embarazo, ¿qué estás? ¿Ensayando con la hija de tu prima o qué?*

Reí y luego atendí a lo primero que dijo, no me lo creía.

—¡Voy a ser tía! –grité.

—*No te emociones tanto que tu madre no está de acuerdo con la idea.*

—La decisión es de Adri y mi hermana. A mi madre lo que le pasa es que no quiere ser abuela tan pronto.

—*Yo lo que quiero es verte* –guardé silencio, eso me cogió con la guardia baja.

—Oh, ¡qué rico mi Javi! –me senté en el sofá y, justo en ese momento, Cris me lanzó un peluche a la cara, Belén no pudo contenerse y comenzó a reírse de mí.

—*¿Qué ha pasado?* –preguntó al oír las carcajadas de la niña también.

—¡Me ha cruzado la cara con un peluche la niña cabrona esta! –dije y Javi se unió a las risas–. ¡Oye, que era un momento bonito!

—*Nena, te dejo, que tengo que seguir hablando con Adri de una cosa, luego si eso hablamos, un beso* –y volvió a dejarme con la palabra en la boca.

—¿Qué te pasa Belén? –pregunté levantándome del sofá habiéndola visto antes dar vueltas de la cocina a las habitaciones y viceversa.

—Mañana viene Patrick a comer, ¿vale?

—Vale. Pero eso no es lo que te preocupa, ¿verdad? ¿Qué te pasa? –estaba nerviosa, se frotaba las manos y se recogía el largo flequillo detrás de la oreja.

—Me ha pedido que me quede a vivir con él.

—Tita, mamos a jubar –me rogó Cris tirándome del vestido.

—¿Estás loca? –irrumpió Miriam que apareció de la nada, por lo que le dediqué un rato a la nena sin desconectar del todo–. ¡Si no le conoces de nada!

—Le conozco de cuando estuve de vacaciones, ya se lo he dicho, pero se ha enfadado, lo hemos dejado pasar y me estoy planteando hacer carrera aquí en Madrid para vivir con él.

—¡Pero si no conoces sus costumbres, manías!, etc. –dije.

—La verdad es que un poco sí, porque cuando estábamos en Barcelona prácticamente me quedé con él –se justificó.

—Tú verás lo que haces –dijo Ariadna que, como Miriam apareció en el salón de la nada, nos quedamos mirándola–. ¿Qué? Lo he escuchado –sacó un cigarro de su paquete y se fue a la cocina para fumar y evitar que le llegase el humo a Cris.

—Deberías conocerle mejor, es mi consejo, pero adelante si te quieres ir –le dijo Miriam tranquilamente yéndose al cuarto.

Apareció Teresa.

—Hola –la saludamos.

—¿Me he perdido algo? –se sintió observada al ver que la mirábamos.

—Nah, Belén se quiere ir a vivir con su novio negro.

—Am, bien –no contestó nada más, solo se dispuso a cocinar para la comida con su padre, Belén se marchó poco después y a Miriam le fue a recoger Christian, por lo que nos quedamos las de siempre con Cris.

Llamó al timbre y subió. Era un hombre alto y corpulento, de tez oscura y ojos claros. Tenía cara de haber sufrido bastante, con varias cicatrices por el cuello y una que le partía la ceja. Su saludo fue frío y, a punto de empezar a comer, volvió a sonar el telefonillo, subía Mario.

—¿Y Laura?

—Está trabajando, vuelve por la tarde –informó Ariadna.

—Vale, ¡hola cariño! –agudizó la voz cargando a su hija.

—¿Es su hija? –susurró estupefacto el padre de Teresa. Yo asentí.

—¿Te vienes con papá al parque? –Cris ya había comido, por lo tanto si quería llevárselo supongo que no había impedimento. Él era el padre.

—Chi, ¿bucas a mamá paarle un bechito? –lo dijo tan emocionada que todas estábamos esperando la respuesta.

—Pues... a lo mejor, bebé –le decía mientras tocaba la punta de su diminuta nariz, era una imagen tan tierna que soltamos un *oooh*, debido a que Cris abrazó a su padre con todas sus fuerzas, se le habían iluminado esos achinados ojos clavados a los de su padre. Sonreímos inconscientemente y cuando salimos de nuestro asombro:

—Oyes, ¿y Pepe? –pregunté.

—Está en casa, ¿quieres que le diga algo? –se dirigió directamente a mí.

—Sí, por favor, dile que mañana venga a comer aquí.

—Vale –se dispuso a preparar las cosas y se la llevó, pero antes de irse dijo–. Llamaré a Laura para decirla que estoy con la niña, no os preocupéis, adiós.

—¡Mien, Mien! –la pobre niña brincaba contenta de la mano de su padre antes de subir al carro. Una vez metida cerró la puerta.

—¿Será la primera vez que saca a la niña? Porque estaba muy emocionada –comentó Ary.

—Seguramente –contesté. Empezamos a comer y...

—¿Por qué fingiste tu muerte? –por poco me atraganto al oír las palabras de Teresa, su padre se quedó tan helado como sus azules ojos ante la pregunta.

—Cariño, era muy complicado, y vosotros muy pequeños –dijo con acento inglés africanizado.

—Bueno, ahora será más sencillo, ya soy mayor –le hablaba con dureza, Ary y yo nos sentíamos muy incómodas ante las pullas que le tiraba a su padre.

—Hice lo que tenía que hacer, corríais peligro, ya me estaba metiendo en un mundo que... ¡me perseguían! –decía con voz torturada levantando la ceja partida.

—¿Y ahora qué? ¿Qué vas a hacer? ¿Me presentarás a la nueva y condenada familia que has formado? –se cruzó de brazos.

—Reharé mi vida, iré a Cádiz a recuperar el amor de tu madre –Teresa frunció los labios levantando una ceja–. Deberías conocer a tu hermana, es tan guapa como tú, tiene tus mismos ojos.

[313]

—¿Tú crees que una mujer a la que has estado pegando va a querer volver contigo? –se nos cortó la respiración, nunca pensamos que se atrevería a decírselo en voz alta, ambas conocíamos la historia porque la vivimos en tercera persona, que no en primera, y teníamos miedo de su reacción, pero su rostro se suavizó.

—Eso era otro tiempo, ahora me he reformado –suspiramos aliviadas.

—¿Y la mujer con la que tuviste a mi supuesta hermana? –preguntó entre comillas.

—Hace años que eso acabó –contestó tajante, serio e imponente.

—Entiendo –Teresa continuó comiendo en silencio. Un incómodo silencio que hizo que Ary y yo comiésemos con rapidez para irnos de ahí lo más pronto posible.

Capítulo 22

Y por fin Mario se da cuenta

Por la tarde-noche Teresa llamó a Andrea para contarle cómo fue la velada, ella decidió volver antes de Italia y no contarle nada a su madre. Me pasó el teléfono, le pregunté que qué tal estaba.

—*Bien, estoy muy contenta con David, ¡es increíble!, hasta en la cama es cariñoso, me río un montón con él y no le cambiaría por nada del mundo.*

—Ohh, ¡Andry se nos ha enamorado! –dije emocionada, y le volví a pasar el teléfono a su gemela, cuando colgó volvió a marcharse llamando por teléfono al tal Sergio.

Ariadna y yo nos quedamos solas.

—Ary, tenemos que hablar de lo que pasó en el baño.

—¡No! Déjalo, fue una tontería, te dije que lo olvidases, se nos fue la pinza y ya está, somos amigas y no creo que pase nada –no quería mirarme a la cara.

—Ya, y ¿por qué te seguí el juego? –pregunté apurada en busca de una respuesta.

—No sé, querrás probar cosas nuevas, dejémoslo –sonrió, nos fuimos a la pequeña terraza para que pudiese fumar ya que delante del padre de Teresa no quería hacerlo y como estuvo un buen rato fue una agonía para ella-. Me está empezando a gustar Jorge –dijo con los dedos en las sienes y los ojos cerrados.

—¡Qué! y ¿qué pasa con Luis?

—No te he dicho que me vaya a quedar con Jorge para dejar a Luis, solo que me está empezando a gustar.

—¿No se tira tambíen a Teresa? –pregunté confusa.

—¡Qué va! Fingen hacerlo, pero no.

—¿Qué vas a hacer?

Ella levantó la cabeza para mirarme y dijo:

—Nada, no puedo hacer nada –le dio una calada al cigarro-. A lo mejor hago lo mismo que Belén y me vengo a Madrid.

—Ya, pero si Belén se viene y tú también, ¿no crees que es demasiado sospechoso? –ella asintió echando el humo mientras miraba su cigarro.

—Cierto, ¿y tú qué?

—¿Yo? Pues ¿qué quieres que te diga?, Pepe me gusta, pero sé que no voy a llegar a nada con él.

—¡Qué atento es el tío! ¡Me cago en la hostia! –ambas reímos–. Encima está como un queso. Follará bien, ¿no? –decía dándome codazos en el brazo mientras seguía fumando.

—No me quejo –dije apoyándome en la barandilla de la terraża mirando cómo cerraban ya el supermercado que estaba enfrente.

—Eso es que lo hace mal –concluyó mirando en la misma dirección que yo, sujetó el cigarro con la boca para recogerse el pelo en un moño alto mal hecho.

—Ary… ¡que no! Hay mucha atracción pero no es la rehostia, me hace gritar pero…

—Javi.

—PJ –ambas reímos tontamente. Hablamos un rato del asunto de Teresa.

—Me parece muy raro que no haya hecho nada con él –dijo–. Sabemos cómo es la gemela, que se tira a todo lo que se mueve por despecho.

—¿Tú crees que se está enamorando? –le pregunté.

—Lo que creo es que está cambiando aunque… no sé, sabes que Teresa es muy impredecible –se oyó la puerta, era Belén.

—Estás contenta, eh, ¡veo que has echado un buen kiki! –le dijo su cuñada con el puño a la altura de la boca y moviéndolo de delante hacia atrás.

[316]

—No veas –contestó sonriendo.

—Oye, qual e o nome do teu namorado? (¿cómo se llama tu novio?) –pregunté en portugués para ver si me entendía.

—Patrick, es de madre alemana y padre jamaicano –me contestó.

—¿Eso existe? –preguntó Ariadna para molestarla, pues al estar con Luis algo aprendió.

—Existen todo tipo de combinaciones, retrasada –decía riendo.

—Y él ¿dónde nació? –volví a preguntar.

—En Alemania.

—Es muy negro –pinchó Ary, la di un codazo en el brazo, con lo que ella rompió a reír y yo no pude evitarlo.

—Es el hijo de un militar de Somalia, hazme caso –dije riéndome.

—E daí pinta um soldado de Somalía em Alemanha? (¿Y qué pinta un soldado de Somalia en Alemania?). Ambos padres son negros tonta –dijo Belén muy cabreada en portugués, Ary se unió a mis sonoras carcajadas, ella nos ignoró y se fue a la habitación.

—¡Qué mala eres! –me dijo Ariadna.

—Oye, que tú me has seguido el rollo –dijo.

—Es que el chico es raro.

—Vino a hablar aquí la del hermano rubio.

—Touché, por cierto, ¿y Laura no tenía que haber llegado ya?

—Sí, seguro que ha llegado a casa del padre de su hija.

—¿Crees que la quiere?

—A estas alturas no sé lo que creer –contestó dándole la última calada a ese cilindro de punta naranja y tirándolo por la ventana, se dirigió a la cocina a buscar algo de cenar.

Mi móvil sonó, miré la pantalla y lo vi, aquel número que hacía tanto tiempo que no veía, aquel número que antes me causaba emoción y ahora repugnancia.

—¡Qué! –contesté con brusquedad.

—*Hola, eh, ¿dónde estás? Me apetece verte.*

—Pues yo a ti no, la verdad, y no estoy en Cádiz –dije poniendo un brazo en jarra.

—¿Quién es? –preguntó Ary alzando la cabeza.

—Iván –susurré tapando el teléfono.

—¡¡Cuélgale!! –rugió con rabia.

—*Y ¿cuándo vuelves?* –preguntó ignorando a mi amiga.

—Volveré cuando tenga que volver, adiós –colgué y tiré el móvil al sofá del cabreo.

A la mañana siguiente (miércoles) nos despertamos a las doce de la mañana, Miriam entró por la puerta con Christian quien nos saludó.

—Buenos días. Me voy a duchar –contestó Ary quitándose las legañas.

—Holam –dije yo.

—Hey –saludó Belén alzando la barbilla.

Mientras esperábamos a que llegasen todos aún no habíamos pensado lo que hacer de comer y no teníamos hambre, por lo que nos bajamos a dar una vuelta. Vimos a un chico corriendo, y aproximadamente cinco segundos después, un montón de policías detrás. Cuando pasó delante de nosotros el delincuente nos sonrió y se pudo apreciar el brillo de un diente de oro entre tantos huecos libres en la dentadura, tenía la piel pálida, incluso me atrevería a decir que era de un tono grisáceo.

—¡Pero bueno! –dijo Belén echando el tronco hacia atrás.

—¿Qué te esperas de Alcorcón? –nos giramos y ahí vimos a Laura con Mario y la niña en el carro.

—¡Y tanto! No os cortáis ni a la hora de vender droga –Belén señaló con el dedo el nombre del negocio de la acera de enfrente llamado Bar Coca.

—Ya te digo, ¿no veis que somos famosos? Salimos en las noticias por reyertas. –Todas reímos.

—Mismo yonki, mismo lugar, no falla, ¿eh, negra? –dijo Mario dirigiéndose a Laura, nosotras seguíamos sin contestar.

—¿Dónde has dormido? –preguntó Belén.

—Mira quien fue a hablar, ¡vaya preguntas haces! Creo que es un poco obvio ¿no? Todos menos tú sabemos dónde –reprochaba Ariadna mientras se encendió un pitillo alejándose un poco.

—Mi mamá y mi papá han dormido conmigo.

—¿Ves? –dijo dirigiéndose a su cuñada y echando el humo después.

—¡Cris! –saltaron sus padres a la vez y luego se miraron a los ojos sonriendo como tontos.

[318]

—Oye, ¿tú no tendrías que estar trabajando? –la señalé con el dedo acusador.

—Sí, he salido hace un rato, hoy me han mandado al centro de día –contestó mi prima.

—Bueno, esto promete, subamos –dije frotándome las manos.

Nos explicaron que el día anterior hablaron largo y tendido de su asunto. Se les pasó por la cabeza la idea de vivir juntos.

—Y ¿por qué ahora? –preguntó Ariadna curiosamente.

—Mi hermano me ha abierto los ojos con una dosis de realidad, me avergüenza decirlo, pero… –encorvó la espalda y se miró a los pies, observé el rostro impasible de mi prima lleno de reproche a Mario–. Todo empezó el viernes, estaba con mi novia…, bueno mi exnovia Ana, y vino Cris gritando, interrumpiéndonos en plena faena. Ana no sabía que Cris era mi hija y tampoco se lo quería explicar: «*Papaa, papaa*» venía corriendo porque estaba jugando con Pepe al pilla-pilla. Yo me cabreé. «*Pepe coge a la niña*», rugí, Cris se asustó, hacía pucheros. «*¿Y a ti qué te pasa?*», preguntó cabreado al ver a su sobrina poner esa cara, la cargó entre sus brazos. «*Ya está mi amor*», consolaba a la niña, quien tenía la cabecita apoyada sobre el hombro de su tío. «*Os dije que no me interrumpieseis*». «*¿No crees que es hora de que asumas tus responsabilidades?*». Cuestionó cabreado. Discutimos durante un buen rato y Ana se fue al ver que no tenía nada que ver en el asunto, dejando a Cris llorando sola, en vez de consolarla. Al oír el llanto de la niña paramos, no quería que yo la cargase, solo quería estar con Pepe. «*Hasta tu propia hija te rechaza*», yo me sentí como si me hubiesen tirado una jarra de agua helada, me partió el corazón ver la cara de mi hija con el miedo reflejado en sus ojos sin querer acercarse a mí.

Cuando ya se hubo calmado un poco el ambiente, Pepe me dijo: «*Mira, ya no lo aguanto, quiero a mi sobrina más que a mi vida, pero es tu hija y te tienes que responsabilizar tú de ella, ¿sabes lo que le ha costado a Laura salir adelante sin un padre que se preocupe? ¿Que solo le interese estar con niñatas? ¿Cuánto tiempo llevas con Ana? ¿Seis meses?*». Yo asentí. «*¿Y qué pasa? ¿Te avergüenzas de Cris?*» Negué con la cabeza. «*Pues díselo entonces, ¡cojones!, si ella te quiere se supone lo entenderá a pesar de ello, si no es que esa piva no merece la pena y la tendrás que man-*»

dar a tomar por culo. Porque que prefieras a un chochito antes que a tu hija…». Inmediatamente después del sermón de mi hermano mayor decidí llamar a Ana, aunque tras haber visto cómo se fue sin preocuparse por mi hija me dio qué pensar…

De repente empecé a cavilar, ¿cómo es que Mario estaba contándonos a todos esto? Y supuse que era para demostrarle a Laura que estaba equivocado y demandaba una segunda oportunidad.

—…Se lo solté todo nada más entrar por la puerta. *«No es verdad… ¡venga hombre!, lo haces para encubrir a Pepe»,* dijo alejándose como si le estuviese confesando un asesinato. *«Es mi hija de verdad, ¿para qué te voy a mentir?»,* le dije totalmente serio. *«Si es tu hija, ¡me estás diciendo que la madre es negra!».* «No, es rusa, muy pálida para mi gusto, ¡pues claro que es negra! ¿No ves a la niña?»,* arrugó la nariz. *«¿Quién es entonces la que se tira a Pepe?».* «¡Ay mi madre, tú eres tonta! ¿Cómo va a ser esa?»,* dije llevándome las manos a la cabeza. *«Entonces es la flacuchenta esa de trenzas, buag»,* puso una cara de asco que ni el chupar limón lo conseguiría superar. *«Cuidado con lo que dices, no te permito que hables así de la madre de mi hija»,* amenacé. *«Oye Mario, si me quieres dejar solo tienes que decírmelo pero no me vengas con esa historia de que la niña es tu hija y de que la madre es… ¿cómo pudiste tirártela? Seguro que hasta yo me muevo mejor que esa escuálida, se rompería al intentar hacer algo para sorprenderte»,* seguía con esa cara de asco, empecé a deducir que no le gustaban los negros.

—¡Muy agudo! –soltó Christian sin mirarle. Teresa, Laura y yo contuvimos la risa.

Laura puso cara de pocos amigos en cuanto escuchó lo que dijo esa chica sobre ella, apretó el puño pero no dijo nada.

—En fin, sigo: *«Venga, anda, dejemos esas tonterías y sigamos con lo nuestro»,* dijo poniendo cara seductora. *«Entonces, ¿te da igual que sea padre?»* pregunté ilusionado. *«¡Venga ya cari! Deja esa mierda de asunto de la sobrina, me da igual».* «¡Que es mi hija!».* «Lo que tu quieras que sea, mientras no suba aquí esa negra y tu hija no nos moleste como esta vez, te creeré».* Entonces me puse a pensar, ¡una niñata me está haciendo elegir entre mi familia y ella! *«¿Te da o no te da igual que sea mi hija?»,* le pregunté claramente. *«Me da igual, por seguir siendo mal padre un poco más»,* me hizo sentir mal la hija de puta, y son-

[320]

reía maliciosamente. «*Y ya que no lo has estado haciendo, ¡qué más te da seguir igual! Además para cuidar a una niña... así*», dijo señalándola con asco, y mi pobre niña se escondió detrás de mí al ver el dedo acusador de Ana. Pepe, que estaba en la cocina, lo oyó y se acercó al salón con un delantal. «*Así, ¿cómo?*», le miró duramente. «*Morenita*», soltó. «*¿Y si fuese rubia la niña también la llamarías morenita?*», pregunté sarcásticamente. «*Su madre es negra y veo que tienes muchos problemas con eso. No pienso vetar la entrada a la madre de mi hija, así que ya te puedes largar de aquí, a ti sí que no te quiero ver en mi casa laaargo*» dije señalándole la puerta de salida y casi empujándola. «*Vale, no tengo por qué estar con un tío que se ha tirado a una negra, ¡qué asco!*», fingió un escalofrío agitando el cuerpo, salió y cerró la puerta de golpe. «*¡Maldita zorra!*», espetó Pepe furioso. «*Hablar así de mi niña*», se aferró fuertemente a su sobrina. «*Mi nena ven con papá. Ven cariño, lo siento mucho, papá se ha cabreado y no tenía que hacerlo, ahora seré bueno contigo, ¿vale? Ven mi amor*», le tendí las manos a mi hija, vaciló, pero al final vino conmigo, mientras la cogía veía en su cara el rostro de Laura. Pensé en todo lo que había pasado esa tarde, después caí en que esa noche salíais y era la oportunidad perfecta para hablar con ella. Al verla en Kiara me quedé... ¡estaba deslumbrante!, mira que cuando la conocí lo que me atrajo de ella era esa personalidad, esa gracia, y no podía tolerar que Ana hablase tan mal de ti. También me acorde de lo preciosa que estabas embarazada, ¡madre mía! –decía dirigiéndose a mi prima cogiéndola de la mano, ella sonrió agachando la cabeza.

—¿Veis? Os dije que no le envió Pepe –dije señalándoles a todos.

—Bueno, mi hermano me dijo que fuese a echarte un ojo también, así que no cantes victoria –todas me miraron sonrientes.

—Así que... resumiendo. Tú te llevaste a tu hija para pasar más tiempo con ella y tener un motivo por el cual Laura se pasase por ahí, echar un kiki y tan felices –concluyó Belén.

—No estaba seguro de que Laura viniese a mi casa, así que fui a recogerla con Cris al trabajo.

Realmente se lo estaba currando, quería recuperar a Laura como fuera y ella estaba aferrada a la idea de que él no significaba nada para ella, pero se había humillado ante todos nosotros con su historia.

—Oye, que está la niña delante –regañó Laura a Belén haciendo alusión a lo que había soltado.

—¿Y Pepe? ¿Cuándo viene?

—¿Qué pasa, ya tienes ganas de verle? –me preguntó Mario con una sonrisa pícara.

—Tito ahora viene, ha ido a pompra… –tanto Mario como Laura comenzaron a carraspear para que la niña se callase, esta miró a ambos extrañada y no habló más.

—¿Qué preparamos? Que el negro alemán viene a comer también –dijo Ary, y al ver la cara de confusión de Laura aclaré–. El novio de Belén.

—¿Tu novio es alemán? –la señaló Laura estupefacta pero sonriente, a Belén pareció molestarle, pero asintió.

—¿Y en qué idioma hablas con él? –preguntó Christian tocándose la cresta medio tirado en el sofá. A ninguna de nosotras se nos había pasado por la cabeza.

—Habla español.

—Sí, sí, pero a duras penas –Christian reía pinchándolo como lo hizo Ariadna.

—Pero yo le entiendo –dijo Belén zanjando la tanda de preguntas al ver que nos estábamos mofando todos.

Miriam salió del baño con sus cambios de imagen que causaban un gran impacto en nuestras vistas. Christian se quedó embobado mirándola.

—Por cierto, ¿tú de donde eres? –Belén frunció el ceño señalándole con el dedo acusador.

—Trinidad y Tobago –dijo metiéndose las manos en los bolsillos de las bermudas mirándola fijamente.

—¿En serio? –dijimos las tres con asombro. Era una respuesta inesperada.

—Sí, es de ahí –afirmó Laura, abrazada por Mario al intentar acercarse a Christian.

—¿Caribeño? –pregunté aún incrédula.

—¿Y qué idioma se habla ahí? –Belén estaba fastidiada ante su origen.

—Inglés oficial, pero también se habla español –sonrió de medio lado.

—Mmm, exótico –dijo Ariadna mirándole con cara de seducción, cosa que a Miriam no le gustó nada y reaccionó abrazándole con afán de proteger lo que era suyo.

—¿Cuánto tiempo llevas aquí? –pregunté.

—Pues... –se cruzó de brazos tocándose el mentón–. Unos once o doce años... y sí, volví el año pasado para visitar a mi madre ya que vine aquí con mi tía, mi abuela y mi hermano mayor.

—Curiosa historia –dijo Belén interesada.

—¡La historia de mi vida! –contestó levantando los hombros.

—Bueno, ¿cocinamos o qué? –preguntó Ariadna.

—¿Por qué no pedimos algo de comer? Como comida china... –sugirió Mario.

—A mí no me sienta bien –dijo Miriam un tanto avergonzada, haciéndolo notar por sus mejillas sonrosadas y su mirada al suelo.

—Tienes razón, podemos acabar todos yéndonos por la pata abajo –soltó Mario con toda su cara.

—¡Ay, Mario, qué asco! Que tenemos hambre, no hables de cagalera ahora –Laura le dio con el dorso de la mano y le provocó una suave carcajada que contagió a Christian y a su vez a todos nosotros.

Sonó el telefonillo.

—Pues nada, una pizza y punto. ¿Quién? –dijo Mario contestando al mismo, Laura fue a coger el fijo mientras todos nos movilizábamos para desplegar la mesa.

—Vale, pues llamemos, ¿de qué la queréis? –preguntó marcando el número en el teléfono.

—Yo quiero una crispy bacon –dijo Pepe en el umbral de la puerta.

—Titooo –Cris, tan ilusionada como siempre, corrió a los brazos de su tío, tropezándose unas cuantas veces hasta llegar a él, Pepe saludó a todos y la última fui yo con un apasionado beso.

—Yo barbacoa –dijo Miriam desinteresada.

—Vale, mitad barbacoa, mitad crispy de ese y la otra de pollo, jamón y queso, ¿no? –nos miró a todos con el teléfono al oído para ver si estábamos de acuerdo.

Al ver que nadie contestaba ya estaba Christian para ello.

—Mismamente.

—No creo que nos llegue a todos, sabéis que cada vez son más pequeñas –informó Pepe.

—Sí, y más caras –dijo Belén.

—No somos tan ricas –replicó Ary.

—Pues no pasa nada, os preparo cualquier cosa aquí y lo completamos eso sí, yo quiero pedir aparte alitas de pollo y pan de ajo –dijo Pepe.

—Vale, ¿en cuánto las traen?... De acuerdo, gracias –y colgó.

—¿El negro cuando llega? –pregunté haciéndome un moño.

—Mami ¿qué será lo que quiere el negro...? –canturreó su cuñada mientras bailaba para hacerla rabiar.

—Te voy a arrancar esos pelos –Belén fue a abalanzarse sobre su cuñada y esta se fue corriendo y gritando como una pija, justo cuando sonó el telefonillo.

—Joder, qué rápido es el del telepi –dijo Laura tras colgar, pero en realidad era Patrick.

Cuando subió nos lo presentó oficialmente, era un chico de pocas palabras, a pesar del bombardeo de preguntas que le soltábamos al pobre, después de unos veinte minutos vino el repartidor.

Ya habíamos puesto la mesa, Pepe nos había preparado patatas fritas, croquetas (que no cocretas) y empanadillas, no tenía mucho mérito porque todo el trabajo lo había realizado la freidora.

A punto de empezar a comer vino Jorge.

—¿Qué viene a hacer aquí? Si no está Teresa –dijo Belén molesta, al parecer Jorge no le caía muy bien.

—Es mi amigo de la infancia te vuelvo a recordar –replicó Ary.

Saludó educadamente, cuando le vi me quedé atónita de lo guapo que era, llevaba una camiseta rosa de Quicksilver que resaltaba sobre su piel morena, su pelo rubio y sus ojos, con un pantalón de deporte de la misma marca, negro con el signo y las líneas laterales rosas y su riñonera negra nike puesta como una bandolera.

[324]

—Que os aproveche –decía frotándose las manos, estaba un tanto nervioso, se había rapado el pelo al dos o tres pero igualmente estaba cañón.

—Gracias –contestamos todos.

—¿Quieres sentarte a comer con nosotros? –preguntó Laura con la boca llena.

—¡Oh, no!, no quiero molestar –dijo un poco cortado.

—No molestas, siéntate –le ordenó Miriam tendiéndole una silla. Estábamos ajustados en ese pequeño salón, pero era una imagen muy familiar.

—Me voy a Londres –soltó de repente, parecía sentir la necesidad de contarlo, se dirigió directamente a la chilena.

—¿Y eso? –se sobresaltó ante la noticia.

—Quiero aprender inglés, pero inglés del bueno, a ver si ahí puedo tener una oportunidad y hacer algo más, no me quiero estancar aquí siendo fontanero.

—Tienes razón, ¿y cuánto tiempo estarás? –le preguntó Miriam.

—Unos meses.

—Entonces, ¿podremos ir a visitarte? –bromeó Laura. Pero no le hizo mucha gracia a Mario quien le limpiaba la cara llena de ingredientes de pizza a Cris, sentada en su trono de plástico entre sus padres.

—Si consigo alojamiento rápido mis puertas están abiertas para vosotras… y vosotros. Pero en principio me voy a vivir con mi tío –aclaró lo de vosotros al ver las caras de los chicos.

—¿Y cuándo te vas? –preguntó Ariadna.

—Cuando acabe el verano.

—Ah, bueno, nosotras volvemos mañana a Cádiz ya que a Ary le espera impaciente mi hermano –enfatizó la palabra *hermano*.

—Sí, y por eso tengo algo para ti –me dijo Pepe de repente besándome la mejilla y levantándose de la mesa aún sin terminar. De su bolsa sacó tres marcos de diferentes tamaños, uno de ellos era un poco más pequeño de diez por quince, era yo. En blanco y negro, con cara pensativa, mirando por la ventana del tren.

—¿Cuándo me sacaste esta foto?

—El día que nos fuimos a dar una vuelta que dejé el coche en el taller y estuvimos todo el día en el tren, estabas tan sumida en tus pensamientos y tan guapa que se merecía una foto.

Intenté recordar a dónde me llevaron esos pensamientos de tal manera en la que no me diese cuenta ni de que me habían sacado una foto, supongo que pensaría en lo que hice con PJ, ¡qué clase tenía! Volví a sonreír al recordarlo.

—Muchas gracias Pepe –iba a besarle pero giró la cara. Me hizo una cobra en toda regla.

—Espera, que hay más –de la misma bolsa sacó otro marco de mayor tamaño.

—¡No me lo puedo creer! ¿Cómo la has conseguido? –pregunté atónita al ver la foto que nos sacamos en Cádiz.

—Tu prima se la pasó a su móvil por bluetooth, de ahí a mi ordenador –tan sencillo como eso, yo puse cara de extrañada, ¿cuándo habría cogido mi móvil? En el marco había una inscripción que rezaba: *Ni te olvides.*

—Al más puro estilo madrileño, ¿no?

—Lo sé –lo dijo con la misma chulería con la que yo me imaginaba que estaría escribiendo esas palabras–. Vale, mira este ultimo –me extendió un cuadro tamaño folio, ahí ya no pude más y lloré.

—¡Qué bonito, por Dios! –corrí a abrazarle.

—A ver, enséñame –pidió Ariadna extendiendo la mano tras habérselas limpiado a conciencia con varias servilletas–. Ooohh, ¡qué mono!

Era una foto de Mario, Laura, Pepe y Cris, detrás del marco ponía: *Nos recordarás porque somos tu familia.* En la foto estaban los tres columpiando a la niña, quien mostraba una sonrisa de oreja a oreja con su camiseta amarilla, sus mayas blancas y su pelo afro suelto con una diadema a juego, les abracé a todos y le di un beso increíble a Pepe que por poco le asfixio, tuvo que apartarme cogiéndome de los hombros.

—Y toma, el vestido que tanto mirabas en el Bershka ese –me extendió un vestido de fiesta azul oscuro palabra de honor.

—Pero, pero…

—¡Qué cuki! –exclamó Laura mirando el vestido.

—Pepe no tenías que haberte molestado tanto –estaba a punto de llorar.

—¿Por qué no? Te lo mereces, has hecho por mí lo que muchas otras chicas no han hecho. Para ellas soy un objeto y no te digo yo que no me halla aprovechado de ello, pero a veces cansa. Sin embargo, tú has sido natural. Gracias, de verdad –me abrazó, por lo que lloré aún más, no tenía ningún pudor en decir delante de la gente lo que sentía.

—Si Maca estuviese aquí, se habría puesto a llorar –dijo Ariadna con los ojos enrojecidos.

* * *

—Dígame –contestó Laura al oír su teléfono móvil sonar–. ¿Qué? Me estás vacilando, no… ¿Cuándo?... ¿dónde?... ahora voy –en cuando colgó comenzó a sollozar.

—Nacho está en el hospital, dicen que está grave –y lloró aún más.

—¿En cuál está? –preguntó Christian igual de preocupado, Nacho también era un buen amigo suyo.

—En el de Fuenlabrada.

—¿En Fuenla? Bueno, entonces, ¿qué hacemos aquí perdiendo el tiempo? Vamos –dijo Pepe.

En el coche de Pepe íbamos él, Laura, Cris, Mario y yo; en el de Belén iba ella, Patrick, Jorge, su cuñada y Teresa, a quien llamamos:

—*Estoy en veinte minutos.*

Christian y Miriam se fueron en metro ya que él sabía dónde estaba el hospital. En el coche mi prima seguía llorando.

—Tranquila mi negra, saldrá de esta –dijo abrazándola y besándole la frente. Al llegar al hospital dejamos a la niña con Ariadna y Jorge. La imagen que se nos presentó de Nacho fue impactante, su amoratada cara no parecía reflejar las facciones de aquel chico que conocí en las fiestas de Leganés, el mismo chico alegre que vino a casa de mi prima para contarle el cotilleo…

—¡Nacho! –chilló mi prima desconcertada, el interpelado no pudo hacer más que responder con un murmullo–. ¿Qué ha pasado? –Laura se dirigió a la chica rubia que estaba a su lado, junto con su hermana Eva, llorando silenciosamente. Esta chica era atractiva, pero no guapa, sus ojos resaltaban sobre su pálida tez.

—Pues nada, que estábamos tan tranquilos en la fila para hacerme las uñas, ¿sabes? Y de repente vino un chaval dándole un golpe por la espalda, Nacho se desorientó durante unos segundos, ¿sabes? Cuando pudo reaccionar le dio tal puñetazo que supongo que le rompería la nariz porque se oyó un crujido, y Nacho diciéndole: *«¿Por qué no me vienes de cara, eh? ¡MARICÓN!»*. Cuando fue a darle otra grité: *«¡Cuidado Nacho!»*, vino otro negro, ¿sabes? A darle con un bate en todo el costado noqueándole, cayó al suelo ¡y le dieron de patadas!, yo me metí en medio para que lo dejasen, y los skaters que pasaban por ahí, como me conocían, ¿sabes?, me ayudaron, hasta que los dos chicos se fueron corriendo –comenzó a llorar a la par que mi prima, quien estaba tendida a los pies de la cama donde yacía Nacho.

—Sergio. Entonces ha salido, como le enganche –estaba enfurecida y apretaba el puño.

—¿Sergio dices que se llama? –Teresa entornó un ojo y ladeó la cabeza, entonces mi prima dirigió su mirada a Teresa–. Un tío con cresta, así mulatillo.

—¿No habrás estado con él? –preguntó enfurecida.

—¡Oh, Dios mío!

CAPÍTULO 23

¡Maldita casualidad!

—Ahora entiendo por qué cada vez que le decía que viniese no quería y me ha dejado plantada tras haber estado hablando con su amigo negro –decía pensativa.

—¿Le hablaste de mí? –Rugió Laura.

—Lo único que le dije es dónde vivía y que estaba en casa de una prima de mi amiga, pero no dije nombres. Lo siento, no sabía quién era –se justificó.

—Tiene razón Laura, no puedes acusarla, ni siquiera conoce la historia –le dije intentando calmarla, ella contuvo la ira.

—¿Cómo le conociste?

—En las fiestas de Leganés, pero le ignoré bastante, haciéndome la dura, hacía como que buscaba a alguien con la mirada. Al día siguiente tempranito me fui a dar una vuelta por Alcorcón y llegué a la RENFE, pero quería saber qué había al otro lado. Era un barrio pintoresco, carente de tiendas, solo bares y alguna que otra cosa más, lleno de extranjeros, raro era ver españoles, aunque los había.

—El barrio de *El Rafita*, resume –gritó Laura.

—¿En serio? En fin, que llegué al lago y observé que en medio del mismo había un coche o una furgoneta tirada como si alguien se hubiese dado un golpe y lo hubiese dejado así, entonces oí una voz a mis espaldas: *«Está hecho así, nadie se ha estampado»*, me giré rápidamente y ahí estaba él. *«Hombre, ¿qué tal?»*. Desde entonces quedábamos todos los días para hablar, pero lo único que le dije es que vivía en Cádiz y que estaba en casa de la prima de una amiga como te he dicho, él me contó que vivía en ese barrio, no quería que supiese mucho de mí por… como era, pero tampoco me insinuaba nada ni preguntaba, simplemente era tranquilo, aunque me contó que le arrestaron, pero no me dijo el por qué –todos la miramos.

—¿Y hoy dónde estabas? –cuestionó Mario dando un paso al frente apretando los puños.

—Pues quedamos y estuvimos todo el día dando vueltas en el tren, nos colamos, por supuesto. Después de haber dado tantas vueltas, hacer bromas y demás, bajamos en Fuenlabrada Central, entramos al centro comercial y justo en ese momento se encontró con un amigo que simplemente dijo: «*Le vi*», la cara de Sergio cambió de un segundo a otro, y dirigiéndose a mí dijo: «*Oye nena, espera un momento, ahora vengo, tengo que hacer algo importante y no quiero que estés cerca por no meterte en problemas*». «*Pero, ¿qué vas a hacer?*». «*¡Ahora no importa!*», me pegó tal grito que me callé, nunca me había hablado así, por lo que me enfadé y fui sola a la RENFE para volver a casa con la esperanza de que me siguiese o dijese algo, pero no se molestó en seguirme. Subí al tren y en cuanto llegué a Atocha me llamasteis… eso es todo –la abracé mirando a mi prima.

—Él es así, tiene una doble cara –solo dijo eso.

—Y ahora, ¿dónde estará? –se preguntó Pepe cruzándose de brazos… ¡qué guapo estaba incluso con gesto preocupado!

—No tengo ni idea, pero no dejaré que toque a mi familia –dijo Mario en tono protector.

—Y yo estoy contigo –Christian dio un paso al frente–. Siempre vuelve, eso sí, y… –en ese momento sonó su teléfono y salió para fuera, no tardó ni cinco minutos cuando volvió a entrar en la habitación diciendo–. Laura me acaban de decir dónde está, llévate a la niña a casa antes de que anochezca, sabes que va a por ti.

Ella asintió, besó a su amigo en la frente y este se marchó, nos despedimos de la chica y de Eva preparándonos para irnos también, pero por otro camino diferente al de Christian.

Cuando llegamos a casa, tras darle una tila a Laura para que se tranquilizase, nos contó a Ariadna, Teresa, a Miriam, a Belén y a mí varias anécdotas sobre Nacho y ella. Pepe, Mario y la niña se fueron a Leganés con la idea de recoger sus cosas, dejarlas en casa de mi prima y luego encontrarse con Christian.

—Oye Laura, la otra chica que estaba con Nacho en el hospital ¿era su novia? – ella negó con la cabeza.

—Es con la que hice el trío… sí, Nacho, ella y yo –aseguró al verme anonadada, dirigió su mirada hacia arriba y la derecha rememorando aquellos momentos–. Él sí que sabe cómo tratar a una mujer… bueno a más de una –sonrió.

—Solo espero que se recupere –deseó Teresa, estaba cabizbaja con las piernas cruzadas sobre la cama, Laura le había hecho unas trenzas de raíz de un diseño muy bonito con bolas en las puntas que le llegaban por encima del pecho.

—Al menos estaba consciente, eso es algo positivo –dijo Ariadna. Todas asentimos.

Mario entró por la puerta, dejó sus cosas y dijo:

—Bueno negra, me voy, volveré pronto –le dio un beso en la frente con esos labios carnosos igual que los de su hermano y se fue.

—¿Cómo empezó tu royo con Mario? –pregunté en cuanto oí la puerta cerrarse.

—La verdad es que no me acuerdo muy bien. Fue hace tiempo, todas las chicas iban detrás de Pepe, excepto yo, que me encantaba Mario. Un día en las fiestas de Alcorcón estaba con Ross. El amigo de Mario no dejaba de mirarnos y susurrarle cosas al oído al susodicho, tenía el pelo totalmente negro de punta, llevaba dos pendientes de diamantes (bueno diamantes) ya sabéis, blin-blines de color verde a conjunto con su ropa, sus ojos eran pequeños, unos labios finos y perfilados y una nariz graciosa, era casi de la misma altura que su amigo. Por fin se acercó presentándose a sí mismo como Víctor. A Mario y a su hermano ya les conocía de vista, pero esa fue la presentación oficial viendo lo visto.

—¿Y qué le decía? –preguntó Ariadna, curiosa como siempre, esta vez llevaba la larga melena rubia suelta.

[331]

—Cosas como: «*Mira cómo te mira ese bombón, está buena, ¿eh?*», nos sonreía todo el rato el tal Víctor.

—¿Qué contestó Mario? –sonreí al ver que ella parecía haberse animado un poco, frunció el ceño.

—Algo como: «*¡Nah, tío! No es para tanto, además sabes que a mí las negras... no me van*», según comento Víctor tiempo después.

—¡Qué fuerte, que cabrón! –soltó Teresa impresionada.

—A ver, nunca había estado con ninguna. No sé cómo le convenció su amigo: «*Tú, tú, que se acerca, ¡aah, mazo nervios!*», dije agitando las manos sin quitarles ojo. «*Bua, bua, encima te están mirando mazo*». «*Ross, no te cantees*», le dije golpeándola. «*Hola guapa*», dijo el amigo, yo solo pude contestarle con un simple: «*Hola*». «*¿Conoces a mi amigo Mario? Campeón de lucha libre*». «*Sí, claro, y yo spiderman ¡no te jode!*», contesté sarcásticamente haciendo el gesto que hace el personaje al sacar una telaraña, el amigo rompió a reír al oír mis palabras. «*Me gusta tu actitud, ¿cómo te llamas?*». «*Laura*», contesté. «*Y... ¿tú?*», dijo señalando a mi amiga, quien reía tontamente. «*Ross*». «*Yo Víctor*», nos dimos dos besos todos, ambos tenían la piel tan lisa y olían tan bien... «*¿Qué vais a hacer ahora?*», preguntó Víctor. «*No sé, ¿qué nos proponéis?*». Ross le seguía el juego, se notaba que le gustaba. La di un codazo, ella me miró, pero «*Pasar una buena noche con nosotros*», yo bufé apartando la mirada y Mario puso cara de asco, quedó impresionado al ver mi reacción, jamás una chica le había rechazado. Al final Ross y Víctor se fueron juntos y desde entonces lo están.

—Entonces, ¿cómo acabasteis juntos Mario y tú? –como siempre la curiosa de Ariadna quería indagar más. Pero no negaré que yo también quería saber.

—Esa es la cuestión, nunca estuvimos juntos, nos llevábamos fatal. Desde ese día, cada vez que nos veíamos, de nuestras bocas sólo brotaban insultos; él decía: «*Joer negra, qué fea eres*», y yo le decía: «*Y tú que te crees, ¿guapo?*», hasta que nos acostumbramos a ello y un día... –hizo una pausa.

—Un día, ¿qué? –pregunté ansiosa sacudiéndola.

—Un día en Leganés, estando yo con Nacho, se me acercó Mario y dijo: «*Mira Pepe, es ésta*», me quedé... no tengo palabras, estaba flipando ¡me había presentado a Pepe!, ¡a su hermano! «*Mmm.*

¡Qué guapa!», dijo mirándome de arriba abajo, me dio dos besos. «*¿Gracias?*», fue lo único que se me ocurrió. «*Soy Pepe, encantado*». «*Igualmente*», titubeé.

—Y ¿por qué te lo presentó si no le gustabas? —Teresa, al igual que nosotras, estaba desconcertada.

—Atiende; ese día delante de Nacho, Mario no dejaba de asegurarme lo guapo que era, yo le ignoraba. Hasta que me harté y le contesté: «*Más quisieras tú serlo, oye, ¿por qué no me dejas en… —me cogió de la cara, me besó— paz?*», y se fue.

—¿Se fue? —A las tres nos salió espontánea esa pregunta.

—Sí, y yo como boba busqué su número para llamarle.

—¡No! —exclamó Belén, ella asintió.

—Le dije que si quedábamos y él me contestó: «*Lo miraré en mi agenda*». «*Pues que te jodan*», y le colgué.

—¡Bien hecho! —la alabó Miriam.

—El problema es que después de un buen rato insultándonos de nuevo y haberle colgado varias veces me llamó, no se lo cogí, insistió unas cuantas veces más hasta que acepté y quedamos.

—¿Cómo fue? —sabía que a mi prima le iba a agradar esa idea de recordarlo.

—Breve pero intenso, la tiene enorme de verdad, es la envidia de todos los blancos, con esas caricias…

—Has hablado en presente, eso quiere decir que lo has vuelto a hacer —concluyó Ariadna.

Ella permaneció en silencio y luego dijo:

—Pues sí, esta vez ha sido más… cariñoso, lo hacía con amor, pero no me quiero fiar aún así.

—¡Tenéis una hija, por Dios! —exclamé.

—¿Y qué? ¿Te crees que eso le ha impedido estar con otras?

—Tienes razón.

Nos quedamos en silencio un momento, observé a Teresa, se la veía aún arrepentida por lo que había pasado.

—Oye no pasa nada, ya sé cómo es él, su vida se basa en: paranoias, verme donde no he estado con gente que nunca he visto, sitios que nunca he pisado … no te preocupes —le sonrió poniendo su mano sobre el regazo de la gemela—. Si te digo la verdad, he hecho muchas tonterías por ese chico, e incluso me llegué a pegar con él y a consecuencia de ello acabé con el ojo morado.

—¿Que te hizo qué? —Mario estaba en el umbral de la puerta con el rostro totalmente rojo, corrió como un fugaz rayo atravesando la puerta, no sin antes decir—. Voy a matar a ese hijo de puta.

Laura dio un salto en la cama para alcanzarle.

—¡No, Mario!, espera —consiguió agarrarle del brazo suplicándole entre sollozos que se detuviese, giró sobre sus talones, cogió a Laura de la cara.

—Le voy a matar negra —y la besó.

Nosotras mirábamos expectantes la muestra de amor y protección que le ofrecía Mario, hasta que el teléfono de mi prima sonó en la habitación, Ary lo cogió y se lo llevó corriendo su dueña.

—¿Sí?... ¿Dónde?... Vale, ahora voy… síí, sí voy a ir —colgó. Inmediatamente se puso unos shorts vaqueros y sus Vans negras de suela blanca.

—Le han encontrado, ¿no? —pregunté, ella solo asintió.

—¿Dónde está? —indagó Mario.

—Ahora en el camino te lo digo —Laura cogió sus llaves, nos calzamos y salimos prácticamente corriendo. Nos hizo caminar bastante hasta encontrar la zona exacta.

—¡Aquí en los pinos! ¿Tan cerca? —se extrañó Mario.

—No es muy lúcido que digamos, vive aquí en Alcorcón y en vez de desaparecer vuelve. Cris está con Pepe, ¿verdad? —preguntó Laura cogiendo el teléfono para llamar a Christian para saber su ubicación exacta.

—Está con mi madre y Pepe en el hospital —contestó este.

—Christian, estoy aquí… vale voy —colgó y se metió el móvil en el bolsillo mirando al frente. Subimos una cuesta, hacía fresco ya que teníamos un campo a mano izquierda y en la acera de enfrente, a la derecha, se situaban los institutos. Subimos hasta arriba del todo y cruzamos la calle, metiéndonos justo donde empezaba el primer instituto o colegio. Estaba ahí con la cara amoratada y lleno de sangre, apoyado en la barandilla, me recordó a Iván cuando me atacó y mi hermano estuvo ahí para defenderme pegándole aquella paliza.

—¡Hijo de puta! –chilló mi prima yendo hacia él, pero se lo impidió el padre de su hija agarrándola del brazo para no alimentar la ira de Sergi.

—Déjala, ella se sabe cuidar sola, si le hace algo estamos nosotros aquí para defenderla. Venga hombretón, ¿no queríais guerra tú y tus amigos? –le preguntó Christian dirigiéndose a Sergi y su grupito, este miró a Laura con el ojo bueno y fue directo hacia ella, Mario se lo quiso impedir pero ella le apartó de un empujón tirándole al suelo y, mientras el agresor se acercaba, Laura le propinó una patada en la entrepierna con toda la furia que llevaba dentro. Todos los hombres allí presentes inconscientemente se llevaron la mano a sus partes y doblaron las rodillas como si se lo hubiesen hecho a ellos, en el suelo el agredido soltó un alarido desgarrador para los oídos. Entonces mi prima aprovechó a patearle y pisarle el pecho, Mario ante el panorama la volvió a coger del brazo.

—Negra, ¡le vas a matar! –y en ese momento de despiste Sergi aprovechó y la agarró del pie tirándola al suelo poniéndose encima, pero el padre de su hija le cogió de la espalda propinándole un puñetazo, este se lo devolvió, entonces Laura, veloz como el viento, se puso al lado de Mario y le dio un front kick (traducido como patada de frente) en el estómago a Sergi quien se echó para atrás, el agredido se retorció de dolor soltando improperios a diestro y siniestro amenazándola con matarla.

—Hazlo si te atreves, vamos –Laura iba a por él de nuevo pero entonces, un amigo de Sergi que salió de la nada enfundaba una navaja dispuesto a apuñalar a mi prima.

—¡Cuidado! –grité, pero ya todos le habían visto.

Cada vez aparecía más y más gente, yo estaba asustada, temía que me clavasen un cuchillo por la espalda como a Nacho. No sabía qué hacer, lo veía todo borroso, hasta que en la oscuridad… se oyó un disparo.

Abrí los ojos, Ariadna lloraba postrada ante mí meneándome. ¿Cuándo me había caído?

—¿Qué ha pasado? –pregunté viendo un montón de cabezas a mí alrededor, me incorporé cuidadosamente y todos parecieron respirar tranquilos.

—¿Sabes quién eres? –me preguntó Christian.

—Cassandra. ¿Qué ha pasado?

—Se han ido, al oír el balazo pensábamos que te había dado a ti porque te desplomaste al suelo justo en ese momento, y como todo está lleno de sangre pensábamos… –la voz se le quebró, se tapó la boca con la mano. Intenté ser consciente de alguna dolencia y sí, era la cabeza, la tenía como un bombo, pero por lo demás todo bien.

—Estoy bien, ¿qué hacía alguien con una pistola? –me toqué la cabeza llenándome las manos de sangre–. Uuu.

Supongo que volví a desmayarme porque no recordaba nada hasta que desperté en el hospital. Parpadeé sin comprender el origen de esa luz tan penetrante.

Tras un rato en urgencias con mi prima de acompañante moviendo la pierna nerviosamente mientras se mordía las uñas, pasé a enfermería donde me graparon la cabeza, no tenía nada grave, pero estaba ya cansada de tanta prueba.

—¡Joder! –me quejé al notar esos pinchazos.

Volvimos a la sala de espera donde estaban todos, las chicas lloraban y los chicos me miraban preocupados, pero en cuanto me vieron andar por mi propio pie y hablando se levantaron y corrieron a abrazarme.

A consecuencia de esto llegamos tarde a casa, Miriam decidió irse a dormir con su héroe Christian, quien nos demostró su lealtad a mi prima, como si fuese su hermana, Belén no dudó en irse con Patrick, en cuanto se fueron Ariadna y Teresa aprovecharon para buscar a Jorge y despedirse de él (se llevó a Teresa para que no se sintiese sola), además, a saber lo que harían los tres. Todas se fueron a regañadientes porque querían quedarse conmigo pero Pepe se lo impidió, dormimos en una de las habitaciones que sobraba de la casa de mi prima y Mario y Laura, como es lógico, con su hija.

Al siguiente día por la mañana cuando íbamos a partir para Cádiz nos despertó una trágica llamada.

—¿Qué? No puede ser, ¿después de la última visita? Ahora voy –se oyó el desgarrador llanto de mi prima, corrimos a su habitación.

—¿Qué ha pasado Lau? –preguntó Pepe, yo me temía lo peor.

—Es Nacho, está en coma, dice que su última visita fue un chico negro, que no tenía mala pinta, solo una cicatriz que le partía la ceja, ¡el amigo de Sergi! Lo sé porque siempre van juntos menos esa vez, parece que lo tenían planeado —se tapó la cara para llorar más libremente.

—¡Dios mío! —mi reacción fue tocarme la cabeza ya que, tanto por los llantos de Laura como por mi estado, me dolía como si me estuviesen dando martillazos.

Todos fuimos a abrazar a mi prima, nos duchamos y vestimos para ir directos al hospital a verle. Ahí estaba la rubia llorando al igual que su hermana, tendida a los pies de su cama de nuevo, mi prima las acompañó en el llanto abrazando a la hermana, cada sonido que producían era más doloroso que el anterior, me acordé de Ariadna la pasada noche cuando lloraba al ver que no respondía. En estos casos me pregunto: si muriese joven, ¿cuánta gente vendría? ¿A cuánta gente le dolería realmente? ¿Cómo reaccionarían unos y otros? ¿Qué corazones rompería? Entonces decidí no pensar en la muerte puesto que, después de eso… ya no hay nada, se dejan muchas cosas por hacer y no hay vuelta atrás, pero Nacho sí podía volver, simplemente se sumía en un letargo temporal en el que en cualquier momento podía despertar, ¿quién sabe cuánto tardaría?, días, meses, años… o podría no hacerlo, aunque no conocía mucho a ese chico resulta impactante ver que alguien a quien has conocido despierto, activo, esté de repente tumbado, con los ojos cerrados sin moverse, indefinidamente.

Me agaché a su altura, donde se encontraba mi prima y la hermana de Nacho para decirlas:

—Tranquilas, despertará, es fuerte, lo hará estoy segura —sin saber por qué mis palabras las animaron y dejaron de llorar devolviéndome el abrazo.

—Gracias prima —le sequé las lágrimas—. Eva, ¿y tu madre? —le preguntó.

—No tengo ni puta idea, ni siquiera lo sabe —dijo con asco.

—Y ¿por qué no se lo has dicho? —preguntó Laura asombrada.

—¿Realmente crees que vendría?

—¡Es su hijo, tía! —mi prima estaba histérica.

—Laura, sabes que mi madre lo único que haría sería mandar a alguien a verle y ya está –era la primera vez que la veía seria, sin esa sonrisa marcada y con los ojos hinchados de lo mucho que había llorado por su hermano.

—Eso es verdad. Bueno, en fin. Tenemos que irnos, hay que ir a ver a tu tía, que viene hoy de Italia –dijo intentando cambiar la mala cara y secándose las lágrimas–. Por favor, avísame si hay alguna novedad, ¿tienes mi número ahí no? –le preguntó a Eva.

—No, pero Maitane sí, así que te aviso, gracias Laura –se abrazaron cariñosamente.

—Sabes que Nacho es como mi hermano.

Pepe nos dejó en la puerta de su casa a las tres y se fue con Mario a Leganés, mi tía era la hermana mayor de mi madre, eran clavadas, solo que mi madre estaba más delgada. Hacía unos años mi tía se había casado con un italiano y tuvieron un hijo, el hermano pequeño de mi prima, Samuel, pero Laura le llamaba Samy, no se parecía en nada a su hermana, el niño era mulatillo, con los ojos oscuros, pelo castaño, pero eso sí, estaba muy bien alimentado, y cuando digo muy bien es que estaba orondo.

—Hola filha. ¿Qué tal?

—Bem –le contesté y terminado el protocolo de qué tal está tu madre, tu padre y tus hermanos le pregunté a Laura–. ¿Y Elicio?

—Puff, mi hermano está ahora mismo de vacaciones en Asturias con Douce.

—¿Y los niños con quién se han quedado?

—Están con ellos.

—Joer, ¡ya tienen que ser mayores, eh!

—La niña tiene seis y el niño cuatro añitos ya –informó contenta. Cris estaba correteando con su tío de aquí para allá, nos quedamos a comer, hacía tanto que no comía tal cantidad de comida africana que acabé hasta los topes.

Llamamos a Pepe para que viniese a recogernos pero se presentó Mario, quien subió a casa de mi tía. Ella sabía que él era el padre y la notable hostilidad de su mirada incomodaba a Mario debido al abandono de sus responsabilidades, normal.

En el coche:

—Tú te vas a Leganés con Pepe a pasar vuestra última noche juntos, solitos.

—Si ya he hecho mi equipaje –rechisté–. ¿No nos íbamos hoy?

—Os vais mañana a mediodía, ¡no te quejes! No me jodas –dijo Laura.

—¿Y las demás dónde están?

—Con sus amiguitos –contestó Mario sin apartar la vista de la carretera.

—Ah, ya lo entiendo, ¡queréis intimidad! Pues decidlo –ambos guardaron silencio.

—Papi y mami han nanaana la ota noche –comenzó a reír y a aplaudir, estaba realmente contenta de ver a sus padres juntos y no era para menos.

—¡Qué pena que no os quedéis para el finde! –dijo mi prima.

—¿Y eso por qué?

—Ayer fue el cumple de mi nena y por ciertos problemas… hasta el sábado no lo celebramos –informó.

—Oh, felicidades mi niña –dije besuqueándola–. Ojalá pudiese, pero mi madre dijo que teníamos que volver urgentemente.

—Lo sé, otra vez será –decía apenada.

—Como ponía en las cantimploras cuando rascabas –dijo Mario sonriendo y todos reímos.

Cuando llegué Pepe estaba preparando la cena, unos espaguetis con carne picada, buenísimos. Terminamos de cenar y comenzamos a juguetear, pero mi móvil sonó.

—Dígame.

—*Hola, ¿qué tal estás?* –preguntó Javi siempre tan oportuno.

—Pues la verdad un poco desconcertada con todo lo que está pasando aquí, pero ya te contaré cuando llegue, no quiero preocuparte.

—*¿Qué? ¿Te ha pasado algo? ¿Estás bien?* –no tenía que haberle mencionado nada.

—Estoy bien Javi –le dije cansinamente.

—*Menos mal que vienes mañana.*

—Sí, mañana nos vemos –mientras decía con dificultad estas palabras, Pepe me agarraba de la ropa, tapé el teléfono y dije–:

Oye, que estoy hablando un respeto –pero no fue serio, porque me estaba riendo, tanto Pepe como Javi preguntaron.

—¿Quién es?

—Alguien –les contesté a los dos y marché al baño.

—*¿Con quién estás?* –preguntó Javi.

Le tenía que decir, la verdad, era mi amigo, no mi novio, y no podía mentirle.

—Estoy con el cuñado de mi prima, el chico de la playa –me costó sudor y sangre decírselo sin hacerle daño.

—*Ah, qué bien* –soltó muy desilusionado.

—Javi, pero sabes que es pasajero, yo te quiero a ti –hubo un silencio bastante incómodo.

—*Vale, cuando llegues te tengo que enseñar algo.*

—¿El qué es? –pregunté ansiosa.

—*Una cosa, ya lo verás.*

—Por cierto, ¿por qué estás tanto tiempo en mi casa últimamente?

—*¿Sabes que Ricky se ha enfrentado a Carlitos negándose a dejar a Rita? Encima Ricky, para hacer daño, le habló de Miriam y se deprimió.*

—¿Quién, *Carlitos?* ¿De verdad? No me lo creo, si fue un cabrón, que se vaya con su hijo y la madre del mismo a tomar por culo –dije sentándome en la taza del retrete.

—*Pues esa mujer le tiene dominado con lo pequeña que es, no le digas nada a Miriam, por si acaso.*

—No te preocupes que ahora está con su héroe, que la protege.

—*Ya, pero cuando vuelva se topará con la realidad de que su héroe ya no está y tendrá delante a Carlos.*

—Touché –le reconocí.

—*Tú, venga, que tenemos que llevarlo y es una gran cantidad* –se oyó la voz de Alex.

—Salúdale de mi parte –este lo hizo–. ¿Llevar qué? –pregunté frunciendo el ceño, hubo una pausa.

—*Chao, Cassandra, nos vemos* –dijo realmente dolido.

—Pero… –y colgó. Me había desviado completamente del tema, pobre... le ha tenido que doler lo de Pepe.

Volví al salón y Pepe se había dormido. Estaba tan guapo a pesar de estar en una postura extraña en el sofá, me acerqué para darle un beso, pero me atrapó entre sus musculosos brazos.

—Ven aquí –yo chillé del susto, me puso boca arriba sobre su regazo y me besó encendiéndome enseguida y al atraerle hacia mí nos caímos al suelo, fue un golpe tremendo, pero no importaba, había tanta pasión que casi nos arrancamos la ropa.

Nos interrumpió Dani, ya ni me acordaba de él.

—¿Qué hacéis? ¿Puedo participar?

—Ni de coña y lo sabes –dijo Pepe.

—Joer, es la primera negra que me tiro y me ha gustado, con ese cuerpo que tienes, ¡Dios! –dijo mirándome, eso me halagó pero no creo que estuviese dispuesta a hacer otro trío.

—Hoy es solo mía, que es su despedida.

—¿Y me vais a dejar aquí marginado? –puso cara de pena.

—¿No has quedado con nadie? –le preguntó Pepe.

—Hoy no, que están todas muy pesadas y me apetecía estar en casa, pero ¡joder! Ya que estáis aquí…

—Vale, podemos jugar a un juego –dijo Pepe cogiendo su Iphone, ya me estaba temiendo lo peor–. Saca los dados –le ordenó a Dani–. ¡Ah!... y una hoja también.

Le obedeció, Pepe se detuvo un momento para leer lo que tenía en el móvil y se puso a escribir en una hoja con letra pulcra las siguientes palabras en dos columnas, la primera eran las palabras: *chupar, masajear, tocar, besar y morder*, y en la segunda: *boca, pene/vulva, pechos, culo y pies*. Al verlas yo ya me estaba asustando.

—Vale, decidme números al azar del uno al cinco –Dani y yo comenzamos a decirle números para una y otra columna, después al pie de la hoja dijo–. Firmad para que quede constancia de que os comprometéis.

—Uuu, a mí decidme, ¿de qué va este juego? –pregunté antes de hacer nada.

—Tiras los dados, los números que te toque los ordenas como quieras y de ello depende lo que tengas que hacer, por ejemplo, yo no he visto la hoja, ¿vale?, pero ponte que te toca un cinco y un uno y el cinco coincide con yo que sé... besar y el uno con...

pechos, como estamos sentados en círculo tenemos que ir en el sentido de las agujas del reloj, si te niegas, prenda.

—Ah, bueno, parece divertido, firmé –nos lo pasamos en grande, hubo cosas que no hice y llegué a quedarme en ropa interior pero en otras me arriesgué, por ejemplo, preferí quitarme prenda antes de chuparle un pie a Dani y Pepe prefirió morderme la entrepierna a dar prenda, luego llegó un momento en el que en vez de dar prenda tomábamos chupitos y acabamos a tal nivel de embriaguez que, cuando a Pepe le tocó besarme la boca, me abalancé sobre él sin importarme la presencia de Dani, este permaneció en silencio.

Le quité la ropa con urgencia, puesto que era el que menos prenda dio, estando dispuesto a hacer lo que fuese conmigo. Me cogía de la cintura poniéndome sobre él, se separó de mí y suspiró en un gemido que me puso tan a tono que le hice quitarse los pantalones y calzoncillos de una vez. Me quité las bragas y lo hicimos ahí mismo, en el suelo, no sabía si su amigo estaba presente o no pero en ese momento poco me importaba, Pepe estaba sentado en el suelo y yo a horcajadas sobre él, me agarraba de la cintura con cierta agresividad impulsándome de arriba abajo.

—Espera –susurró, en el bolsillo de su pantalón se encontraba el condón, se lo puso tan rápido que hasta dudé de que estuviese puesto, pero luego noté las estrías del mismo. Me hizo ponerme de rodillas apoyándome en el sofá, ¿por qué a los chicos les gustaba tanto esta postura? Finalmente acabó culminando aquel momento de placer.

Capítulo 24

De vuelta a Cádiz

El camino de vuelta fue más triste, todas estábamos serias porque dejábamos una parte nuestra en Madrid. Ary miraba ausente a la ventana, supongo que estaría pensando en Jorge; Miriam hablaba por teléfono con Christian; Belén, apenada, no hablaba, sin embargo vería a Patrick en unos pocos días, y Teresa aún más apesadumbrada que antes... al menos no se dejaba a nadie ahí, solo tenía ganas de volver a reencontrarse con su hermana.

Llegamos a Cádiz con el cuerpo agarrotado: primero dejamos a Teresa, luego a Ariadna, después a Miriam y, finalmente, a mí. Eran las doce y media de la noche, llamé al telefonillo y Javi contestó:

—Ahora mismo bajo –en cuestión de segundos abrió la puerta del portal dispuesto a coger mi maleta, se le veía guapísimo, con el pelo pincho y engominado, su cara tenía cierto brillo, estaba más moreno y musculoso... me atrevería a decir que incluso mucho más alto que yo, llevaba puesta una camiseta nike manga corta de color blanco con el símbolo azul eléctrico a juego con el bañador, me miró de arriba abajo y nos abrazamos. En la calidez de su cuerpo noté cierto cariño que sabía que con Pepe nunca sentiría, ¿por qué era eso? ¡Si me trataba bien!, era muy atento conmigo... No tenía ni idea, pero me alegraba estar en casa–. Por fin has vuelto.

En cuanto subimos me recibió mi hermano.

—Hola, enano, ¿qué tal? –le dije mirando hacia arriba su corpulenta figura asombrada.

—Bueno, ¡muy enano no soy! –y me abrazó.

—Pero, ¿cómo crecéis tanto en tan poco tiempo? –me pregunté mirándoles.

—Eso es porque no nos hemos visto en dos semanas –él era un poco más alto que Alex.

—Contadme ya lo que está pasando –exigí cruzándome de brazos.

—Si nos prometes que no te enfadarás –advirtió Alex.

—¿Qué pasa? –no prometía nada realmente.

—¿Te acuerdas de la marihuana que nos fumamos antes de que te fueses?

—Eh, ¿le diste a ella también? –Alex me señalaba sin mirarme. Javi asintió–. ¿Y por qué no me lo has dicho? –susurraba frunciendo el ceño.

—Sí que te lo dije, pero como no me escuchas –se cruzó de brazos mirando a otro lado, parecían un matrimonio, yo enarqué una ceja expectante–. Me decías que no querías saber nada de mi vida sexual con tu hermana cuando te estaba diciendo que era afrodisíaca –añadió, yo me puse roja, pero para desviar un poco el tema.

—¿Trafic…?

—Ssssh –me cogió cada uno de un brazo para llevarme a la habitación de Alex, mis pies ni siquiera tocaban el suelo.

—¿No sabes ordenar una habitación? ¡Dios, qué asco!

—¡Calla! Llevamos varios meses con ello, ¿te acuerdas cuando te dije en el cumple de las gemelas que hablaría con él? –señaló a Javi.

—Asentí.

—Bien, pues ya llevábamos tiempo hablando.

Historia de Javi y Alex

—Poco antes de que empezaseis a hablar más, es decir, cuando ya el gilipollas ese empezaba a pasar más de ti y tú estabas más con Javi por el tema de las clases de química, nos encontramos por la calle con unos amigos, le pregunté si podíamos hablar, él amablemente me concedió unos minutos: «*¿Qué tienes con mi hermana?*», le solté de golpe, con los brazos cruzados y mi mirada típica de mamá. «*Nada, somos buenos amigos*», su expresión era relajada, no tenía miedo a contestar, no escondía nada. «*Eso espero, no quiero otro chulito como el guaperas ese*». «*No, no te preocupes, ni siquiera me llevo bien con él, solo me importa que tu hermana esté bien, yo sé cómo es Iván y sé que diga lo que le diga a tu hermana no me creerá; ese tío hará lo posible para dejarme como un mentiroso, por eso intento estar a su lado ahora, para que lo supere y se olvide de él, como...*», sus palabras fueron interrumpidas por un chico que corría con algo pesado en las manos que parecía ser una caja de metal, pero se le cayó una bolsa al suelo, nos acercamos por curiosidad. La cogí. «*Estos son...*», Javi abrió los ojos incrédulo. «*¡A ver!*», me asomé a la bolsa . «*¡Ala!*», nos miramos ambos. «*¡Esquejes!*», dijo sacando una ramita con hojas de marihuana de dentro. «*¿Qué hacemos?*», pregunté. «*No lo sé, estoy harto de verlas, mi hermana antes cultivaba pero mi madre nos lo prohibió porque olía la casa que era un gustazo.* Se sentía avergonzado por el hecho de decirlo. «*Podríamos cultivarla y vender, nos podría ir bien*», dije. «*Estaría guay, el problema es... ¿dónde lo hacemos? Porque en mi casa ya ves que está prohibido y en la tuya supongo que ni de coña* –me puse a pensar–: *¡ya está!*». Chasqueé los dedos a la par que abría los ojos. «*Tengo un amigo que sí nos podría dejar un sitio, le damos un pequeño porcentaje y ya!*», Javi asintió ante mi idea. «*Vale entonces*», dijo Javi y nos dimos la mano en señal de acuerdo. «*¿Y si alguien lo reclama?*», cuestioné preocupado. «*Nos llevaremos unos pocos y dejaremos la bolsa por aquí para que el tío que ha pasado no sospeche, supongo que volverá*».

—Le pregunté a mi hermana ya que sabía darle más usos aparte de fumársela y nos dio varios ingredientes, eso nos vino bien para el negocio, sabemos hacer tortillas, bizcochos... yo que sé, lo que se nos ocurra.

—Y si sobra pues para el consumo propio, no solo fumado, también en té –hizo una pausa poniendo cara de pensativo y contuvo la risa–. El otro día mamá la echó en la comida sin querer, el día que lo machacamos que parecía eso orégano, no veas qué risas ese día, ¿te acuerdas Javi? Menos mal que Brandy no llegó a comerlo porque estaba donde Adri –dijo Alex riendo y Javi le acompañó en las risas.

—¿Fumas? –pregunté entre cabreada y desconcertada.

—Muy de vez en cuando –contestó, a pesar de ser más alto que yo me respetaba, por lo que se asustó un poco ante mi enfado.

—Alex eso no me gusta –le dije con las manos en jarra, este agachó la cabeza–. O sea, que a eso os lleváis dedicando desde hace meses –ellos asintieron–. Esto es increíble.

Ellos me miraban y yo, pensativa, hice un repaso de todos los sucesos vividos desde que me fui a Madrid y ahora con su historia.

—¡Surrealista! –dije con la mano en la frente tapándome los ojos.

—¿Por qué dices eso?

—Ahora os lo cuento, que me quiero duchar y esas cosas.

—Vale, nosotros seguiremos con estos asuntos –dijo enseñándome un cogollo bastante grande mientras lo metía en una bolsita igual que la que me enseñó Javi el día que fumamos.

Cuando terminé de asearme les conté lo que me pasó en estos últimos días en Madrid.

—¡Venga ya hombre! –dijo Alex.

—No me lo creo –Javi me miraba atentamente con esos ojos marrones.

—Llamad a Laura y preguntárselo, está en coma y le pegaron una paliza increíble, encima cuando fuimos a por él solo recuerdo un disparo y todos a mi alrededor llorando porque no me despertaba –ellos se miraron y comenzaron a registrarme por si había alguna herida de bala.

—Madre mía, ¿pero estás bien, no? –yo asentí.

—Solo tengo esto de la caída –dije mostrándoles las grapas de mi nuca–. Resultó ser una pistola de estas de fogueo de uno de ellos.

—No vas a volver a ese barrio, ¿qué se creen que esto es Estados Unidos? –decía Alex indignado.

—¿Os acordáis de lo que pasó en Alcorcón? ¿La que se lió y que salía un montón de gente que decía Afrikorkón tal y no sé qué más? Que si los Latin King, que si no se qué –ambos asintieron pero con el ceño fruncido–. La mayoría de ellos los conocía Laura.

—¡Qué dices!

—Ya te digo, por la calle algunos llevaban la camiseta o negra o blanca que ponía Afrikorkón, y eran o negros o marroquíes (algunos españoles también), si no otros con la camiseta negra con las letras del GTA poniendo: *mi barrio or die Alcorcón*.

—¡Sí que quieren a su barrio! –soltó Javi impresionado.

—Parece que lo consideran su país particular, su hogar. Son como una gran familia de ghetto pijo.

—¿Ghetto pijo? –se preguntaron los dos.

—Sí, es un barrio de clase media baja, pero no se puede decir que sean pobres porque, aunque muchos se busquen la vida robando, en su casa sus padres trabajan y siempre tiene su plato de comida… habrá otros que no, pero vamos, yo me entiendo –ambos me miraban embobados.

—La próxima vez no te dejaremos ir sola –dijo Javi.

—Eso. Bueno, nosotros tampoco hemos tenido tantos problemas, pero lo típico de que uno que se pasa de listo y nos dice que la marihuana es suya, que tal y, por supuesto, nos hicimos los locos –y rió mirando a Javi–. También se lió una buena pero como tenemos protectores... –anunció.

—Tampoco tenía pruebas, porque aquí traemos lo justo para vender, nunca llamamos la atención, ni siquiera tú te has dado cuenta –comentó Javi. Siguieron contándome sus historias–. ¡Ay! Por cierto, se me olvidaba, me he sacado el carnet.

—¿Siii? –dije ilusionada, y corrí a darle un beso en la mejilla, parecía molesto, puesto que se esperaba un beso en la boca, hasta mi hermano lo notó y carraspeó–. Pero escucha, ¡estamos en agosto!

—Ya, es que me lo saqué antes de que te fueses, lo que pasa es que quería esperar al coche.

—¿Tienes coche? –asintió–. Y ¿qué coche es? –pregunté curiosa.

—Un Ibiza rojo –decía ilusionado, ¡típico!–. Pero estoy ahorrando para dentro de unos años comprarme el Mercedes C220 sport coupé en negro azulado.

—¡En serio! –le preguntó Alex boquiabierto-. Pero si eso chupa más que las putas.

—Y ¿por qué no fue un Ibiza amarillo para ir de cani? –reí, pero pareció molesto, carraspeé–. Me alegro mucho por ti, mañana me lo enseñas. Me voy a dormir que estoy cansada.

—Yo también, venga vamos tío –dijo mi hermano, los dos marcharon a la habitación de Alex.

Me dirigí a mi habitación, y antes de ello Javi me hizo señas en plan (luego nos veremos), yo no me lo tomé en serio, cogí la cama con ganas. A punto de llegar al quinto sueño oí un estruendo, sin embargo, estaba tan cansada que ni me molesté en averiguar el origen del mismo. Sentí una presencia a mis espaldas que me rodeaba la cintura, sabía quién era.

—¿Qué haces? Mis padres están durmiendo –le susurré, pero no me contestó, se limitó a lamerme el lóbulo de la oreja y mi respuesta fue encogerme de estremecimiento emitiendo un gruñido, por lo que su mano se fue deslizando hasta llegar a mi pecho abriendo y cerrando la palma mientras me besaba el cuello, intenté resistirme y entonces comenzó a masajearme la espalda, fue tan excitante que mi cuerpo, sin orden alguna de mi cerebro, se retorcía. Entonces me puso boca arriba, sus labios tomaron contacto con mi piel descendiendo sin despegarlos ni un milímetro hasta llegar al lugar que ambos esperábamos. Besaba y mordisqueaba la parte interna de mis muslos mientras me acariciaba el sexo con la palma presionando y haciendo movimientos lentos sobre las bragas hasta que las quitó. Sus labios, cada vez más, se acercaban al punto fuerte en cuestión y hundió la cabeza. Me mordí el labio agarrando las sábanas por no gemir demasiado alto o audible. Movía la lengua de arriba abajo lentamente, a la vez que me metía y sacaba el dedo, luego incrementaba el ritmo tanto con la lengua como con el dedo (el simple hecho de recordarlo me pone los pelos de punta) provocando esos espasmos que contraían mi vagina mientras Javi recibía en su boca mi esencia. Oí cómo se bajaba los pantalones y, aunque me costó, hice el esfuerzo de sentarle poniéndome yo en el suelo de rodillas ante él, se lo hice con tanta pasión y ganas que por poco me ahogo. Me cogió de la cabeza para sacármela.

—Como sigas así acabo aquí mismo –yo sonreí satisfecha de mí misma al hacérselo bien, iba a seguir pero se puso el condón desprendiéndose de lo que le quedaba de ropa. Me cogió de nuevo sentándome en la cama y continuando con el cunnilingus. A punto de explotar de nuevo se detuvo tumbándose sobre mí, me miraba a los ojos y, mientras la introducía en mi vagina, me mordió el labio inferior, la primera entrada siempre me provocaba esa sensación de hormigueo en puntos clave aparte del receptor (mi vagina), esa corriente comenzaba en el corazón irradiando a mis manos sintiéndolo en los dedos, lo que provocaba que le agarrase con más fuerza. Incrementó el ritmo y, a consecuencia de ello, le clavé las uñas en la espalda como aquella vez que fumamos. Al oír que hacíamos mucho ruido:

—Cambio –susurré, le tiré al frío suelo apoyándome sobre su torso desnudo. El sonido del choque fue tal que tuve que cambiar de método, posé las manos en su pecho, él me agarró de la cintura describiendo círculos con mis movimientos de cadera para hacer menos ruido, me agarraba tan fuerte que se esforzaba por no gemir en alto, pero suspiraba sonoramente echando la cabeza hacia atrás tras disfrutarlo un buen rato.

—Cambio –dijo poniéndome a cuatro patas donde finalmente culminó el momento de placer.

Los dos caímos de golpe en la cama, abrimos la ventana para intentar ventilar y nos vestimos, estaba tan soñolienta que de lo único que me acuerdo fue sentir los besos de Javi en la cara.

Jessy, ¿quién es esa?

A la mañana siguiente me despertó mi madre.

—¿Qué tal el viaje? –preguntó a voces.

—¡Ay mamá, no chilles! ¿Qué hora es?

—Es la una. Vamos, ¡arriba! –y dicho esto salió de mi habitación, vi el reloj de mi mesilla, marcaba las doce y diez.

—¡Sí, claro, la una! –me giré al otro lado para evitar la tenue luz que entraba por los agujerillos de mi persiana, Javi no estaba. Después de cuatro gritos más de mi madre y la voz de Rocío Jurado cantando me levanté malhumorada.

En la cocina se encontraba mi hermano.

—¿Y Javi?

—En su casa.

—¿No durmió aquí? –pregunté totalmente extrañada, a lo que mi hermano negó con la cabeza.

—Que yo sepa no.

—¿Y así son todos vuestros días o qué?

—A ver, no todos los días nos vemos, lo que pasa es que da la casualidad de que siempre que llamabas él estaba conmigo, otros días quedaba con Jessy –tan tranquilo se quedó al decir esto mientras pasaba las páginas de su revista de motos, hubo un silencio, se sintió observado por mí, dejó la revista y se levantó dirigiéndose a su habitación.

—Jessy, ¿quién es esa? –pregunté furiosa siguiéndole.

—Una chica que ve a veces –seguía contestando con la misma naturalidad, distraído haciendo no sé qué con unas piezas pequeñas metálicas.

—¿Cómo? ¿Y qué hace con ella? –estaba celosa.

—¡Y yo que sé! No estoy ahí, ¿y a ti que más te da? Si no estás saliendo con él, ¿no has disfrutado en Madrid con Dios sabe quién? –me replicó, permanecí en silencio porque tenía razón, ¿por qué me molestaba tanto que Javi quedase con otra si yo le empujé a ello antes de irme a Madrid? El sonido del teléfono me sacó de mi ensimismamiento, lo descolgué.

—*¿A que no sabes qué?* –me decía Miriam.

—Sorpréndeme –le dije sin un ápice de ilusión en la voz. ¡Qué pesada era a veces!

—*Christian va a venir, pero eso no es todo, me va a pagar un billete para que vaya con él a Madrid hasta que acaben las vacaciones* –dijo ilusionada.

—Pero, ¿qué pasa con vosotros, os vais a casar o qué? –repliqué.

—*No, pero resulta difícil separarnos, así que...*

—Entiendo, bueno, si eres feliz.

—*Claro que sí, por cierto, ¿sabes quién me llamó cuando estábamos en Madrid?*

—¿Quién? –pregunté aun sabiendo la respuesta.

—*Carlos.*

—¿Y qué te decía? –ya no era la única persona a la que su ex atosigaba a llamadas.

—*Quería volver conmigo, ¡encima! Tiene la cara de pedírmelo... Y también que se había enterado de algo* –dijo enérgicamente.

—¡Qué mala pata!, después de cagarla por la puerta grande.

—*Claro, y no solo me llamó ese día.*

—Ah, ¿no?

—*Una de las veces Christian contestó a mi teléfono y le cantó las cuarenta. No volvió a llamar.*

—Increíble, pero tengo una pregunta, ¿a veces no se te pasa por la cabeza esa idea de volver a hacerlo con él por el simple hecho de recordarle?

—*Sinceramente... sí, pero sé que Christian, a pesar de la distancia, puede ofrecerme mucho más que él, es diferente, es más de acción y menos de palabras. Romántico y agresivo en la cama como a mí me gusta, aunque... solo lo hicimos dos veces.*

—¿En serio?

—*Sí, la primera fue un desastre, no le cabía el condón, duró poco, estábamos nerviosos...*

—Y ¿qué te dio por repetir?

—*¡Hombre! Las primeras veces no siempre suelen ser lo que esperábamos, además, hablamos mucho de lo que nos gustaba hacer y lo que nos hiciesen, por lo que el segundo fue la subida al cielo en primera clase* –ambas reímos–. *Bueno, te voy dejando que tengo que comer, ¿vale?*

—Vale, que aproveche, a ver si luego nos vemos.

—*Chao* –y colgó.

Iba a seguir hablando con mi hermano pero el teléfono volvió a sonar, esta vez era Macarena.

—Hola dale a tu cuerpo alegría, ¿qué tal estás?

—*Na, aquí que os echaba de menos ¿Qué vais a hacer esta tarde picha?*

—Eso mismo te iba a preguntar yo, porque quería ir a verte.

—*Vale, pues aquí te espero, porque Ariadna me ha dicho lo mismo y luego, si eso, vamos a dar una vuelta, que casi no he salido de aquí.*

—Vale, pues iré esta tarde. Un besito –y colgué, volví a acercarme a mi hermano pero entró Brandy con su barriguilla de diecisiete semanas (es decir, cuatro meses y una semana) y con su inseparable Adri, venían hablando.

—Cari, te digo que el azul queda mejor para el baño, en la cocina quedaría un poco raro, ¿no crees? –al mirarme se acercó a mí para darme un abrazo.

—Hola, ¿qué tal el viaje?

—Bien, muy bien, la verdad –contesté.

—¿Y esa cara? –apreció Adri.

—Nada, ¿por qué? –cuestioné.

—¿Y tu novio Javi? –Brandy sonrió echándose la rizada melena hacia atrás.

—¡No es mi novio! Además, creo que ha quedado con otra –dije haciendo una mueca de desagrado.

—¡No te lo crees ni tú! Teniendo en cuenta cómo habla de ti, te adora –decía mi hermana mientras dejaba el catálogo de IKEA sobre la mesa y se sentaba–. Veo que cumplió la promesa que se había planteado ayer a juzgar por el ruido de anoche.

Los dos rieron con ganas y Alex, que apareció de repente, decidió ignorarles,

—Callaos –grité totalmente colorada.

La tarde en casa de Macarena

Llegada la tarde fuimos a casa de Maca. Miriam, Belén y por supuesto yo, Ary ya estaba ahí. Las gemelas estaban en paradero desconocido, no se sabía nada de ellas, no contestaban a las llamadas, era muy raro, pero según mi madre, Neuza (la madre de las gemelas) no quería ver al padre ni en pintura por todo lo que le había hecho. Aparte de que tanto las gemelas como Neuza estaban muy ocupadas.

Macarena estaba guapísima, su tripa parecía un gran balón de playa, llevaba una coleta y tenía la cara más redonda.

—Estás preciosa –dijo Belén abrazándola.

—Muchas gracias, aunque con este tripón no me veo los pies, ¿qué tal las vacaciones? Contadme –se la veía sofocada por el calor. Se lo contamos todo excepto la historia de Jorge con Ary debido a la presencia de la cuñada.

—...y Patrick viene en unos días, así que ya te lo presentaré —concluyó Belén.

Tanto ella como Miriam estaban con sus respectivos hombres que no cagaban, hablando de ellos maravillas, siempre en la boca, y supongo que en sus pensamientos también.

—Cambiando de tema, al final mi hermana va a tener el bebé —dije ilusionada.

—¿En serio? —Ary aplaudió.

—¿De verdad? —Belén abrió la boca sonriendo.

—¿Tu hermana estaba embarazada? —preguntó Miriam desconcertada.

—¿Es que no lo sabíais? —cuestioné, y todas negaron con la cabeza excepto la futura madre.

—Yo ya lo sabía, me lo comentó Javi.

—¿Javi? —pregunté extrañada.

—Sí, suele venir a verme para asegurarse de que estoy bien, no deja de decir maravillas de ti, Cass esto, Cass lo otro —dijo poniendo los ojos en blanco tocándose la tripa.

—¿Y cómo es que viene? —seguía estupefacta.

—Porque es así, le tienes enamoradito —concluyó. Permanecí en silencio, ¿tanto me quería?

—Pero entonces, ¿quién es esa Jessy? —pensé en alto.

—¡Ah, Jessy! Una chica muy maja —dijo Maca tranquilamente.

—¡Oye! —espeté.

—Oye, ¡qué! Chocho, tú has disfrutado todo lo que has querido, ¡dale un respiro al chico! —dijo Ariadna abanicándose ella y haciendo lo mismo con Maca, a quien tenía al lado.

—Hablando de respiros, otro que no me ha dejado en paz y me ha quemado el teléfono a llamadas ha sido Iván.

—¿Iván? —preguntamos todas a la vez asombradas.

Maca cogió su bolso y las llaves para salir a la calle y dar un paseo. Una vez en la calle, caminando por uno de los parquecitos que por ahí había.

—¿Qué te decía? —preguntó Belén con curiosidad, yo la miré porque la que debía hacer esa pregunta y estar en ese plan, era yo, no ella.

—Que cuándo volvía Cassandra, que si tenía que hablar con ella, que si había sido un tonto... Tenía la cabeza ya como un bombo hasta que Julián le cogió el teléfono un día y le dijo que me dejase en paz, que ya tenía bastante con lo mío... y no, no te lo dije para que no te agobiases –se me adelantó antes de que pudiese articular palabra señalándome con el dedo acusador.

—Vale, ¡oye! Que por poco se me olvida algo –le extendí una bolsa bien decorada a Maca, ya pensaría más tarde en el asunto de Iván y me había bajado a la calle con ella sin darme cuenta.

—No tenías por qué, idiota.

—¡Cállate, anda! Y ábrelo –le dije, se emocionó bastante al abrir nuestros regalos. Estuvimos casi toda la tarde hablando hasta la hora de irnos.

Al subir a casa llamé a mi prima, esta me dijo que no había despertado del coma y que se mantenía estable.

—*No sé nada de Sergi y eso me inquieta aún más.*

—Y con Mario, ¿qué tal?

—*La cosa va despacio, pero eso sí, está más atento.*

—¿Y Cris?

—*Está bien, aquí jugando con su padre* –yo me asombré porque esperaba que me dijese que estaba jugando con su tío, no su padre.

—*Que no quita el hecho de que quiera ver a su tío todos los días* –aclaró como si me estuviese leyendo los pensamientos.

—Te noto más contenta.

—*La verdad es que sí, pero no descanso, estoy alerta, y de pensar que Nacho ya había empezado a sentar la cabeza, supongo que Maitane permanecerá a su lado en estos momentos.*

—Maitane, la rubia del hospital, ¿no?

—*Sí. Bueno, todavía me queda mucho que comprar para el cumpleaños de mi niña* –no pasó ni un segundo cuando se oyó la puerta–. *¡Ah!, ha llegado Pepe, oye que es mi prima, ¿la quieres decir algo?*

Y de fondo Pepe decía:

—*Dila que hola, que lo siento por no poder hablar ahora con ella, tengo un poco de prisa* –me sentí decepcionada, pero me tenía que dar igual, era de esperar que pasase de mí una vez aquí, de repente se oyó un movimiento de teléfono–. *¡Es broma tonta! ¿Qué tal estas?* –me preguntó.

—Bien, ¿y tú? –sonreí inconscientemente.

—*Bien, aquí con la familia, ya sabes, bueno nena otro día te llamo con más tiempo, te tengo que contar que Rebe me ha vuelto a llamar, besitos* –le devolvió el teléfono a mi prima y volvió a oírse la puerta de salida.

—Pero…

—*Se ha encaprichado mucho contigo y la única manera de…, por así decirlo, olvidarte es yéndose con otra… U otras, Pepe es así* –emití un gemido-. *Bueno guapa, me voy a echarle la bronca a Mario, ¿vale? Que es peor que la niña, los dos no hacen más que dejarme todo sucio.*

—Bueno prima, un besito, chao.

Pasaron dos días desde que llegué y no sabía nada de Javi, hasta que irrumpió en mi casa y al verme dijo:

—Hola, guapa –me cogió de la cara besándome en los labios dejándome en un estado en el cual ya había olvidado el motivo de mi enfado.

En cuanto se fue a la habitación de Alex lo recordé, seguí sus pasos.

—¿Quién es Jessy? –me salió espontáneamente, giró sobre sus talones rápidamente diciéndome.

—Ahora te lo digo, espera –teléfono…

—*¿A que no sabes qué?*

—Qué –dije sin apenas sorprenderme.

—*Christian está aquí* –¡madre mía, ya estaba con el temita! Hubo un silencio ya que estaba observando a Javi hablando de negocios con mi hermano, salí de su habitación.

—¿Christian? Pero si apenas ha pasado una semana.

—*Ha venido con Patrick.*

—¡Qué dices! Bueno. Oye, lo siento Miri, no es un buen momento, ahora tengo que averiguar algo.

—*Vale, luego te llamo, be...* –y la colgué.

Antes de llegar a la habitación de mi hermano vi algo que me llamó la atención en la habitación de mi hermana, estaba ella situada frente al espejo en ropa interior.

—Adri, ¡no me puedo creer que vayamos a ser papás! –se tocaba el abultado abdomen de color chocolate.

—Voy a tener un mulatito –se le oía decir a Adri con voz ausente en la cama.

—O mulatita –corrigió Brandy sonriendo y poniéndose de perfil–. Cari, dentro de poco tenemos que coger esa casa, con lo que tengo ahorrado más lo que nos va a dar tu madre… ¿qué te pasa amor? –preguntó con voz preocupada y cariñosa mirándole a través del espejo, se acercó a él acariciándole la cara.

—Es que… –temí que se estuviese echando atrás y se me encogió el estómago–. Me gustaría que tu madre estuviese igual de ilusionada que la mía. Verla contenta por nosotros y no de morros cada vez que estamos con ella –suspiré, Adri, al contrario que Iván, era mejor persona, se preocupaba por la felicidad de mi madre y la futura madre de su bebé.

Sonreí mordiéndome el labio inferior, Brandy volvió al espejo para seguir mirándose.

—No te preocupes por eso, se tendrá que acostumbrar, además ahora nos habla –mi hermana era muy optimista, nunca dejaba de sonreír.

—Es cierto –Adri se levantó de la cama con el torso desnudo, llevaba puestas unas gafas graduadas de pasta negra rectangulares. La abrazó tocándole la barriguilla y apoyando el mentón en su hombro, ambos se miraban al espejo sonriendo, ¡cuánto amor había! Era enternecedor ver aquello, el rostro de mi cuñado me recordaba al de Iván, ¿dónde estaría en estos momentos? ¿Seguiría buscándome? Si le viese ¿volvería a caer en sus redes? Veía el cuerpo de mi cuñado y me agradaba la vista, yendo hacia atrás, esa noche en la que soñé con Iván y Javi, despertándome con él en mi cama por error… un bonito error que tenía que olvidar porque ese hombre no era mío. Volví a esbozar una sonrisa, estaba contenta porque mi hermana mayor había encontrado a una persona tan bella que, viendo lo visto, no la abandonaría a la primera de cambio.

Llegando por fin a la habitación de mi hermano intenté abrir pero estaba cerrada, por lo que tuve que golpear la puerta.

—¡Quien! –contestó Alex con voz tensa.

—Soy Cass –abrió la puerta, miró a los lados del pasillo y me tiró del brazo.

—¡Corre, entra! –miré a Javi, quien me sonreía.

—No me hace gracia, ¿por qué huyes de mí? –sonrió aún más.

—Estabas hablando por teléfono –se justificó.

—¿Quién es Jessy? –casi estaba chillando.

—Joder, Cass, ¡qué pesada eres! –se quejó Alex.

—Cállate –siguió a su rollo sin hablar levantando las palmas de las manos en señal de que no se iba a meter.

—¿Quién es Jessy? –volví a dirigirme a él.

—¿Quién es Pepe? –me contestó con aquella pregunta, su sonrisa desapareció.

—Un amigo –titubeé.

—Bien. Pues igual que Jessy –me dejó sin palabras y siguió distribuyendo los cogollos.

—¿Y qué hacías cuando quedabas con ella? –me crucé de brazos cargando el peso sobre una pierna.

—Estás celosa, ¡eh! –volvió a sonreír.

—Bueno Javi, tenemos que llevar esto, que la habitación ya está empezando a oler.

—Vale, luego hablamos guapa –me dio un beso en la frente, se incorporaron, recogieron las pruebas y salieron de la habitación. En cuanto me quedé sola pensé, ¿se habrá acostado con Jessy al igual que yo con Pepe?

Capítulo 25

¿Carlitos no es...?

A los pocos días fuimos a la playa con nuestros invitados de Madrid los cuales Belén y Miriam se encargaron de presentar, resultaba aburrido ver constantemente la actitud de pareja entre ellos.

Al anochecer, Patrick y Christian decidieron irse (estaban alojados en la casa de la tía de este último) en compañía de sus chicas; yo me fui con Maca y con Julián, quienes me acercaron a casa. Estaba molida, me dolía todo el cuerpo y sobre todo la cabeza con las grapas aún recién puestas, por lo que me tumbé en la cama, y a punto de dormirme:

—¿Qué pasa? ¿Ya estás durmiendo? ¡Si todavía es la una! Anda que te cuento cotilleos –apartó suavemente mi pierna para poder sentarse en la cama.

—A ver, ¿qué quieres contarme? –pregunté aún con los ojos cerrados y tumbada.

—¿Te acuerdas de Bea, no?

—Sí, esa niña que tenía un gran problema con el sexo.

—¡Exacto!, pues... me la encontré el otro día...

—¿¿Y...?? –me incorporé temiéndome lo peor, él pareció leerlo en mi mirada.

—No es lo que tú te crees, estaba con Carmen –añadió mirándome con esos ojos miel.

—¿Entonces? –levanté los hombros sin comprender.

—Me acordé de cosas –dijo casi en un susurro.

—¿Pero no decías que Carmen era más pasional e imaginativa?

—¡No me vas a decir que en ocasiones no piensas en el cabronazo ese!

—Sí, pero ya no tanto –admití, pues tenía más cosas en la cabeza.

—Sé que estos días no he pasado tanto tiempo con Carmen, pero los pocos que he estado los hemos aprovechado bien.

—Bueno, cuéntame entonces ¿qué pasó cuando os encontrasteis a Bea?

Subió una de sus piernas a mi cama para ponerse de frente.

—La chica se me acercó como si nada y me rodeó con el brazo diciéndome: *«Cariño, ¿por qué no me has vuelto a llamar?»*. A lo que Carmen contestó: *«Porque eres una cerda y mi nene necesita a una chica, no a una guarra»* la empujó desprendiéndola de mí, ¡me encanta mi nena! *«Eh, pitufina, no estoy hablando contigo»*, dijo dirigiéndose a Carmen con desprecio. *«No te pases»*, le dije a Bea. *«Pues que deje de molestarnos. ¿Cuándo quedamos?»*, decía ignorando a mi novia. *«Carmen, ¿tú sabes que esta se ha tirado a Matías estando contigo?»*, dije sin apartar la vista de la aludida, a Bea le cambió la cara y Carmencita fue a por ella, yo estaba a punto de cogerla por si acaso se fuesen a pegar, no es que no me gustase la idea pero… no era el momento. Y, a punto de hacerlo Carmen se paró en seco, me agarró y me besó apasionadamente delante de Bea. *«Vamos cariño, que te voy a dar un regalito ahora»*, decía cogiéndome de los testículos. *«Toma, cómprate algo de dignidad carapapa»*, se metió la mano en el bolsillo del short y sacó una moneda de cinco céntimos que le tiró a la cara, nos fuimos abandonando a Bea sin siquiera mirarla.

—¡Qué fuerte la juventud de hoy día! Y ¡qué clase tiene Carmen!

—Habló aquí la abuelita.

—¿Qué regalo te dio? –pregunté, inocente de mí.

—Una limpieza de sable –me costó un rato hasta que lo pillé.

—¡Eres un guarro! –cogí el cojín y le di en toda la cara.

—No preguntes –y rió a carcajada suelta pretendiendo cogerlo para que no le pegase más–. ¡Como que tú no lo has hecho con Javi!

—¿Y tú qué sabes? –en ese momento me puse roja.

—Hombre, porque parece que no escucha cuando le dijo que no me comente nada de vuestra vida sexual, cuanto más se lo digo más detalles me da –estaba totalmente avergonzada–. No deja de hablar de ti, le tienes enamoradito –al sonreír parecía que le brillaban esos ojos claros.

—¿Por qué todo el mundo me dice lo mismo? –me pregunté a mí misma.

—Será por algo, y sabes que es verdad, pero tus celos te ciegan.

—Es que quiero saber qué ha hecho con esa Jessy –dije apretando los puños.

—Joer, macho, Cass ¡Déjalo estar!, cada uno ha hecho sus cosas y ya.

—¡O sea, que se la ha tirado!

—Cass, olvídalo –su mirada me advertía de algo.

—¿Por qué no me lo quieres decir?

—Déjalo anda, no sabes lo mal que lo pasó el pobre cuando te oyó con el otro chico –entonces ahí me callé y lo dejé estar–. Por cierto, se me había olvidado contarte de Ricky, Rita y Carlos –agitaba enérgicamente las manos al recordarlo.

—Algo he oído, ¿qué ha pasado?

—Puff, Ricky le plantó cara al hermano de Rita, ahora se pasan la vida juntos. Apenas le veo, a no ser que sea en plan pareja. El otro día me dice: *«Tío, estoy enamorado, ese bombón ha hecho que me postre a sus pies»*, ¡pone una cara de tonto cada vez que me habla de ella!, y eso fue el otro día en el cine que…

—Sí, ya, que hicisteis guarradas –supuse.

—¡Pues no, lista! Estuvimos atentos a la peli –parecía ofendido.

—¡Veo que habéis hecho cosas en mi ausencia! –exclamé.

—Ya ves, y ahora Ricky le ha cogido un vicio al sexo –dijo agitando las manos de nuevo–. Se siente torpe, pero dice que estaría toda la vida haciéndolo con ella, aprendiendo diversas maneras de satisfacerla, le encanta todo, su piel, su olor, su cuerpo…

—¡Oh…pero qué cosa más mona! –dije con la mano en el pecho.

—Aunque a veces discuten, pero pronto lo arreglan, yo creo que es para darle emoción a la relación… y no te he contado lo más fuerte –puso cara de interesante.

—¿El qué? –pregunté intrigada abriendo mucho los ojos.

—Me he enterado por una trifulca que el grandote no es en realidad hermano de Rita –me quedé boquiabierta.

—¿Qué? –este asintió con la cabeza.

—Te cuento: cuando Ricky fue a plantarle cara para defender su amor por Rita, Carlos le iba a pegar. Sin embargo, su hermana se interpuso entre ellos, y claro, se comió la hostia con patatas.

—Pero, ¿quién pegó a quién? –me estaba liando.

—Carlos a su hermana por defender a su Ricky.

—¡Madre! –exclamé tapándome la boca.

—Sigo: entonces Carlos, cuando vio que se había pasado, intentó ayudarla pero Rita le soltó diciéndole: «No te acerques a mí, no tienes derecho a pegarme», entonces Carlos dijo: «Soy tu hermano y mi labor es protegerte», con voz firme, como me dijo mi amigo. «Tú no eres hermano mío, tu madre murió allá en República Dominicana y mi mami te adoptó», entonces le dio tal bofetón que la hizo sangrar por la boca tras el puño. Me dijo Ricky impresionado cuando me lo contaba: «Si no me crees pregúntale a mami», dijo escupiendo sangre. Este la hizo caso y se fue. «Rita, cariño, te has pasado», le decía su novio ayudándola a levantarse. Se fueron a casa de Ricky y ahí le contó cómo se había enterado: «Mi mami estaba hablando con su novio sobre Carlos, le dijo que su madre y ella eran muy amigas, casi como hermanas, y que hoy hacía unos diecisiete o dieciocho años de su muerte, es decir, de cuando me enteré que fue antes de ayer: pues vivían en Barahona y Carlos tenía seis meses, siempre le cuidaba mi madre porque la suya tenía que salir para ganarse el pan. Un día se fue y no volvió, por la noche llegaron a casa diciéndole a mi madre que había muerto de un balazo en la cabeza», Ricky se quedó mudo.

—¿Me lo estás diciendo en serio? –estaba impresionada, este asintió.

—Totalmente: «Y claro, el niño estaba solo en el mundo, no se sabía nada del padre, el perfil del típico hombre que aparece, enamora, embaraza y desaparece. Mi madre lo crió como si fuese suyo y hasta hoy, que no entiendo por qué, nunca se lo ha dicho», se preguntaba Rita. Si te fijas bien no se parecen en nada Cass, Carlos es más oscuro que ella y aparte la cara… pero claro, por ser negros se da por hecho que se parecen.

—Claro, ¡como todos los negros somos iguales! Aunque tú, Brandy y yo tampoco somos del mismo color.

—Ya, pero nos parecemos, y se nota que somos hermanos.

—Touché, es que con esta carita –dije señalándole con el dedo índice y luego acariciándome el mentón mientras le sonreía–. Y ¿cómo está *Carlitos*?

—Enfadado, desapareció tres días y volvió pidiéndole perdón a Rita –entonces se me iluminó la bombilla.

—¡Ahora lo entiendo!, por eso le fundía el teléfono a Miriam, encima Christian acabó cogiendo el teléfono y le amenazó. ¡Ahora sí que se tiene que sentir solo! –dije llena de pena por él.

—Ya te digo, incluso a Ricky le dio lástima, aún después de haber dañado lo que él más quiere, que es a Rita.

—Eso es verdad. Oye, ¿y qué es de él?

—La verdad es que no escucho mucho a Ricky cuando me cuenta algo sobre el tonto la polla de su hermano –dijo poniendo un poco cara de asco.

—Y Matías, ¿qué tal?

—Soltero y entero. Hace poco tuvimos un problema porque se puso celoso al ver que mi relación con Carmen iba viento en popa.

—Él se provocó la situación.

—No te preocupes, se le pasa cuando se tira a Bea –al pronunciar ese nombre hacía una mueca de desagrado, supongo que alguna vez sí que sintió algo por ella.

—Bueno Alex, me voy a dormir que tengo sueño, ¿vale?

—Vale hermanita, que descanses –me dio un beso en la frente, cosa rara en él, pero me provocó una sonrisa.

—Buenas noches.

Javi, pero ¿cómo...?

Estaba nerviosa, Javi me había llamado diciéndome que teníamos que hablar y que era importante, hacía días que no le veía. Por el tono de su voz parecía agitado, eso me tuvo inquieta casi todo el día, así que fui a casa de Julián y Berto, donde se encontraba Maca, hasta que me llamase Javi.

—Será una tontería, ya lo verás –me decía acariciándome el brazo–. Javi no puede separarse de ti porque, de ser así, sufriríamos esa tortura de oír tu nombre por todos lados –Maca llevaba puesta una camiseta enorme que le cubría justo debajo de las nalgas y no mucho más, un moño mal hecho, la cara roja e iba descalza con los pies súper hinchados.

—Ya, pero la Jessy…

—Ah, ¡olvídate ya de esa Jessy!, es su amiga y punto –en ese momento llamaron a la puerta y apareció Ariadna.

—Así como quien no quiere la cosa, traigo noticias que no sé si son buenas o malas. Maca, ya te lo he dicho mil veces, cálzate, que no es bueno que andes así.

—¿Qué pasa? –preguntó Maca–. Déjame en paz, no aguanto el calor.

—¿Os acordáis de la chica que compartíamos Luis y yo?

—Sí, Rocío –dijimos al unísono y nos miramos frunciéndonos el ceño.

—Pues parece ser que durante las vacaciones Luis se la había estado tirando –su rostro apenas reflejaba dolor, si no asombro.

—Pero tú también has hecho de lo tuyo –dijo Maca.

—¿Lo sabías? –pregunté extrañada señalándola.

—Pues sí, me lo contó cuando llegasteis.

—A mí no me importa que lo haya hecho, bien por él, lo que me fastidia es la forma en la que me ha dejado.

—¿¿Qué te ha dejado?? –gritamos.

—¡No se habrá enterado de lo de Jorge! –exclamé.

—No, según él no soy tan buena en la cama como Rocío –estaba realmente enfadada, achinó aún más los ojos hasta que parecían dos líneas dibujadas sobre su rostro… bueno, cuatro con las cejas arqueadas, pero de repente sus facciones se relajaron.

—¿Y ahora qué? –preguntó Maca cruzándose de brazos sobre la barriga.

—Pues nada, a buscar nenas –decía recogiéndose el pelo en una coleta, cosa extraña, porque rara vez se hacía una. Fue a la habitación a por unas chanclas y le calzó los pies a su amiga.

—Eres muy pesada, ¡eh! –Maca se aquejó y Ary le frunció el ceño.

—Querrás decir nenes –le corregí.

—No, nenas… o Jorge –se quedó mirándome y yo me estremecí.

Ya eran las cuatro de la tarde, preparamos algo de comer.

—En unas horas quedo con Javi, estoy nerviosa, muy nerviosa –admití.

—Tranquila. Por cierto, ¿y las gemelas? Porque desde que estoy aquí no he visto ni a Andrea, ni a Teresa, ni a David –preguntó Ary poniendo la mesa.

—Es cierto, ¿qué estará pasando? Vamos a llamarlas –propuso Macarena aliñando la ensalada, lo hicimos pero nadie contestaba al teléfono.

—Hum… ¡qué raro! –dijo Ary.

Dos horas después me llamó Javi para preguntarme por mi paradero y le dije dónde estaba:

—*¿En casa de las gemelas?*

—No, los gemelos, Julián y Berto.

—*Vale, ahora voy.*

—Pero, ¿sabes dónde es?

—Pues claro que lo sabe, me venía a ver, ya te lo dije, pesada –dijo Macarena.

—*Ahora nos vemos* –y colgó.

—¿Cómo es que te venía a ver? –le pregunté.

—Porque es muy buena persona y te quiere tanto que se preocupa por la gente que te rodea con tal de que seas feliz, ¡Dios, Cass! ¿Cuántas veces te lo tengo que repetir? –decía poniéndose los dedos en las sienes, sus palabras me enternecieron.

—Jamás dejará de impresionarme eso. Pero… últimamente está muy chulito conmigo –comencé a servirme ensalada.

—Hombre es normal, lo de Pepe le dolió tanto que se lo comentó a tu hermano y este le enseñó a ser más pasota. Le mata por dentro, pero no dice nada por miedo a tu reacción, ya que no estáis juntos y él no tiene por qué reclamarte nada –me quedé perpleja y sentí una punzada de culpabilidad en el pecho.

—Pues a lo mejor ahora me quiere mandar a la porra por lo que le he hecho pasar –me llevé las manos a la cabeza.

[365]

—¡No seas tonta! –dijo Ary cogiéndome de los brazos y meneándome. Llamaron a la puerta y mi corazón dio un vuelco, pero suspiré, era Berto; entró, le dio un beso apasionado a Macarena, cogió unas carpetas.

—Ahora vengo, amor –y a punto de cerrarse la puerta esta se volvió a abrir apareciendo Javi, *mi Javi*, me quedé hipnotizada, pero, ¿cómo estaba tan guapo? De repente noté que mi temperatura corporal aumentaba al igual que mis pulsaciones.

—¿Cómo estás Maca? –sin mirarme se dirigió directamente a ella dándole un beso en la mejilla.

—¿Preguntas o afirmas? –puso su brazo en el hombro de mi moreno con dificultades por lo alto que era para ella.

—Lo que tú creas conveniente –ambos rieron–. Que aproveche.

—Gracias –le contestamos todas, yo ya estaba a punto de terminar.

—Tengo ganas de deshacerme ya de ello –decía mientras se acariciaba el vientre con todo el amor del mundo, Javi la imitó.

Actuaba con total naturalidad, como si esa fuese su segunda o tercera casa.

—Ya queda poco –saludó a Ariadna–. ¿Qué tal? Estás morena, ¡eh! –le decía con una sonrisa, y a la hora de dirigirse a mí se me paralizaron las piernas, no tenía mala cara, ¡qué sexy era! Su manera de caminar hacia mí, sus brazos musculosos, sus anchos hombros que se notaban a través de ese polo rojo de Ralph Lauren…

—Hola guapa –me rodeó la cintura con delicadeza dándome varios besos por la cara finalizando en mis labios, lo cual me provocó una sonrisa y un sentimiento de alivio–. ¿Nos vamos nena? –no dejaba de sonreír.

—¿A dónde me llevas? –le pregunté con voz temblorosa.

—Ya lo verás –extendió su brazo para que le diese la mano esbozando una sonrisa y eso hice.

—Espera, recojo el plato y nos vamos.

—¡Que lo paséis bien! –parecía ser que Macarena sabía algo.

—Lo haremos –contestó Javi sonriendo.

Entramos en su típico Seat Ibiza de un vivo rojo, aparcado a la puerta de la casa de los gemelos.

—¿De qué quieres hablar? –quería pasar ese mal trago cuanto antes.

—Espérate, ahora te lo digo –arrancó el coche y condujo durante media hora en un silencio bastante incómodo.

Aparecimos en un sitio que nunca había visto. Estaba a las afueras, ahí había una casita tipo rural. Apagó el motor y, dirigiéndose a mí, me dijo:

—Bien. En estas vacaciones… he pensado mucho en nosotros –estaba nervioso, no dejaba de mirarse las manos y de juguetear con ellas, yo ya me lo estaba temiendo, «es el momento» pensé, tomé aire inflando los pulmones y lo solté atendiéndole.

—He hecho todo lo posible para darte lo mejor –mantenía su mirada fija.

—Sí, quedando con Jessy –escupí sin pensar.

—¿Otra vez con el temita? –enarcó una ceja pero sin enfadarse.

—¿Quieres que te conteste? A ver sorpréndeme –dije de brazos cruzados.

—Te la voy a presentar, la tienes que conocer es increíble…

—O sea, que vas a dejarme por ella –supuse.

—¡No, Cass! –se alteró impulsándose hacia delante para contestarme, se acercó a mí cogiéndome de las manos y mirándome a los ojos dijo–. Yo nunca podría separarme de ti –sus palabras me desconcertaron dejándome con la boca abierta.

—Ah –su mirada estaba llena de admiración o adoración hacia mi persona, iba a besarle pero se apartó.

—Ven, acompáñame, te la quiero enseñar –estaba contento de mi reacción y se sentía importante al ver mis intenciones, salimos del coche.

—Vale, pero, ¿por qué me la quieres presentar? –no me contestó, simplemente me ordenó que bajase del coche.

—Mira lo que he conseguido para nosotros –señaló una pequeña casa rural.

—¿No…sotros?

—Sí, para cuando queramos estar solos, quiero lo mejor para ti.

—¿Cuánto te ha costado? –pregunté mirándole estupefacta abrazándome a mi misma.

—Tengo amigos –me enseñó la casa, no era muy grande pero... ¡no me lo podía creer!

—¡Un jacuzzi! Pero Javi...

—Ya te lo he dicho –sonreía ampliamente al ver mi reacción. Entramos en la casa, donde había un sofá, una mesa y en la habitación una cama de matrimonio.

Se acercó a mí para besarme, su actitud me recordaba a la de PJ y eso me estaba gustando.

Sin apartar la vista de sus ojos caminé hacia atrás hasta darme contra mi límite, él me siguió y apoyó ambas manos a la pared acorralándome.

—¿Ahora qué hacemos? –me dio un piquito, eso me estremeció.

—Pues –recibí un intenso beso suyo.

Noté cómo me quitaba la ropa: primero la camiseta, sin prisa, pero con un toque de ansiedad por poseer mi cuerpo. Al desabrocharme el botón del short.

—¡Javi, espera! –espeté.

—¿Qué te pasa? –se asustó.

—Que me estoy haciendo pis –dije meneándome, pareció molesto.

—¿Ahora? –yo asentí, suspiró–. Venga, ve –dijo abriéndome camino.

Fui al baño y en cuanto tiré de la cadena apareció y me asusté intentando taparme.

—Pero, ¿por qué te tapas? Si ya te he visto mil veces –se puso de rodillas–. Y muy de cerca.

Quise subirme las bragas, pero me detuvo, volvió a bajármelas lentamente, me miraba con ojos de excitación posando su lengua sobre mi piel desde la rodilla ascendiendo a la parte interna del muslo enfrentándose a mi sexo, donde se detuvo para darle un beso seguido de un lametazo, continuó ascendiendo por la tripa apoyándose en mis caderas, me hizo suspirar profundamente. Siguió recorriendo mi cuerpo con su lengua llegando al canalillo mientras me miraba quitándome el sujetador con una mano. Besó la parte más sensible de mi cuello, mi reacción fue cerrar los ojos y sisear entre dientes. Me agarró de la cintura empotrándome contra la única pared que había libre en ese diminuto baño. Estaba helada, pero el sentir su cuerpo en su totalidad tan cálido y suave lo neutralizó y me acorraló con su pelvis.

Mirándome a los ojos me acarició el pelo, después lo agarró con agresividad aproximándome a él y besándome. Lancé mis pantalones sin saber dónde habrían aterrizado (ni me importaba), me cogió del muslo y lo elevó aproximando más su erección a mi entrepierna y frotándose contra mí, su tamaño me imponía, me tocaba con manos firmes acariciándome sin temor pero de manera delicada como si mi piel estuviese hecha de algodón. Le quité la ropa tan rápido como pude y me cargó con sus firmes brazos, con el único fin de la unión de nuestros sexos. Para poder mantenerme entrelacé mis piernas a su cintura mientras nos besábamos.

—Te quiero –decía entre beso y beso.

—Yo también –solté automáticamente (en ese momento no podía pensar mucho, porque ya me la había metido), me deslizaba contra la pared de arriba a abajo, gemía con verdadero placer, no sé qué cara debía estar poniendo yo pero la suya me resultaba muy sexy mordiéndose el labio mirándome a los ojos, esos ojos marrones que reflejaban pasión y devoción. Haciendo movimientos con el cuerpo sudoroso y marcado por esos bíceps, ese trapecio, ese pectoral… no pude aguantar más, ¡culminé!, pero no tardé en volver a encenderme. Aún así quería más.

—Espera –le dije jadeando, él se detuvo y me miró a la cara–. Voy a beber agua –no esperé respuesta ninguna.

Fui a la cocina tal y como Dios me trajo al mundo, abrí la nevera para coger una botella y el cuerpo de Javi me sorprendió a mis espaldas besándome la nuca, hacía un calor increíble pero la nevera refrescaba, me giró para ponerme frente a él, se arrodilló y posó una pierna mía sobre su hombro.

—Pero, Javi… –no pude reaccionar, se me cayó la botella, ¡menos mal que era de plástico! Su lengua trabajaba rápidamente mi clítoris que se abría camino de entre mis labios, me gustó tanto que le agarré de la cabeza presionándole contra mi sexo–. ¡Oh, Dios! Pero, ¿dónde has aprendido a hacer eso? –él no contestó, siguió con su labor acariciando la parte interna de mis muslos a la vez.

Entonces, a punto de correrme de nuevo, le llevé a la silla más cercana para que se sentase poniéndome yo encima, estábamos frente a frente; comencé a moverme despacio, de delante hacia atrás, mientras apoyaba los codos en sus hombros entrelazando las manos tras su nuca sin apartar la vista de sus ojos, él agarraba mi cintura con cara de placer. Tal fue el nivel de excitación que incrementamos el ritmo, sus manos me apresaban la cintura cada vez más fuerte, estábamos a punto... le di la espalda, él ni corto ni perezoso me agarró del culo mordiéndose el labio.

—Me encanta —acto seguido, lo azotó.

—¡Ay! —solté sin sentir realmente dolor. Me agaché para que tuviese una visión completa de lo que había. Con las manos agarró mis cachetes y le dio un lametazo a la parte más íntima de mi cuerpo, me fallaron las rodillas pero me recompuse. Observaba, mientras me apartaba el pelo hacia un lado con los ojos entornados, cómo él siseaba entre dientes. Cogió mi cintura guiándome para que introdujese su miembro erecto en mí. Empecé a moverme describiendo círculos con la cadera, primero suave, como siempre, y luego dando golpes bruscos de arriba a abajo. Apoyé mi cabeza en su hombro y me abrí más de piernas, apartó mi pelo hacia un lado para besarme el cuello. Gemía silenciosamente a mi oído, una de sus manos estaba atenta a mis pechos dándome placer en los pezones mientras que la otra se encargaba de agitar mi clítoris. Se incorporó, puso la palma en la parte baja de mi espalda obligándome a inclinar el tronco hacia delante. Después hizo algo que no me esperaba de él pero le dejé porque le quería, y gracias a la lubricación entró por detrás sin dificultades (le había dejado a un extraño no iba a dejarle a Javi) era bastante doloroso y él tuvo cuidado.

—¡Dios, qué gusto! Está tan estrecho, ¡ooch! —no pudo evitar decir aquellas palabras al sentir tanto placer, pero al empezar a emocionarse me estaba dando tan duro que ya me hacía daño e intentaba apartarme—. Si no quieres que lo hagamos lo dejo —decía apurado.

—No Javi, está bien, puedo aguantarlo —mentí.

—Me da a mí que no —la sacó y dijo—. Espera que voy a lavarme, es insano volver a metértela por delante, puedes coger una infección.

Este chico me sorprendía, ¡era increíble!, porque a cualquiera le habría dado igual hacerlo y él se preocupaba por mí.

—Ven, vamos –me dirigió a la habitación tirándome bruscamente a la cama, volvió a besarme.

No se demoró en continuar, la tenía helada, pero pronto se volvió a calentar. Y continuamos con la postura del misionero, a mi parecer, la más tierna de todas. Con nuestros cuerpos tomando el máximo contacto, tan cerca el uno del otro... culminamos en ese momento, yo arqueando la espalda y él corriéndose en su propia mano que se limpió con un clínex que tenía en la mesa y volvió al baño para lavarse. Le seguí para hacer pis y no nos demoramos en quedarnos dormidos, muy abrazados. Acabamos agotados porque fue el polvo más largo e intenso que tuve con Javi.

Al despertarme en medio de la noche estaba sudorosa y con un calor increíble. Me quedé mirándole un buen rato, estaba guapísimo durmiendo desnudo con su cara de ángel, se le veía tan tranquilo y feliz... le quería con locura. Cuando estaba con él no podía pensar en ningún otro. Me levanté y fui a hacer pis, pero con el calor que tenía me metí en la ducha, luego oí el ruido de la puerta, me asomé y era Javi.

—Aparta que me meto –yo le dejé sitio.

—Me ha encantado, si no nos agotásemos tanto estaría así toda la noche –admití.

—Tú tampoco te has quedado corta.

—¿A qué se debe tal cambio? –pregunté enjabonándome.

—Creo que ya sabes la respuesta –me miraba fijamente a los ojos que entornaba para que no le entrase agua en los mismos, no pude reaccionar–. No quiero separarme más de ti, quiero estar contigo Cass. Quiero ser algo más.

Sabía lo que sentía por mí porque lo notaba, pero nunca se me había pasado por la cabeza que fuese capaz de decírmelo alguna vez. Tal vez este fuera el momento que estaba esperando, y aún así me daba miedo.

—Es que yo... –nos interrumpió el sonido de su teléfono que casualmente se había dejado tirado en el baño desde que comenzamos la faena.

—¿Qué hay? –contestó–. Dime, Jessy. Fruncí el ceño, me miró y dijo:

—No es un buen momento –hubo una pausa–. ¿De qué? –salió del baño, me quedé paralizaba, se me erizaron los pelos de la nuca, la vena del cuello comenzó a latir violentamente.

—Jessy –susurré entornando los ojos, me puse el albornoz y seguí a Javi, quien había salido fuera sin nada más que una toalla que colgaba de sus caderas, me escondí tras la puerta principal, esta situación me provocó un *déjà vu:* Iván, su prima, la plaza… No quería que se repitiese la historia.

—No, Jess, no vamos a quedar –le decía medio enfadado–. Yo también te aprecio, pero con quien quiero estar es con ella –me enternecí–. Mañana hablamos.

—¿Cómo que mañana hablamos? –grité cruzándome de brazos, se quedó blanco–. Llévame a casa, eres igual que Iván, ¡quiero irme! –en su cara estaba reflejado el terror. Colgó el teléfono.

—Cass, no es así la historia –se acercó a mí cogiéndome del brazo para que entrase en razón.

—¡Que me dejes!, quiero irme a casa, ¿te crees que puedes tenernos a las dos y organizarte un horario para vernos un rato cada una? Y luego le comas un poquito la cabeza a mis amigas de pobrecito Javi cómo sufre por Cass y está colado por ella –dije apartando el brazo bruscamente deshaciéndome de su amarre.

—Oye, ¡no vayas de víctima!, iba a quedar con ella mañana para decirle lo que te acabo de decir y cortar la relación si tanto te molesta –ponía cara de asco y aún así estaba sexy con su toalla, ¡qué abdominales!

—Sí, Javi, sal del paso así –me crucé de brazos para que no se me cayese la toalla que tenía anudada por encima del pecho.

—Yo por lo menos no voy exhibiendo una foto con ella en la que estamos los dos medio desnudos demostrando al mundo que acabamos de follar. Tú, te vas a Madrid, haces lo que te sale del coño… –decía tocándose la entrepierna, uff, ¡qué musculatura! ¿Cómo podía estar pensando en eso ahora si se supone que estaba cabreadísima con él?–. …mientras yo tengo que estar esperándote aquí como un gilipollas enamorado ¡venga coño! –dijo alzando la mano y dándome la espalda, nunca me había hablado de esa manera pero aún así seguía cabreada, ¿había dicho gilipollas enamorado?

—O sea, que me estás diciendo con esto que ¡te la has tirado!, al menos Pepe vive lejos y no le veré todos los días –me justifiqué.

—Sí, venga, que es lo que quieres oír, sí me la he tirado –miró al horizonte en silencio con los brazos en jarra y rió amargamente.

Me crucé de brazos y dije:

—Quiero irme a casa.

Capítulo 26

El novio de Neuza

Al día siguiente por fin pude hablar con las gemelas.

—*Las cosas aquí en casa van fatal* –dijo Teresa–. *Al parecer mi madre tiene novio, nos lo dijo pero como la ignoramos o no nos enteramos lo mantuvo en secreto pensándose que no lo aceptaríamos, pensaba volver a decírnoslo en cuanto llegásemos de nuestras vacaciones, pero claro, mi padre…*

—¡Menuda novela!, yo estoy enfadada con Javi, ayer discutimos y no nos hablamos –informé con desgana.

—*¿Qué? ¿Qué ha pasado? No, espera… Andrea* –chilló.

—*Qué* –le respondió la hermana a lo lejos.

—*Vístete, vamos a ver a Cass.*

En menos de media hora ya estábamos en la plaza donde vimos a Iván con su prima, el simple hecho de recordarlo, me helaba la sangre.

—Cuéntame, a ver, ¿qué os ha pasado? –preguntó Andrea.

—Al menos salúdame, dame unos besos, no sé… algo –demandé abriendo los brazos, y así fue, me hicieron caso.

—Bien, ahora cuenta –ambas tomaron asiento en el banco, Teresa me miraba atentamente con esos ojos verdes y las nuevas trenzas que le hizo Laura antes de venir, mientras su gemela seguía con su afro mordiéndose las uñas atenta a lo que estaba a punto de contarlas, me encontraba de pie frente a ellas.

—No, contadme vosotras, ¿por qué habéis estado tan desaparecidas y qué ha pasado con vuestro padre?

—Todo empezó cuando llamó a casa, menos mal que lo cogí yo rápidamente –dijo Andrea abrazándose las rodillas–. Me quedé flipada al saber quién era, pero tampoco es que me hiciese especial ilusión. Preguntó por mi madre, me dijo que iba a venir, pero antes de decirme que era una sorpresa yo ya se lo había dicho a mamá tras haber gritado la palabra *papá*, ella pareció asustada, no dijo nada y se marchó. No entendía su comportamiento –arrugó la frente–. Ese día no durmió en casa, entonces llegó Teresa y le conté la historia: «*Seguro que tiene miedo después de lo que pasó, al fin y al cabo la dijeron que había muerto, ¿o no?*», justificó. «*Ya, pero tanto como para no decir nada y marcharse de casa así*». Al día siguiente se supone que mi padre iba a venir pero no apareció, y ¡menos mal!, mamá se seguía comportando de manera extraña, decía que no pasaba nada pero que no quería ver a papá, era como si el hecho de pensarlo le produjese ansiedad.

—Por tanto llamamos a papá para que no apareciese, que no era el día. «*Vale, pero me dejáis invitaros a algo al menos a vosotras, ya que a Andrea todavía no la he visto*», nos propuso y aceptamos por pena. Mientras cenábamos con él nos llamó nuestra madre preguntándonos por nuestro paradero, no le mentimos, solamente dijo: «*Vale, tened muchísimo cuidado con ese hombre, luego os llamo por si acaso*», tenía ese tono ansioso. Una hora después, cuando ya íbamos de camino a casa, mamá nos volvió a llamar alarmada. «*¿Estáis bien? Decidme que estáis bien*». «*Mamá, no te preocupes, estamos en el portal*». «*Ah, vale*», respiró tranquila. Cuando subimos, porque tardamos como una media hora o así, mamá ya estaba dormida, así que planeamos a ver qué podíamos hacer al día siguiente para pillarla. «*Creo que huye de papá*», decía Andrea. «*La seguiremos*», concluí.

Ahora hablaba Andrea de nuevo:

—Estábamos ya por ¿la heladería, esa que está cerca de tu casa? –me dijo.

—Vale, ya sé cuál es, en frente de la galería –asintieron.

—Pues justo en la puerta de entrada la vimos saludando a un hombre, era mulato y muy atractivo para su edad, más alto que ella… se besaron y fueron por la calle de la mano, se podían oír las carcajadas de mamá –decía Teresa sonriente.

—Entonces salimos de nuestro escondite como si casualmente nos hubiésemos encontrado por la calle. La pillamos *in fraganti* e inmediatamente le soltó la mano al hombre. «*Ah, hola, mamá*», dije desinteresadamente como si nada. «*¿Qué... qué hacéis aquí?*», preguntó asustada. «*La calle es gratis, se puede andar donde se quiera*», contestó mi hermana. «*Hola, soy Andrea y esta es mi hermana Teresa, ¿quién eres tú?*», pregunté descaradamente y le dimos dos besos. «*¿En serio sois hermanas? ¡No me había dado cuenta!*», soltó sonriente, era guapo para su edad y tenía un buen sentido del humor. «*Soy César el...*». «*Mi amigo*», soltó mamá. «*No somos tontas, sabemos que es tu rollete*», escupió Teresa y le di un codazo. «*¿Tu novio?*», pregunté con una sonrisa, ella asintió. «*Llevamos saliendo por lo menos desde hace cuatro meses, pero nos conocemos desde hace más*», confesó. «*Bueno, y ¿cómo es que no nos lo has presentado antes? No iba a pasar nada, ya somos mayores*», dije, antes de que mi madre contestase César dijo: «*¿Queréis que vayamos a comer algo chicas? Porque ya son horas*», miraba su reloj. «*Muy amable pero...*». «*Sí, claro, ¿por qué no?*», contestamos las dos a la vez contentas interrumpiendo a nuestra madre, fuimos a un restaurante italiano.

—¡El tío tiene pasta! –comenté.

—No está mal, pero si tú vieses con qué amor mira a nuestra madre. Me gusta para ella –admitió Teresa hinchando el pecho por si tuviese poco...

—Y ¿vuestro padre? –pregunté cargando el peso sobre una pierna.

—No sé, nunca confié en él –concluyó Teresa.

—¿Entonces? No entiendo por qué le dejaste que pretendiese venir aquí a recuperar a tu madre –le dije.

—Porque lo habría hecho de todos modos, ese hombre nunca escucha a nadie, siempre tiene la razón, así que será él el que reciba el chasco.

—Y ¿cómo se conocieron vuestra madre y su novio? Mejor dicho, ¿cómo empezó el romance? –me senté expectante en el brazo del banco frente a Teresa, Andrea estaba en medio.

—Pues... se conocieron en una fiesta hace por lo menos diez o doce años, aproximadamente el tiempo que lleva mi padre desaparecido... sí, estoy casi segura de que era Nochevieja, porque nos dejaron a mi hermano, a Teresa y a mí en tu casa con tus hermanos, Alex tenía seis años, ¡qué chiquitín era, qué mono! –recordó Teresa sonriendo ampliamente.

—Nos dejaron con una prima de mi padre que estaba embarazada, ya me acuerdo –dije.

—Sí, la madre de Ciro.

—Brandy quería salir, pero ¡es que tenía doce años! Decía que se iba a ir con su novio ¿y cuántos tendríamos, unos ocho años? ¿Si fue hace diez? Y mi hermano Celso que se quería ir con ella, ¡estaba enamoradito! Y encima tenían la misma edad –dijo Andrea y las tres reímos.

—Bueno, no nos desviemos, la cuestión. Fue en una discoteca donde van todos los africanos de habla portuguesa... ¡ay! Es que tenías que haber visto a mi madre y a César contar la historia con esa sonrisa de tontos enamorados.

—Tú, persiana, no te enrolles, ve al grano –le dijo su hermana impaciente.

—No se dejaban de echar miraditas, las típicas de yo te miro cuando no estás mirando y cuando tú lo haces yo desvío la mirada, sin embargo, ahí no llegaron a cruzar palabra, pasaron unos meses y se volvieron a encontrar en otra fiesta (¡cómo no!) en el cumpleaños de la tía, esta borracha que siempre viene a las fiestas.

—Sí, ya sé quien me dices, esa que desgraciadamente se llama como mi madre –suspiré poniendo los ojos en blanco.

—Pues esa, en esa fiesta había más luz y estaban menos ebrios ¡y aún así tuvieron el valor de hablar!, lo hicieron durante toda la noche (hablar, no seas mal pensada), mi madre tenía miedo por si nuestro padre volvía y también temía que César fuese igual que él, por eso no se confió, luego César desapareció y... ¡ahora que lo pienso! –tuvo una epifanía.

—¿El qué? –preguntó su gemela arqueando una ceja.

—Andrea, ¿tú no te acuerdas que en nuestro cumple él estaba ahí?

La interpelada abrió los ojos y dijo:

—Es verdad, es un hombre muy discreto. Él y mi madre gozaban de una buena amistad, pero se ve que César ya se había enamorado de ella, quería ser algo más, pero mi madre siempre le rechazaba, ese hombre lleva diez años detrás de mi madre y ahora es cuando he aceptado.

—Sin duda alguna es amor, pero, ¿qué hizo para que tu madre aceptase al final? –pregunté sentándome ya en el banco.

Hicieron una pausa, se miraron, sonrieron y dijeron:

—Le ha pedido matrimonio.

—¿Queeé? –gradualmente iba abriendo la boca.

—¿Y qué va a pasar con vuestro padre ahora?

—No lo sabemos, pero no conseguirá apalancarse aquí y mucho menos volver con mi madre –dijo Andrea con desprecio.

—Pero da igual, mamá se casa, cuando nos lo dijo nos enfadamos con ella –dijo Teresa.

—¿Por qué? Si es una buena noticia.

—Cass, se va a casar dentro de diecisiete días –dijeron con los ojos entornados.

—¡Tan pronto!

—Es que llevaba tiempo intentando decírnoslo –se intentó justificar Andrea–. No lo intentaba, ¡nos lo dijo! –abrió los ojos como platos resaltando aún más ese contraste de menta y chocolate.

—Es verdad –Teresa se llevó las manos a la cabeza–. Estábamos tan absortas en nuestro cumple que ni nos dimos cuenta.

—¡Vaya hijas más malas! –exclamé.

—Y ella preparando la boda a nuestras espaldas, por eso nos enfadamos –dijo Teresa abatida.

—Por eso no hemos aparecido, la estábamos ayudando. Lo saben todos desde que llegamos y antes de irnos a Madrid, cuando digo todos incluidos Macarena y Javi, pero les pidieron que no nos dijesen nada para disfrutar de las vacaciones por una vez en mucho tiempo –dijo Teresa, me quedé muda.

—A tu madre le encanta Javi y siempre habla con él de todo, de hecho, también ha ayudado en la organización de la boda –dijo Andrea volviendo a morderse la uña y, acto seguido, rascándose la cabeza metiendo la mano en las profundidades de ese voluminoso afro.

De repente me puse triste al recordar a mi Javi. Le quería, pero tenía que separarse de esa Jessy como fuese.

—Hablando de Javi, ¿qué te ha pasado con él? –preguntó Andrea siguiendo el hilo de mis pensamientos.

—Nada, que sigue con su amiguita Jessy –dije desinteresada.

—¿Quién es Jessy? –preguntaron al unísono mirándose la una a la otra.

—Es verdad, que no os he dicho quién es –les conté lo sucedido desde que llegué hasta ayer–. ...pero la gente no deja de decirme que está loco por mí, incluso se me declaró ayer.

—¡Qué mono! –dijeron ambas mirándome con esos ojos verdes llenos de alegría.

—Apoyadme –exigí.

—Es que no tienes razón Cass, ¿vale?, por un lado tenemos una llamada inoportuna de la tal Jessy, pero primero: ¿Javi la insinuó algo en la conversación telefónica? –negué con la cabeza–. Bien, segundo: te has tirado a más chicos aparte de Javi, ¿cierto? –asentí.

—Sí, bueno, pero...

—Tercero: está loco por ti, ¿o no es así? –volví a asentir dubitativa ante la interrupción de Teresa.

—Ya, pero ha cambiado, ayer se me puso chulo, está más grande, más agresivo, más...

—¿Macho? –cuestionó Teresa mirándome por encima del hombro al igual que su hermana.

—Tere, ¿te acuerdas de ese al que le dije que no estaba a la altura y luego se fue con otra para practicar? –se aproximó a ella medio susurrando sin quitarme ojo.

—Es verdad, caso claro –dijo golpeándose el dorso de la mano derecha en la palma de la izquierda y, al igual que su gemela, mirándome a mí.

—¿Qué decís? –pregunté sacudiéndolas.

—Javi ha hecho esto para no dejarte escapar y tú eres tan tonta que no te das cuenta de ello.

—¿No es lo que me dijo? *Para ti lo mejor.*

—No le hablaré –me mantuve firme cruzándome de brazos.

—Tú verás. Bueno, llamemos a estas para comunicarlas que nos vamos de boda.

Reencuentro con Iván

Dos días después, a dos semanas de la boda, lo que sabía de Javi era a través de mi hermano.

—Está fatal, eres mala gente. Con lo bueno que es —decía con voz mimosa acariciándome el pelo.

—¡Que me dejes!, no te metas, ¿estáis todos haciendo una campaña o qué? —le aparté la mano malhumorada escuchando *El canto del loco* en mi habitación, tirada en la cama.

—No, pero no entiendo por qué te cabrea tanto —expresó desconcertado levantándose como un resorte—. Muchas veces es difícil saber ¡qué coño! queréis las mujeres, os tratan mal y os quejáis pero no lo evitáis, os tratan bien y no lo agradecéis, queréis más y empezáis a comportaros como aquel chico con el que estabais anteriormente, ¿sabes lo que digo a eso? ¡Iros todas a tomar por culo! Estoy cansado ya —se fue enfadado. La verdad es que tenía razón, Javi no se merecía que le tratase así. *Tengo que conocer a esa Jessy y saber cómo es para saber por qué Javi me habla tanto de ella,* pensé.

De camino a casa de Javi, sumida en mis pensamientos, me choqué con alguien.

—¡Uy!, lo siento —alcé la vista y ¡mira por donde!

—¡Cass!, veo que has vuelto, ¡qué guapa estás! —de nuevo me perdí en esos intensos ojos verdes, llevaba puesta una camiseta blanca ajustada y un bañador del mismo verde que sus ojos, de su hombro izquierdo colgaba una riñonera Ripcull.

—Eso parece —contesté hipnotizada. Tenía el flequillo peinado hacia la izquierda y se había dejado una barba de tres días, le veía raro porque siempre se afeitaba, pero estaba guapo.

—¿Qué te pasa? —preguntó con verdadero interés, o eso creía yo.

—¡Eh!, nada cosas mías… bueno me voy —en cuanto di un paso, él me cogió del brazo.

—Espera, escucha, lo siento, en serio, por… todo, intento ser mejor persona. Veo que estás mal y me preocupa, ¿qué te pasa? No me importa perder un rato por atenderte —sus ojos me volvieron a engañar.

Buscó el banco más cercano para sentarse a escucharme, pero ¡eso era algo que nunca había hecho! En los nueve meses que habíamos estado juntos pocas veces o nunca se había parado a escucharme excepto el primer día.

—Cuéntamelo –invitando a sentarme.

—No sé si hacerlo –vacilé un poco, pero al final me senté a su lado, fuera quien fuera necesitaba hablar–. Es por… Javi. Hace poco que se me ha declarado y ya le estaba llamando su amiguita Jessy –parecía asombrado sin disimularlo.

—¿En serio? El mari… perdón, ¿pero estás segura? –Me asombró su contención por no despotricar.

—No lo sé, todo el mundo me dice que está loco por mí, hasta él lo confiesa, pero esa tal Jessy siempre está en medio y tengo que saber quién es de una vez por todas –dije para mí misma.

—¿Jessy?

—¿La conoces? –pregunté esperanzada.

Hubo un silencio y dijo:

—La verdad es… que no me suena de nada –y sonrió, le di un suave golpe en el hombro.

—¡Eres un tonto!

—Lo siento –decía entre risas. Iván estaba… diferente. Pasamos una tarde entretenida y, en ningún momento, intentó nada conmigo, se portó bien.

De camino a mi casa le pregunté:

—¿Has estado con alguna otra en este tiempo? Estaba pensando... Más bien recordando.

—¡Hombre, Cass!, no te voy a mentir, soy un chico y tengo mis necesidades –sentí una punzada.

—¿Canela? –pregunté dolorida.

—No, ella no me interesaba, eso fue cosa de Cano; conocí a otra chica, era increíble. Me dolió verte con Javi, la verdad, y que fueses feliz con él, pero luego pensé, es mejor así, y sin planteármelo conocí a Lorena –siguió andando mientras esperaba a que siguiese.

—Cuéntame, ¿cómo es? –pregunté cruzándome de brazos al sentir la cálida brisa de la noche.

[382]

—No sé, guapísima, alta, con el pelo liso, cuerpo escultural –decía describiendo sus curvas con los brazos–. Muy morena, ojos marrones, una nariz como la tuya… luego descubrí que era mulata –mientras la describía se le marcaba una agradable sonrisa que denotaba lo mucho que le gustaba aquella chica, no la conocía y ya la envidiaba simplemente por la cara que ponía Iván al hablar de ella.

—¡Vamos que era modelo! –bufé con resquemor.

—Más o menos –ignoró mis celos, pero en su fuero interno le gustaba que me pusiese así–. En fin. Tenía una hija, pero no me importó, hablábamos mucho y prácticamente quedábamos todos los días.

—¿Y qué pasó?

—Me tuve que pegar con el padre de su hija, era muy pesado, la atosigaba, ella siempre me venía llorando pero no podía hacer otra cosa puesto que tenían una hija en común.

—Pero ya no estaba con él –me interpuse en su camino andando de espaldas para tenerle de frente.

—¡Por supuesto que no!, aunque él lo fuese diciendo por ahí yo la creía a ella, veía en sus ojos el tormento que pasaba cada vez que oía su nombre –decía medio molesto ante mi pregunta.

—Un día nos vio juntos.

—¿El padre de la niña dices? –él asintió con las manos en los bolsillos.

—Estábamos en el barrio de Cano, íbamos de la mano, entré yo primero al chalet porque a ella le daba vergüenza y de repente noté un fuerte tirón, miré atrás y vi al ex cogiéndola del pelo. En ese momento me quedé paralizado porque me recordó a ti, el día en que… te hice eso –parecía tener un nudo en la garganta y estar a punto de llorar, posé mi mano sobre su hombro, ¿de verdad lo iba a hacer? Me miró a los ojos y dijo–: Fui un monstruo, ¡qué monstruo había sido, qué monstruo era Cano por inducirme a hacerlo y qué monstruo era ese tipo que agarraba a la pobre chica cuan león hambriento agarra a su presa!, me abalancé sobre él como una fiera, Lorena me miraba, me odié por haberte hecho daño a ti, me odié por hacérselo a Ariadna y odié a Cano por haberle hecho caso. Toda mi ira se descargó sobre aquel chico. «*Animal*», decía yo, pero me lo estaba llamando más a mí que a él –se incorporó mirándome a la cara.

Nos detuvimos o el mismísimo tiempo se detuvo en cuanto nuestros ojos, mis ojos miel y sus ojos selva se encontraron, me tomó de las manos y…

—Lo siento mil veces, Cassandra –era la primera vez en mi vida… que le veía así.

—¿Qué pasó al final con Lorena? –aunque intentase parecer indiferente ante su disculpa, me temblaba la voz.

Me soltó derrotado y continuamos caminando, él miraba al suelo.

—Después de eso la escolté a casa, asegurándome de que no nos siguiese. No la dejaba ni a sol ni a sombra ni a ella ni a la niña, intenté ocultarle lo tuyo pero me mataba por dentro, a veces estaba ausente mientras ella me hablaba, hasta que un día: «*Lorena, ¿sabes por qué me puse como una fiera cuando el padre de tu hija vino a por ti?*». No quería hacerlo, pero tuve que contárselo, ¡no podía más! «*O sea, que eres otro animal como él, entonces es mejor que me aleje de ti antes de que se te vaya la cabeza*», se levantó del sofá. «*Alexandra, nos vamos*», vociferaba para llamar a su hija, quien estaba gritando y corriendo por mi casa, eso sí, sin romper nada. No me dejó terminar, ni explicarle nada, abrió la puerta y se marchó. Al día siguiente la llamé pero no me contestaba, fui a su casa y su madre me dijo que no estaba… era como si hubiese desaparecido, ¡ay mi Lorena de veinte añitos y su hija de tres!, qué bien me lo pasaba con las dos.

—¿Añitos? ¡Si era más mayor que tú! –escupí con el ceño fruncido al ver lo mal que lo pasaba por esa chica y pensé: *seguro que conmigo no lo pasó tan mal*, a todo cerdo le llega su San Martín, y el de Iván era Lorena–. ¿Cuánto hace de eso?

—Hará una o dos semanas ya –me contestó.

—No fue hace mucho entonces –al verle la cara de pena y descompuesta un impulso me llevó a abrazarle, es verdad que se lo merecía, pero sabía lo que era pasarlo mal por alguien.

—Javi ha sido bueno y ha hecho contigo lo que yo no hice, yo… –sus palabras fueron ahogadas por un beso mío.

Al principio vaciló, quería apartarse, pero… acabó rindiéndose y abrazándome, me devolvió ese beso como la mayor de las bienvenidas. Era débil y sabía que eso no era lo correcto, sin embargo, no pude evitarlo, sus labios me provocaban demandando ese beso. Al separarnos acarició mi pelo y dijo sonriendo:

—No veas cómo echaba de menos esto. Esa forma que tienes de besarme, tan pasional, incluso en nuestro primer beso se notaba aunque no tuvieses tanta experiencia –sonreí satisfecha–. Vamos, te voy a enseñar algo –me cogió de la mano y anduvimos hasta un parque con una gran chorraera que se parecía al del Aquópolis–. Subamos.

—Iván, ¡que ya no tenemos edad! –me puso el dedo en los labios y mirándome a los ojos.

—Hazme caso, te va a gustar –subimos hasta una caseta en la que podíamos ponernos de pie, me agarró de la cintura apoyándome en la pared y volvió a besarme, me bajó los shorts, en cuanto se quitó la camiseta me vino a la cabeza la imagen de mi cuñado el día que acabó accidentalmente en mi cama, solo veía a Adri y no a Iván, me aparté asustada.

—¿Qué te pasa Cass, estás bien? –preguntó preocupado.

—No puedo, no puedo hacerlo, es… que te miro a ti y veo a tu hermano, como siempre está…

—Escucha, soy Iván, aquel chico del que te enamoraste, el que no supo aprovecharte bien, aquel chico al que sedujiste en un portal y luego te olvidaste de él… –mientras me decía todo esto me besaba el cuello, yo me dejé y comencé a ver a Iván, mi primero.

Sabía cómo hablarme, cómo tocarme, me conocía bien, conocía mis puntos débiles, por lo tanto podía manejarme a su antojo. Acaricié su cuerpo moreno y suave, su oscuro pelo, su miembro erecto… Sentí el ancho de su pene en mí, me miraba a la cara con los ojos entornados como Pepe, lo hacía despacio para experimentar todas y cada una de las sensaciones tomándome de la cara para besarme de nuevo, luego apoyó los antebrazos a los lados de mi cabeza para coger impulso. A medida que incrementaba el ritmo el columpio se iba balanceando de un lado a otro, si hubiese sido en otra situación estaría temiendo que se cayese, pero estaba muy ocupada sintiendo el placer que me proporcionaba. De repente se detuvo en seco.

—Espera quiero probar una cosa –se puso debajo, yo sentada sobre él al borde de la resbalaera con su camiseta debajo para no quemarse claro, me agarró de la cintura con una mano y del omóplato del lado opuesto con la otra y se tiró sin preguntarme, me puse a gritar, pero ese subidón de adrenalina hizo que me corriese cuando llegamos abajo.

—¡Estás loco! –dije entre suspiros sonriendo.

—Sí, pero, ¿a que ha molado?

Me acompañó a casa.

—Ha sido genial, me lo he pasado muy bien contigo –dije, al entrar en mi portal.

—Oye… esto… no cometas errores, esto solo ha sido para animarte, pero creo que deberías hablar con Javi, él te quiere de verdad –iba a darme un beso en la mejilla pero me giré y volví a pervertirle en el portal, lo hicimos de pie, yo contra la pared y él cogiéndome. Fue una buena despedida.

Cuando subí a mi casa…

—¿Ya has hablado con Javi? –preguntó mi hermano en la entrada con los brazos cruzados–. ¿Por qué sonríes así?

—Eh, no… se me ha olvidado, y no estoy sonriendo –dije en tono distraído y fui directa a mi habitación.

—¿A quién has visto? ¿Qué has hecho? –me siguió desconcertado.

—Nada, déjame, que quiero pensar en mis cosas –y le cerré la puerta en la cara. Mi minicadena tenía polvo de lo poco que la usaba y esa noche... Tampoco la iba a usar, encendí mi portátil, me enfundé los cascos para escuchar jazz a un volumen considerable y me tumbé boca arriba en la cama, cuestionándome aquel suceso que acababa de acontecer, ¿era eso cierto? ¿Iván había cambiado? No entiendo el por qué se empeñaba tanto en que arreglase las cosas con Javi, tal vez fue para engatusarme, tal vez pena, tal vez ¿amor? Iván era mi perdición. Y hablando de Javi, ya hasta se me había olvidado que tenía que hablar con él, si no me lo llega a decir Alex... No, no se me había olvidado, en realidad creo que hoy no era el día.

A la mañana siguiente, a catorce días de la boda, estábamos todas de los nervios. Christian se iba uno o dos días antes de aquel acontecimiento y Patrick… supongo que también.

Cada vez pensaba menos en Javi y más en Iván, intenté llamar a este último, pero no me lo cogía. Llamé a Macarena.

—*Vale, espera que ahora voy a tu casa* –al rato apareció con Ariadna, ¡peligro! Ary odiaba a Iván después de lo sucedido en mi casa, y lo de la playa alimentó aún más su hostilidad.

—Fue, no sé, ¡genial! Había cambiado, sentí un no sé qué en el estómago –ellas me miraban incrédulas. Maca se sentó en mi silla de estudiar y Ary en el puff que acercó a mi cama donde estaba yo tumbada mirando al techo.

—¿Sabes que ese comportamiento solo dura un breve lapso de tiempo, no? Y cuando pasa ese tiempo volverá a su sino –¡cuán espiritual se había vuelto Maca! Y qué bien hablada, ya no soltaba tantas guarrerías por minuto, incluso ahora se dejaba el pelo suelto porque decía que a los padres de su bebé les gustaba más así, pero algo de la antigua Macarena quedaba, como el decir que le dolían los pezones como si le estuviesen ordeñando a pellizcos.

—No sé, puede que haya cambiado –dije mirándola.

—Le ciega –susurró Ariadna a Macarena.

—Es su punto ciego, sí. Pero ya se dará cuenta, déjala –le susurró esta a la rubia de ojos rasgados como si yo no estuviese delante, aunque ignoré sus comentarios porque sabía que tenían razón.

Se quedaron a comer, y en todo momento intentando convencerme de que me olvidase de aquel chico que me hizo sufrir, con el que perdí la virginidad.

—Como amigo vale –decía Ariadna no sin poner cara de asco.

—Pero como novio ni lo pienses –concluyó Maca.

Aproximadamente a las cuatro de la tarde se fueron, ya que la futura mamá estaba cansada y le había llamado Julián, quien las fue a recoger, y al rato sonó mi teléfono, era Teresa.

—Vale, quedamos en una hora –dije–. Mamá, me voy a casa de Neuza a ayudar a las gemelas.

—¿Ya sabes lo de la boda no? –asentí–. ¡Qué bonito, eh!

[387]

—Es muy pronto –dije poniéndome las sandalias en la puerta de salida saltando a la pata coja para meter el pie.

—A nuestra edad no hay que perder el tiempo, además ya se conocían desde hacía diez años, ¿qué más quieres? Niña exigente, vete ya, anda –decía sonriendo y dándome un capón.

Antes de irme me acordé de algo.

—Oye, mamá –ella se volvió–. ¿Sabes que en Madrid, estuvimos comiendo con el padre de las gemelas? –puso cara de terror.

—¿Con ese hombre? ¿Por qué?

—Está aquí en Cádiz, ¿lo sabías? –informé ignorando su pregunta, pues me urgía contarlo antes de irme.

—¿De verdad? Esperemos que no se lo haya tomado a mal –dijo poniendo las manos en jarra.

—Aún no lo sabe y tiene intenciones de volver con Neuza.

—¡No me digas! Lo fastidiará –le susurraba a mi padre.

—Sí, hay que tener cuidado, no me fío –le murmuró este a su vez.

—Ten mucho cuidado –decía mamá.

—Y si pasa algo llámanos corriendo.

—Vale, papá. Bueno, me tengo que ir ya –dije.

—Ve con Dios –dijo mi madre con cautela.

Capítulo 27

Tony descubre la boda

—En verdad, estoy súper emocionada. En trece días es la despedida –decía Andrea aplaudiendo ilusionada.

—¿Y qué vamos a hacer?

—¡Todavía conservas algo de tu antigua inocencia, eh! –me decía Teresa.

Las ayudé a limpiar un poco, se probaron los vestidos de damas de honor, que eran de color verde a juego con sus ojos, y en ese momento llamaron a la puerta.

—Es Tony –dijo Andrea alterada, se miraron dubitativas.

—Pues… abre, ¿no? –dijo su gemela encogiéndose de hombros, y abrió la puerta, en la cual entró David con su suegro, apenas se miraban.

—Hola cariño –dijo Andrea lanzándose al cuello de su novio y dejando a un lado a su padre, por lo que Teresa, a regañadientes, tuvo que saludarle.

—¿Dónde está Neuza? Tengo que hablar con ella –dijo decidido, entrando como si fuese su casa… de nuevo.

—Mamá… ha salido –informó Andrea, se hizo un incómodo silencio.

—Ah, vale, la esperaré –tomó asiento en el sofá apoyando los codos sobre sus rodillas entrelazando los dedos.

—Papá, eh… tenemos que contarte –de repente se abrió la puerta entrando la madre de las gemelas con César, el padre se levantó lentamente sin apartar la vista de la puerta de entrada, y Neuza, en cuanto se volvió, puso cara de haber presenciado un crimen. ¡Diez años habían pasado desde la última vez que le vio!

—¿Qué haces aquí? –preguntó paralizada, Neuza era una mujer bajita y de piel oscura, pelo corto liso y negro como la noche, llamaban la atención sus ojos claros, tenía una cara muy agradable, sus hijas se parecían un montón a ella, solo que estas eran más altas.

—¿Y tú qué haces con este? –replicó señalando a César.

—Eso es lo que teníamos que decirte, este es…

—Mi prometido –dijo la madre plantándole cara e interrumpiendo a Teresa.

—César –dijo este extendiendo su mano para dársela en señal de cortesía, pero al ver que el padre la miraba con desprecio, con esos fríos ojos azules, César se la volvió a guardar en el bolsillo.

—Sé quien eres, el hermano pequeño de Darío –concluyó secamente, Neuza quedó impresionada ante la información dada por el padre de sus hijas–. ¿Desde cuándo estáis saliendo? –preguntó con una mirada penetrante a César, no le imponía, ya que los dos eran igual de altos.

—No mucho –contestó la pareja mirándose a los ojos.

—¿Y por qué no me lo habíais dicho antes? –dijo gritando a sus hijas–. Me habéis hecho quedar como un tonto –David se puso delante de nosotras con afán protector.

—Tony no lo tomes con ellas, ni siquiera lo sabían –dijo Neuza.

—¡¡Cállate!! Encima se lo ocultas callándote como una puta –chilló alzando la mano a punto de pegarla, pero César se interpuso, por lo que el padre se detuvo.

—Tony, asúmelo, ya hace tiempo que perdiste tu oportunidad, ¿de verdad crees que con todo el daño que le has causado ella iba a estar esperándote? Neuza se merece algo muchísimo mejor, es una mujer aparentemente dura, que ha seguido adelante sin ti, pero en su interior es tierna y frágil, no quiere vivir con miedo ¿y te piensas que actuando así volverá a tus brazos? No, amigo mío.

—A mí no me des lecciones de cómo he de recuperar a mi familia sabiendo lo que hizo tu mujer contigo… No fuiste lo bastante hombre –le contestó duramente, y con sonrisa de suficiencia aún con la mano en alto.

—De acuerdo, no te las daré. Pero solo te digo una cosa: quiero a esta mujer con toda mi alma desde hace diez años y ahora que la tengo entre mis manos no pienso renunciar a su amor, la quiero para mí, para siempre –sus palabras nos enternecieron, veíamos cómo miraba a Neuza tomándola de las manos, era tan bajita que para mirarle a los ojos tenía que alzar la cabeza bastante y sin pensárselo le abrazó, estaba a la altura del pecho de su pareja.

—Oh, cariño –se besaron, incluso delante del padre, sin importarle nada, noté la incomodidad de Tony.

En ese momento sobraba y fue consciente de ello, por lo que abrió la puerta y dijo:

—Lo veremos.

—¡Papá! –Andrea quiso acercarse, pero David se lo impidió poniéndole la mano en el hombro, acción a la que ella no se opuso, se sentía mal por ello, y dicho esto Tony dio un portazo que hizo temblar los vasos de la vitrina.

Todos respiramos hondo, lo peor ya había pasado.

La carta de Alex

Cuando llegué a casa se lo conté a mis padres.

—¿En serio? –dijo mi madre alzando la vista, aunque ya no le extrañaba nada, papá permanecía tranquilo en el sofá.

—Pero no llegó a pegar a nadie, éramos seis y él solo uno, tampoco tenía mucho que hacer –continué.

—Esto no me gusta nada –susurró mi padre dirigiéndose a su esposa.

—Puede hacerlo –le contestó mi madre con el mismo tono, como antes de irme. De repente entró Alex en el salón con Carmen cabizbaja.

—Hola padres, esta preciosidad de aquí es mi Carmencita –dijo tocándole el mentón y sin rodeos, esta vez solo llevaba una camiseta de tirantes blanca y negra sin mucho escote, shorts vaqueros y el pelo recogido en una coleta alta. Se escondía tras sus gafas rectangulares y, cómo no, su colgante de mariquita.

—Hola guapa, ¿cómo estás? –saludó mi madre acercándose para darle dos besos.

—Hola –susurró, y lo mismo hizo con mi padre.

Terminado el protocolo de presentación me excusé a mi habitación, Alex y Carmen me siguieron.

—Cass –me dijo mi hermano cogiéndome del hombro.

—¿Qué pasa? –al volverme atisbé su cara de preocupación.

—Esto… he visto a Javi.

—Sí, ¿y?

—Se está haciendo el duro, pero en realidad te echa muchísimo de menos, apenas habla con Jessy, se pasa el día encerrado en su casa y estoy cansado de ir a recogerle porque no le motiva nada, pero se niega a hablar contigo.

—Mm, ya –dije indiferente.

—Al igual que a ti su orgullo no le permite hablar. Sabes que sí merece la pena, todo lo que ha hecho siempre a sido por ti, lo sabes tú, lo sabe él, lo sé yo, lo sabe Carmen, ¡lo sabe medio barrio, Cassandra! –arrugaba la frente sufriendo por ello.

—Ya, pero…

—¿Pero qué? ¿Qué más necesitas saber? –dio un paso hacia mí intimidándome.

—Yo… tengo que conocer a Jessy –dije insegura de mí misma.

—¿Para qué? ¿Qué vas a conseguir con eso, dime? –con cada pregunta daba un paso hacia mí mientras yo me retrasaba.

Intenté contestar elocuente pero no tenía ninguna razón de peso para rebatir sus argumentos.

—Déjalo, anda –se estaba enfadando.

—En fin, hablaré con él –dije abatida, y mi hermano sonrió, se borró su enfado–. Bueno, ¿y vosotros que tal?

—Mi nena es de lo mejor que me he encontrado en el barrio –dijo poniéndole el brazo en el hombro y besándole la mejilla.

—¿Y cómo es que no la habías presentado hasta ahora?

—Me daba vergüenza y queríamos estar seguros de esto –contestó Carmen. Mientras hablaba no dejaba de jugar con su mariquita.

—Oye, ¿dónde está Ricky? Que hace mucho que no sé de la pareja feliz –pregunté.

—Cass.

—Dime.

—¿Por qué ignoras a mi mujer? –no dejaba de tocarla.

—¡Ay, perdona!, si la he escuchado, lo que pasa es que me acabo de acordar de ellos.

—Ajam. De vacaciones, se fueron unos días a Ibiza.

—¡Madre mía! A Rita le ha tocado la lotería, pero ¿no están yendo muy deprisa? Y otra cosa, si los dos son menores, ¿con quién fueron?

—Imagínate.

—¿Cano?

—Ángel, sí. Y sí, están yendo muy deprisa, la verdad.

—¿Se fue Ángel solo? ¿Sin novia?

—Eso parece, pero conoció a una chica ahí en una discoteca de esas e hizo volver a la pareja solos, mientras Cano salía casi todas las noches dejaba a su hermano y a Rita en casa, se ponían a ver pelis, ducharse juntos y esas cosas que se suelen hacer –dijo mi hermano.

—Prácticamente lo mismo que he hecho con mi muñequito, solo que sin salir de Cádiz –dijo Carmen acariciando el afro de mi hermano.

—Entonces, ¿se ha quedado con esa chica en Ibiza? –ambos asintieron–. ¡Pero si la acaba de conocer!

—¿Y qué? Todos sabemos cómo es mi primo –soltó Carmen.

—Tienes razón, no sé por qué me sorprende. Y a todo esto, ¿qué sabes de Carlitos? ¿Qué opina sobre esto?

—No se habla con Rita desde lo sucedido, ni siquiera sé dónde está, por aquí yo no le he visto, ¿tú le has visto nena? –Carmen negó con la cabeza con los labios fruncidos.

—Oyes mis muñecas, esperad, ahora subo –dijo mirando a su móvil.

—¿Más género? –pregunté.

—Es Javi, y sí, más género, ¿le digo algo de tu parte? –le miré tan mal que me dijo–.Vale, le diré que le quieres.

—Alex... ¡no! –se fue dejándonos a mi cuñada y a mi a solas mirando a su móvil haciendo caso omiso a lo que pudiese yo decir.

Hubo un incómodo silencio y luego ella preguntó:

—¿Qué tal por Madrid?

—Bastante bien, muchos chicos y esas cosas, ¿y vosotros? –pregunté distraídamente.

—Me imagino. Yo estoy bien con tu hermano, me encanta, va por ahí con su apariencia de chulito pero luego es mi muñequito, ¡es una ricura!, siempre acariciándome, abrazándome, besándome la piel... y en la cama un buen macho.

—Oye, no hables así de mi hermano en mi presencia... espera ¿Que mi hermano es qué? ¿Cariñoso?

—Sí –sonreí incrédula–. Mi hermano.

—Sí –dijo muy seria.

—El chulo.

—Sí, pero en la intimidad es el más cariñoso, mira, me escribió una carta el otro día –se sacó un papel del bolsillo trasero del short y me la entregó, la miré pidiéndola permiso para leerla, ella asintió, por lo que la desdoblé.

«*Hola nena, ¿qué tal?*

Yo aquí con Javi acordándome de ti y un poco ansioso por la espera de este chaval que tiene que venir. Ni que decir tiene que te quiero, eres la mejor. Desde que estoy contigo ya no tengo la necesidad de mirar a otras... Bueno, eso es mentira, las miro, pero sé con quién quiero estar. Javi no deja de decirme la suerte que tengo y lo mucho que le gustaría tener a mi hermana igual. Hemos cogido una casa pensando en vosotras, para que la disfrutéis con nosotros (claro está). Me cae genial este chico, piensa mucho en mi hermana, es atento, sabe todo sobre ella y me atrevería a decir que incluso más que yo; no como el cabrón ese que va por las esquinas dando pena... En fin, Carmencita, te he escrito para hablar de nosotros no de ellos.

Fíjate que la primera vez que te vi no me llamaste mucho la atención y ahora no podría dejar de mirarte. Eres preciosa y quizás lo

[394]

mejor que me ha pasado en la vida, con Bea era solo sexo pero tú tienes mucho más que ofrecerme, haces que me sienta una parte importante de tu vida... Y espero que sea así. A ver si ahorro algo de dinero y te llevo a un sitio bonito, porque te lo mereces.

Un beso. Alex»

Me quedé atónita, levanté la vista y Carmen me miraba de una manera extraña.

—¿Qué te pasa?, estás pálida.

—¿En serio esto lo ha escrito Alex? –pregunté ignorando lo que me había dicho. Ella asintió sonriendo ilusionada mientras se tocaba la mariquita, ¡no cabía en mí! Me estaba ofreciendo una visión totalmente distinta de mi hermano y de Javi también, sabía que me quería pero ¿tanto? En ese momento un sentimiento de añoranza me invadió, echaba de menos sus planes, sus ideas, su mirada, la última vez que hicimos el amor… tenía que hablar con él.

—¿Qué te pasa? –repitió preocupada.

—Nada, la verdad es que echo de menos a Javi –dije un poco apenada.

—Pues habla con él –se acomodó más en el puff de mi habitación, cerca de mi cama.

—No es tan fácil cuñada –le dije jugando con una pinza de pelo sin mirarla.

—Sí que lo es, te acercas a él y le dices: oye tú, deja de hablar con esa furcia y vente conmigo –yo sonreí mirándola–. Ya verás cómo va corriendo, no sabes la influencia que tienes sobre él.

Me quedé alucinando ante sus palabras.

—¿Lo dices en serio?

—Ni te lo imaginas –y ya para cambiar de tema–. Oye –me llamó tímidamente.

—Dime.

—¿Sabes cuál de mis dos hermanos es el padre del bebé?

—¿Son tus hermanos? –ella asintió.

—Hermanos de madre –asintió sonriendo.

—Todo queda en familia por lo que veo. Pues la cosa es que Macarena no nos quiere decir nada, no sabemos si es niño, niña, gemelos, extraterrestres…, además, que ellos dijeron que les daba igual –concluí, ella rió aún más.

—Yo creo que el padre es Berto, se implica más que Julián, pero total se van a encargar los dos.

—Hombre, no por implicarse más sería el padre. ¿Se van a encargar los dos? ¡Madre mía! Es un poco raro –la miré a esos ojos oliváceos que delataban la extrañeza de esa relación a tres.

—La verdad es que sí, pero me hace ilusión, ¡voy a ser tía! –dijo mientras aplaudía emocionada.

—Es verdad, no había caído en ello –cuando llegó Alex dijo:

—Bueno cariño, vámonos –tras haber leído la carta no veía a mi hermano de la misma manera.

—Tú y yo –dijo señalándome y apuntándose a sí mismo–. Tenemos que hablar. –Hizo una pausa mirando a su novia con cariño y cara de tonto–. Pero otro día, porque esta noche tengo que trabajarme este cuerpo –y dicho esto le dio un azote a Carmen en el trasero.

—Que os lo paséis bien, ¿vale? –dije sonriendo.

La Jessy

A trece días del gran día seguíamos sin saber nada de Miriam y Belén. Maca, Ariadna, las gemelas, David y yo nos reunimos para contarles a estas lo del día anterior.

—Miedo me da, a ver qué va a pasar en la boda –dijo Teresa, ya se había soltado el pelo con su voluminoso afro.

—No te preocupes, lo vigilaremos –dijo David seguro de sí mismo.

—¿Visteis cómo se acercó a mi madre a punto de darla? –decía Andrea horrorizada.

—¡Dios, es verdad! Pero tampoco tenía mucho que hacer, la verdad. ¿Y el beso que se dieron? –comenté.

—Es verdad –dijo David mostrando esa bonita sonrisa y pasándole el brazo por encima a su novia, Macarena y Ariadna no daban crédito a sus oídos.

De camino a casa me choqué con una chica morena que me observaba atentamente con sus oscuros y grandes ojos cuyo eyeliner abarcaba casi la mitad de las sienes, la melena le llegaba hasta el pecho recogida por media coleta a presión fuertemente agarrada, lo que le estiraba la cara con un gran tupé, de tez rosácea, llevaba puesta una camiseta de rayas con la espalda al aire y unos shorts tan cortos que se le veía la mitad del cachete, del brazo le colgaba un bolso del mismo color que sus sandalias, tenía puestos unos grandes pendientes llamados rizos de oro, o golfi, no sé, y dos piercing en el labio, en el superior izquierdo una bola negra y en el inferior derecho una blanca, escuchaba a Juan Magán en el móvil, sin cascos, compartiéndolo con los demás viandantes.

Después de estudiarnos me dijo:

—¿Cassandra? –señalándome. ¿De qué me conocía esta? Enarqué una ceja.

—¿Te conozco?

—¿Eres la novia de Javi, no? –decía parando la música.

—¿Novia?, nunca lo fuimos y ahora apenas nos hablamos, ¿tú no serás Jessy? –pregunté señalándola, ella sonrió orgullosa de que supiese quién era ella.

—Sí, encantada –dicho esto se lanzó a darme dos sonoros besos–. He oído hablar mucho de ti, Javi no para de...

—¿En serio? –arqueé una ceja, ella asintió.

—Que si a Cassandra le gusta esto, que si le gusta lo otro, que si eso es del mismo color de su vestido el día en que... –dijo poniendo los ojos en blanco mientras guardaba su teléfono móvil en el bolso–. Nunca en toda mi vida había visto ni oído a un chico que hablase tanto y supiese todos los gustos de una chica, ¿tan atento en ese sentido? No. Eso es algo muy grande, ¿lo sabías? –en ese momento me empecé a sentir un poco mal por cómo había tratado a Javi.

—¿Qué te ha contado? –pregunté curiosa.

—Que se sentía muy triste al saber que estarías en Madrid pasándotelo bien con ese tal Pepe, que le ha visto en fotos y no hay punto de comparación, cada día demostraba el miedo que tenía a perderte por si volvías con tu ex y te cansabas de él por cualquier motivo, ya que todavía te rondaba por la mente...

[397]

—¡Dios mío! ¡Te ha contado todo! –ella asintió orgullosa.

—Siento decirte esto pero… –me cogió de las manos y se sentó en un banco–. Cuanto más hablaba de ti, más me… enganchaba yo a él –admitió cabizbaja, por un lado me cabreó, pero por otro admiré su sinceridad–. Un día me lancé a sus labios –se fue alejando poco a poco, en cambio yo no me moví, a pesar de estar empezando a enfadarme me contuve.

Volvió a incorporarse y dijo:

—Me respondió al beso pero a regañadientes, Javi es un tipo muy complaciente, no es capaz de hacer daño a la gente y mucho menos a las chicas. El típico chico que todas querríamos tener –sonrió amargamente asintiendo.

—¿Cómo os conocisteis? –pregunté cruzándome de brazos, la escudriñaba con la mirada y ella se sintió un tanto intimidada.

—¿Quieres que vayamos a tomar algo y te cuento? –yo vacilé–. Invito.

—No sé si quiero saber –me miraba pidiéndomelo con la mano en el pecho–. Si insistes –dije con una falsa sonrisa.

Fuimos a la terraza de un bar.

—Pues, nos conocimos a través de un amigo de tu hermano, Alex –dijo dándole un sorbo al gran vaso de Coca-Cola, yo la imité–. Bueno, el amigo de mi hermano que decía que tenía que resolver unos asuntos. En fin, dio la casualidad de que yo estaba con ellos, nos dejaron solos mientras hacían sus cosas, me quedé hablando un rato con Javi, fue tan agradable que quise quedar con él más días… y así fue. Se notaba que quería hablar con alguien de todo lo que le ocurría.

—¿Todos los días? –pregunté.

—Bueno, casi todos. Hace días que no hablamos, discutimos porque se te declaró. Le he llamado varias veces pero no quiere hablar conmigo –dijo entristecida, me quedé muda pero aún tenía muchas preguntas.

—¿Lo llegasteis a hacer? –pregunté, aunque arrepentida porque no sabía si quería averiguar la respuesta o no, me estaba doliendo el pecho ya.

—Pues… Estuvimos a punto. Aproximadamente al mes de conocernos, un día en mi casa estábamos solos viendo una película, le besé la mejilla. «*¿Y esto?*», me preguntó frunciendo el ceño. «*Por ser tan bueno conmigo*», entonces me acerqué besándole en los labios, al principio vaciló pero luego me respondió, comenzó a desabrocharme los botones de la camisa pero se demoraba mucho en ello, por lo que me la quité y me puse encima de él, me cogió de la cintura, volvimos a besarnos, pero se echó atrás diciendo: «*Esto no está bien, yo quiero a Cass, no puedo hacerle esto*». «*Pero si ella lo ha hecho con el chico este, ¿qué más te da?*». «*Cierto*», continuamos besándonos, se desprendió de su camiseta de tirantes y me acarició la espalda, yo me puse contenta al saber que estaba dispuesto a ello, pero de repente sin más se detuvo y dijo: «*Vamos a dejarlo, no me sentiría bien*», se puso de nuevo la camiseta quitándome de encima.

Estuvimos charlando hasta altas horas de la noche, me decía que Javi le hacía muchas preguntas en lo que se refiere a complacer a una mujer en la cama, Alex le aconsejaba cómo comportarse como un pasota y ella se ocupaba de la ternura. Entonces de ahí deduje su nueva actitud cuando llegué de Madrid y ese increíble polvo, porque Javi era bueno, pero no para tanto.

Le he perdido…

Como ya era muy tarde no llamé a Javi, decidí esperar al día siguiente, pero ya lo tenía muy claro, el problema era que no sabía cómo empezar, qué decirle, pero… a once días de la boda recibí una llamada inesperada.

—*Hola, quiero verte* –me vestí rápidamente para ir a ver a Iván y saber qué es lo que le urgía tanto.

—¿Qué te pasa? –le pregunté preocupada en cuanto llegué. Me miró a la cara y dijo:

—Cass, te quiero –me lo dijo con sus ojos, esos ojos selva en los que cualquiera se podía perder sin encontrar el camino de vuelta, pero reaccioné rápido.

—¿Q-qu-qué? No, no, no, otra vez no, no me jodas Iván, no me mientas, ¿qué dices? –dije desconcertada y enfadada a la vez, señalándome la sien con el dedo índice, preguntándole con señas por su estado mental, o sea, locura. Me había pillado con la guardia baja, tomó mis hombros con ambas manos.

—Que te quiero, no es mentira, siempre te quise, aunque al principio estuviese fingiendo lo nuestro, me enamoré de ti realmente pero me hacía el duro –miró mis labios con deseo entreabriendo los suyos, se acercó dispuesto a besarme.

—Espera –le puse la palma de la mano en los labios–. ¿Por qué ahora?

—Eres única –volvió a acercarse a mí con esos ojos que me hacían derretirme como un helado en pleno desierto.

Pero.

—Espera –pareció molesto-. ¿Cómo sé que es verdad?

Iván me atraía muchísimo, cada vez que le besaba no podía evitar tener ganas de acostarme con él, cuanto más tiempo pasaba a su lado menos me acordaba de Javi, más ciega estaba, en efecto, era mi punto débil, el punto ciego de mi vida.

—Déjame mostrártelo –y al final consiguió besarme sin impedimento alguno.

—Sigo sin creerte –le dije medio atontada.

Estar con Iván era como ir a contracorriente, todo me señalaba a Javi, hasta la chica que se había enamorado de él. Cuando nos separamos le dije:

—Iván, esto es muy fuerte, me lo tengo que pensar –aún estaba hiperventilando por el shock.

—Es por Javi, ¿no? –asentí.

—¿Y sabes dónde está ahora? –dijo con voz maliciosa, miedo me daba, pero negué con la cabeza–. Ven conmigo –agarró mi mano guiándome al barrio de Javi. Me puse nerviosa, puesto que no sabía con lo que me iba a encontrar. Entonces lo vi, mi amigo con Jessy de espaldas consolándole. El rostro de Javi denotaba tristeza. En cuanto levantó la vista, observé sus ojos totalmente rojos de haber llorado… o fumado, todo puede darse.

—Cassandra –gritó y corrió en mi dirección apartando a Jessy de una manera que resultó cómica, pero inadecuada para reírse en ese momento.

Mientras se acercaba, Iván me susurró:

—¿Es esa la tal Jessy? –yo asentí con rabia–. ¿Y qué hace con ella? –levanté los hombros, no tenía ni idea.

—Tengo que hablar contigo… en privado –dijo mirando a Iván con asco, este sin rechistar iba a hacerlo, pero le detuve agarrándole del brazo, ambos se extrañaron.

—Él se queda, lo sabe todo al igual que Jessy, ¿no? Tráela, así hacemos terapia de grupo –estuvo a punto de hacerlo hasta que vio mi cara y se dio cuenta de que era puro sarcasmo. Ahora que les veía a los dos juntos Javi era más alto y corpulento que Iván.

—Escucha –dijo dándole la espalda a mi exnovio, quien le miraba de arriba a abajo impresionado por su físico actual y mirándose sus brazos para compararlos con los de Javi.

—Escucho –me crucé de brazos y cargué todo el peso de mi cuerpo sobre la pierna derecha.

—Te quiero –puse los ojos en blanco.

—Es la segunda vez que me dicen eso hoy –Javi se enfureció y miró a Iván.

—¿Este te lo ha dicho? Si ni siquiera lo siente, no sabe lo que es querer, recuerda lo que te hizo –dijo señalando con desprecio a Iván–. Mira Cass, he hecho todo lo que estaba en mi mano para que no te separases de mi lado, para que estuvieses bien, feliz, a gusto, ¿quién estaba contigo cuando estabas mal? ¿Él? No creo… y ya, ya, ya no sé lo que hacer, sinceramente –parecía estar volviéndose loco, me estaba dando mucha pena, la verdad. Tenía razón, toda la razón del mundo, recordé todos los momentos vividos con él, tanto los buenos como los malos (que fueron pocos), siempre ha estado a mi lado, eso me hizo sonreír.

—Yo también te quiero –le dije acercándome a él, de repente se le iluminó el rostro–. Pero… tengo dudas, tengo miedo de que un día te canses de mí porque Jessy estará ahí e Iván ha cambiado. Más vale lo malo conocido que lo bueno por conocer.

El aludido sonrió.

—Cassandra, ¿de verdad no lo tienes claro? ¿Vas a comparar lo que hemos hecho los dos por ti? ¿Tan insegura estás de mi amor que piensas que te dejaría por ella? No lo entiendo –estaba cabreado, dando vueltas de un lado a otro y susurrando con incredulidad.

—Javi…

—Muy bien, te lo pondré más fácil para que lo decidas, ¡Jessy! –esta se acercó inmediatamente, Javi la cogió de la cara y le plantó un buen beso, con sentimiento, de esos que me daba a mí al principio, se me heló la sangre, hasta Iván se quedó boquiabierto, me temblaba el labio–. Solucionado, vete con Iván, ya tienes vía libre.

Tras besarse con ella ni siquiera la miró, pero me indicó con el brazo el camino para marcharme.

Estuve a punto de llorar, por lo que me fui rápidamente de ahí, ya lo tenía decidido, era eso lo que quería desde un principio. Como decía Jessy, Javi era muy complaciente, quizá solo fue amabilidad lo que tenía conmigo por lo mal que lo estaba pasando… no, no me puedo engañar a mí misma. La he fastidiado ¡yo solita!, he empujado a mi mejor amigo a los brazos de una chica que realmente le aprecia por lo bien que se porta con ella, ya no podía hacer nada.

—Cass –gritó Iván a mis espaldas, lloré amargamente sobre su hombro–. Tranquila, necesitaba esa excusa para irse con ella.

—¿Tú crees eso? –le pregunté con la esperanza de tener razón y que fuese verdad que Javi no me quería realmente, aún sabiendo que no era así.

Me llenó la cara de besos.

—Sí, ¡vaya morreo! Cómo se las gasta el… venga, vamos a mi casa, no quiero que vayas a la tuya con esa cara tan horrible –yo reí tras haberle mirado mal por el comentario.

Cuando llegamos ahí estaban Adri y mi hermana, se me hizo raro, puesto que siempre pululaban por mi casa. En cuanto nos vieron Brandy puso un gesto de desaprobación sin que el futuro padre de su bebé lo viese.

—¿Qué ha pasado? –preguntó Adri, me senté en el sofá y rompí a llorar de nuevo tapándome la cara con ambas manos, cuando me calmé les conté la historia.

—*Tu es boba* (Eres tonta) –me dijo mi hermana en portugués–. Vamos a hablar, perdonad chicos –se disculpó llevándome al baño.

Me sentó de golpe en el retrete poniendo las manos en jarra mirándome con furia, parecía una leona con el pelo rizado suelto y la oscura mirada feroz.

—¿Pero de verdad te crees que este chico te quiere? –preguntó muy cabreada refiriéndose a Iván.

—Creo que sí, podemos intentarlo de nuevo, los días que he estado con él ha sido diferente.

—¿Diferente? Ja, diferentes son las chicas con las que habla cada día y cuando ya todas pasan de él te llama a ti, y si no se pone triste por esa chica.

—Lorena –concluí–. Es normal que esté triste si le abandonó y llamara a esas chicas para sentirse menos solo y no pensar.

—Sí, engáñate a ti misma, en tu interior sabes que no es así, sabes que quieres a Javi y no a Iván, es un capricho pasajero. Por cierto, la Lorena esa vendrá aquí en una o dos semanas y cuando llegue, ¿tú que harás? –preguntó apuntándome con el dedo en el pecho, susurraba para que los hermanos no nos escuchasen.

—Bueno, ¿ahora sabes tú más que nadie no? Déjame en paz –a punto de salir mi hermana me cogió de la camiseta diciéndome.

—Mucho cuidado de donde te metes, solo te digo eso. Estás cayendo muy bajo –dicho esto salí del baño dirigiéndome a la habitación de Iván, me senté en la cama cerrando la puerta de golpe, este se puso ante mí bajándose la cremallera del pantalón.

—Venga, una chupada rapidita –decía con voz de niño bueno.

—¿Pero a ti que te pasa? ¡No ves que estoy deprimida! No es el momento –dije levantándome bruscamente de la cama dirigiéndome a la puerta, Brandy tenía razón, pero con Javi ya todo estaba perdido.

Se subió rápidamente la cremallera.

—Espera Cass, lo siento es verdad –me abrazó y en cuanto se separó me hizo sentarme de nuevo en la cama, tenía su brazo sobre mi hombro–. A ver, cuéntame –me decía como si le pesase el hecho de escucharme, cosa que Javi nunca llegó a hacer.

—Es que no me puedo creer que Javi me haya hecho esto.

—Hombre, tú has estado con otros chicos –decía apoyándose en la cama y sonriendo con evidencia.

—Muchas gracias, ahora me siento mejor –dije con sarcasmo, sin embargo, tenía toda la razón del mundo, solo que en ese momento, fuera cual fuera mi opinión, quería que me apoyase.

—Vale, lo siento –me acarició la espalda y besó en la mejilla, luego la oreja suavemente, de ahí descendió al cuello.

—Es que... Se notaba que quería estar con ella, desde que la conoció... ¡que no, Iván! –le espeté apartándole con el brazo.

—Perdona, es que siento decirte que cuando estás así me pones a cien, además creo que tienes un cuerpazo y con esa experiencia que has cogido ahora… tú y yo podemos hacer grandes cosas –dijo con una sonrisa, la cual me contagió. Me senté a su lado, este posó la mano sobre mi hombro apartándome el pelo, se acercó lentamente para besarme, le cogí de la cara atrayéndole hacia mí, quitándole la ropa con urgencia al igual que él hacía conmigo y, en pocos segundos, ya lo estábamos haciendo, yo me puse encima, me encantaba tenerle debajo mientras me agarraba con fuerza la cintura dirigiendo mis movimientos. Estuvimos un buen rato y cuando terminamos caí rendida.

Capítulo 28

Día 1 con Iván

Al despertar, este seguía dormido. Observé atentamente su belleza, era una manía mirar a los chicos durmiendo, parecían angelitos... o dioses. Iván carraspeó y abrió los ojos.

—Buenos días, guapa –parecía un poco asustado al verme mirándole, pero me dio un beso, lo cual aceleró mi pulso.

—Buenos días –sonreí contenta de verdad.

—¿Qué tal dormiste nena?

—Pues... un poco rayada –de repente un pensamiento nubló mi mente–. ¿Qué hora es?

—Solo son las diez –tranquilamente se giró para abrazarme ya que estaba boca abajo.

—¿Las diez? He de irme, mi madre estará preocupada.

—Pero si tu hermana sabe dónde estás, ¡qué más da! –decía apoyado en mi pecho acariciándome el brazo.

—Eso es verdad... pero tengo que irme Iván.

—Está bien –se levantó cansinamente.

Tras un rápido desayuno me acompañó a casa. Al llegar al portal me dio un beso y se marchó sin más. Mientras subía las escaleras me sentía contenta al ver el cambio de Iván, sin embargo, no podía dejar de pensar en Javi, ¿habría cometido un error o esto se supone que es lo correcto? No me sentía con fuerzas de contárselo a nadie aunque Brandy, sabiéndolo, podría contárselo a Alex, aunque Alex, por supuesto, ya se habría enterado por Javi.

En cuanto entré en casa atisbé el rostro descontento de mi hermana acariciándose la tripa.

—¡Qué! –la miré desafiante.

—A mí no me hables así que te suelto una hostia. Pasaste la noche con él a pesar de todo –estaba realmente enfadada.

—Ha cambiado, Brandy –me relajé porque tenía razón, me estaba pasando.

—Mira Cass, soy tu hermana mayor no tu madre, haz con tu vida lo que quieras, solo te digo que no es bueno para ti, ¡engáñate a ti misma! –y se marchó dolida apareciendo Adri para ayudarla.

—¿Qué pasa aquí? –preguntó Alex al ver el rostro de nuestra hermana.

—Nada –contestó abatida.

—¿Y Javi? –preguntó mirándonos a los dos.

—En su casa –y tras decir esto me fui a duchar y a mi habitación para aislarme, necesitaba pensar. Mi hermana había conseguido joderme el día haciéndome sentir mal.

No supe nada de Iván en todo el día, si hubiese sido Javi, ya me habría llamado o visitado, pero Iván no es Javi... mi Javi es único. Comencé a llorar pensando en él, ¡cómo puedo ser tan estúpida! Cogí el teléfono para llamarle, su número estaba ya en pantalla, solo tenía que pulsar el botón de llamada pero... no fui capaz, seguramente estaría con Jessy. Él ya no me quiere y supongo que estará mejor con ella, no voy a interponerme en su felicidad, me conformaré con Iván que es lo que me merezco. Me quedé dormida pero mi teléfono móvil me sobresaltó ya que lo tenía en la húmeda almohada. Deseé que fuese Javi, pero no era así.

—*Hola guapa, ¿vamos al cine?*

—Vale –me sentía bien, pero mal. Bien porque me había llamado y mal porque no era quien yo quería que fuese.

—*Bueno, mejor cenamos primero y luego cine, ¿qué te parece?*

—Me parece una buena idea –dije sonriendo.

—*Vale, pues en una hora te voy a recoger.*

—De acuerdo, un besito –inmediatamente fui a mi armario para ver qué me iba a poner, y no me costó mucho, un vestido de tirantes blanco de flores con una torera vaquera que apenas abrigaba y unas sandalias marrones a juego con el bolso, ya sé que le gustaba verme con el pelo suelto pero no me apetecía peinarme, por lo que me hice una trenza.

Pasada una hora llamó al telefonillo y abrí la puerta para salir, no sin antes mirarme al espejo.

—Hasta luego –y bajé corriendo sin esperar respuesta alguna. Al verle le abracé y besé–. Pensaba que ya no querrías saber nada de mí.

—¿De verdad creías eso? –agaché la cabeza.

—¡Hombre, con nuestro historial juntos!

—Cierto. Bueno, vayámonos.

Fuimos al cine. Durante el camino simplemente teníamos conversaciones superficiales.

—Oye, Iván, ¿has pensado en sacarte el carné? –pregunté al acordarme de la ilusión que le hizo a Javi decírmelo y enseñarme su coche.

—Sí, estoy en ello –decía un tanto avergonzado, no sé por qué.

—¡Ah, sí! ¿Y qué tal? –pregunté sorprendida.

—Bueno, sencillo, ya me queda poco –decía distraídamente mirando al suelo.

—¿Ya te has sacado el teórico o qué?

—Sí, y en unas semanas empiezo con el práctico.

—Entiendo.

Cenamos en el Foster's Hollywood. Ya me estaba aburriendo, no tenía mucho que hablar con Iván hasta que… pasó algo increíble. De repente una mujer súper alta, más hombre que mujer, de pelo castaño y vestido de tirantes con unos grandes pechos, se acercó a Iván sentándose a su lado, le abrazó dándole un beso en la mejilla y con voz varonil le dijo:

—Hola guapo, pensaba que no nos volveríamos a ver –me quedé de piedra, tenía ganas de reírme, pero cuando vi a mi acompañante mirándome con agresividad me contuve.

—Celia, ya te dije que fue un error.

La tal Celia, al acariciarle la cabeza, me di cuenta de que tenía más brazo que Iván y seguro que más rabo que el mismísimo diablo.

—Bueno, me voy al baño un momento –dije.

—Espera Cass, Celia esta es mi novia, Cassandra –parecía decirlo para que le sacase de ese apuro más que el verdadero sentimiento de considerarme realmente su novia.

—O sea, que ¡me has engañado! –dijo medio enfurecido/a.

—No lo somos desde hace mucho, no te preocupes, él no ha hecho nada malo –le dije con una sonrisa–. Disculpadme.

Iván me rogaba con la mirada que no me fuera pero tenía que ir a reírme. Cuando llegué al baño me puse frente al espejo con rostro triste porque en la primera persona en quien pensé para contárselo fue en Javi, pero no creo que quisiese hablar conmigo después de lo sucedido, a mi hermano no podía llamarle porque así sabría con quién estoy y se enfurecería, a mis amigas tampoco podía decirles nada. Venir al baño, más que darme libertad para reírme, me dio libertad para llorar, y eso hice. Alguien entró en el baño de golpe y me enjugué las lágrimas rápido.

—No llores guapa, solo somos amigos –dijo Celia a mis espaldas, la miré a través del espejo, me sacaba como dos cabezas.

—No, si no lloro por eso –intenté no mirarla a la cara.

—Entonces, ¿por qué lloras, mi niña? Estás con un chico que está como un queso esperándote ahí fuera –se puso a mi lado para mirarme a la cara.

—Ya lo sé, él fue mi novio y me hizo daño y ahora que he vuelto con él no sé si he hecho la elección correcta, yo veo que ha cambiado y eso, pero… –me abrazó cariñosamente a pesar de su apariencia.

—Mi niña, si quieres hablar algún día aquí me tienes, toma mi teléfono –cogí la tarjeta que me extendió con desconfianza y me la guardé en el bolso–. Escucha, el amor es… complicado lo sé, y de los errores se aprende. Simplemente no te fías, te entiendo. Pero de ese error cometido has aprendido algo, ¿no crees que eso facilitará tu modo de actuar con él y averiguar hasta dónde puede llegar? –asentí–. El tiempo te dirá si has hecho la elección correcta, solo puedo decirte que te andes con ojo, la gente cambia pero su esencia siempre estará ahí.

—Gracias por el consejo –dije sorbiendo los mocos.

—Y ¡arréglate esa cara! Alegría, mujer, que tienes que disfrutar, mírame a mí, un bombón me está esperando ahí fuera –abrió la puerta un mínimo y me señaló un hombre guapísimo con traje, barba de cuatro días y el pelo peinado para atrás, resaltaba por sus azulados ojos, miraba su reloj impaciente.

—¡Pero si te está esperando! –le dije.

—Que espere –dijo maquillándose, tampoco tenía tanta cara de hombre, sus facciones eran finas, no se le marcaba tanto la mandíbula y ni se notaba el crecimiento de una posible barba.

—Vale, ya estoy –dije limpiándome las lágrimas secas con agua, me arregló un poco los pelillos que se me salían del recogido llevándomelos detrás de la oreja.

—Anda, sal a por tu príncipe, que yo iré a por mi rey –se colocó el escote, pasó tras de mí.

Volví a por Iván, a pesar de verme la cara no me preguntó qué me pasaba, simplemente su pregunta fue:

—¿Por qué has tardado tanto?

¡Egoísta cabrón!, pensé un tanto cabreada.

—Ah, nada. Estaba hablando con Celia –solo se estaba preocupando de lo que pensase de él respecto a lo que acababa de pasar, pero claro él no tenía ni idea.

—Cuidado con ella.

—O él –solté una risa tonta intentando animarme.

—Ah, ¡cállate anda! –dijo con desprecio, lo cual me callé de golpe, se levantó–. ¿Nos vamos?

—Sí, venga, vamos –le contesté totalmente seria.

La película fue un tanto aburrida, yo esperaba a que me metiese mano o algo de eso, como pasó la primera vez que fuimos, pero no fue así, estaba muy distante, ¿o quizá avergonzado por lo que acababa de pasar? En fin.

El camino de vuelta a casa fue un tanto tenso.

—¿Qué te pasa? –que fuese yo la que preguntase en esta situación…

—Nada.

—Y entonces, ¿por qué estás tan borde conmigo? –me interpuse en su camino–. No será ¿por Celia? No te preocupes no se lo diré a nadie.

—Eso fue cosa de Cano, él me la presentó –dijo secamente.

—Pero, ¿Cano sabía que era un hombre?

—Estaba borracho cuando se acostaron.

—¿Cómo? –parpadeé tres veces porque no sabía si Iván lo decía en serio o se estaba quedando conmigo.

—Sí, así es –sonrió maliciosamente.

—Pero, ¿qué tiene? –le pregunté señalándole los genitales.

—Eso es algo que no nos quiere contar.

—Y ¿qué hizo contigo?

—No lo recuerdo –dijo medio avergonzado medio furioso.

—Vale, si no me lo quieres contar no pasa nada.

—¡Es que no pasó nada! ¿Vale? –había subido el tono de voz.

—De acuerdo –dije apartándome de él, pero al ver mi reacción se relajó. Llegamos a mi portal y se despidió de mi con la mano, no me dio ni un beso, giró sobre sus talones y se marchó sin siquiera esperar a que entrase en el portal. Caminó hasta perderse en la oscuridad sin mirar atrás.

Día 2 con Iván

A nueve días de la boda las gemelas me llamaron contándome que su padre se estaba volviendo loco, no hacía más que llamar a su madre amenazando con arruinar su boda.

—*Está loco si se piensa que lo conseguirá, mamá conoce a mucha gente que la protege.*

—¿Ah, sí?

—*Por supuesto, bueno y tú, ¿qué tal con Javi?* –preguntó Andrea.

—Está… en su casa –contesté dubitativa boca arriba en mi cama jugando con mis pies.

—*Te he preguntado que qué tal con él no dónde está, ¿qué ha pasado? ¿Quieres que nos veamos y nos cuentas?*

—Eh… bueno, eh… vale voy –me incorporé inmediatamente.

Estaba indecisa, ¿qué les iba a contar? Pues la verdad, o *¡es que ya das por hecho que lo tuyo con Iván es una farsa!*, me dije a mí misma. Creo que he de contárselo, ellas son mis amigas de la infancia por supuesto, no sé cómo lo encajarán, pero ¡imagínate que lo mío con Iván dura y lo de Javi acaba pasando a la historia!

Al llegar a casa vacilé antes de llamar a la puerta, me balanceaba de delante hacia atrás, ¿se lo contaba? Me daba miedo que me juzgasen y eso sería porque era consciente de que lo que estaba haciendo no estaba bien. Por fin me armé de valor.

—Hola, ¿qué te pasa? –preguntó Andrea al ver mi cara.

—No sé, no sé, no tengo ni idea de lo que estoy haciendo –dije poniéndome los dedos en las sienes y entrado en su casa.

—¿A qué te refieres? –me miraba con incredulidad.

—Creo haber vuelto con Iván –cerré los ojos para no ver su reacción.

—¿Cómo? Define creer haber vuelto con Iván. ¿Y Javi? ¿Qué pasa con él? –elevó una octava su voz, yo me derrumbé en el sofá tapándome la cara.

—¿Javi?… Javi nada, besó a Jessy en mis propias narices –me atreví a mirarla tras un largo silencio, puso las manos en jarra.

—¿Qué hiciste? –la miré mal–. ¡Venga, Cass! Javi no hace las cosas porque sí, ¿qué pasó para que besase a la susodicha?

—Tienes razón –admití abatida contándole la historia.

—Y ¿cómo te sientes estando con Iván de nuevo?

—No muy bien.

—Y sabes por qué es eso, ¿no?

—Sé por qué es y es muy triste. Ya no tengo la esperanza de volver con Javi, le he perdido para siempre –me deslicé hasta quedarme prácticamente tirada en el sofá, Andrea seguía clavándome esa mirada penetrante con esos ojazos verdes que me recordaban a los de Iván, solo que los suyos eran como la gélida menta.

—Hay dos palabras que no se deben decir; son siempre y nunca. Porque nada es para siempre y nunca digas nunca, porque basta con que lo digas como para que lo hagas o suceda –agaché la cabeza–. Lo que quiero decir es que Javi te quiere muchísimo, el problema es que ambos, y sobre todo tú –me señaló con el dedo acusador– estáis haciendo el gilipollas en vez de estar juntos.

Se la veía cabreada, pero de verdad. De repente apareció su gemela por la puerta, llevaba un libro en la mano, *Crepúsculo*.

—¿Qué haces con ese libro? –preguntó Andrea.

—Me lo acabo de comprar, quiero saber el por qué de tanto escándalo de esta historia que me tiene hasta los cojones –decía mirando el libro con curiosidad.

—Amm, y lo decides ahora –dijo cruzándose de brazos.

—No tengo nada que hacer –depositó el libro sobre la mesa al igual que las llaves, hablaba tranquilamente, pero contenta.

—¿Cómo que no? ¿Y la boda? –al contrario que Teresa, Andrea estaba preocupada por todo.

—Por favor Andrea, ¡que está casi todo hecho ya!

—Tienes razón –su gemela se relajó un poco.

—¿Por qué vienes tan feliz? –le pregunté escudriñándola, me levanté del sofá porque me sentía pequeña ante mi situación y ahora la iba a conocer la otra hermana.

—Por nada, ¿y a ti que te pasa? –decía yendo a la cocina a por agua.

—Que ha vuelto con Iván –inmediatamente a Teresa se le fue borrando la sonrisa de la cara.

—¿Cómo dices? No –por poco se le cae la jarra de cristal llena de agua.

—Sí, hermana, sí –se quedó boquiabierta.

—Pero, ¿estás loca? –se puso histérica casi chillando y soltando la jarra por si acaso.

—Más o menos –contesté tranquilamente apoyada en la pared y mirado por la ventana.

—¡Con Iván! ¡Ay mamacita de mi alma, por Dios! –hablaba para sí misma dando vueltas de un lado a otro.

—Y Alex, ¿qué dice? Porque está muy unido a Javi, lo sabes –preguntó su gemela mientras la otra seguía dando vueltas incrédula y hablando.

—No lo sabe, pero lo averiguará pronto y nos matará a ambos. Es así de temperamental.

En ese momento sonó mi móvil.

—¿Sí?

—*¿Dónde estás?*

—Aquí con las gemelas.

—*¿Y qué haces que no estás en mi casa?*

—Y ¿tú qué haces ahí y no me avisas para ir? –le contesté con la misma bordería con la que me había hablado.

—*Estaba ocupado* –simplemente dijo eso, no necesitaba más justificación.

—¿Haciendo qué?

—*Cosas mías* –dijo cortante como el filo de una navaja.

—¿Y por qué no me las quieres contar? –las gemelas me miraban entornado los ojos.

—*Por teléfono, no.*

—Vale, ahora voy –colgué–. Bueno chicas, mañana nos vemos, chao.

Fui corriendo a su casa, no les di tiempo a las gemelas a replicar pues estaba preocupada por Iván, sentía que si no estaba ahí con él pasaría de mí.

—¿Qué pasa? –pregunté sofocada por la carrera que me acababa de pegar.

—Nada, quería verte un rato –se acercó a mí, me cogió de la cara e inmediatamente se lanzó a mis labios.

Yo le respondí, pero luego le cogí de las manos deshaciéndome de su agarre y le pregunté:

—¿Querías verme o echar un polvo? –arqueé una ceja.

—Ya lo sabes –volvió a acercarse para besarme, pero me aparté.

—Iván, ¿qué hacías?

—Pensar en ti. Tu cuerpo, tus labios… –y como siempre, a medida que lo decía, iba besándolo haciéndome caer en sus redes de nuevo.

¿Por qué me siento tan mal después de hacerlo con él? Me pregunté una vez sola en su habitación, ante esta reflexión, y con Iván en el baño, corrí inmediatamente a vestirme, quería salir de ahí y ducharme, me sentía sucia, mal. Al buscar mis bragas me encontré otras que no se parecían en nada a las mías. Era un tanga rosa de encaje, no sabía si enfadarme o sentirme aliviada. Me vestí, ya lo tenía decidido, creo que ese era el motivo que necesitaba para decidir lo que tenía pensado.

—¿De qué vas? –dije abriendo las cortinas de golpe mientras Iván se duchaba enseñándole el tanga.

[413]

—¿Por qué me enseñas tu tanga? –se limpió la cara de jabón para verlo.

—¡Encima tienes la puta cara de decir que es mío! –se lo tiré a la cara–. Devuélveselo a la puta a la que se lo has quitado.

Me fui de casa de Iván sin siquiera despedirme, me llamó varias veces y le colgué el teléfono, en ese momento no quería hablar con él. Solo pensaba en ir a arreglar las cosas con Javi

Una vez ya en su barrio, y a punto de llamar al telefonillo, se encendieron las luces y vi a mi querida amiga Jessy bajando las escaleras, corrí a esconderme, y ahí estaban los dos tan acaramelados de la mano, esta le acariciaba y mirándole fijamente le besó, este estaba de espaldas por lo que no veía su cara, pero sí la de ella que sonrió y se perdieron en la oscuridad. Fue como un golpe duro para mí.

—Le he perdido –dije en voz baja.

Día 3 con Iván

A la mañana siguiente, en cuanto abrí los ojos, me encontré con el rostro enfadado de Alex.

—¿De qué vas? –preguntó cruzándose de brazos.

—¿De qué voy de qué? –se sentó en mi cama y lo primero que pensé fue ¡ay mi madre! Que Javi me vio anoche y se lo habrá contado, le habrá dicho algo como: «*Dile a tu hermana que no me persiga y me deje en paz*», o algo de eso.

—Javi no quería contarme por qué está con Jessy, ¿eres tonta o qué? Con lo que ha costado que te despegues de esa mala persona, por no decir otra cosa –estaba tan enfadado que se crujía los nudillos como si de un momento a otro fuese a buscar a Iván para pegarle.

—¡Ay, que no chilles! Es inútil, lo mío con Javi ya no tiene solución, ayer iba a hablar con él pero estaba con Jessy y no quiero joder su felicidad.

—Se te ha ido un poco la olla. Javi te quiere y no te imaginas cuánto –hacía grandes esfuerzos para no perder la compostura, apretaba los puños con fuerza.

—¿Y por qué está con Jessy?

—Y tú, ¿por qué estás con el orangután de ojos verdes? Tenéis que hablar y aclarar las cosas, no dejéis que nadie se interponga entre vosotros –ya se estaba calmando un poco, se sentó a los pies de mi cama mirándome, se sentía impotente al ver mi incomprensión de los hechos, pero yo le comprendía.

—Vale, lo haré –cogí el teléfono y le llamé, pero no contestaba, repetí la acción como tres o cuatro veces y desistí.

Las gemelas me llamaron a casa y decidieron venir a verme, estaban preocupadas preguntándome el por qué de esa huida tan repentina.

—Me necesitaba.

—¿Para qué? ¿Para follar? –dijo Teresa con desprecio, por un momento permanecí en silencio.

—Decía que le apetecía estar conmigo –me justifiqué, pero ni yo me lo creía.

—Pero, ¿acaso te contó lo que realmente había hecho o lo que le pasaba? –preguntó Andrea acusándome.

—Eh… pues.

—No, ¿verdad? –se cruzó de brazos y negué con la cabeza.

—Te está dominando y tú te estás dejando, ¡no eres así! No te ciegues. ¿Dónde está aquella temperamental chica que conocí? –miraba al techo derrumbándose en el puff.

—He llamado a Javi –reconocí titubeante, ambas arrugaron la frente.

—¿Y qué? ¿Qué te ha dicho? –cuestionó Andrea acercándose un poco más a mí sentándose en la cama, pues llevaba toda la mañana sin apenas moverme de mi habitación.

—No me coge el teléfono –lamenté decepcionarlas–. Ayer me acerqué a su casa y le vi bajando del portal con Jessy, se dieron un beso y por ello no quise acercarme. Escuchadme, está todo perdido, ¿vale? –y una lágrima cayó en mi cojín–. Solo quiero que sea feliz, y si lo es con ella pues… adelante –rompí a llorar, ambas me abrazaron.

—Pues yo siento decirte que estás muy equivocada –dijo Teresa.

—Sí, mi hermana tiene razón, no has luchado lo suficiente por él y en tu interior sabes que te quiere a ti y no a ella.

Podríamos haber estado toda la tarde y noche discutiendo el asunto con Javi, pero decidí que no quería hablar de ello, así que cambié de tema.

—Llevamos varios días viendo a mamá y a César hablando con todo tipo de gente de asuntos que no quieren que oigamos.

—Y ¿cómo consiguen eso? Porque a vosotras pocas cosas se os escapan.

—Pues, es que están aquí nuestros abuelos, y en unos días vienen nuestro tío y tía… ya sabes, sus hijos, etc. Y nuestro primo «el soso» no falta –dijo Andrea jugando con la misma mano de plástico con la que jugaba Javi la primera vez que nos dimos el beso, no un beso, *El beso*.

—El rollete de Miriam –reí–. ¿Qué pasó con ellos?

—Pues es tan tímido que Miriam se cansó de llamarle –contestó Teresa mirando al techo.

—¡Hay que ver! Cómo son las cosas, Miriam, la rata de biblioteca que conocí este curso, que apenas salía y se relacionaba y ahora… mírala.

—Pues más o menos como tú, doña santa –dijo Teresa sin quitarle ojo a las estrellas pegadas al techo.

—Es increíble la manera en la que nos hace cambiar de punto de vista el sexo. En todo –dije fascinada.

—Y el amor –soltó Andrea mirándome de reojo.

—Por cierto –salí de mi ensimismamiento para atenderlas–. César tiene un hijo que está como un queso, pero es algo más mayor.

—Cuando dices algo más mayor, ¿a qué edad te estás refiriendo? –fruncí el ceño mirando alternativamente a una y a otra.

—Tiene veinticuatro años –dijo Andrea.

—Y es un mulatito que está… como un queso –concluyó Teresa besándose el dedo pulgar e índice juntos para enfatizar la belleza de aquel chico.

—A ver, foto, foto –dije con urgencia sacudiendo las manos.

—No tenemos, pero viene en dos días.

—Le tengo que ver.

—Sí, claro, ese es mío –Teresa saltó inmediatamente.

—Teté, que será nuestro hermanastro, ¿qué te crees aquí? ¿Qué somos los Serrano o qué? —dijo Andrea, y todas reímos.

—Oye, ¿y vuestros hermanos? —pregunté curiosa.

—Celso viene el día antes y Roberto creo que también vendrá con nuestra tía, está en Cabo Verde —continuamos hablando de nuestras cosas hasta que se fueron, bien tarde por cierto, pero estaban bien acompañadas, David vino a mi casa, habló con mi hermano un momento y se marcharon.

Me extrañó el hecho de que no me sonase el móvil en toda la tarde, y luego al verlo... No tenía batería, ¡vaya!

Días 4 y 5 con Iván

Los dos días siguientes los pasé con Iván, me llamó para decirme que lo sentía mucho pero que me juraba que no se había tirado a ninguna y que, por tanto, no entendía qué hacía ese tanga ahí. Yo como tonta volví a él, sin embargo, no me sentía cómoda al saber que mi hermano conocía mi paradero y por tanto Javi también, aunque creo que a este último le importaba un comino, ya que no contestaba a mis llamadas, de ahí que pasase tanto tiempo con Iván, aunque a veces me daba la sensación de que no quería que estuviese ahí y eso lo hacía más triste.

Tuvimos otra bronca ese mismo día porque le pillé un sms de una chica que ponía: «*Jajaja qué tonto eres a ver si nos vemos de nuevo*».

—Y ¿esto? —le mostré la pantalla.

—¿Yo miro acaso tu móvil? Es una amiga —se justificó intentando arrebatármelo, pero yo se lo impedí apartándome–. Dámelo —me ordenó apretando la mandíbula.

—¿Quién es? —no me amilané y seguí apartándome de él.

–No te interesa —me cogió de los hombros violentamente, casi me parte un brazo para conseguir su móvil hasta que me lo arrebató. Me sentí supermal al saber que no me iba a dar explicación ninguna y, a punto de llorar, me fui.

Una vez en la calle cogí el teléfono y le llamé.

[417]

—¡Que te den por culo, no quiero saber nada más de ti! –gritaba mientras caminaba por la calle bajo la mirada de los viandantes.

—*Eres una ridícula* –dijo con calma. Parecía no importarle nada.

—Y tú un gilipollas. Quiero que me devuelvas mis fotos –volví de nuevo a su casa, en realidad quería las fotos porque sabía que él las apreciaba y quería ir a romperlas, y a la vez quería verle a él.

—No vas a volver aquí, has decidido irte –no se alteró lo más mínimo.

Ya estaba en su puerta golpeando violentamente.

—Ábreme la puerta, cabrón –grité, en ese momento me daban igual los vecinos, me daba igual todo–. Abre.

Así estuve un buen rato. hasta que me abrió para decirme:

—Cassandra, por favor, mi madre va a venir. Vete a casa.

—Dame las fotos –exigí de brazos cruzados.

—No. Venga, a casa –me empujó hasta salir del portal forcejeando conmigo, hasta que me di cuenta del ridículo que estaba haciendo y me fui.

Pero no a casa, porque no quería que mi familia me viese así, di una vuelta hasta esperar a que se hiciese tarde.

Al siguiente día me llamó más calmado empezando por: *¿Ya estás más tranquila?* Dándome la correspondiente explicación. Aunque más que una explicación fue decir lo que quería oír. Me propuso una cita y accedí después de una tarde de sexo.

Ya llevaba cinco días con él y no pasaba un minuto en que no pensase en Javi, estaba muy apenada por ello, pero no me atrevía a contárselo a Iván por miedo a su reacción. Había una cosa que no entendía, ¿qué quería él de mí? Podría tener a mil chicas a sus pies y sin embargo estaba conmigo, sí es verdad que daba la sensación de que no quería que estuviese ahí, pero ¿por qué no buscaba la manera de echarme? Porque Iván, a descarado en ocasiones no le ganaba nadie. Bueno, lo hacía y luego volvía a reclamarme. Pero lo que me condenaba también es que ciertos sentimientos hacia él seguían vivos aún en mi interior, pero poco a poco se iban desvaneciendo al saber que todo esto era una gran mentira dándome cuenta de lo que había perdido.

[418]

Uno de esos días, cuando Iván me acompañó a casa, me preguntó:

—Nena, ¿estás bien? No me gusta verte así –se le veía preocupado.

—Sí, todo va bien. Estoy un poco nerviosa por la boda de la madre de las gemelas y por el padre, que es un poco... bueno, ya sabes, ya lo dijo Teresa –me mordí el labio y miré al cielo para evitar derramar lágrima alguna–. No te preocupes, estoy bien.

Acaricié su rostro delicadamente seguido de un beso e inmediatamente le di la espalda para abrir la puerta.

—Que descanses –me agarró de la mano y me soltó lentamente.

Mientras iba subiendo las escaleras, mis lágrimas fueron cayendo, tenía un nudo en la garganta y un profundo dolor en el corazón que me impedía llorar ruidosamente. Cuando llegué a la puerta me encontré a Jessy, ahí de pie. Inmediatamente me limpié la cara y le pregunté bruscamente:

—¿Tú qué haces aquí? –al principio se puso tensa, pero al ver mi rostro se relajó y contuvo una sonrisa triunfante.

—Esperar a mi novio –a punto estuve de llorar de nuevo, pero resistí, la di un golpe con el hombro apartándola de mi puerta.

—Bien por ti –abrí la puerta de mi casa corriendo y la cerré tras de mí, quería llorar pero me faltaba el aire y luego pensé, si Jessy está fuera quiere decir que Javi está aquí dentro.

Corrí literalmente a mi habitación para evitar verles, pero fue inútil, porque a punto de entrar aparecieron ellos.

—Hola –el rostro de Javi se tornó preocupado.

—Hola –contesté agachando la cabeza.

—Hermana, ¿qué pasa? –entré en mi habitación y cerré la puerta, me tiré a la cama y con un cojín ahogué mis llantos, ellos llamaron a la puerta.

—Largaos –grité, pero entraron de todas maneras-. He dicho que os vayáis –dije tirándoles el cojín y cogiendo otro para taparme la cara y seguir llorando. Había traído a Jessy a mi casa, ¡olé él! Era una buena manera de castigarme.

—¿Qué te ha hecho? Dime –preguntó Javi acercándose rápidamente a mí, entre sollozos podía oír el crujir de nudillos de Alex dispuesto a buscarle de nuevo.

—Y eso ¿a ti que te importa? Tu novia te espera fuera.

—¿Cómo? –preguntó abriendo los ojos, cesé de llorar ante su asombro.

—Que Jessy está fuera esperándote –y giré la cabeza en dirección opuesta a su mirada.

Hubo un prolongado silencio, hasta que Javi dijo:

—¿Qué hace esta loca aquí? Le dije que no viniera –hablaba con mi hermano.

—¡Pos ala!, ve a por ella –le dije, y eso hizo, correr como un rayo a la puerta para salir y encontrarse con su novia.

—Alex, por favor, vete, quiero estar sola –no rechistó, permaneció en silencio y así se fue.

Capítulo 29

Día 6 con Iván

Desperté al día siguiente con la cara seca por las lágrimas. ¿Por qué Javi habría llamado loca a Jessy si hacía tres días ambos estaban tan acaramelados el uno con el otro? ¡Menuda incongruencia! No tenía ganas de levantarme de la cama, por lo que me quedé ahí un rato más.

Toc, toc, golpearon a mi puerta, me giré y vi a mi hermana entrar.

—¿Se puede?

—Ya estás dentro –y miré a otro lado tras contestarla sin un ápice de tacto.

—¿Qué te pasa? ¿No vas a comer? –se acercó a mi cama.

—No me pasa nada y no tengo hambre.

—¿Seguro que no te pasa nada? –preguntó sentándose a los pies de la misma.

—No hermana, estoy bien –mentí.

—¿Iván te ha hecho algo? Sé vuestra historia, Alex me la contó y Adri también, temo por ti –estaba preocupada acariciándome las piernas.

—Él no me ha hecho nada, estate tranquila, y sé la razón que tenías cuando me decías esas cosas sobre Iván solo que no quería aceptarlo –de repente irrumpieron en mi habitación mi hermano y mi cuñada.

—Hola –saludaron al unísono.

—¿Todavía estás en la cama? –decía mi hermano.

—Sí, y no tengo intenciones de salir, dejadme en paz, por favor. Lo siento, que sé que tú no tienes la culpa –me dirigí a Carmen directamente.

—No pasa nada, yo te entiendo –dijo en tono comprensivo.

—Brandy, está deprimida por Javi, ayer cuando entró en casa se encontró fuera a su… ¿sabes?

—Su ¿qué? –alcé la cabeza para mirarle.

—Jessy no es su novia, es… una larga historia –se mordió la lengua.

—No me interesa –y volví a pegar la cara al almohadón.

—¿Vas a comer o no? –preguntó Alex.

—¡Chico! ¡Lo tuyo es el tacto, eh! ¡Olé tú! –dijo mi hermana aplaudiéndole, quise reír, pero me aguanté porque tenía a mi hermana de frente.

—Que Javi te quiere y punto, así que id arreglando esto que ya me estáis cansando, y al otro…le quiero muy lejos de casa, ¡hombre ya!

Me incorporé medio cabreada y dije:

—Que vale, que sí, iros ya, ¡adiós! –y me tapé la cara con el cojín para que me dejasen en paz.

—En fin –dijo Brandy abatida–. Cuando quieras comer o te levantas o nos lo dices y te lo traemos como a una enfermita, ¿vale? –acariciaba mi pelo mientras me lo decía.

—Vale. ¿Mamá y papá dónde están?

—En casa de Neuza, luego vengo otra vez, ¿vale cariño? –me besó la cabeza.

—Vale.

Aproximadamente a las dos horas de la invasión familiar en mi habitación volvieron a llamar, supuse que era Brandy.

—¿Sí?

—Cass, soy yo –era una voz masculina.

—Yo, ¿quién? –pregunté a sabiendas de quién estaba al otro lado de la puerta.

—Javi –y aún así no abrió.

—¿Y qué quieres? –miré a la puerta con la esperanza de que la abriese de golpe y me reclamase.

—Pasar, ¿puedo? –suspiré. *Yo lo que quiero es estar contigo y que Jessy desaparezca de nuestras vidas, que hagas como si no existiera*, pensé.

—Pasa –entró con una bandeja de comida y de pronto mis tripas contestaron a mi necesidad más primaria en ese momento, el hambre.

En la bandeja había un trozo bien grande de tortilla de patata y ensalada al lado, está visto que lo preparó Brandy, llevaba su firma por la salchicha que había encima de la tortilla.

—Sé que tienes hambre, come un poco anda –dijo depositando la bandeja sobre mi regazo, le miré sin saber qué decir, pues me estaba acariciando la cabeza y comencé a devorar la comida, se había vestido con una camiseta de tirantes rojo dejando ver su musculatura, con un bañador ancho de color negro, se había rapado al tres los laterales de la cabeza y en la parte de encima llevaba el flequillo peinado, como si fuese la aleta de un tiburón, ¡guapísimo y macarra! a partes iguales.

—Cassandra. Mi Cass, ¿qué te sucede? ¿Es por mi culpa? –me preguntó dulcemente.

—No creo que eso importe –dejé de comer. Hablar de ello me ponía triste, comencé a hiperventilar a punto de ponerme a llorar por la punzada de dolor que estaba sintiendo por dentro.

—A mí sí me importa, tú me importas y mucho –no dejaba de acariciarme el pelo revuelto y el brazo izquierdo ladeando la cabeza para mirarme.

—Ya… –hice de tripas corazón para no derrumbarme, por lo que continué comiendo y bebiendo mucha agua para que ese nudo que tenía en la garganta me dejase pasar ese mal trago. Cuando terminé dejé el plato en un lado, él cogió la bandeja poniéndola encima de mi mesa en el hueco que pudo y volvió a mirarme a los ojos haciendo latir mi corazón a mil por hora–. ¿Y tu novia?

—No es mi novia –suspiró cansado de esa situación y de negarlo mil veces.

—Bueno… tu rollete, o lo que sea.

—Cass, yo… te echo muchísimo de menos –me miró a los ojos y soltó estas palabras de golpe.

[423]

Lloré. Lloré al verle tan desesperado, su desesperación me embargó de tristeza, me entristecí porque me enfadé y me enfadé porque ambos estábamos en esa situación por mi culpa.

—¿Sí? Y si tanto me echas de menos, ¿por qué no contestas a mis llamadas? –le acusé clavándole el dedo en el pecho… ese pecho tan duro.

—¿Qué llamadas? ¿Qué dices? Si tú no me has llamado –sacó su móvil del bolsillo–. ¿Qué día me llamaste, a ver?

—Te llamé hace tres días –hipé.

—¿Segura? Porque no me figura ninguna llamada tuya –le enseñé mi móvil y la fecha–. ¡Ala! ¿Y cómo es que no me salen? A ver, dame un toque –dijo mirando la pantalla fijamente.

—Porque tu rollito las habrá desviado –cogí mi teléfono y marqué de memoria su número, él estaba asombrado ante esto.

—¿Tú crees? –yo asentí mientras esperaba a que sonase, y en cuanto empezó a sonar se lo pasé a Javi y oyó cómo colgaban, y no figuraba nada en su teléfono.

—Si hubiese sabido que me llamabas habría contestado –dijo mirándome fijamente a los ojos sorprendido ante esa revelación, sabía que yo no mentía respecto a eso–. Pero… –agachó la cabeza y continuó hablando–, a la vez, me lo habría pensado, Cassandra.

Me cogió de las manos, yo me tensé.

—Yo te quiero mucho, pero ver que en cuanto Iván se te presenta vas corriendo tras él y me tiras a un lado como si fuese una mierda me hace plantearme si soy lo bastante bueno para ti –sus palabras me conmovieron.

—Javi, lo… lo siento, tienes toda la razón del mundo. Respecto a tu persona eres muy bueno, te portas bien conmigo, has hecho cosas por mí que no he sabido apreciar, pero… te equivocas en algo, yo no soy suficiente para ti, te mereces algo mucho mejor –estaba a punto de llorar de nuevo pero contuve las lágrimas, me partía el alma decir estas palabras en alto porque, por una parte las sentía, pero por otra yo le quería para mí.

—Para mí –me acarició la cara y juntó nuestras frentes–, eres lo más bonito que me ha pasado en la vida.

Me perdí en sus marrones ojos.

[424]

—No sabes cuánto te quiero —se acercó a mí iluminándosele los ojos al oír esta declaración.

—Yo también te quiero —y nos fundimos en un romántico beso que tanto echaba de menos, nos emocionamos tanto que acabó poniéndose encima de mí. Pensé en que ya tenía que desligarme de Iván, que tenía que dejar de ser tonta y de seguirle el rollo, porque realmente no me quería.

—¡Oh, cariño! Te quiero solo para mí —me susurraba al oído.

—Y yo a ti Iván… —se paró en seco.

—¿Cómo dices? —despegó sus labios de mi cuello.

—¿Qué? —solté rápidamente, estaba temblando, la había cagado de lleno.

—Eh… creo que me tengo que ir —inmediatamente se levantó y se fue sin mirar atrás, ignorando mi voz suplicante llamándole por su nombre. Cuando oí la puerta principal cerrarse de golpe comencé a llorar sonoramente, ¿por qué? ¿Por qué habría nombrado a Iván? Ese maldito Iván que me hace la vida imposible hasta cuando no está.

Volví a acostarme sin querer saber nada… absolutamente nada de nadie, ya que estaba peor que antes. Me dormí entre sollozos.

Tuve un sueño bastante lúcido. En él estaba con Javi, mirábamos el atardecer a la orilla del mar, él me abrazaba: *«Esto es precioso»*. *«Y que lo digas»*, le contesté sonriente, giró la cabeza mirándome. *«Tan precioso como tú»*, a punto estábamos de besarnos cuando apareció Iván con Jessy de la mano caminando y sonriendo, parecían estar muy enamorados. *«¡Qué cosas tienes!»*, le decía a Jessy, se pusieron delante de nosotros como si de un programa de televisión se tratase, enfrentados uno delante del otro mirándose y cogiéndose de la mano, se acercaron lentamente para besarse y *«¡eh! ¿Qué haces besando a mi chica?»*, se levantó de un salto. *«¡Pero, Javi!»*. *«¿Qué? Sé que quieres a Iván y yo no estoy para ser tu clínex, así que… ¡chao!»* me quedé plantada viendo cómo tanto él como Iván se perdían en la lejanía con Jessy y ella miraba atrás sonriéndome triunfante. *«No te preocupes, yo estaré contigo»*, me susurraba Pepe al oído, *«aaa»*, desperté de golpe sudorosa. *«¡Joder!»*. Susurré y volví a tumbarme.

[425]

Día 7 con Iván

Me encerré en casa sin querer salir siquiera de mi habitación. No supe nada de Javi, e Iván me freía a llamadas reclamándome o si no me gritaba, y esta situación me estaba empezando a hartar. Hasta que por fin vino por la tarde a mi casa, subió, saludó educadamente a mi familia, y cuando entró en mi habitación sin golpear dijo:

—Pero, ¿tú de qué vas ignorándome? –me señaló con dedo acusador.

—No te ignoro, y si lo hiciese no contestaría a tus llamadas –dije sin siquiera mirarle, pues estaba tumbada con los ojos cerrados.

—¿Qué te pasa? –preguntó en voz baja, pero cabreado aún así.

—Nada.

—Mírame a la cara, ¡imbécil! –susurró enfadado.

—¿Cómo? ¿A qué has venido, a insultarme? –me incorporé para mirarle a la cara–. Para eso te largas de mi puta casa.

—Perdona pero es que no entiendo por qué no me cuentas lo que te pasa, se supone que estamos juntos en esto, pero tú no confías en mí –estaba indignado.

—Lo siento, es verdad, tienes razón –comencé a llorar, él me abrazó–. Es por Javi, no te lo quería decir por si te mosqueabas.

Se separó de mí para mirarme y yo me asusté por su posible mala reacción.

—Cass, es totalmente normal que estés así, es un golpe saber que has perdido a la persona que quieres y tengas que verle feliz con otra –estaba totalmente asombrada.

—Entonces, ¿lo entiendes?

—¡Claro que sí! Anda ven –y volvió a abrazarme besándome la cabeza.

—Has cambiado, definitivamente –susurré entusiasmada.

—¿El qué?

—Nada, cosas mías –le abracé aún más fuerte.

—¿No vas a salir de aquí? –preguntó mirándome con sus ojazos verdes.

—No tengo ganas –agaché la cabeza.

[426]

—Bueno vale, aunque no te hayas duchado hazme sitio, anda —decía sonriéndome y empujándome para hacerse un hueco en mi cama.

—¿En serio? ¿Te quedas aquí? —me quedé atónita.

—¿No tienes tele?

—Lo siento Iván, no soy tan rica como tú.

—Vale, pues vamos a ver una peli en el ordenador —cogió mi portátil para ponérselo en el regazo.

—¿Como cuál, majo? —dije mirándole de reojo algo más animada.

—Ahora lo veremos, ¡yo qué sé! —se relajó. Me gustaba ese Iván, el gracioso y atento.

Se quedó conmigo viendo películas hasta que me quedé dormida, me sentí bien, a gusto. Nunca, repito, nunca había estado así con Iván.

Día 8 con Iván

Al día siguiente por fin salí a la calle. Esa mañana había hablado con Miriam que se encontraba en casa de Macarena, le conté lo sucedido en estos días que había desaparecido (creo que ni lo había notado). En mi interior se acrecentaba la seguridad de lo que tenía con Iván, una relación consolidándose.

—*Estás loca, y no es una pregunta.*

—Quizá lo esté, pero he de intentarlo —dije tranquilamente. Justo en ese momento se escuchaba la voz de Ariadna—. Salúdala de mi parte —le dije, y en vez de eso me pasó al teléfono con ella.

—*Hola.*

—Hola, Ary, ¿qué tal todo? —pregunté un tanto acongojada por el hecho de tener que enfrentarme a su reacción.

—*No me quejo, aunque echo de menos a Luis, ¿y tú, perdida?* —decía de buen humor.

—Eh… es una larga historia. Bueno ya hablaremos, que me están llamando al móvil.

—*Vale un besito* —colgó desinteresada.

—Dime Iván —contesté a mi teléfono móvil.

—*Hola, ¿quieres que salgamos hoy?* –propuso entusiasmado.

—Vale, ¿qué vamos a hacer? –le pregunté.

—*Ven a mi casa y lo decidimos* –su voz era traviesa.

De camino a su casa me encontré de frente con Javi, ¡qué situación!

—¡Cass! Veo que ya has salido de casa, ¿has quedado con él, verdad? –dijo con resquemor.

—Más o menos –agaché la cabeza avergonzada–. Javi, perdona, yo…

—¡No, Cass! Déjalo, es lo que hay, siempre estará él y yo…

—Tú eres importante –sufría porque sabía que no me creería.

—Importante, ¿para qué? ¿Para secar tus lágrimas? ¿Recogerte cuando caes? O mejor dicho, ¿cuándo te tiran? –me quedé callada.

—No es así… pero bueno, ya da igual, tú estás con Jessy.

—Sí, lo estoy –dijo cruzándose de brazos con aspecto duro, cosa que me dolió porque era una decisión tajante.

—Ya, si os vi juntos un día que fui a tu barrio.

—¿Y qué hacías ahí? –descruzó los brazos extrañado frunciendo el ceño, mis palabras le sorprendieron.

—Quería hablar contigo, pero me he dado cuenta de que se os ve felices y no te molestaré más –dije alicaída, él parecía querer acercarse pero vaciló, alzó la mano, pero se quedó a medio camino cerrando el puño para hacerse el duro.

—¿De qué querías hablar? ¿Tuviste bronca con Iván o qué? –dejó caer los brazos mirando a otro lado.

—No, la verdad es que no, simplemente te echaba de menos –pero yo sí que le miraba a la cara suplicante.

—Ya… claro, ¿sabes, Cass? No me creo una mierda lo que dices porque ya me has demostrado que no vas a estar conmigo a muerte y yo no voy a darlo todo por alguien que no da nada por mí, así que –me dio unas palmadas en la espalda, parecía que le cabreara lo que acababa de decirle porque sus palabras eran duras–. Que os vaya bien a Iván y a ti, me voy a por Jessy que me está esperando.

Se marchó con las manos en los bolsillos sin siquiera mirarme. Me puse a llorar silenciosamente, pero me detuve, pues ya no había vuelta atrás, la decisión estaba tomada.

Cuando llegué a casa de Iván cambié de cara, me arreglé un poco el pelo, me limpié los ojos y toqué el telefonillo. Una vez arriba me abrió la puerta su madre.

—Hola, ¿qué tal? Pasa, que Iván está en la cocina —me abrió camino para que entrase, tenía un cuenco bien grande de palomitas, otro de ganchitos, patatas fritas…

—Maratón de películas ñoñas, ¿qué te parece? —le ayudé a llevar las cosas al salón.

—Buena idea —dije sonriente.

—Bueno, yo me voy, portaros bien, ¿vale? —le dio un beso a su hijo junto con un abrazo y dos besos a mí marchándose rápidamente de casa.

—¿Qué películas tienes? —pregunté dejándome caer en el sofá una vez traídas todas las cosas de la cocina.

—Pues tengo… *Love story*.

—No me gusta, ya la he visto, no me entero de nada —la quitó del montón de carátulas de DVD's que había sobre la mesa.

—Vale, entonces tengo *Romeo y Julieta* de Di Caprio, *Love actually*, *Notting hill*… y alguna de la saga *Crepúsculo*, ¿no crees?

—Me parece genial —dije ilusionada de verdad, ya se me había pasado el mal trago con Javi, tampoco estaba tan mal salir con Iván, empezaba a tener buenos planes de pareja. ¡Gloriosa tarde!

Día 9 con Iván

Al día siguiente mi felicidad se evaporó al oír la voz de mi hermano.

—¿Qué hiciste ayer?

—¿Por qué? —me limpié las legañas e intenté incorporarme.

—Estuviste con él, ¿verdad?

—¿A quién te refieres? ¿A Iván? Sí, estuvimos en su casa viendo películas románticas, comimos palomitas y esas cosas, ¿por? —se lo comuniqué con toda tranquilidad.

—Ah, vale, ¡ya me quedo más tranquilo! Olvídate de él —imperó bastante cabreado cruzado de brazos.

[429]

—Y ¿por qué? Si se puede saber –pregunté molesta.

—Brandy me ha dicho que hoy ha ido a verle la tal Lorena –esperó mi reacción.

—¡Oh, Dios! ¡Oh, no! –me llevé las manos a la cabeza.

—Lo sé –dijo mi hermano mirando al colchón.

—¡Pobre chica! Cuando se lo diga… tengo que ir ahí –mi hermano descruzó los brazos de golpe y se quedó boquiabierto.

—¿Para qué? No pintas nada ahí –decía arrugando la nariz.

—Quiero asegurarme de que se lo dice –me levanté de un salto de la cama y corrí a ducharme.

—Cass, no seas una puta arrastrada –se estaba descontrolando, yo le miré mal y se calmó un poco respirando hondo–. ¿Por qué no esperas a que te llame? –dijo persiguiéndome a todos lados.

—Sí, pero aún así me voy a duchar –corrí literalmente al baño para que mi hermano no me viese la cara, yo sabía lo que eso implicaba, pero no lo quería aceptar.

—Si es que mírate, ni te fías de él. Haz lo que te plazca –dijo alzándome la mano y yéndose.

Mientras me duchaba me puse a pensar, Alex decía exactamente lo que pensaba, si no estoy ahí seguro que ella le dice algo, ¿y si vuelven? ¿Y él no me dice nada? Pensé en Javi, él no me habría hecho eso, y no quería llamarle porque le estaría dando la razón respecto a que cada vez que caigo me acuerdo de él, ¿y si me están poniendo a prueba? ¿Y si Lorena no había aparecido de verdad y lo hacían para que me alejase de él? Concluí en que debía comprobar esto por mí misma, estaba decidido, me iba a casa de Iván.

Se me hacía difícil romper esta buena racha que teníamos. Es verdad que yo me sinceré, pero la acción no fue recíproca, evitaba mis preguntas con sexo.

Cuando llamé a la puerta, debido a que la del portal estaba abierta, subí directamente, tardó un montón hasta que contestó diciendo:

—¿Quién es?

—Soy yo, abre –se oyeron sus pasos perderse en la lejanía y pasado uno o dos minutos abrió–. ¿Qué hacías? –pregunté frunciendo el ceño de brazos cruzados y cargando el peso sobre una pierna, no llevaba más que una toalla.

—Salgo de la ducha, he venido desnudo a ver quién era y luego he ido a por la toalla –atisbé su bronceado torso desnudo con las gotas de agua recorriendo su pecho y esos abdominales, inconscientemente me lamí el labio superior.

—¿Estás solo? –sonreí pícaramente, él lo detectó.

—Puede –puso cara de juguetón, tomó mi mano haciéndome entrar en su casa.

—¿Y eso? –miré a los alrededores desconfiada, pero ahí no había nadie y no se oía ningún ruido.

—Vamos a la cocina que tengo sed –tiró de mi mano.

—Mm, vale –aún así esa situación me estaba dando mala espina.

Una vez ahí me puse frente a él tocándole los abdominales y me acerqué para besarle.

—Hueles de maravilla.

—Ah, ¿sí? –me cogió de la cintura elevándome para sentarme en la encimera–. Tú también, Cass –olisqueó mi pelo reteniendo todo lo que podía de mi fragancia, me besó clavándome su miembro entre mis piernas, toqué cada palmo de su cuerpo, él lentamente comenzó a quitarme la ropa.

—¿Has oído eso? –dije al escuchar pasos.

—¿Oír qué? –preguntó tranquilamente sin parar de besarme el cuello, mi punto débil.

—Nada, nada, cosas mías –y continuamos.

Yo estaba en ropa interior, me desplazó hasta el sofá donde me quitó lo que me quedaba de ropa y él se desprendió de la toalla tapándonos con ella, me penetró de lleno haciéndome suspirar como siempre, solo que esta vez fue más sonoro.

—¡Oh, Dios! –decía agarrándome a la funda del tresillo.

—¿Te gusta, eh? Disfruta nena –me daba golpes más bruscos haciéndome gritar aún más, pero de repente se detuvo.

—¿Qué pasa? –le pregunté asustada.

—Vamos al baño –no quitaba la mirada del pasillo, dirigí la mía hacia el mismo lado.

—¿Por qué? ¿Viene alguien?

—No –la apartó mirándome a mí.

—Entonces sigamos –le imperé cogiéndole la cara con ambas manos.

—Vale, como quieras –me giró brutalmente poniéndome a cuatro patas, lo que provocó que eyaculase antes que él. Poco después se oyeron sus gemidos y del empujón que me dio deduje que ya había terminado. Fue corriendo al baño sin toalla para limpiarse diciéndome–. Vienes aquí y me violas.

Me apresuré a ponerme la ropa interior.

—¿Yo? –volvió al salón y justo entraron nuestros hermanos, Iván estaba detrás del sofá y la toalla en el suelo delante de mí.

—¡Tío, eres un guarro! Vístete anda. Vamos, amor –dijo apartando la mirada y tapando a Brandy, quien no sabía si reírse o indignarse, pero se fue sin decir nada.

Ya en la habitación de Iván.

—¡Ay, madre! ¡Qué vergüenza! –me senté en la cama, y con los codos apoyados en las rodillas me tapaba la cara con ambas manos.

—No te preocupes, no es la primera vez que me caza mi hermano –dijo poniéndose los pantalones tranquilamente.

—Pero sí la primera vez que me pilla mi hermana –descansó una mano suya en mi hombro mirándome.

—Siempre hay una primera vez –se puso la camiseta de tirantes.

—Bueno, que ya es muy tarde –dijo pretendiendo echarme, miré el reloj.

—¡Hostia! Mira qué hora es, yo había venido aquí a hablar contigo.

—Pues habla –dijo tranquilamente mirándome con media sonrisa dibujada en la cara.

—Ya no tengo tiempo, luego quedamos y hablamos, venga –le di un beso en la boca, del cual él no hizo más que recibirlo, y me acompañó a la puerta.

—Bueno, veremos a ver si luego podemos quedar –dijo mirando su móvil.

—¿Cómo qu…?

—Adiós cariño –me besó en la mejilla callándome y cerrando la puerta en mis narices. Literalmente me sentí usada y tirada.

[432]

Fui a casa a comer rápido pues tenía una misión de espionaje: averiguar si Lorena había llegado de verdad y si Iván había quedado con ella. En cuanto terminé, salí de casa y llamé a Brandy preguntándola por Iván.

—No digas que soy yo –no sé por qué susurraba, si no me podía oír.

—*Está a punto de irse* –ella sí que susurraba.

—Vale, tengo que saber a dónde va, necesito pruebas.

—*¿Qué las necesitas? Cállate, que esta mañana en cuanto Adri y yo nos fuimos subieron dos chicas a casa, una con el pelo así castañito y la otra mulata con el pelo superlargo y liso, Lorena llamó para avisarle de que había llegado e inmediatamente se lo comuniqué a Alex.*

—¿Con dos chicas? –estaba perpleja–. ¿Cuánto hace que salisteis de casa?

—*Puff, no sé... madrugamos bastante* –decía en tono pensativo.

—¿Y Ángeles?

—Está con mamá... espera –se oyeron unos pasos.

—*Iván, ¿vas a ir a ver a mi hermana?*

—Eh...

—*Bueno, pues dile que los muñecos que quiere comprar se venden por separado, no son un trío... digo que no los venden juntos.*

—Eh... vale, yo se lo digo.

—Iván que no se te olvide –se oyó la puerta de salida–. *Se ha ido.*

—No te preocupes, estoy por el portal.

—*Comprueba lo que tú quieras, porque si no me vas a escuchar, mejor que lo veas por ti misma.*

—Ya vi un tanga hace unos días debajo de su cama.

—*Y aún así...*

—Bueno, Brandy, chao –y le colgué inmediatamente.

Menuda pillada

Me encontraba en la acera de enfrente, le veía y seguía sus pasos, miraba a su alrededor hasta pararse en un portal, aproximadamente a los cinco minutos apareció Cano, ¡dichosos los ojos! No le había visto desde julio. Estaban apoyados en un coche, pero no oía nada, por lo que crucé la calle y me puse detrás de ese coche rojo sobre el que estaban. Cano seguía con su cresta de cani con coletilla, llevaba puesta una camiseta de manga corta de color azul medio ajustada y un bañador, por el ruido que hacía al andar parece que iba en chanclas. Tenía la cabeza gacha mirando su teléfono móvil, supongo que sería la hora, no sé de qué, pero lo era.

—¿Qué tal todo tío? –le preguntó a Iván dándole la mano en señal de saludo.

—Bien, mulatas o negras. Ya lo sabes. ¡Soy Iván, tío! –lo decía orgulloso, me entró una rabia…

—Yo despúes de probar con la gemela guarrilla me da igual. La tía… ya sabes –intenté asomarme para ver el gesto que estaba haciendo, pero no me podía arriesgar porque estaba de frente y si me asomaba me vería a través de los cristales, por lo que solo me limité a escuchar–. Es una máquina.

—¿De quién hablas, de la gemela o la de ahora? –se notaba que Iván estaba de espaldas, su voz se oía más lejana por así decirlo.

—La gemela. Era tan buena en la cama como rebelde, y ya sabes cómo me gustan a mí.

—¡Tontas! –ambos se partieron de risa, me temblaban las manos del cabreo, pero me contuve, quería oír qué más cosas decían de Teresa.

—No, pero en serio, a veces se la echa de menos –la voz de Cano sonaba nostálgica, hubo un silencio–. ¿Qué? ¿Qué pasa tío?

—¡No me digas que te pillaste por ella! –decía Iván en tono de burla.

—No ¡se te ha ido! –agudizaba la voz confirmando que en realidad, sí sentía algo por ella.

—¿El qué? –preguntó Iván aún sonriendo.

—La pinza.

—¡La pinza perdiste tú cuando saliste con ella! –se reía con ganas de su amigo–. Y encima no habría pasado si no hubiese sido por mí.

Abrí los ojos y agudicé el oído alertada, ¡otra apuesta!

—Ya te digo, me dijiste que era incapaz de durar un mes con una chica.

[434]

Y allí, tras un coche rojo, a menos de dos metros de ellos, de cunclillas con las manos pegadas al coche para no caerme escuchaba las barbaridades de aquellos dos adolescentes.

—Y duraste más de un mes, ¡que no solo fue uno! Que fueron casi seis –le daba golpes en la espalda.

—Cinco –el tono de voz de Cano sonaba serio y un tanto molesto.

—Uuu, encima lo sabes, ¿llevabas la cuenta? –Iván no dejaba de pincharle, ¡será gilipollas el tío!

Se oía una bolsa de plástico abrirse y a continuación Iván comiendo pipas.

—Dame –volcó la bolsa para darle a Cano unas pocas.

—Si no nos hubiesen pillado ¿habrías seguido con ella? –preguntó Iván escupiendo las pipas.

Cano cogió aire y contestó:

—¿La verdad? No tengo ni idea, no estábamos mal, discutíamos de vez en cuando y eso, pero yo que sé… Además que la chupaba que te cagas –rió tontamente empujando a su amigo.

—No sabes, ¿qué? –Iván por el tono de voz sonreía.

—Bueno, cambiemos de tema.

—No, no, ¿me estás diciendo que echas de menos sus mamadas solo? ¿O la echas de menos a ella en su totalidad? –hubo un silencio.

—¡Ah! ¡Cállate! –le dijo Cano escupiendo una pipa.

—¿Qué tal con tu novia de ahora? –le sacaba punta a todo aquel moreno de ojos claros, ahora estaban uno frente al otro, por lo que les veía de perfil.

—Es una follamiga, la conocí en Ibiza, pero mi hermano y la hermana del Carlos me estorbaban, así que les mandé de vuelta aquí para poder tirármela donde quisiera –decía desinteresadamente mirando la mano que contenía las pipas para seleccionar una, parecía no querer mirar a su amigo a la cara.

—Macho, tienes un problema –decía Iván riendo y escupiendo las pipas que se oía cómo caían al suelo a cada segundo.

—¡Le dijo la sartén al mango! Que tú te tiras a todo lo que tenga agujero –le acusó medio ofendido–. Pero esta es otra guarrilla, no es nada serio –en una de las manos alzaba una pipa y la movía de un lado a otro acompañando sus gestos con sus palabras.

—Ya, por eso no me la presentaste, ¿no? Y os tuve que encontrar en la playa, ¡aquí en Cádiz! Si no es nada serio entonces, ¿por qué te la trajiste? –al escuchar esto yo asentí y puse la palma de la mano boca arriba como si estuviese yo también en la conversación.

—Porque sí. Y tú no me dijiste que volviste con doña Puños.

—Cassandra –decía con voz soñadora y sonriendo inconscientemente–. Es increíble –al verle, un hormigueo recorrió mi estómago–, pero ¡más ñoña a veces! –se metió una pipa en la boca frunciendo el ceño.

—Sí, y una salvaje, que hija puta, ¡vaya cabezazo me dio aquí la amiga! –me disgusté por las palabras de Iván, pero me enorgullecí de haberle hecho daño a Cano, se lo merecía.

—¡Eres un mariquita! Pero ella sí que la chupa bien –le acusó Iván dándole manotazos en la espalda, se oyó de nuevo la bolsa de pipas volcar, dos veces.

—¡Venga, coño! Eso sí que no me lo creo –se separó del apoyo del coche y levantó los brazos.

—Pues créetelo, creo que lo hace hasta mejor que tu nena.

—¿La gemela?

—Chico, la tienes en mente en todo momento, ¡eh!

—Es la única de la que estábamos hablando de mamadas, ¿no? –se justificó.

—Vale –y rió por lo bajo.

—¿Qué pasó esta mañana entonces? –tras una pausa volvió a apoyarse en el coche dándome la espalda.

—Que por casi me caza.

—¿Quién? ¿Doña Puños?

—¡Tío, tiene nombre! ¿Vale?... Sí –dijo medio mosqueado. ¿Por qué se enfada y luego me llama ñoña?

—Vale, Cassandra, ¿y eso?

—Buah, me estaba duchando con la Sara y la Raquel.

—Espera, ¿Raquel la mulata? –hubo un silencio, supongo que habría asentido.

—¿Qué me estás contando? ¿Qué te has tirado a Raquel la mulata? –le daba con el dorso de la mano en el hombro emocionado.

—Sí tío, es medio mora, ¿lo sabes? –informó.

—¿Qué me estás contando? –se llevó las manos a la cabeza–. ¿Tú sabes lo que cuesta conseguirlo?

—Soy Iván, tío. Consigo todo lo que quiero, ya te lo he dicho –dijo asintiendo.

—Sí, menos a Lorena. ¡No me puedo creer que no lo hayas hecho con ella todavía!

Eso fue un golpe, para mí y un alivio a la vez. ¡No lo habían hecho! Era un consuelo, pero eso significaba… que le importaba. Me puse triste, tenía un nudo en la garganta, quise llorar.

—Ya te digo, hoy volvía de Luxemburgo. No te preocupes, caerá, ¡a mí no se me escapa nadie! –¡qué flipado! Las echaba de menos, a ella y a su hija.

—¿Tiene una hija? ¿Qué pasa ahora, quieres ser papá? –Cano se burlaba de su amigo.

—Esa niña mola y punto –zanjó el tema.

—Sí, mazo, como dicen los madrileños –negó con la cabeza y miró hacia un lado.

—Mira ahí viene, ¡ha tardado, eh!

Capítulo 30

La espectacular Lorena

Alcé un poco más la cabeza, pero sin que me vieran, y a nuestra derecha atisbé una chica alta con el pelo liso a la altura del pecho, tenía poca cantidad sí, pero un cuerpo excepcional, su piel era de un tono café que delataba su condición de mulata. Vestía unos shorts vaqueros, muy cortos, con una camiseta palabra de honor metida por dentro y unas sandalias, era muy guapa, me recordaba a Jessica Alba cuando sonreía. Al verla me moría de celos, ¡no me extraña entonces! En cuanto vio a Iván se le borró la sonrisa de la cara.

—¿Tú qué quieres? –se dirigió directamente a él, quien llevaba unas gafas de sol y posaba con los brazos cruzados con una camiseta sin mangas de color verde claro.

—Quiero hablar contigo –decía tranquilamente.

—Pues yo no –y se cruzó ella también de brazos mirando a otro lado cargando el peso en una pierna.

—Venga Lole, habla conmigo. Nena te he echado de menos de verdad –su voz era mimosa, mientras le decía esto le acariciaba el mentón, ¡a mí nunca me ha suplicado así! Estuve a punto de llorar pero tenía que ser fuerte.

—¡No lo creo! –la tal Lorena hablaba muy deprisa.

—Mira tu móvil y comprobarás todo lo que te he llamado.

—Lo tengo en casa –su tono era cortante.

—Bueno, por lo menos ya estamos hablando –la cogió de la cintura atrayéndola hacia él, Lorena tampoco pudo resistirse a sus encantos–. ¿Ves qué guapa estás cuando sonríes? ¿No me has echado de menos? Porque yo no he dejado de pensar en ti.

—¡Puto embustero! –susurré, e inmediatamente me agaché, ya que ambos miraron para atrás, en cuanto volví a oírles hablar me asomé de nuevo.

—¿Eh? ¿No me has echado de menos? Dime –la sonrisa de ella se fue ensanchando cada vez más y aquí, mi exnovio, se acercó a sus labios y la besó. Ella no se opuso, Cano miraba a otro lado comiendo pipas–. Mira te presento a mi amigo Ángel, el que no pudiste conocer… por aquel incidente.

Se dieron dos besos.

—Soy Lorena –decía ella orgullosa.

—Ya lo veo –contestó con ironía, parecía estar riéndose de ella.

—¿Nos vemos esta noche?

—Sigo enfadada.

¡Cómo nos gusta a las mujeres hacernos de rogar aún sabiendo que ya hemos caído en las redes de estos hombres! La volvió a besar.

—Déjame demostrarte lo bueno que puedo ser y lo que voy a hacer por ti –a todo esto Cano no decía nada, no hacía ningún comentario burlón ni nada por el estilo, simplemente comía pipas.

—¿A qué hora vienes?

¡Madre mía! ¡Cómo le exigía!

—¿A las diez te parece buena hora? –le preguntó.

—Vale –y se abrazaron.

Iván le acompañó al portal que era justo el que tenían enfrente, estaban todos de espaldas, así que aproveché para salir de mi escondite, todavía no me habían visto, así que di un rodeo para caminar en esa misma acera delante de ellos, hice de tripas corazón para no llorar, respiré hondo y el primero que me vio fue Cano, quien carraspeó ya que Iván estaba a punto de darle el beso de despedida, y me vio de lleno poniendo los ojos como platos, sonreí con cara seductora.

—Hola guapo –le saludé con la mano, a Lorena le cambió la cara mirándole con ojos entornados, cruzándose de brazos y echando el tronco hacia atrás–. ¿No habías quedado conmigo ahora? Estaba yendo hacia tu casa.

Se quedó sin habla en cuanto solté esas palabras, tampoco esperaba respuesta alguna, cuando estuvo a punto de hablar me giré hacia Cano ignorando lo que Iván quisiese decir.

—¿Qué tal? –le pregunté dándole dos suaves puños en el hombro, este se levantó cabreado, pensaba que iba a pegarme, me quedé de pie sin retrasarme, enfrentándole, pero la mirada de Iván se lo impidió porque se echó hacia atrás volviéndose a apoyar en el coche–. Amm, pensaba que me ibas a pegar como la última vez, ¿qué tal el labio? –reí a carcajada suelta mientras me iba, el crujido de las dichosas pipas me seguía bajo las sandalias hasta que me perdí a la vuelta de la esquina.

Al menos les había dejado en evidencia, pero nada más doblar la calle comencé a llorar como una descosida. Me había utilizado, me cegó con sexo y a pesar de saberlo me dejé, ¡qué imbécil! ¡Qué idiota! A Lorena la trataba mucho mejor, pero al menos ya sabe que su novio, o lo que mierdas fuese Iván para ella, no era mucho de fiar.

En cuanto llegué a casa me encerré en mi habitación, hice todo lo posible por no llorar de nuevo. Recordé la cara de Lorena, Iván le contó el altercado que tuvo conmigo, pero, ¿sabría que la del altercado era yo? ¿Justamente yo, la que pasaba delante de ellos y saludaba tan amigablemente? Creo que no... O ¿puede que sí? Porque cuando me vio su gesto fue en plan: *esta cara me resulta familiar.*

—¡Ya está! ¿Y si hablo con Lorena? Sí, lo voy a hacer –me bajé de la cama.

—¿Hacer el qué? –preguntó Alex apoyado en el umbral de la puerta–. ¿Le has pillado o qué?

—Sip.

—Y ¿por qué sonríes? –frunció el ceño mientras yo reía cual bruja maquinaba sus planes mientras se frotaba las manos.

—Cass, me das un poco de yuyu –decía con voz temblorosa.

—¿Eh? ¡Ah no, no te preocupes! Cosas mías, ¿qué hora es?

—Las ocho y media –me informó mirando su reloj de pulsera.

—Bueno, creo que esperaré una hora –y me tumbé boca arriba en la cama.

—¿Para qué?

—Para nada –sonó mi teléfono móvil–. ¿Sí?

—*Cass, te lo puedo explicar...*

—Eh, chuss, ssssh. No me interesa, ¿vale? –no me alteré lo más mínimo.

—¿Quién es? –preguntó mi hermano a sabiendas de quién podría ser.

—*¿Con quién estás?* –preguntó celoso.

—¿Y eso a ti qué más te da? Tú quedas con quien quieres, ¿por qué yo no?

—*En fin, ¿quedamos?* –me reventó su indiferencia, no le importaba una mierda con quién estaba o podía dejar de estar.

—¿Cuándo, a las diez? Vale te veré a esa hora, chao –y colgué.

Me tumbé sobre mi costado satisfecha y mi teléfono volvió a sonar.

—*Hablaba de ahora y así te lo explicaba.*

—¿Dónde? –aún seguía tumbada en mi cama.

—*En mi casa.*

—Claro que sí, ¡olé tú! ¿Qué dices, en tu casa? Pues en tu casa –el sarcasmo me salió del alma–. Que luego llega tu hora, pues me echas tranquilamente.

—*Pues quedamos en otro sitio* –ya se estaba empezando a poner borde.

—Claro que sí, en el portal de Lorena.

—*¿Cómo?* –estaba perplejo a pesar de saber que ahí le había visto.

—Con cuchara y tenedor.

—*No te pongas chulita, que si no...*

—Si no, ¿qué? ¡No me lo explicas! Me has llamado tú, yo no te he pedido explicaciones.

—*Cass, ven a mi casa, por favor, y te daré una explicación razonable* –su tono era ya de súplica, quería saber qué tramaba. Así le entretendría hasta la hora de quedar con Lorena para ver qué hacía, porque echarme no lo iba a conseguir.

—Tengo que ducharme y vestirme, tardaré un rato, pero ahora voy a tu casa, que me muero de ganas por saber qué te has preparado –y le colgué–. Cambio de planes –me levanté de un salto de la cama dispuesta a marcharme de nuevo.

[442]

—¿A dónde vas?

—Ahora a la cocina que tengo hambre, tengo que hacer tiempo antes de irme a casa de Iván. Hoy le he visto con Lorena, la condenada es guapísima... ahora lo entiendo.

Fui a la cocina para buscar algo de comer, en realidad tenía ganas de irme ya pero tenía que ser paciente, por ello me preparé uno de mis sándwiches de gorda (como yo los llamo), aquellos en los que incluía paté untado, una loncha de jamón york, serrano, aceitunas, tomate, lechuga, un huevo frito, kétchup y mayonesa.

Terminé de comérmelo y cepillarme los dientes.

—Bueno, en fin, me voy, Brandy está ahí, y no te preocupes por mí hermano —le di un beso en la frente poniéndome de puntillas y me fui de nuevo.

—Te estás metiendo en la boca del lobo —me gritó y yo le cerré la puerta en la cara sin escucharle.

Por segunda vez en el día de hoy llamé a la puerta y la abrió él.

—Cuenta, que la ñoña escucha, hola —saludé a Brandy y a Adri una vez en el salón y a su madre en la cocina—. Hola Ángeles.

—Hola guapa.

—Bueno vamos —me invitó a pasar a su habitación, mi hermana nos seguía con la mirada.

Una vez dentro cerró la puerta, estaba nervioso.

—Seré breve —se frotaba las manos nerviosamente.

—¿Por qué?... Ah, se me olvidaba que has quedado con Lorena en media hora o así —dije dándome un manotazo en la cabeza, estaba en mi salsa, disfrutando de ello.

—Cass, yo...

—¿Tú qué? —Me levanté de golpe y puse las manos en jarra.

—Estoy intentando olvidarte.

—¡Joder y tanto que lo intentas! —sus palabras me sorprendieron—. No sé con cuántas lo habrás intentado pero seguro que con la mulata y Sara lo has intentado, bueno y con Lorena sobre todo. Si te dejan hasta los tangas de recuerdo —le recordé, él no sabía qué decir—. ¿Me lo explicas o me voy ya?

—Lo siento, no sé qué me pasa, es que no puedo... no puedo, no puedo estar sin ti —su gesto era torturador.

[443]

—¡Chico! Lo haces de lujo y encima te funciona —dije realmente impresionada aplaudiéndole—. Me has hundido la vida, por tu culpa he perdido a la persona que más quiero.

—Eso ha sido cosa tuya —me dijo con tono acusador lavándose las manos. Aunque, en realidad, tenía razón. Pero si él no hubiese aparecido sería diferente.

—¿Por qué, Iván? ¿Por qué? ¿Por qué apareces en mi vida para destrozármela? ¿No te resulta más sencillo dejarme en paz? —noté los ojos llorosos, le hablaba ya con desesperación.

—No puedo, ¿vale? No sé por qué, pero no puedo —se sujetaba la cabeza con ambas manos como si le ardiesen las entrañas solo de pensarlo, estaba a punto de llorar también.

—No me das pena, te voy a hundir la vida —le solté intentando ser fuerte.

—¿Cómo?

—Ya lo verás. No vales una mierda —mi tono iba elevándose poco a poco, me dirigí a la puerta.

—Cass, espera —quería cogerme de la mano, pero la aparté a tiempo.

—Déjame en paz —abrí la puerta de la habitación dispuesta a irme.

—¿Qué pasa por ahí?

—No pasa nada Ángeles, ya me voy. Buenas noches —Brandy y Adri ya no estaban en el salón, no sé a dónde habrían ido.

—Y yo la voy a…

—No te acerques a mí —le susurré entre dientes sonriendo para disimular ante su madre.

Estaba yendo directamente a casa de Lorena pero aún quedaban quince minutos para que quedasen.

—¿Tú? ¿A dónde te crees que vas?

—No te importa —comencé a incrementar el ritmo de mis pasos hasta casi correr, él también lo hizo.

—Cass, no me obligues a… —me paré en seco.

—A ¿qué? ¿A pegarme? Sé que eres capaz, y no sería la primera vez, porque sé que no soy nada para ti, ahora verás cómo se te arruina la vida —quise irme pero fue rápido pues me apresó del brazo—. ¡Suéltame! —le chillé a la cara.

—¿Qué tienes pensado hacer? –preguntó en tono agresivo.

—Me voy a mi casa, sé que nunca me has querido, así que vete con tu Lorena, ¡te odio! –le di un sonoro bofetón con la mano que tenía libre.

—Tienes la mano muy suelta –y me lo devolvió, reí–. ¿De qué te ríes? –incrédulo ante mi reacción preguntó.

—¡Mira quién habla! –continué riendo a carcajada suelta.

—Estás loca –dedujo.

—¡Pues anda que tú! ¿Me sueltas por favor? –le pedí dulcemente.

—No, si te suelto sé a dónde vas a ir y no lo voy a permitir –sus ojos echaban chispas.

—¡Ah! ¿No? Pues mira como sí –le di una patada en la entrepierna con todas mis fuerzas y salí corriendo, estaba retorciéndose en el suelo. Cuando llegué al portal de Lorena ahí estaba él.

—¿Pero có...?

—Te va a costar un poco librarte de mí, ¿lo sabes? –volvió a soltarme otro bofetón cruzándome y calentándome la cara a partes iguales. En cuanto me separé de él cautelosamente, volví a correr dirección a mi casa.

Cuando ya estaba más o menos cerca cogí mi móvil.

—Javi, que viene a por mí, tengo miedo –chillaba como una condenada.

—Ahora sí que vas a ver lo que es bueno –decía Iván cojeando.

—*¿Qué soy? ¿Tu segundo plato? ¿O tu perrito guardián?* –dijo con asco.

—Por favor, creo que va a acabar lo que empezó en mi casa –seguía llorando ignorando sus pullas.

—*A ¿qué te refieres?* –se alarmó al ver que no era ningún juego lo que le estaba comunicando.

—A cua... cua... ndo m-me pegó.

—*¿Dónde estás?* –preguntó un poco alterado.

—Cerca de mi casa –comencé a correr huyendo de Iván.

—¿A quién llamas, a tus guardaespaldas? Creo que eso esta vez no te va a funcionar –arrancó a perseguirme y yo corrí como alma que lleva al diablo.

—No me alcanzarás imbécil –dije aún con el teléfono en la mano.

—*Vale, llego en un momento, estoy cerca* –se apresuró a coger las llaves del coche e ir a donde yo me encontraba.

Antes de poder colgar, me despisté por evitar darme contra una farola e Iván me cogió del pelo.

—¿No te quejabas de ser un monstruo? –estaba muerta de miedo por lo que fuese a hacer, tenía una pata de madera de una mesa en la mano derecha y cara de sádico, ¿qué iba a pasar ahora?

—Sí, pero la verdad… es que me encanta serlo, así te respetan mejor –reía a carcajada suelta, alzó la pata cogiendo impulso para golpearme con ella.

—Por favor, no –me tapé la cara con la mano que tenía libre, en cuanto se iba acercando poco a poco a mí esa arma por instinto le detuve y como pude hice que lo soltase.

Él no se preocupó de cogerlo, simplemente me volvió a abofetear varias veces y me arrancó la camiseta de cuajo dejándome en sujetador, tocó bruscamente uno de mis pechos, yo le aparté de un empujón y volvió a abofetearme.

—¡Que no me apartes! –tiró de mi pelo con fuerza echándome la cabeza hacia atrás, me sacó un pecho y comenzó a lamerlo agresivamente, me hacía daño, luego besó mi cuello sin un ápice de delicadeza.

—Pero, ¿qué haces? –estaba asqueada y cachonda por ser él quien me tocaba, ¡me estaba volviendo loca!

—Darte una lección –eso sí que no lo toleraba, recordé cómo pegaba mi prima a Sergi, lo primero que tenía que hacer era liberar mi pelo, le arañé con todas mis fuerzas, me soltó de golpe y le di un frontal en el estómago, le dolió, pero no lo suficiente como para que me volviese a coger del pelo y darme un puñetazo.

—Vuelve a atacarme y te mato hija de…

En ese momento apareció Javi, Iván aún seguía apresándome el pelo mientras me tapaba la nariz y el labio que no dejaban de emanar sangre.

—Al coche –me ordenó con gesto duro, estaba realmente enfadado y verme así sangrando, con la camiseta rota y con ese monstruo doblegándome no lo estaba mejorando. Iván me soltó y fui al coche corriendo–. Tú. Ni la toques, ni la mires, ni te acerques, ¿me oyes? –nunca le había visto así, cogió a su adversario del cuello empotrándolo contra la pared.

—¡La mariquita se ha vuelto capullo! –reía.

—Tss, luego dice de mí –bufé cogiendo mi camiseta para detener la hemorragia. Me aovillé en el asiento del copiloto deseando que acabase ya esta pesadilla. Comencé a sollozar, los planes me habían salido mal, Iván no me valoraba, para él Lorena era una diosa y yo… una simple mortal. Me dolía la cara horrores, ¿de verdad me iba a golpear con la pata de una mesa?

Después de un rato oí la puerta abrirse, me sobresalté y cesé de llorar.

—¿Estás bien?

—Muchas gracias Javi, te debo la vida –el corazón me latía a mil por hora.

—Ya. De nada, tu hermano me lo contó. Te llevaré a casa –dijo secamente, en cuanto entró en el coche le abracé fuertemente y comencé a llorar de nuevo, él no respondió a mi abrazo, sino que miró a otro lado, suspiraba para que ese incómodo momento acabase.

—Gracias, muchas gracias, de verdad, ¡qué tonta he sido! Creyendo que podía darle una lección –dije mirándole.

—Sí, lo has sido –dolido era muy suave en comparación a su cara y estado de ánimo.

—No sé lo que me pasó, me invadieron los celos, no podía ver más allá y ahora entiendo cómo te sentiste cuando te conté lo de Pepe y me fui a Madrid, solo que tú te contuviste más, fuiste más maduro, ¿cómo he podido estar tan ciega? Si el oro brillaba ante mí –se me quebró la voz al verle mirándome.

—No estamos juntos y aunque me duela no puedo hacer nada, y créeme, duele –me sentí mal–. No soy oro para ti…

—Lo eres –dije agachando la cabeza interrumpiéndole–. Todo el mundo tenía razón en referencia a lo que sentías por mí y yo no escuché, no merezco estar contigo, eres demasiado bueno… Iván es mi punto ciego, la penumbra, mi perdición –agachó la mirada resignado–. Pero tú eres mi luz, he estado persiguiendo un espejismo sabiendo que tarde o temprano me daría un golpe contra el cristal que nos separaba.

—¡Ein! –arrugó la frente.

Quise reírme ante su cara de asombro, pero al no ser el momento me expliqué:

—He ido detrás de él aún sabiendo que no me quería porque pensaba que te había perdido definitivamente. Para mí tú eres demasiado valioso, eres lo… no sé cómo recuperarte, pero haré lo que sea –no sabía qué más decir para que me creyera, no pensaba con claridad.

Las palabras me salían atropelladamente, suspiré agachando los hombros, me levantó el mentón y mirándome a los ojos dijo:

—Eso es lo que quiero oír y no sabes cuánto desearía que se cumpliese porque ni podría ni querría estar con otra persona que no fueses tú –me acarició el pelo y me besó con cuidado de no hacerme daño. Al besarnos noté ese gran amor que sentía por él, le acerqué la cabeza a mí aún más, mis lágrimas caían silenciosamente recorriendo mi rostro, él lo notó puesto que tenía la mano en mi cara y, con el mayor cuidado del mundo, me las enjugó.

—Te quiero –le dije, él apretó los labios.

—Voy a llevarte a casa –arrancó el coche haciendo caso omiso a mi declaración–. Y sí, te había entendido, solo que quería ver si eras capaz de repetírmelo con la misma credibilidad.

Javi tenía muchas razones para hacer lo que hacía, y no le culpaba. Me había portado fatal con él y tenía que currarme su perdón, pero entonces, ¿por qué me había besado?

Durante el camino, que fue breve, se me hizo eternamente silencioso e incómodo. Tenía la vista fija al frente. No era capaz de mirarme, pues quería mantenerse firme, yo lo sabía. Le conocía.

—¿Sigues sangrando? –preguntó al ver que utilizaba lo que quedaba de mi camiseta para evitar sangrar más.

—No, no ha sido nada. Javi…

—Ya hemos llegado –se desabrochó el cinturón de seguridad, me extendió una camiseta y bajó del coche, sus palabras me sentaron como una jarra de agua fría.

Me quedé un rato en el coche perpleja ante la actitud del que fue mi mejor amigo, y luego mi rollo aguardando de brazos cruzados en mi portal. Tras ponerme la camiseta, no me había fijado en que tenía el labio partido, la vena del cuello le palpitaba aún por el cabreo, pero su peinado mohicano seguía intacto.

Salí del coche al ver que no me iba a escuchar, pero haría todo lo posible por tenerle de nuevo conmigo.

—Javi –le llamé tímidamente.

—Dime –me miraba a los ojos con pesar.

—¿Por qué no me has contestado cuando te he dicho que te quería?

—Porque ni te creo ni estoy seguro de quererte ya –le dolió decir estas palabras, sabía que no lo sentía de verdad.

—¿De quién es esta camiseta? –pregunté examinándola para cambiar de tema y aguantando esas ganas de llorar.

—¿Importa? –se giró para llamar al telefonillo.

—No. Tengo llaves…oh, oh –le miré con los ojos abiertos.

—No me lo digas, «están en casa de Iván» –yo asentí, pero de su bolsillo sacó ¿mis llaves?

—¿Qué haces con ellas?

—Se las quité cuando se le cayeron –al llegar a la puerta de casa nos aseguramos de que no hubiese nadie, Javi le dio un toque a Alex, quien abrió la puerta.

Entrecerró los ojos crujiéndose los nudillos.

—Gracias tío, de verdad –se cogieron de la mano en alto y se abrazaron chocando hombro con hombro y con el brazo libre se daban palmadas en la espalda–. Te lo dije.

Me miraba totalmente cabreado, agaché la cabeza entrando en casa pensando que Javi entraría tras de mí, pero no fue así.

—¿No vas a pasar? –le pregunté esperanzada.

—¿Para qué?

—Bueno, pues para hablar de esto –dije levantando los hombros.

—No, tú y yo no tenemos nada de qué hablar –hizo un corte diagonal en el aire con el antebrazo como si lo hubiese hecho con una katana.

Se me hizo un nudo en la garganta, no me salían las palabras, iba a llorar pero procuré no hacerlo delante de él. Alex, estando ahí, no decía nada, es más, ni se sentía incómodo ante la situación, sino… con cara de aprobación a la actitud de Javi, y se marchó.

—Bien, entonces… gracias de nuevo –ya estaba cerrando la puerta cuando.

—¡Espera Cassandra! –volví a abrirla esperanzada.

—Dime.

—Cuando puedas devuélveme la camiseta que es de Jessy.

Me enfurecí y me la quité tirándosela a la cara. Este con gesto indiferente me dijo:

—Gracias –giró sobre sus talones y se fue.

Rompí a llorar quedándome sentada en el suelo de la puerta de entrada de mi casa con la mano aún en el picaporte mientras que con la otra mano me tapaba los ojos. Alex se acercó, y mientras me daba hielo, dijo:

—¿No vas a luchar por Javi? –me preguntó con voz dura.

—¿Para qué? Si ya… ya no me quiere –hipaba por mis llantos.

—Te equivocas y lo sabes… Déjate el hielo un buen rato. Hasta mañana –se fue sin decir nada más y yo me levanté del suelo para hacer lo mismo.

Me puse hielo en la cara para que no se me hinchase y me metí en la cama queriendo olvidar todo lo sucedido aquel día.

Día antes de la despedida de soltera

Me levanté decidida a arreglar las cosas con Javi. Mis padres estaban trabajando y no volverían hasta tarde, estaba sola en casa con Alex.

Llevaba todo el día intentando hablar con él y no hacía más que colgarme, así que después de merendar mi hermano me preguntó:

—¿A dónde vas? –su mirada era penetrante.

—Voy a buscar a Javi –y respiró con más calma.

—Más te vale. Te acompaño a su casa no vaya a ser que tengamos visitas inesperadas o encuentros inesperados. ¡Vaya cara que llevas puesta!

Me acompañó hasta la casa de Javi, llamé al telefonillo, contestando él.

—Soy Cass —colgó y aguardamos un rato.

—Ya se está pasando de cabrón —dijo Alex marcando su número–. ¡Eh, tío! Ábrenos, anda, que mi hermana tiene algo que decirte.

Después de un buen rato, la puerta se abrió. Una vez arriba se saludaron.

—Bueno, ahí te la dejo, yo me tengo que ir que he quedado con Carmen… hermano —el moreno se asomó por encima de mi hombro para ver el gesto que realizaba mi hermano, asintió, cuando miré hacia atrás Alex ya estaba bajando las escaleras.

—¿Qué ha sido eso? —pregunté frunciendo el ceño.

—No importa —dijo poniéndose los dedos en el tabique y cerrando los ojos fuertemente–. Dime, ¿qué pasa?

—¿No voy a pasar?

—Nop —entornó la puerta de tal manera que solo se podía ver una franja de su torso desnudo y sus pantalones de chándal Nike.

—Vale, bueno… sí, la verdad es que me lo merezco —este asintió dándome la razón–. Javi, lo siento muchísimo, quiero hacer todo lo posible por estar contigo, es que… no puedo más. Yo… yo te quiero.

—Y yo no sé si estoy preparado para decírtelo —vacilaba al decir estas palabras ya que era un principio de muestra de debilidad.

—No tengas miedo.

—Es muy fácil decirlo, ¿y por qué no tenerlo? Me da igual lo que me hagan los demás, pero no lo que me hagas tú, porque me duele el doble —se mordía los labios y apretaba los puños reprimiendo el enfado.

—Si te sirve de algo quiero que sepas que nunca, en ningún momento desde que te conozco, he dejado de pensar en ti. Quiero estar con una persona con la que solo conserve buenos recuerdos.

Este sonrió extendiéndome la mano para que la tomase.

—Anda, pasa, que los vecinos son muy cotillas —eso hice. Estaba tensa, no sabía lo que iba a pasar.

—Javi —este se giró agarrando los marcos de la puerta de la cocina intimidándome con la mirada, ¡Dios qué sexy estaba a pesar de ello!–. ¿Te has hecho un tattoo? —parecía un guerrero espartano con cresta mohicana, me estaba poniendo a mil con ese tatuaje en la parte interna del brazo izquierdo distribuidas en tres líneas con unas preciosas letras sombreadas que ponían: «*You'll* (primera línea), *never walk* (segunda línea), *alone* (tercera línea)».

—Me he hecho tres –contestó secamente.

—Nunca caminarás solo –dije casi en un susurro traduciendo lo que ponía, este asintió–. ¿Y los otros?

Me mostró los codos en los cuales tenía tatuados el contorno de una estrella en ambos y volvió a agarrarse al marco de la puerta.

—El del brazo me lo hice al día siguiente de que tú te marchases a Madrid, el de los codos hace una semana –me explicó aunque no tenía por qué.

—Tengo unas ganas locas de besarte.

—¿A mí o a Iván? –escupió con desprecio, se giró para darme la espalda. Agarré su antebrazo para girarle, le miré a la cara acariciándole la misma, sus ojos se enternecieron, pero me cogió de las manos para que dejase de hacerlo. Sin quitarme ojo, con mis manos entre las suyas, me las besó tiernamente. Miré lo que hacía y luego a él de nuevo.

—Siempre tú –pareció convencerle, porque se acercó a mí inclinando la cara y me besó agresivamente haciéndome jadear. Una vez separados.

—¿Lo dices en serio? –yo asentí–. En este tiempo en el que nos hemos visto ni siquiera te habías fijado en que estaba tatuado.

—Tienes razón, estaba en mi pompa, lo siento –agaché la cabeza.

—Vale, entonces repite conmigo, Javi estaba equivocada, he sido una gilipollas y una puta ciega –susurraba en mi boca.

—Javi estaba equivocada –me arrinconó en la pared, su mirada estaba llena de deseo y furia a la vez cual depredador.

—Vamos, continúa –imperaba acariciando suavemente mi cuello con el antebrazo apoyado en la pared.

—He sido una gilipollas y una puta ciega –me estaba poniendo a cien su postura de macho dominante.

—Solo estaré contigo y nadie más –le dio un lametazo a mis labios provocando un fallo en mis rodillas, pero me sostuvo para que no cayese.

—Solo estaré contigo y nadie más –me aproximé a él para besarle pero se apartó, me quedé con ganas de más.

—No, no… tendrás que esperar –fue a vestirse, no me dejó entrar en la habitación siquiera.

Mientras le esperaba en la cocina miré el reloj. *Madre mía. ¡Las nueve ya!* Pensé en lo rápido que había pasado el tiempo, entonces fue cuando salió de la habitación, llevaba una camiseta manga corta del Paris Saint-Germain color azul, con una franja roja en vertical en todo el medio, cuyos bordes eran blancos y a la altura del pecho, partiendo la franja, la publicidad de Fly Emirates, marca a la derecha, escudo a la izquierda del pecho.

—Curioso –solté.

—¿El qué? –preguntó sin comprender.

—Que lleves una camiseta del PSG con el himno del Liverpool tatuado en el brazo –sonreí.

—Tienes razón, si quieres me pongo la de Torres del Liverpool –estaba impresionado ante mi conocimiento.

—¡Nah! Déjalo –dije un poco más relajada.

—Vamos.

—¿A dónde? –pregunté atónita.

—A nuestra casa –contestó sin mirarme, cerrando la puerta de su casa con la riñonera en mano.

Capítulo 31

La reconciliación

Me besaba sin cesar, acariciándome la piel... y, de repente, apareció Jessy con un conjunto negro y rosa muy sexy.

—Ha venido para el trío, como tú me dijiste –informó Javi con la mayor normalidad del mundo acariciando mi cara con los pulpejos.

—¿Qué? –yo sabía que me quería castigar, pero ¿así? Además, lo de Jessy se lo había dicho de broma.

La morena se aproximó a mí dándome un beso, la respondí cogiéndole de la nuca. No sabía por qué, pero me gustaba, me excitaba. Javi nos acariciaba a ambas, tanto inocente como perversamente, y se aproximó a nosotras para besarnos... Desperté aturdida, sudorosa y al lado de aquel moreno musculoso que dormía plácidamente con una sonrisa en la cara. Al incorporarme bruscamente busqué a Jessy, pero no estaba. Suspiré aliviada y miré la hora, eran las tres y media de la mañana y las tripas me rugían, no nos dio tiempo a cenar por la caña que me había dado.

Mientras iba a la cocina recordaba lo sucedido horas antes. En cuanto entramos a la casa se desprendió de la riñonera dejándola en una silla al lado de la puerta principal. Me estudió de arriba abajo, estaba nerviosa y entrelacé las manos temblando. *«Quítate la camiseta»*, me ordenó duramente. Echaba fuego por los ojos, estaba serio y mientras lo hacía se acercaba sigilosamente a mí.

Mientras pensaba en ello, abrí la nevera, ¿natillas? ¡Puff, ahora no! Embutidos, leche... miré en otro armario y me hice un sándwich de jamón serrano, queso, chopped y salami... exacto, todo junto, acompañado de un vaso de leche fría. Continué recordando mientras hacía mi súper sándwich: *«¿Quieres saber cómo me sentí cuando me declaré ante ti antes de la llamada de Jessy? ¿Cómo me sentí al ver tu reacción? ¿Cómo me sentí al oírte reír con otro que no era yo?».* Me besaba el cuello agarrando mi pelo con posesión. Mientras me hablaba, me sentía bien y mal a la vez. *«Javi lo...».* *«Ssshhh, ahora mismo no tienes derecho a hablar»*, me quitó bruscamente el sujetador dejándome los pechos al aire, no sentía miedo, porque a pesar de todo me trataba de manera delicada, los acarició saboreándolos mentalmente pues su lengua juguetona le delataba mirándolos con deseo. *«¿Quieres saber cómo me sentí cuando te vi aparecer con Iván el día que me viste con Jessy y al declararte mi amor dudaste de mí?»*, me miró a los ojos dolido y eso me sentó como una puñalada. *«Necesito una disculpa seria, necesito saber que realmente quieres estar conmigo»*, de nuevo me acorraló contra la pared clavando su muslo en mi entrepierna, casi elevándome del suelo, sus manos apresaban mis muñecas.

¿Por qué habría dudado en ese momento? Pensé saliendo fuera con mi sandwich y mi vaso de leche. Me senté en una mecedora que estaba situaba en la parte trasera de la casa, frente al jacuzzi. Miré las estrellas, la cálida brisa peinaba mis rizos alborotados. Recordé cómo Javi me desnudaba y me ordenaba desnudarle, tumbarle en la cama para darle amor y cariño privándome a mí de sentir placer. No era de piedra, una caricia mía le hacía derretirse.

Apoyé la cabeza en el respaldo e hice un repaso mental de los últimos ocho días en los que había intentado hablar con Javi, *ha tenido que pasar algo malo para poder unirnos,* pensé, *y yo creyendo que Iván había cambiado,* bueno, cada vez que dudaba de él me manipulaba con unos míseros polvos, ¡sí que había caído bajo! Y ¡qué manera de hacer el ridículo en esas broncas!

Javi me había torturado con el sexo haciéndome el amor con agresividad. Incluso me dio por detrás. Dolía, pero tuve que aguantarme, porque ese dolor no era nada en comparación con el infringido a su corazón. Supongo que sería toda la rabia contenida de estas últimas semanas o este mes lo que le llevó a ello haciéndome repetirle que yo era suya y solo suya tras correrse encima de mí sin importarle. *«Ve a limpiarte, vamos a dormir»*. Me entró un escalofrío solo de pensarlo. ¿Y si le estaba convirtiendo en un monstruo? Más me valía que no fuese así porque me alejaría de él y sería una pena.

En cuanto terminé lavé el vaso y volví a la cama.

—¿Dónde estabas? –preguntó somnoliento poniendo todo el peso de su brazo sobre mi cintura una vez tumbada en la cama dándole la espalda.

—Fuera, tenía hambre –me aproximó más a él amoldando nuestros cuerpos, adoptando esa tierna postura de cuchara.

—¿Has salido desnuda? –me besó la nuca, su tono era un tanto posesivo.

—No hay nadie aquí –puse la palma de mi mano sobre su mejilla y giré la cabeza para darle un beso.

—Buenas noches, mañana será un día largo –me dijo olisqueando mi pelo ignorando mi beso.

—Uff, no me lo recuerdes –sentí una punzada de dolor al ser rechazada y, en pocos segundos, nos dormimos.

A la mañana siguiente sonó mi móvil con tal estruendo que me sobresalté.

—¿Sí?

—*¿Dónde estás?* –preguntó mi madre gritándome preocupada.

—Mamá, lo siento, estoy aquí con Javi –carraspeé incorporándome.

—*No me mientas, ¿estás con Iván, no? Brandy me ha contado que ayer estuviste en su casa…*

La dejé hablando sola y le pasé el teléfono a Javi.

—Dime Paola –dijo con voz ronca–. Sí, estoy con ella, se me olvidó llamarte, lo siento, no volverá a ocurrir –le dijo rascándose la cabeza aún tumbado en la cama.

—¿Qué te dice? –curioseé apoyando la barbilla en su hombro intentando escuchar la conversación, pero él me ignoró dándome un suave golpe y girándose para darme la espalda.

[457]

—Vale, no te preocupes... sí... sí... hasta ahora —me miró sonriendo con un ojo cerrado, aún poniéndome la mano sobre el muslo, me mostré impasible, aunque con escasos resultados—. Vale, en un rato vamos que ahora la quiero para mí... vale, pero solo esta noche, un beso, hasta ahora —colgó y me dio la espalda para seguir durmiendo, ¿perdona?

—¿Qué te ha dicho?

—Que vayamos ahora después, te necesitan para cocinar esta noche en la despedida —y soltó una sonora carcajada echando la cabeza hacia atrás—. Tú cocinando. ¡Qué bueno! —se incorporó sentándose en la cama.

—¿Qué te hace tanta gracia? —le solté un manotazo en la espalda y comenzó a reírse con más ganas poniendo el antebrazo sobre sus abdominales e inclinándose hacia delante—. Yo sé cocinar, ¿vale? ¿Por qué todo el mundo se ríe con eso? —me crucé de brazos y le di la espalda.

—¿Quién más se ríe? —dejó de reír y puso toda su atención en mí.

—Nadie, déjalo —en su rostro se podía apreciar los celos que sentía al tensarse la mandíbula, pues sabía quién era.

—El otro, ¿verdad? —hizo una mueca de desagrado—. Es normal, nunca cocinas, algún día me prepararás algo —me abrazó fuertemente con su torso desnudo.

Me sentí un poco mal al hablarle de Pepe, pero ya tenía claro con quien quería estar.

—Te tomo la palabra, que sé cocinar... Lo justo. Alex dice que soy negra, y como negra que soy tengo que saber hacer el arroz como el padre nuestro. «Yo no lo hago por respeto», me dice aquí —pretendí imitar la voz de mi hermano.

—Por respeto ¿a qué?

—A que salga mal según dice.

—¡Qué cachondo el Alex! —comenzó a reír a carcajada limpia, después me miró a los ojos y dijo—: De acuerdo, lo veremos —me sonrió y me dio un piquito.

—Cuando quieras —le puse boca arriba montándome sobre él—. Y la próxima vez que te rías te vas a enterar, te voy a pegar tal paliza... —le señalaba con el índice pegado a su nariz.

—Bla, bla, bla –al levantar su brazo podía apreciar esos bíceps tan bien formados y esos tatuajes en movimiento que le daba esa apariencia de chico malo.

—¡Eres un chulo desde que pasas tanto tiempo con Alex! Se te está pegando –y me encantaba, me ponía a mil verle así.

—¿Y qué vas a hacer mientras me pateas el culo? ¿Me esposarás? –hablaba con desafío e inmediatamente se incorporó, marcándosele esos abdominales que brillaban a la luz del sol, y sacó del cajón algo morado–. Toma.

No sabía lo que me había dado, prestaba más atención a su cuerpo que a lo que había sacado, y eran las famosas esposas.

—Muy bien, trae, pero, ¿dónde está la llave? –si en ese momento llevase bragas… se me habrían caído solo de pensar que le tenía debajo de mí con un pene erecto que no podía esconder y que no quería. Le echó un vistazo y luego me miraba a mí sonriendo, orgulloso de su tamaño.

—¡Todavía no me has esposado y ya buscas mi libertad! Eres una *jabladora* –sonrió de medio lado.

—¿Habladora? Ahora verás –fui a la cocina a coger un trapo que utilicé como látigo, pasó cerca de su cuerpo, por lo que se levantó de golpe.

—¡Oye, eso no vale! –se levantó de golpe protegiéndose la entrepierna con una mano sin conseguir cubrírsela entera, y con la otra se protegía enseñándome la palma.

—¿Cómo que no? *Jablador*, ¡ven aquí! –atravesé la cama pasando por encima y él la bordeó escapándose de mí.

Estaba feliz de tenerle, porque con Iván no podía hacer estas cosas, era yo misma, hacía el tonto a mis anchas. Si bien es verdad que la noche anterior se había comportado así, pero sabía que era para castigarme porque no era su estilo, sabía que me quería. Lo veía en sus ojos, en sus labios, veía cómo ambos me sonreían, cosa que con Iván no sucedía, con aquel moreno de ojos claros me negué, quería pensar que lo que expresaba era verdad, pero no. Con Javi cualquier tontería era divertida, incluso el calentarle el culo con un trapo.

—¡Que no llevo ropa! –exclamó mientras corríamos desnudos por la casa. Aguantó bastante hasta que me despisté de tanto reírme de él. Gritaba y se lo frotaba diciendo–. ¡Ay! ¡Que pica mala persona! Dame ese trapo –resultaba tan cómico que por ese mismo motivo me lo arrebató.

Me cogió de la cintura, me tiró a la cama cubriendo mi cuerpo con el suyo, tras quedarnos un rato mirándonos se acercó a mí lentamente para darme un beso tierno y húmedo en los labios, al separarnos me contemplaba con admiración, rozando la adoración que sentía por mí. Volvió a besarme y cuando nos separamos le pregunté:

—Javi, ¿por qué me quieres tanto? –acaricié su ancha espalda, apoyó los codos a los lados de mi cabeza pensativo.

—Mil razones te podría dar. Cuando te conocí me pareciste simpática –sonreí, él me miraba a los ojos–. Cuando me pediste ayuda con la química te fui conociendo un poco más, eras diferente a todas, muy natural.

Se mordía el labio inferior mientras miraba los míos, los rayos del sol bañaban su cuerpo a través de la ventana y parecía estar brillando. Sonrió recordándolo, al igual que yo. No hacía más que suspender por mucho que me esforzase y deduje que en química era una cateta. Le pedí ayuda a Miriam, pero era imposible con ella, Javi nos oía varias veces discutir, hasta que un día se acercó a mí con su coletilla y su chándal de chico sencillo ofreciéndose a ayudarme, nada que ver con el que estaba encima de mi ahora: «*Si tienes problemas te puedo echar una mano morena*», decía sonriendo y mirándome con esos ojos marrones. «*Si lo haces mejor que Miriam, acepto*». «*Eh. ¡Que estoy aquí!*». La ignoramos. En ese mismo momento un solo ejercicio me explicó y lo entendí en seguida. «*No me jodas, Cass, que llevo media hora explicándotelo*», decía Miriam molesta. «*Como él no, gracias, nuevo profe*», le sonreí y se puso rojo, yéndose pitando a su sitio sin decir nada, sin mirar atrás. Solíamos quedar en una sala de estudio. Siempre me hizo reír y sigue haciéndolo, en ese tiempo se le veía muy inocente…

Pronto su gesto se ensombreció.

—Cuando Iván te hizo esa putada me apené tanto que no podía permitir que una persona tan buena como tú pasase por ese calvario en soledad, sin embargo… me empezaste a gustar, y mucho

–no pudo evitar volver a sonreír y a jugar con un rizo rebelde que me molestaba en la cara–. Hice todo lo posible por que te olvidases de Iván, para que no cometieses ese grave error de volver con él y ya de paso intentar ganarte, pero pensaba que no te gustaba, que me veías como un amigo, nada más... hasta que empezamos a quedar todos los días con esos momentos tan tensos como los del destete. Te veía tan perdida que me daban ganas de abrazarte y besarte, cuando te animabas y hacías el tonto me hacías reír tanto que no podía creerme que fueses así y me encantaba verte sonreír, bueno, aún me gusta verte sonreír... me estaba volviendo loco y hacía grandes esfuerzos por no caer rendido a tus pies. Pero entonces nos dimos el primer beso en tu casa –me alegré al recordar ese fugaz beso–. Después de eso entre nosotros se tensó aún más la relación.

—La verdad es que sí, me empezaste a gustar desde esos momentos, pero tenía miedo a que me rechazases –agaché la mirada.

—¿Por qué iba a hacerlo si yo acudí a ti? Te conté mi historia y no me juzgaste, ni me miraste mal, ni te apartaste de mí.

—¿Y por qué tendría que juzgarte? No soy quien para juzgar a nadie, yo te aceptaba de cualquiera de las formas y... –mis palabras fueron interrumpidas por su beso, entonces entendí la frase de: *en un beso sabrás todo lo que he callado.* Las mariposas de las que todo el mundo habla cuando se enamora comenzaron a revolotear nerviosas en el interior de mi estómago. Javi tenía muchísimo que ofrecer, todo lo referente a él era positivo, le gustaba a mi madre, a mis amigas, además de cuidar de ellas, le caía bien a mi hermano e incluso al hermano mayor de Iván.

En un giro me puse encima de él, nuestros genitales tomaron contacto, él no se había dado cuenta de que mientras hablábamos yo tenía las esposas, aproveché y le atrapé una de sus muñecas esposándole al cabecero de la cama.

—Bruja –lo decía con cara de deseo mientras me acariciaba las bronceadas aletas–. Mmm, estas mojadita, ¿te pone?

—¿Quién es la *jabladora* ahora? –noté el rubor de mis mejillas al oír su comentario.

—Pero preciosa –sonreí, le di un piquito en los labios y besé su cuerpo palmo a palmo, cuando llegué al ombligo me entretuve.

Pensé en cómo Iván me lo pedía siempre llegando a la conclusión de que Javi jamás lo había hecho ni me había obligado, aún sabiendo que le gustaba que se lo hiciese, ni siquiera la noche anterior. Así que, como regalo, cogí la base de ese tallo erecto y comencé a masajearlo viendo cómo me miraba atentamente deseoso de que me la metiese en la boca, y eso hice. Me daba vergüenza admitir que echaba de menos hacérselo, pero era un hecho. La textura de la punta, la forma... podría acariciarla con mi lengua sin cansarme. Quería que disfrutase, se lo merecía, me cogió del pelo y por poco me ahoga de la emoción al introducírmela más al fondo de mi garganta. Me la saqué de golpe y tosí.

—Lo siento, lo siento, ¿estás bien? Es que lo estabas haciendo con tanta pasión que... ¡puff! —me acarició la cara un tanto avergonzado, con una mezcla de preocupación, yo asentí.

—No pasa nada, veo que te ha gustado –le miré con cara de deseo y continué hasta que...

—Cassandra, estoy a punto de –no le dio tiempo a apartarse, comenzó a tener espasmos y de pronto... un líquido caliente y salado comenzó a salir de él, no sabía qué hacer, ¿trago o escupo? Pero como me la había metido casi hasta la garganta tragué apretando con mis labios la base como si estuviese estrujando para recibir hasta la última gota.

Estaba muy mojada, no sabía que haciéndoselo a él me podía poner tanto, solo pensaba en el siguiente paso, ¿qué me haría?

—Lo siento, de verdad –parecía avergonzado.

—Javi... Javi, ¡eh! No te preocupes... es la primera vez que me pasa, pero –miré hacia abajo carraspeando avergonzada– eres mi novio, es lo que hay, tú lo haces conmigo, ¿no?

—Sí, y me gusta, ¡ven aquí! –me instó.

Fui con él de nuevo, acercando mi boca a la suya, solo tenía una mano libre y le dio un buen uso manejando mis labios, acariciando suavemente mi clítoris, metiéndome el dedo hasta llegar al nudillo. Metiendo un segundo dedo y sacándomelo provocando gemidos que salían de mi interior, que me creaban dificultades para pensar con claridad, que me hacían mover las caderas como loca.

[462]

—Pónmelo aquí –dijo señalándose la boca, yo me sonrojé.

—¿De verdad? –abrí los ojos de golpe.

—Yo no bromeo respecto a esto –me decía medio serio, le hice caso, prácticamente estaba sentada a horcajadas sobre su cara, me agarré al cabecero para no apoyar todo mi peso sobre él y ahogarle, tenía la nariz libre para poder respirar por supuesto. Su mano libre agarraba fuertemente mi nalga izquierda empujándola hacia él, yo le miraba cómo lo hacía, pero cuando me excitó hasta tal punto de no poder evitar cerrar los ojos y echar la cabeza hacia atrás gimiendo, sacaba la lengua moviéndola de abajo a arriba suavemente, haciéndome estremecer, o si no me la metía en la vagina realizando rápidos movimientos.

—¡Oh, por favor, para! –le decía en un gesto contradictorio en el que presionaba su cabeza contra mi sexo. Este aumentó la intensidad de mi placer hasta que ya no pude más y las paredes de mi vagina hablaron por mí, al igual que mis gritos.

Cogí el condón y se lo puse a punto de penetrarme…

—Espera –me detuve–. Coge mi móvil, vamos a poner un poco de dancehall o reggaetón o lo que sea, que provoque ese movimiento de caderas tan sensual –le pasé el móvil que estaba encima de la mesa y puso la primera canción, que era de don Chezina– las tetas, obedeciendo la letra de la misma, yo me movía rápidamente al son de la música, luego sonó otra de un tal Serani titulada *no games*. De las siguientes canciones no fui consciente. Me abrazaba fuertemente, succionando y mordiéndome el pezón, respirando sonoramente por el placer que sentía.

—¡Joder! Es que me encanta que me folles de esa manera.

Sus palabras me hicieron volar, era brusco y directo… pero me encantaba, se fue intensificando. Se tumbó y se dejó hacer por mí. Dejó de estar esposado al cabecero minutos después, por lo que podía hacer todo lo que quería conmigo. Me azotó el trasero de la emoción provocándome un grito que no era precisamente de dolor, luego me puso de pie contra la pared y empezó a hacérmelo despacio, mirándome a los ojos, esos ojos sinceros, puros, llenos de amor y deseo. Gemí casi como en las películas porno, pero menos exagerada.

—No, no gimas –rogaba un Javi excitado que me mordía el labio inferior.

Me puso a cuatro patas en el suelo ya que le encantaba esa postura, aunque yo no podía negarlo, a mí también. La sentía más dentro de mí y no pude evitarlo, tuve que volver a gemir.

—Oh… Dios, Dios, Dios, ¡qué rico! –decía él mientras me daba cada vez golpes más fuertes.

—Uff, ¡qué gusto! –entre jadeos esas palabras me salieron espontáneamente, tras eyacular segundos antes que Javi.

Este cogió el condón por el borde y la sacó con él para que no se quedase dentro.

—Paola, aquí te la traigo –mi madre en vez de saludarme a mí corrió a darle un beso a Javi.

—Gracias cariño, te lo agradezco de verdad –y luego vino a darme un beso. ¿Qué y cuánto sabía de la historia?

—Eh… ¿hola? Tú me traes como un paquete y tú me ignoras, ¡me encanta mi gente! Es que os quiero –dije sarcásticamente.

Aparecieron Alex y Carmen.

—Qué, ¿ya habéis hecho las paces? –su novia sonrió con verdadera alegría, la veía rara con el pelo recogido.

—Le ha costado bastante, con ese bastardo de por medio jo… –le di un codazo en las costillas, con lo que guardó silencio.

Mi hermano frunció el ceño:

—¿Qué te hizo? –ese día no se detuvo a preguntarme por qué estaba tan magullada, pero se lo imaginaba. Se contuvo bastante para no ir a buscar a Iván y realizar cualquier burrada.

—Mamá, ¿queda algo por hacer? –pregunté ignorándole.

—No, ya lo hemos hecho todo –dijo desde la cocina.

—¿Qué conseguiste con ello al final? –se puso de brazos cruzados y su novia le miraba atentamente.

—Me salió mal, ya está –me encogí de hombros.

—Te ha llamado Laura, dice que la llames –en ese momento abrieron la puerta Brandy y Adri, con cara de preocupados, ya que al día siguiente del percance con Iván no supieron nada de mí.

—Cass, ¡estás bien!... y en buena compañía, ¡qué pasa cuñado! –nos abrazó tanto a mí como a Javi.

—Lo siento, muchas gracias Brandy por ayudarme –le rogué pidiéndola perdón y abrazándola.

—Hola –contestó Javi tras de mí.

Adri estaba tenso, pero no tenso por lo que nos pasó el día que soñé con Iván y por poco lo hacemos, sino tenso por la hazaña de su hermano.

—¿Qué te pasa? –le pregunté aún sabiendo la respuesta.

—Lo siento tanto, mi hermano…

—No tienes por qué disculparte en su nombre –dijo Alex apretándole el hombro amistosamente, gesto que me sorprendió.

¿Se habría enterado de que Iván intentó violarme y atizarme con un palo?, me pregunté. Mirarle me produjo una mueca de desagrado al tener la misma cara que su hermano, ¿cómo dos personas tan parecidas tenían personalidades tan distintas?

—Te lo advertí y no me hiciste caso –dijo Brandy en tono acusador, yo en cambio agaché la cabeza.

—¡Díselo bien! –Alex parecía mi hermano mayor.

—¿Qué crees que hizo cuando volvió? Díselo cariño –Adri vaciló, pues no quería dejar en evidencia a su hermano–. Vamos cari, díselo –le instó mi hermana empujándole.

—Cariño, es que…

Alex se acercó a Adri crujiéndose los nudillos.

—¿Qué dijo? –yo también quería saber qué había dicho.

—Brandy cariño, eso es crear una guerra entre familias –le miraba en tono de súplica.

—Ya cari, pero yo no sé guardar secretos en mi familia –se justificó–. Y para nosotros tú ya eres de la nuestra.

Tanto Alex como yo asentimos, a pesar del cabreo monumental de mi hermano.

—Le preguntamos por ti y dijo que decidiste dejarle, que le humillaste y que le diste un bofetón, por lo cual en ese momento llamó a Lorena. Escuchamos como dos marujos que somos y le dijo que se iba a retrasar un poco, que la de esta tarde, o sea, que supusimos que eras tú, que era una exloca que iba detrás de él, que no se preocupase, que te trató mal porque como nos dijo a nosotros le humillabas y que… le pusiste los cuernos –me estaba empezando a cabrear.

—Será hijo de… –me mordí la lengua y mi hermano se empezó a calentar.

—Voy a ir a por él, ¡encima! Seguro que puso esa cara de niño bueno que pone siempre. ¿Mira cómo le dejó la cara a mi hermana? –comenzó a transpirar y a andar de un lado a otro tras señalarme.

—Calma tío –dijo Javi cogiéndole del hombro.

—Ese cabrón de… –se mordió el puño–. ¿Qué te hizo? –me preguntó bruscamente–. Brandy, si la llegas a ver, vino tapándose la hemorragia de la nariz con su propia camiseta que le había desgarrado –susurraba intentando no gritar, la musculatura del pecho subía y bajaba por lo rápido que respiraba, el tamaño de mi hermano pequeño imponía, aunque Adri era más alto, sin embargo, no quería enfrentarse a su cuñado y más por culpa de su hermano, le respetaba. La pareja no cabía en sí. Sabía que no iba a hacerlo, Alex era racional en ese sentido… Supongo.

—Cálmate Alex –le dijo Brandy–, ¡que mamá nos puede oír! –susurró entre dientes.

—Brandy, no tienes ni put…

—¡Esa boca! –dijo cruzándose de brazos, sin embargo estuvo a punto de llorar al oír sus palabras.

—No tienes ni idea de lo que le hizo la última vez –decía señalándome y agitándose–. ¡Mírala! ¡Mira qué rasguños! –estaba elevando el tono repitiendo lo anterior.

Tanto mi hermana como mi cuñado estaban estupefactos, se les cortó la respiración y me miraron atentamente.

—Muñeco… –una simple caricia de Carmen le tranquilizó.

—Lo siento –decía besando a su novia en la mano–. Más te vale que no me entere de que te ha podido hacer algo peor que lo de la cocina –me señaló con el dedo índice.

Abrió la puerta y, al cerrarla, se oyó un gran estruendo que hizo que todos los allí presentes nos encogiésemos de hombros.

—Los niveles de testosterona de este niño están muy altos –dijo Brandy acariciándose la tripa.

—*Dios* –se oyó en el portal, mientras se escuchaba como maltrataba la pared.

—*Muñequito, venga, calma* –se oyeron los besos que le daba mientras bajaban las escaleras.

—*Como le vea lo mato, ¡es que lo mato!* –se oyó el sonido de un beso–. *Por estas.*

Ese juramento fue lo último que se escuchó de Alex.

—No creo que lo haga, en un rato se calmará, por cierto, ¿qué tal el bebé? –preguntó Javi para calmar esa tensión que podía cortarse hasta con una tijera.

—Cass, eso nos lo tienes que contar –dijo Brandy ignorado la pregunta de Javi, pues estaban realmente preocupados.

—Si me prometéis no decir nada.

Capítulo 32

La despedida de soltera

Como no había mucho que hacer ya, nos fuimos a casa de Macarena. Esta vez estábamos todos: Julián, Berto, Ariadna, Maca, las gemelas, David, Miriam, Belén, sus respectivos novios, Javi y yo.

—Bueno, bueno, esta noche... –dijo Andrea frotándose las manos.

—La despedida –terminó su gemela, todos los chicos de la habitación hicieron una mueca de desagrado, al contrario que las chicas.

—¿Tú también Maca? –preguntó Miriam extrañada.

—Por supuesto, no me quedaré en casa –puso las manos sobre los muslos de los padres de su bebé, quienes la flanqueaban a los lados.

—¿Y a dónde vamos? –pregunté, ¡ingenua de mí!, todos se me quedaron mirando.

—A la biblioteca, ¡no te jode! –dijo Teresa arrugando la nariz.

—Es una sorpresa –Andrea golpeó a su hermana con el codo–. Encima ha venido nuestro primo el soso –dijo alzando la cabeza mientras miraba a Miriam. Christian, que estaba a su lado, la miró fijamente entornando los ojos, como consecuencia ella levantó los hombros.

—No vamos a ser muchos pero sabéis que siempre se acopla gente de más –informó la gemela mirándonos a todos–. Ya lo veréis mañana cómo está montado todo –dijo Teresa.

—Pues nosotros seremos esos acoplados de los que habláis –dijo David dirigiéndose a sus compañeros de género.

—¿Y a dónde iréis? –preguntó Miriam con el ceño fruncido a Christian.

—A mí no me mires que sabes que yo en una hora o menos me tengo que ir –le contestó el susodicho mirando su gran reloj incrustado de brillantes.

—Es una sorpresa –dijeron los gemelos con cara de maliciosos mirando a Javi.

—¿Tú también? –con el brazo me rodeó la cintura.

—¡Hombre, cariño! –levantó los hombros con evidencia–. Sabes que sí.

—Hablando de cariño, ¿cómo os habéis reconciliado? –preguntó Berto apoyando los codos sobre sus rodillas y entrelazando sus dedos con los de Maca.

—No hubo mal que por bien no viniese –dije mirando a mi pareja, todos pusieron la misma cara que si les estuviésemos hablando chino… a no ser que alguno lo entendiese.

—Vale, pero, ¿cómo os habéis reconciliado? –preguntó Maca sonriendo curiosa, sentada al borde del sofá.

—Fue de una manera un poco desastrosa –dijo Javi.

Yo les conté mi versión desde el principio, con las partes que ni Javi sabía, y eliminando la conversación de Iván y Cano; todos se quedaron estupefactos, todos sin excepción, cuando Javi recobró el aliento dijo:

—Cuando llegué vi a Iván agarrándola del pelo, acababa de soltarle un puñetazo, ella estaba con la camiseta totalmente rota tapándose la boca y la nariz. Aquello alimentó aún más mi ira. Entonces la soltó, viendo su estado me daba rabia lo imbécil que había sido, y por otro lado no podía dejarla así, ya había sufrido bastante esos diez días. *«Ni la toques, ni la mires, ni te acerques, ¿me oyes?». «…uuu, el mariquita se ha vuelto capullo. Anda maricón, no tienes nada que ver aquí, esto es entre esa putilla y yo»*, dijo señalando a Cass, que estaba entrando en el coche después de haberse tropezado mientras corría, en ese momento me cabreé y le di un puñetazo, él vino a por mí pero le volví a dar otro en la nariz, le empotré contra la pared cogiéndole del cuello. *«Como te acerques a ella acabo con tu vida, hijo de la gran puta, y te lo digo en serio»*, le amenacé con un puño americano –yo suspiré asustada.

—¡Javi! ¿Le dijiste eso de verdad?

—Pues bien, que se calló y se largó –contestó tranquilo como si no le importase nada.

—¡Qué grande! Me estoy acordando de mi barrio –dijo Christian con una sonrisa que Javi le devolvió. Parecían caerse bien.

—No quiero que te hagan daño, ni físico ni psicológico –me miraba con posesión, cogiéndome de la mano para besarme el dorso.

—Ya, pero no quiero que te conviertas en un delincuente por mi culpa. –Los demás nos estaban mirando.

—Bueno, ¿cómo acabó la cosa? –preguntó Teresa.

—Me sentía fatal por todo ello, Javi no tenía por qué venir después de cómo le había tratado. Pero fue un poco duro, me dejó en casa –agaché la cabeza.

—Tenía ganas de estar contigo pero, por una vez, tenías que venir tú a por mí, y no veas lo que me costó –dijo dolido.

—Era lo que tenías que hacer Javi –le apoyó Julián levantándose y dándole un amistoso apretón en el brazo mientras se iba a la cocina. Extrañamente llevaba puesta una camiseta negra ajustada con la cara de Tony Montana (un capo mafioso cubano, personaje ficticio representado por Al Pacino. La película se llamaba *Scarface*, título en español: *El precio del poder*) mirando al frente con un traje negro y los bordes que delimitaban el traje blanco; acompañado, ¡cómo no!, de unos vaqueros claros desgastados y sus calcetines blancos.

—Mi hermano tiene razón, ¿qué pasó ayer entonces? –sonrió el pillo.

—Vino a mi casa y… –Javi le devolvió la sonrisa.

—Me perdonó sin más, ¿a que sí, amor? –dije acariciándole el pelo y este me dio un piquito en los labios, ya que no quería que supiesen lo que pasó.

—Sí, sí. No podría estar sin ti –me tomó de la cara, un gesto bastante íntimo para mostrarlo ante ellos.

—Para mear sirope, ¡creo que voy a vomitar! –dijo Maca tapándose la boca y todos reímos.

—Pero ya era de esperar, iban juntos a todos lados –dijo Miriam, en ese momento me percaté de la presencia de Christian, quien le contaría todo a Pepe en cuanto llegase a Madrid, o quizás no, pero sinceramente ya me daba igual, solo quería estar con Javi.

—¿Y qué más? –preguntó Ary que se situaba al lado de Patrick, que solo se limitaba a escuchar con los brazos cruzados.

—Pues... la obligué a que me rogara el perdón y nos fuimos a la casita para reconciliarnos –dijo Javi, nos miramos el uno al otro riéndonos.

Se oyó un *¡¡ooooh!!* como muestra de la ternura que se respiraba a nuestro alrededor.

—O sea, que fue uno salvaje –zanjó Andrea.

—¡Tío, me molan tus tatuajes! –dijo Berto–. Me molaría hacerme uno pero no puedo llevar tatuajes.

—Por poder puedes, lo que pasa es que no sabes qué hacerte –le instó Maca.

—Eso es verdad. Julián tiene un barco fantasma en el costado, lloró como una nena –se mofó de su hermano.

—Cuando te tatúes tú me cuentas, ¿vale? –le dijo su hermano.

—¿A ver tu tattoo? –le pedí a Julián.

Este se acercó, se levantó la camiseta para mostrar el costado. Soltamos un *«uuuuoooo»* como si de un stripper se tratase, porque todas sabíamos el cuerpo que gastaba. Teresa sacó un billete de cinco euros.

—¡Ven aquí guapo! –Julián se acercó a bailarla cual stripper con las manos entrelazadas en la nuca (la manera que tenía de bailar... a veces parecía más negro que blanco) y esta le puso el billete en la gomilla de los Calvin Klein amarillos. Maca rió a su lado.

Christian, tras haber reído un buen rato, miró su reloj y dijo:

—Ya es la hora, me voy a ir yendo –se levantó y todos le acompañamos afuera donde tenía aparcado el coche con las maletas ya dentro.

Nos despedimos de él excepto Miriam.

—Bueno, vamos –le decía tanto a Patrick como a esta.

—¿Tú también te vas? –le pregunté, ella asintió con la cabeza–. Bueno, que tengas un buen viaje –la abracé y subió al coche. Belén estaba muy apenada porque se iba a separar de Patrick de nuevo, se dieron un buen beso y acto seguido se montó en el coche, viendo cómo se alejaba en la carretera.

En casa de los gemelos comenzamos a beber, excepto Maca que estaba embarazada, por supuesto, y Javi que había traído el coche. Después teníamos que ir donde las gemelas para hacer más de lo mismo. A eso de las diez de la noche Javi me acompañó a casa. Me tambaleaba al buscar algo en el armario y lo primero que pillé fue un simple vestido palabra de honor que me puse con ciertas dificultades debido a mi estado de embriaguez. Al final lo conseguí.

—Estás preciosa –me giré asustada cayéndome en la cama. Mientras se bajaba los pantalones yo me tambaleaba como una cucaracha boca arriba pretendiendo escapar de él riéndome.

—Oye, que… –me empotró contra la puerta cerrándola de golpe y no se demoró en estar ya dentro de mí–. Javi, calma.

Dábamos golpes y no pude evitar gemir mientras atacaba mi cuello.

—Espera –dije, me acerqué a mi minicadena para encenderla, aquella que nunca encendía, y ¡fíjate! Ya tenía un CD puesto. Subí el volumen lo más alto que pude.

—Ven aquí –dijo con ojos entornados mordiéndose parte del labio inferior, me cargó y continuamos haciéndolo, de repente se separó de mí–. ¡El condón, el condón! –encontró sus pantalones lanzados a la otra punta de la habitación. Lo buscó en los bolsillos inmediatamente para ponérselo, me colocó bruscamente sobre la mesa despejada, ya que el ordenador se estaba arreglando en la habitación de Alex, me separó las piernas y continuó. Cada golpe suyo hacía echarme hacia delante y me estaba haciendo daño con el borde de la mesa. Se oyeron unos pasos y empujé a Javi al suelo, escondiéndonos detrás de la cama que estaba en medio de la habitación.

—¡Brandy! ¿Mamá no te enseñó a llamar a la puerta? –pregunté asomándome en una esquina de la cama un tanto enfadada por la interrupción. El estar encima de Javi implicaba para él no pararse, seguía moviéndose y le pegué para que se detuviese. El pelo totalmente despeinado, la cremallera, que se supone que tendría que estar a un lado, estaba delante, y el vestido subido por encima del ombligo me delataba, aunque no se veía, tampoco a Javi. Brandy sonreía al ver lo que estaba haciendo.

—¡*É' suít!* (expresión guineana para decir de alguna manera te jodes). Ya sabes cómo se siente uno, ¿no? Date prisa que mamá ya está lista.

—¿Has oído Javi? –dije dirigiéndome directamente a él, quien me cogió de la cabeza para besarme, no sé si mi hermana seguía ahí mirando o ya se habría ido, porque continuamos hasta acabar.

No podía dejar de besarle, pero hice el esfuerzo de arreglarme de nuevo el pelo y el vestido. Salimos de la habitación encontrándonos con mi hermana y mi madre de brazos cruzados.

—Controlad vuestras hormonas, hijos, porque ¡vaya tela! –mi madre pretendía ser seria, sin conseguirlo.

—Vale, mamá –dije agachando la cabeza.

Brandy rompió a reír mientras que Javi, con una sonrisa le contestó.

—Lo siento Paola, es que la belleza de tu hija me hipnotiza –me dio un beso en la mejilla, mientras me rodeaba la cintura con sus brazos, mi madre sonrió contenta ante las muestras de cariño–. ¿Os acerco?

Llegamos a casa de las gemelas en un periquete, cuando Javi nos dejó en la puerta se oía mucho ruido de la juerga que se estarían pegando dentro. Llamamos haciendo mucho ruido para que nos oyesen, nos abrió una prima de las gemelas con la copa de champán en la mano, de hecho, todas la tenían, excepto Macarena.

Al entrar en la casa había como doce o trece mujeres: Neuza, sus tres hermanas (incluida la madre del primo soso), la prima que nos acababa de abrir y su hermana pequeña, que tendría aproximadamente dos o tres años más que Brandy, la madre de Ariadna y Maca (aunque la madre de esta última no se quedó mucho tiempo), las respectivas hijas, las gemelas y la mujer que siempre se ponía borracha, tocaya de mi madre, Paola. Nos ofrecieron una copa que aceptamos de buen grado mi madre y yo, Brandy se tuvo que conformar con un refresco. Había una mesa llena de comida a la que ataqué en pocos segundos, sin miramientos ni cortesía alguna.

—Cassandra hija, sé una señorita –me susurraba mi madre.

Comenzamos a bailar, beber y hacer el loco. Todo me daba vueltas... o era yo. Sonó el timbre y cuando Neuza abrió apareció el típico striper vestido de policía, parecía ser un chico joven, de brillantes ojos azul claro que resaltaban sobre su morena piel, el pelo castaño tirando a rubio. Era muy guapo, me recordaba a David Beckham, y no solo por la cara de angelito, sino por el peinado de pelo pincho que llevaba. Todas gritamos y el hombre, más bien el chico, hacía el gesto de bajar la voz diciendo.

—Señoras... y señoritas, hagan el favor. No monten bullicio, bajen el volumen. Era firme en sus palabras, permanecimos en silencio esperando algo y de repente Paola, que no mi madre sino su tocaya, soltó:

—¡Vamos! quítate la ropa –las demás las seguimos a coro, el policía se mantuvo serio durante unos segundos, nos abalanzamos sobre él.

Este sonrió diciendo:

—A ver, señoras –huyó como pudo para que no le quitásemos la ropa–. Señoras, señoritas, chicas... está bien –dijo rendido a las peticiones.

Nunca había visto el lado salvaje de tantas mujeres, sobre todo el de mi madre, que estaba a la cabeza. El striper comenzó a quitarse la ropa, llevaba una camiseta de tirantes debajo; su musculatura no decepcionaba, todas (las que pudimos) le tocamos el torso y comenzamos a preparar los billetes.

—¡Venga baila! –decía Neuza, más animada que ninguna, casi volviéndose loca. El chico se desabrochó el cinturón, pero de repente paró en seco y dijo:

—Bajad la música un momento, háganme el favor –puso cara seria y de repente sacó el walkie, por lo que automáticamente lo apagamos–. Bien, ahora voy.

Se vistió rápidamente, estábamos asombradas porque ¡era policía de verdad!

—Señoritas, guárdenme el secreto, me tengo que ir... asuntos policiales (siempre quise decir eso) –sonrió tras susurrar estas últimas palabras y, tras hacerle un guiño a Teresa, quien sonrió tontamente, se fue, por lo que todas soltamos un *¡¡ooooohh!!* Por la radio se oía una dirección–. De acuerdo, ahora voy.

Salimos a la calle con él y, en efecto, ahí estaba el coche patrulla.

—Espera –dijo Teresa-. Quiero hacer algo que tenía ganas de hacer. Ya que te has hecho pasar por striper…

—Ssshh –le puso el índice sobre sus carnosos labios para callarla mientras miraba a todos lados, Teresa le apartó el dedo dándole un beso en toda regla, cosa que él no rechazó, la cogió de la cara para hacerlo más intenso y pasional.

En cuanto se separaron este le dio un piquito y dijo:

—Nos vemos... Donde siempre.

Un momento, ¿se conocían? Él se fue corriendo, se metió en el coche encendiendo el motor y haciendo chirriar las ruedas, nos quedamos todas sin palabras. Entramos de nuevo a la casa comentando la hazaña del policía.

—¡Hombre! Cuerpo de striper tenía –comentó una de las primas de las gemelas con acento portugués.

—Niña descarada, ¡yo no te he enseñado así! –espetó Neuza empujando a su hija.

—¡Oye, que solo me sacará unos cinco años! –se justificó.

—¿Y te parecen pocos? –gritó su prima empujándola al otro lado.

—Los dos somos mayores de edad, ¿qué más da? No es un delito –dijo mirándonos a todas, Andrea parecía no asombrarse.

—O sea, ¡que era él! –Teresa asintió a su gemela.

—¿Pero le conocías? –preguntó Ariadna con los ojos como platos.

—Le había visto unas cuantas veces, pero no vestido de policía. Siempre jugábamos con las miradas pero nunca nos llegamos a decir nada, me sentaba todos los días a la misma hora en el parque donde iba a correr –contestó Teresa.

Volvieron a llamar a la puerta.

—¿Y ahora quién es? –Brandy se levantó para abrir la puerta, con Maca a su lado, pues estaba al lado.

Al abrir vimos a un hombre de mediana edad, rapado, con aspecto serio vestido de chofer.

—¿Alguien ha pedido una limusina? –preguntó Maca a grito pelado al lado de Brandy.

—Tranquilita, no te vayas a provocar el parto –le dijo mi hermana en voz baja y sonriendo, mientras se acariciaba ese embarazo de cinco meses que le daba un aspecto de barriguilla, la cual intentaba esconder con camisetas anchas.

—Si son tan amables de acompañarme al coche señoritas –todas nos pusimos lo más serias que pudimos dentro de nuestras posibilidades y cuando ya íbamos a salir preguntó–: ¿Quién es la afortunada que se casa?

Neuza, tímidamente, levantó la mano y aquel chófer comenzó a bailarla quitándose la ropa.

—¡Será una broma! –preguntó una de las primas de las gemelas a mi lado, pero no duró mucho en ser racional porque tanto ella como las demás respondimos a nuestras necesidades primarias.

A una prenda de mostrarnos su naturaleza masculina preguntó:

—¿Queréis ver más?

—Sí –gritamos todas al unísono.

—Bien, entonces vamos al coche –comenzó a vestirse de nuevo.

—¡Hey! A mí no se me puede dejar así –dijo la borracha, y se abalanzó sobre el pobre hombre.

—Calma, calma, que hay más ahí dentro –dijo mi madre cogiéndola, le seguimos a la limusina la cual me dejó impresionada, puesto que nunca había entrado en ninguna.

Menuda resaca

Desperté por la luz del sol que me deslumbraba, y al igual que en Madrid, tenía el pelo hecho un nido y la boca pastosa. Mastiqué sin tener nada.

—Odio esta sensación –susurré para mí misma-. ¡Ya no más!

Cuando abrí los ojos el espacio en el que me encontraba no me sonaba para nada, *¡esa no es mi lámpara!*, pensé. Al girar la cabeza vi a un chico mulato con media cara tapada y un brazo sobre mi cuerpo desnudo.

—Ah –exhalé aire y me eché para atrás pero otro cuerpo me lo impedía, ¡otro más! El chico era blanco y moreno, tenía el cuerpo de Javi, ¿podría ser él o no? Me levanté de golpe sin pisar a ninguno de los dos, divisé el panorama. Esa habitación no me sonaba de nada y estaba totalmente desordenada, con ropa tirada por el suelo, vasos de tubo…–. ¿Dónde estoy? –chillé asustada, el mulato se sobresaltó despertándose de golpe, era muy guapo con esos ojos achinados, tenía el pelo corto con una prominente cresta rizada, su cuerpo desnudo estaba cubierto por la sábana turquesa que resaltaba ese precioso color café con leche que brillaba a la luz del sol procedente de la ventana, tenía varios arañazos, pero eran superficiales. Inconscientemente me mordí el labio, el nene estaba rico, rico. Se desperezó estirándose y aquejándose por el dolor de espalda sin importarle su desnudez. Su color era uniforme, me lo imaginé tomando el sol en una playa nudista. En cuanto se dio la vuelta apreicé ese gran miembro, tan grueso y erecto entre sus piernas. ¿Cómo un chico tan delgado podía tenerla tan gorda? Exhalé porque no me lo podía creer, entonces se percató de mi presencia. Dirigió la mirada hacia mí, quedándose anonadado ante mi desnudez, cogí lo primero que tenía a los pies y me tapé.

—¿Quién eres? –le pregunté asustada al verle escanearme con la mirada sin intenciones de taparse.

Volvió en sí después de haberme estudiado.

—¿Quién eres tú? ¿Y qué haces en mi habitación? ¡Dios que dolor de espalda! ¿Tengo algo? –preguntó girándose para mostrármela, me acerqué un poco, aunque con cautela.

—Tienes unos arañazos increíbles, ¡ni que te hubiese atacado un animal! –se puso de frente, y por alguna extraña razón yo también le estudié no pudiendo evitar mirarle la abultada erección mañanera, quedándome hipnotizada por el tamaño del mismo, nada proporcional con su cuerpo. Era delgado, pero con la musculatura bien definida, y en el hombro tenía un tatuaje a color de un ave fénix a punto de plegar las alas y cuya cola eran nombres. Al mirarle a la cara me sobresalté–. Soy Cassandra, no sé qué hago aquí y tampoco sé dónde está mi ropa. ¿Te puedes poner algo por favor?

Sonrió marcando esos hoyuelos tan graciosos. Me derretí.

—Me llamo Raymond, pero tú puedes llamarme Ray preciosa —asentí con la cabeza. Tenía dientes de lobo, pero no por ello alteraba su belleza, más aún, con esos ojos negros rasgados que me habían cazado mirándole el paquete, ¡qué vergüenza!–. ¿Qué pasa, te pongo nerviosa?

Se acercaba sigilosamente a mí mientras yo me alejaba hasta toparme con un mueble, este se acercó extendiendo la mano por encima de mi hombro, pegando los labios casi a mi cuello, las piernas estuvieron a punto de fallarme al igual que los brazos que por poco dejan caer la ropa con la que me estaba tapando las vergüenzas. Olía genial a pesar de estar recién levantado, y eso fue lo que hizo que me empezase a sentir muy cómoda desnuda. Cogió un paquete de Camel ofreciéndome uno, negué con la cabeza. Se lo encendió sin apartarse un milímetro de mí, me miraba a los ojos y a los labios alternativamente, yo estaba tiesa como un palo.

—¿De qué color era tu ropa interior? –preguntó en un tono picaresco sabiendo lo que provocaba en mí.

—Azul cielo –echó el humo a un lado, se agachó delante de mí, intenté echarme hacia atrás pero me acordé de que no tenía espacio, me apreté la ropa al cuerpo con los músculos en tensión, «no se estará agachando para comérmelo», pensé, e inmediatamente me extendió mis bragas–. ¿Cómo las has encontrado tan rápido?

Se aproximó a mí y el corazón me latía más rápido todavía, me hormigueaban los labios por las ganas que tenía de morder los suyos, tan carnosos y tiernos que parecían. No estaba segura de lo que iba a pasar después. «Habría estado bien que se agachase a saborearme mientras veía cómo se mostraban esos hoyuelos y esos dientes de lobo».

—Me dijiste azules y es un color que resalta entre toda esta ropa, ¿no crees? –me tocó la punta de la nariz dándome la espalda, concediéndome un poco de intimidad para ponerme las bragas, tras ponerse sus boxers Armani azules a juego con mi ropa interior, buscamos mi sujetador, encontrándolo en una de las aspas del ventilador del techo.

—¿Cómo ha podido acabar ahí?

—No tengo ni idea, guapa, pero lo que quiera que hiciésemos anoche, fue salvaje –le sonreí seductoramente a pesar de mis ruborizadas mejillas–. Y ahora que hemos encontrado tu ropa, ¿me puedes decir quién es este tío? –dijo señalando su cama con la mano que sostenía el cigarro, le empujó poniéndole boca arriba y ¡puff!, menos mal, suspiré tranquila–. ¡Javito! –gritó él emocionado, abofeteándole la cara hasta que consiguió despertarle emocionado.

—¡Ah, le conoces! Menos mal –me sentí aliviada, respirando con la mano en el pecho. *«O sea, menos mal que no lo hizo, porque si se llega de despertar Javi le pierdo para los restos... ¡anda que yo también!, veo a un tío bueno y lo único que pienso es en tirármelo, bueno tirármelo no, pero que me folle con la boca...».*

—¡Pues claro!, es mi hermano Javito –Javi se incorporó tras seguir recibiendo los bofetones de Ray. Volví en mí centrándome en mi novio.

—¡Qué dolor de cabeza! ¿Ray? ¿Qu-qu-qué cojones haces aquí? –susurró tocándose la misma, al igual que yo al despertar.

—No, ¿qué haces tú en mi casa? Hacía mucho que no te veía –sonrió y le abrazó fuertemente, pero su cara cambió al verme, sobre todo en ropa interior–. ¡Tío, te has tatuado! Nunca pensé que serías capaz, con lo buenecito que eras tú –estaba totalmente asombrado analizando el cuerpo de su amigo hasta que Javi se percató de mi presencia.

—Cass, ¿qué haces aquí? –su tono era posesivo, celoso, enfadado...

—Eso mismo quiero saber yo –dije un tanto enfadada, con las manos en jarra cargando el peso de mi cuerpo sobre una pierna.

Ray se levantó acercándose a mí.

—¿La conoces? –le preguntó poniéndome el brazo encima y con un segundo cigarro en la boca.

—Sí, ¡aparta ese brazo de mi novia! –se levantó y estiró bostezando, ¡mmm, musculoso cuerpo!

—¡Ja-vi-to! No sabía que te gustase el chocolate ahora –decía mirándome con los ojos entornados y mordiéndose el labio igualito que Javi, sonreí tontamente pero esa sonrisa se me borró al ver la cara de mi novio, Ray también dejó de tontear–. ¿Y qué pasa, que la secuestraste ayer?

En ese momento se oyó un ruido debajo de la cama.

—¿Qué es eso? –preguntó sin quitarse el cigarro de la boca, nos agachamos los tres para mirar debajo de la cama y ahí estaba Ariadna con un montón de ropa encima.

—¡Ary! –ella se sobresaltó dándose con el somier.

—¡Mierda!, no chilles Cass, ahora tengo un dolor de cabeza por doble partida –todos reímos.

—¡Menuda hostia se ha dao! –gritó Javi entre risas.

—¡Dejad de hacer ruido! –dijo una chica que apareció al lado de Ariadna malhumorada. Estaba boca abajo y con uno de los brazos sobre su pecho desnudo.

—Dios, esto es el paraíso –dijo Ray.

Salieron de debajo de la cama. La chica era pelirroja, con pequitas y muy blanca, ninguna de las dos llevaba ropa, pero se taparon con lo que pudieron.

—Y tú ¿quién eres? –formuló Ariadna la pregunta estrella del día.

—Rosi, y ¿tú? –decía la chica recogiéndose el pelo en una coleta alta.

—Ariadna, y ¿tú? –señaló al mulato.

—Ray –se dieron dos besos.

—De acuerdo Ray, ¿tienes un cigarro? –este se inclinó para coger el paquete y dárselo, Ary lo cogió dejando que se lo encendiese Ray como un caballero que mostraba ser.

—¿Cómo hemos llegado hasta aquí? –se preguntó mientras echaba el aire tras exhalar.

—Eso mismo quiero saber yo –dije mirando a Javi.

—¿Qué nos hemos montado aquí una orgía? –me pregunté para mí misma, pero todos me miraron.

—Ni idea, pero me alegro, porque hacía un año que no veía a mi Javito –el mulato estaba emocionado abrazándole, este estaba desorientado pero igualmente se alegraba de verle, de repente se oyó a alguien toser–. ¿Es que hay alguien más aquí?

Apareció el primo de las gemelas con el pelo bien cortado, cerquillo y una raya a un lado de la cabeza, con otra chica, la que estaba tosiendo.

—¿Qué hacemos aquí, gordo? –le decía la chica intentando taparse.

—¿¿Gordo?? —nos preguntamos Ary y yo a la vez extrañadas, se puso a buscar sus gafas que finalmente encontró a sus pies, ¡menos mal que no las pisamos! Estaba más guapo sin ellas.

—¡Menos mal que mis padres no están! Se encuentran con esto y me matan, sobre todo mi mama: Madame Ripeu, tiene unas manos que pican –Ray se llevó las manos a la cabeza sentándose en una esquina de su cama, miramos a nuestro alrededor viendo aquella leonera. Su habitación era amplia aun así.

—Y tanto que si pican. Aún me acuerdo –dijo Javi acariciándose la nuca mirando con complicidad a Ray.

—No te preocupes, te ayudaremos a recoger –dijo la chica que estaba con el primo de las gemelas abriendo la ventana para ventilar un poco.

—Toma, anda –Ray le extendió una camiseta para tapar su desnudez y no esconderse detrás del enorme cuerpazo del primo que utilizaba como escudo.

—¿Qué hora es? –pregunté, ya que no encontraba ni el reloj ni mi móvil.

—Son las… dos menos diez –dijo Javi mirando en su teléfono.

—Bueno, llegaremos, la boda es a las seis y media –dijo Ariadna en tono tranquilo, pero la cara de Javi demostraba lo contrario–. ¿Qué pasa?

—Que…

—No estamos en Cádiz –concluyó Ray, todos los presentes en la habitación nos quedamos con la boca abierta.

—Estamos en Málaga –dijo Javi levantando ambas cejas.

—¡¡¡Qué!!! –exclamamos todos a la vez.

—Buah, llegamos en un momento, ayudamos a este chico y ya –espeté, sonó mi teléfono y seguí la melodía de Don Chezina hasta el pasillo, donde se encontraba mi móvil en la mano de una figura africana.

—¿Dónde estás? –me preguntaba mi madre.

—Eh… lejos, pero no te preocupes que ahora llego –daba vueltas nerviosa de un lado a otro, aún estaba en ropa interior y sentía la mirada deseosa de Ray cuando mi novio no estaba mirando.

—Tenemos un problema –informó preocupada.

[482]

—¿Qué ha pasado? –le pregunté una vez dentro de la habitación poniendo el manos libres.

—*Neuza.*

—¿Qué pasa con Neuza? –Ariadna, Javi y el primo de las gemelas me miraron alarmados.

—*Me ha llamado preocupada y…*

—¿Y qué? Mamá, que me tienes en ascuas, habla –grité nerviosa al esperarme malas noticias.

—*Todo iba bien esta mañana, se ha despertado con César a su lado. Pero de repente han llamado a la puerta unos hombres en traje y se lo han llevado, no sabe dónde están sus hijas, no cogen el teléfono, ¿no están contigo?*

—No lo sé, ¿cómo que se han llevado a César? Ahora averiguo si las encuentro, es que estoy en… –Javi me arrancó el teléfono de las manos quitando el manos libres.

—Paola, en una hora o dos estamos ahí, ¿qué ha pasado? –guardó silencio–. ¿Qué? Pero, ¿cómo?

Todos le mirábamos esperando… algo.

—Increíble, bien, llegaremos lo antes posible, un beso, chao –y colgó.

—¡Qué buena relación tienes con la suegra! –dijo Ray impresionado.

—Es que la quiero tanto como a la hija –dijo abrazándome, las mariposas de mi interior se volvieron locas de alegría.

A punto de besarnos.

—¿Quién se ha llevado a César? –preguntó el primo de las gemelas.

—Unos rumanos, polacos o croatas, no lo sabemos muy bien, solo se sabe que son del este.

—Pero, ¿por qué? –preguntó Rosi, curiosa por la inverosímil historia.

—No sé, dicen que César anoche se llevó algo que les pertenecía y que tenía *tres horas para encontrarlo,* palabras textuales, según me ha dicho tu madre que le ha dicho Neuza que le dijo el hombre. ¡Yo no recuerdo nada de eso de anoche!

—Madre mía, vistámonos anda –dijo Ary horrorizada.

—Esperad, que os acompaño, yo también quiero ir ahí, que no tengo nada que hacer y esto pinta interesante –dijo frotándose las manos como si fuese un periodista con una exclusiva en sus manos–. Ya que me habéis venido a visitar os la devuelvo.

—Vale hermano, sabes que mi casa es tu casa –le dijo Javi con la mano en el hombro.

Capítulo 33

Intercambio de nombres

Le ayudamos a limpiar su chalet. No nos llevó mucho teniendo en cuenta los que éramos, y a algunas personas las tuvimos que pedir que nos ayudasen o se fuesen. La mayoría optaba por la segunda opción.

Ya eran las dos y media.

—Oye, ¿y cómo habéis llegado hasta aquí? —Ray hizo la pregunta que a ninguno de nosotros se nos había ocurrido.

—No lo sé —Javi salió a mirar y ahí estaba su coche.

—Vale, aún así yo también llevaré el mío, que no cabemos todos en uno, ¿vosotras también sois de Cádiz? —le preguntó a Rosi y a la otra chica bajita que tenía el cabello castaño, ambas tenían unos ojos azules como las aguas cristalinas del Caribe y esta segunda estaba todo el rato con el primo de las gemelas, de quien no se separaba.

—Sí —contestaron.

—Yo soy de Jerez de la Frontera —dijo Rosi.

—Yo también, pero me quedaré con *my boo* —dijo la otra refiriéndose al primo.

—Una pregunta, por cierto —dije poniéndome el dedo índice en los labios—. Eres el primo de mis amigas, casi mis hermanas, ¡y no sé cómo te llamas!

—¿No lo sabes? —negué con la cabeza—. O sea, yo me sé el tuyo y tú el mío, ¿no?

—Para mí tú eres el primo de las gemelas y así te nombro –dije tranquilamente cruzándome de brazos apoyada en la pared.

—Simão Adriano, llámame como quieras –dijo sonriendo mirándome atentamente con esos ojos marrones. Con el pelo rapado estaba más guapo.

—Te llamaré Simão –dije pronunciándolo en portugués.

—¿Te llamas como dos jugadores de fútbol? –atisbó Ray acercándose a él.

—¿Y tú como un cantante, no? –contestó.

—¡Es verdad! Usher se llama Raymond –concluyó Rosi, todos la miramos impresionados–. ¿Qué? Me gusta la MTV, ¡vivo por ella!

—Eso está bien, ¿cuál es tu nombre entero Rosi? –preguntó Simão.

—María del Rosario –contestó orgullosa.

—Te llamaré Rosario, aunque te pega más un Sara, o Nerea… –Ray se detuvo al ver la mirada asesina que le había lanzado la pelirroja–. Vale Rosario.

—Y tú, ¿cómo te llamas? –le pregunté a la otra chica.

—Janica.

—¡Qué bonito nombre! –comentó Javi pensativo.

—Sí, es que mi madre es polaca y mi padre gaditano, mi nombre significa «Dios es amable». Juana en español –nos informó.

—Curioso, nunca te acuestas sin saber nada nuevo. Pues mi nombre completo es Raymond Alexandre, pero el segundo es un nombre del que me quiero olvidar, simplemente me quedo con Ray –dijo abriendo su amplio armario para elegir la ropa que se iba a poner.

—¡Pero si es bonito!, no como el mío, Ariadna Guadalupe –dijo arrugando la nariz como si le diese asco y poniendo los ojos en blanco.

—Ray, te llamas casi como mi hermano que se llama Alexandro –comenté.

—¿Qué pasa, que todos tenéis nombres compuestos o qué? –preguntó Javi poniéndose la camisa que llevaba anoche, me miró y yo asentí con la cabeza–. ¿Tú también?

—Cassandra Íria, odio ese nombre –dije poniendo la misma cara que Ary.

—Si está puesto en ti es bonito mi amor –decía besándome la frente.

—¿Íria? Es raro, pero bonito, la verdad –comentó Rosi–. ¿Y tú? –le preguntó a Javi, quien negó con la cabeza.

—Y ¿tú Janica? –Javi se dirigió a la chica.

—No, es solo este.

Bueno y una vez presentados todos y después de unos minutos:

—Vamos –dijo Ray aplaudiendo tras salir de la ducha con nada más que una toalla mientras se ponía los boxers grises Calvin Klein también, ya que él era el único que podía–. ¿Por qué se os hace raro? Llevamos todo el día en pelotas.

Se puso el bañador que había preparado sobre la cama; color negro de flores rojas de Quicksilver, una camiseta de tirantes blanca de Nike y ¡madre mía! Con el calor que hacía llevaba puestas unas zapatillas Jordan Classic negras, de bota, con la suela y el logotipo blanco, la lengüeta por dentro roja y la parte de atrás era de un color grisáceo, como de piel de elefante… agrietada (se notaba que era un niño de bien por el barrio en el que vivía y porque limpiando la casa nos encontramos ciertos objetos de valor y bastante dinero tirado por ahí) se llevó en una funda de tintorería la ropa para la boda y una riñonera puesta como una bandolera, lo metió en el maletero de su flamante Volkswagen Tuareg V10 de color azul oscuro (esa marca me la sabía porque Javi lo dijo nada más verlo) y se enfundó sus gafas Ray-Ban de aviador.

—Sigues siendo un pijo –comentó Javi.

—Yo también te quiero primo –le respondió con una sonrisa. Tenían una relación fraternal que iba más allá de mi comprensión.

En el coche de Javi íbamos Ariadna y yo; en el de Ray los demás. Tardamos una hora en llegar. A mitad de camino David cogió el teléfono. Ray hizo el desvío para dejar a Rosario.

—¿Dónde estás? ¿Está Andrea contigo? –preguntó Javi atropelladamente por el manos libres.

—*Sí, estoy… ¡con las dos! ¿Qué hago con las dos en la cama? ¡Hay Dios, estamos desnudos! Hostias, ¿y estos pelos?*

—¿Qué pasó anoche? ¿Te acuerdas de algo? –le susurré a Ariadna, quien me respondió levantando los hombros, pues ella tampoco se acordaba de nada.

—…pues nada David, iros a casa de Neuza ya, que os está buscando, e informad si sabéis algo de César –imperó Javi.

—*Vale, en seguida voy, que creo que estoy en una pensión o ¡yo qué sé! ¡Chicas, venga levantaros, no seáis vagas! Javi, cualquier cosa te pego un toque compadre* –se le oía moverse con rapidez, al contrario que a las gemelas, que solo se les oía revolverse perezosamente, ¡típico en ellas!

—Vale, luego si eso hablamos –y colgó.

Aproximadamente a los veinte minutos Ray aparcó detrás de nosotros y se metió en el coche seguido de sus pasajeros, le contamos la conversación con David.

—¿Por qué se asusta el amigo? ¡Si es la mejor manera de despertarse! –dijo Ray pasándole el brazo por encima a Ariadna. Simão y Janica estaban escuchando desde fuera porque no querían apiñarse en el coche.

—Bueno, hay que darse prisa. Solo quedan dos horas… sí, justo, porque son y media, ¡joder, sí que le habéis pisado! Simão infórmanos de lo que pasa y si Neuza ha encontrado (Dios quiera que sea) a César, avísanos, por favor, y esperemos que esté de vuelta sano y salvo –este asintió tras observar a Javi mirando su reloj–. Más o menos en cuarenta y cinco minutos o una hora tenemos que volver aquí a casa de Neuza, ¿de acuerdo? –dijo con voz de líder, y todos asentimos.

—¡Me cagüen la puta! ¿Tú crees que nos dará tiempo? Porque yo no lo creo, mira mi pelo –se quejó Ariadna señalándose el mismo.

—¿Quieres que hablemos del mío? –dije cogiéndome ese moño improvisado. Ariadna me sonrió al recordar la hazaña de Madrid.

—Si quieres te lo desenredo –dijo con voz seductora lamiéndose el labio superior.

—¡Cuán sexy ha sonado eso! –Ray, que estaba en medio, se percató de ello, Javi hizo caso omiso debido a la prisa que llevaba.

—¡Calla Ary! –contesté sonriendo.

—Vosotras habéis tenido un rollito. ¡Ay cómo me estoy poniendo! –dijo el mulato pretendiendo cruzarse de piernas.

—Ray. Céntrate –le advirtió Javi.

Simão se fue con Janica a casa de Neuza, Ariadna a su casa, Javi me llevó a casa y, finalmente, se fue con Ray a la suya.

Al llegar fui directamente a ducharme, mi madre ya casi estaba lista, solo le faltaba vestirse al igual que mi padre, solo que este estaba comiendo, el hecho de verle así me recordó el hambre que tenía al oír mis tripas sonar.

—Vamos, date prisa, que te tengo que alisar… el… no tengo términos para denominar lo que llevas en la cabeza, ¡qué horror! Le diré a Javi que tenga cuidado cuando se ponga salvaje contigo –decía con una gran sonrisa maléfica intentando desenredar con los dedos mi pelo.

—¡Mamá! –le susurré entre dientes. Me empujó al baño diciendo:

—Venga, vete.

Me llevó tiempo desenredármelo pero con la ayuda de mi madre no tardamos mucho. Solo me dio tiempo a alisármelo hasta la nuca, continuaríamos en casa de las gemelas ya que Neuza la llamó llorando. Cuando llegamos me impresionó ver a las gemelas con el pelo liso, les llegaba por debajo del pecho, era increíble cómo podía dar de sí un pelo afro. También estaba Javi, que acababa de llegar con Ray.

—¿Cuándo os habéis alisado el pelo? –pregunté impresionada.

—Nos fuimos directamente a la pelu, ¡menos mal que la dominicana es rápida, porque si no! –decía Andrea agitando la mano.

—Mentira, eso no se hace en un momento, y más teniendo en cuenta la hora a la que os hemos llamado –dije incrédula soltándome el moño rizado que tenía para que mi madre continuase alisándomelo. ¡Vaya tirones pegaba!

—En verdad fue esta mañana, nos habíamos puesto la alarma sabiendo que podíamos dormirnos, así que a las diez como un reloj estábamos ya ahí y luego volvimos con David para despertarle, pero nos quedamos dormidas. Dos horas en la pelu, en verdad esas dominicanas son rápidas, ¡chico! –exclamó Andrea.

—Acabamos de llegar –aclaró Teresa.

—Aaaa. ¡Con razón decía David lo de *y esos pelos*! –ambas asintieron.

—¡Qué ojazos! –le susurraba Ray a su amigo al verlas a ambas, quedándose prendado de ellas–. Aunque tu novia tampoco se queda corta, ehh –me miraba mordiéndose el labio y Javi le dio un codazo celoso.

Neuza ya estaba arreglada, pero aún no se había puesto el vestido, tenía un moño italiano con flores pequeñas, estaba maquillada, pero no le sirvió de mucho debido a su estado de ánimo.

—¿Alguna novedad? –les pregunté a las gemelas y David.

—Han llamado y han dicho que César les robó ayer un kilo de cocaína, hemos buscado por toda la casa, pero… nada –dijo Teresa encogiéndose de hombros.

—Y nosotros no recordamos nada de eso, si no yo creo que no nos habríamos dormido –dijo David abrazando por la cintura a su novia de manera protectora ante la mirada del mulato. Todos nos quedamos mirándole asombrados–. ¡Me vais a decir que si nos encontramos un kilo de coca estando borrachos no nos daría por hacer tonterías! –replicó.

—Cierto, eso es verdad –dijo Celso, hermano mayor de las gemelas.

—Todos hacemos tonterías alguna vez –confesó Ray agachando la cabeza.

—Amén –soltó el hijo de César, del cual no me había fijado. Era exactamente como dijo Teresa, un mulatito claro, fuertote, llevaba el pelo rapado. No se había arreglado, llevaba unos bermudas rojos y una camiseta de tirantes en la cual se marcaban los músculos. Se parecía muchísimo a su padre (igual de guapo), con una perilla bien perfilada y las patillas finas.

Se le veía muy preocupado ya que, al igual que todos, no sabía dónde podría estar su padre. A su lado estaban los dos hermanos de las gemelas, Celso, anteriormente nombrado, y Roberto; el primero tenía exactamente la misma cara que ellas, iba con su cresta, los ojos marrones y, dependiendo del tiempo, cambiantes a verde, pero no tan intenso como los de Teresa y Andrea, sus pendientes de bling bling, labios carnosos, cuerpo… normalillo. Iba muy rollo playero (los chicos siempre tardaban poco en arreglarse), del mismo color de piel que sus hermanas, ya que venían del mismo padre y madre, al contrario que Roberto, el primogénito de Neuza. Le sacaba una o dos cabezas a su madre, más alto incluso que Celso. Permanecía a su lado consolándola con todo el amor del mundo, era muy claro de piel, aunque con labios carnosos como todos sus hermanos, ya estaba vestido pero sin la americana puesta, siempre fue elegante y muy serio, sus intensos ojos verdes la miraban con el fin de asegurarla de que todo iría bien, sus finas facciones tranquilizaban a esa pobre mujer que lloraba la pérdida de su futuro esposo.

—Entonces, se han equivocado de persona, porque César no ha podido ser, tiene que ser alguien que se parezca a él –concluyó Javi cruzándose de brazos.

—Es probable. Por cierto, hablando de desaparecidos, ¿alguien sabe dónde está mi hermano? –pregunté.

—Ahora viene, está en casa de Ricky –contestó Javi pensativo con los dedos índice y pulgar acariciándose la perilla que se había dejado porque yo se lo pedí–. Me llamó para que fuésemos un rato para allá y como nos sobraba tiempo... pues hemos ido.

—Pero, ¿y Cano? –pregunté mientras veía que los mayores hacían piña alrededor de la novia, incluida las gemelas y David.

—Sigue en Ibiza –no pude articular palabra con lo que oía.

—Yo tenía ganas de ver a ese desgraciado –dijo Ray, no sabía si era bueno o malo.

Ariadna entró por la puerta ya arreglada, lo que fue impresionante ya que siempre era la que más tardaba de todas, acompañada de otra mujer joven, negra con el pelo liso, era muy guapa (no tenía los labios tan carnosos), con sus oscuros ojos miraba con cariño a Roberto, estaba embarazada de aproximadamente cinco meses, y fue directamente hacia Neuza y Roberto, saludando a este con un beso en la boca y acariciándole los brazos a su suegra para consolarla. En ese momento sonó el teléfono de Neuza.

—¿Quién es? –la tensión del momento hizo que solo se oyese el tic-tac del reloj, todos la mirábamos para ver su reacción–. ¿Qué quieres ahora?... ¿cómo sabes que...? ¡Fuiste tú! Desgraciado pronunciaba estas últimas palabras con odio.

—Javi, tenías razón –susurró Andrea poniéndose a su lado.

—¿Es Anthony, verdad? –preguntó la hermana de Neuza, concretamente la madre de Simão.

—O sea, que lo tienes tú –dijo Neuza con una sonrisa maléfica ignorando a su hermana–. No sé, pensaba que se lo habrías dejado a César o algo, ya que si lo llegan a encontrar en nuestra casa habría sido demasiado fácil, ¿verdad? Y te lo has llevado tú sabiendo todos los problemas que tienes –daba vueltas de un lado a otro con el corsé y las medias puestas mientras hablaba, pues se había desatado la bata.

Tanto Celso como Roberto contenían la rabia ya que le odiaban a muerte, eran un poco más mayores que las gemelas cuando se fue y, por tanto, más consciente de lo que estaba sucediendo en esos tiempos.

—Bueno, pues que te sea leve, ¡mira que eres tonto! –y le colgó–. Va y me lo cuenta –entonces volvió a marcar otro número yéndose a hablar a otra parte, nos miramos los unos a los otros sin comprender la situación, mientras Neuza hablaba por teléfono en privado con una sonrisa maléfica en la cara.

—Hola Roberto, ¡cuánto tiempo! –fui a saludarle a pesar de los tirones que me daba mi madre en la cabeza, estaba sentada entre sus piernas y como pude me levanté.

—Cassandra, ¡qué mayor estás ya! –su sonrisa se ensanchó contagiándomela a mí.

—Veo que vas a ser papá –le dije señalando la barriga de su novia.

—Sí, ¡ups! Perdona, te presento a mi novia Flavia.

—Encantada –le dije dándola dos besos.

De repente, a mi lado estaba Celso, que en todo el rato que estábamos ahí no dejaba de mirar a mi hermana un tanto triste al ver que otro la había embarazado.

—¡Qué pasa, bruja! ¿A mí no me vas a saludar? –decía abriendo los brazos esperando un saludo emotivo.

—¡Claro que sí!, ¿qué tal? –nos dimos dos besos y un abrazo sin quitarle ojo a mi novio al que le empezaban a cegar los celos, apretaba los puños a los lados de su cadera y tensaba la mandíbula, pero para evitar hacer tonterías se puso a hablar con Ray–. Por cierto, este es mi novio Javi.

—No te preocupes, ya le conocemos –abrí los ojos como platos–. Se nota que es tu novio, pues no hablaba de otra cosa anoche. Por cierto, cada vez te pareces más a Brandy, ¡eh! –todos rieron y Javi se puso totalmente rojo.

—¡Uuu, lo que ha dicho! –dijo Teresa para enredar, pues sabía lo que sentía Celso por Brandy.

—Cala a boca porca! (Cállate la boca cerda) –le dijo pretendiendo engancharla, pero la gemela fue rápida y se zafó.

En menos de media hora apareció César en la puerta de Neuza, magullado pero, por lo general, en buen estado. Tanto su futura esposa como su hijo corrieron a abrazarle.

—Papá, ¿estás bien? –eran como dos gotas de agua, Neuza lloraba, pero pronto se dio cuenta de la hora que era.

—Bueno, ya estamos todos, preparémonos que queda poco –dijo la tía de las gemelas mirando el reloj.

A todo esto mi madre había terminado de peinarme el pelo tras varios tirones, me había ondulado el pelo y descansaba sobre uno de mis hombros. Nos vestimos en un momento ya que yo llevaba unos pantalones cortos y una camiseta ancha. Cambiando totalmente de look, Javi quedó impresionado, llevaba un vestido rosa palabra de honor con escote en forma de corazón drapeado, fajín y la falda era como de pétalos de rosa, larga claro, al ser una boda de tarde y mis tacones rosas apenas se veían.

La boda

Quedaban diez minutos para la boda y César ya estaba en el altar, con un ojo morado. Nos sentamos en los bancos de la derecha, me situaba en la quinta fila, flanqueada por Javi y Ray. Ary estaba sentada detrás de nosotros.

—Oye, ¿y Maca? –me pregunté.

—Es verdad, ¿dónde está Macarena? –preguntó Ary mirando a todos lados apoyada en el respaldo del banco donde estábamos sentados con el ceño fruncido. La llamó al teléfono pero no contestaba, llamamos a Berto quien nos comunicaba que estaba en el hospital. Maca había roto aguas de madrugada.

—¡Ay, Dios! ¡Y no la hemos llamado en todo el día a la pobre! –dije llevándome las manos a la cabeza.

—Cariño, no te preocupes ahora, después vamos –dijo Javi cogiéndome de la mano, no dejaba de repetirme lo guapa que estaba y tampoco dejaba de mirarme mordiéndose el labio en plan: *«cuando te enganche te voy a follar con ganas».*

—¿Tenéis a una amiga de parto? –preguntó Ray frunciendo el ceño.

—Sssh –chisteó Ariadna asintiendo.

Las puertas de la iglesia se abrieron, todos nos giramos para ver a la novia… pero no era ella, sino mis hermanos y sus respectivas parejas; Brandy llevaba un vestido premamá con un escote triangular de color crema y un moño bien prieto, tan feliz ella de la mano de Adri, y mi hermano tan guapo en traje y sus trenzas que parecía Bow Wow, ojos inclusive.

—¿Dónde está Neuza? –pregunté susurrando.

—¿Todavía no ha llegado? –se extrañó Brandy mientras se acomodaba en mi fila. Quince minutos después apareció, después de tantas llamadas y mensajes de preocupación sin respuesta. Su vestido estaba un poco manchado y raído, su peinado no tan perfecto como antes, pero estaba entera y dispuesta a casarse con aquel buen hombre. Se acicaló un poco y comenzó a sonar la marcha nupcial cogida por su padre, quien guiaba a su hija al altar… de nuevo. Nos levantamos de nuestros bancos, de repente se oyó un disparo y todos nos agachamos, excepto Neuza.

—Calmaos, que siga la ceremonia –decía tan tranquila, al rato apareció el padre de las gemelas abriendo la puerta de golpe.

—¡Maldita puta! –continuó soltando improperios mientras se acercaba a ella, cojeando y ensangrentado la fulminaba con esos ojos claros.

—Tú te lo has buscado –decía Neuza con la misma tranquilidad yendo hacia su futuro marido que se acercaba a ella con cautela, mientras Tony se acercaba David se levantó de su sitio interponiéndose en el trayecto del puñetazo de este y la cara de la madre de su novia, recibiéndolo él.

A partir de ese momento, Roberto, Celso, mi hermano, Javi, Adri,

[494]

el padre de Neuza, el mío, etc., etc. Todos se abalanzaron sobre él, pero las puertas de la Iglesia volvieron a abrirse y apareció un hombre con un traje que parecía ser caro, caminaba con sus zapatos impolutos de manera intimidante a la vez que con elegancia, tenía una cicatriz bien larga detrás de la oreja extendiéndose casi por su cabeza rapada al uno. Al llegar ante esa concentración de gente cabreada se quitó las gafas de sol resaltando sus fríos ojos azules y su ceño fruncido, que le daba ese aspecto de ser un hombre de acción, un hombre duro. Todos al verle nos quedamos en silencio, abrimos un corro alrededor de Tony, el hombre se acercó metiendo la mano en el bolsillo interno de su chaqueta, todos nos asustamos pensando que sacaría un arma... pero era un pañuelo para limpiarse el sudor, así que respiramos tranquilos, Neuza no se había alterado lo más mínimo, y se acercó a aquel pálido hombre, ¿qué se traían entre manos? Se miraron, primero asintió él y luego ella, se dirigió a Tony con paso seguro, guardándose el pañuelo de nuevo en el bolsillo interno de la chaqueta.

—Vaya –decía con acento cuya procedencia desconocía–. ¡Jugando a ser malo! Tú y yo vamos a hablar un rato, me has hecho venir hasta aquí por tus jueguecitos –se crujió los nudillos como mi hermano cuando estaba cabreado, le agarró del pescuezo dándole un bofetón con el reverso de la mano y se lo llevó fuera mientras le apuntaba con algo que no dejaba ver y que supongo que sería un arma. En la cara de aquel hombre, que no el trajeado, estaba reflejado el miedo en estado puro. Nadie objetó, nadie puso cara de pena, puesto que se había ganado el odio de todos y cada uno de los invitados.

Miré a las gemelas que ni siquiera se molestaron en atender, no querían saber nada de su padre... era lo mejor, solo se preocupaban de David, que se había interpuesto en el trayecto de un puñetazo y su suegra. Eso tenía mérito.

Volvimos a colocarnos en nuestros sitios, excepto las gemelas y David, que le acompañaron a por hielo.

—Por la puerta de atrás, no tenéis por qué ver lo que pasa fuera –chilló Neuza recolocándose su vestido y cogiéndole de nuevo la mano a su padre para ser entregada a su futuro marido.

El cura que oficiaba la misa estaba prácticamente en estado de shock.

—Bien, continuemos –alzó la mano para que siguiese sonando la marcha nupcial.

—¡Qué grande, qué grande es esta boda! –miré a Ray, quien llevaba una cámara de vídeo en miniatura pronunciando aquellas palabras y filmando todo aquello que había sucedido.

—Vamos a ver cómo esta David, ¿no? –propuse.

—Sí, vamos –decía Javi dando dos palmadas a mi muslo antes de levantarse. Fuimos a verle, no tenía la nariz rota, pero el pómulo parecía estar un poco perjudicado, estaba un tanto achatado y morado, azulado… extraño en general.

—Andrea, deberíamos llevarle al hospital un poco –dijo Javi preocupado mirándole con atención.

—¿Un poco primo? –le miró Ray preocupado–. ¿Ves doble? –le preguntó a David.

—Un poco –y se aquejó del dolor.

—Mira hacia arriba –David se negó tras intentarlo–. ¿No puedes? –volvió a negar con la cabeza–. ¿De izquierda a derecha? –negó de nuevo.

Eso no tenía buena pinta. Con las manos en los bolsillos de su pantalón de pitillo y la americana remangada nos urgió:

—¡Vamos, ya!

Teresa se quedó por no dejar sola a su madre, fuimos Andrea, sentada encima de David, delante Javi y Ray, y al lado de la pareja Ariadna y yo.

—¡Menudo combo! –decía Ariadna mientras se sacaba una petaca del escote–. Maca de parto y no lo sabemos, secuestran a César, movida en la iglesia, el pómulo de David roto, ¡joder! –se hundió en el asiento, bebió y le ofreció a Ray, quien no negó ese trago que posteriormente me ofreció.

—No, gracias –dije apartándola de mí, mirando a otro lado.

—Anda negra, ¡que estamos de boda y de parto… y de peleas! –sus ojos rasgados casi me convencen.

Pero…

—No voy a beber delante de la cámara –la apagó y me volvió a ofrecer–. Ahora sí –la cogí sonriendo y bebí. ¡Dios, qué ardiente!

—Por lo menos, mientras miran a David, podremos ver a Macarena –concluyó Andrea.

Llegamos a urgencias y después de un buen rato se llevaron a David, ¡menos mal que no había mucha gente!

—¡Así va España! –decía Javi, a todo esto Ray volvía a grabar de nuevo, no podía dejar de mirarle, su color, su cara, su sonrisa… todo de él me atraía, además era un chico gracioso, me mordí el labio inconscientemente poniendo cara de deseo. Tenía ganas de volver a estar en la cama con él aunque, si bien no recordaba nada de lo sucedido…, pero me sentía un poco culpable al pensar en eso con mi novio al lado.

David volvió a aparecer, no podía hablar, pero entregó un papel en el que, resumiendo, tenía que entrar a quirófano.

—¡Mi pobre niño! –le abrazaba Andrea casi haciendo pucheros muy preocupada.

—Es un buen rato –dijo Javi mirando el reloj.

De repente apareció mi hermano, y Ray le saludó.

—Alex, ¡no me lo creo! ¿Qué tal estas? –preguntó echando el tronco hacia atrás como alejándose para ver a mi hermano mejor y ahuecando las manos sobre sus cejas como si llevase una visera.

—¿Qué tal Ray? –Alex se acercó a él dándole un abrazo.

—¿Le conoces? –le preguntó Javi a Ray y yo a Alex. Ambos asintieron.

—No sé si sabéis que estabais ambos en la iglesia –dije arqueando las cejas.

Los dos volvieron a mirarse.

—Yo te estaba mirando de lejos, pero como no sabía si realmente eras tú o eran imaginaciones mías, dije bueno, voy a grabar y luego pregunto –aclaró Ray.

—Me imagino, ya hace tiempo, la verdad, ¿qué haces aquí tío? –preguntó Alex dándole un suave golpe en el codo.

—Me ha invitado Javito –decía abrazándole brutalmente, como quien dice un macho.

—Javi, conoces a todo el mundo, ¡y yo que pensaba que no!

–decía Alex impresionado, a lo que mi novio solo levantó los hombros.

—¿Entonces esta era la hermana de la que me hablabas? –dijo señalándome.

—Una de ellas.

—Ya decía yo, la miraba y decía: esa cara me suena, parece tu melliza… claro que tú no eres tan guapo.

—¿Tú hablando de mí? –le pregunté girándole hacia mí acaparando su atención y sonrosándome por el comentario de aquel mulato tan guapo.

—Sí, fue en el campamento –dijo Alex sonriendo.

—Eras un enano, ¡qué mayor estás ya pulguita! –decía acercándose a él para atacarle amistosamente.

—Tío, tío, ¡que me despeinas! –decía colocándose la chaqueta y tocándose las trenzas recién hechas.

—Sigues siendo igual de chulo ¿Te acuerdas de la monitora esa que estaba to buenorra? –decía Ray dándole codazos.

—¡Que si me acuerdo de esas tetas! ¿O sea, de esa chica? ¡Qué tonta era la rubia! Estaba loca por ti pero nos la llevamos al huerto…

—¿Perdona? –fruncí el ceño.

—Eh… nada –y tanto el mulato como mi hermano comenzaron a reírse aplaudiendo y echando el tronco hacia delante.

—Amm. Oye, ¿vamos a preguntar por Maca?, ya que a David… le llevará un rato – dije ignorando los actos de chulería de mi hermano.

—Sí, claro, vamos –dijo Ariadna, que había oído justo esto último ya que estaba hablando con Andrea contándole no sé qué.

—Vamos, Andrea –le dije, pero se la veía muy nerviosa.

—No te preocupes ya nos avisarán, todavía quedan horas, y nos pasaremos por aquí, ¿vale? –le tranquilizó Ray acariciándole la espalda, ella asintió accediendo a acompañarnos.

Nos fuimos a maternidad y preguntamos por Maca, por el pasillo nos encontramos con Berto.

—¿Cómo está? –corrió a preguntar Ariadna tambaleándose un poco debido a la cantidad de alcohol ingerido… que no era mucho, pero mi amiga tenía poco aguante.

—Todavía le queda un buen rato, no ha dilatado lo suficiente, le quedan unos cinco centímetros, así que si queréis volver a la boda no pasa nada, os avisaremos cuando vaya a parir, ¿vale? –estaba un tanto nervioso.

—Lo sentimos mucho, es que… hemos tenido ciertos problemas en la boda… –dije justificándonos.

—No pasa nada, lo entiendo.

—Yo quiero ver a Maca un momento antes de irme –le gritó Ary.

—No se puede, solo podemos mi hermano y yo –informó apesadumbrado, extrañamente llevaba un pantalón de chándal gris de adidas, estrecha en la parte de los tobillos, unas zapatillas Good Year con el símbolo rojo y una camiseta manga corta ajustada dejando marcar sus músculos, también blanca, y el símbolo en rojo también de la misma marca en classic.

—Joo –nos quejamos todos.

—Bueno, al menos comunícale que David también está aquí, le han fracturado el pómulo y le llevan a quirófano –informó Javi y de repente al modelo le cambió la cara pasando al asombro, y descruzó los brazos para dejarlos caer a los lados de su cuerpo.

—¿Cómo?

—Comiendo. Fue el padre de Andrea –dije cogida de la mano de mi novio, miré a Andrea que estaba cabizbaja, muy preocupada por lo que pudiese pasarle a su novio por culpa de su padre.

—¿Sí o qué? –miró a Andrea buscando una explicación que no llegó.

—Es una larga historia –dijo Javi.

—Sí. Que casualmente tengo grabada aquí. Hola soy Ray –se acercó Ray para enseñárselo tras darle la mano, la cual el gemelo respondió al apretón.

—¡Me cagüen la puta! ¿De verdad ha pasado esto? –decía señalando la pequeña pantalla.

—Sí señor –esta vez habló Andrea.

Por un momento Berto se quedó mirando al suelo mientras jugaba con su labio inferior.

—¿Berto? –le llamó la gemela inclinando la cabeza para aparecer en su campo de visión.

—¡Qué!... ¿Dime?... ¡Ah! Ahora voy… a decirle a Maca… lo… lo que pasa y que habéis estado aquí, que estaba un poco enfadada porque ninguna contestabais al teléfono.

—Pobrecilla mi niña –dijo Ariadna tambaleándose mientras Ray la cogía.

—Oye, ¿has bebido? –preguntó Berto acercándose a ella para olerla.

—No, ¿y tú? –le clavó el índice en los pectorales–. Uu, ¡qué fuerte estás! Comenzó a palpar esa musculatura mientras el gemelo miraba lo que estaba haciendo sin intenciones de apartarse, pues le estaba resultando bastante cómica la actitud de la chilena.

—Ary, ¡venga, vamos! –dijo Ray cogiéndola suavemente por el antebrazo conteniendo la risa, la cara de Berto era un poema.

Volvimos a la Iglesia (Andrea se quedó en el hospital, pues estaba muy preocupada por su novio), pero justo llegamos cuando la gente tiraba arroz y gritaba: «*¡VIVAN LOS NOVIOS!*», Antes de entrar de nuevo en el coche apareció aquel hombre que se había llevado al padre de las gemelas, todos se quedaron callados, este le hizo señas con el dedo índice y corazón a Neuza para que se aproximase, sonriente aquel hombre que parecía no saber cómo hacerlo, se puso a su altura y le abrazó.

—Ray, ¿lo estás grabando? –susurré.

—Por supuesto, entonces el tío este está de parte de la novia, ¿qué pasa? ¿Qué tiene, un trato con la mafia?

—Tío recuerda que se oye lo que grabas –le advirtió Javi.

—Mmm, es verdad.

¿Qué pasó anoche?

Acabamos en unos salones al aire libre, era todo tan blanco, tan elegante… desde la larga mesa rectangular de los novios y los familiares más allegados hasta las redondas de los invitados, lucían sus blancos manteles. Estábamos sentados muy cerca de ellos: Brandy y Adri; Ray, Ary; Alex y Carmen; Javi y yo. Y por fin pude hacer la pregunta del millón.

—Oye, alguno de vosotros me puede explicar ¿qué pasó anoche? –Brandy y Adri se miraron conteniendo la risa.

—¿Qué no pasó anoche? –dijeron ambos.

—Cuando subimos a la limusina no violasteis al stripper de milagro –Javi me miró molesto y yo agaché la cabeza, entonces Brandy se dio cuenta de lo que había hecho-. ¿Te acuerdas del policía que besó a Teresa?

—Perdón, ¿quién es Teresa? –preguntó Ray escuchando atentamente.

—La gemela de la que se ha quedado en el hospital, esa de ahí –dijo Alex señalándola al lado de su madre.

—¡Qué fuerte! ¿Se besó con un poli? –gritó Ray.

—Sssh –le chistó Javi.

—Sí, ¿qué pasa con él? –pregunté.

—Nos lo volvimos a encontrar cerca del Zoo.

—¿Y cómo llegamos al Zoo? –fruncí el ceño.

—Primero estuvimos en el boys, Neuza y mamá se volvieron locas al ver tanto hombre desnudo, deduje que hacía tiempo que no veían a uno bien formado –y rió descaradamente–. Mamá tocaba culos, encima te llamaba para que hicieses lo mismo. Estaban fumadas, bebidas… yo que sé.

Me quedé descolocada, aunque esa actitud de mi madre no me extrañaba del todo, la verdad, miré a Javi quien mostraba indiferencia ante el asunto, al contrario que Ray que había apoyado los codos en la mesa para sujetarse la cabeza y escuchar el suceso. Esta vez no estaba grabando, mientras que Alex parecía no querer oír más.

—Increíble, tenía que haber estado ahí –dijo Ray.

—¡Pero si tú estabas! Apareciste en el Zoo, todos vosotros os colasteis para perturbar a los pobres animales. Tú te querías llevar una cría de leopardo.

Los hoyuelos de aquel mulato desaparecieron para dar paso al asombro.

—¿Cómo lo sabes? –desclavó los codos de la mesa.

—¿Te acuerdas de eso? –preguntó Javi, Ray asintió–. Pero cuando pasó eso, ellas todavía no habían llegado –dijo mi novio pensativo.

—Es verdad –afirmó mi hermano.

—Se lo conté yo. Mea culpa –admitió Adri–. La llamé y por eso aparecisteis vosotras también en el Zoo, encontramos a Javi con los monos y en cuanto Cassandra le vio fue con él para molestarles, a todo esto César y su hijo desaparecieron…

—Y vosotros, ¿cómo acabasteis yendo ahí? –pregunté curiosa, este señaló a Javi con el mentón.

—Fue idea suya.

—¿Mía?

—¿Suya? –se preguntó Alex señalando a mi novio.

—Javi, ¡por Dios! –dije con las manos en jarra, pero riéndome.

—Sí, pero todos le seguimos como patitos –reconoció Adri.

—¿Y cómo llegué yo? Porque vivo en Málaga.

—¿En Málaga? –Brandy parpadeó dos veces.

—A esa pregunta te puedo responder yo –dijo Javi–. Tú siempre me decías que te gustaban los leopardos y te llamé para que vinieses a coger uno, no sé dónde estarías o si mi concepto del tiempo era nulo, porque llegaste enseguida.

—Estaba en casa de una chica que vivía en la frontera Málaga-Cádiz que, ahora que lo pienso, ¡la dejé plantada! –se llevó las manos a la cabeza abriendo los ojos y dirigiéndose a mi novio–. ¡Buah!, no la conocía.

—¿Y yo molestando a los monos? –me pregunté desconcertada sujetándome la cabeza apoyada en la palma de mi mano.

—Sí, Javi y tú queríais enseñarles a jugar a las palmas y a hablar el lenguaje de los signos… Creo que veis demasiado *Los pingüinos de Madagascar* –rieron Adri y Brandy.

—¡Si yo no sé! –dije a punto de beber la sangría de mi copa.

—Bueno… yo sé un poco –admitió Javi.

—¿Hay algo que no sepas hacer? –le pregunté con desdén.

—Esperad, que llega lo mejor –dijo mi hermana expresándose con las palmas de las manos moviéndolas de arriba a abajo–. Os empezasteis a enrollar de repente. Los monos primero se taparon los ojos y luego empezaron a imitaros, parecíais todos monos, excepto Javi, que era una especie de Copito de nieve.

Adri rió por lo bajo mientras picaba un trozo de pan, ¡vaya pareja! Se complementaba a la perfección, parecía que no necesitaban palabras para hablarse. Todos los presentes en esa mesa escuchábamos con atención lo que tenía que decir mi hermana, teníamos hambre, pero esto nos entretenía.

—Os estabais desnudando y… apareció él con la cría de leopardo, parte de la ropa rasgada y un cigarro en la boca diciendo: *«Javito, mira lo que tengo»*, saltabas de alegría.

—¡De ahí los arañazos de esta mañana Ray! –le recordé ignorando las risotadas de mis hermanos y cuñados.

—¡Claro! –asintió señalándome, ellos ignoraron cómo sabía yo eso.

—Después de tu gran logro del robo, el primo de las gemelas –dijo Adri limpiándose las lágrimas.

—Simão –le interrumpí.

—Como tú quieras llamarle. Apareció de la nada y te lo arrebató de las manos, pero apenas te diste cuenta porque te quedaste anonadado mirando a esta pareja medio desnuda dándose el lote. Sobre todo te quedabas empanado con Cass –yo me sonrojé intentando mirarle por el rabillo del ojo para ver su reacción.

—Te acercaste para saludar a Javi, pero…

—BUENO, QUISIERA DECIR UNAS PALABRAS… –interrumpió César en el mejor momento de la historia, nos giramos a regañadientes para prestarle atención, se dirigió a la novia cogiéndole de la mano.

—Neuza, eres mi Sol y sé que nunca me arrepentiré de este momento tan grande que es nuestra unión, gracias. Gracias por aceptarme en tu vida y gracias por salvármela. A día de hoy creo tener la certeza de aquello que dicen.

—¿Y qué es lo que dicen? –se oyó una voz de fondo… Paola la borracha, fijo.

—Cuanto más desastrosa es la boda, más duradero es el matrimonio, por lo tanto… después de este día tan felizmente desastroso, que los años venideros sean mejores –alzó la copa para que brindásemos.

—Que así sea y que seáis muy felices, os lo merecéis –dijo mi madre como madrina que era.

Brindamos y bebimos, Ray estaba al tanto y también había grabado este buen momento, yo estaba a punto de llorar y alcé la vista para evitarlo.

[503]

—Llora, anda —me susurraba Javi al oído dándome un pañuelo.

Brandy lloró silenciosamente apoyando la espalda sobre el torso del padre de su bebé quien le acariciaba el abultado abdomen con cariño y delicadeza. Neuza también lloraba y César la besó con todo el amor del mundo tras el brindis, a Ray no se le escapaba ni una, lo tenía todo.

Por fin sirvieron la comida, merienda, cena... supongo que ya se consideraría una cena, porque eran las nueve menos cuarto. Aun habiendo visto a mi padre comer cuando llegué a casa no me percaté de que no había probado bocado en todo el día, por lo que engullí sin hablar, fue a tal nivel que ni me acordaba de que tenían que continuar una historia, hasta que lo recordó Ray.

—Bueno, entonces, ¿qué paso?

—A ver, te robaron el leopardo, te dio igual porque habías visto a Cassandra y a Javi, te acercaste para saludar a Javi, intentando separarles, pero Javi te agarró del culo –todos reímos, excepto los aludidos, que se miraban arrugando la nariz y se separaban–. Tú mejor no te rías Cass, que hiciste lo mismo, le metisteis entre vosotros al pobre chico, aunque él no rechistó.

—Me parece a mí que os dimos un buen espectáculo –dije.

—Y eso no acaba aquí, os escondisteis (o eso pretendíais), esconderos tras un árbol (que no se por qué, si los árboles son cilíndricos y eso), en fin, Ray besó a Cassandra –se me cayó el helado de vainilla que estaba a punto de meterme en la boca, y Javi miró a su amigo a punto de decirle algo.

—Ee, ¡para fiera! Porque tú estabas de acuerdo –le detuvo mi cuñado, ¡o sea, que sí había catado esos carnosos labios y ese cuerpo! Me mordí el labio al intentar imaginármelo–. Tú participaste, ella estaba entre vosotros y le besabas la espalda a Cass, le apartaste las bragas y estabas a punto de sacártela... pero entonces pasó algo gracioso –hizo una pausa conteniendo la risa, ¡qué vergüenza!

—¡Venga! –le espeté casi aplaudiéndole la cara.

—Apareció un mono, cogiéndole del pelo a Cass, quería llevársela y, al saltar sobre ella, le dio un beso... tú te pusiste tan celoso que fuiste a atacarle –dijo Brandy señalando a Javi–. Le empujaste, él hizo lo mismo, volviste a empujarle y así un buen rato mientras estos dos se magreaban a punto de hacerlo, también hasta que se oyó la sirena de la policía, Javi desapareció y vosotros os vestisteis tan rápido como fue posible.

—No me lo creo –dije tras oír el relato–. Aunque eso explica el estado en el que estábamos esta mañana en… ¡eh!, nada.

Brandy, Adri y Alex fruncieron el ceño mirando a Ray.

—¡Qué has hecho con mi hermana tío! –replicó mi hermano cogiéndole de la chaqueta.

—¡No me acuerdo Alex! Pero fuese lo que fuese… Ha sido consentido por los dos, que conste –dijo arreglándose la chaqueta después de que mi hermano le soltase, no tenía intenciones de pegarle ni nada, era solo para ponerle nervioso.

—De verdad que te has lucido Cass, mira que lo de Alex me pareció fuerte, pero ¿de ti? ¡Con lo monjita que has sido siempre!

—Ya te digo Brandy, ¿te acuerdas de las caras que ponía cuando en la tele aparecía una pareja besándose y estaban papá y mamá delante?

Mis hermanos no disimularon sus ganas de reír ante ello poniéndome roja.

—Y Ariadna, ¿cómo llegó ahí? –me pregunté.

—Ariadna se topó en vuestro camino, la cogiste de la mano pero se soltó, se puso a llorar porque decía que quería ir a bañarse con los delfines y que no se iba hasta que no se cumpliese su sueño, pero tú –dijo señalando a Ray–. La subiste a tu hombro y te la llevaste. La verdad, no sé cómo pudiste con ella, porque entre lo delgado que estas, las pataletas y los golpes que te daba en la espalda con esos arañazo ... Fue increíble, ¡espectacular! –admitió Adri como si estirase un hilo imaginario con los pulpejos.

—Alex fue el primero en abandonar el Zoo, nada más oír a la policía acercarse, ¡ni que fueses un delincuente! –nos miramos unos a otros–. Encima no sé ni dónde dejaste a la cría de leopardo que te llevaste.

—¿Cómo acabó en mis manos? ¿Y dónde estará? ¿Tú te acuerdas muñeca? –ella lo negó–. Se habrá escapado, ¡oh, pobre! –dijo poniéndose las manos en la boca.

—No, la cría se quedó con su madre… o eso recuerdo –dijo Ary, todos la miramos–. Creo que fue así –dijo encogiéndose de hombros.

—Eso sí, David, que estaba donde las jirafas con las gemelas, sí que se lo montó bien, porque al final se llevó a las dos de la mano –informó Adri.

—¡Y tanto! –contestó Ray–. Encima se despierta asustado por ello.

Llegaba el momento del baile nupcial, Ray, con cámara en mano, no se perdía ni un instante, la pista era lo suficientemente grande como para que cupiésemos todos y eso que no éramos tantos.

Por fin pude hablar con Teresa.

—Oye, ¿se puede saber cómo acabasteis en un hotel o una pensión los tres? –le susurré.

—No, no se puede saber, porque ni yo lo sé. Había una cámara de vídeo a los pies de la cama cuando nos despertamos –me contestó en el mismo tono mirando al frente.

—Y ¿lo habéis visto?

—¿Cuándo Cass?

—También es verdad.

En ese momento apareció Andrea sigilosamente, no podía perderse tampoco la boda de su madre, no era bonito.

—No hemos tenido tiempo.

—¿Tiempo de qué? Hola –preguntó la gemela.

—Del vídeo de ayer. ¿Cómo va David? –le preguntó mirándola preocupada al ver su rostro.

—Ah, no. No lo hemos visto. David... ¡puff!, no lo sé. Luego iré a verle y espero que vaya bien. Que si le pasa algo... –comenzó a hacer pucheros y la abrazamos.

—No va a pasar nada, cálmate Andrea, que mamá no nos puede ver así por favor –le secó las lágrimas con los pulgares evitando que se le corriese el maquillaje.

—Tienes razón. ¿Vosotros dónde acabasteis ayer?

—Nosotros nos hemos despertado en Málaga, en casa de Ray, este chico –dije señalándole con el pulgar.

—Mmm, es guapo, ¡eh! –comentó Teresa mirándole de arriba abajo.

—¡Y tiene un bicho entre las piernas!

—Cass, ¿te lo has tirado? –preguntó Andrea con los ojos como platos.

—Ya os lo contaré –se lo presenté a Teresa y se dieron dos besos, ya que en su casa no tuvo mucho tiempo para darse cuenta de su presencia–. Por cierto, vuestro primo, ¡muy soso no es, eh!, que estaba con nosotros esta mañana debajo de un montón de ropa con una chica.

—¡¡¡En serio!!! –exclamaron las dos desconcertadas dirigiendo la mirada hacia su dirección donde estaba apoyado en la pared, solo, mirado a la pareja. Janica había vuelto a su casa ya.

—Aunque... Bueno, ya no extraña mucho después de la historia que nos contó Miriam –comentó Teresa mirándole ya que se encontraba justo enfrente de nosotras.

—Pues creo que hoy ha sido la primera vez que le he oído hablar tanto. Javi se acercó a mí por la espalda y me susurró al oído:

—Macarena, ya ha dado a luz –se balanceaba al ritmo del zouk, me excitaba sentir cómo se movía y me susurraba al oído–. Terminamos de grabar el baile y nos vamos, ¿vale? –le dijo a Ray, este asintió.

Fue precioso, casi lloro… bueno lloré, Javi me abrazaba mientras apoyaba su mentón en mi hombro, entre César y Neuza había tanto amor, se notaba por cómo se miraban, se tocaban, sonreían… Abracé a mis amigas deseándolas lo mejor a su madre y su futuro matrimonio. Mi novio me enjugaba las lágrimas a besos, me di la vuelta acariciándole la nuca y le miré a los ojos diciéndole:

—Te quiero.

—Yo no te quiero –fruncí el ceño, pero su mirada era serena y llena de amor–. Te amo.

Me abrazó más fuerte por la cintura, nuestros labios tomaron contacto, después me daba besos por la cara mientras decía:

—Te amo, te amo –y yo reía por lo bajo.

—Puag, que asquerosamente empalagoso, por Dios –dijo Teresa poniendo cara de asco.

—Amén, hermana –dijo Ray chocándole la mano mientras nos grababa.

—Pues a mí me parece muy bonito –dijo Andrea sonriendo. Estaba guapísima con su pelo liso peinado hacia un lado al igual que Teresa.

Javi le puso el brazo en el hombro a su amigo y le dijo:

—A ti también te quiero Ray, y lo sabes primo –y le dio un beso en la mejilla, se alejó rápidamente.

—Mariconadas no, coño –se limpió la cara, mas luego se acercó a él–. Yo también te quiero primo –y se abrazaron.

—Yo te… me caes bien Ray –le abracé metiéndole entre nosotros, como dijo Brandy, qué hicimos la noche anterior… o Adri, ¡da igual! Cualquiera de esos dos chismosos.

—Bueno, vamos –urgió Andrea.

Fuimos casi todos. Brandy y Adri, que también quisieron venir, montaron en el coche de Ray. Al llegar al hospital Maca estaba con el pelo suelto, sudoroso, se la veía cansada.

—¿Niño o niña? –preguntó Alex frotándose las manos preparado para cargar al susodicho, pero quedó impresionado al verlo–. ¿Ambos?

—¡Qué putada! –me susurró al oído Ray mientras lo grababa.

—Con razón tenía esa gran barriga –dijo Ariadna, Maca la miraba tan mal que parecía que iba a matarla de un momento a otro, pero Ary no se inmutó, o le dio igual.

—¡Oh, qué monos! –dijo Brandy con las manos entrelazadas lanzándose a coger uno de ellos con manos expertas, ya que ella nos crió a mi hermano y a mí, por lo tanto tenía experiencia. Adri se aproximó a su pareja haciéndose una idea de cómo iban a ser las cosas a partir de entonces.

—Chicos lo siento, voy a ver si se sabe algo de David, ¿vale? Ahora vengo –dijo Andrea en la puerta.

—Es verdad, ¿qué le ha pasado a David? –preguntó Maca clavando los puños en la cama con cuidado para incorporarse, estaba muy débil y Berto trató de ayudarla.

—Ray, enséñale el vídeo de la boda, por cierto este es Ray –le dijo Javi, y este le hizo caso tras darle dos besos.

—Eh… ¿en serio? –estaba impresionada al ver la revuelta de la iglesia, de repente le cambió la cara, su rostro se suavizó–. ¡Qué bonito, por Dios! –dijo con la mano en el pecho a punto de llorar, después la cámara enfocó a mi hermana y a Adri bailando zouk.

Me asomé para ver qué estaba viendo ahora.

—Joer, cuñado, ¡sí que te han enseñado bien a bailar! —le dije impresionada, él sonrió con el bebé en brazos y de nuevo me acordé de Iván pero sacudí la cabeza para borrar esa imagen.

—Ay, déjamelo a mí —corrió Ariadna a quitárselo de las manos a Adri.

—¿Estamos seguros de dejárselo? No está muy bien que digamos —comentó Adri preocupado apartando el bebé de su alcance.

—Déjala, como me lo tire la reviento la cabeza —contestó Maca tranquilamente, pero no seguro de ello Julián se puso al lado de Ariadna por si acaso.

—¿Cuál es el niño? —preguntó como si Maca no la acabase de amenazar.

—El que tienes tú —contestó Julián, protegiendo la cabeza de su hijo con un gorrito, y muy próximo a Ary.

—O sea, que yo tengo a mi sobrina —dijo Carmen con una gran sonrisa en la cara tras cogerla de los brazos de su hermano Berto.

—Es verdad. ¡Felicidades, Carmen! —le dijimos todos dándola besos y se la pasó a mi hermano, me acerqué asustada ya que nunca le había visto coger un bebé, sin embargo, no lo hizo mal, de hecho la mecía delicadamente.

—¿Cómo se llaman? —les pregunté sin levantar la vista de esa preciosa niña que estaba arrugada, rosa y hacía pompas con la boca, con esos ojos entornados y moviendo los brazos enérgicamente.

Los tres progenitores se miraron y habló Maca.

—Son nuestros ángeles Gabrieles, la nena se llama Gabriela Isabel y el chico Gabriel Darío —Alex me pasó a la niña, ¡era tan pequeña!

—¡Joder, Maca! ¿Más nombres compuestos? —soltó Ariadna, desde que había llegado de Madrid, ya no era tan refinada como antes, le dio el bebé a su padre.

—Oye, que nosotros también tenemos dos nombres —informaron los gemelos a la vez, Teresa le arrebató de las manos el bebé a Julián para jugar con él, a ella sí que no me la imaginaba así.

—Yo soy Julián Marco y él Juan Alberto —dijo señalándose a sí mismo y a su hermano.

—Pues me gusta más Marco que Julián, sinceramente —dije.

—Llámame como tú quieras –comentó despreocupado como Simão.

—O sea, ¿te llamas Alberto? Yo pensando que te llamabas Roberto.

—Ya, Roberto mola más, estoy por cambiármelo –me dijo el aludido–. En el instituto me llamaban Juanal.

—¡Oye, pues mola! –dijo Ariadna aún tambaleándose, y Julián pendiente.

—O sea, que sois J.A. y J.M. –dijo Alex señalándoles.

—Sí señor, a partir de ahora llamadnos así –dijo Berto sonriendo con orgullo.

—¡Qué locos! ¿La quieres coger? –le pregunté a Javi.

El, elocuente y alejándose un poco asustado, dijo:

—Pues… es que, no sé… cómo…

—¡Por Dios! ¡No me lo puedo creer, algo que no sabes hacer! –este suspiró mirándome y asintió.

—Es fácil, pon las manos así –le indicó Brandy poniendo los brazos en cesta.

—Se me puede caer por el hueco –dijo asustado.

—¡No seas tonto! Estamos todos aquí, no se te caerá, si a Ary no se le ha caído y está borracha imagínate –y así fue, se hizo un silencio excepto por las carantoñas que le hacía Teresa al pequeño Gabriel.

—Te queda bien –le dijo Ray a Javi mientras le hacía también carantoñas al niño que tenía la gemela entre manos.

—Sí, pega con mi ropa ¡no te jode! –dijo tenso, y todos reímos.

—¿Puedo? –le pidió permiso Ray a Maca para arrebatárselo a Teresa.

—Por su puesto –entonces Ray cogió al niño, estaba muy sexy con sus pitillos y su americana remangada por encima del codo.

Todos mirábamos cómo aquél guapísimo mulato jugaba y hacía el tonto con tanta facilidad como si se dedicase a ello. Javi le devolvió el bebé a su madre, se acercó a mí rodeando mi cintura con sus brazos y, besándome la cabeza, susurró:

—Yo que tú me haría la prueba de embarazo después de lo de ayer. Así ha llegado Maca hasta aquí –y sonrió disimuladamente.

Sus palabras me dejaron en blanco.

Esta edición crítica de *El punto ciego de Cassandra*
de O'sírima Mota Ripeu
se acabó de imprimir el 7 de febrero de 2017,
aniversario del fallecimiento del historiador,
antropólogo, físico nuclear y político panafricanista
senegalés, Cheikh Anta Diop

© del texto: O'sírima Mota Ripeu
© del prólogo: Justo Bolekia Boleká

© Grupo Editorial Sial Pigmalión, S.L., 2017
Bravo Murillo, 123, 6.º D • 28020 Madrid (España)
Correo electrónico: editorial@sialpigmalion.es

ISBN: 978-84-15746-98-0
Depósito Legal: M-1949-2017
Impreso en España